隋唐演义

（下）

【清】褚人获 著

经典书香·中国古典历史演义小说丛书

團结出版社

图书在版编目(CIP)数据

隋唐演义:全2册/(清)褚人获著.—北京:团结出版社, 2016.9

ISBN 978-7-5126-4405-2

Ⅰ.①隋… Ⅱ.①褚… Ⅲ.①章回小说-中国-清代 Ⅳ.①I242.4

中国版本图书馆CIP数据核字(2016)第199203号

出　版:团结出版社
(北京市东城区东皇城根南街84号　邮编:100006)
电　话:(010)65228880　65244790(传真)
网　址:www.tjpress.com
E-mail:zb65244790@vip.163.com
经　销:全国新华书店
印　刷:三河市华晨印务有限公司
开　本:150mm*217mm　1/16
印　张:65.5
字　数:762千字
版　次:2017年1月第1版
印　次:2019年5月第2次印刷
书　号:ISBN 978-7-5126-4405-2
定　价:158.00元

第五十一回

真命主南牢身陷　奇女子巧计龙飞

词曰：

何事雄心自逞，无端羑里羁囚。君臣瞥见泪交流，甚日放眉头。幸遇佳人梦，感群英尽吐良谋。玉鞭骄马赠长游，三叠唱离愁。

——右调《锦堂春》

哲人虽有前知之术，能趋吉避凶，究竟莫逃乎数。当初郭璞与卜绷，皆精通易理。一日郭璞见绷，叹道："吾弗如也，但汝终不免兵厄！"卜绷道："吾年四十一，为卿相，当受祸耳；但子亦未见能令终。"郭璞道："吾祸在江南，素营之未见免兆。"卜绷道："子勿为公吏可免。"郭璞道："吾不能免公吏，犹子不能免卿相也。"后卜绷为刘聪军将，败死晋阳；而郭璞亦以公吏，为三郭所杀。故知数之既定，不但古帝王不能免，即精于易者，亦难免耳。

如今再说夏王窦建德，来到乐寿。曹后接入宫中，拜见了，便道："陛下军旅劳神，喜逆已诛，名分已正，从此声名高于唐、魏多矣。但隋皇泰主，尚在东都，未知陛下可曾遣臣奉表去奏闻否？"夏王道："孤已差杨世雄赍表去了。宫中彩币绫锦、宫娥彩女，均作四分，以二分赐与功臣将士，以二分酬唐、魏两家同谋灭贼之功。孤但存其国宝珍器图籍而已。"曹后道："陛下处分甚当，还有一个活宝在此，未知陛下贮之何地？"夏王道："御妻勿认孤为化及之流。孤自起兵以来，东征西讨，宇宙至广，未有一隅可为止足之地，何暇计及欢乐之事？孤所以带萧后来者，恐留在中原，又为他人所辱，故与女儿同来，自有所在安放他去。”曹后道：“妾非妒妇，止不过为国家计耳，若如此，则是宗庙之福也。”

过了一宵，夏王即差凌敬送萧后等到突厥义成公主国中去。萧后原是好动不好静的人，宵来受了曹后许多讥辱，已知他不能容物，今听见要送到义成公主那边去，心中甚喜，想道：“倒是外国去混他几年好，强如在这里受别人的气。”催促凌敬起身，下了海船，一帆风直到突厥国中。凌敬遣人赍书币去报知义成公主。启民可汗因往贺高昌王麴伯雅寿，不在国中。义成公主即命王义发驼马去接萧后；又差文臣去请凌敬，到驿馆中款待。

萧后在舟中，见王义下船来叩见，正是他乡遇故知，不觉满眼流泪，问道：“王义，你为何在此？”王义道：“臣是外国人，受先帝深恩，何认再事新主？故护持赵王同沙夫人在此。先帝不听臣谏，把一座江山轻轻的弄掷。今娘娘到这里来，原是至亲骨肉，尽可安身过日。公主差臣来接娘娘，快到宫中去相见。”萧后起岸，上了一匹绝好的逍遥骏马，来到宫中。义成公主同沙夫人出来，接了进去。行过礼，大家抱头大哭。萧后对沙夫人道：“你们却一窝儿的到了这里，止丢了我受尽苦恼！”沙夫人道：“妾等又闻娘娘仍旧正位昭阳①，还指望计除逆贼，异日来宣召我们，复归故土；不想又有变中之变。”

正议时，只见薛冶儿与姜亭亭出来朝见。萧后问沙夫人道：“还有几位夫人，想多在这里？”薛冶儿答道：“那同出来的狄、

① 昭阳——即汉昭阳宫，汉成帝建。后多指皇后所居之宫。

秦、李、夏四位夫人，已削发空门，作比丘尼矣!”萧后见说，长叹了一声，又对沙夫人道：“夫人既在这里，赵王怎么不见?”沙夫人道：“他刚才同孩子们打围①去了。”萧后道：“我倒时常想念他。”沙夫人道：“少刻回来，见了母后，是必分外欢喜。”一会儿摆上宴来，止不过山禽野兽，鹿脯驼珍。其时王义已为彼国侍郎，姜亭亭已封夫人，薛冶儿做了赵王保母，大家坐定，各诉衷肠。

日色已暮，只见小内侍进来报道：“小王爷回来了。”萧后两年不见赵王，今见长得一表人材，身躯高伟。打了许多野兽，喊进来道：“母亲，孩儿回来了。”望见里边摆了酒席，忙要退出去。沙夫人道：“你大母后在这里，快过来拜见。”赵王见说，站定了脚，薛冶儿与姜亭亭忙下来对赵王说道：“此是你父皇的正宫萧娘娘，他是你的大母，自然该去拜见。”赵王见说，只得走上去，朝上两揖。萧后正开言说道：“儿两年不见，不觉这等长成了。”只见赵王两揖后，如飞往外就走。沙夫人道：“这该行大礼才是，怎么就走了去?”薛冶儿重新要去搀他转来。赵王道：“保母，你不知当年在隋宫中，他是我的嫡母，自然该行大礼。今闻他又归许氏，母出与庙绝，母子的恩情已断：况他又是失节之妇，连这两揖，在沙氏母亲面上，不好违逆，算来已过分了。”说完，洒脱了薛保母的手，往外就走。萧后听见，不觉良心发现，放声大恸，回思炀帝旧时，何等恩情，后逢宇文化及，何等疼热；今日弄得东飘西荡，子不认母，节不成节，乐不成乐，自贻伊戚如此。越想越哭，越哭越想，好像华周杞梁之妻，要哭倒长城的一般。幸得义成公主与沙夫人等，百般劝慰。自此萧后倒

① 打围——即围猎，狩猎。

息心住在义成公主处，按下不提。

再说秦王回到长安，朝见唐王。唐王说三处兵锋利害。秦王道："利害何足为惧？但刘武周与萧铣居于西北，王世充居于中央。臣意欲差人致书，先结好世充，使不致瞻前顾后，然后进兵专攻刘、萧二处，无有不克之理。未知父皇以为是否？"唐主称善，即修书一封，着杨通、张千到洛阳王世充处。二人领命即行。

岂知王世充看了来书大怒，扯碎了书，将杨通斩于阶下，将张千割去两耳放回。张千抱头鼠窜，逃回长安，哭诉唐王。唐王大怒，自欲提兵去剿世充。秦王道："不必父皇动怒，臣儿自有调度①在此，差李靖为行军大元帅，领兵十万去扼住刘武周；臣儿领一旅之师，誓必扫灭世充，回来见驾。"唐王大喜，即命秦王领兵十万，前往洛阳进发。时秦王每一出师，西府宾僚如杜如晦、袁正罡、李淳风、侯君集、姚思廉、皇甫无逸等，秦王平昔以师礼事之，故凡出兵，无不从侍帷幄，筹谟②谋划。秦王命殷开山为先峰，史岳、王常为左右护卫，刘弘基为中军正使，段志玄、白显道马为左右护卫。自领一军居后。长孙无忌、马三保等保卫船骑。水陆并进，来到洛阳。王世充探知，亦领军于睢水，列阵相迎。秦王屯兵于睢水之北，两军相接。唐家兵精将勇，杀得世充大败进城，坚闭不出。

次日唐营排宴，犒赏三军已毕。秦王乘着酒兴，问土人："此地何处好景，可以游玩？"土人答道："城北十里外，有一北邙山，周围百里，古帝王之陵，忠臣烈士之墓，如星罗棋布，其中珍禽怪兽，苍松古柏，无限佳景。"秦王见说，喜道："吾正欲

① 调度——法子，办法。
② 筹谟——即筹划，谋略。

到彼处射猎。”李淳风道：“臣晨起演先天一数，殿下该有百日之灾，不可开弓走马玩景；况面带有青色，还是不走的是。”秦王道：“吾日夕驰骋于弓马之间，觉得气爽神怡，有何利害?”即同马三保软甲轻衣，雕弓利箭，十余骑径往北邙山来。

到了山内，秦王四顾了一回，喟然长叹道：“吾想前代之君，坐镇中华，拥百万之师，有多少英雄豪气，今止得几个石人石马相随，况荆棘丛生，狐兔为侣，宁不可叹。日后唐家天下，亦如此而已。”正嗟叹间，忽见西北上，赶出一双白鹿，冲面而来。秦王扣满弓，一箭射去，正中鹿背。那鹿带箭望西而走，秦王纵马追之，紧赶数里，转过山坡，其鹿杳然不见。秦王四下追寻，不觉骤至一处，坦然平川旷野，但见旌旗耀日，戈戟森罗，一座新城，门匾上“金墉城”三字，日光耀目。秦王道：“此非李密所居之城乎?”马三保道：“正是，殿下可急回，若彼知之，便难脱身。”

不提防守城军卒看见，忙去报知魏主，李密道：“此必是李世民诱敌之计，不可追之。”程知节踊跃向前道：“主公此时不擒，更待何时?”说了，手提大斧，跨青鬃马，如飞出城。秦叔宝恐知节有失，随即赶来。

时秦王正欲回骑，只见一人飞马來追，大叫道：“李世民休走!”秦王横枪立马问道：“你是何人?”知节道：“我便是程咬金，特来捉你。”秦王笑道：“谅你这贼夫，何足为惧?”知节举起双斧，直取秦王。秦王挺枪来迎。斗了三十余合，因马三保被秦叔宝接住，秦王只得败走，三保也抵敌不住，亦自逃去。知节追赶秦王，看看较近；秦王搭上箭，拽满弓，飕的一声，正射中知节盔缨。秦王见射不中，心中甚慌，纵马加鞭复走，恰值面前一座古庙，牌书“老君堂”三字。秦王心下想道：“既有此庙，何不进去躲过片时?”忙进庙门，把门关了，取一条大石条来顶撞了，把马拴在庙廊下，向着老君神像，也不及细祷，作一揖道：“神圣在上，若能救吾李世民脱得此难，当重修庙宇，再塑金身。”祝告了，即往神座内躲避。那老君原是灵感的，故受一方香火；今见一个真命之主，紫微①有难，岂不显圣？便刮起一阵旋风，把秦王行来的马蹄踪迹，都灭没了，又把蜘蛛絮尘，网定庙门。

程知节追赶秦王，到三岔路口，倏忽不见，四下一望，只见前面一个大树深林，丛丛茂密，便纵马加鞭，赶进林中，上了山岗，见山背后一座古庙。知节慌忙来至庙前，把门乱推，却推不开，蜘蛛网面，四下里尘灰飞絮，像久无人进来的。只得兜转马头，复上山岗。向庙中细看，吃了一惊：只见屋脊中间，一条大黄蟒蛇，盘踞其上。知节看了想道：“吾闻得人说，汉刘邦斩了芒砀山的大蟒蛇，后来做了皇帝，我也是一个汉子，难道除不得此孽畜!”忙下岗，到庙前下了坐骑，将一块大石，撞开了庙门，往屋脊上看，却又不见，想道：“孽畜必游进殿内去了。”走到殿前，只见一马系在柱上。知节道：“原来李世民躲在这里!”又看梁柱上的蟒蛇，踪迹全无，瞥见神柜上帘帷摇动，恍如蛇尾现出在外。

原来秦王见有人进殿细看，如飞在柜里轻轻拔出剑来。时叔宝亦追赶进殿，见知节把神帷揭起，喝道：“贼子，却躲在这里!”举起亘斧，照着秦王头上砍来。秦叔宝忽见五爪金龙现出来，抓住巨斧。叔宝知是真命之主，如飞抢上前，把双锏架住巨斧道：“兄弟，你好莽撞，岂不知唐与魏原是同姓，曾有书礼往

① 紫微——星名，指帝王的星象。

来？今若把一死的见驾，是无功而反有罪矣！”知节道：“大哥，你不知吾刚才见他，是一条黄蟒蛇神，今不杀他，他会遁去。”秦叔宝微笑了一笑，轻轻扶秦王出了神柜，叫手下宽松剪了，扶出庙门。从人牵了秦王的马，程知节、秦叔宝各上了马押后，一行人带进金墉城来。

那些市井小民，不知好歹，口中啧啧赞道：“好一个汉子，生得秀眼浓眉，方面大耳，不知犯着何事，被两位将军解进城来。”有几个跟进城的百姓，便道：“你们不要小觑他，这是一位唐家的太子，因偶然在这里过，被我两位将军获住。”众百姓道：“怪道相貌迥出寻常，原来是金枝玉叶，可惜，可惜！”秦叔宝在马上听得，却要放脱他，因众耳众目，又不便行，只得解至府门。

魏公令群刀手拿秦王至阶前，责之道：“你这个猾贼，却自来送死。汝父镇守长安，坐承大统。吾居墉城，管理万民。前已明取河南，今又想袭金墉，是何道理？”秦王道：“叔父暂息虎威，侄有言禀上。因洛阳王世充，杀我使臣，故侄领兵征讨，败其三军。世充坚闭不出，是以退兵千秋岭下。偶因承醉捕猎，来金墉探望叔父，不意叔父反致见疑。”魏公怒道：“你这个猾贼，吾与汝何亲，假称吾叔父！汝本恃勇轻敌而来，探吾虚实，于中取事，却以甜言哄我。”喝令武士，推出斩之。魏徵道：“主公若斩世民，非安社稷之计，金墉速于受祸矣。”密问：“何故？”魏徵道：“此人东征西荡，争入长安，与其父坐承大统，兵精粮足，手下猛将如云，谋臣如雨。彼若知我主杀其爱子，必起倾国之兵，前来复仇，忿死相拼，有何了日？”李密道：“如此说，难道竟放了他去？”魏徵道：“莫若将他监禁在此，使李渊知之，若有降书朝贡之物，放他回还，如若不从，使其子执质在此，终身不敢来侵犯，岂不是好?”魏公道：“此论甚通。”即令狱卒带入南牢。

时唐主在长安，因马三保来报知此信，自要亲提人马来讨李密，以救秦王。因刘文静与李密有郎舅之亲，劝唐主修书具礼，来见李密。不意李密绝不认亲，反要把刘文静斩首，幸亏徐世绩劝免，也送入南牢去了。可怜：

青龙白虎同囚室，难免英雄相对泣。

时魏公发放已完，忽见流星马报到，奏说：“开州凯公校尉，杀了刺史传钞，夺其印绶，会合参军徐云，结连宁陵刺史顾守雍造反，大起人马，犯我境界，说诱洪州刺史何定，献了城池。二郡人马，与凯公攻打偃师、孟津地方，诸郡百姓无守，甚是紧急。”魏公闻报大惊道：“偃师乃吾咽喉之地，屯粮之所；倘有亡失，魏之大患。孤当自率大军讨之。”即命程知节为先锋，单雄信、王伯当为左右护卫，罗士信、王当仁趱运军粮草，留徐世绩、魏徵、秦琼，总护国事。亲自领兵，往开州进发。

却说秦王与刘文静，监锁南牢，虽亏秦叔宝时常馈送，不致受苦，更喜那狱官姓徐名立本，字义扶，妻亡，止携一女，名唤惠英，年已二九，尚未适人。那个徐义扶，虽是小官，却是见识高广，眼力颇精。他道刑名过犯，冤抑者多，所以不嫌前程渺小，志愿力行善事，利物济人。秦王初发监禁之日，那夜女儿惠英，梦见一条黄龙，盘踞囚室之内。惠英惊骇，走去偷觑，只见那龙飞来，缠绕其身，遂尔惊醒，叙与义扶知道。义扶晓得秦王是个真命之主，遂要放他们两人还乡，急切间未得其便。惟每日三餐，请秦王与文静到里边静室中去款待。两人甚感他恩德。

一日，秦叔宝与魏玄成在徐懋功府中小饮，说起秦王之事。叔宝大笑起来。徐、魏两人问道：“秦兄有何好笑?”叔宝道：

“吾想我们程兄弟，真是个蠢才。”懋功道：“那见他蠢处?”叔宝道：“当日在老君堂，要举斧杀死秦王之时，忽现出五爪金龙，向斧抓住，因此弟见了，忙把双锏架住，不好私放他，只得解将进京。程兄弟竟认秦王是黄蟒蛇精，必要除他，岂不是可笑?”玄成道：“吾见秦王，龙姿凤眼，真命世之主。前日主公要杀他，所以力劝监禁南牢。将来数尽归唐，必至玉石俱焚，如何是好?”懋功道：“吾们这几个心腹兄弟，如今趁他被难之时，先结识他，日后相逢，也好做一番事业。”叔宝不好说昔日有恩于唐主，今又救了秦王之命，只得点头道：“徐大哥说得是。”玄成道：“据我之见，还该趁主公未归，大家携一尊到那里去，与秦王、文静叙一叙，也见我们这几个不是盲目[①]之人。未知二兄以为如何?”叔宝应声道：“魏兄说得极是，弟正有此心。明日二兄早来同去。”

过了一宵，秦叔宝家中整治二席酒，悄悄叫人抬进南牢。比及玄成、懋功来时，日已晌午了。三人俱换了便服，大家跟了一个小厮，各坐小轿，来到南牢门首。先是小厮去报知，狱官徐立本如飞开门，接了进去。魏玄成三人叫小厮打发轿人回去，义扶引到囚室与秦王、文静相见了。秦王、文静各各拜谢深恩。懋功道：“非弟辈俱属蒙瞽，不识殿下英明，有屈囹圄[②]，这也是殿下与刘兄，数该有这几日灾厄。今因主公提师讨凯公去了，因此我们进来一候，冀聆教益。”魏玄成道：“只是此地怎好坐?”秦叔宝道：“酒席已摆设在里边。”刘文静对徐懋功道：“狱官徐立本，虽官卑职小，却非寻常之人。承他朝暮殷勤奉侍，实出意外；况他才智识见，另有一种与人不同处。”一头说，众人已到里边，

---

① 盲目——即有眼无珠。

② 囹圄（líng yǔ）——即监狱，监牢。

却是三间静室，满壁图书，尽是格言善行。三人请秦王上坐，刘文静次之，玄成、叔宝、懋功各各坐了。秦王道："承三位先生盛意，世民有何德能，敢劳如此青盼①。那狱官徐义扶，虽居击柝之职，定不久于人下者。承他日夕周旋，愚意欲借花献佛，邀来一坐，未知三位先生肯屑与他同坐否？"徐世绩道："他原是隋朝科甲出身，当日主公原教他为司马，不知甚意，自愿居刑曹监守。"魏徵道："吾也闻他是个乐善好道有意思的人，这样世界的官儿论甚大小，快请出来。"小厮请了徐立本出来，谦让了一回，只得于末席坐下。

酒过三巡，只见徐家一小僮进来，向家主禀道："有懿旨在外。"徐立本如飞起身出去。玄成等众人尽加惊异，俱在那里揣度。只见徐立本走来坐定，魏玄成忙问道："宫中怎有甚懿旨到这里来？"徐义扶笑道："不敢隐瞒，正宫王娘娘实与小女有缘，晓得小女颇识几字，素知音律，幸得禁林清赏，故此常差内侍接进宫去陪侍。前因分娩太子，进去问候，是今日弥月，叫他进去，不知还有甚事。"徐懋功道："令嫒想是有才貌的了，今年多少贵庚？"徐义扶道："小女名唤惠英，年一十八岁了。"徐懋功见秦叔宝、魏玄成与秦王说起袭取河南一段，也就住口，不与义扶讲。大家诉说战阵功业之事。

正说得热闹，只见一个小厮，向魏玄成禀道："走役来报王爷差人赍赦诏快到了。"玄成向叔宝、懋功道："二兄陪殿下宽饮一杯，弟去了就来。"说了起身而去。文静与懋功是旧交，秦王与叔宝彼此有恩心交，四人更说得投机。忽小厮报道："魏老爷来了。"大家起身。懋功道："想必主公威降了凯公，复平土地，

① 青盼——青，黑颜色，瞳仁。对人正视表示看得起。

故有赦诏，为何吾兄反有忧色?”玄成就在袖中，取出诏书来道：“请二兄看便知。”前面不过凯公肉袒投降，后又喜生太子，故降赦文，除人命强盗重情外，不赦南牢李世民、刘文静二人，其余咸①赦除之。

懋功与叔宝读了一遍，双眉频蹙，默然不语，只听见外边人声嘈杂，魏玄成问道：“为何喧闹?”徐义扶道：“想必宫侍送小女回来。”又见那小厮出来，请义扶进去。徐懋功道：“前日秦大哥要打帐在赦内邀恩，吾度量必不能够，为什么呢? 昔日魏公待人，还有情义，近日所为，一味矜骄，恃才自用，目下赦内若肯赦二公，则前日先认了亲，不至如此相待。”叔宝道：“除此之外，却怎么商量?”秦王听见他们计议，不好意思，只得说道：“承三位先生高谊，或者吾两人灾星未退，且耐心再住在此几时，亦无不可；只是有费三位先生照拂周旋。”魏玄成道：“吾有个道理在此。”

正要说时，只见徐义扶走将出来，便缩住了口。刘文静对众人道：“义扶兄已属心交，众兄有话不妨直说。”魏玄成对刘文静道：“刘兄来看赦书上，那一条不赦南牢的‘不’字，只消添上一竖一画，改为‘本’字，主公归来，料必无疑，就有他事，这血海干系，总是我三人担待了。”秦叔宝喜道：“这却甚妙，须要就烦魏兄大笔，方写得像他亲笔一般。”时众人站在一堆儿，也有说妙的，也有不开口的。徐义扶道：“卑职倒有一计在此，未知三位大人可容卑职略参末议否?”徐懋功道：“兄有良策，快些说出来。”义扶道：“以不改本，恐文义念去，有些勉强；况主公非昏暗庸愚纨眼糊涂之主，看他另写一行，下笔之时，何等慎重，今若改了本字，主公回家，必然看出，有许多不妙。莫若竟让卑职把秦殿下与刘

① 咸——指都，全。

大夫放去。主公回来，三位大人尽推在卑职身上，虽尚可饰辞，犹难免守国防范之愆①，然不至有大害了。若明改赦诏，不几视朝廷之敕书，如同儿戏乎？”众人都道：“此论不差。”

魏玄成道：“义扶持论甚畅，但不知怎样个放法？”徐义扶道：“方才王娘娘宣小女进去，因太子弥月，欲草疏到主公处，奈因身子尚惮劳顿，故叫小女代为草就，要差人到孟津去。小女有心乘机奏过王娘娘，即讨此差与卑职，明日四鼓就要起身，岂不好是改敕的机会？现有懿旨，叫卑职到徐大人处拨差官兵守护狱囚的，内票在此，表章是用黄绢封固的，小女藏在里边。”袖中取内票出来。徐懋功取来一看，只见上写着：

仰兵部掌印大堂徐，速拨吏卒二十名，去守南牢监禁，待狱官徐立本公干归，即便交卸，勿得有误施行。

玄成、叔宝大喜道：“这是唐王之福，殿下还朝，父子重逢，君臣会合。”徐义扶道：“只是要五匹鞍辔的好马，方才济事。”魏玄成道：“连兄只须三骑，多此二骑何用？”徐义扶道：“小女与一个小价②，亦少不得。”徐懋功道：“既如此，也该请令媛出来见了殿下，好少刻同行。”

徐义扶忙进去，同女儿惠英出来。众人见时，乃是一个才要改妆不脂不粉的美秀女子。徐义扶道：“匆忙之际，总朝上三叩首就是。”众人皆要还礼，义扶再三不容，只得答以三揖。惠英如飞进去了。徐懋功道：“我前者会征化及，得二匹骏马，驯良之至，一匹赠与殿下，一匹赠与令媛惠英。”秦叔宝道：“殿下的追风马，我养好在厩下，并拨选二匹送来，后会有期，我们该大家别过罢！”徐懋功道：“诸公该作速收拾，伺我发兵卫下来，就到我署中来就

① 愆（qiān）——过失，罪责。

② 小价——对外称自己的仆从。

是了。”魏、徐、秦又叮咛了一番。义扶送了三人出门，如飞进去，收拾了细软，把两套青衣小帽与秦王、文静换了。义扶又添些果菜，叫小厮扛了一坛酒，放在客座里。秦王问义扶道：“添酒增肴，是何缘故?”刘文静道：“我晓得这是义扶的作用，少刻便见。”

正说间，听得叩门声响。义扶如飞叫小厮去开门看来，却是一个老队长同十来个小兵，到义扶面前叩见了。义扶对众人道：“里边禁门，刚才徐大老爷差人到来巡察，已封好在那里了。恰好我们两个舅子，要同到孟津单将军处公干，故有现成酒肴在此，天气寒冷，酒在坛子里，你们吃了罢，只要收拾好了家伙。”说完了，徐惠英提了灯笼，秦王与文静负了奏章与报箱，小厮青奴挑了行李，叫一个士兵出来，关好了门进去了。

徐义扶等五人忙忙走的不多几步，只见秦叔宝家小厮迎上前来，说道：“家老爷坐在堂中，候徐爷去会。”义扶等走进叔宝署中，只见院子里系着五匹马。秦叔宝忙出来接见了，对秦王道：“我晓得殿下归心甚急，此刻也不敢尽情了。”将手指着院子里的马道：“这两匹马，是才间徐大哥叫人牵来的；这匹金串银镶的，赠与殿下，那匹绸串雕鞍的，赠与惠英小姐。殿下的马，文静兄坐去。那二匹是我赠与义扶及管家的，多是驯良善走的脚力。”又在袖中取出书札来，对文静道：“此三件烦兄带去，一道表章是叩谢唐王的，两封书启，候李药师与柴嗣昌两兄的，代弟一一致意。”文静如飞打开包裹藏好。叔宝叫小斯快牵自己的坐骑来，送秦王出城。秦王止住道：“承将军等许多情义，我李世民镂之心版，再不敢劳尊驾送出城，恐惹嫌疑。”叔宝洒泪道：“士为知己死，大丈夫若虑嫌疑，何事可为?”即便先上了马，众人也只得上了马，急赶出城，又叮咛了一番，然后举手相别。这叫做：

惺惺自古惜惺惺，说与庸愚总不解。

第五十二回
李世民感恩劫友母　宁夫人惑计走他乡

词曰：

深锁幽窗，遍青山，愁肠满目。甚来由，风风雨雨，乱人心曲。说到情中心无主，行看江上春生谷。正空梁断影泛牙樯，成何局？画虎处，人觳觫。笑鹰扬，螳臂促。怎与人无竞，高飞黄鹄。眼底羊肠逢九坂，天边鳄浪愁千斛。甚张罗？叫得子规来，人生足。

——右调《满江红》

流光易过，天地间的事业，那有做得完的日子。游子有方，父母爱子之心，总有思不了的念头。功名到易处之地，正是富贵逼人来，取之如拾芥；若是到难处之地，事齐事楚，流离颠沛，急切间总难收煞。

却说秦王与刘文静、徐义扶、女儿惠英，四五骑马离脱了金墉城，与叔宝别了，连夜趱行。秦王在路上，念叔宝的为人，因对刘文静道："叔宝恩情备至，何等周匝。所云：'桃花潭水深千尺，不及汪伦送我情。'此之谓也。怎得他早归于我，以慰衷怀？"刘文静道："叔宝也巴不能要归唐，无奈魏势力方炽；二则几个弟兄，多是从瓦岗寨起手，干这番事业；三则单雄信是义盟之首，誓同生死，安忍轻抛。如今彼此三人，皆有他意者，因前日翟让一诛，故众人咸起离心耳，散则犹未也。"

秦王见说，不胜浩叹道："若然，则叔宝终不能为我用矣！"

徐义扶道："殿下不必挂念，臣有一计，可使叔宝弃魏归唐。"秦王忙问道："足下有何良策？"徐义扶道："叔宝虽是个武弁，然天性至孝。其母太夫人，年逼桑榆，与媳张氏俱安顿瓦岗。"秦王道："魏家将帅俱集金墉，难道各将家眷尚在山寨里？"徐义扶道："金墉止有魏公家眷，余皆在寨中。一个叫尤俊达，一个叫连巨真，二将管摄在那里。莫若将秦母赚来归唐，好好供奉着，叔宝一知信息，必为徐庶之奔曹矣。"秦王道："好便好，作何计赚来？"徐义扶道："臣当年曾仕幽州，知总管罗艺与秦叔宝中表之亲，极相亲爱。今年恰值秦母七十寿诞，莫若假设是罗夫人，因往泰安州进香，路经此地，接秦母到舟中去相会，一叙阔踪。秦母见说，定必欣然就道；若离了山寨，何愁他不到长安？"刘文静道："要做，事不宜迟，回去就行。"

三人正说得入港，赶到了千秋岭来。只见后面小厮青奴在马上喊道："姑娘的靴子掉去了一只了！"秦王听见，如飞兜转马头，只见徐惠英一双窄窄金莲，早已露出。徐惠英虽是个倜傥女子，此时不觉面红耳赤。徐义扶道："既掉了一只，何不连那只也除去了？"只见秦王把马加鞭耸上一辔头，向旧路寻去。未及片时，秦王提着一双靴子，向徐惠英笑道："这不是卿的靴子？"徐惠英如飞下马来向秦王接了，穿扎停当，然后上马。自此一路上，秦王与惠英虽不能雨觅云踪，然侍奉宵征，早已两情缱绻，魂消意会矣。

一行人晓行夜宿，不觉早到了霸陵川。秦王对刘文静道："孤偶然出猎闲游，不意遭此大难，若非惠英、义扶与秦、魏、徐三位同心救援，几乎老死囹圄。"刘文静道："这也是殿下与臣数该有这百日之灾，幸遇义扶，朝夕周全。令嫒弃恩施计，殿下不特得一明哲之士，兼得一闺中良佐，岂非祸兮福所倚乎？"

正说时，只见尘头起处，望见一队人马前来，乃是大唐旗号。秦王道：“难道父皇就知孤归国，预差人来迎接？”话未说完，只见袁天罡、李淳风、李靖三骑马早已飞到面前，口称：“殿下，臣等齐来接驾。”秦王道：“孤当初不听先生们之谏，致有此难，将来后车之戒，孤当谨之。”那时西府宾僚陆续来到，大家拥入潼关。秦王对徐义扶道：“贤卿与令媛，乞暂停驿馆，待孤见过父皇，然后备车驾来接令媛，方成体统。”义扶点首，忙进驿馆中安歇。

秦王同众公卿进朝，见了唐帝，到宫中拜见了窦太后，骨肉相叙，如同再生，不觉涕泗①横流。秦王细把被难前情，一一奏明。唐帝道：“秦叔宝、徐懋功、魏玄成这三位恩人，目下虽不能归唐，朕当镂之心版，儿亦当佩带书绅。至于义士徐立本与其女惠英，该速给二品冠带，并其小女凤冠霞帔，速宣来见朕。”秦王吩咐左右，在西府内点宫女四名，整顿香车，迎请徐惠英与其父义扶进朝。唐帝见了，甚加优礼，用义扶为上大夫之职，其女徐惠英，赐名徐惠妃，加一品夫人，与秦王为妃，参赞西府军机事务。

秦王又将叔宝寄来的谢表呈上。唐帝看了说道：“叔宝先年与朕陌路相逢，全家亏他救护。今吾儿又赖他保全性命，父子受恩，未知何日得他来报万一？”秦王道：“不必父皇留念，儿自有良策，使他早日归唐。”说了，大家谢恩出朝。未及数日，秦王即差李靖、徐义扶带领雄兵二千并宫娥数名，拥护徐惠妃夫人，前往瓦岗，计赚秦母出寨。今且按下慢提。

再说魏公李密，在偃师收降了凯公，大获全胜，颁赦军民，

---

① 涕泗（tì sì）——涕，眼泪。泗，鼻涕。

正该班师回来，复不自谅，徇行河北部，被夏王窦建德首将王综相战于甘泉山下。被王综以流矢射中李密左臂，大败丧气。又接徐世绩日报，说狱官徐立本，私放秦王、刘文静归国，自谋宫中差使，不知去向。魏公看报大怒，连夜赶回金墉。魏徵、秦琼接见。魏公将三人大肆唾骂，道他们不行觉察，通向徇私，受贿卖放，藐视纪纲，将三人即欲斩首。亏得祖君彦、贾润甫等再三告免，权禁南牢，将来以功赎之。

再说秦母与媳张氏孙怀玉，住在瓦岗，虽叔宝时常差人来询候，然秦母年将七十，反比不得在齐州城外，为子者朝夕定省，依依膝下，寻欢快活。奈儿子功名事大，只好付之浩叹而已。一日，只见一个小厮，进来报道："幽州罗老爷将军，差人到寨，端候秦夫人起居，要面见的。"秦母见说，对媳张氏道："罗姑爷处，还是我六十岁时差人来拜寿，后数年以来，音信悬隔，今为什么又差人来，莫非又念及我七十岁的生辰么?"张氏夫人道："是与不是，还该出去见他，就知分晓。"秦母只得同着怀玉到堂中来见。

两个差官齐跪下去说道："差官尉迟南、尉迟北，叩见太夫人。先有家太太私礼一幅；奉上的寿仪，俟太夫人到舟中去，家太太面致。"秦母连忙叫怀玉，拖了两个差官起来，随后又是四个女使，齐整打扮，上前叩头。那差官说道："这是罗太太差来，迎请太夫人的。"秦母道："小儿秦琼，在金墉干功，不在寨中，怎好有劳台从枉顾？请尊官外厢坐。怀玉，你去烦连伯伯来奉陪。"怀玉应声去了。

秦母同四位女使到里边来，见了张氏夫人，叫手下把罗夫人私礼抬了进来，多是奇珍异玩，足值三千金。寨中这些兵卒，多是强盗出身，何曾看见如此礼物，见了个个目呆口呯，连尤俊达与连巨真亦啧啧称羡道："不是罗家帅府里，也办不出这副礼来。私礼如此，不知寿仪还怎样个盛哩？"那四个女使见过了张氏夫人的礼，又致意道："家太太多拜上，因进香经过，要请太太夫人与夫人少爷同到舟中去一会，方见故旧不遗，叫妾们多致意。"张氏夫人忙叫手下安排酒筵，款待来使。

婆媳两个私相计议。秦母道："若说推却儿子不在，礼多不收，也不去会罗姑太太，这门亲就要断了；若说去，琼儿又在金墉，急切间不能去报知。"其时恰好程知节的母亲也在房中，插口道："这样好亲戚，我们巴不能个扳图一个来往，他们却几千里路，备着厚礼来相认，却有许多疑虑？"张氏夫人道："当年怀玉父亲犯事到幽州，亏得在姑爷手下认亲，解救回来。那十年前婆婆正六十寿诞，我记得姑太太曾差两员银带前程的官儿前来上寿。如此亲谊，可谓不薄矣。今若遽尔回他，只道是我们薄情，不知大礼的了。"秦母道："便是事出两难。"程母道："据我见识，既是老亲，你们婆媳两个还该同了孙儿去会一会。人生在世，千里相逢，原不是容易得的事，难道你还有七十岁活么？你们若不放胆，我只算你的老伴①，去奉陪走走何如？"秦母见他们议论，已有五六分肯去相会的意思了；及见连巨真进来说道："那两个姓尉迟的差官，多是十年前在历城县来拜过寿的，说起来我还有些认得，怎么伯母就不认得了？"秦母道："当时堂中挤着许多人，我那里就认得清？既是恁说，今日天色已晚，留他们在寨中歇了，明早一同起身去就是，少不得连伯伯也要烦你护送去的。"连巨真道："这个自然。"

过了一宿，明早大家用过了朝餐，秦母、程母、张氏夫人多

---

① 老伴——指老友。

是凤冠补服；跟了五六个丫环媳妇，连他们四个女使，共是十二三肩山轿。秦怀玉金冠扎额，红锦绸袍，腰悬宝剑，骑了一匹银鬃马。连巨真也换了大服，跨上马，带领了三四十个兵卒，护送下山。一行人走了十来里，头里先有人去报知。只听得三声大炮，金鼓齐鸣，远望河下，泊着坐船两只，小船不计其数。秦母众人到了船旁，只见舱内四五个宫奴，拥出一个少年宫妆的美妇人出来。你道是谁？就是徐惠英假装的。秦母与众人停住了轿，便道："这不是罗老太太，又是谁?"那差来的女使答道："这是家老爷的二夫人。"秦母见说，也不再问。大家逊进官舱，舱口一将白显道抢将出来观看，被秦怀玉双眉戟竖，牙眦迸裂，大喝一声。白显道一惊，自进舱里去了。李靖在船楼上望见，骇问来人道："此非叔宝之儿乎？"来人道："正是。"李靖道："年纪不大，英气足以惊人，真虎子也。"快叫人请过船来。

秦母等进舱，一个女使对着禀明道："这个是秦太太，那个是程太太，这是秦夫人张氏。"徐惠妃一一拜见过，便向秦母道："家老太太尚在前船，嘱妾先以小舟奉迎。承太太夫人们不弃降临，足见亲谊。"吩咐打发了轿马卒兵回去，后日来接。秦母道："琼儿公干金墉，多蒙太太颁赐厚仪，致承尊从枉顾，实为惶恐。"舟中酒席已摆设停当，即便敬酒安席。李靖请过秦怀玉来，与徐义扶相见了。李靖与秦怀玉说起他父亲前日寄书札来，取出来与怀玉看了。怀玉方知他是李药师，父执相逢，不胜起敬。忽听见又是三声大炮，点鼓开船。秦母在那边舟中，不见了怀玉，放心不下，忙叫人请了过来，坐在身旁。船头上鼓乐齐鸣，一帆风挂起，齐齐整队而行。

连巨真见这许多光景，也觉心上疑惑，亏得夜间宿在徐义扶舟中，义扶向他备细说明，连巨真心中虽放宽了些，但嫌身心两地，只好付之无可如何。徐惠妃那夜见秦夫人们，多是端庄朴实的人，已在舟中，料难插翅飞去，只得将直情备细说与张氏夫人知道。张氏夫人忙去述与婆婆得知。秦母只晓得先前楂树岗秦琼救了李渊之事，后边南牢设计放走李世民一段，全然不知，亏得徐惠妃将前事一一提明："因秦殿下念念不忘令郎将军之德，故此叫妾与父亲陛见后即定计来请太夫人。"此时秦母与张氏夫人晓得相对说话的，不是罗二夫人，乃是秦王一位妃子，重新又见起礼来。幸喜程母因多用了几杯酒，瞌睡在桌上。秦母道："小儿愚劣，有辱殿下垂青；但是那里知我家与罗总管是中表之亲?"徐惠妃道："家父先朝曾任幽州别驾数年，罗帅府衙门中事并走差之人，无不熟识。"秦母道："怪道尉迟南兄弟，扮得这般厮像。只是如今魏番事势未衰，吾家儿子急切间怎能个就得归唐?夫人须先差人送一个信去方好。"徐惠妃道："这个自然。但程太太跟前，万万不可说明。"

秦母众人在舟中住了两天，那日早起，只听得前哨报道："头里有贼船三四十只，相近前来。"秦怀玉正睡在那边船楼上，听见，如飞披衣起来窥探。只见李靖在舱中，唤一将进来，那将是前日扮尉迟北的。李靖在案上取一面令旗，付与中军官，递将下来。那将跪下接着，李靖坐在上面吩咐道："前哨报有贼船相近，你领兵去看来，不可杀害，好歹捆来见我。"那将应声去了。

不一时，只闻得大炮震天，呐喊之声不绝。小船上兵卒，个个弓上弦刀出鞘，把甲胄收束停当。未及两个时辰，鸣金三响，早见那员武将跪下道："禀元帅爷缴令，贼船已获，头目现捆绑在船，端候元帅爷的旨定夺。"李靖收了令箭，便问道："贼船是何旗号?"那将答道："打着是魏家旗号。"李靖双眉一蹙道："既是魏家的人，解进来。"那将应声而去。其时大船，俱停住不行。

船头上众将，排列刀斧捆绑手，明晃晃执着站立，好不威武。只见战船里，拖出一个长大汉子来。连巨真在后边船上望见，吃了一惊道："这是我家贾润甫，为什么撞在这里，却被他们拿住?"忙要去报知秦怀玉，无奈船挤人多，急切间难到那边船上去。徐义扶又不见了，只得趴在船舷上，听他们发落。

只听见李靖问道："你是那一处人，叫甚名字?"贾润甫答道："我是魏邦人，叫做贾和。"李靖道："既是魏邦人，岂不见我大唐旗号出师在此，擅自闯入队来！我且问你，你奉李密使令，差往那里去，今从何处来?"贾润甫道："实因王世充去秋曾向我处借粮二万斛，不意我处今秋歉收，魏公着我去索取。"李靖道："王世充残忍褊隘之人，刻刻在那里觊觎①非望，以收渔人之利。你家李密，却去济应他的粮草，何异虞之假道于晋，因以自敝乎？可知李密真一庸碌之夫!"贾润甫道："天下扰攘，未知鹿死谁手，明公何出此言?"李靖拍案喝道："李密手下多是一班愚庸之夫，所以前日秦王被囚于南牢，文静困辱于殿阶，我正要来问罪，你却撞来乱我军律。左右的与我拿去斩讫报来!"众军校吆喝一声，把贾润甫拥绑出来。连巨真吓得魂飞魄散，如飞要去寻秦怀玉。何知秦怀玉被徐义扶说明，反不着忙。只见中军官又叫刽子手推贾润甫转来。李靖起身亲解其缚，喝左右取冠带过来，替贾爷穿好上前相见。贾润甫拜谢道："不才冒犯元帅虎威，重蒙格外宽宥，足见海涵。"李靖道："适才不过试君之器量耳，弟辈仰体秦王求贤之心，何敢妄戮一人。且叫足下相会几个朋友。"

话未说完，只见徐义扶、连巨真、秦怀玉多走到面前。贾润

---

① 觊觎（jì yú）——指非分的希望与企图。

甫大骇，对徐义扶道：“你是放走了秦王与刘文静，该在这里的了。”对连巨真、秦怀玉道：“你们是住在瓦岗，为何却在此处?”徐义扶把始末备细说了一遍。贾润甫对徐义扶道：“你却同了秦王高飞远举来了，累及徐军师、秦大哥、魏记室，坐禁南牢。”秦怀玉听见说他父亲囚禁南牢，放声大哭，忙向李靖说道：“乞老伯借二千兵与小侄，待小侄打进金墉，救取父亲。”

秦母在前船闻知这个消息，亦差人来盘问。贾润甫道：“既是秦伯母在此，何不请过船来相见，听我说完，省得停回重新再说。”李靖便向怀玉道：“正是，贤侄去请令祖母过来，听贾兄说完。”

不一时秦母走过船来，众人一一拜见了。秦母向贾润甫道：“小儿为何事逮罪南牢?”贾润甫道：“魏公降服凯公回来，闻报徐兄放走了秦王、刘文静，又迁怒于秦大哥、魏玄成、徐懋功，将他三人监禁南牢。我与罗士信再三苦谏不从，即差我往王世充处讨粮。因去秋王世充差官来要借粮四万斛，彼时我听见，如飞向魏公力止，极言不可借，世充乏食，天绝之成，何反与之?况我家虽有预备，积储几仓，亦当未雨绸缪，要防自己饥谨。况军因粮足，今相借与彼，是藉寇兵以资盗粮也，智者恐不为此。无如魏公总不肯听，竟许其请，开仓斛付二万斛。那开仓之日，适值甲申日，有犯甲不开仓之禁忌。嗣后巩洛各仓，仓官呈报鼠虫作耗，背生两翼，遍体鱼鳞，缘壁飞走，蜂涌而出，库中之粟，十食八九。魏公拜程知节为征猫都尉，下令国中每一户纳猫一只，赴仓交纳，无猫罚米十石。究竟鼠多于猫，未能扑灭，猫与鼠不过同眠逐队而已，鼠患终不能息。魏公正在悔恨，近又萧铣缺饷，亦统兵来要借粮五万斛，如若不允，便要尽力厮拼。因此魏公着了急，将他三人在南牢赦出，即差了秦大哥与罗士信，领兵去征萧铣；徐懋功差往黎阳；魏玄成看守洛仓。目下又值禾稼湮没，秋收绝望，因此差我向王世充处，取偿前日之粟。如今伯母既是秦王命李元帅屈驾长安，定必胜是瓦岗，待我报与秦大哥晓得了，他毕竟也就来归唐。”又对连巨真道：“巨真兄，你还该回瓦岗去，众弟兄家眷尚多在寨，独剩一个尤员外在那里，倘有疏虞，是谁之咎？我因公干急迫，伯母请便。”即向众人告辞。

李靖见贾润甫人才议论，大是可人，托徐义扶说他归唐。贾润甫道：“弟因愚劣，不能择主于始；今虽时势可知，还当善事于终。若以盛衰定去留，恐非吾辈所宜，后会有期。”即便别去。李靖深加叹服，连巨真因与秦叔宝义气深重，只得回到长安，看了下落，再回瓦岗。正是：

满地霜华连白草，不易离人义气深。

第五十三回

梦周公王世充绝魏　弃徐绩李玄邃归唐

诗曰：

成败虽由天，良亦本人事。
宣尼惊暴虎，所戒在骄恣。
夫何器小夫，乘高肆其志。
一旦众情移，福兮祸所伺。
蛟螭失所居，遂为蝼蚁制。
噬脐徒空悲，贻笑满青史。

事到骑虎之势，家国所关，非真拨乱之才，一代传人，总难立脚；何况庸碌之夫，小有才名，妄思非分，直到事败无成，才知噬脐无及。

今且不说秦母归唐。再说贾润甫别了李靖等来到洛阳，打探王世充大行操练兵马，润甫要进中军去见他。世充早知来意，偏不令润甫相见，也不发回书，叫人传话道："这里自己正在缺饷，那时讨米来清偿你家？直等我们到淮上去收了稻子，就便来当面与魏公交割。"

贾润甫见他这样光景，明知他背德不肯清偿，也不等他回札，竟自回金墉来回复魏公道："世充举动，不但昧心背德，且贼志反有来攻伐之意，明公不可不预防之。"李密怒道："此贼吾亦不等其来，当自去问其罪矣。"择日兴师，点程知节、樊文超为前队，单雄信、王当仁为第二队，自与王伯当、裴仁基为马后

队，望东都进发。

那边王世充，早有哨马报知，心上要与李密厮拼，只虑他人马众多，急切间不能取胜，闷坐军中。忽一小卒说道："前年借粮军士回来，说李密仓粟，却被鼠耗食尽，升贾润甫补征猫都尉，宫中又有许多灾异。金墉百姓多说是僭了周公的庙基，绝了他的香火，故此周公作祟。"郑主道："只怕此言不真。"小卒道："来人尽说有此怪异，为甚说谎？"郑主笑道："若然，则吾计得矣；但必要一个伶俐的人，会得吾的意思，方为奇妙。"说了，呆看着那小卒，小卒低着头微笑不言。

到了明日，擂鼓聚将，大宴群臣，计议御敌之策。郑主问道："李密金墉之地，还是隋朝故宫，还是他自己创造的？"张永通答道："魏主宫室，原是周公神祠。李密谓周公庙宇当创建于鲁，此地非彼所宜，便撤去庙貌，改为宫阙。周公累次托梦于臣，臣未敢渎奏。"郑主拍案道："怪道孤昨夜三更时分，梦见一尊冠冕神人，说：'吾乃周文王之子姬公旦便是，蒙上界赐我为神，庙宇在金墉城内，被李密拆毁了，把基址改为宫殿，木料造了洛口仓，使我虎贲卫从，漂泊无依。今李密气数将尽，运败时衰，东郑王你替我报仇做主。'"众臣道："神人来助，足见明公威德所致，此番魏邦土地，必归于明公矣。"郑主道："富贵当与卿等共之，谅孤非敢独享也。"

正说时，只见三四个小卒走上前来报道："中军右哨旗丁陈龙，忽然披发跣足，若狂若痴，口中大叫道：'我要见东郑王。'"郑主见说，笑逐颜开，对众臣道："此卒素称诚朴，何忽有此举动？孤与卿等同去看他。"说了，齐上马，来到教场中。军师桓法嗣纵马先到演武场，只见陈龙闭着双眼，挺挺的睡在桌上，高声朗句的在那里诵大雅文王之诗曰："文王在上，于昭于天。周虽旧邦，其命维新。”见郑主来，忽跳起身，站在桌上，朝着外边道：“东郑主请了，吾周公旦附体在此。前宵嘱之言，何不举行？勿谓梦寐，或至遗忘。若汝等君臣同心协力，吾还要助汝阴兵三千，去败魏师，幸毋观望，火速进兵为上。吾去也！”说了，跳将下来，满厅舞蹈扬尘。此时王世充与众臣，早已齐齐跪拜道：“谨遵大王之命，我等敢不齐心讨贼，以复故宫，重修殿宇峥嵘？”大家忙起身，看那个陈龙，面色如灰，手足冰冷，直僵僵横在草地上。郑主叫人负了他回去。

自此郑家兵将个个胸中有个周公旦了。从来行兵诡道，王世充原是个奸狡多谋之人，兼那军师桓法嗣，又是个旁门邪术之徒，恰好在乱离中，逞志求荣，希图宝位，便有许多因邪入邪之事来凑他。郑王回朝，即便传旨军师桓法嗣，明日下演武场，点选彪形大汉三千，个个身长八尺，脚踏木橇一丈二尺，面上俱带鬼脸，身穿五色画就衣服。数日之内，演习停当。桓法嗣说：“此计只宜速行，攻其无备。”郑主准奏。

这不过是要收拾完一个李密，成全一个应世之主。若李密是个明智之士，见国中屡现灾异，便要安守金墉，悔改前愆，优恤臣下，犹可以为善国。无奈李密自恃才略高强，却忘了昔日死里逃生之苦，刻刻要想似汉高提着三尺剑，无敌于天下。先把一个足智多谋的军师徐世绩调去黎阳；萧铣乃癣疥之疾，又把忠勇全备的秦叔宝、罗士信差他去拒守；贾润甫屡进奇谋不听，而置之洛口；邴元真贪利忘义小人，反置之左右；只剩单雄信、程知节等一班恃勇好斗之人，自统大兵前来。未及两日，何知王世充也拥着大队人马，在路上遇哨马报知，大家离着三四十里安营驻扎。李密安营于翠屏川东山。王世充结寨于翠屏洞西山，军师桓法嗣带领细作，随身兵马二三百，悄到镇东山顶，了望魏营，部伍整齐，如星辰垒落，看去杀气冲天，果是人惊鬼哭。

桓法嗣心中暗想：“吾虽练彪形高檥神兵，怎能够胜他人强马壮?”蹙着双眉，四下闲看，忽见东北方山角下，七八个大汉在那里采樵。桓法嗣看他们运斧弄斤，丁丁伐木，不觉怡然而笑道：“吾更有计矣!”悄悄唤一家将近前来，附耳几句，自己即便上马归营。到了明日，进大营对郑主道：“臣昨夜也梦见周公对臣说道：‘桓法嗣听我吩咐：明日我暗引一人来助你们擒贼，你快去催主人作速进征，以决胜负。’”又附郑主耳上说了几句，郑主大喜。桓法嗣又将木排，多用红绿颜色，画成兽形，列为方城，将兵马尽藏其中。郑主坐中军大寨，看军师桓法嗣调度。只见帐下军士道：“拿着了李密。”及至解进来时，见绑着的却是一群打柴的人，为首又是李密。郑主问道：“是那里拿来的?”军士答道：“小人们奉令巡逻，到山坳炭径，遇着这干人，内中却有李密，小人们奋勇拿来请功。”郑主怒问，那为首喊叫冤枉道：“小人是国子监助教陆德明的家人，城中乏柴，着小人来樵采，说甚李密，现有同伴可证。”巡逻的道：“明是李密，假做采樵，窥探军情。”郑主又向众樵夫细问，果然是乡宦家人，差出来打柴的，郑主叫左右去了那干人的绑缚，对他们说道：“我晓得你们尽是平民，我如今正要用着你们。且问你众人里边，可有熟识北邙山幽僻路径的?”一个樵夫指道：“那个叫做满山飞金勇，那个叫做穿山甲庞元，他两个惯走山径，晓得路途。”郑主道：“妙!”先叫那像李密的前来，赏他一个中军把总；那两个金勇、庞元，赏他做了左右队长，多给衣帽战袍。又叫中军，附耳吩咐了领去。众樵夫大喜，叩谢出营，编入各队。看两边是：

纷纷战血烟云洒，胜败存亡未可知。

再说李密前队程知节，指望遇着了对头，爽利大杀一场，不意王世充的兵马，反将横木为城，寂然不动，便督军马，冲到城边，却又看见了木城上红绿兽形，即便调转马头，逃回转来。那单雄信领着第二队，亦凑着了，叫前队架起云梯炮石，向内攻打，竟不能破。魏王在后队结寨，时将举火，传令黑夜须防贼人行劫，各营务要小心，静听更筹。到了三更时分，魏营兵将耳边，只闻得四下里炮声隐隐不绝，心中惶惑。忽有巡逻夜不收，到前营来报道："王世充木城已开，只是内中灯火俱无，人影不见，敢报老爷知道。"程知节因日间攻打了半天，正在那里心中烦躁，忽闻此报，安能忍耐！自己当先，领军马直到郑营。远远望去，只见木城大开，灯火齐举，照耀如同白日，并不见一兵在外。恼得程知节性起，把双斧高举，口中喊叫："有胆气的随我来！"只见郑营寨中一声炮响，闪出一将，杀了十来合，败将下去。程知节趁势追赶，约十来里，又听得郑营中一个轰天大炮，四下里即便接炮连声，忽起一阵怪风，刮地里迎面吹来。

其时金鸡已报，天色已明。程知节正催促军马杀将下去，只见斜刺里赶出七八队，都是面蓝发赤，巨口狼牙，五色长袍，高屐橇脚，硝黄火药，烘满半天，都执着砍刀，从第二队后边杀来，个个喊道："天兵到了，你们要命的快须投降！"单雄信兵士见了，尽皆惊惶，要兜转马头，杀奔回去；因那些战马，见了这班鬼脸长大，咆哮乱跳，反向前尽力嘶跑。单雄信只得大着胆，随着前队，往前杀去。两队人马接着王世充许多将士，绞作一团的乱杀。程知节正在酣战之时，听得喊道："捣寨的兵，拿了李密来了！"只见一簇兵马，拥着李密，锦袍金甲，背剪在马上，喊叫不明道："快来救我，快来救我！"已被这干人拥进阵里去。程知节看见，吃了一惊，对裨将樊文超道："如今主公已没了，战也没用，散罢！"樊文超道："东天也是佛，西天也是佛，散也没处去，倒是投降。”便传主将已没，情愿投降。部下听得，一齐抛戈弃甲跪倒。程知节忆着老母，却在乱军中卸去盔甲，寂然逃走。

单雄信与王当仁在第二队，见前边一齐跪倒，不识为甚缘由，却飞报的来说：“魏公已被拿去，前军已尽投降。”单雄信也是个猛夫，再不忖量李密怎样就可以拿得，心下反着了忙，对王当仁道：“魏公既被他们拿去了，我们在此，杀也无益，不如我和你冲出去罢！”王当仁便道：“说得有理。”喊一声，领麾下努力，杀了一里多路。无奈四围郑兵，越杀越多。单雄信回转头来一看，王当仁已不见了。单雄信正要转身去寻，不提防郑将张永通飞马到面前。雄信忙举槊相迎。岂知郑营中几十把钩镰枪齐举，把单雄信坐马拖翻。雄信无奈，亦只得领众投降。

独有魏主还领着精锐心腹之士督战，见前队散乱，忙着裴仁基前来救应，亦被郑阵中镰钩套索捉去。魏主正在惊疑之际，只见后面山上，连声发喊，二队短刃步兵，赶下山来，已在阵后乱砍。回望寨中，烟焰冲天，守寨军士，四散逃走，投崖坠石。原来王世充着樵夫引导，黑夜领这枝兵，各带硝磺引火之物，乘他兵尽出战，焚他大寨。魏主平日却因自恃势盛，只道无人敢来窥伺，到处不立木栅，止设营房，所以这几百人，如入无人之境，烧了他寨，又杀将转来。此时李密要敌后军，前面王世充人马已到；要敌前军，后边步兵杀来，真是前后夹攻，腹背受敌。无可奈何，只得易服同众逃到洛口仓。

贾润甫闻知，远来接见，把善言相慰道：“汉高屡败，终得天下；项羽虽胜，卒遭夷灭。明公安心以图后举。”在洛口仓安歇了一夜。次日正欲与众将计议，只见程知节同了十来个小卒逃来。魏主怒道：“我正要问你那前面是怎么样光景，以至于此?”

程知节道："头里我们被他杀退了下去，已有六七里，何知起一阵怪风，冲出无数阴兵，这边大家尽力混杀，不意他们阵里拥过一个锦袍金甲，与明公面貌无异，背剪在马上。我们军士，只认真是主帅被擒，军士都无心恋战。郑营中四下军马如山倒海翻，裹将拢来，裨将樊文超即便领众投降。我不得已卸甲逃走到仓城。岂知邴元真已将全城归降王世充，我故又赶到这里，幸喜明公无恙，多是贼人使的诡计。"

话未说完，只见魏徵一骑来到，魏公大骇，忙问道："为什么你亦离了金墉，莫非亦有甚事么?"魏徵道："昨夜五更时分，有一起人马，叫喊开城。郑司马上城看时，只见灯火之下，果然是明公坐在马上。郑司马忙开城门，出来迎接，只见喝道：'诸将不行救应!'就叫手下捆缚，裴仁俨亦被擒下。我着了急，知中贼人之计，如飞着宫侍报知王娘娘同世子逃出了南门，恰好在路上遇着了王当仁，交付与他送上瓦岗去了。故此我特地寻来，恰好多在这里。刚才我在路上，听见逃回兵卒说：'王世充大队人马，又追将下来。'"正说时，只见贾润甫手下巡逻走卒来报道："虎牢关也失了。郑家大兵只离我们洛口三十里地，我们快走罢!"此时连魏徵也没了主意。李密见王世充势大，量此洛口一隅，怎能支撑？只得同众进守河阳。

河阳乃祖君彦所守地方，未及两日，巡卒又报偃师、洛口俱失。李密叹道："谁料贼子弄这些诡计，失去这许多地方，又战失了好几员名将，这都是孤自己大意，以至于此。如今方寸已乱，教孤如何是好?"王伯当道："为今之计，只有南阻河，北守太行，东连黎阳。徐世绩为人忠义，不以成败利钝易心，且足智多谋，堪当一面，着他同守黎阳，移兵食以资河北，虽与世充相近，末将不才，愿为死守。明公身居太行，呼吸两地，身既在此，当时部曲必然来归，力薄则拒险而守，力足则相机而战，方是妙计。”李密道：“此计甚善。”问众将，多默默不语。李密又问，众将只得说道：“前日北邙一战，人心皆惊，雄信投降，仁基、智略就缚，以致河阳疾破，仓城即降，偃师、洛口、虎牢地方，接踵而失。将无固守之志，兵无敢死之心，人情趋利，比比皆然，今明公麾下，尚有二万，恐再俄延，怕众人日散，公欲拒守，谁人相助？”

李密听了，不觉两行泪落道：“孤仗诸君戮力同心，首取洛口，又据黎阳，北抗世充，南破化及，不意今日一战，至于众叛亲离，欲守无人，欲归无地，要此七尺何为？”言罢，拔剑便欲自刎。伯当一把抱定，两泪交流道：“明公，你备经困苦，方能得成大业；今虽失利，安知不能复兴，何作此短见？”两人号哭连声，众将也齐泪下。李密哽咽了半日，才出得一声道：“罢，罢，我壮志不甘居人之下，今天丧我，无计可施，黎阳我断不去，诸君若不弃，同到关中归于唐主，诸君谅亦不失富贵。”众将齐声道：“愿随明公同归唐主。”李密对王伯当道：“将军家室，多在瓦岗，今日入关，家室日远，恐必挂念，不若将军且回。”伯当道：“昔与明公共誓生死同随，安肯今日相弃？便分身原野，亦所甘心；何况家室哉！”这几句连同行的人都感动，没一个肯离散。独有程知节跳起身来说道：“不是兄弟无情，你们都去得，我却不敢追随。”众人道：“这是为什么？”李密道：“我晓得了，尊堂尚在瓦岗，不去也罢了。”程知节道：“不是这话，老娘在瓦岗，尤大哥与我不比别的弟兄，时刻肯照顾我母亲，我可以放心无忧。当年李世民，监禁在南牢百日，多是我程咬金陷他。”众人道：“这是公事，岂独罪你一人？”程知节道：“当日世民窥探金墉城，众臣只道他诡计，无人敢去拿他，独有我老程，不怕死赶出城外。追至老君堂，见他躲在神柜里，我认他是个蟒蛇精，一斧几乎把他砍死。幸亏秦大哥止住了，说道：‘留活的拿去见魏公。’所以他君臣两个，困陷这几时。如今的人，恩则便忘，怨则分明。我今去正中唐家的意，把咬金一刀两段，叫我老娘谁来照看？不去，不去！”说罢，竟一恭而去了。众人道：“此时各从其志，他不去，我们是随明公去便了。”

李密恐怕耽延有变，也不待秦叔宝回来，亦不去知会徐世绩，只带部下兵有二万人西行。先差元帅府掾柳夔，赍表奏知唐帝。唐帝久知李密才略可用，况他河南、山东，旧时部曲甚多；若收得他，即可以招来为我用，所以不胜大喜。先差将军段志玄来慰劳他，又差司法许敬宗来迎。只是李密想起当日希图作盟主，就是唐帝何等推尊，谁知一旦失利，却俯首为他臣子，心中无限不平，无限悒快，今事到其间，不得不为人下了；率领王伯当一干人进长安，朝见唐帝。

诸将拜舞毕，宣李密上殿。唐帝赐坐道：“贤弟，战争劳苦，当俟吾儿世民豳州回来，与贤弟共平东都，以雪弟仇。”就传旨授李密光禄卿上柱国，赐刑国公；王伯当左武卫将军；贾润甫右武卫将军；魏徵为西府记室参军。其余将士，各各赐爵。李密等谢恩而出。唐帝又念他无家，将表妹独孤氏与他为妻。官职虽不大，恩礼可谓隆矣。正是：

忆昔为龙螭，今乃作地鼠。
屈身伍绛灌，哽咽不得语。

第五十四回

释前仇程咬金见母受恩　践死誓王伯当为友捐躯

词曰：

忆昔声名如哄，收拾群英相共。一旦失筹谋，泪洒青山可痛。如梦，如梦，赖有心交断送。

——右调《如梦令》

古人云：知足不辱，苟不知足，辱亦随之。况又有个才字横于胸中，即使真正钟鸣漏尽，遇着老和尚当头棒喝，他亦不肯心死；何况尚在壮年，事在得为之际。

却说魏王李密，进长安时，还想当初曾附东都，皇泰主还授我太尉，都督内外诸军事；如今归唐，唐主毕竟不薄待我，若以我为弟，想李神通、李道玄都得封王，或者还与我一个王位，也未可知。不意爵仅光禄卿，心中甚是不平。殊不知这正是唐主爱惜他，保全他处。恐遽赐大官，在朝臣子要忌他。又因河南、山东未平，那两处部曲要他招来，如今官爵太盛了，后来无以加他，故暂使居其位，以笼络他，折磨他锐气。李密总不想自己无容人之量，当年秦王到金墉时，何等看待；如今自己归唐，唐主何等情分。还认自己是一个顶天立地的好男子，满怀多少不甘。

居未月余，秦王在陇西征平了薛举之子薛仁杲，拔寨奏凯回朝。早有小校飞驰报捷长安。唐主宣李密入朝面谕，道：“卿自来此，与世民未曾见面，朕恐世民疑念往事，不利于卿。卿可远接，以尽人臣之礼。”李密领诺。其时魏徵染病西府。李密同王伯当等二十余人离了长安，望北而行。直至豳州，哨马报说秦王人马已近。李密问祖君彦道："秦王有问，教我如何对答？"君彦道："不问则已，若问时，只说圣上教臣远接，即不敢加害于明公矣。"

二人正商议间，只见金鼓喧闹，炮声震地，锦衣队队，花帽鲜明，左右总管十人，剑戟排拥，戈矛耀日，前面数声喝道，一派乐官，埙篪迭奏而来。李密只道来的就是世民，忙与众官分班立候。只见马上一将，大声呼道："吾非秦王，乃长孙无忌与刘弘基也。殿下尚在后面，汝是何人，可立待之！"是时李密心中懊恨，明知秦王故意命诸将装作王子来羞辱他；如今若待不接，恐唐王见怪；若再去接，又觉羞辱难堪。

正在悔恨之时，又见一队人马，排列而来。前面一对回避金牌，高高擎起；中间旗分五色，剑戟森严；后面吆喝之声渐逼，望见舆从耀目，凤起蛟腾。李密暗想："是必秦王也。"忙与众将俯躬向地打躬下去。只见马上二人笑道："吾乃马三保、白显道也，前年我们到金墉来望你，今你亦到吾长安来。若要接殿下，后面保驾帷幔里高坐的便是，可小心向前迎接。"李密听见，满面羞惭，捶胸跌脚，仰天叹道："大丈夫不能自立，屈于人下，耻辱至此，何面目再立于天地之间？"即欲拔剑自刎。王伯当急向前夺住道："明公何如此短见，文王囚于羑里，勾践辱于会稽，后来俱成大业。还当忍气耐性，徐图后事。"正说时，忽见有人报道："前面风卷出一面黄旗，绣着'秦王'二字在上，今次来的必是秦王无疑。"李密无奈，只得侧立路旁。骤见一队人马到来，前导五色绣旗。甲士银鬃对对，彤弓壶矢，彩耀生光，宝驾雕鞍，辉煌眩目，力士前引，仪从后随。唐将史岳、陶武钦，依队前进，王常、邱士尹，按辔徐行。原来四将认得是李密，各各

在马上举手道："魏王休怪，俺们失礼了。"李密诸将默然无语，不觉两泪交流。王伯当再三劝慰。

又见殷开山、洛阳史排列左右护卫，犹如天王之状。秦王冠带蟒服，高拱端坐幔中。李密看得真切，如飞向前俯伏道："老拙有失远迎，望殿下恕责。"秦王见了李密，不觉怒发冲冠，手持雕弓，搭上一箭，兜满弓弦。吓得魏将王伯当、贾润甫、祖君彦、柳周臣诸将俯伏在地，面如土色。李密把两手捧住其脸，战栗不已。秦王见众人在地下打作一团儿，犹如宿犬之状，倒底是人君度量，即收了箭，以弓梢指定李密道："匹夫也有今日！本待射你一箭，以报缧绁①之仇，恐连累了众人，只道我不能容物，暂饶你性命！"大喝一声而过。这都是秦王晓得李密来接，故意装这十将来羞他。

其时秦王进朝拜见了唐帝。唐帝道："皇儿征伐费心，鞍马劳苦。"秦王道："托赖父王洪福，诸将用命，得以凯还，擒得薛仁杲、罗宗侯等囚在槛车，专候父皇发落。"唐帝大喜，即命武士斩于市曹，悬首示众。因问秦王："曾见李密否？"秦王答道："臣儿曾见来。"唐帝道："当时朕欲拒其降，因刘文静进言道：'郑与魏境接壤，二邦犹如唇齿。'今王世充灭了李密，未有虢②亡而虞独存者，我处若不受其降，密必计穷，据兵而复投他国，又增一敌。劳吾心矣，乌乎可！"秦王道："为什么有恩于臣儿的这几个人反不见？"唐帝道："魏徵已在这里，朕知其有用之才，将他拨在你西府办事；如今闻说他有病，故此想未有来接你。"说完，帝同秦王进宫去朝见了母后，谢恩出朝。

他原是个拨乱之主，求贤若渴。况当年有恩于彼，怎不关

① 缧绁（léi xiè）——捆绑犯人的绳索，也引申为囚禁。

② 虢（guó）——指周代诸侯国国名。

心？一进西府，即问魏徵下榻之处。魏徵原没有病，因李密要与他同去接秦王，料必不妥，故此诈称有疾。今闻秦王来问他，如飞赶出来拜伏在地道：“臣偶抱微疴，不能远接，乞殿下恕臣之罪。”秦王一把拖住道：“先生与孤，不比他人，何须行此礼?”忙扯来坐定。魏徵道：“魏公失势来投，望殿下海涵，勿念前愆①。”秦王道：“孤承先生们厚爱，日夜佩德于心，今幸不弃，足慰生平。李密匹夫，孤顷见俯伏在地，几欲手刃之，因见众臣在内而止。然孤总不杀他，少不得有人杀他的日子。”因问：“叔宝、懋功二兄为何不来?”魏徵道：“徐懋功尚守黎阳，他是个足智多谋之士，魏公自恃才高，与他言行不合，所以他甘守其地，亦无异志。秦叔宝往征萧铣未回。魏公此来，亦未去知会他。”秦王道：“他的令堂乃郎，孤多膳养在此。”魏徵道：“他如今想必也晓得了，但是这人天性至孝，友谊亦要克全其义。单雄信已降王世充，恐还有些逗留。”秦王又问道：“那个粗莽贼子程知节，为什么不见?”魏徵道：“他因昔日开罪于殿下，故不敢来，到瓦岗拜母去了。人虽粗鲁，事母甚孝，倒是个忠直之士。昨晤徐义扶，方知程母也在此，他还不晓得，若到瓦岗，知其母消息，是必奋不顾身，入长安矣。倘来时，望殿下忘其射钩之仇而包容之。”于是秦王与魏徵朝夕谈论，甚相亲爱。

如今且说程知节到了瓦岗，却不见了母亲，忙问尤俊达。尤俊达道：“尊堂陪秦伯母婆媳两个去会亲戚，不想被秦王设计赚入长安去了。”程知节见说，笑道：“尤大哥，你又来耍我。”尤俊达道：“程老弟，我几曾说谎起来?”便把当时赚去行径一一说出，又道：“当是这班人，原只要迎请秦伯母去，谁知令堂生生

① 前愆（qiān）——即以往的过失。愆，过失，罪咎。

的要奉陪他走走，弟再三阻当，他必不肯依，因此弟只得叫连巨真兄送去。前日连巨真在长安回来，说尊堂与秦伯母在秦王那里，甚是平安。兄如不信，到黎阳去问连巨真便知详细了。”程知节此时觉得神气沮丧，呆了半晌，喊道：“罢了，天杀的入娘贼，下这样绝户计！咱把这条性命与他罢！”过了一宿，也不辞别尤俊达，跟了两个伴当，竟进长安。可怜：

只念娘亲不惜躯，愿将遗体报亲恩。

程知节恐怕大路上有人认得，却走小路。晓行夜宿，未及一月，不觉早到长安。进了府城，就在西府左首借了下处。先叫手下人把一揭投进去，只等帅府开门。秦王知程知节到来，传令将士装束威武，排列森严，粗细鼓乐，迭奏三通。秦王升殿，诸将参见过，捱班站立。只听得头门上守门官报道：“魏犯程知节进。”里边武卫接应一声，如春雷一般。秦王坐在上面，见一个赤条条的长大汉子，背剪着，气昂昂走将进来。到了丹墀，直挺挺的立定。秦王仔细一看，认得是程知节，不觉怒气填胸，须眉直竖，击桌喝道：“你这贼子，今日也自来送死了！可记得当年孤逃在老君堂，几乎被你一斧砍死！孤今把你锅烹刀礫，方消此恨。”程知节哈哈大笑道：“咱当时但知有魏，不知有唐。大丈夫恩不忘报，怨必求明。咱如怕死，也不进长安来，要砍就砍，何须动气。快快叫咱老娘来见一面，咱就把这颗头颅，结识与你罢。”秦王道：“你这贼到这地位，还要口硬，且缓你须臾之死。军士们领他去见了他母亲，然后来受刑！”众军士不由分说，把知节拥出府门。

原来秦老夫人的下处，就在西府东首一所绝大的房子里头，与程母同居。秦母一到长安，秦王即拨一二十名妇女，进来伺候，又拨排军二十名，看守门户。不但供应日逐送进，每月还有许多币帛馈赐。秦母与程母，礼必两副。所以这两个老人家，起居安稳，甚感秦王之恩。当时众军士将程知节拥进秦母寓所，早有人进去报知。秦母与程母如飞走出堂来。程母见儿子这般行径，即上前抱头大哭，口里咿哩呜啰，不知哭许多什么，惹得众武士反笑起来。程知节焦躁道："娘，你不要哭，儿子问你，你住在这里，身子可安稳么？可有人伺候么？"程母只是哭，那里对答的出一句，反是秦母替他说道："一到长安，秦王如何差人来伺候，每日如何供应，月月如何馈送，还要时常差妇女出来候安。我与汝母亲，蒙他恩典，相待一体，总无厚薄。"程知节问母亲道："娘可是这样的？"程母含着眼泪，点点头儿道："是这样的。"又将手指身旁两个使女说道："这两个就是秦殿下赐来服事①我的。"知节见说，便道："娘，儿子差了，那晓得秦王这样一个好人，儿今去死在他台下，也是甘心的。娘，你不要念我了，你去伴秦伯母终了天年罢！"竟要撒开身子走出来，程母那里肯放。秦母对知节道："你们不要忙乱，听我说：当时秦王因要我的琼儿归唐，故假作罗家来赚我，不意你母亲一团美意，陪我出寨，竟入长安；如今魏公亦已降唐，吾家琼儿谅必早晚亦至。你家母亲岂可因我出门，反作无子之母？"便对伺候的说道："取我的大衣服出来，待老身自进西府，去见秦王，求他宽宥②。"

正说时，只见一个差官，跟着三四个校尉，手里托着冠带袍服，口中喝道："殿下有旨，恕程知节无罪，即着冠带来相见。"说完，校尉如飞将程知节绑缚去了，要替他冠带。程母见说，如飞跪在地上，对天叩首道："愿殿下太平一统，万寿无疆。"引得

① 服事——即服侍、照料。
② 宽宥——即宽恕、谅解。

众人又笑起来。程知节着了衣服，穿好了袍带，便要拜母亲与秦伯母。程母止住道："儿且不必拜我，快进西府去叩谢秦王，这样宽恩大度的明主，你须要尽忠去报他，老身就死也瞑目的了。"知节见说，不敢违命，如飞的跟了差官，来进西府。时秦王在集贤堂，与众谋士谈兵议论；只见校卫来复命说道，秦叔宝母就要见殿下来，程知节母如何叩首谢祝。秦王笑向魏徵与刘文静道："幸是孤先差人去赦他，若秦母到来，就不见情了。"

话未说完，那差官进来禀程知节在帅府门首候旨。秦王道："叫他到西堂来。"西堂原是西府会宾之所。差官早引知节站在阶前伺候。只见秦王踱将出来，程知节如飞跪向前垂泪道："臣有眼无瞳，以致当年不识英雄之主，获罪难逃。今虽蒙恩赦死，反觉生惭。"秦王自下阶来搀他起来道："刚才试君之意耳，孤久知卿乃忠直之士，愿卿将来事唐如事魏足矣。"知节道："臣蒙殿下豢母隆恩，敢不捐躯以报！"

秦王问起知节与王世充当日征战之事，知节备细述了一遍。秦王又问："可曾见叔宝、懋功？"知节道："臣自战败之后，见魏公降唐，臣即往瓦岗。一闻母信，星夜至此，实未曾会着秦、徐二友。今臣感殿下鸿恩，无由以报，臣有心腹部曲一二千，尚在北邙、偃师，待臣去招来，并偕秦、徐诸弟兄来归唐，未知殿下可容臣去否？"秦王见说，大喜道："孤有何不容？如此足见卿之忠贞；但须朝见过了圣上，卿须奏明，看圣上旨意如何。"知节领诺。秦王即命差官，引他进朝面圣。

知节即便辞了秦王，出来朝见唐帝。唐帝见他相貌魁梧，言语爽直，即赐他为虎翼大将军，兼西府行军总管，所奏事宜，悉听秦王主裁。知节谢恩出朝，重新又到西府来，谢过了恩，忙到寓所拜见老母，并秦伯母及张氏夫人。秦怀玉也出来拜见了。一家欢聚。

过了一宿，明早知节便辞别了秦王，束装起行。前日进长安时，九死一生；如今出长安，轻裘肥马，仆从随行，比前大不相同，一径往东都进发。这是：

为感新知己，来寻旧侣盟。

如今再说李密，自从被秦王羞辱之后，每日退归邢府，坐卧不安，忧形于色。左右报程知节到来，李密心上指望他来探望，访问一访问东都消息，岂料知节竟不来见。未及三四日，报说唐帝封他虎翼将军，又差出长安去了。李密心中气闷，忙对王伯当与同来将士道："程知节是孤旧臣，他到了两三日，竟不来看孤一面。人情之薄，一至于此。今唐主赐了他官爵，又出长安去了，想必他此去收拾旧时兵卒，以来助唐。我们在此闷坐守死，有何出头日子？"李密诸将士当时攻城掠地，倚着金帛来得易，也用得易，自入关来，也都资用不足，各不相安。今见李密有去志，大家计议道："徐世绩现在黎阳；张善相在伊州；叔宝、士信，思已平定萧铣，必归瓦岗；雄信诸人在洛。明公还可有为，何苦在此别人眼下讨气？"王伯当也道："正当如此。"李密道："还是奏知唐主，只说要往山东，收故时部曲，还是各人私走到关外取齐？"贾润甫道："此事不妥。主上待明公甚厚。况国家姓名著在图谶，天下终当一统。明公既已委质，复生异图，盛彦师、史万宝等雄守关外，此事朝发，彼必夕至。虽或出关，兵岂暇集？一称叛逆，谁复能容？为明公计，不若安守，徐思其便，可以万全。"

密怒道："卿乃吾心腹，何言如是！不同心者，当斩而后行。"润甫泣道："自翟司徒被戮之后，人皆为明公弃恩忘本，上下离心。今纵奔亡，谁肯复以所有之兵，拱手委公乎？柳荷恩殊厚，故敢深言不讳，愿明公熟思之。若明公有所措身，贾柳亦何辞就戮。”密大怒，拔剑欲击之。王伯当等力劝乃止。祖君彦道：“依臣想来，不若通知了公主，潜出长安；秦王即知，差人来阻，公主在那里，谅难加害。此古刘先主赚吴夫人归汉之计，未知明公以为何如?”

大家计议未定，李密含怒进内。独孤公主道：“大丈夫当襟怀磊落，妾见君家何多不豫之色?”李密道：“我有一言，欲与汝商酌，未知可否?”独孤公主道：“夫妇之间，有何避忌?”李密道：“吾欲背唐而行，只虑汝牵心，不忍相弃，意欲与汝同行，未知可否?”独孤公主道：“是何言欤?吾兄受汝之降，爵君上公，又念君无家，赐妾为婚，宠眷之恩，可谓富贵极矣。今席尚未暖，不思报德，反有异志，苟有人心，必不至此。”

李密道：“主上恩宠虽厚，汝侄辱我太甚。今势不两立，且往山东，收拾士卒，再图后举。况妇人之身，从夫为荣。汝心不允，莫非亦有异志么?”公主见说，即唾其面道：“吾以汝为好人，尽心报国，不意如此不忠不义，此生有何倚赖?”李密见说，登时杀气满面，幸喜旁边有个宫奴，善伺人意，忙上前解说道：“驸马息怒，此亦吾家公主年轻，不知大义。古人说得好：夫唱妇随，无违夫子，以顺为正，妾妇之道也。驸马既有此言，还当熟商，徐徐而行，岂可因一言之间，有伤伉俪之情?”李密见这宫奴说了这几句，把气消了一半，走出外来。

祖君彦问道：“明公刚才进去，可曾与公主商酌?”李密恨道：“适间我略谈几句，不贤之妇反责我不忠背德，我几欲手刃之，故走出来。”王伯当道：“风声已漏，不好了，祸将至矣!”李密道：“计将安出?”祖君彦道：“要去大家即便起身，如再迟延，即难离长安矣!”李密见说，忙将内门封锁，叫王伯当唤齐同来诸将，收拾行装器械，共有六十余人，不等天明，竟出北门而去。

门军忙来报知秦王。秦王大怒，如飞自到邢府中来看，只见内门重重封锁，忙叫人开了，见了独孤公主。公主将夜来之言述了一遍。秦王听见，咬牙切齿，如飞奏知唐帝。唐帝亦怒，即欲遣将追擒。刘文静道："何必动兵？只消发虎牌传谕各地方总管，若李密领众过关，必须生擒解来正法，看他逃到那里去？"唐帝称善，即发出虎牌来，星使知会各关。

且说李密与王伯当众人，带星而往，马不停蹄。不多几日，出了潼关，过了蓝田。李密对众人道："吾们若要到伊州张善相处，须走小路便捷；若要往黎阳徐世绩处，须走大路。"贾润甫道："前途愈加难行，据吾见识，吾们该匀两队走，一队走黎阳，一队走伊州。"李密道："这也说得是。你与祖君彦走大路，往黎阳；吾与伯当走小路，往伊州。到了，大家差人知会便是。"因此贾润甫同祖君彦一二十人，走大路去了。

李密同王伯当三十余人，又走了几日，到了桃林县地方。桃林县县官方正治，是个贤能之士，见这些人乘夜要穿城过，心中疑惑，叫军士着实盘驳，必要检看行囊。李密手下偏将与众兵卒，原是强盗出身，野性不改，见这小小一县这般严缉，大家不甘，登时性起，拔出刀来砍杀门军，一拥进城。王伯当忙要止住，那里禁止得住？吓得县官方正治，逃入熊州去了。魏家兵将进了城，见无人阻拦，囊资久虚，爽利把仓库劫掠一空，住了一宵，然后起身。

方正治一到熊州，把前事述与镇守将军史万宝知道。万宝惊惶无计，总管盛彦师道："不难，我自有策。只须数十人马，自能取他首级。"史万宝再三问时，盛彦师不肯说破。时李密以为

官兵必截洛州，山路无人阻挡，骑着马领这干人缓行。恰到熊耳山南下，一条路左傍高山，下临深溪。李密与王伯当策马先走，不顾左右。只听得一声炮响，山上树丛里箭如飞蝗，进退不能，况身上又无甲胄，山谷里溪中，又有伏兵杀出截住前后，可怜伯当急不能敌，拚命抱住李密之身，百般遮护。二人竟死于乱箭之下。被伏兵枭了首级，收了尸骸，奏捷唐帝。唐帝大喜，命将两颗首级，悬于竿首，市曹示众，携窃者夷三族。正是：

有才不善用，乃为才所使。

不及程与秦，芳名垂青史。

第五十五回

徐世绩一恸成丧礼 唐秦王亲唁服军心

词曰：

淅淅凄风问沙场，何使人英雄气夺？幸遇着知心将帅，忠肝义魄。危涧层峦真骇目，穿骨利镞犹存血。喜片言，挽得天心回，毋庸戚。鸟啾啾，山寂寂。心耿耿，情脉脉。看王章炫熠，泉台生色。一杯浇破幽魂享，三军泪尽欢声出。忙收拾，荷恩游帝里，存亡结。

——右调《满江红》

人到世乱，忠贞都丧，廉耻不明，今日臣此，明日就彼，人如旅客，处处可投，身如妓女，人人可事，虽属可羞，亦所不恤。只因世乱，盗贼横行，山林畎亩①，都不是安身之处。有本领的，只得出来从军作将，却不能就遇着真主；或遭威劫势逼，也便改心易向。皆因当日从这人，也只草草相依，就为他死也不见得忠贞，徒与草木同腐，不若留身有为。这也不是为臣正局，只是在英雄不可不委曲以谅其心。

如今再说唐帝，将李密与王伯当首级悬竿号令。魏徵一见，悲恸不安，垂泪对秦王道：“为臣当忠，交友当义，未有能忠于君，而友非以义也。王伯当始与魏公为刎颈之交，继成君臣之分，不意魏公自矜己能，不从人谏，一败失势，归唐负德，死于

① 畎（quǎn）亩——即田间、田地。

刀锋之下。同事者一二十人，惟伯当乃能全忠尽义。臣思昔日魏公亦曾推心置腹于臣，相依三载，岂有生不能事其终，死又不能全其义乎？目今尸骸暴露荒山，魂魄凭依异地，迎风叫月，对雨悲花。臣思至此，实为寒心。臣意欲求殿下宽假一月，到熊州熊耳山去，寻取伯当与李密尸骸，以安泉壤，庶几生安死慰，皆殿下之鸿慈也。”

秦王道：“孤正欲与先生朝夕谈论，岂可为此匹夫以离左右?”魏徵道：“非此之论也。臣将来报殿下之日长，报魏之事止此而已。昔汉高与项羽鏖战数年，项羽一朝乌江自刎，汉高犹以王礼葬之，当时诸侯咸服其德。望殿下勿袭亡秦之法，而以尧舜为心，况今王法已彰，魏之将士正在徘徊观望之际，未有所属。殿下宜奏请朝廷，赦其眷属，恤其余孽。如此不特魏之将帅，倾心来归，即郑夏之士，亦望风来归矣。臣此行非独完魏之事，实助唐之计也。愿殿下察之。”秦王道：“容孤思之。”

次日秦王即将魏徵之言，奏知唐帝。唐帝称善，即发赦敕一道：“凡系李密、王伯当妻孥，以及魏之逃亡将士，赦其无罪，悉从其志，地方官毋得查缉。”因此魏徵得了唐帝赦敕，即便辞了秦王，望熊州进发。

今且说徐世绩在黎阳，闻知魏公兵败，带领将士投唐，逆料魏公事唐，决不能终，必至败坏，我且死守其地，待秦叔宝回来再作区处。不多几月，叔宝与罗士信杀退了萧铣，奏凯回来。道经黎阳，懋功早差人来接。叔宝同士信进城去相见了懋功，把魏公败北归唐一段说了一遍。叔宝听了，跌足叹恨道：“魏公气满志昏，难道从亡诸臣，皆不知利钝，而不进言，同去投唐?”懋功道：“魏公自恃才高，臣下或言之总不肯听，将来必有事变；今兄将安归?”叔宝道：“家母处两三月没有信到，今急切要到瓦岗去。”懋功道：“弟正忘了，兄还不知么？尊堂尊嫂令郎俱被秦王赚入长安去矣。”叔宝见说，神色顿变道：“这是什么话来？”懋公道：“连巨真亲送了去回来的，兄去问他，便知明白。”叔宝便对士信道：“兄弟，你把兵马，且驻扎在此，我到瓦岗去走遭来。”遂跟了三四个小校，来到瓦岗寨中。

尤俊达、连巨真相见了，叔宝就问：“秦王怎么样赚去老母？”连巨真道：“秦大哥，你且不要问我，且把弟带来的令堂手札与兄看了，然后叙话。”连巨真进内去了。尤俊达便把秦王命徐惠妃假作罗家夫人来赚伯母一段说了一半。只见连巨真取出两封书来，一封是秦母的，一封是刘文静的，多递与叔宝。叔宝接在手，先将老母的信札来看，封面上写“琼儿开拆”。叔宝见了母亲的手迹，不觉两泪交流，从头至尾看了一遍，方才收了泪；又看了刘文静的书，问连巨真道：“兄住在长安几日？”巨真道：“咱在长安住了四五日。秦王隔了一日，即差人到尊府寓中来问候，徐惠妃父女亦常差宫奴出来送东西。弟临行时，令堂老伯母再三嘱弟，说兄一回金墉，即便收拾归唐，这还是魏公未去之日。今魏公已为唐臣，兄可作速前去。”尤俊达忙将徐惠妃前日送来的礼物，交还叔宝。叔宝又问道：“程知节往何处去了？”巨真道：“他始初不肯随魏公归唐，一到瓦岗闻了母信，他就拚命连夜到长安去了。”

叔宝心中自思道：“若魏公不与诸臣投唐，我为母而去无他说；如今魏公又在彼，我去，唐主还是独加恩于我好，还是不加恩于我好？若将我如魏臣一般看待，秦王心上又觉不安；若以我为上卿，魏公心上只道我有心归唐，故使秦王先赚母入长安。如今事出两难。且到黎阳去与懋功商量，看他如何主张。”忙别了尤俊达与连巨真，如飞又赶到黎阳，见了徐懋功与罗士信，把如

何长短说了一番。懋功道："若论伯母在彼，吾兄该接速而行；若论事势，则又不然。魏公投唐，决不能久，诸臣在彼，谅不相安。况魏王已归，即在早晚必有变故。俟他定局之后，兄去方为万全。"叔宝见说，深以为是，忙写一封家报与母亲，又写一封回启送刘文静，叫罗士信只带二三家童，悄悄先进长安去安慰母亲。

到了次日，士信收拾行装，扮了走差的行径，别了懋功，跨上雕鞍。叔宝也骑了马，细细把话又叮咛了一番，送了二三里，然后带转马头回来。到署中，对徐懋功道："懋功兄，单二哥在王世充处，决定不妥，如何是好？弟与他曾誓生死，今各投一主而事，岂不背了前盟？"懋功道："弟与他同一体也，岂不念及？但是单二哥为人，虽四海多情，但不识时务，执而无文，直而易欺，全不肯经权用事。他以唐公杀兄之仇，日夜在心，总有苏张①之舌，难挽其志。如今我们投奔，就如妇人再醮一般，一误岂堪再误？若更失计，噬脐②无及矣！"叔宝点头称善，虽常要想到私奔去看雄信，又恐反被雄信留住了，脱不得身，倒做了身心两地，因此耐心只得住在黎阳。

恰好贾润甫到来，秦、徐二人见了，惊问道："魏公归唐何如？"润甫道："不要说起。"把唐主赐爵赠婚一段细细说了一遍。"至后背了公主逃走，因关津严察，魏公叫祖君彦同我走黎阳，他们走伊州。君彦遇见柳周臣，转抄出小路打听去了。刚才弟在路上，遇着单二哥家单全，他说他主人要我去一会，万不可迟。我如今且去走遭，若说得他重聚在一处，岂不是好？魏公遣人来知会，乞说知此意。"徐、秦二人道："我们也在这里念他，兄去

① 苏张——春秋时著名纵横家苏秦、张仪常在列国游说，极善辞令。
② 噬（shì）脐——即咬肚脐。喻办不到，来不及。

一会，大家放心。”过了一宵，贾润甫起身去了。

秦叔宝因心上烦闷，拉徐懋功往郊外打猎。只见一队素车白马的人前来，叔宝定睛一看，见是魏玄成，便对懋功道：“徐大哥，玄成兄来了！”大家下马，就在草地上拜见了。叔宝握手忙问道：“兄为何如此装束？”玄成道：“兄等还不知魏公与伯当兄，俱作故人矣！”叔宝见说，呼天大恸，徐懋功也泪如泉涌。叔宝因问玄成：“魏公与伯当在何处身故的？”玄成蹙着眉道：“一言难尽。”懋功道：“旷野间岂是久谈之所，快到署中去说。”于是各各上马进城。

到署中，恰好王簿等三四将来问探消息。懋功引秦魏众人，到了书室中去坐定。玄成把魏公投唐始末，直到逃到熊州，死于万箭之下，细细述了一遍。叔宝大声浩叹道：“不出懋功兄所料，如今兄何为又来？”玄成道：“弟在秦王西府，一闻魏公之变，寸心如割，因求秦王告假月余，去寻魏、王二公尸骸。秦王准假，亦要弟来敦请二兄。便奏知唐帝，蒙唐帝隆恩，恐途中有阻，赐弟赦敕一道：凡在魏诸臣，谕弟请同归唐，即便擢用。”说了，玄成在报箱中忙取出赦文一道来。徐懋功与秦叔宝看了一遍。懋功道：“众人肯去不肯去，这且慢讲；只问兄可曾到熊州去寻取李、王二人骸骨？”玄成道：“弟前日到熊州熊耳山，那山高数丈，峭壁层峦，左傍茂林，右临深涧，中间有一路，止容二马。弟到此一望，了无踪迹，只得又往上边去探取。幸有一所小庵，庵内住一老僧，弟叩问之，却有一个道人认得小弟，乃是魏公亲随内丁，年纪五十有余，他当时同遇其难，天幸不死，在庵出家。晓得二公尸首所埋之处，引弟认之，却是一个小土堆，即命土人掘开。可怜二尸拌和泥中，身无寸甲，箭痕满体，一身袍服尽为血裹。英雄至此，令人酸鼻。弟速买二棺，草草入殓，权厝庵中，待会过诸兄，然后好去成礼葬埋；但是两颗首级，尚悬在长安竿首，禁人不许窃携。弟前日即欲请埋，因唐帝盛怒之下，恐反有阻寻觅尸体之举，故此止请收尸，首级还要设计求之。”懋功道：“这个在弟身上。但是如今众弟兄，如不想再做一番事业，大家去藁葬了魏公，散伙各从其志了；若有志气，还要建功立业，除秦王外无人。只是要去得好，不要如穷鸟投林，摇尾乞怜，使唐之君臣看魏之臣子，俱是庸庸碌碌之辈，如草芥一般。”

叔宝诸人齐声道：“军师说得是。”懋功道：“我即今夜治装，明早就起身往长安去；瓦岗山寨弟兄，且莫去通知他。为什么呢？一则我们此去，不知是祸是福，留此一席，以为小退步；二则单二哥家眷，尚在寨中，单兄之意，决不肯归唐。如今众人还是带入长安去好，还是独剩他家眷在寨中好，且待我们定归后，再遣人送到王世充那里去，犹未为晚。”叔宝道：“此地作何去留？”懋功道：“此地前有世充，后有建德，魏公已亡，谅此弹丸之地，亦难死守。今烦副将军王簿，待我们起身之后，即将仓廪散之小民，军饷给与军士，一应衣甲旗号，都用素缟，限在数日内，率领三千人马，星飞赶到熊州来送葬魏公，也见臣下忠义之心。”众人又齐声道：“军师处分得极是。”懋功吩咐停当。过了一宵，明早起身，又对叔宝、玄成道：“二兄作速打点，换了衣甲旗号，如飞到熊耳山来，弟先去了。”便随了三四个家童，望长安进发。叔宝连夜叫军士，尽将衣甲旗号，换了素缟，不多几日，料理停当。叔宝又吩咐王簿，将大队人马，作速前来，自与玄成亦望熊州进发。正是：

　　生前念知己，死后尽臣忠。

却说徐懋功离了黎阳，宵行夕赶，来到长安。进城下了寓所，装了书生模样，叫家童跟了，走到十字街来，见双竿竖起，悬挂匣中两颗头颅。徐懋功见了，心如刀割，望上拜了四拜，将手捧住双竿，放声大哭。惊动众军校，上前来拿住，拥至朝门。其时因定阳刘武周僭称皇帝，差大将宋金刚发二万人马，差先锋虎将尉迟敬德，杀奔并州而来。并州太原是齐王元吉留守，被敬德打翻了元吉手下猛将一二十员，星夜差人到长安来请救兵。唐帝差裴寂领兵一万，往太原去救援。是日秦王正在场中操练人马，唐帝见黄门官奏说有人抱竿而哭。天威大怒，叫绑进朝来。军校即便拥至驾前俯伏。

唐帝问道："你是李密手下什么人？这般大胆，不遵号令，抱竿而哭？如不直言，斩讫报来。"徐世绩高声朗奏道："昔先生掩骼埋胔①，仁流枯骨。东晋时王经之死，向雄笑于东市，后雄又收葬钟会之尸，文帝未有加罪。董卓既诛，蔡邕伏尸而哭，魏祖信谗加刑，卒至享国不永。此数人者，当时岂先卜其功罪，而后哭葬哉！念李密、王伯当，王诛既加，于法已备，臣感君臣之义，向竿吊哭，谅尧舜之王，亦所当容。若陛下仇枯骨而罪臣哭，将来贤者岂肯来归乎？"

唐帝见说，龙颜顿转，便道："你姓甚名谁？"徐世绩道："臣姓徐名世绩。"唐帝笑道："原来是世民之恩人，你何不早说，朕日夜在这里念你们。卿请起来，衣冠朝见。"即敕旨叫军卫，把李、王二首级放下来。世绩仍旧书生打扮，俯伏丹墀。唐帝即欲以冠带爵加世绩。世绩又笑道："君思畎亩臣，臣亦思事贤圣之君，未有事魏不忠，而事唐乃能尽节者也。今魏公尸首两地，臣见之实为痛心。既蒙皇恩浩荡，求陛下以二首级赐臣，臣将去以礼葬之，如此不特臣徐世绩一人感戴陛下，即魏之诸将士，无

---

① 胔（zì）——尸骨。

不共乐尧天，来事陛下矣。”唐帝大悦，即命中书写敕旨一道，李密仍以原官品级，以礼葬之；又对徐世绩道：“世民儿望卿日久，卿速去速来。”徐世绩便谢恩出朝，将二公首级，用两口小棺木盛了，载上车儿，连夜离长安，望熊州进发。

未及两三日，魏徵亦来复命，说：“黎阳三千人马，副将王簿已经统领到熊州熊耳山驻扎，秦琼臣已偕来，今在熊耳山营葬。臣今复命，尚要起身去同他们料理完局，然后来事陛下。”秦王应允，时罗士信到长安，见过了秦母，知叔宝已在熊州，也出长安去了。

再说程知节那日辞了秦王起身，行了几日，不意途中冒了风寒，大病起来，半月后方能行动，先差两个心腹小校，前去知会屯扎的人马，将到瓦岗，遇见了贾润甫车儿，载了家眷，跟了几个伴当前来。知节只说魏公尚在长安，今接家小去同住，彼此忙下马来相见了。贾润甫就叫车儿住了，忙问知节：“这一路来可曾听见魏公消息么?”知节道：“一路来没有什么消息。”润甫道：“闻得魏公与伯当在熊耳山遇难。军士说秦、徐二兄与诸将，都到熊耳去殡葬魏公了。”知节听说，不觉泪洒征衣道：“魏公近来志气昏愦，自取灭亡；但是兄辈临事还该切谏他，或不至死。”润甫道：“说甚话来，那夜在邢府束装之时，弟以为此行必不妥，再三劝止。魏公以弟不与同心，登时变脸，反要加害于弟，幸亏伯当兄一力劝阻。”

知节道：“兄来曾会见懋功、叔宝么?”。润甫道：“弟曾到黎阳会见，因单二哥要会弟，弟即到东都会了单二哥，我劝他归唐，他必不肯，嘱弟将他家眷，同主管单全，送到王世充军前去，会见雄信兄，交割明白，方才放心转来。”知节问道：“兄今投何处去?”润甫道：“弟事魏无成，安望再投他处？求一山水之间，毕此余生，看兄辈奋翼鹏程耳。幸为弟致谢心交，毋以弟为念。”举手一拱，竟上马去了。

知节亦跨上马，心中想道：“大丈夫生此七尺之躯，非忠即孝，须做一个奇男子。吾一生感恩知己，诸弟兄中独尤员外最深，若无此人，吾老程还在斑鸠店卖柴扒地。今滞迹瓦岗山寨，未有显荣，吾如今趁这样好皇帝，弄他去做几年官，也算报他一场。”打算定当，忙赶到寨中与尤俊达、巨真、王当仁说知魏公、伯当身故，王娘娘与王夫人闻知，放声大哭。知节叫他们把仓库粮饷收拾了，各家眷都拾掇上了路，连部下兵卒共有千余人，齐齐起行。

行了四五日，将到独杨岭，只见一起人马冲将出来。连巨真大惊，连忙叫人到后边去报知知节。知节一骑马如飞赶来，望见旗号，知是自己屯扎在那里的二千人马。原来知节生成爽直，素得军心，当初与王世充战败逃走了时，他即收拾这干人马，屯扎在此。他要看魏公投唐安稳，自己打帐寻个所在，仍复旧业，今身心事唐了，便把这干人马带去。因向众军吩咐：“你们打头站进熊州，到熊耳山下驻扎。”对连巨真道：“这是我的人马，不必惊疑，快趱上前去。”

未及半月，已到熊州，祖君彦、柳周臣亦至，同到熊耳山下，早有许多白衣白甲的军马在此。徐懋功与秦叔宝接见了，徐懋功对尤俊达、连巨真道：“非是我们不来通知你寨中弟兄，撇了来此，因不知事体是祸是福，故此不来知会。”程知节道：“连弟这些变故，那里晓得，幸亏在路遇着贾润甫兄，送了单二哥家眷去了回来。”秦叔宝道：“单二哥家眷，润甫兄送去完聚了，妙极妙极，他如今怎么不见？”知节道：“他不肯再事他人，载了自己家小，寻山水之乐去矣。只是如今魏公家眷与伯当兄家眷，弟都带来，未知军师作何见教？”徐懋功喜道：“魏王二公在天有

灵，恰好家眷到来，尚未入土，此皆程兄之功也。叔宝兄，墓旁那三间卷棚，甚是宽敞，兄去指引他家眷安顿在内。”尤俊达与程知节站定，将四围观直，乃是山下一块平阳旷地，后边挑起一个高高土山，山后白烁烁的石砌一条带围，围前搭起绝大五间草轩，轩中用石板凿深，参差二穴。穴上停着二棺，其中拜台甬道飨①堂，俱是簇新构成，石人石马，排列如生。古柏苍松，葱葱并茂，外边华表冲天，石碑巍立，四围芦席轩亭，扎成不计其数。

尤俊达看了赞叹道：“秦、徐二兄，来得这几时，亏他们筑成这只坟墓，不愧魏公半世交结英雄。”忙同连巨真到后队来，与雪儿王娘娘母子，并伯当家眷说知，叫他们俱换了孝服。魏玄成、徐懋功、秦叔宝率领了众将，前来接入墓中。王娘娘与伯当夫人抚棺大恸，墓外边又是王当仁双手摇着灵座哀号。诸将见此遗雏呱呱而泣，亦俱下泪。正在伤感之际，只见王娘娘走出墓来，朝着徐懋功、秦叔宝、魏玄成等拜将下去。秦、魏、徐三位忙亦跪下去说道：“娘娘有话请说，不必如此。”王娘娘道：“妾今日此来，如在梦中，逢此意外之变，犹幸魏公尚未入土，得以一见，了结三生。既蒙皇恩浩荡，谅此遗孤，罪不重科，望三位将军，俯念夙昔交情，六尺之孤全赖始终护持。妾从此同归泉壤，虽死犹生。”说罢，竟将身边佩刀，向项下一刎。王当仁在旁，如飞拉住，众将上前劝慰。正在忙乱之际，墓内王伯当夫人也向那石上触去，幸亏尤夫人与连夫人扶定，得以幸免。程知节见内外忙乱定了，向秦叔宝道：“秦大哥，弟进长安去复命，两公家眷，仗你好生照管。”魏玄成对程知节道：“兄去复命，弟有一札与徐义扶，兄可

---

① 飨（xiǎng）——指祭祀。

带去；如有人来吊祭，兄可作速先来报知。”知节应诺，如飞赶进长安城，见了母亲与秦伯母，即到西府去见秦王。

其时秦王因刘武周差宋金刚、尉迟敬德杀败唐将，围了并州，齐王元吉慌了，画了尉迟敬德图像，带了妻孥，偷出北门，逃回长安。秦王正与唐帝同众大臣，在太和殿看齐王带来敬德的画像，知节进朝去见了唐帝、秦王，唐帝问道：“卿前去带了多少部曲来归唐？”知节道：“臣自己名下，只有二千步兵。瓦岗山寨有二臣，一名尤俊达，一名连明，亦有二三千甲士。徐世绩、秦琼与众将，在黎阳带来马步兵将，有四五千，共有一万多人马，今俱屯扎在熊州熊耳山，伺魏公入土后，诸将即便统众来归陛下。”唐帝大喜，问程知节道：“卿还去否？”知节道：“臣还要去送葬呢！然后即举部曲来归长安。”说了，即便辞朝出来，忙去会着了徐义扶，把魏玄成手札与他看了，书上只不过说李、王家眷如何贞烈，三军如何伤感，叫他令爱惠妃夫人，念昔日王娘娘旧谊，撺掇秦王，在朝廷面前讨一坛御祭下来，以安众心。义扶会意，即便进西府去与惠妃夫人说知。

夫人常念王娘娘之情，遂与秦王说了，将魏徵与父亲的书与秦王看了。秦王便向朝廷讨下御祭，要在礼部中差一员官去。秦王对众谋士道：“魏家兵卒，共有准万，今齐赴熊州。那些将士，孤晓得尽是能征惯战，若非孤自去慰吊，焉能使众军士心悦诚服？”众谋士诚恐亵尊，皆说未可。秦王道：“昔三国时，刘备与孙权共争天之，鏖战数番，孔明用计气死周瑜，孔明亲往吴郡，慰吊周郎，吴家兵将，为之感泣。今李密系隋之大臣后裔，门第既高，谋略又劲，非草泽英雄类比。只因他好为自用，不肯用人，以至一败，失志来归。今他已死，前仇已解，孤欲去吊者，为国家计也，岂真吊李密哉！诸君何不识权变，而昧于大义耶！”

众谋士齐声道："此皆殿下宽仁大度，虑出万全。"于是秦王定了旨意，带了西府许多谋臣武士，先命徐义扶持御祭旨意前行；惠妃夫人亦有私吊礼仪候问王娘娘，托父亲馈送。徐义扶同程知节，连夜兼程，先往熊州来报知。

魏之将士见说唐主赐了御祭，秦王又自来吊，各各欢欣。徐懋功把执事派定，魏徵、秦琼管待西府谋臣，程知节、王当仁管待西府将士，尤俊达、连明管收来吊礼仪；王簿、柳周臣犒赏唐家兵卒。徐世绩又谕各将士，务须盔甲鲜明，旗号整齐，五里一营，十里一亭。一应各项，吩咐停当，点骑兵二十名，昼夜打探。

不多几日，秦王到了熊州，听见三声炮响，早有四五百白衣甲将士来接，手中拿了一揭，跪在地上禀道："左哨千总苗梁，迎接千岁而过。"又行了四五里，又是许多白甲兵将，放炮递揭跪接，如此过了七八处。秦王坐在宝辇中，见那些兵马，一个个盔甲鲜明，旗带整齐，心中转道："魏之将帅经营，可称知礼知义矣，李密无成，真为可惜。"一路缓行，离熊耳山尚有数里，忽听得轰天三声大炮，鼓角齐鸣。徐世绩、魏徵、秦琼率领许多将士，齐齐鞠躬站定，将到辇边，尽皆俯伏。秦王早已看见，忙在辇中站起身来，大声说道："众位先生请起。"魏之将帅让辇过了，齐上马随着。一路里鼓乐引导，行伍簇拥，将到墓门，又是大炮三声。秦王停辇，众官揖进三间挂彩大卷棚内坐定。

秦王问徐义扶道："朝廷御祭过了未曾？"徐义扶道："已过了。"秦王即起身更衣，换了暗龙纯素绫袍，腰间束了蓝碧玉带。徐世绩等忙到轩前，向秦王拜辞。秦王不允，必要进去一祭。众宾僚陪着拥进墓门，魏家兵将又齐齐跪下，迎进墓去。到了拜亭，秦王站定，举眼一看，见墓外供着一个金字牌位，上写：唐故光禄卿上柱国附马邢国公李讳密之位；侧首一个牌位上写：唐故右卫大将军王讳勇之位。左首徐世绩、魏徵、秦琼、程知节四五个将帅，俱著了麻衣衰绖①还礼；右首王当仁扶着三四岁的世子启运，亦是麻衣衰绖，俯伏在地，墓内哭声震天。阴阳赞礼，秦王一头祭，一头想道，他当初在金墉时，何等气概，何等威风，多少威望，只此结局！只见邈邈遗雏，未满三尺，墓内哭声，哀号凄惨。秦王虽是英雄，见此情景，禁不住潸然泪下。众官看见秦王如此，亦各哀号哭泣，惹得一军皆哭。

秦王祭毕上辇，回至宾馆棚内更衣。徐世绩拥了世子启运，同众将士上前叩谢。秦王扶起懋功等道："众先生料理完了，作速进长安，以慰朝廷悬悬之望。"徐世绩道："臣等不敢迟延，即在数日内，带领诸将前来面帝。"说了如飞归墓前。西府文武宾僚无不备纸行吊。秦王起驾，魏将仍送至十里外转来。秦王祭礼外，又发犒赏军银五千两。众军士无不踊跃欢喜。徐懋功忙叫书记，写成两道谢表，命柳周臣赍表随秦王先入长安，即择日将二柩下土安葬完了，料理起身。王娘娘与王伯当夫人，愿甘守墓，不肯随行，懋功等无奈，只得拨了三四十名军校，守在墓前，再作区处。大家统领管辖兵卒，陆续起行。

到了长安，先进西府，谒了秦王，秦王率领魏家大小臣子，朝见唐帝。徐世绩把军士花名册籍呈上，唐帝看了大喜，即授徐世绩为左武卫大将军、秦琼为右武卫大将军、罗士信为马军总管、尤俊达左三统军、连明右四统军、王簿马步总管。王簿奏道："臣不敢受职。"唐帝道："为何？"王簿道："臣此来一觐天颜，识尧舜之君；一叩谢皇恩隆故主之礼。臣冒死尚有一言上渎

---

① 衰绖（cuī dié）——丧服。古人丧服胸前当心处缀有长六寸宽四寸的麻布，名衰，围在头上的散麻绳为首绖，围在腰间称腰绖。衰绖是丧服的主要部分。

天听。”唐主道：“朕不罪汝，快奏来。”王簿道：“臣闻先主之政，敬老慈幼，罪人不孥，鳏寡孤独，时时矜恤。今故主怀德来归，蒙圣恩格外施仁，赦其过而隆其礼，以官爵之，以婚赐之，宠眷已极。不意故主李密一朝失志，自戕其命，众臣皆沐恩泽，独使孱弱之妻，几欲捐生；怀抱之孤，如同朝露。此果死者不足矜，而生者实可恤；若论子民，今则为唐家之子民也，若论伦理，岂非唐家之亲戚耶！今独孤公主尚居邢府，虽或伉俪未深，一经醮庙，即名之夫妇，岂不念彼之子，即伊之子也，忍使置之露宿野处之间，使神圣文武之君，致后世作史者，摇唇鼓舌，何以令四方仰德耶！此臣所以愿为遗民，而不愿为廷臣也。”

唐帝听了大喜道：“卿乃武臣，何能辨析大义若此；魏之将帅，何多能也！”即命礼部差官迎接王氏并伊子启运，更名启心，及王勇之妻，到邢府与独孤公主赡养守孤，加赐王簿虎翼大将军，其余祖君彦、柳周臣等各各赐爵。王簿同众人谢恩归班。

正在封赏之时，只见有晋阳浍州文书飞马来报，说刘武周围城紧迫，危在旦夕，伏乞陛下火速拨兵救援。唐帝道：“晋阳乃中原咽喉之所，岂可有失；但急切间，少一个能将耳。”徐世绩奏道：“臣等归唐，骤蒙赐爵，愿竭犬马扫除武周，以报万一。”唐帝道：“朕久知卿足智多谋，有将帅之才；但恨宋金刚部下有一员将，名尉迟恭，骁勇绝伦，难以克敌。”因指壁间图像道：“此即尉迟羯奴之像也，卿等不妨视之。”秦王引徐世绩等一班众臣，齐到画像边来细看，果是身长九尺，铁脸圆睛，横唇阔口，满嘴虾须，双鼻高耸，头戴铁幞头，身穿红勒甲，手持一根竹节钢鞭，竟如黑煞天神之状。徐世绩道：“此不过一勇之丑奴，何足怪异？”秦琼对秦王道：“小卒丑奴，何堪图像，以亵大唐殿廷，乞陛下假笔与臣以涂抹之。”秦王即命左右取笔与叔宝，叔宝执笔在手，咬牙怒目，把像从上至下，尽加涂坏，俯伏奏道：“臣愿领兵三千，赶到晋阳，去灭此贼，如若不胜，愿甘法律。”唐帝大喜道：“恩卿肯去，必能奏功，朕何忧焉!”即敕徐世绩讨虏大元帅、秦琼为讨虏大将军、王簿为正先锋、罗士信为副先锋、程知节为催粮总管，命秦王为监军大使灭虏都招讨，领唐将押后。各各辞帝，连夜领兵起行，望并州而去。正是：

若要攀龙树勋绩，还须血战上沙场。

第五十六回

啖[1]活人朱灿兽心　代从军木兰孝父

词曰：

枉自问天心，少女离魂。沙场有路叩迷津，只念劬劳恩切切，岂惜伶仃？旗鼓两相侵，拚死轻生。人人有志立功勋，莫笑英雄曾下泪，且看前程。

——右调《浪淘沙》

兵法云：兵骄必败。盖骄则恃己轻人，骄则逞己失众，失众无以御人，那得不败。隋亡时，据地称王者共有二三十处，总皆草泽奸雄，如齐人乞食墦[2]间，花子唱莲花落，止博片时饱腹，暂时变换行头，原不想做什么事业。怎如李密才干，结识得几十个豪杰，死后犹替他好好收拾。

如今再说徐懋功同秦王统领许多人马，出了长安。行了几日，来到汴州。懋功对秦王道："臣等帅师去伐刘武周，只虑王世充在后，倘有举动，急切间难以救援。臣思朱灿近为淮南杨士林所逼，穷困来归，圣上封为楚王，屯驻菊潭。殿下该差人赍书去慰劳他，兼说王世充弑隋皇泰主，擅自夺位，乞足下统一旅之师，为唐讨弑君之贼，雪天下之恨；所得郑地，唐楚共之。朱灿系贪鄙之夫，见此书必然欣允。"秦王道："此贼性好吃人，尝与隋著作佐郎陆从典、通事舍人颜愍楚为实客，阖家俱为所啖，凶

① 啖（dàn）——吃。
② 墦（fán）——坟墓。

恶异常，孤久欲击灭之；虽来归附，岂可与他和好？”懋功道：“非此之论。若朱灿肯去，殿下可分二三千人马，遥为伐郑助他，待郑楚自相践踏起来，我这里好收渔人之利；如若不肯，我发兵去剿朱灿，牵动世充之势。世充知有南患，恐首尾不能相顾，必不敢动兵西向，此假虞灭虢之计，殿下以为何如？”学士段悫[①]道：“臣与朱灿有一面之交，待臣持书去陈说利害，叫他起兵，事必谐妥矣。”秦王道：“闻卿贪饮，恐误军机。”段悫道：“军情大事，岂同儿戏，臣去即当戒酒。”秦王道：“如此孤才放心。”段悫即带了秦王书礼，来到菊潭。

原来朱灿在隋朝曾为亳州县吏，时与段悫为至交酒友，今闻段悫到此，如飞出来相见，分宾主坐定。朱灿道：“阔别数年有余，再不能相见，未知吾兄目下现归何处？”段悫道：“弟仕唐朝，滥叨学士之职。”朱灿道：“闻得李密被王世充杀败，带了许多将士，前去投唐，未知确否？”段悫道：“怎么不确？如今兵马将士，又增了几十万，真正国富兵强。秦王闻知王世充弑隋皇泰主自立，气愤不平，欲与大王永为结好，发兵共讨弑君之贼；如得世充宝玉财物，让君独取，土地与君共之。”朱灿道：“秦王既有如此美意，又承故友见谕，弟敢不如命？明日即发兵去伐郑，你们只消添助一二千人马就够了。”吩咐手下摆酒，便问道：“兄近来的酒量，必定一发[②]大了？”段悫道：“弟今已戒酒，有虚胜意。”朱灿道：“昔日与君连宵畅饮，今日知己相逢，岂有不饮之理。若说公事，弟已如命；若论交情，也该开怀相叙。”即便举杯坐定，美满香醪，斟在面前。

大凡贪饮的人，如好色的一般，随你嫫母无盐，见了就有些

---

① 悫（què）——诚实、谨慎。此指人名。

② 一发——喻更加，越发。

动念。今段悫见此杯中之物，便觉流涎，举起酒杯一饮而尽。两人谈笑颇浓，兕觥交错，段悫忘其所戒，吃一个不肯歇手。要知朱灿当初在隋时，因炀帝开浚千里汴河，连遇饥荒之岁，日以人为食，如逢畅饮，即便两目通红。此时俱各沉酣，段悫笑对朱灿道："大王，你当时喜欢吃人肉，今权重位尊，还常吃么？"朱灿见说，登时怒形于色，心中转道："这狗才，我如今前非俱改，却在众人面前，揭我短处！"便道："我如今只喜吃读书人，读书人的皮肉细腻，其味不同；况啖醉人，如吃糟猪肉。"段悫怒道："这就放屁了！你只好吃几个小卒，读书人那得与你吃！"朱灿道："你道我放屁，我就吃你何妨？"段悫道："你敢吃我，你这颗头颅，不要想在项上。"朱灿大怒，唤刀斧手："快把段悫学士杀了，蒸来与孤下酒！"

可怜词翰名流客，如同鸡犬釜中亡。

吓得跟段悫的军士，连夜逃回唐营，奏知秦王。

秦王大怒，正要起兵到菊潭来灭朱灿，以报段悫之仇。恰好李靖去征林士弘，路经伊州，趁便说张善相带领二三千人马来归唐，晓得秦王统兵到此，忙同张善相进大营来相见。秦王大喜，即便将朱灿醉烹段学士之事，述了一遍。李靖道："殿下如今作何计较？"秦王道："如此逆贼，孤欲自去讨之，以雪段悫泉下之忿。"李靖道："此禽兽之徒，何劳王驾亲征。臣闻并州已失数县，浍州危在旦夕，殿下宜速去救援。菊潭朱灿，臣同张善相领兵去走遭，必擒此贼，来见殿下。"秦王道："若足下前去，孤何忧焉。"即拨唐将四五员，领精兵一万，加李靖征楚大将军，张善相为马步总管，白显道为先锋。秦王道："卿此去必得凯旋，当移兵于河南鸿沟界口。候孤伐了武周，即便来会，合兵去剿世充。"李靖应诺，随同张善相辞别秦王，拔寨起行。

却说刘武周，结连了突厥曷娑那可汗，乃始毕可汗之弟，袭其兄位，而为西突厥，居于北地；见武周有礼来讲好，约他去侵犯中国，曷娑那可汗即便招兵聚众。其时却弄出一个奇女子来。那女子姓花，其父名弧，字乘之，拓拔魏河北人，为千夫长；续娶一妻袁氏，中原人。因外夸移一种木兰树，培养数年，不肯开花，因其女分娩时，此树忽然开花茂盛，故其父母即名其女曰木兰。后又生一女，名又兰。一男名天郎，尚在襁褓。又兰小木兰四岁，姿色都与那木兰无异。木兰生来眉清目秀，声音洪亮，迥与孩提觉异，花乘之尚未有儿时，将他竟如儿子一般，教他开弓射箭。到了十来岁，不肯去拈针弄线，偏喜识几个字儿，讲究兵法。其时突厥募召兵丁，木兰年已十七岁，长成竟像一个汉子。北方人家，女工有限，弓马是家家备的，木兰时常骑着马，到旷野处去玩耍；父母见他长成，要替他配一个对头①，木兰只是不允。

一日听见其父回来，对着妻子说道："目下曷娑那可汗召募军丁，我系军籍，为千夫长，恐怕免不得要去走遭。"妻子袁氏说道："你今年纪已老，怎好去当这个门户？"花乘之道："我又没有大些的儿子，可以顶补，怎样可以免得？"袁氏道："拼用几两银子，或可以求免。"花乘之道："多是这样用了银子告退了，军丁从何处来，何况银子无处设法②。"袁氏道："不要说你年老难去冲锋破敌，就是家中这一窝儿老小，抛下怎么样过活？"花乘之道："且到其间再处。"过了几日，军牌雪片下来，催促花弧去点卯。乘之无奈，只得随众去答应。

那晓得军情促迫，即发了行粮，限三日间即要起身，惹得一

---

① 对头——指配偶。
② 设法——筹到，筹备。

家万千忧闷。木兰心中想道："当初战国时，吴与越交战，孙武子操练女兵，若然兵原可以女为之。吾观史书上边，有绣旗女将，隋初有锦伞夫人，皆称其杀敌捍患，血战成功。难道这些女子，俱是没有父母的，当时时势，也是逼于王事，勉强从征，反得名标青史。今我木兰之父如此高年，上无哥哥，下有弟妹，今若出门，倚靠何人？倘然战死沙场，骸骨何能载归乡里；莫若我改作男装，替他顶补前去，只要自己乖巧，定不败露，或者一二年之间，还有回乡之日，少报生身父母之恩，岂不是好。但不知我改了男人装束，可有些厮像。"忙在房中，把父亲的盔甲行头穿扮起来。幸喜金莲不甚窄窄，靴子里裹了些脚带，行走毫无婀娜之态。便走到水缸边来，对着影儿只一照，叹道："惭愧，照样看起来，不要说是千夫长，就是做将军也做得过。"

正在那里对着影儿摹拟，不提防其母走来，看见吓了一跳，说道："这丫头好不作怪，为甚装这个形象？"花乘之听见，亦走进来看了笑道："这是什么缘故？"木兰道："爹爹，木兰今日这般打扮，可充得去么？"其父道："这个模样，怎去不得？昨日点名时，军丁共有三千几百，那里有这般相貌身躯，但可惜你……"说了半句，止不住落下几点泪来。木兰看见，亦下泪问道："爹爹可惜什么？"花乘之道："可惜你是个女子，若是个孩儿①，做爹妈的何愁，还要想你出去干功立业，光宗耀祖哩！"木兰道："爹妈不要愁烦，儿立主意，明日就代父亲去顶补。"父母道："你是个女儿家，说痴呆的话。"木兰道："闻得人说，乱离之世，多少夫人公主改妆逃避，无人识破；儿只要自己小心谨慎，包管无人看出破绽。"袁氏抚着木兰连声说道："使不得，那有未出闺门的黄花女儿，到千军万马里头去觅活？"木兰道："爹娘不要固执，拼我一身，

① 孩儿——指男孩。

方可保全弟妹，拼我一身，可使爹妈身安，难道忠臣孝子，偏是带领巾的①做得来。有志者事竟成，儿此去管教胜过那些脓包男子。只要爹妈放胆，休要啼哭，让孩儿悄然出门，不要使行伍中晓得我是个女子，料不出丑，回来惹人家笑话。”父母见他执意要去，倒弄得一家中哭哭啼啼，没有个主意。

过了一宵，到东方发白，忽听见外边叩门声急，在外喊道：“花老大，我们打伙儿去罢。”花乘之开门出来，却是三四个同队的兵，正要开口，只见女儿木兰，改了男装，扎扮停当，抢出来说道：“我父亲年老，我顶替他去。”那些人看见笑道：“花老大，我们不晓得你有这般大儿子，好一个汉子！”花乘之见了这般光景，不好说得别话，只得含着泪道：“正是。”这些人道：“有那样好儿子，正该替你老人家当差，让他去一刀一枪，博得个官儿回来，你一家子就荣耀了。”木兰扯父进去，拜别了父母，只说得一声：“爹妈保重，好生照管弟妹，我去了。”背了包裹，拾了长枪，把手一摇，长扬的出门。花乘之只得忍着泪跟了，要送木兰到营中去；反是木兰严词厉色，催逼转来。那些邻里晓得了，多走来埋怨他父母道：“你这两个老人家，好没来由！把这个大女儿干这个道路，倘有些山高水低，如何是好。”还有那没志气的妇人私议道：“这大一个女儿，不思量去替他寻一个对头完娶，教他自往千万人队里，去拣可意的人儿快活，岂不是差的！”花乘之无奈，只做不听见，心上日夜忧煎。木兰出门之后，不上一年，乘之染成一病，竟呜呼哀哉了。其妻袁氏，拖着幼儿幼女，不能过活，只得改嫁同里一个姓魏的，这是后话。

今且说秦王同徐懋功，统兵与刘武周交战，已恢复了五六处郡县，正在柏壁关，秦叔宝与尉迟恭对垒，战了四五阵，不分胜

① 带领巾的——指男子。

负。宋金刚因尉迟恭胜不得秦叔宝，疑有私心，着人督战。尉迟恭懊恨，只得又下关来与叔宝战了百余合，杀个平手。秦王在阵前观看，甚爱惜叔宝，又舍不得尉迟，日色已暮，恐怕有失，秦王便叫鸣金，二将各归本寨。秦叔宝杀得性起，那里肯休，便叫军士，去点火把，前去夜战。秦王止之，叔宝那里肯听。

只听得剑阵里一声炮响，点得火把如同白昼。敬德在阵前大叫道："快快出来厮杀！"叔宝听见笑道："这羯奴倒有同心①。"快换了马匹，出阵前对敬德说道："我今夜若杀你不得，誓不回营。"敬德道："我今夜若不砍你的头颅，亦不还寨。"大家放出精神，各逞武艺，又战了百余合，那个肯输。敬德笑道："惭愧，你我的手段已见，何足为意，你敢与我斗并力法么？"叔宝道："何为并力法？"敬德道："昔时孟贲夏育，能生拔牛角，伍子胥能举巨鼎，项羽力可拔山；我如今与你两个，明人不做暗事，使乖不足为奇，你先受我几鞭，我亦与你打几锏，以定强弱，此为并力法。"叔宝道："你老大的人，说孩子家的耍话，牛是畜生，鼎是铁器，山是土堆，都是死的；人的皮肉是父母的遗体，不要说死，就是不死，岂可毁伤？宁可一刀一枪，倘有不测，也可扬名于后世。这样作耍的事，我不依你。"

敬德见说，想道："这话也说得是。不要说这一鞭两锏打得死，就是打不死，也要做了一个残疾的人。"瞥眼见侧边两块大蛮石在旁，约有一二千斤重，因对叔宝道："两块石头，可是一样的，我与你赌，大家用兵器打，如多打一下碎的，就算他输。"叔宝道："你的兵器多少重？"敬德道："我的鞭一百二十余斤。"叔宝道："我的锏一根有六十四斤，两条算来，却也重不多几斤。"敬德道："我把你的双锏打，你把我的单鞭打，大家交换用

① 同心——同样的想法。

力，若是你打输了，你归降我定阳；我若打输了，降顺你唐朝；只打三下，看谁强谁弱。”叔宝道：“就是这般。”

两人齐下马来，敬德先把战袍拽起，把鞭递与叔宝。叔宝也把双锏与他。敬德怒目狰狞，用力打去，石上并无孔隙，又尽力一下，石上只陷得二三余寸深。敬德心上有些慌了，第三下用尽平生之力，打将去，只见扑通一声，此石裂开，化为两半。敬德笑道：“何如？今该你打。”叔宝也把袍袖扎起，看着蛮石对天默祷道：“苍天在上，我秦琼与胡奴在此比试，全仗唐天子洪福。秦王得以一统天下，我秦琼该在此建功，不消三下，此石即为分开。”把双手举鞭，尽力打去，石已露痕，又用力一下，石已透底分开。叔宝笑道：“何如？石尚如此，若是人此刻已为肉泥矣！你三下，我只两鞭，还算你输。”敬德道：“我的兵器狠，你的锏轻。”两人正在那里争论，只见四五个小卒捧着一罐酒、一盘牛肉，跪在面前说道：“殿下恐二位将军用力太过，献此一樽聊接神力。”敬德见了，说道：“谁要吃你家的东西，要厮杀再杀罢了！”两人换转兵器，再上马时，只听见唐阵里金声一响，叔宝只得拨转马头回寨去了。敬德亦自归营。此是秦叔宝与尉迟恭三锏换两鞭之事，实效三国时刘先主与吴大帝试剑砍石之法，何后世作者欲骇人耳目，言叔宝受三鞭，敬德换两锏，不亦谬乎！

今且不说叔宝归寨，再说敬德回营，有几个小卒高兴，把阵前赌赛之事说与宋金刚得知。金刚怒道：“斗战危事，岂可阵前赌胜饮酒，如此戏耍！明系私通怠玩，漏泄军情。”即便奏知刘武周。武周大怒，忙叫左右：“与我把尉迟恭斩讫报来！”众将再三求免，武周便差寻相去守关，贬敬德到介休去看守粮草。

徐懋功打听得知，心中甚喜。忽见沿路细作来报：曷娑那可汗起兵来助刘武周。徐懋功即向秦王附耳说了几句。秦王便差总管刘世让赍金珠前往曷娑那可汗营中去，用计止之。徐懋功便点

起众将，分头打柏壁关。寻相久已有心归唐，今见唐家兵多将勇，料此关不能守住，只得献关降唐。这些李密手下将士个个要想干功，直杀得宋金刚的人马十停①去了八停，止剩二三千人败将下去。刘武周慌了，也只得移兵转北。徐懋功知尉迟敬德差往介休去护持粮草，便差罗士信与王簿用计先往介休，自与秦王大队人马慢慢的来追赶。

却说尉迟敬德，侥幸不杀，满面羞惭，带领一队人马离了柏壁关，遥向介休进发。行至安封地方，只见一起人夫押着粮草前来，敬德向前查点，粮计三千石，草有一万余束，车上各插小黄旗为号。时已日暮，即令守车军士将粮草围聚中间，众兵结成野营在外扎住。敬德不解衣甲，坐在营中，忽闻前途吵闹，军人报说："有贼来到营了！"敬德遂提鞭跨马，行不上二三里，忽然闻一声炮响，喊杀连天，敬德举头仰视，是夜月色微明，见一起人马为首一将，杀奔前来。敬德问道："你是何处来的？"那将道："我乃大唐徐元帅手下大将王簿，奉元帅将令，特来取你家的粮草应用。"敬德道："泼贼，你认得我么？"王簿笑道："我老爷怎不认得你这个杀不死的贼！"敬德大怒，忙举手中鞭，劈面砍来。王簿举枪来迎住。

两个一来一往，战了五六十合，王簿只顾败将下去。敬德紧赶不放，耳边忽闻喊声震天，往后一看，只见一派火光，上下通红，敬德撇了王簿，勒回马来一望，惟闻霹雳之声，霎时间大车小车，大束小束，三千粮米、准万稻草，被唐兵烧毁无存。原来烧粮草车的是罗士信，王簿赚了敬德去，他来放火烧毁。敬德见粮草烧尽，心中愈加烦闷，又恐王簿夺了介休城去，如飞连夜赶到介休，正遇见王簿与罗士信，又杀了一阵。他两个那里杀得过敬德，只得让他进介休城去，等待秦王与徐懋功大兵到来，把城池四面用兵围绕。

---

① 十停——将整体分作十等份，每份叫做"一停"。

秦王使寻相进城去说敬德。敬德道：“如要我降唐，且看刘武周下落；如若死了，我方再事他人；今若来逼，惟有死战而已！”寻相无奈，只得出城，以敬德之言回复秦王。秦王听了，心中烦闷。忽报总管刘世让回来，秦王大喜，相见了，世让把刘武周与宋金刚的首级献上。秦王又惊又喜道：“此物何处得来？”世让道：“臣奉命而行，穿过并州，中途遇见曷娑那可汗领兵屯在万峰山下，臣打听得实，即往彼营中相见，把礼物表章献上，说：‘唐王要去伐郑国，讨弑隋皇泰王之罪，乞借大国之兵，同往征之。’曷娑那可汗大喜道：‘我正在这里恼恨武周，他要求我们来杀你家唐朝，不想他自先行；所破郡县，子女玉帛，尽被他取去，使我们殿后以为救援。如今既是你家唐主将礼物来和好，我就起兵来会，先去问了刘武周之罪，然后与你们去伐王世充便了。’事恰凑巧，臣住在他营中，未及两日，只听得说刘武周与宋金刚被我这里人马杀败，势穷力尽，来投曷娑那可汗。曷娑那可汗大怒，用计杀了他二人，叫臣赍首级来，献与朝廷。”秦王见说，以手加额道：“此天赐我成功也！”即厚赏了刘世让。随差寻相将刘武周、宋金刚二颗首级再进介休城，与敬德看了，好说他来归唐。

寻相奉命进城，敬德看见了两个首级，认得是真的，号天大恸，备礼祭献，随将首级用棺盛殓，安葬好了，遂开城降唐。秦王一见，爱敬如宾，即飞驰奏章，以报捷音。唐帝大喜，即赐尉迟恭为左府统将军，升刘世让为并州太守。其余将佐，各有升赏。正是：

山穷水未尽，石剖玉方新。

第五十七回

改书柬窦公主辞姻　割袍襟单雄信断义

诗曰：

伊洛汤汤绕帝城，隋家从此废经营。
斧斤未辍干戈起，丹漆方涂篡逆生。
南面井蛙称郑主，西来屯蚁聚唐兵。
兴衰瞬息如云幻，唯有邙山伴月明。

人的功业是天公注定的，再勉强不得。若说做皇帝，真是穷人思食熊掌，俗子想得西施，总不自猜，随你使尽奸谋，用尽诡计，止博得一场热闹，片刻欢娱；直到钟鸣梦醒，霎时间不但瓦解冰消，抑且身首异处，徒使孽鬼啼号，怨家唾骂。

如今再说曷娑那可汗杀了刘武周、宋金刚，把颗首级与刘世让赍了来见，秦王许他助唐伐郑，拔寨要往河南进发。因见花木兰相貌魁伟，做人伶俐，就升他做了后队马军头领。几千人马到盐刚地方，缥缈山前，冲出一队军马来。曷娑那可汗看见，差人去问："你是那里来的人马？"那将答道："吾乃夏王窦建德手下大将范愿便是。"原来窦建德因勇安公主线娘要到华州西岳进香，差范愿领兵护驾同行，此时香已进过，转来恰逢这支人马。

当时范愿一问，知是曷娑那可汗，便道："你们是西突厥，到我中国来做什么？"曷娑那可汗道："大唐请我们来助他伐郑。"范愿听见大怒道："唐与郑俱是隋朝臣子，你们这些杀不尽的贼，守着北边的疆界罢了，为甚帮别人侵犯起来？"曷娑那可汗闻知怒道："你家窦建德是卖私盐的贼子，窝着你们这班真强盗成得什么大事，还要饶舌！"范愿与手下这干将兵，真个是做强盗的，被曷娑那可汗道着了旧病，个个怒目狰狞，将曷娑那可汗的人马一阵乱砍，杀得这些蛮兵尽思夺路逃走。

曷娑那可汗正在危急之际，幸亏花木兰后队赶来。木兰看见在那厮杀，身先士卒冲入阵中，救出曷娑那可汗，败回本阵。木兰叫本队军兵把从人背上的穿云炮齐齐放起。范愿见那炮打人利害，亦即退去。木兰犹自领兵追赶，不提防斜刺里无数女兵，都是一手执着团牌，一手执着砍刀，见了马兵，尽皆就地一滚，如落叶翻风，花阶蝶舞。木兰忙要叫众兵退后，那些女兵早滚到马前。木兰的坐骑被一兵砍倒，木兰颠翻下来，夏兵挠钩套索拖去；又一个长大将官见了，如飞挺枪来救，只听得弓弦一响，一个金丸把护心镜打得粉碎，忙侧身下去拾起那金丸时，亦被夏兵所获。北兵见拖翻了两个去，大家掉转马头逃去了。

窦线娘带了木兰与那个将官赶上范愿时，已日色西沉，前队已扎住行营。窦线娘亦便歇马，大家举火张灯。窦线娘心中想道："刚才拿住这两个羯奴，留在营中不妥。"叫手下带过来。女兵听见，将木兰与那长大丑汉都拥到面前。那些女兵见木兰好一条汉子，倒替他可怜，便对花木兰道："我家公主爷军法最严，你须小心答应。"木兰只做不听见，走进帐房，只见公主坐在上面，众女兵喝道："二囚跪下！"那丑汉睁着一双怪眼，怒目而视。线娘先把木兰一看，问道："你那个白脸汉子，姓甚名谁？看你一貌堂堂，必非小卒终其身的；你若肯降顺我朝，我提拔你做一个将官。"花木兰道："降便降你，只是我父母都在北方，要放我回去安顿了父母，再来替你家出力。"线娘怒道："放屁，你肯降则降，不肯降就砍了，何必饶舌！"木兰道："我就降你，你是个女主，也不足为辱；你就砍我，我也是个女子，亦不足为荣。”线娘道：“难道你不是个男儿，倒是个女子？”木兰道：“也差不多。”公主对着手下女兵道：“你们两个押他到帐房后去一验来回报。”两个女兵扯着木兰往后去了。线娘道：“你这个丑汉有何话说？”那汉道：“公主在上，我却不是女子，实是个男子，你们容我不得的；若是公主肯放了我去，或者后日见时，相报厚情。”公主听了大怒道：“这羯汉一派胡言，与我拿去砍了罢！”五六个女兵，如飞拥他转身，那汉口喊道：“我老齐杀是不怕的，只可惜负了罗小将军之托，不曾见得孙安祖一面。”线娘听见，忙叫转来问道：“你那汉刚才讲什么？”那汉答道：“我没有讲什么。”线娘道：“我明明听见，你口中说什么罗小将军与孙安祖二人，问你那个孙安祖？”那汉道：“孙安祖只有一个，就在你家做官，那里还寻得出第二个来。”线娘便叫去了绑，赐他坐下，又问道：“足下姓甚名谁？与我家孙司马是什么相知？”那汉道：“我姓齐，号国远，是山西人，与你家主上也是相知，孙司马是好朋友。前年承他有书寄来，叫我们弟兄两个去做官，我因有事没有来会他。”

原来齐国远与李如圭两个，当时因李密杀了翟让，遂去投奔卫团练使，嗣昌又带他两个出去帮唐家夺了几处郡县。嗣昌奏知唐帝，唐帝赐他两个为护军校尉，就在鄠县驻扎。为因幽州刺史张公谨五十寿诞，与柴嗣昌昔年曾为八拜之交，故特烦国远去走遭，恰好遇见幽州总管罗公之子罗成，常到公谨署中来饮酒，遂成相知。晓得他与秦叔宝、单雄信契厚，故此写书，附与国远，烦他寄与叔宝。

其时线娘见说，便道：“足下既是我家孙司马的好友，又与父皇相聚过的，我这里正缺人才，待我回去奏过父皇，就在我家做官罢了；但是你刚才说什么罗小将军是那里人？”国远道：“就是幽州总管罗艺之子。他与山东秦叔宝是中表之亲，他有什么婚事，要秦叔宝转求单雄信在内玉成，故此叫我去会他。不意撞着曷娑那可汗，被他拉来装了兵马，与你们厮杀。”线娘听了，顿了一顿道：“没有这事，岂有人的婚姻大事，托朋友千里奔求的。”齐国远道：“我老齐一生不会说谎，现有罗小将军书札在此。”站起身来，解开战袍，胸前贴肉挂着一个招文袋，内许多油纸裹着，取出一封书递上。线娘叫左右接来一看，却用大红纸包好，上面写着两行大字：“幽州帅府罗烦寄至山东齐州秦将军字叔宝开拆。”线娘看罢，忙把书向自己靴子内塞了进去，对左右说道：“外巡着几个进来。”左右到帐房外去，唤四个男兵进来。线娘吩咐道：“你们点灯，送这位爷到前寨范帅那里去，说我旨意，叫他好好看待安顿了，不可怠慢。”又对齐国远道：“罗小将军的书暂留在此，候足下到我国会过了孙司马，然后缴还何如？”齐国远此时也没奈何，只得随了巡兵到范愿营中去了。

线娘见齐国远已去，站起身来，只见一个女兵打跪禀道：“那白脸的人，检验的真是女子，并非虚诳。”线娘道：“带进后帐房来。”坐下，问道：“你既是个女人，姓甚何名，如何从军起来？实对我说。”木兰涕泣道：“妾姓花，名木兰，因父母年高，又无兄长，膝前止有孱弱弟妹，父亲出门，无人倚赖。妾深知男子中难得有忠臣孝子，故妾不惜此躯，改装以应王命，虽军人莫知，而自顾实所耻也，望公主原情宥之。”说罢，禁不住泪如泉涌。线娘见这般情景，心下恻然道：“若如此说，是个孝女了；不意北方强悍之地，反生此大孝之女，能干这样事，妾当拜下风矣！”请过来宾礼相见。木兰逊谢道：“公主乃金枝玉叶，妾乃裙布愚顽，既蒙宽宥，已出望外，岂敢与公主分庭抗礼。”线娘叹道："名爵人所易得，纯孝女所难能，我自恨是个女子，不能与日月增光，不意汝具此心胸。我如今正少个闺中良友，竟与你结为姊妹，荣辱共之何如?"木兰道："这一发不敢当。"线娘道："我意已定，汝不必过谦，未知尊庚多少?"木兰道："痴长十七。"线娘道："妾叨长三年，只得占先了。"大家对天拜了四拜，两人转身，又对拜了四拜。军旅之中，没有甚大筵席，止不过用些夜膳，线娘就留木兰在自己帐房中同寝。

线娘问木兰道："贤妹曾许配良人①否?"木兰摇首答道："僻处荒隅，实难其人。妾虽承贤姐姐错爱，但恐归府时，驸马在那里，将妾置于何所?"线娘见说，双眉顿蹙，默然不语。木兰道："姐姐摽梅已过，难道尚无吉士，失过好逑?"线娘道："后母虽贤，主持国政；父王东征西讨，料理军旅，何暇计及此事。"木兰道："正是人世上可为之事甚多，何必屑拘于枕席之间。"又说了些闲话，昏昏的和衣睡去。

线娘悄悄起身，在靴子里取出罗小将军的书来，心中想道："刚才齐国远说罗郎为什么姻事，要去央烦秦叔宝，不知属意何人，我且挑开来，看他写什么言语在上。"把小刀子轻轻的弄去封签，将书展开放在桌上，细细的玩读。前边通候的套语，念到后边，止不住双泪交流道："哦，原来杨义臣死了。我说道罗郎怎不去求他，倒央烦秦叔宝来。"从头至尾看完了，不胜浩叹道："嗳，罗郎，罗郎，你却有心注意于我，不求佳偶，可知我这里事出万难。如杨老将军不死，或者父皇还肯听他说话，今杨义臣已亡，就是单二员外有书来，我父皇如何肯允。我若亲生母亲尚在，还好对他说，如今曹氏晚母虽是贤明，我做女孩儿的怎好启

① 良人——即指丈夫。

齿?”想到这个地位，免不得呜呜咽咽哭了一场，叹道：“罢了，这段姻缘只好结在来生了，何若为了我误男子汉的青春？我有个主意在此，当初我住在二贤庄，蒙单家爱连小姐许多情义，我与他亦曾结为姊妹。今罗郎既要去求叔宝，莫若将他书中改了几句，竟叫叔宝去求单小姐的姻，单员外是必应允，一则报了单小姐昔日之情，二则完我之愿，岂不两全其美。”打算停当，忙叫起一个女书记来，将原书改了，另写一个副启上，照旧封好，仍塞在靴子里头。

不觉晨鸡报晓，木兰醒来，起身梳洗；线娘将他也像自己装束。众军士都用了早膳，正要拔寨起行，只见四五匹报马飞跑到帐前来，对着公主禀道：“千岁爷有令，差小将来请公主作速回国，因王世充被唐兵杀败，差人到我家来求救，千岁即欲自去救援，因此差小将前来。”线娘道：“我晓得了，你们去罢!”便叫手下，唤昨夜送齐爷去的外巡进来。

不一时，外巡唤到，线娘在靴内取出书来，又是二十两一封程仪，对外巡道：“这书与银子你赍到前寨去，送与昨夜那位齐爷，说我因国中有事，不及再晤。”外巡接书与银子，收好去了。线娘把手下女兵调作前队，范愿做了后队，急急赶回。齐国远晓得夏国也要出兵，亦不去见孙安祖，竟投秦叔宝去了。正是：

将军休下马，各自赶前程。

今再说秦王同徐懋功灭了刘武周，降了尉迟敬德，军威甚胜。懋功对秦王道：“王世充自灭了魏公之后，得了许多地方，增了许多人马，声势非比昔日；今殿下若不除之，日后更难收拾。当先差诸将，四路先去其爪牙，收其土地，绝其粮饷，然后四方攒逼拢来，使他外无救援，内难守御，方可渐次擒灭。譬如人取巨鳌，先断其八足，虽双钳利害，何以横行哉!”秦王称善，把兵符册籍悉付懋功。懋功便差总管史万宝自宜阳县进兵，取龙门一带地方；将军刘德威，自太行山取河内地方；上谷公王君廓，自洛口绝王世充粮；总管黄君汉，自河阴攻取洛城；大将屈突通、窦轨驻扎中路埋伏，接应各处缓急；王簿同程知节、尤俊达、连巨真等，往黎阳收复故魏土地；罗士信与寻相去取千金堡并虎牢地方；臣同殿下，与叔宝、敬德进河南，向鸿沟界口与李靖会合。诸将奉了元帅将令，分头领兵去了。秦王统领一班将士进河南。其时李靖已杀败了朱灿，朱灿势孤力尽，竟把菊潭屠了，拣肥的吃了几日，数骑逃入河南投王世充去了。李靖兵马屯住在鸿沟界口，专望秦王来进兵。

未及月余，秦王已至，彼此相见了。秦王对李靖道："朱灿狂奴，赖斷之力，得以去除逃遁，未知世充处声势如何?"李靖道："臣已差人细细打听，他们已晓得我大唐统兵来征伐，各处分外严备，尽遣弟兄子侄把守。魏王王弘烈守襄阳，荆王王行本守虎牢，宋王王泰守陈州，齐王王世恽守南顾，楚王王世伟守宝城，越王王君度守东城，汉王王玄恕守含嘉城，鲁王王道御守曜仪城，弄得水泄不通，日夜巡警。"秦王笑道："愚哉世充也，安有国家功业，止使一门占尽，其子弟岂尽皆贤智哉？吾立见其败矣!"遂督将士直趋洛阳。

王世充晓得了，便点二万人马，自方诸门出兵，逼着谷水扎住，与唐兵对阵。唐将因营垒未立，怕他来攻击，各自惊惶。秦王平日惯以寡破众，以奇取胜，全不介意，道："贼临水结阵，是怕我兵冲突，其志已馁。"即命叔宝、敬德冲入世充前阵，自己带领程知节、罗士信、尉迟恭、段志玄，抄到世充阵背后去，数十精骑，奋力砍杀。郑将见秦王兵少，把马兵围裹拢来，史岳、王常等虽杀了几百兵卒，毕竟难出重围。正酣战时，秦王的坐骑一个前失，把秦王掀将下来。郑阵中二将，亡命挺枪刺将进来，史岳看见，大喝一声，把一将砍倒，夺马来与秦王骑时，那一将又被王常一箭射中咽喉，颠下马来。前边敬德、叔宝合着，又混杀了三四个时辰，王世充支撑不住才退，被唐将直追到城下，斩了郑将七千多首级回兵。

次日，秦王同懋功在寨外闲玩，只见二三十百姓，多是张弓执矢，抬着网罗机械而走。秦王看见，叫手下唤这些人过来问道："你们往何处去的？作何勾当？"那些百姓跪下禀道："有人传说，魏宣武陵上昨日有只凤飞来，站在陵树，故此我们众猎户去拿他。"秦王道："魏宣武有多少路？"猎户道："只有一二十里地。"秦王道："你们引我去看，若是真的，我有重赏。"徐懋功道："不可，魏宣武陵逼近王世充后寨，倘有伏兵奈何？"秦王道："世充两战大败，心胆俱丧，安敢出来挑战？"遂全身贯甲，引五百铁骑出寨。

行至榆窠，到一个平坦战地，周围广阔，山林远照，左有飞来峰，右有瀑涧泉，幽禽怪兽，充鬲其中；昔黄帝遗下石室，魏宣武营造皇陵，真是胜地。秦王左顾右盼，称羡不已。正看时，听得众猎户喊道："那飞来的不是凤鸟么？"秦王定睛一看，只见一只大鸟，后边随着七八十小禽，多站在一棵大树上。那鸟是长颈花冠，五色彩羽，日中耀目，愈觉奇异。秦王道："这是海外的野鸾，错认他是灵凤。"众猎户正要张那网罗起来，只见内中一人，把手指道："那边又有兵马来，不好了！"大众一哄而散。懋功如飞催促秦王转身。秦王忙取一枝箭，拽满弓，向那野鸾射去，正中其翅，带箭飞出谷口去了。

秦王纵马亦出谷口，见外边尽是郑国旗号，一将飞马前来，口中喊道："李世民，我郑国大将燕伊来拿你了！"秦王一见，忙

跑进涧去，便带住马，一箭正中燕伊咽喉，应弦而倒。秦王看那野鸾时，还在对涧树上整理羽毛。秦王见前面是断涧，后边是郑国兵马，徐懋功又落在后边，野鸾却在对岸鸣啼，如呼朋引类，只得加鞭纵马跳去，一个三四丈阔的深涧，被他跳过去了。野鸾见秦王来，又飞数十步，占在高枝上。秦王听见对岸金鼓之声鼎沸，心下着忙，对着野鸾说道："灵鸟，灵鸟，你若是救得我难，你须向我啼叫三声。"那鸟便向秦王连叫三声。秦王看涧旁山路崎岖，便离鞍下马，把马系在树上，随鸟进山，攀藤附葛而行。

到了顶上，远望对岸一将，凶煞神一般快马跑来。秦王认得是单雄信。后边又有一将，亦纵马赶来，乃是徐懋功。秦王正呆看时，只听得鸟又叫上一声，秦王忙转身想道："灵鸟不去犹鸣，此山毕竟还有出路。"就随着那飞鸟走去，只见一个石室，外边立着一僧，光彩满目，相貌端严，把双手向灵鸟一招，那鸟即飞入老僧掌中，老僧便进石室去了。

秦王以为奇异，忙走进石室，只见那僧盘膝而坐。秦王问道："和尚，你刚才取的那只灵鸟，拿来还了我。"那僧道："灵鸟知是君王此刻有难，从大士前飞来，你看他么？"在袖中取出来，箭犹在羽尾上，仔细一认，却变成一只白鹦鹉。那僧忙在尾上取下箭，递与秦王道："箭归君王。"鸟向空中一掷，飞去了。秦王把箭收入壶内，知是圣僧，忙问道："孤今此难得脱去否？"那僧道："难星只在此刻，君王快躲在贫僧背后稳睡，贫僧自有法退之。"秦王依他藏好，那僧捏成印诀，口里念了几句咒语，只见他顶上放出一毫白光，就把洞门封住。

郑国单雄信熟识此地，晓得此谷为五虎谷，前涧名曰断魂涧，无有出路。单雄信见燕伊飞赶进去，恐他夺了头功，也赶进谷来，只见一匹空马，飞跑出来，燕伊早已射死在地。雄信看了大怒道："不杀此贼以报燕伊，不为好汉。"因策马入谷寻来，忽闻后边一骑马飞奔前来，高声叫道："单二哥勿伤吾主，徐懋功在此。"忙赶向前，扯住雄信衣襟道："单二哥别来无恙，前在魏公处，朝夕相依，多蒙教诲，深感厚谊。今日一见，弟正有要言欲商，幸勿窘迫吾主。"雄信道："昔日与君相聚一处，即为兄弟，如今各事其主，即为仇敌。誓必诛灭世民，以报先兄之灵，以尽臣子之道。"懋功道："兄不记昔日焚香设誓乎，我主即你主也，兄何不情之甚?"雄信道："此乃国家之事，非雄信所敢私。此刻弟不忍加刃于兄者，尽弟一点同契之情耳，兄何必再为饶舌?"随拔佩刀割断衣襟，加鞭复去找寻。懋功见事势危急，如飞勒马奔回，大叫诸将，主公有难。

时尉迟敬德正在洛水湾中洗马，忽见东北角上一骑马飞奔前来。敬德定睛一看，见是懋功，听他口中喊道："主公被郑将单雄信追逼至五虎谷口，快快去救!"敬德一听说，不及披挂，忙在水中，赤身露体，跨上秃马，执鞭飞赶前去。

单雄信四下一望，并无踪迹，看见涧中泥水浮沉，浊泉泛溢，又听得那玉鬃马咆哮乱嘶，只得把坐骑一提，跳过涧来各处寻觅，又无影响，只见树下玉鬃马嘶鸣。雄信也就下马，走上山顶，往石洞边看去，却是一个斑斓猛虎蹲踞在内，见雄信来长啸一声，涧谷为之震动。雄信吃了一惊，自思道："这孩子想必被虎吃了，不知还是投在涧内死了，再到下面去看。"跨上自己的马，把秦王的马一手挽着，将到涧边，忽见山坡那边一员大将，面如浑铁，声若巨雷，大叫："勿伤吾主，尉迟敬德在此!"也跳过涧来。雄信忙放了秦王的马，举槊来刺，被敬德把身一侧，一鞭打去，正中雄信手腕；敬德将鞭搁在鞍鞒，随趁势夺雄信手中槊。雄信虽勇，当不起敬德神力，四五扯，一条槊被敬德夺去，

雄信只得退逃，仍过涧去了。

再说秦王横睡在石洞内和尚背后，看那和尚在座前弄神通。又见单雄信到洞门首，探望了三四回，不知为甚，再不敢进洞来，耳边只听得一片杀声。和尚合掌念声："阿弥陀佛，灾星已过，救兵已来，君王好出洞去了。"秦王起身谢道："蒙圣僧法力救孤，孤回太原，当差官来敦请去供养，但不知圣僧是何法号?"和尚道："贫僧叫做唐三藏，若说供养，自有山灵主之；但愿致治太平做一个好皇帝足矣！贫僧有偈言四句，须为牢记。"乃曰："建业唯存德，治世宜全孝。两好更难能，本源当推保。"说完，那和尚瞑目入定去了。

秦王然后捱下山来，转过溪坡，寻着了坐骑，跨上雕鞍。只见敬德飞马前来，见了秦王，说道："好了，殿下没有受惊么?"秦王道："没有，雄信这强徒呢?"敬德道："被臣夺了他的槊，逃出谷外去了。此地不是久站之所，快同臣出谷去罢。"

两骑马纵过了涧溪，直至五虎谷口，遇郑将樊佑、陈智略，敬德更不打话，一鞭一个，二将多打伤下去。敬德杀开一条血路，奔出重围。只见秦叔宝、徐懋功领着诸将，正与王世充后队交战。敬德对李靖道："你保殿下回寨，我再去杀贼来。"忙又赶到郑阵中去奋勇大战。郑家兵将虽多，怎当得起叔宝、敬德两个，一条鞭，两根锏，杀了郑国许多兵将。敬德在忙中，猛抬头见一人冲天翅、蟒袍玉带的骑在马上，在高阜处观战，便撇下众将，提鞭直奔前来，吓得王世充如飞勒马退逃，敬德同众军直追到新城，方才转来。

徐懋功叫鸣金收回人马，到秦王寨中来拜贺。秦王笑道："若无敬德奋力向前，几为此贼所困。"遂以金银一箧赐敬德。自是秦王倍加信爱，敬德宠遇日隆。王世充见唐将利害，亦不敢出来对垒。

相持了数日，那日秦王正与众将商议破敌之策，见各处塘报雪片般飞递下来。懋功与秦王翻阅，知是荥州、汴州、沮州、华州多来归附；又有显州总管杨庆，他率领辖下二十五州县来投降；又有尉州刺史德睿，亦率领辖下杞、夏、随、陈、许、颍、魏七州来降；王簿与程知节亦有文书来说伊州、黎阳、仓城多已降唐，只有千金堡与虎牢闻得罗士信与寻相急切难下；又有中路大将屈突通，在途巡缉，获着郑国细作两个，招称郑国差将，潜往乐寿，向窦建德处请兵去了。徐懋功道：“郑国土地，赖天子洪福，三分已收其二，只是虎牢与千金堡系各州县咽喉之所，若二地不收，则所得亦难据守，须得臣自去走遭。”便辞了秦王，连夜带领自己精兵一千，望虎牢进发。正是：

待把干戈展经纬，只看谈笑弄兵锋。

第五十八回

窦建德谷口被擒　徐懋功草庐订约

词曰：

磨牙两虎斗方酣，怒目炯眈眈。一朝国破委层岚，千秋贻笑谈。邂逅佳人心欲醉，随唱百年欢。王章有约话便便，将军阃内专。

——右调《阮郎归》

春秋时，卞庄子刺两虎，他何会刺得两个？当两虎相争时，小死大伤，那死的何消刺，只刺得一个伤的；这伤的又何须多大气力对付，这真是一举两得。王世充拾亡魏之余，推心置腹，以待群雄，藉其土地以强根本。秦王声势虽大，急切间亦难了事。不意世充反将要害之地尽托膏粱①子弟，弄得东破西失，自己坐在洛阳，无可奈何，只得赍了金珠，着长孙安世去求夏王窦建德，落得秦王以逸待劳，反客作主。

今说徐懋功恐王簿两个不能建功，自己带领一支人马赶到千金堡来。岂知罗士信已用计破了，城内军民，不分老弱，把他杀个一空，懋功深为叹息。王簿亦已到得虎牢，将精兵一千，改扮了郑国旗号，夜间赚开城门，把一个王行本在睡梦中捆缚去了，早已占据了城。虎牢、洛阳险要二处俱为唐家占住，懋功不胜之喜，对王簿道："此地虽定，但王世充差代王琬、长孙安世去求

① 膏粱——指有米有肉的富贵人家。

窦建德，未知建德可允发多少兵来助他；我且将二兄之功，报知秦王，看他作何计较。”

今说长孙安世，奉了世充之命，赍了许多金帛，来到乐寿，先将宝物馈遗诸将。诸将俱已领惠，唯祭酒凌敬不肯收，大将曹旦亦差人把礼物璧还。次日，长孙安世清早来见夏王，呈上文书金帛。夏王道：“邻邦救援，本当应命，但我与唐久已修好，何又起兵端？况孤新破孟海公，凯旋未久，岂可又劳师动众？”长孙安世道：“郑与夏室唇齿之邦，唇亡而齿寒，理之必然。今夏不救郑，郑必灭亡，郑亡恐夏亦随之。”夏王道：“足下且退，容孤与诸臣熟商。”长孙安世暂且辞出。

夏王与众公卿计议，夏将俱得了世充金帛，便撺掇道：“亡隋失国，天下分崩，关中归唐，河南归郑，河北归夏，共成鼎足。今唐伐郑，郑地被唐占去十之二三，倘郑力不支，必为唐破；郑破，唐必与夏为敌，敌则恐夏亦难独支，不如今发兵救郑，内外夹攻，可以取胜，倘能胜唐，威名在我，乘机图事，郑可取则取之；合两地之兵，以乘唐兵之疲老，关中可取，天下可平。”这几句话，说得建德鼓掌称快道：“诸卿议论甚妙，但恐孤力不及耳！”

凌敬道：“主公之言，恐有未妥。目今唐家以重兵围困东都，大将据住虎牢，发多少兵去对付他好；莫若我今先发大兵济河，取怀州河阳，以重兵守之，然后鸣鼓建旗，逾太行入上党，传檄郡县，进于壶口，以惊骇薄津，收取河东之地，易如拾芥，此乃上策。且有三利：唐兵俱在洛阳，国内空虚，而入师有万全，一也；拓土而得众，不费大力，二也；秦王知吾兵入境，必引兵还救，郑解围，三也。失此机会，滞疑不决，谚云：天与不取，反受其咎。愿主公详察。”

诸将道："自来救兵如救火，若照依这样说，迂其途以取之，旷日持久，郑国急切间，何由得解？万一被唐兵破了，拿了王世充去，真个弄得唇亡齿寒，只道主公失信于天下。"建德亦不答，走进宫去，只见屏后曹后接住说道："刚才朝中所议何事？"建德将前事述了一遍，曹后道："众臣议论皆非，独凌祭酒之计甚善，陛下当听之。"建德道："此迂阔之论。"曹后道："夫自洛口道乘虚连营渐进，以取山北，因招突厥西袭关中，唐必还师，郑围不救而自解，有甚迂阔？"建德道："孤自主裁，毋劳国后费心。"

次日早朝，长孙安世又来哀求。夏王便差曹旦为先锋、刘黑闼为行军总管，自同孙安祖为后队。公主线娘因是那夜见了罗成的书，伤感成疾，便与凌敬、曹后等守国。起十五万人马，望虎牢进发。

早有细作报知秦王。诸将恐腹背受敌，深以为忧，独秦王大喜。李靖笑道："不意殿下此番出师，一箭竟射双雕。"记室郭孝恪道："洛阳破亡，只在目下，建德不量，远来相救，这是天意要殿下灭此两国。机会在此，不可轻失。"薛收道："世充剧贼，部下又是江淮敢战之士，只因缺了粮饷，所以固守孤城，坐以待毙；若放窦建德来与之相合，建德以粮济助世充，则贼势愈强，不可为矣！"李靖道："如今只宜分兵困住洛阳，殿下自领精锐，速据成皋，养威蓄锐，以逸待劳，出奇计一鼓而即可破建德；建德既破，先声夺人，世充闻之，当不战而自缚麾下矣！"

秦王听了大喜道："卿言实获我心，但此地重任，须仗将军谋画统辖。"李靖道："不须殿下费心，大约建德完局，这里赖主公之力，世充自然可擒。"秦王道妙。只带叔宝与尉迟敬德二将，其余将士多叫屯住洛阳，统领自己玄甲兵五千，直赶到虎牢，与懋功诸将相会了。懋功道："臣知殿下必来，更同得二位将军到此，破贼在旦夕矣。”秦王道：“闻得夏兵共有十万前来，未知真假？”懋功道：“不要去问他多少兵，臣今夜只消三千人，吓他一个个心胆俱碎。”便向秦王耳边，说了几句。秦王鼓掌道：“妙！”懋功取令箭一枝，对罗士信道：“将军同副将高甑生，领一千人马，即刻起身，潜往南方鹊山埋伏。柬帖一个，付你持去预备，如法奏功。”又取令箭一枝，柬帖一个，对秦叔宝、副将梁建方道：“烦二位将军领一千兵，到汜水东北上一个土山埋伏，速去预备，如法奏功。”叔宝、建方领计去了。懋功又取令箭一枝，柬帖一个，对敬德与副将白士让道：“二位将军就在虎牢西角上，照依柬帖中行事；如杀到鹊山遇着了士信，不论胜败，即便杀将转来。”敬德、士让领计去了。

罗士信同高甑归寨，把柬帖拆开一看，却是每一兵士要备小红灯一盏，马上须用铜铁响铃，听中军轰天第二炮杀出，合着火枪归阵。秦叔宝与梁建方回寨，也把帖拆开，只见上写道：“每兵要带火球一个，小锣一面，听第三个轰天大炮，即便杀出，合着火枪红灯，即便杀转。”懋功叫军士在正南山竖起一个高竿，叫宇文士及令二千玄甲兵守护着。

再说夏国先锋曹旦，到了虎牢，结营一二十里，每日到唐寨边来挑战，无人应敌，只道唐家晓得他们统大兵来，不敢出头；夜间虽防来劫寨，到底兵士心上觉得懈弛，那夜方解甲安睡，只听得一声大炮，喊叫震天。曹旦忙跨马赶出寨来，见无数火枪，掩着一个黑脸大汉杀来。曹旦如飞举枪来刺，那将一鞭，早打进胸膛；曹旦忙把身子一侧，火枪早着脸上，把胡子尽行烧去，败入阵中。敬德领这一千兵，东冲西突，并无人来拦阻；直杀到将近鹊山，忽闻第二个大炮，只见罗士信马上，尽是红灯响铃，在夏阵中各处冲杀。那高雅贤对刘黑闼道：“兄看那南山上红灯，

必是唐家暗号，我与你射了他，那些兵马自然散乱了。”说罢，即便纵马前来。那刘黑闼扯足弓，射一箭去，正中红灯，落将下来，复又一灯扯上；高雅贤正要射时，只见一声大炮，无数火球，半天里飞将下来，冲出一员大将，口喊道：“秦叔宝在此，叛贼看锏。”高雅贤如飞接住，被叔宝拨开枪，一锏打下马来。梁建方正欲去刺他，幸亏刘黑闼救了，退将下去。叔宝与敬德、士信会合了三千兵，竟似几万人马，东冲西砍，杀得一个落花流水。正在高兴时，唐阵上闻已鸣金，只得勒马回营。

秦王同徐懋功在寨中排了庆贺筵席，敬德与叔宝诸将归寨，检点三千人马，不曾伤失一个，秦王将羊酒银牌分赏了将士。徐懋功道：“今卿此举，不过送个信与他们，让夏兵晓得我唐朝将士的厉害。只是明日这一阵，诸君各要努力干功，成败只在此举。”秦王心挂洛阳，也要决一战以见雌雄。

却说建德因前阵军马夜来被唐兵搅扰了半夜，四鼓时候，就即传令催兵马造饭，将刘黑闼改为前队，曹旦改为中营，自板渚地方来到牛口谷，分遣将士，北首到河，南首到鹊山，排了二十多里。建德见唐兵不动，先遣男卒三百，渡了汜水。唐将士见夏兵威盛，也有些胆怯。秦王只不动心，同徐懋功上了一个高丘，立马遥望。懋功道：“这贼自山东起兵来，不过攻些小小贼寇，未逢大敌；今虽结成大阵，部伍不整，纪律不严，总属易破。”望见郑国代王琬，也自带了亲随兵马，立在阵后监战。只见代王戴了束发金冠，锦袍金甲，骑了隋炀帝向来坐骑大宛国进贡的青鬃马，在旗门后影来影去。秦王道：“这小将骑的好一匹良马！”尉迟敬德在侧说道：“殿下说此马好，待小将取来。”秦王道：“不可，不可！”敬德道：“不妨。”两只腿把马一夹，直奔进夏阵中去。旁边两个将官高甑生、梁建方怕敬德有失，也拍马随来。

代王琬按着缰，在那里看战，只听得耳朵里喝一声：“那里走！”提小鸡一般，被敬德提过马去，这马正要走，被敬德靴尖钩住缰绳，高甑生已到，带了马一齐归阵。夏阵中见唐将在阵背后拿了代王琬去，吃了一惊，无心恋战，慌忙退回。徐懋功大声说道：“此时不趁势杀贼，更待何时！”自把军鼓大擂，唐将白士让、杨武威、王簿、陶武钦许多精兵一拥而进，秦王带领轻骑，同敬德、叔宝、士信过汜水，打从夏阵背后，直杀进去，扯起大唐旗号，前后夹攻。建德将士见了大惊，夏军只得且战且退。唐兵追赶了三十余里，斩了首级万余。

建德急退，忙脱去朝衣朝冠，改装与将士一般打扮，好来决战，却遇着柴绍夫妻，领了一队娘子军，勇不可当。建德当先来战，早中了一枪，忙寻护驾将士，乱乱的多已逃散，要迎杀前去，又恐独力难支；倘再中一枪，可不了却性命？忽见牛口渚中，芦柴茂密，可以潜身，便提马往里一钻，那娘子军也不在意，反杀向前边去了。不提防建德身上这副金甲晃亮，动了人眼。唐军望见，知是一员将官逃在芦中，两个车骑将军白士让、杨武威纵马赶来，举浑铁槊住芦林中乱搠。窦建德在芦中，要杀出来，身负重伤，恐厮杀不过；若在里边，又恐搠着，只得大叫道：“我便是夏王，将军若能相救，平分河北，富贵共享。”杨武威道：“只要出来，我等救你。”建德提马跳将出来，被他们一把抢来绑缚，把脚栓在马上，恰好几个从兵已至，一齐簇拥回到大寨。只见敬德提了刘黑闼的首级，王簿提了范愿的首级，罗士信活捉了郑国使臣长孙安世，都在那里献功；可怜夏国十几万雄兵，杀伤死亡，一朝散尽，只逃得一个孙安祖，带了随行二三千个小卒奔回乐寿。

时秦王已在大寨，小校报说，拿得夏王窦建德来。众将不

信，秦王亦不以为然。只见杨武威与白士让押了建德，直至中军；众人看见，果是夏王建德。他也不跪，秦王见了笑道："我自征讨王世充，与汝何干，却越境而来，犯我兵锋?"建德也没得说，说几句诨话道："今不自来，恐烦远取。"秦王又笑了一笑，问杨、白二将："如何便拿住了他?"白士让道："到是柴郡马统率娘子军赶杀他来到牛口谷，柴郡马杀了前去，他就潜躲在芦苇中，被我们看见拿住，应了民间'豆入牛口，势不能久'之谣。"秦王笑了一笑，叫监在后寨。

垂衣河北尽悠游，何事横戈浪结仇?

愎谏逞强谁与救，可怜束手作俘囚。

此时建德手下被拿的，有五万余人。秦王道："杀之可惜，不如放了，任他们回转乡里。"众将恐放还又与我为敌。徐懋功道："窦建德也是草泽英雄，有众二十万，败亡至此，那一个还敢纠合来与我们战? 放去正使他传殿下恩威，山东河北可不战而自下了。"诸将皆心服其言。秦王心下转道："柴绍夫妇既统兵到此，为甚不来相会，莫非被建德余党赚去?"忙差人问前队将士，有的说已往洛阳去了，秦王便不再问，因对懋功说道："我在这里整顿军马，卿同诸将先往洛阳，烦到乐寿收拾了夏国图籍，安抚了郡县，火速到洛阳来会合。"懋功领命。到次日，即便带领自己人马起身。

不一日到了乐寿。懋功即传令箭一枝与王簿，叫他晓谕军士：不许妄戮一人，不许搅扰百姓，违者立斩示众。乐寿城中百姓一闻夏王的凶信，只道唐兵来，不知怎样扰害地方，岂知徐军师约法严明，抚慰黎庶，井井有条，因此市廛①老幼，各各欢喜，

① 市廛（chán）——指市内商店集中的地方。

迎于道路。懋功进城来，将府库打开，查点明白，又将仓廒①尽开，召几个耆老，叫他们报名给领官粮，赈济穷黎。那五六个耆老，伏地而泣道：“夏王治国，节用爱人，保护赤子，时沐恩泽。今彼一旦失国，我侪小民，如丧考妣，又安忍分散其储蓄？今蒙将军到郡安抚黎民，秋毫无犯，实出望外；顾留此积蓄，以充军饷，则乐寿虽不沾其惠，亦感将军之德矣。”懋功点头称善，便将仓库照旧封好。

来到建德宫中，只见朝堂一个纱帽红袍的官儿，面色如生，向西缢死在梁上，粉墙上有绝句一首道：

几年肝胆奉辛勤，一着全输事业倾。

早向泉台报知己，青山何处吊孤魂。

夏祭酒凌敬题

懋功读罢墙间之诗，不胜浩叹，忙叫军士去备棺木殡殓。又走到内宫来，只见宫中窗牖尽开，铺设宛然，面南一个凰冠龙帔的妇人，高高的悬梁缢在那里；两旁四个宫奴，姿色平常，亦缢死在侧。懋功知是曹后，忙叫人放下，亦备棺木好好盛殓。

搜索宫中，止不过十来个老宫奴。懋功想道：“闻得窦建德，有个女儿，勇敢了得，为何不见？”询问宫奴。宫奴答道：“前日孙安祖回来，报知父皇被擒，那夜公主同了花木兰，就不知去向了。”徐懋功对王簿道：“窦建德外有良臣，内有贤助，齐家治国，颇称善全。无奈天命攸归，一朝擒灭，命也数也，人何尤焉！”当初隋炀帝传国玉玺并奇珍异宝，窦建德破了宇文化及，都往归夏国；懋功一一收拾，并图书册籍，装载停当。晓得有个左仆射齐善行，名望素著，养老致仕在家，请他出来，要他治守

---

① 廒（áo）——粮库。

乐寿。齐善行辞道："善行年迈病躯，与世久违，愿将军另选贤豪，放某乐睹升平。"懋功道："眼前苦无其人，公何必苦辞?"齐善行道："仆有一人，荐于麾下，必能胜其任。"懋功道："请问何人?"善行道："此人姓名不知，人只叫他是西贝生。闻他昔年曾在魏公麾下，为参谋之职，今隐居拳石村，卖卜为活，此人大有才干，屈其佐治，必得民心。"懋功道："今屈尊驾暂为管摄，待我访西贝生来，兄即解任何如?"齐善行不得已，只得收了印信，权为料理。懋功整顿军马起行，因问土人："拳石村在何处?"土人道："过雷夏去三四里，就是拳石村。"懋功命前队王簿速速趱行。

不多几日，前队报说，已到拳石村了。懋功把兵马寻一个大寺院歇下，自己易服，扮作书生，跟了两个童子，进拳石村来。原来那村有二三百人家，是一个大市镇，到了市中，只见路上一面冲天的大招牌，上写道：

西贝生术动王侯，卜惊神鬼，贫者来占，分文不取。

懋功问村人道："这西贝生寓在那里?"村人把手望西一指道："往西去第三家便是。"懋功见说，忙进弄内，寻着第三家，只见门上有副对联，上写道：

深惭诸葛三分业，且诵文王八卦辞。

懋功知是这家，便推门进去，只见一个童子，出来说道："贵人请坐，家师就出来。"懋功坐了片时，见一个方巾阔服的人掀帘走将出来。懋功定睛一看，不觉拍手笑道："我说是谁，原来贾兄在此!"贾润甫笑道："弟今早课中，已知军师必到此地，故谢绝了占卦的，在此相候。"大家叙礼过，润甫携着懋功的手到里边去，在读易轩中坐定。润甫道："恭喜军师，功成名立，将来唐家佐命功勋，第一个就要算军师了。"懋功道："吾兄是旧交知己，说甚佐命功勋，不过完一生之志而已。”说了，茶罢，只见里边捧出酒肴来，懋功欣然不辞，即便把盏。润甫道：“军师军旅未闲，何暇到此荒村？”懋功将擒窦建德战阵之事，并齐善行举荐了他去治理乐寿的话，说了一遍。

润甫微笑了一笑道：“弟自魏公变故，此心如同槁木死灰，久绝名利，满拟觅一山水之间，渔樵过活；不意逢一奇人，授以先天数学，奇验惊人。弟思此事，原可济人利物，何妨借此以毕余生，不意又被兄访着。”懋功道：“正是兄的才识经济，弟素所佩服，但星数之学，未知何人传授，乞道其详。”润甫道：“兄请饮三大觥，待弟说来，兄也要羡慕。”懋功举杯，一连饮了三觥。润甫道：“当初有个隋朝老将杨义臣，他是个胸藏韬略、学究天人的一员宿将。因隋主昏乱，不肯出仕，隐居雷夏泽中。”懋功道：“这杨义臣，弟先年也曾会过，曾蒙他教益，可是他传的么？”润甫道：“非也。他有个外甥女，姓袁名紫烟，隋时曾点入宫，那女子不事针线，从幼好观天象，一应天文经纬度数，无不明晓，因此隋主将他拜为贵人；后因化及轼逆，他便用计潜逃到母舅家。本要落发为尼，因杨义臣算他尚有贵人作匹配，享禄终身。前年弟偶卜居雷泽，与杨公比邻，朝夕周旋，贱内又与袁贵人亲爱莫逆，故此传其学术。”懋功道：“如今杨公在否？”润甫道：“杨公已于去岁仙游矣！袁贵人同杨公乃郎并如夫人俱在这里守墓。”懋功道：“墓在那里？”润甫推窗向西指道：“这茂林中，乃杨公窀穸①之所，他家眷也住在里边。”懋功道：“杨公虽死，弟与他生前亦有一面，今去墓前一揖，并求贵人一见，未识可否？”润甫道：“使得。”懋功就叫手下备楮仪一副，同贾润甫

① 窀穸（zhūn xī）——墓穴。

步行过去。

只见几亩荒丘，一抔浅土，虽然树木阴翳，难免狐兔杂沓。懋功叹道：“英雄结局，不过如此!”润甫忙过去通知了袁贵人，袁贵人就叫馨儿换了衰绖，到墓前还礼拜谢了，揖进飨堂中。懋功必要求见袁贵人，袁紫烟也是不怕人的，就是这样素妆淡服，出来拜见。懋功注目详视，见袁贵人端庄沉静，秀色可餐，毫无一点轻佻冶艳之态，不胜起敬道：“下官奉命来乐寿清理夏王宫室，昨见一个宫奴，名唤青琴，是隋帝旧宫人，云是夫人侍儿，甚称夫人才学阃范①，在男子多听未见，下官欲遣青琴仍归夫人左右，但未识可否?”袁紫烟道：“妾只道此奴落于悍卒之手，不意反在王宫。但妾亲从凋亡，茕茕一身，自顾难全，奚暇与从者谋食，有虚盛意。”说完，辞别进去。

懋功此时觉得心醉神飞，只得别了出来，对润甫道：“弟向来浪走江湖，因所志未遂，尚未谋及家室；今见此女，实称心合意，欲求兄为之执柯，未知可肯为弟玉成否?”润甫道：“此系美事，弟何敢辞劳，管教成就；兄到舍下去坐了，弟去即来复命。”懋功慢慢的踱到润甫家中去。

坐了片时，只见润甫笑嘻嘻的走来说道：“袁贵人始初必欲守志终天，被弟再四解喻，方得允从，但是要依他三件事，谅兄亦易处的。”懋功道：“那三件事?”润甫道：“第一，要守满杨公之制，方许事兄；第二，要收领杨公之子馨儿子母两口，去抚养他上达成人；第三，有个女贞庵，系隋炀帝的四院夫人在内焚修，与袁贵人是异姓妹妹，当年杨公送四位夫人到彼出家，原许他们每年供膳，俱是杨公送去；今若连合朱陈，必须继杨公之

---

① 阃（kǔn）范——指妇女的德与行。阃，指内室，后借指妇女。

志，以全贵人昔日结拜之情。只此三事，倘肯俯从，即是兄的人了。”懋功大喜道：“不要说此三件，就再有几件，弟亦乐从。”就叫身边童子，到前寨王将军处，取银二百两，彩缎十表里，身上解佩玉一块，递与润甫道：“军中匆匆，不及备仪，聊以二物银两，权为定偶。”润甫忙叫手下并童子携去送与袁紫烟，说明依了三章之约。袁紫烟然后收了，将太乙混天球一个，在头上拔下连理金簪一枝，回答了；润甫同童子从人回来，付与懋功收讫。懋功道：“承兄成全弟家室，弟明日当有些薄敬，并管辖乐寿文书一同送来，大家共佐明君，岂不为美。”润甫道：“闲话且莫讲，请问军师，王世充破在旦夕，单二哥如何收煞?”懋功皱眉叹道：“若提起单二哥，恐有些费手。”懋功又把前雄信追赶秦王一段说了一遍。润甫跌足道：“若如此说，单二哥有些不妥，兄与秦大哥俱系昔年生死之交，还当竭力挽回方妙。”懋功道：“这个自然。”

正说时，天色已暮，只见许多车仗来接，懋功只得与润甫分手。明早做下署乐寿印信文书，并书帕银二百两，差官送与贾润甫，又命亲随小校两个，将小礼百金与宫奴青琴送归袁紫烟。二人去了回来说道：“宫奴礼金，夫人处俱已收讫。”差官又禀：“贾爷处文书礼仪，门户钳封，人影俱无，只得持回。”懋功大惊道：“难道我昨日是见鬼?”忙骑了马，自己到拳石村来看，果然铁将军把门，问其邻里，说是昨夜五更起身，一家都往天台去进香了。懋功叹道：“贾兄何不情至此?”心上疑惑，忙又到杨公墓所来，袁紫烟叫馨儿换了服色出来拜送，懋功执手叮咛了几句，然后上马登程，往洛阳进发。正是：

陌路顿成骨肉，临行无限深情。

第五十九回

狠英雄犴牢聚首　奇女子凤阁沾恩

词曰：

昔日龙潭凤窟，而今孽镜轮回。几年事业总成灰，洛水滔滔无碍。说甚唇亡齿寒，堪嗟绿尽荒苔。霎时撇下热尘埃，只看月明常在。

——右调《西江月》

天下事只靠得自己，如何靠得人？靠人不知他做得来做不来，有力量无力量，靠自己唯认定忠孝节义四字做去，随你凶神恶煞，铁石刚肠，也要感动起来。

如今不说徐懋功往洛阳进发。且说王世充困守洛阳孤城，被李靖将兵马围得水泄不通，在城将士，日夜巡视，个个弄得神倦力疲，兼之粮草久缺，大半要思献城投降，只有一个单雄信梗住不肯，坚守南门。

一日黄昏时候，只见金鼓喧阗，有队兵马来到城边，高声喊道："快快开城，我们是夏王差来的勇安公主在此。"城上兵士，忙报知雄信。雄信到城隅上往外一望，见无数女兵，尽打着夏国旗号，中间拥着金装玉堆的一位公主，手持方天画戟，坐在马上。雄信道是窦建德的女儿，一面差人去报知王世充，随领着防守的禁兵来开城迎接。岂知是柴绍夫妻，统了娘子军来到洛阳关，会了李靖，假装勇安公主，赚开城门。那些女兵个个团牌砍刀，刚进城来，早把四五个门军砍翻。郑兵喊道："不好了，贼进来了！”雄信如飞挺槊来战，逢着屈突通、殷开山、寻相一干大将，团团把雄信围住。雄信犹力敌诸将，当不起团牌女兵，忘命的滚到马前，砍翻了坐骑，可怜天挺英雄，只得束手就缚。好笑那吃人的朱灿被李靖杀败，逃到王世充处，以为长城之靠，不意城破，亦被擒拿。柴绍夫妻忙要进宫去杀王世充，只见王世充捧了舆图国玺，背剪着步出宫来。李靖吩咐诸将，将王世充家小宗族尽行搜缚出来，上了囚车，一面晓谕安民。

正在忙乱之时，小校前来报道：“秦王已到了。”李靖同诸将并许多百姓，扶老携幼，接入城去，竟到郑王殿中，率领诸将上前参谒。秦王对李靖道：“孤前往虎牢时，卿许灭夏之后，郑亦随亡，不意果然。”李靖道：“王世充这贼，奸诡百出，防守甚严，幸亏柴郡主来哄开城门，世充方自绑来投献。”秦王笑对世充道：“你当初以童子待我，随你奸计多谋，怎出得我几个名将的牢笼。”王世充在囚车内答道：“罪臣久思臣服归唐，因诸将犹豫未决，又知殿下不在寨中，故此直至今日来投献，只求开恩免死。”秦王笑了一笑，即命诸将去检点仓库，开放狱囚，自往后宫，与柴绍夫妻相见，收拾珍玩。

时窦建德与代王琬、长孙安世三个囚车与王世充、朱灿的几个囚车尚隔一箭之地，众军校见秦王与诸将散去，便将囚车骨碌碌的推来，聚在一处。王世充见了，扑簌簌落下泪来，叫道：“夏王，夏王，是寡人误了你了！”窦建德闭着双眼，只是不开口。旁边代王琬又叫道：“叔父，可怜怎生救我便好？”王世充看见，一发泪如泉涌道：“我若救得你，我先自救了。”指着身旁车内太子玄应道：“你不见兄弟也囚在此，我与你尚在一搭儿，不知宫中婶娘与诸姊妹，更作何状貌哩！”说了不禁大哭不止。窦建德看见这般光景，不觉厌憎起来，大声叹道：“咳，我那里晓得你们这一班脓包坯子，若早得知，我也不来救援了。大丈夫生于天地间，不能流芳百世，即当遗臭万年，何苦学那些妇人女子之行径，无丈夫气概！”对旁边的小校道：“你把我的车儿扯到那边去些，省得他们饶舌，有污我耳。”那些众百姓站在两旁看见，有的指道：“那个夏王，闻他在乐寿，极爱惜百姓，为人清正，比我们的郑王好十万倍；那皇后更加贤明，勤劳治国；今不意为了郑王，把一个江山弄失了，岂不可惜。”众百姓多在那里指手画脚的议论不题。

且说秦叔宝随秦王回来，在第二队，见洛阳城已破，心上因记着单雄信，如飞抢进城来，只见王世充弟男子侄，多在囚车中，郑国廷臣累累锁在那里，未有发放，独不见雄信；查问军士，说是见过了秦王，程爷拉他往东去了。叔宝忙又寻到东街来，遇着了程知节手下一个小卒，叔宝叫住来问道：“你们老爷呢？”那小卒低低说：“同单二爷在土地庙里。”叔宝叫他领到庙中，只见程知节同单雄信相对，坐在一间屋里，项上带着锁链，叔宝见了，上前相抱而哭。雄信说道：“秦大哥何必悲伤。弟前日闻秦王来讨郑时，弟已把死生置之度外，今为亡国俘虏，安望瓦全，但不知夏王何故败绩如此之速？”叔宝道：“单二哥怎说这话？我们一干兄弟，原拟患难相从，死生相共，不意魏公、伯当先亡，其余散在四方，止我数人。昔为二国，今作一家，岂有不相顾之理。况且以兄之才力，若肯为唐建功，即是佐命之人。”叔宝又把窦建德如何战败，如何被擒说了一遍，只见外边一人推门进来，雄信定睛一看，却是单全，便说道：“你不在家中照顾，到此何干？莫非家中亦有人下来么？”单全道：“今早五更时分，润甫爷到来，说是老爷的主意，将夫人小姐立逼着起身，说要送往秦太太处去。因此小的来问老爷，晓得秦爷已到，再问个确信。”雄信对秦、程二人道：“润甫兄弟，我久已不曾相会，这话从何说起？”程知节道：“贾润甫兄是个有心人。他既说要送到秦伯母处，谅无疏虞。”叔宝亦道：“贾兄是个义气的人，尊嫂与令嫒，必替兄安顿妥当，且莫愁烦。”雄信对单全道：“你还该赶上去，照管家眷。我这里有两个小校在此。”叔宝亦道：“主管，省得你老爷牵挂，你去寻着贾爷，看个下落，这里我自然着人伺候。”说了，单全拭泪而去。早有四五个军士捱进门来，却是秦叔宝的亲随内丁。叔宝问道：“寓所寻下了么？”内丁道：“就在北街沿河一个叛臣张金童家，程老爷的行李也发在一处。今保和殿上已在那里摆宴，只恐王爷就有旨来，传二位老爷去上席。”程知节道：“我们一搭儿寓，绝妙的了！”叔宝雄信道：“此地住不得，单二哥到我那里去。”雄信道：“弟今是犯人，理合在此，兄们请便。”程知节直喊起来道：“什么贵人犯人，单二哥你是个豪杰，为甚把我两个当做外人看待！”忙把雄信项上链子除下来，付与小校拿着，叔宝双手挽着雄信，出了庙门，回到下处，吩咐内丁，好好伺候。

知节与叔宝到保和殿来，只见李靖在那处分拨将士，把守城门，分管街市，大悬榜文，禁止军士掳掠，违者立斩。

秦王着记室房玄龄进中书门下省，收拾图籍制诰，萧禹、窦轨封仓库，所有金帛，嘱柴嗣昌、宇文士及验数颁赐有功及从征将士。李靖见叔宝、知节，便道：“秦王有旨，烦二位将军，明早运回洛仓余米，轸恤城中百姓。”叔宝道：“洛仓粮米，只消出一晓谕，着耆老率领贫黎到洛赈济，何必又要运回？”便吩咐书办出去写示。只见屈突通奔进来，向叔宝说道：“秦王将军，单雄信在何处？秦王有旨，点诸犯入狱，发兵看守，独不见了雄信。”叔宝问：“旨在何处？”屈突通在袖中取出来，叔宝接过来看，上写道："段远隋国大臣，助王世充篡位弑君；朱灿残杀不辜，杀唐使命；单雄信、杨公卿、郭士衡、张金童、郭善才一干，暂将锁系下狱，点兵看守，俟带回长安，候旨定夺。"叔宝蹙着眉头，尚未回答，程知节道："屈将军，单雄信是我们两个的好弟兄，在我们下处，不必叫他入狱中去，候到长安，交还你一个单雄信就是了。"时齐国远、李如圭、尤俊达多在那里看慰雄信，李如圭看这光景，不胜忿怒道："我们众兄弟，在这里血战成功，难道一个人也担当不起?"屈突通道："我也是奉王命来查，既是众位将军担当，我何妨用情。"说完去了，不提那夜宴享功臣之事。

到了次日，秦王先打发柴郡主统领娘子军起身，齐国远、李如圭只得匆匆别了叔宝、知节亦归鄠县去了。其时恰好徐懋功从乐寿回来，见了秦王问乐寿如何料理，懋功说："臣到乐寿时，祭酒凌敬已缢死朝堂，曹后同宫女四人缢死宫中，其余嫔妃，不过粗蠢妇女，一二十而已，但不见了他的女儿。那老幼黎民，闻了建德被擒，无不嗟叹，臣开仓赈恤，俱不忍来领。顷见臣禁约军士，秋毫无犯，尽愿存积粟，以充军饷，因此远近仕宦，无不参谒臣服。臣就其中择一老成持重的齐善行权为管摄，未知可合殿下之意?"秦王点头称善，命淮阳王道玄同宇文士及、大将屈突通权且镇守洛阳。谕将士收拾班师。

徐懋功听见单雄信在叔宝下处，忙来相会，对雄信道："弟昨日自乐寿回来，途遇一友，说见贾润甫兄护送二哥的宝眷在那里，想必他知秦王之命，这一干人犯总要到长安候旨发落，润甫先将兄家眷送到秦伯母处，亦为妥当。弟恐路上阻碍，忙拨一差官并军校二十名，发行粮三百两，叫他们赶上盘缠，众人到都，兄可放心无忧。"雄信道："弟闻鸟之将死，其鸣也哀；人之将死，其言也善。弟今日处此地位，亦无言可善，亦难鸣可哀，承诸兄庇覆雄信家室，弟虽死犹生也。”叔宝叫人去雇一乘驴轿，安放单雄信坐了，自同秦王收拾起身。正是：

横戈顿令烽烟熄，金镫频敲唱凯回。

不一日到了长安，报马早已报知唐帝。唐帝命大臣并西府未随的官僚出郭迎接，只见一队队鼓吹旗枪，前面几对宣令官、旗牌官押着王世充、窦建德、朱灿并擒来的将相大臣、宗姓子侄，暨隋家乘舆法物，都列在前面。秦王锦袍金甲，骑着敬德夺的那匹骏马，后边许多将士，全装贯甲，簇拥着进城，先到太庙里献了俘，然后入朝。唐帝御门，秦王与各将士以次朝见。秦王即进宫去见母后。唐帝出旨：天色已晚，各将士鞍马劳顿，着光禄寺在太和殿赐宴奖赍，夏、郑、朱等囚俘俱着大理寺收狱，候旨定夺。时单雄信也不得不随行向狱中去。刑部里发了一张单儿，差十来个校尉，押着众囚犯，来到狱门首，大声喝道：“禁子们，走个出来，照单儿点了进去。此系两国叛犯，须用心看守着。”众禁子道：“晓得。”一个个点将进去，领到一个矮门里，却是三间不大明亮的污秽密室。雄信此时觉得有些烦闷起来。建德看那两旁，先有一二十个披枷带锁的囚徒，也有坐的，也有卧的，多是鸠形鹄面，似人似鬼的在那里。建德此时雄心早已消磨了一半，幸亏还遇着个单雄信，是旧知己，聚在一处，诉别离情。

忽见一个彪形大汉，在门首望着里边说道：“那个是夏王，那个是单将军？”建德尚未开口，雄信此时一肚子焦躁，没好气，只道是就要叫他出去完局，便走近前来道：“我就是单雄信，待怎么样？”原来那个是禁子头儿，便道：“请二位爷出来。”建德同雄信只得走出来，那汉引到左首一间洁房里，里边床帐台椅，摆设停当，那汉道：“方才小的在大堂上打听，见发下票子，如

飞要回来照管，因徐老爷与秦老爷，传去吩咐，故此归迟。众弟们不知头脑，都一窝儿送到后边去。”随指着一张有铺陈的床儿说道：“这是王爷的。”指着一张没铺陈的床儿说道：“这是单爷的。那铺陈秦老爷即刻差人送进来。”窦建德道：“单爷是众位老爷吩咐，我却从未有好处到你，为甚承你这般照顾？”那禁子道：“王爷说那里话来，三日前就有一位孙老爷来，再三叮嘱小的，蒙他赐小的东西，说如王爷发下来，他也要进来看王爷，所以预先打扫这间屋儿，在这里伺候。”建德想道：“难道孙安祖逃了回去，又来不成？”忽听外边嘈嘈杂杂，六七个小校扛进行李与一罐酒，食盒中放着肴馔，对众禁子道：“这是单老爷的铺陈，并现成酒肴，众位老爷说有公干在身，不能个进来看单爷。禁子们，叫你们好生伺候着。”说完出去了。众禁子手忙脚乱，铺设安排停当。窦、单二人原是豪杰胸襟，且把大事丢开，相对谈心细酌。

且说窦后见秦王回来，心中甚喜，夜宴过已有二更时分，不觉睡去，梦一尊金身的罗汉，对窦后稽首说道：“汝儿已归，我有个徒弟，承他带来，快叫他披剃①了，交还与我。”说完不见了。窦后醒来，把梦中之事述与唐帝听。唐帝道：“昨晚世民回来，未曾问他详细，且等明日进朝，问他便了。”窦后辗转不寐，听更筹已交五鼓，忍耐不住，便叫内监传懿旨，宣秦王进宫。

时秦王在西府梳洗过，将要进朝，见有内侍来宣，忙同进宫，朝见过了，窦后道：“你把出都收两国之事，细细述与做娘的知道。”秦王就把差段悫去和朱灿，被朱灿醉烹了段悫，直至宣武陵射中野鸾，几被单雄信擒获，幸遇石室中圣僧唐三藏施显

① 披剃——即出家。

神通，隐庇赠偈，得尉迟恭赶到救出的事说了一遍。窦后听了，点头道："儿，怪道夜来圣僧托梦，原来有这段缘故。"秦王道："母后梦境如何？"窦后就把梦中之事述了一遍，又道："据为母的猜详起来，囚俘里面，毕竟有个好人在内。"对秦王道："刚才儿说那唐三藏赠的偈，录出来待我详察一详察。"秦王写了出来，大家正在那里揣摹，只见宇文昭仪走到面前，诸妃中唯此女窦后欢喜他，见了便对昭仪说道："正好，你是极敏慧的，必定揣摹得出。"窦后述了自己梦中之言，并秦王录出遇见圣僧赠偈四句，与昭仪看。昭仪道："第一句是明白的，隐着夏主的名字在内；第二句想必此人也是个孝子；只有第三句，解说不出；那第四句，显而易见，没甚难解。"窦后道："为何显而易见？"昭仪道："娘娘姓窦，今建德也姓窦，水源木本，概而推之，如同一体，是要赦窦建德之罪也。"窦后点头称是。秦王道："窦建德是个了得的汉子，譬如猛虎，纵之则易，缚之甚难。今邀九庙之灵，一朝为我擒获，倘若赦之，又为我患奈何？"唐帝道："如今且不必拘泥。朱灿残虐不仁，理宜斩首；提出王世充来，待朕审问他的臣下，或者有个孝子在内，也未可知的。"秦王就差校尉到狱中去，提斩犯一名朱灿立决，又提斩犯一名王世充面圣。

时建德与雄信都睡在床上，听更筹已尽，在那里闲话，忽听见甬道内有许多人脚步走动，到后边去敲门。一回儿又听得那屋里头的枷锁铁链一齐震动起来。原来后牢房里的众囚徒听见此时下来提犯，不知是那一案，是那一个，俱担着干系，所以吓得个个战栗起来，把枷锁弄得叮叮当当，好似许多上阵兵马甲胄穿响。建德如飞起身，往门缝里一张，只见七八个红衣雉尾的刽子手，先赤绑着一人前来，仔细一看，却是朱灿，随后又绑着一人来，乃是王世充。建德对雄信道："单二哥，我们也要来了，起身了罢!”雄信道：“由他。”正说时，只听得有人来叩门叫道：“单爷，家中有人在这里。”雄信见说，如飞爬起身来开门，却是单全。单全见了家主，捧住了跪在膝前大哭，雄信也忍不住落下泪来，便道：“你不须啼哭，起来问你：奶奶小姐在何处?”单全站起来，附雄信耳上说了几句，雄信点点头儿道：“我的事早已料定，你只照管奶奶与小姐，就是爱主的忠心了。我这里有各位老爷吩咐，你不须牵挂，你若在此，反乱我的心曲。”单全犹自依依不舍，只见禁子头儿推门进来，对着窦建德说道：“夏王爷，孙爷来了。”建德尚未开口，孙安祖已走到面前，大家见了，此时三个人抱住了大哭。建德问道：“卿已回乐寿，为何又来?”安祖向建德耳边，唧唧哝哝的说了许多话，却又快活起来，建德便蹙着双眉道：“人活百年，总是要死，何苦费许多周折。卿还该同公主回去，安葬了曹后娘娘并殉难的诸柩。”安祖却不肯。

如今且不说孙安祖要守定窦建德，再说朱灿绑缚了出来，已去市曹斩首；王世充亦绑着进朝面圣。唐帝责他篡位弑君一段，世充奸猾异常，反将事体多推在臣子身上。唐帝又责负固抗拒，城破才降，世充叩头道：“臣固当诛，但秦殿下已许臣不死，还望天恩保全首领。”唐帝因秦王之意，将他贬为庶人，兄弟子侄，都安置朔方，世充谢恩出朝。唐帝又差人去拿窦建德见驾，只见黄门官前奏道：“有两个女子，绑缚衔刀，跪于朝门外，要进朝见陛下。”唐帝见说，以为奇怪，忙叫押进来。

不一时，只见两个女子裂帛缠胸，青衣露体，两腕如玉雪白的，赤绑着，口中多含着明晃晃的利刃，跪在丹墀里头。唐帝望去，虽非绝色，觉得皆有一种英秀之气，光彩撩人。唐帝便有几分矜怜之意，就叫近侍：“去了那两女子口中的刀，扶他上殿来见朕。”内侍忙下去摘掉了刀，簇拥着上来，却又是两对窄窄金莲挺挺的走上殿来跪下。唐帝便问道："你两个女子，是何处人氏？为何事这个样子来见朕？"窦线娘道："臣妾窦氏，系叛臣窦建德之女。因妾父建德，罪犯天条，似难宽宥，妾愿以身代受典刑，故敢冒死上渎天威。"唐帝道："窦建德岂无臣子子侄，要你这个琐琐裙钗来替他？"线娘道："忠臣良将，俱已尽节捐躯，若说子侄，宗支衰落。妾父止生妾一人，罔极深恩，在所必报；况王世充篡位弑君，尚邀恩赦。臣妾父虽据国自守，然当年曾讨宇文化及，首为炀帝发丧；前在黎阳军旅之间，又曾以陛下御弟神通并同安公主送还，较之世充，不亦远乎？倘皇恩浩荡，准臣妾所请，赦父之罪，加之妾身，是亦国法之不弛，而隆恩之普照，则妾虽死而犹生矣！"唐帝道："你刚才说窦建德止生得你，那一个又是你何人？"线娘未及回答，木兰便道；"臣妾姓花，名木兰，系河北花弧之女。"便将刘武周出兵代父从军，直至与窦线娘结义一段说将出来。唐帝见他两个言词朗朗，不胜赞叹道："奇哉两孝女！圣僧所谓两好最难能也。"正说时，只见两个内监走来，跪下奏道："娘娘有旨，宣殿下进宫。"秦王只得起身进宫去了。

时窦建德久已拿进朝，跪在丹墀下，听那两个女子对答，唐帝叫上来说道："你助党为虐，本该斩首。今因你女儿甘以身代，朕体上天好生之德，何忍加诛，连你之罪，法外宥汝。"就叫侍卫去了建德的锁链绑缚，又对他说道："朕赦便赦了你，只是你也是一个豪杰，若是朕赐你之爵，你曾南面称孤道寡，岂肯屈居下人，朕若废你为庶民，你怎肯忘却锦绣江山，免不得又希图妄想。"建德叩首道："臣蒙陛下法外施仁，贷臣不死，已出望外，安敢又生他念？臣自被逮之后，名利之念，雪化冰消，臣今万幸再生，情愿披剃入山，焚修来世，报答皇恩，不敢再入尘网矣！"

唐帝见说，喜道：“你肯做和尚，妙极，朕到替你觅一个法师在那里，叫你去做他的徒弟，但恐你此心不真耳！”窦建德叹道：“臣闻屠刀一掷，六根即净，观眼前孽镜，总是雨后空花，有甚不真？”唐帝道：“你此心既真，替你改名巨德，着礼部给赐度牒①，工部颁发衣帽，即于殿前替你剃度②。”秦王自宫中出来奏道：“母后知建德肯回心向道，欢喜不胜，要两孝女进宫去一见，父皇以为可否？”唐帝就叫内侍领两个女子进宫朝见。

窦后见了，欢喜得紧，就叫宫奴把两副衣服赐线娘与木兰穿好，又赐锦墩叫他们坐下，问他们年齿，二人回答明白。窦后又问：“线娘，曾适人否？”线娘羞涩涩未及回答，木兰代奏道：“已许配幽州总管罗艺之子罗成。”窦后道：“罗艺归唐，屡建奇功，圣上已封他为燕郡王，赐国姓，镇守幽州。闻他一个儿子英雄了得，你若嫁他，终身有托了。你既明孝义，我也姓窦，你也姓窦，我就把你算做侄女儿，愈觉有光。”窦线娘也不敢推却，只得下去谢恩。窦后又问木兰履历，木兰一一陈奏。窦后亦深加奖叹，便吩咐内侍，取内库银二千两，彩缎百端，赠线娘为奁资；又取银一千两，彩缎四十端，赠赐木兰，为父母养老送终之费，差内监送归乡里。二女便谢恩出宫。

时窦建德刚落了发，改了僧装，身披锦绣袈裟，头戴毗卢僧帽，正要望帝拜辞。唐帝对建德说道：“你如今放心了。”只见二女易服出来，后边许多内侍，扛了彩缎库银，来到殿廷。内监放下礼物，将宫中懿旨，一一奏闻。二女又向唐帝谢恩。唐帝又对建德道：“不意卿女许配罗艺之子，又为娘娘侄女，孝女得此快婿，卿可免内顾矣。”建德并未知此事，只道窦后懿旨赐婚赐物，

---

① 度牒——即官府给僧道出家的证据。

② 剃度——剃去头发为僧尼。此为佛教用语。

谢恩出朝。唐帝又差官一员，赏银二千两，布帛一筒，送至榆窠断魂涧内，隐灵岩中圣僧唐三藏处。

建德出了朝门，只见早有一僧挑着行李，在那里伺候。建德定睛一看，却是孙安祖。建德大骇道：“我是恐天子注念，削发避入空门，你为何也做此行径?”孙安祖道：“主公，当初好好住在二贤庄，是我孙安祖劝主公出来起义，今事不成，自然也要在一处焚修，若说盛衰易志，非世之好男子也。”建德又对线娘道：“你既以身许事罗郎，又沐娘娘隆宠，嗣为侄女，终身有赖了，自今以后，你是干你的事，我是干我的事，不必留恋着我了。”线娘必要送父到山中去，那内监道：“咱们是奉娘娘懿旨，送公主到乐寿去，和尚自有官儿们奉陪，不消公主费心。”线娘没奈何，只得同出长安，大哭一场，分路而行。

要知后事如何，且听下回分解。

第六十回

出图圄英雄惨戮　走天涯淑女传书

词曰：

生离死别，甚来由，这般收煞。难忍处，热油灌顶，阴风夺魄。天涯芳草尽成愁，关山明月徒存泣。叹金兰割股啖知心，情方毕。秦与晋，堪为匹。郑与楚，曾为敌。看他假假真真，寻寻觅觅。玉案琼珠已在手，香山丹桂犹含色。漫驱驰，寻访着郊原朝金阙。

——右调《满江红》

天地间是真似假，是假似真，往往有同胞兄弟，或因财帛上起见，或听妻妾挑唆，随你绝好兄弟，弄得情离心远；倒是那班有义气的朋友，虽然是名姓不同，家乡各别，尽有可以托妻寄子，在情谊上赛过骨肉。所以当初管鲍分金，桃园结义，千古传为美谈。

如今却说唐帝发放了窦建德，随将王世充一干臣下段达、单雄信、杨公卿、郭士衡、张金童、郭善才着刑部派官押赴市曹斩决。时徐懋功、秦叔宝、程知节三人晓得了旨意，知秦王已出朝堂，如飞赶到西府来，要见秦王。

秦王出来，大家参拜过了，叔宝道：“末将等启上殿下，郑将单雄信，武艺出秦琼之上，尽堪驱使。前日不度天命，在宣武陵有犯大驾，今被擒拿，末将等俱与他有生死之交，立誓患难相救。今恳求殿下，开一生路，使他与末将一齐报效。”秦王道：

“前日宣武陵之事，臣各为主，我也不责备他，但此人心怀反复，轻于去就，今虽投服，后必叛乱，不得不除。”程知节道：“殿下若疑他后有异心，小将等情愿将三家家口保他，他如谋逆，一起连坐。”秦王道：“军令已出，不可有违。”徐懋功道：“殿下招降纳叛，如小将辈俱自异国得侍左右，今日杀雄信，谁复有来降者？且春生秋杀，俱是殿下，可杀则杀，可生则生，何必拘执？”秦王道：“雄信必不为我用，断不可留，譬如猛虎在柙，不为驱除，待其咆哮，悔亦何及？”三将叩头哀求，愿纳还三人官诰，以赎其死。叔宝涕泣如雨，愿以身代死。秦王心中不说出，终究为宣武陵之事，不快在心，道：“诸将军所请，终是私情，我这个国法，在所不废。既是凭说，传旨段达等都赴市曹斩首号令，其单雄信尸首听其收葬，家属免行流徙，余俱流岭外。”三人只得谢恩出府。徐懋功道：“叔宝兄，单二哥家眷是在尊府，兄作速回家，吩咐家里人，不可走漏消息，烦老伯母与尊嫂窝伴着他，省得他晓得了，寻死觅活。弟再去寻徐义扶，求他令嫒惠妃，或者有回天之力，也未可知。知节兄，你去备一桌菜，一罐酒，到狱中去，先与雄信盘桓起来，我与叔宝，就到狱中来了。”

却说单雄信在狱中，见拿了王世充等去，雄信已知自己犯了死着，且放下愁烦，由他怎样摆布。只见知节叫人扛了酒肴进来，心中早料着三四分了。知节让雄信坐了，便道：“昨晚弟同秦大哥就要来看二哥，因不得闲，故没有来。”雄信道：“弟夜来到，亏窦建德在此叙谈。”知节叹道：“弟思想起来，反不如在山东时与众兄弟时常相聚，欢呼畅饮，此身到可由得自主。如今弄得几个弟兄，七零八落，动不动朝廷的法度，好和歹皇家的律令，岂不闷人！”说了看着雄信，蓦地里落下泪来。此时雄信早已料着五六分了，总不开口，只顾吃酒。

忽见秦叔宝亦走进来说道："程兄弟，我叫你先进来劝单二哥一杯酒，为甚反默坐在此?"雄信道："二兄俱有公务在身，何苦又进来看弟?"叔宝道："二哥说甚话来，人生在世，相逢一刻，也是难的。兄的事只恨弟辈难以身代，苟可替得，何惜此生。"说了，满满的斟上一大杯酒奉与雄信。叔宝眼眶里汪汪的要落下泪来，雄信早已料着七八分了。

又见徐懋功喘吁吁的走进来坐下，知节对懋功道："如何?"懋功摇摇首，忙起身敬二大杯酒与雄信。听得外边许多淅淅索索的人走出去，意中早已料着十分，便掀髯大笑道："既承三位兄长的美情，取大碗来，待弟吃三大碗，兄们也饮三大杯。今日与兄们吃酒，明日要寻玄邃、伯当兄吃酒了!"叔宝道："二哥说甚话来?"雄信道："三兄不必瞒我，小弟的事，早料定犯了死着。三兄看弟，岂是个怕死的!自那日出二贤庄，首领已不望生全的了。"叔宝三人，一杯酒犹哽咽不下去，雄信已吃了四五碗了。

此时众禁子多捱进门来，站在面前，门首又有几个红头包巾的人，在那里探望。雄信对两旁禁子道："你们多是要伺候我的?"众禁子齐跪下道："是。"雄信便道："三兄去干你的事，我自干我的罢!"叔宝与懋功、知节俱皆大恸起来。雄信止住道："大丈夫视死如归，三兄不必作此儿女之态，贻笑于人。"叔宝叫那刽子手进来，吩咐道："单爷不比别个，你们好好服事他。"众刽子齐声应道："晓得。"懋功道："叔宝兄，我们先到那里，叫他们铺设停当。"叔宝道："有理。"知节道："你二兄先去，弟同二哥来。"懋功与叔宝洒泪先出了狱门，上马来到法场，只见那段达等一干人犯早已斩首，尸骸横地。两个卷棚，一个结彩的，一个却是不结彩的。那结彩的里边，钻出个监刑官儿来相见了。懋功叫手下，拣一个洁净的所在，叔宝叫从人去取当时叔宝在潞州雄信赠他那副铺陈，铺设在地。

时秦太夫人与媳张氏夫人因单全走了消息，爱莲小姐在家寻死觅活，要见父亲一面。太夫人放心不下，只得同张夫人陪着雄信家眷前来。叔宝就安顿他们在卷棚内。只见雄信也不绑缚，携着程知节的手，大踏步前走，一边在棚内放声大哭，徐懋功捧住在法场上大哭。秦太夫人叫人去请叔宝、知节过来说道："单员外这一个有恩有义的，不意今日到这个地位，老身意欲到他跟前去拜他一拜，也见我们虽是女流，不是忘恩负义的人。"叔宝道："母亲年高的人，到来一送，已见情了，岂可到他跟前，见此光景？"秦母道："你当初在潞州时，一场大病，又遭官事，若无单员外周旋，怎有今日？"知节道："叔宝兄，既是伯母要如此，各人自尽其心。"如飞与雄信说了。秦太夫人与张氏夫人、雄信家眷一总出来。叔宝扶了母亲，来到雄信跟前，垂泪说道："单员外，你是个有恩有义的人，惟望你早早升天。"说了，即同张氏夫人，跪将下去。雄信也忙跪下，爱莲女儿旁边还礼。拜完了，爱莲与母亲走上前，捧住了父亲，哭得一个天昏地惨。此时不要说秦、程、徐三人大恸，连那看的百姓军校，无不堕泪。雄信道："秦大哥，烦你去请伯母与尊嫂，同贱荆小女回寓罢，省得在此乱我的方寸。"太夫人听见，忙叫四五个跟随妇女，簇拥着单夫人与爱莲小姐，生巴巴将他拉上车儿回去了。

叔宝叫众人抬过火盆来，各人身边取出佩刀，轮流把自己股上肉割下来，在火上炙熟了，递与雄信吃道："弟兄们誓同生死，今日不能相从。倘异日食言，不能照顾兄的家属，当如此肉，为人炮炙屠割。"雄信不辞，多接来吃了。秦叔宝垂泪叫道："二哥，省得你放心不下，"叫怀玉儿子过来道："你拜了岳父。"怀玉谨遵父命，恭恭敬敬朝着单雄信拜了四拜。雄信把眼睁了几睁，哈哈大笑道：“快哉，真吾婿也！吾去了，你们快动手”便引颈受刑，众人又大哭起来。

只见人丛里钻出一人，蓬头垢面，捧着尸首大哭大喊道：“老爷慢去，我单全来送老爷了！”便向腰间取出一把刀，向项下自刎，幸亏程知节看见，如飞上前夺住，不曾伤损。徐懋功道：“你这个主管，何苦如此，还有许多殡葬大事，要你去做的，何必行此短见。”叔宝叫军校窝伴着他。

雄信首级，秦王已许不行号令，用线缝在颈上，抬棺木来，用冠带殡葬。正着人抬至城外，寺中停泊，只见魏玄成、尤俊达、连巨真、罗士信同李玄邃的儿子启心都来送殡；王伯当的妻子也差人来送纸。大家却又是一番伤感，然后簇拥丧车，齐到城外寺中安顿好了，徐懋功发军校二十名看守，大家回寓。可怜正是：

秦王虽说得中原，曾不推恩救命根。

四海英雄谁作主？十行血泪泣孤魂。

今说窦线娘，哭别了父亲，同花木兰归到乐寿。署印刺史齐善行闻报，已知建德赦罪为僧，公主又蒙皇后认为侄女，差内监送来，倒是热热闹闹，免不得出郭迎接。幸喜徐懋功单收拾了夏国图籍国宝，寝宫中叫那一二十个老宫奴封锁看守，尚未有动。窦线娘到了宫中，见了曹后的灵柩并四个宫奴的棺木，又是一番大恸。

齐善行进朝参见了，把徐懋功要他权管乐寿之事，他又荐魏公旧臣贾润甫有才：“不意懋功去访，润甫又避去，因此不得已，臣权为管摄这几时。今正好公主到来，另择良臣，实授其任，臣便告退。”窦线娘道：“徐军师是见识高广的，毕竟知卿之贤，故尔付托，况且地久已归唐，黜陟①我安得而主之？卿做去便了，不必推辞。但皇后灵柩停在宫中，不是了局，卿可为我觅一善地，安葬了便好。”齐善行道：“乐寿地方，土卑地湿。闻得杨公义臣葬于雷夏，那边高山峻岭，泥土丰厚，相去甚近，两三日可到，未知公主意下如何？”窦线娘道：“杨义臣生时，父皇实为契爱，若得彼地营葬甚妙，卿可为我访之，我这里厚价买他的便了。”线娘手下那些训练的女兵，原是个个有对头的，当其失国之时，俱四散逃去，今闻公主回来，又都来归附。线娘择其老成持重的收之，余尽遣去。

不多几日，齐善行差人到雷夏泽中，觅了一块善地。窦线娘到那里去起造一所大坟墓来，旁边又造了几带房屋，自己披麻执杖，葬了曹后，一家多迁到墓旁住了。即便做一道谢表，打发内监复旨。

花木兰亦因出外日久，牵挂父母，要辞线娘回去。线娘不肯放他，因他是个孝女，不好勉强，只得差两名寡妇女兵，一个是金氏名铃，一个是吴氏名良，赠了他些盘费，叫木兰连父母都迁到雷夏泽中来同居。临行时线娘又将书一封，付与木兰道：“河北与幽州地方相近，此书烦贤妹寄与燕郡王之子罗郎。贤妹要他自出来，觌②面见了，然后将书付他；倘若门上拒阻，有他当年赠我的没镞箭在此，带去叫他门上传达，罗郎自然出来见妹。”说罢，止不住数行珠泪。木兰道：“姊姊吩咐，妾岂敢有负尊命，是必取一个好音来回复。”即便收拾好书信并那枝箭，连两个女兵都改了男装起行。窦线娘直送到二三里外，又叮咛了一番，洒泪分手。

---

① 黜陟（chù zhì）——指职位的升降。

② 觌（dí）——指见，相见。

木兰等晓行夜宿，不觉已到河北地方，细认门阑，已非昔时光景。有几个老邻走来，一看是花木兰，前日改装代父从军的，便道："花姑娘，出去了这好几时，今日才回来。"扯到家里，木兰细问老邻，方知父亲已死，母亲已改嫁姓魏的人，住在前村，务农为活。木兰听了心伤，不觉泪如雨下，谢了邻里，如飞赶到前村。

恰好其母袁氏在井边汲水，木兰仔细一看，认得是自己母亲，忙叫道："娘，我木兰回来了。"其母把眼一擦，见果是自己女儿，忙执手拖到家里去。母女姊妹拜见了，哭作一团。其时又兰年已十八，长成得好一个女子。其母将他父亲染病身死以及改嫁一段诉说了一遍。继父同天郎回来相见了，姊妹三个各诉衷肠，哭了一夜。次日木兰到父亲坟上去哭奠了。

过了几日，正要收拾往幽州去，不意曷娑那可汗闻知，感木兰前日解围之功，又爱木兰的姿色，差人要选入宫中去。木兰闻之，惊惶无主，夜间对又兰道："我的衷肠事，细细与你说明。入宫之事，未知可以解脱，倘必不能，窦公主之托，我此生决不肯负。须烦贤妹像我一般，改装了往幽州走遭，停当①了窦公主的姻缘，我死亦瞑目。"又兰道："我从没有出门，恐怕去不得。"木兰道："我看你这个光景，尽可去得，断不负我所托。"随把线娘的书与箭并盘缠银五十两交付明白。原来又兰倒识得几个字，忙替他收藏好了。木兰又叫两个女兵，吩咐金铃，随又兰到幽州去。

到了明日，只见许多车骑仪从到门，其母因木兰归来不多几日，哭哭啼啼，不舍他入宫去。那木兰毫无惧色，梳妆已毕，走

① 停当——指妥当、妥贴。

出来对那些来人说道："狼主之命，我们民户人家，不敢有违，但要载我到父亲坟上去拜别了，然后随你入宫。"那些仪从应允，木兰上了车子，叫吴良跟了父母，俱送至坟头。木兰对了荒坟拜了四拜，大哭一场，便自刎而死。差人慌忙回去复旨，曷娑那可汗闻知，深为叹息。吴良也先回去，见窦公主不题。木兰父母把他殡殓了，就葬于父旁。

又兰见阿姐回来，指望姊妹同住，做一番事业，不想狼主要娶他去，逼他这个结局。"倘或曷娑那可汗晓得他尚有妹子，也要娶起我来，难道我也学他轻生，倒不如往幽州去，替窦公主干下这段姻事，或者我有出头的好日子得来，亦未可知。"主意已定，悄悄的对金铃说明，收拾了包裹，不通父母得知，两个妇女竟似走差打扮，又兰写几个字，放在房中。四更时出门上路，天明落了客店，雇了牲口，一直到了幽州。

又兰进城寻了下处，问了店主人家燕郡王的衙门。又兰改了书生打扮，便同了金铃到王府门首来访问。那燕郡王做官清正，纪律严明，府门首整饬肃清，并不喧杂，凡投递文书柬帖的官吏，无不细细盘驳。金铃倒底是随公主走过道路的，便与又兰商议道："俺家公主这封书，不比寻常书札，不知里边写些什么在上。倘若混帐投下，那些官吏不知头脑，总递进去，燕郡王拆开一看，喜怒不测起来，如何是好？当初大姑娘在我那里起身时，公主原叫他把书亲面付与罗小将军，如今到此岂可胡乱投递。"又兰道："据你说起来，怎能个见小将军之面？"金铃道："不难，二姑娘你坐在对门茶坊里，俺在这里守一个知事的人出来托他，事方万全。"

又兰到对门茶肆中坐了半晌，只见金铃进来说道："二爷，方爷来了。"又兰看那人，好似旗牌模样，忙起身来相见了坐定。

又兰便问道："亲翁上姓大名?"那人道："学生姓方，字杏园，请问足下有何事见教?"又兰道："话便有一句，请兄坐了。看酒来!"走堂的见说，如飞摆上酒肴。方杏园道："亲翁有甚事，须见教明白，方好领情。"又兰一面斟酒，随即说道："弟向年在河北，与王府小将军，曾有一面，因有一件要紧物件，寄在敞友处，今此友托弟来送还小将军，未知小将军可能一见否?"方杏园道："小将军除非是出猎打围赴宴，王爷方放出府，不然怎能个出来相见？或者有甚书札，待弟持去，付与小将军的亲随管家，传进里边，自然旨意出来。"又兰道："书是必要亲面送的，除非是取那信物，烦兄传递了进去，小将军便知分晓。"方杏园道："既如此，快取出来。弟还有勾当①，恐怕里面传唤。"又兰忙向金铃身边，取出那枝没镞箭，递与方杏园。方杏园接来一看，却是一个绣囊，放着枝箭在内，取出一看，见有小将军的名字在上，不敢怠慢，忙出了店门。

进府去，走不多几步路，遇着公子身边一个得意的内丁叫做潘美，向他说了来因。潘美道："你住着，候我回音。"把锦囊藏在衣襟里，到书房中。

罗公子自写书付与齐国远去寄与叔宝后，杳无音耗，心中时刻挂念，见潘美挂箭进来，说了缘故，不胜骇异，便问："如今来人在何处?"潘美道："方旗牌说，在府前对门茶坊里，还有书要面递与公子的。"罗公子低头想了一想，便向潘美耳边说了几句。潘美出来，对方旗牌道："公子说，叫你引那来人在东门外伺候着，公子就出来打围了。"方旗牌如飞赶到茶坊里来与又兰说了，又兰便向柜上算还了帐，三人大家站在府门首看，只见一

① 勾当——工作。

队人马，拥出府门。公子珠冠扎额，金带紫袍，骑着高头骏马，又兰心中想道："这一个美貌英雄，怎不教窦公主想他?"也就在道旁雇了脚力，尾在后边。

罗公子原不要打围，因要见寄书人，故出城来，只在近处拣个山头占了，吩咐手下各自去纵鹰放犬，叫潘美请那一寄书人过来。公子见是一个美貌书生，忙下坐来相见，分宾主坐定。花又兰在靴子里取出书来，送与罗公子。公子接来一看，见红签上一行字道："此信烦寄至燕郡王府中，罗小将军亲手开拆。"公子见眼前内丁甚多，不好意思，忙把书付与潘美收藏，便问："吾兄尊姓?"又兰道："小弟姓花，字又兰。"公子又道："兄因甚与公主相知?"又兰答道："与公主相知者非弟，乃先姊也。"就把曷娑那可汗起兵一段，直至与公主结义，细述出来。只见家将们多到来，花又兰便缩住了口。公子问道："尊寓今在何处?"金铃在后答道："就在宪辕东首直街上张老二家。"公子道："今日屈兄暂进敝府中去叙谈一宵，明早送兄归寓。"又兰再四推辞。公子道："弟尚有许多衷曲问兄，兄不必固辞。"对潘美道："吩咐方旗牌，叫他到花爷寓所去，说花爷已留进府中，一应行李，着店家好生看守，毋得有误。"说了，携了又兰的手起身，叫家将取一匹马与又兰骑了；潘美却同金铃骑了一匹马，大家一同进城。到了王府中，公子叫潘美领又兰、金铃两个到内书房去安顿好了。那内书房一共是三间，左边一间是公子的卧室，右边一间设过客的卧具在内。

公子向内宫来，罗太夫人对公子说道："孩儿，你前日说那窦建德的女儿，倒是有胆有智的。刚才你父亲说京报上，窦建德本该斩首，因其女线娘不避斧钺，愿以身代父行刑，故此朝廷将建德赦了，建德自愿削发为僧。其女线娘，太后娘娘认为侄女，又赐了许多金帛，差内监两名送还乡里，如此说起来，竟是个大孝之女。昔为敌国，今作一家。你父亲说，趁今要差官去进贺表，便道即娶他来，与你成婚，也完了我两个老夫妇身上的事。”公子道：“刚才孩儿出城打猎，正遇一个乐寿来的人，孩儿细问他，方知是窦公主烦他来要下书与我的。”罗太夫人问道：“如今人在何处？”公子说：“人便孩儿留他在外书房，书付与潘美收着。”罗太夫人随叫左右，向潘美取书进来。母子二人当时拆开一看，却是一幅鸾笺，上写道：

阵间话别，言犹在耳；马上订盟，君岂忘心？虽寒暑屡易，盛衰转丸；而泪沾襟袖，至今如昔，始终如一也。但恨国破家亡，鼠氲使已作故人，妾孑孓①一身，宛如萍梗。谅郎君青年伟器，镇国令嗣，断不愿以齐大非偶，而以邹楚为匹也。云泥之别，莫问旧题，原赠附璧，非妾食言，亦盖镜之缘悭耳。衷肠托义妹备陈，临楮无任依依。

亡国难女窦氏线娘泣具

罗公子只道书中要他去成就姻眷，岂知倒是绝婚的一幅书，不觉大恸起来，做出小孩子家身分，倒在罗老夫人怀里哭过不止。老夫人只生此子，把他爱过珍宝，见此光景，忙抱住了叫道：“孩儿你莫哭，那做媒的是何人？”公子带泪答道：“就是父亲的好友，义臣杨老将军。建德平昔最重他的人品，他叫孩儿去求他。几年来因四方多事，孩儿不曾去求他，那杨公又音信杳然，故此把这书来回绝孩儿，这是孩儿负他，非他负孩儿也。”说罢又哭起来，只见罗公进来问道：“为什么缘故？”老夫人把公子始初与窦线娘定婚并今央人寄书来细细说了一遍，就取案上的

---

① 孑孓（jié）——喻孤单的样子。

来书与罗公看了。罗公笑道："痴儿，此事何难？目下正要差人去进朝廷的贺表，待你为父的将你定婚始未，再附一道表章，皇后既认为侄女，决不肯令其许配庸人。天子见此表章必然欢喜，赐你为婚，那怕此女不肯，何必预为愁泣？但不知书中所云义妹备陈，为何如今来的反是一个男子？"公子见父母如此说，心上即便喜欢，忙答道："这个孩儿还没有问他细情。"

那夜公子治酒在花厅上，又兰把线娘之事重新说起，说到窦公主如何要代父受刑，公子便惨然泪下；说到太后收进宫去，认为侄女，却又喜欢起来；说到迁居守墓，却又悲伤，直至阿姊回来，曷娑那可汗要选他入宫，自刎于墓前，公子不觉击案叹道："奇哉，贤妹木兰也！我恨不能见其生前一面耳。"直说到更余，方大家安寝。

次日，又兰等公子出来，便道："公主回书，还是付与小弟持去，还是公子到乐寿去回复？弟今别了，好在寓中候旨。"公子道："兄说那里话，公主的来书，家严昨已看过，即日就要差官进表到都，许弟同往。兄住在此间同到乐寿，烦兄作一冰人，成其美事，有何不可？"又兰道："小弟行李都在店中。"公子执着又兰的手道："行李已着人叫店家收好。"断不肯放。谁知金铃到看中意了潘美，正在力壮勇猛之时，又兰亦见公子翩翩年少，毫无赳赳之气，心中到割舍不下。金铃便道："二爷，既是大爷恁说，我去取了行李来何如？"公子道："你这管家到知事。"叫左右随了金铃去。公子与又兰时刻相对，竟话得投机。大凡大家举动，尚不能个便捷，何况王家侯府，却又要作表章，撰疏稿，委官点差，倏忽四五日。

一夜，罗公子因起身得早，恐怕惊动了又兰，轻轻开门出去，只听得潘美和金铃在厢房内唧唧哝哝，似有欢笑之声。公子惊疑，便站定了脚，侧耳而听。听得潘美口中说道：“你这样有趣，待我对大爷说明，替你家二爷讨来，做个长久夫妻。”金铃道：“扯淡，我是公主差我送他阿姊到家来的，又不是他家的人，你要我跟随了你，总由我主。”潘美道：“倘然我们大爷晓得你二爷是个女子，只怕亦未必肯放过。”金铃道：“晓得了，止不过也像我与你两个这等快活罢了。”正是隔舍须有耳，窗外岂无人，公子听得仔细，即心中转道：“奇怪，难道他主仆多是女人？”忙到内宫去问了安。出来恰好撞见潘美，公子叫他到僻静所在，穷究起来，方知都是女子。公子大喜。

夜间陪饮，说说笑笑，比前夜更觉有兴。指望灌醉了又兰，验其是非。当不起又兰立定主意不饮。公子自己开怀畅饮了几杯，大家起身，着从人收拾了杯盘，假装醉态，把手搭在又兰肩上道：“花兄，小弟今夜醉了，要与兄同榻，弟还有心话要请教。”又兰道：“有话请兄明日赐教，弟生平不喜与人同榻。”公子笑道：“难道日后与尊嫂也要推却?”又兰亦笑道：“兄若是个女子，弟就不辞了。”公子又笑道：“若兄果是个男子，弟亦不想同榻了。”又兰听了这句话，心上吃了一惊，一回儿脸上桃花瓣瓣红映出来。公子看了，愈觉可爱，见伺候的多不在眼前，把门忙闭上，走近前捧住又兰道：“我罗成几世上修，今日得逢贤妹。”又兰双手推住了道：“兄何狂醉若此，请尊重些。”公子道：“尊使与小童都递了口供认状，卿还要赖到那里去?”又兰正色道：“君请坐了，待我说来，若说得不是，凭君所欲。”公子只得放手。

两个并肩坐下。又兰道：“妾虽茅茨①下贱，僻处荒隅，然愚

---

① 茅茨——出生于茅草屋，喻身份低微。

姊妹颇明礼义，深慕志行。今日不顾羞耻，跋涉关山而来者，一来要完先姊的遗言，二来要成全窦公主与君百年姻眷，非自图欢乐也。今见郎君年少英雄，才兼文武，妾实敬爱，但男女之欲，还须以礼以正，方使神人共钦。若勒逼着一时苟合，与强梁何异?”公子听了大笑道：“卿何处学这些迂腐之谈?从古以来，月下佳期，桑间偶合，人人以为美谈。请问卿为男子，当此佳丽在前能忍之乎?”又兰道：“大丈夫能忍人所不能忍，方为豪杰。君但知濮上桑间，此辈贪淫之徒，独不记柳下惠之坐怀，秦君昭之同宿，始终不乱，乃称厚德。妾承君不弃，援手促膝者四五日矣，妾终身断不敢更事他人，求郎君放妾到乐寿，见了窦公主一面，明白了先姊与妾身的心迹，使日后同事君家，亦有光彩。今且权忍几时，候与君同上长安，那时凭君去取何如?若今如此，决难从命。”公子见他言词侃侃，料难成事，便道：“既是贤妹如此说，小生亦不敢相犯，但求秦君昭足矣。不然何以为情?”又兰叹道：“总是来的不是。”便同上床，不脱里衣，惟相偎相抱而已。

过了几日，罗公将表章奏疏弥封停当，便委刺史张公谨，托他照管公子，又差游击守备二人，尉迟南、尉迟北，陪伴公子上路。公子拜别了父母，即同又兰等一路带领人马，出离了幽州，往长安进发。

未知后事如何，且听下回分解。

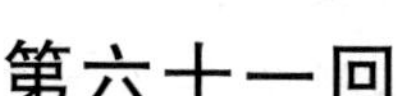

第六十一回

花又兰忍爱守身　窦线娘飞章弄美

词曰：

晓风残月，为他人驱驰南北，忍着清贞空隈贴。情言心语，两两低低说。沉醉海棠方见切，惊看彼此真难得，封章直上九重阙，甘心退逊，香透梅花峡。

——右调《一斛珠》

世间尽有做不来的事体，独情深义至之人，不论男女，偏做得来；人到极难容忍的地位，惟情深义至之人，不论男女，偏能谨守。为什么缘故？情深好义者，明心见性，至公无私，所以守经从权，事事合宜，不似庸愚，只顾眼前，不思日后。

今说罗成同花又兰、张公谨、尉迟南、尉迟北一行人出了幽州地方，花又兰在路与罗公子私议道："郎君还是先到雷夏窦后墓所，还是竟到长安？"罗公子道："我意竟到长安上疏后，待旨意下来，然后到雷夏去岂不是好。"又兰道："不是这等说。窦公主是个有心人，当初与君马上定姻之时，原非易许，以后四方多事，君无暇去寻媒践盟，彼亦未必怪君情薄。不意国破家亡，上无父母之命，下无媒妁之言，还是叫他俯就君家好，还是叫他无媒苟合好？是以写札，托先姊面达，以探君家之意，返箭以窥君家之志。以情揆①之，是郎君之薄情，非公主之负心也。今漫然

---

① 揆（kuí）——揣度。

以御旨邀婚，是非使彼感君之恩，益增彼之怒，挟势掠情之举，不要说公主所不愿，即贱妾草茅亦所不甘也。郎君乃钟情之人，何虑不及此?”说到这个地位，罗公子止不住落下泪来，双手执住又兰的手道：“然则贤卿何以教我?”又兰道：“依妾愚见，今该先以吊丧为名，一以看彼之举动，一以探彼之志行。畴昔①知己几年阔别，尚思渴欲一见，何况郎君之意中人乎？倘彼言词推托，力不可回，然后以纶音②加之，使彼知郎君之不得已，感君之心，是必强而后可。”公子听了说道：“贤卿之心，可谓曲尽人情矣!”即吩咐张公谨等竟向乐寿进发不题。

再说窦线娘，自从闻花木兰刎死之后，鸿稀雁绝，灯前月下，虽自偷泣，亦只付之无可如何；幸有邻居袁紫烟与杨小夫人母子时常闲话，连女贞庵中狄、秦、夏、李四位夫人闻线娘是个大孝女子，亦因紫烟心交，也常过来叙谈，稍解岑寂③。线娘又把窦太后赠的奁资，营葬费了些，剩下的多托贾润甫就在附近买了几亩祭田，叫旧时军卒耕种。家政肃清，阍人④三尺之童不敢放入。

一日与袁紫烟在室中闲话，只见一个军丁打扮，掀幕进来，袁紫烟吃了一惊，公主定睛一看，见是金铃，便道：“好呀，你回来了，为甚么花姑娘这样变故？你同何人到来?”金铃跪下去叩了一叩，起来说道：“前日吴良起身回来之时，奴妇已同花二娘一般改装了，到幽州罗小将军处，见了书札信物，悲痛不胜，就款留二姑娘进府，住在书房室中半月。幸喜罗郡王晓得公子与

---

① 畴昔——昔前。

② 纶音——皇帝的谕旨。

③ 岑（cén）寂——指清寂。

④ 阍（hūn）人——守门人。

公主联姻，趁着差官赍表进京，便打发公子一同来，经过乐寿，刺史齐善行晓得了，接入城去，明日必到墓所来吊唁娘娘并求完姻的意思。今花二姑娘现在门首，他是个有才干的女子，公主还该优礼待他，去迎他进来，便知详细。”

公主听了，三四个宫女跟了出来。金铃如飞到门首，引花又兰到草堂中。公主举眼望去，面貌装束，竟像当年罗成在马上的光景，心中老大狐疑及至走近身前，见其眉儿曲曲，眼儿鲜鲜，方知非是，乃一个俊俏佳人。又兰见了公主，便要行礼，公主笑道：“既承贤姐姐不弃光降，请到室中换了妆，然后好相见。”就同进里边来，叫宫奴簇拥又兰到偏室中去，将一套新鲜色衣与他换了出来。公主看时，却比其姊更觉秀美，便指着袁紫烟对花又兰道：“此是隋朝袁夫人，与妾结义过的。当年木兰令姊到来，妾曾与他结为异姓姊妹，二姐姐如不弃，续令先姊之盟，闺中知己，常相聚首，未识二姐姐以为可否?”花又兰道：“公主所论，实切愿怀，但恐蒲柳之质，难与国英雁行。”公主道：“说甚话来!”便叫左右铺毡，袁夫人年纪居长，公主次之，又兰第三，大家拜了四拜，自后俱姊妹称呼，宫奴就请入席饮酒。

线娘便道：“前日吴良回来报说令姊惨变，使妾心胆俱裂，可惜好个孝义之女，捐躯成志，真古今罕有！但贤妹素昧平生，何敢又劳枉驾，去见罗郎?”又兰道：“愚姊妹虽属女流，颇重然诺。先姊领姐姐之托，变出意外，妹亦遵先姊之命安敢惮劳①，有负姐姐之意。幸喜罗公子天性钟情，一见姐姐信物手书，涕泗捧读，不忍释手，花前月下，刻不忘情。所以燕郡王知他之意，趁差官赍表朝贺，并遣公子前来求亲。”线娘总是默默不语。袁

① 惮劳（dàn láo）——指畏惧辛劳。

紫烟道："这段姻缘，真是女中丈夫，恰配着人中龙虎；况罗郎来俯就，窦妹该速允从。"线娘笑道："且待送姐姐出阁后，愚妹自有定局。"紫烟道："是何言欤？妾若非太仆遗言，孤嫠失恃，不遇徐郎再四强求，妾亦甘心守志，安敢复有他望？"线娘道："若说守志二字，实惬素怀，姊从其权，妾守其经，事无不可。"又微哂道："但可惜花二妹一片热肠，驰驱南北，付之东流而已。"又兰听说，心中想道："看看说到我身上来了，殊不知我与罗郎，虽同床共寝两月，而此身从未沾染，此心可对天日。"便道："窦姐姐所云守志固妙，惟在难守之中而坚守之，方可云志。"又兰原是好量，因向来与罗公子共处，恐酒后被他点污，假说天性不饮。今到此地，尽是女流，竟安心乐意，便开怀畅饮，不觉酩酊，伏在案上。紫烟即便告别归家。线娘竟叫侍女扶又兰到自己床上睡。

线娘随叫那金铃过来盘问，金铃道："小将军起初不知，后来风声有点走露，就有捉弄花姑娘的意思。听见着实哀求，花姑娘指天发誓，立志不从，听见他说，'待奴见过窦公主之后，明了心迹，公主成了花烛，然后从君之愿。'"线娘不胜浩叹道："奇哉，罗郎真君子也，又兰真义女也！我窦氏设身处地，恐未能如此。彼既以身让我，我当以罗郎报之，全其双美。趁罗郎本章未到，先将衷曲奏明皇后，皇后是必鉴我之心矣！"忙起身在灯下草就奏章，叫女书记写好封固，又写一札送与宇文昭仪，收拾一副大礼，进呈皇后；一副小礼，送与昭仪。当初孙安祖与线娘要救建德时，曾将金珠结交于宇文昭仪，今亦烦他转达皇后，料他必能善全。

明日绝早，即将盘缠付与吴良、金铃，赍本与礼物，往京进发。那金铃因放潘美不下，晓得公子要到贾润甫处，便跑过去细细与贾润甫说明就里，并上本与皇后的话，叫润甫作速报知公子，归来即收拾与吴良上路去了。

今说罗公子到了乐寿，齐善行迎进城，接风饮酒。张公谨问齐善行窦公主消息，齐善行道："窦公主不特才能孝行，兼之治家严肃，深有曹后之风范，今迁居雷夏墓所。平日最服的一个邻居隐士贾润甫，外庭之事，惟润甫之言是听。"张公谨见说，大喜道："润甫住在何处？"齐善行道："就住在雷夏泽中拳石村，秦王屡次要他去做官，他不乐于仕宦，隐居于彼。"尉迟南道："我们还是当年拜秦母的寿，寓在他家数日，极是有才情的朋友，海内英豪，多愿与他结纳。公子趁便该去拜访他。"罗公子吩咐手下，备一副吊仪，去吊杨太仆，又备一副猪羊祭礼，去祭曹皇后，随即起身，齐善行陪了，出了乐寿，往贾润甫家来。

时贾润甫因金铃来说了备细，又因窦公主央他，叫人墓前搭起两个卷棚，张幕设位，安排停当。只见一行车马来到门首，润甫接入草庐中，行礼坐定，各人叙了寒温，罗公子就把来求窦公主完姻一事说了。贾润甫道："别的女子，可以捉摸得着，惟窦公主心灵智巧，最难测定。只据他晓得公子来求婚，连夜写成奏章，今早五更时，已打发人往长安先去上闻皇后，这种才智，岂寻常女子所能及？"罗公子见说，吃了一惊。张公谨道："我们的本未上，他倒先去了，我们该作速赶过他头里去才好。"贾润甫道："前后总是一般，公子且去吊唁过，火速进呈未迟。"

贾润甫同齐善行陪了罗公子与众人先到杨公坟上来，杨馨儿早已站在墓旁还礼，众人吊唁后，馨儿向众人各各叩谢了，即同到曹后墓前来。见两个卷棚内，早有许多白衣从者，伺候在那里。一个老军丁跪下禀道："家公主叫小的禀上罗爷说，皇爷在山中，无人还礼，公子远来，已见盛情，不必到墓行礼了。"罗公子道："烦你去多多致意公主，说我连年因军事匆忙，不及来候问，今日到此，岂有不拜之礼，况自家骨肉，何必答礼？"老军丁去说了，只见坟旁小小一门，四五个宫女，扶着窦公主出来，衰绖孝服，比当年在马上时更觉娇艳惊人，扶入幕中去了。罗公子更了衣服，到灵前拜奠了，窦公主即走出幕外一步，铺毡叩谢，泪如泉涌，罗公子亦忍不住落下泪来。拜完了，正打帐上前要说几句正经话，窦公主却掩面大恸，即转到墓边，扶入小门里去了。罗公子只得出来，卸下素服。张公谨与尉迟南、尉迟北也要到灵前一拜，贾润甫道："夏王又不在此，公子吊奠，公主还礼，礼之所宜，若兄等进吊，无人答礼，反觉不安。"

正说时，一个家丁走近来禀道："请各位爷到草堂中去用饭。"贾润甫拉众人步进草堂中来，见摆下四席酒，第一席是罗公子；第二席是张公谨、齐善行；尉迟南、尉迟北告过罗公子，坐了第三席；贾润甫与杨馨儿坐了末席。酒过三巡，有几个军丁抬了两口鲜猪，两口肥羊，四罐老酒，赏钱三十千，跪下禀道："公主说村酒羔羊，聊以犒从者，望公子勿以为鄙亵，给赐劳之。"罗公子笑道："总是自己军卒，何必又费公主的心。"随吩咐手下军卒，到内庭去谢赏。许多从者忙要到里边来，只见一个女兵走出来说道："公主说不消了，免了罢！"罗家一个军卒笑指道："这位大姐姐，好像前日在阵前的快嘴女兵，你可认得我么？"那女兵见说，也笑道："老娘却不认得你这个柳树精。"大家笑了，出来领赏去分。

罗公子又吩咐手下，将银五十两赏窦家人，窦公主亦叫家人出来叩谢了。罗公子即起身向窦家人说道："管家，烦你进去上覆公主，说我此来一为吊唁太后，二为公主的姻事，即在早晚送礼仪过来，望公主万分珍重，毋自悲伤。"家人进去了一回，出来说道："公主说有慢各位老爷，至于婚姻大事，自有当今皇后与家皇爷主张，公主难以应命。"罗公子还要说些话出来，张公谨道："既是彼此俱有下情上闻，此时不必提起。"贾润甫道："佳期未远，谅亦只在月中。"罗公子心中焦躁，道："公主之意，我已晓得，此时料难相强，但是那同来的花二爷，前日原许陪伴我到长安去的，今若公主肯许相容，乞请出来，同我上路。"

家人又进去对公主说，线娘向又兰道："花妹，罗郎情极了，说妹许他同往长安，今逼勒着要贤妹去，你主意如何?"又兰道："前言戏之耳，从权之事，侥幸只好一次，焉可尝试?"线娘道："如今怎样回他，愚姊只好自谋，难为君计。"又兰道："不难。"便向妆台上写下十六字，折成方胜，付家人道："你与我出去，悄悄将字送与罗公子，说我多多致意公子，二姑娘是不出来的了，后会有期，望公子善自保重。"窦家人出来，如命将字付与罗公子说了，公子取开一看，上写道：

来可同来，去难同去。花香有期，慢留车骑。

罗公子看了微笑道："既如此，我少不得再来。管家，烦你替我对公主说：'花二姑娘是放他回去不得的，公主也须自保重。'"即同众人出门，因身子局促，不到润甫家中去叙话，便上马赶路。

窦家人忙去回复了公主，公主亦笑而不言。恰好女贞庵秦、狄、夏、李四位夫人到来，公主忙同紫烟、又兰出来接了进去，叙了姊妹之礼，坐定，线娘道："四位贤姐姐，今日甚风吹得到此?秦夫人道："春色满林，香闻数里，岂有不来道窦妹之喜，兼来拜见花家姐姐，并欲识荆新郎一面。"线娘道："此言说得花二妹，妾恐未必然，如不信现有不语先生为证。"就拿前日的疏稿出来与四位夫人看，狄夫人道："若如此说，花家姊姊先替窦妹为之先容矣。”线娘道：“连城之璧，至今浑然，莫要诬他。”紫烟道：“若非窦妹详述，我也不信，花妹志向真个难得。”四位夫人便扯紫烟到侧边去细问，紫烟把花又兰一路行踪，并那夜线娘探验，一一说了。李夫人道：“照依这样说，花家姐姐真守志之忍心人，窦家妹妹真闺阁中之有心人，罗家公子真钟情中之厚德长者，三人举动，使人可羡而敬。”四位夫人重新与又兰结为姊妹，欢聚一宵，明日起身，对窦公主说道：“我们去了，改日再来。”秦夫人执着花又兰的手道：“花妹得暇，千万同袁家妹妹到小庵随喜随喜。”又兰道：“是必准来奉候。”四位夫人即出门登车而去。

却说罗公子同张公谨等一行人，恐怕窦公主的本章先到了，连夜兼程进发，不上二十日，已赶到长安。罗公子叫家人先进城去，报知秦爷。秦叔宝听说罗公子与张公谨到来，忙吩咐家中整治酒席，自同儿子怀玉骑马来接。未及里许，恰好罗公子等到来，遂同至家中铺毡叙礼毕，罗公子要进去拜见秦母太夫人，叔宝便陪到房中。公子见了舅姑，拜了四拜。秦母见了甥儿，欢喜不胜，便问道：“姑娘与姑夫身子康健么?”又对罗公子说道：“甥儿，你前日托齐国远寄书来，因你表兄军旅倥偬，尚未曾来回复你。”叔宝道：“正是。前日表弟尊札，托我去求单小姐之姻，奈弟是时正与王世充对垒，世充大败投降，单二哥亦被擒获，朝廷不肯赦单兄之罪，弟念昔年与他有生死之盟，就将怀玉儿子许他为婿，与彼爱莲小姐为配，单二哥方才放心受戮。弟想姑夫声势赫赫，表弟青年矫矫，怕没有公侯大族坦腹东床，两日正欲写书奉覆，幸喜表弟到来，可以面陈心迹，恕弟之罪。”

罗公子见说，便道：“弟何尝烦表兄去求单家小姐?”就把当年与窦公主马上定姻一段说了，又道：“弟知建德昔年曾住在二

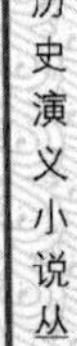

贤庄年余，毕竟与单员外相好，又知单员外与表兄是心交，故托表兄鼎言，转致单员外要他玉成姻事；若说单家小姐，真风马牛不相及。”叔宝道：“尊札上是要我去求单小姐的，难道我说谎？”便起身去取出罗公子的原书来，公子接来一看道：“这又奇了，并非小弟笔迹。弟当时写了，当面交与齐国远的，难道他捉弄我不成？”叔宝道：“不难，我去请齐国远来便知就里。”忙叫人去请齐国远、李如圭、程知节、连巨真来相会。罗公子道：“齐国远在鄠县柴嗣昌那里，如何在此？”叔宝道：“齐李二兄，因柴嗣昌之力，国远已升大理寺评事，如圭升做銮仪卫冠军使。”罗公子道：“闻得表兄有位义弟罗士信，年少英雄，为何不见？”叔宝道：“圣上差往定州去了。”

正说时，家人进来报道：“四位爷多请到了。”叔宝同罗公子出来相见过坐定，罗公子说起寄书一事，齐国远对罗公子道：“弟与兄别后，在路恰值刘武周作乱，被他劫去冲锋，遇着窦建德的女儿，好个狠丫头，被他杀败了许多蛮兵，把我虏去。其时还有个姓花的后生，那建德的女儿问了他几句，看见他貌好，要留他做将军，他说是个女子，竟牵他到寨后去了。及叫弟上去，我只道亦有些好处，不想把弟竟要短起一截来。幸喜弟有急智，只得喊出吾兄大名，并他家有个司马孙安祖来。窦家女儿听见，忙喝手下放了绑，叫我坐了，他竟像与兄认得的光景，便问兄近日行止，并身体可好。又盘问我字寄到那里去。弟平生不肯道谎，只得实实与他说。那窦公主讨兄的书出来接去一看，那丫头想是个不识字的，仔细看了一回，呆了半晌，就塞在靴子里去了，对弟说道：‘此书暂留在此，伺起身时缴还。’恰好明日，其父有信来催他起身，差人送二十两程仪并原书还弟，也还算有情的。”

罗公子忙叫家人在枕箱内取出窦公主与花又兰寄来的原书，对验笔迹无二，方知此书是窦公主所改的。叔宝道："这样看起来，此女子多智多能，正好与表弟为配。"张公谨道："不特此也。"就将前日罗公子吊唁如何款待，公主又连行修本去上皇后，金铃如何报信，各各称羡。李如圭大笑道："若如此说，窦公主是罗兄的尊阃了，刚才齐兄口里夹七夹八的乱言，岂不是唐突罗兄。"国远见说，忙上前陪礼道："小弟实不知其中委曲，只算弟乱道，望兄勿罪。"众人鼓掌大笑。长班进来禀说："昨日皇爷身子有些不快，不曾坐朝。"叔宝向罗公子道："既如此，把姑夫的贺表奏章，并你们职名封付通政史，先传进去何如?"罗公子道："悉听表兄主裁。"说罢，即入席饮酒。

今说吴良、金铃奉了窦公主之命，赍本赶到京中，忙到宇文士及家来，把礼札传进，说了来意。士及因窦线娘是皇后认过侄女，不敢怠慢，忙出来看见金铃、吴良，问明了始末根由，自己写书一封，叫家人去请一个的当的内监出来，把送皇后的大礼本章与送他妹子昭仪的小礼，一一交付明白，叫他传进宫去，送与昭仪。昭仪收了自己的小礼，即袖了本章，叫宫奴捧了礼物，即到正宫来。

正值唐帝龙体欠安，不曾视朝，与窦后在寝宫奕棋。昭仪上前朝见过，就把线娘启禀呈上。窦后看了仪单上皆是珍珠玩好之物，便道："他一个单身只女，何苦又费他的心来孝顺我?"唐帝在旁说道："他有什么本章?"宫奴忙呈在龙案之上，展开来看，只见上写道：

题为直陈愚衷，以隆盛治事。窃惟道成男女，愿有室家；礼重婚姻，必从父母。若使睽情吴楚，赤绳来月下之缘；而抱恨潘杨，皇骏少结缡之好。浪传石上之盟，不畏桑中之约。蓬门弱质，犹畏多言；亡国孱躯，敢辱先志？臣妾窦氏，酷罹悯凶，幸沐圣恩，得延喘息。繁华梦断，谁吟麦黍之歌；怙恃情深，独饮蓼莪之泣。臣妾初心，本欲保全亲命，何意同宽斧钺，更蒙附籍天潢，此亦人生之至幸矣。但臣父奉旨弃俗，白云长往，红树凄凉，国破人离，形只影单。臣妾与罗成初为敌国，视若同仇，假令觌面怜才，尚难允从谐好；若不闻择配，骤许朱陈，情以义伸，未见其可。况臣妾初许原令求媒，蹉跎至今，伊谁之咎。曩①日俨然家国，罗成尚未诚求，岂今蒲柳风霜，堪为侯门箕帚。自今以往，臣妾当束发裹足，阅历天涯，求亲将息，同修净土，臣妾幸而生，必欲与父相见，不幸而死，亦乐与母相依。时异事殊，我心匪石，不可转也。臣妾更有请者，前陛见时，义妹花木兰同蒙慈宥，木兰本代父从军，守身全孝，随臣妾归恩，即欲旋访故园。臣妾令军婢追随，嘱以空函还成旧赀，乃曷娑那可汗稔知才貌，妄拟占巢，木兰义不受辱，自刎全身，孝纯义至，可为世风。尤足异者，木兰未亡之先，恐臣札羽化，托妹又兰如己改妆赴燕取答；而又兰一承姊命，勉与臣妾婢相依，羞颜驰往，返命之日，臣妾访军婢，知又兰曾为罗成所识，义不苟合，桃笙同处，豆蔻仍含。臣始奇而未然，继乃信而争羡，不意天壤之间，有此联璧。伏维兴期首重人伦，此等裙衩，堪为世表。在臣妾则志不可夺，在又兰则情有可矜；况又兰与罗成连床共语，不无瓜李之嫌，援手执经，堪被桃夭之化。万祈母慈恩，转达圣聪，旌木兰之孝义，奖又兰之芳洁，宽臣妾之罪，鉴臣妾之言。腐草之年，长与山鹿野麋，同衔雨露于不朽矣！臣妾无任瞻天仰圣，惶悚待命之至。

---

① 曩（nǎng）——往昔，以往。

窦后道：“窦女前日陛见时，原议许配罗成，为甚至今不娶他去？”唐帝道：“想是罗艺嫌他是亡国之女，别定良缘，亦未可知。”宇文昭仪道：“婚姻大事，一言为定，岂可以盛衰易心，难道叫此女终身不字？况娘娘已经认为侄女，也不玷辱了他。”窦后道：“陛下该赐婚，方使此女有光。”唐帝道：“窦女纯孝忠勇，朕甚嘉之，但可惜那花木兰代父从军的一个孝女，守节自刎，真堪旌表，至其妹花又兰，代姊全信，与罗成同床不乱，更为难得。”宇文昭仪道：“妾闻徐世绩所定隋朝贵人袁紫烟，与窦线娘住在一处，此本做得风华得体，或出其手，亦未可知。”只见有一个掌灯的太监，手捧着许多奏章呈上，唐帝从头揭看，是罗艺的贺表，便道：“刚才说罗艺要赖婚，如今已有本进呈。”忙展开来一看，只见上面写道：

题为直陈愚悃，请旨矜全事。窃惟王政以仁治为本，人道以家室为先，从古圣明治世，未有不恤四民，而使之孤独无依者也。臣艺本一介武夫，何蒙圣眷，不鄙愚忠，授以重镇，敢不竭力抚绥，是虽诸丑跳梁，幸赖天威灭尽。但前叛臣窦建德，因欲侵掠西陲，统兵犯境；臣因边寇出师，臣男成即提兵，与窦建德截杀；夏国将帅，俱已败北，独建德之女名线娘者，素称骁勇，不意一见臣男，即不以干戈相向，反愿系足赤绳，马上一言，百年已定。此果儿女私情，本不敢秽渎天听，今臣儿年已二十四矣，向因四方多事，无暇议及室家；建德已臣服归唐，超然世外，闻此女曾愿身代父刑，志行可嘉，又蒙天后宠眷特隆，而茕茕少女，待字闺中；臣男冠缨已久，而赳赳武夫，孑身阃外。臣思夫妇为伦礼所关，男女以信义为重，恐舍此女，臣男难其妇；若非臣男，此女亦不得其偶。臣系藩镇重臣，倘行止乖违，自取罪戾，姑敢冒昧上闻，伏望圣心裁定，永合良缘。臣不胜惶悚之至。

唐帝看完笑道："恰好幽州府丞张公谨与罗成到来，明日待朕亲自问他，便知备细。"只见秦王进宫来问安，唐帝将二本与秦王看了。秦王道："建德之女，有文武之才，已是奇了，更奇在花家二女，一以全忠孝，一以全信义，木兰之守节自刎，或者是真；又兰之同床不乱，似难遽信。"唐帝道："刚才宇文妃子说，窦女本章，疑是徐世绩之妻袁紫烟所作，未知确否？徐既聘袁，为何尚未成婚?"秦王道："世勣因紫烟是隋朝宫人，不便私纳，尚要题请，然后去娶。"唐帝道："隋时十六院女子，尽是名姬，不知何故，一个也不见?"秦王道："窦建德讨灭宇文化及，萧后多带了回去，众妃想必在彼居多。今趁罗成配合，莫若连徐世绩妻袁紫烟亦召入宫廷赐婚，就可问诸妃消息。"唐帝称然，就差宇文士及并两个老太监，奉旨召窦线娘、花又兰、袁紫烟三女到京面圣。

未知后事如何，且听下回分解。

第六十二回

众娇娃全名全美　各公卿宜室宜家

词曰：

亭亭正妙年，惯跃青骢马。只为钟情人，诉说灯前话。春色九重来，香遍梅花榭。共沐唱随恩，对对看惊姹。

——右调《生查子》

天地间好名尚义之事，惟在女子的柔肠认得真，看得切，更在海内英豪不惜己做得出，不是这班假道学伪君子，矫情强为，被人容易窥其底里。

今说罗公子、张公谨等住在秦叔宝家，清早起身，晓得朝廷不视大朝，收拾了礼仪，打帐用了早膳，同叔宝进西府去谒见秦王。只见潘美走到跟前，对罗公子说道："朝廷昨晚传旨，差鸿胪寺正卿宇文士及并两名内监，到雷夏去特召窦公主、花二姑娘进京面圣。"罗公子道："此信恐未必确。"潘美道："刚才窦公主家金铃问到门上来，寻着小的，报知他今已起身回去通报了。"叔宝道："既如此，我们便道先到徐懋功兄处，探探消息何如?"张公谨道："弟正欲去拜他。"

一行人来到懋功门首，阍人说道："已进西府去了。"众人忙到西府来，向门官报了名，把礼物传了进去。尉迟南、尉迟北他两个官卑职小，只投下一个禀揭回寓去了。见堂候官走出来说道："王爷在崇政堂，众官员请进去相见。"叔宝即领张公谨、罗公子进崇政堂来。叔宝先上台阶，只见秦王坐在胡床上，西府宾僚一二十人列坐两旁，独不见徐懋功。秦王见了叔宝，忙站起来说道：“不必行礼，坐了。”叔宝道：“幽州府丞张公谨，并燕郡王罗艺之子罗成，在下面要参谒殿下。”秦王便吩咐着他进来，左右出来把手一招，张公谨同罗成忙走上台阶，手执揭帖跪下，官儿忙在两人手里取去呈上看了。

秦王见张公谨仪表不凡，罗公子人才出众，甚加优礼，即便赐坐。张公谨同罗公子与众僚叙礼坐定，秦王对公谨道：“久闻张卿才能，恨未一见，今日到此，可慰夙怀。”张公谨道：“臣承燕郡王谬荐之力，殿下提拔之恩，臣有何能，敢蒙殿下盼赏。”秦王又对罗公子道：“汝父功业伟然，不意卿又生得这般英奇卓荦，今更配这文武全才之女，将来事业正未可量。”罗公子道：“臣本一介武夫，得荷天子与殿下宠眷，臣愚父子日夕竭忠，难报万一。”秦王道：“孤昨夜在宫中览窦女奉章，做得婉转入情，但未知其详，卿为孤细细述来。”罗公子便将始末直陈了一回，秦王叹道：“闺中贤女见了知己，犹彼此怜惜推让，何况豪杰英雄，一朝相遇，能不爱敬？”

正说时，只见徐懋功走进来，参见了秦王，各各叙礼坐定。秦王笑对懋功道：“佳期在即，卿好打帐做新郎了。”懋功道：“昨承宇文兄差长班来叫臣去面会，方知此旨，真皇恩浩荡，因罗兄佳偶亦及臣耳！”秦王道：“孤昨日在宫，父皇说窦女奏章疑出自尊阃之手，因问孤为何卿尚未成婚，孤奏说卿恐先朝宫人，不便私纳，尚要题请，故父皇趁便代卿召来完娶。”懋功如飞离坐谢道：“皆赖殿下包容。”秦王就留张公谨、罗公子、懋功、叔宝到后苑，赐以便宴，按下不题。

再说花又兰住在窦线娘家，时值春和景明，柳舒花放，袁紫烟叫青琴跟了，与花又兰同车到女贞庵来。贞定报知，四位夫人出来接了进去，促膝谈心。秦夫人道：“我们这几个姊妹，时常聚在一块，只恐将来聚少离多，叫我们如何消遣？”袁紫烟道：“花窦二妹纶音一下，势必就要起身，我却在此。”狄夫人笑道：“袁妹说甚话来？徐郎见在京师，见罗郎上表求婚，徐郎非负心人，自然见猎心喜，亦必就来娶你。”花又兰道：“窦家姐姐量无推敲，我却无人管束，当伴四位贤姊姊焚香灌花，消磨岁月。”夏夫人道：“前日疏上，已见窦妹深心退让之意，我猜度窦妹还有推托，你却先定在正案上了。”花又兰道：“为何？”夏夫人道：“窦妹天性至孝，他父亲在山东时，常差人送衣服东西去问候，怎肯轻易抛撇了，随罗郎到幽州去？设有圣旨下来，他若无严父之命，必不肯苟从，还要变出许多话来。”袁紫烟道：“这话也猜度得是。”花又兰问道：“这隐灵山从这里去，有多少路？”李夫人道：“我庵中香工张老儿是那里出身，停回妹去问他，便知端的。”

过了一宵，众夫人多起身，独不见了花又兰。原来又兰听众人说，窦线娘必要父命，方肯允从，他便把几钱银子赏与香工，自己打扮走差的模样，五更起身，同香工往隐灵山去了。众夫人四下找寻，人影俱无，忙寻香工，也不见了。袁紫烟道：“是了，同你的香工到山中去见窦建德了。”李夫人道：“他这般装束，如何去得？”紫烟道：“你们不晓得他，他常对我说，我这副行头，行动带在身边的，焉知他昨日没有带来？”众人忙到内房查看，只见衣包内一副女衣并花朵云鬓，多收拾在内，众人见了，各各称奇道：“不意他小小年纪，这般胆智，敢作敢为。”袁紫烟心中着了急，忙回去报知窦线娘。

再说花又兰同香工张老儿走了几日，来到隐灵山，见一个长大和尚，在那里锄地。张老儿便问道：“师父，可晓得巨德和尚可在洞中么?”那和尚放下锄头，抬头一看，便问道：“你是那里来的?”那老儿答道：“是雷夏来的。”那和尚道：“想是我家公主差来的么?”花又兰忙答道：“我们是贾润甫爷差来的，有话要见王爷。”那和尚道：“既如此，你们随我来。”原来那僧就是孙安祖，法号巨能，随他到石室中来，见后面三间大殿，两旁六七间草庐。孙安祖先进去说了，窦建德出来，俨然是一个善知识的模样。花又兰见了，忙要打一半跪下去，建德如飞上前搀住道：“不必行此礼，贾爷近况好么？烦你来有何话说?”又兰道：“家爷托赖，今因幽州燕郡王之子到雷夏来，一为吊唁曹娘娘，二为公主姻事，要来行礼娶去。公主因未曾禀明王爷，立志不肯允从，自便草疏上达当今国母去了。家爷恐公主是个孝女，倘或圣旨下来，一时不肯从权，故家爷不及写书，只叫小的持公主的本稿来呈与王爷看，求王爷的法驾，速归墓庐，吩咐一句，方得事妥。”建德接疏稿去看了一遍道：“我已出家弃俗，家中之事，公主自为主之，我何苦又去管他?”花又兰道：“公主能于九重前，犯颜进谏，归来营葬守庐，茕茕一女，可谓明于孝义矣。今婚姻大事，还须王爷主之；王爷一日不归，则公主终身一日不完。况如此孝义之女，忍使终老空闺，令彼叹红颜薄命乎？此愚贱之不可解者也!”建德见说，双眉顿蹙，便道：“既如此说，也罢，足下在这里用了素斋，先去回复贾爷，我同小徒下山来便了。”花又兰想道：“和尚庵中，可是女子过得夜的?”便道：“饭是我们在山下店中用过，不敢有费香积。如今我们先去了，王爷作速来罢，万万不可迟误。”建德道：“当初我尚不肯轻诺，何况今日焚修戒行，怎肯打一诳语？明日就下山便了。”又兰见说，即辞别下山，赶到店中，雇了脚力，晓行夜宿，不觉又是三四日。

那日在路天色傍晚，只见濛濛细雨飘将下来，又兰道：“天雨了，我们赶不及客店安歇，就在这里借一个人家歇了罢。”张香工把手指道：“前面那烟起处，就是人家，我们赶上一步就是。”两个赶到村中，这村虽是荒凉，却有二三十家人户，耳边闻得小学生子读书之声。二人下了牲口，系好了，香工便推进那门里去，只见七八个蒙童，居中有一个三十左右的俊俏妇人，面南而坐，在那里教书。那妇人看见，站身来说道：“老人家进我门来，有何话说?”香工道：“我们是探亲回去的，因天雨欲借尊府权宿一宵。”那妇人道：“我们一家多是寡居，不便留客，请往别家去罢。”又兰在门外听见，心中甚喜，忙推进门来说道：“奶奶不必见拒，妾亦是女流。”那妇人见是一个标致后生，便变脸发话道：“你这个人钻进来，说甚混话，快些出去便休；不然，我叫地方来把你送到官府那边去，叫你不好意思。”

正说时，只见又走出两个娉婷的妇人来，花又兰见了，忙将靴子脱下，露出一对金莲，众妇人方信是真，便请到里面去叙礼坐定，彼此说明来历。

原来这三个妇人，就是隋宫降阳院贾、迎晖院罗、和明院江三位夫人，当隋亡之时，他们三个合伴逃走出来，恰好这里遇着贾夫人的寡嫂殷氏，因此江、罗二夫人亦附居于此。可怜当时受用繁华，今日忍着凄凉景况，江、罗以针指度日，贾夫人深通翰墨，训几个蒙童，倒也无甚烦恼。今日恰逢花又兰说来，亦是同调中人，自古说：惺惺惜惺惺，一朝遇合，遂成知己。过了一宵，明早花又兰要辞别起行，三位夫人那里肯放。贾夫人笑道：“佳期未促，何欲去之速？再求屈住一两天，我们送你到女贞庵去，会一会四位夫人，亦见当年姊妹相叙之情。”又兰没奈何，只得先打发香工回庵去。

却说窦线娘因袁紫烟归来，说花又兰到隐灵山去了，心中想道："花妹为我驰驱道路，真情实义，可谓深矣尽矣！但不知我父亲主意如何，莫要连他走往别处去了，把这担子让我一个人挑。"心中甚是狐疑。忽一日，只见吴良、金铃回来，报说："疏礼已托鸿胪正卿宇文爷，转送昭仪，呈上窦娘娘收讫。恰好罗公子随后到来，虽尚未面圣，本章已上，朝廷即差宇文爷同两个内监来召公主与花姑娘进京见驾赐婚，故此我们先赶回来，差官只怕明后日要到了，公主也须打点打点。"窦线娘道："前日花姑娘到庵里去拜望四位夫人，不知为甚反同香工到山中王爷那里去了？"吴良道："倘然明日天使到来，要两位出去接旨，花姑娘不回，怎样回答他们？"又见门上进来禀道："贾爷刚才来说，天使明后日必到雷夏，叫公主作速收拾行装，省得临期忙迫。"线娘道："我若无父命，即对天廷亦有推敲。"

正说时，又见一个女兵忙跑进来报说道："王爷回来了。"公主见说，喜出望外，忙出去接了进来，直至内房，公主跪倒膝前，放声大哭；建德亦觉伤心泪下，便双手捧住道："吾儿起来，亏你孝义多谋，使汝父得以放心在山焚修。今日若不为你终身大事，焉肯再入城市？你起来坐了，我还有话问你。"线娘拭了泪坐下，建德道："前日圣上倒晓得你许配罗郎，使我一时难于措词，不知此姻从何而起。"线娘将马上定姻前后情由直陈了一遍。

建德道："这也罢了，罗艺原是先朝大将，其子罗成，年少英豪，将来袭父之职，你是一品夫人，亦不辱没你，但可惜花木兰好一个女子，前日亏他同你到京面圣，不意尽节而亡，但其妹又兰，为什么也肯替你奔驰，不知怎样个女子？"线娘道："他已到山中来了，难道父亲没有见他？"建德道："何尝有什么女子来？只有贾润甫差来的一个伶俐小后生，并一个老头儿，也没有书札，止有你的上闻疏稿把与我看了，我方信是真的。"线娘道：

"怪道儿的疏稿，放在拣装内不见了，原来是他有心取去，改装了来见父亲。"建德道："我说役使之人，那能有这样言词温雅，情意恳切?"线娘道："如今他想是同父亲来了，怎么不见?"建德道："他到山中见了我一面，就回来的，怎说不见?"线娘道："想必他又到庵中去了。"叫金铃："你到庵中去，快些接了花姑娘回来。"建德恐孙安祖在外面去了，忙走出来。线娘又叫人去请了贾润甫来，陪父亲与孙安祖闲谈。

到了黄昏时候，只见金铃回来说道："花姑娘与香工总没有归庵。"线娘见说，甚是愁烦。到了明日晚间，村中人喧传朝廷差官下来，要召公主去，想必明日就有官儿到村中来了。果然后日午牌时候，齐善行陪了宇文士及与两个太监皆穿了吉服，吆吆喝喝，来到墓所。建德与孙安祖不好出去相见，躲在一室。线娘忙请贾润甫接进中堂，齐善行吩咐役从快排香案，一位老太监对着齐善行道："齐先生，诏书上有三位夫人，还是总住在这里一块儿，还是另居?"贾润甫问道："不知是那三位?"那中年的太监答道："第一名是当今娘娘认为侄女的公主窦线娘；第二名是花又兰；第三名是徐元帅的夫人袁紫烟。"贾润甫见说，心中转道："懋功兄也是朝廷赐他完婚了。"便答道："袁紫烟就住在间壁，不妨请过来一同开读便了。"即叫金铃去请袁夫人到来。紫烟晓得，忙打扮停当，从墓旁小门里进去，青琴替线娘除去素衣，换装好了，妇女们拥着出来。他两个住过宫中的，那些体统仪制多是晓得的。宇文士及请圣旨出来开读了，紫烟与线娘起来谢了官儿们。那老太监把袁紫烟仔细一看，笑道："咱说那里有这样同名同姓的，原来就是袁贵人夫人。"袁紫烟也把两个内监一认，却是当年承奉显仁宫的老太监姓张，那一个是承值花萼楼的小太监姓李，袁紫烟道："二位公公一向纳福，如今新皇帝是必宠眷。”张太监答道：“托赖粗安。夫人是晓得咱们两个是老实人，不会鬼混，故此新皇爷亦甚青目。今袁夫人归了徐老先，正好通家往来。”齐善行道：“老公公，那徐老先也是个四海多情的呢!”张太监笑道：“齐先儿，你不晓得咱们内官儿到人家去，好像出家的和尚道士，承这些太太们总不避忌。”李太监道：“圣旨上面有三位夫人，刚才先进去的想是娘娘认为侄女的窦公主了，怎么花夫人不见?”宇文士及道：“正是在这里，也该出来同接旨意才是。”袁紫烟只得答道：“花夫人是去望一亲戚，想必也就回来。”说完走了进去。

从人摆下酒席，众官儿坐了，吃了一回酒，将要撤席，只听得外面窦家的人说道：“好了，香工回来了，花姑娘呢?”张香工道：“他还有一两日回来，我来覆声公主。”众家人道：“你这老人家好不晓事，众官府坐在这里，立等他接旨，你却说这样自在话儿。”贾润甫听见，对家人说道：“可是张香工回来了，你去叫他进来，待我问他。”从人忙去扯那香工进来。贾润甫道：“你同花姑娘出门，为何独自回来?”香工道：“前日下山转来，那日傍晚，忽遇天雨难行，借一个殷寡妇家歇宿。他家有三个女人，叫什么夫人的，死命留住，叫我先回，过两三日，他们送花姑娘归庵。”张太监见说便道：“就是这个老头子同花夫人出门的么?”从人答道：“正是。”张太监道：“你这老头子好不晓事，这是朝廷的一位钦召夫人，你却是骗他到那里去了，还在这里说这样没要紧的话。孩子们与我好生带着，待咱们同他去缉访，如找不着，那老儿就是该死。”三四个小太监，把张香工一条链子扣了出去。那老儿吓得鼻涕眼泪的哭起来。线娘见得了，便叫吴良将五钱银子赏与香工，又将一两银子付他做盘缠，叫吴良同香工吃了饭，作速起身，去接取花姑娘回来，张太监道：“ 宇文老先，你同齐先儿到县里寓中去，咱同那老儿去寻花夫人。”宇文士及道：“花夫人自然这里去接回，何劳大驾同往？”那老太监向宇文士及耳上说了几句，士及点点头儿，即同善行先别起身。张、李二太监同香工出门，线娘又把十两银子付与吴良一路盘费，各各上马而行。

且说花又兰，在殷寡妇家住了两三日，恐怕朝廷有旨意下来，心中甚是牵挂，要辞别起身，无奈三位夫人留住不放。那日正要辞了上路，只听得外面马嘶声响，乱打进来，把几个书童多已散了，贾夫人忙出来问道：“你们是些什么人，这般放肆？”那香工忙走进来道：“夫人，花姑娘住在这里几日，累我受了多少气，快请出来去罢！”贾夫人道：“花姑娘在这里，你们好好的接他回去便了，为甚这般罗唣起来？”那二太监早已看见便道：“又是不认得的，原来众夫人多在这里，妙极妙极。”贾夫人认得是张、李二太监，一时躲避不及，只得上前相见，大家诉说衷肠，贾夫人不觉垂泪悲泣。张太监道：“如今几位夫人在此？”贾夫人道：“单是罗夫人、江夫人连我，共姊妹三人，在此过活。”张太监道：“极好的了，当今万岁爷，有密旨着咱们寻访十六院夫人。今日三位夫人造化，恰好遇着，快快收拾，同咱们进京去罢，那二位夫人也请出来相见。”吴良在旁说道：“花姑娘亦烦夫人说声，出来一同见了两位公公。”

不一时江、罗二夫人同花又兰出来见了，大家叙了寒温，随即进房私议道：“我们住在这里，总不了局，不如趁这颜色未衰，再去混他几年，何苦在这里，受这些凄风苦雨。”主意已定，即收拾了细软，雇了两个车儿，三位夫人并花又兰，大家别了殷寡妇同二太监登程。

行了三四日，将近雷夏，两太监带着江、罗、贾三夫人到齐善行署中去了；吴良与香工另觅车儿，跟花又兰到窦公主家收拾停当，袁紫烟安慰好了杨小夫人与馨儿，亦到公主家来。齐善行又差人来催促了起程。线娘嘱父亲与孙安祖料理家事，回山中去，叫吴良、金铃跟了，哭别出门。女贞庵四位夫人，闻知内监有江、罗、贾三夫人之事，不敢来送别，只差香工来致意。那边宇文士及与两内监并江、罗、贾三夫人，亦起身在路取齐。齐善行预备下五六乘骡轿，跟随的多是牲口。

不上一月，将近长安。张公谨同罗公子、尉迟南兄弟住在秦叔宝家，打听窦公主们到来，正要差人去接，只见徐懋功进来说道："叔宝兄，罗兄宝眷与贱眷快到了，还是弄一个公馆让他们住，还是各人竟接入自己家里?"叔宝道："窦公主当年住在单二哥家里，与儿媳爱莲小姐曾结为姊妹，今亲母单二嫂又在弟家，他们数年阔别，巴不能够相叙片时，何不同尊阃一齐接来，不过一两天，就要面圣完婚，何必又去寻什么公馆?"懋功见说，忙别了到家，即差几十名家将，一乘大轿，妇女数人，叫他们上去伺候。罗公子亦同张公谨、尉迟南、尉迟北、秦怀玉许多从人一路去迎接。

说宇文士及同二太监载了许多妇女，到了十里长亭，只见许多轿马来迎，便叫前后车辆停住。罗公子与张公谨等上前来慰劳了一番。张公谨说："城外难停车骑，两家家眷暂借秦叔宝兄华居，权宿一宵，明日面圣后，两家各自迎娶。"宇文士及点头唯唯。时金铃、潘美站在一处，说了许多话，金铃就请公主与又兰在骡轿里出来。线娘见罗公子远远在马上站着，好一个人品，心中转道："惭愧我窦线娘，得配此子，也算不辱没的了。"比前推让之心，便觉相反。上了一乘大轿，花又兰也坐了一乘官轿，许多人跟随如飞的去了。徐家家将也接着了袁夫人，三四个妇女如飞上前扶出来，坐了官轿，簇拥着去了。

两太监道："那三位夫人，暂停在驿馆中，待咱们进宫复命了，然后来请你们去。"说了，即同宇文士及入城，途遇秦王，秦王问了些话，因王世充徙蜀，刚至定州复叛，正要面圣，便同三人进朝。晓得唐帝同窦娘娘、张尹二妃、宇文昭仪在御苑中玩花，齐到苑中，四人上前朝见了。张太监将窦线娘、袁紫烟行藏，直找寻至花又兰，却遇着隋朝的江、罗、贾三位夫人，一一奏闻。唐帝见说，喜动天颜，便问道："那三个宫妃，年纪多少？"窦后道："此皆亡隋之物，陛下叫他们弄来，欲何所之？"张太监见窦后话头不好，便随口答道："当年许廷辅选他们进宫，都只十六七岁，如今算上正三旬左右，但是这三个比那几院颜色，略觉次之。"张妃笑道："今陛下召他们来，也须造起一座西苑来，安放在里边，才得畅意。"唐帝见他们词色上面有些醋意，便改口道："你们不消费心，朕此举非为自己，有个主意在此。"因问秦王："在廷诸臣，那几个没有妻室的？"秦王答道："臣儿但知魏徵、罗士信、尉迟恭、程知节皆未曾娶过妻室的。"窦后问二太监道："窦家女儿与花又兰、袁紫烟今在那里？"张太监道："这三个俱在秦琼家，那三个是在驿中。"宇文昭仪道："窦线娘既为娘娘侄女，何不先召他们三个进苑来见？"唐帝就命李太监，立召窦、花、袁三女见驾，那李太监承办去了。

秦王将王世充在定州复叛奏闻，唐帝道："逆贼负恩若此，即着彼处总管征剿。"不一时，只见李太监领着三个女子进来，俯伏阶下，朝见了唐帝，叫他们平身。线娘又走近窦后身边，要拜将下去，窦后叫宫奴搀了起来道："刚才朝见过了，何必又要多礼？"唐帝看那三个女子，俱是端庄沉静，仪度安闲，便道："你们三个，一是孝女，一是义女，一是才女，比众不同。"叫宫人取三个锦墩来，赐他们坐了。窦后对线娘道："前日又承你送礼物来，我正要寻些东西来赐你，因万岁就有旨召你们到京，故此未曾。"线娘道："鄙亵之物，何足当圣母挂齿？"窦后道："你的孝勇，久已著名，不意奏章又如此才华。"唐帝笑道："但是你疏上边，逊让他人，能无矫情乎？"线娘跪下奏道："臣妾实出本怀，安敢矫情？当年罗成初次写书与秦琼，央单雄信与臣父求亲，被臣妾窥见，即将原书改荐单雄信女爱莲与罗成，不意单女已许配秦琼之子怀玉，故使罗成复寻旧盟。"唐帝道："这也罢了，只是你说花又兰与罗成联床共席，身未沾染，恐难尽信。"线娘道："此是何等事，敢在至尊前乱道，惟望万岁娘娘命宫人验之，便明二人心迹矣。"窦后道："这也不难。"就对宫奴说道："取我的辨玉珠来。"

不一时宫奴取到，窦后叫花又兰近身，将圆溜溜光灿灿的一件东西，向又兰眉间熨了三四熨，又兰眉毛紧结，无一毫散乱。窦后叹道："真闺女也！"唐帝对花又兰叹道："你这妮子，倒是个忍心人，幸亏罗成是君子；若他人恐难瓦全，今以两佳人归之，亦不枉矣。"又兰见说，如飞走下来谢恩，惹得窦后、秦王与众宫人多笑起来。唐帝又对袁紫烟道："袁妃子擅天人之学，今归徐卿，阃内阃外，皆可为国家之一助。"因差张太监速到驿中，宣隋宫三妃子；又差内监速召魏徵、徐世绩、尉迟恭、程知节进苑；又差李内监去宣罗成、秦琼，并伊子怀玉媳单爱莲见驾；又吩咐礼部官，速备花红十三付，鼓乐六班。吩咐毕，唐帝即同秦王到偏殿坐下，只见魏徵、徐世绩、尉迟恭、程知节四臣先进殿来朝见了，唐帝道："徐卿室人已召来了。朕思文王之政，内无怨女，外无旷夫，予独何人，而使有功大臣，尚中馈久虚耶！故差内监觅隋宫三位丽人，趁今日良辰，三人各人拈阄，天缘自定。”魏徵、尉迟恭、程知节齐跪下去道：“臣等一身努力，难报皇恩万一，况四海未靖，何敢念及室家？”唐帝道：“圣经云：家齐而后国治，国治而后天下平。”秦王道：“这是父王教化无私，与众皆乐之意，诸卿无得固辞。”唐帝叫宫人取一个宝瓶，将江、罗、贾三位名字写在纸上，团成圆儿，放在瓶内，叫魏、程、尉迟三臣，对天祷祝，将银箸揭起，恰好魏徵拈了贾夫人，尉迟恭拈了罗夫人，程知节拈了江夫人，三臣各谢恩。只见张太监领了三位夫人进来朝见，唐帝问道：“那个是贾素贞？那个是罗小玉？那个是江涛？”三夫人各上前应了，唐帝对三臣道：“这三个佳人，虽非国色，而体态幽妍，三卿勿遽忽之。三妃且进内见了娘娘出来，同谐花烛。”宫人领三位夫人进去了。

又见秦琼领了儿子怀玉、媳妇爱莲，上前来朝见。时唐帝见了秦琼，分外优礼，便道：“爱卿父子平身。”因指爱莲道：“这就是你媳妇单氏，可曾结缡否？”叔宝应道：“尚未。”唐帝见此女梨花白面，杨柳纤腰，香尘稳重，居然大家，便赞道：“好个女子。”即叫近侍亦引去见窦后，又对叔宝道：“刚才窦线娘说，曾与汝媳结为姊妹，先有书荐此女与罗成，此言有之乎？”叔宝答道：“当初窦女改了罗成的书附来，臣儿已许婚单氏，因臣与单雄信有生死之交，不敢背盟，故以子许之。”唐帝道：“卿子得配此女，可称佳儿佳妇矣，为何尚未成婚？”叔宝答道：“因儿媳单爱莲，立意要归家营葬父亲，然后完婚。”唐帝道：“这也难得，朕今做主，趁众缘齐偶，赐汝子完婚，满月后赐归殡葬其父。”对近侍道：“窦线娘给二品冠带，诸女俱给四品冠带，快去宣他们出来，莫负良辰，好去共谐花烛。”

近侍进去领了七个女子出来，唐帝先叫魏徵、徐世绩、尉迟恭、程知节同袁、江、贾、罗四夫人成对站定，赐了花红。四对夫妇谢了恩，就有鼓乐迎出苑去；第二起就是秦怀玉与单爱莲，谢恩，迎送出去；第三起却是罗成，两旁站着窦线娘、花又兰，谢恩下去。唐帝笑道：“罗成，大便宜了你，也亏你当时老成，今宵却有联璧相亲。”罗成同二佳人跪下说道：“圣恩浩荡无涯，使小臣亦沐洪庥，但臣妻线娘，既为圣母国戚，臣礼合同去谢恩，陛下可容臣叩谢否？”唐帝道：“这个使得。”遂起身退朝，同罗成夫妻三人，到后苑拜见窦后。窦后深喜罗成年少知礼，赐宫奴二名，内监二名，并许多金珠衣饰，又将温车一乘赐与二女坐了，命撤御前金莲烛并鼓乐送出苑来，惹得满京城军民人等拥挤观看，无不欣羡。

未知后事如何，且听下回分解。

第六十三回

王世充忘恩复叛　秦怀玉剪寇建功

词曰：

骄马玉鞭驰骤，同调坚贞永昼。提携一处可相留，莫把眉儿皱。如雪刚肠希觏，一击疾诛双丑。矢心誓日生死安，若辈真奇友。

——右调《误佳期》

古人云：唯妇人之言不可听。书亦戒曰：唯妇言是听。似乎妇人再开口不得的。殊不知妇人中智慧见识尽有胜过男子。如明朝宸濠谋逆，其妃娄氏泣谏，濠不从，卒至擒灭，喟然而叹曰："昔纣听妇人之言失天下，朕不听妇人之言亡国。"故知妇人之言，足听不足听，惟在男子看其志向以从违耳。

当时唐帝叫宫监弄这几个隋宫妃子来，原打帐①要自己受用，只因窦后一言，便成就了几对夫妇，省了多少精神；若是萧后，就要逢迎上意，成君之过。唐帝乱点鸳鸯的，把几个女子赐与众臣配偶，不但男女称意，感戴皇恩，即唐帝亦觉处分得畅快，进宫来述与诸妃听。说到单女亦欲葬父完婚，窦后叹道："不意孝义之女，多出在草莽。"只见宇文昭仪堕下泪来，唐帝骇问道："妃子何故悲伤?"昭仪答道："妾母灵柩尚在洛阳，妾兄士及未曾将他入土。"唐帝道："明日汝兄进朝，待朕问他。"

---

① 打帐——打算、筹划。

且说张公谨在秦叔宝家，因罗公子新婚，不好催促，又因诸王妃与公侯诸大夫，皆因窦后认为侄女，又慕窦、花二位夫人孝义，争相结纳，日夕称贺。因此张公谨恐本地方有事，只得先上朝辞圣。秦王因爱公谨之才，不肯放他去，奏过唐帝，即将张公谨留授司马兼督捕司之职，幽州郡守改着罗成权署。旨意一下，张公谨留任长安，只得写禀启，差人去回复燕郡王，并接家眷到京。罗公子亦因圣旨，擢他代张公谨之职，又牵挂父母，等不及满月，便去辞了唐帝、窦后，至西府拜辞秦王，与众官僚话别了。因线娘嘱说，又到宇文士及家去谢别，见士及家车骑列庭，正在那里束装，罗公子进去相见了，便问道："尊驾有何荣行，在此束装？"士及道："弟因先母之柩未葬，告假两月，将往洛阳整理坟茔，此刻就要起身，恐不及送兄台荣归了。"罗公子道："弟亦在明后日就要动身。"说了出门。罗公子归来，连夜收拾，与窦公主、花又兰拜别了秦母、叔宝与张氏夫人，怀玉夫妻亦出来拜别，护送出门。尉迟南、尉迟北并太后赐的两名太监及随来潘美等做了前队；罗公子与窦公主、花夫人并宫人妇女，及金铃、吴良等做了后队。徐惠妃差西府内监；袁紫烟亦差青琴；江、罗、贾三夫人俱差人来送别。时冠盖饯别，塞满道路，送一二十里，各自归家。

罗公子急忙要赶到雷夏墓所，迎请窦建德到幽州去，吩咐日夕赶行。不多几日，已出潼关，将至陕州界口一个大村镇上。那日起身得早，尚未朝餐，前队尉迟南兄弟正要寻一个大宽展的饭店，急切间再寻不出；又去了里许，只见一个酒帘挑出街心，上写一联道：暂停车马客，权歇利名公。尉迟南众人看见了，就下马，把马系好进店去，看房屋宽大，更喜来得早，无人歇下；尉迟南忙吩咐主人，打扫洁净，整治酒肴，又出店来盼望后队。只见街坊上来来往往，许多人挤在间壁一个庵院门首，尉迟南问土人为着何事，答道："不晓得，你们自进庵里去看便知。"尉迟兄弟忙挤进庵来，只见门前一间供伽蓝的，进去三间佛堂，门户窗棂，台桌器皿，多打得齑粉，三四个老尼坐在一块儿涕泣。尉迟南问着老尼，老尼也只顾下泪未答。只闻得耳边嘈嘈杂杂的，地方上人议论道："那个公主，也是个金枝玉叶，不意国亡家破，被那官儿欺负。"尉迟兄弟未及细问，恐怕罗公子后队到了，即便抽身出来，恰好罗公子与众人骡马一哄而至，这旁窦公主与花夫人便下了骡轿，进店去了。

罗公子下马，见街坊上热闹，叫尉迟兄弟进去，问地方上为着何事。尉迟南把土人的言语与庵中的光景说了。窦公主见说，心中想道："莫非隋魏后人，流落在这里。"便叫左右去唤那个老尼来，那吴良、金铃出外，倒底是军人打扮，他两个是好事生风的，忙出店走进庵来，对老尼说道："我家公主与小王爷，唤你师父快去。"那老尼见说，忙站起来问道："是那个爷，又是什么公主?"金铃道："你过去便知明白。"老尼没奈何，只得一头走，一头向众人问明来历。

来到店中，见了公主、公子，打了几个稽首。窦公主问道："你庵中被何人罗唣？有那朝公主在里边?"老尼答道："当初隋朝有个南阳公主，少寡守节，有一子名曰禅师，因夏王讨宇文化及时，夏将于士澄见公主美貌欲娶，公主不从，士澄诬禅师与化及同党，竟坐杀之。公主向夏王哀请为尼，暂寓洛阳，因山寇窃发，回长安访亲，中途又被贼劫，故此投到小庵来住。昨晚有一官府宇文士及在此下店，不知被那个多嘴的说了，那宇文官府走过庵来，必要请见南阳公主。公主再三不肯相见，那宇文官府立于户外说道：'公主寡居，下官丧偶，中馈尚虚，公主若肯俯从，下官当以金屋贮之。’论来这样青年，大官府随了他去，也完了终身，不想南阳公主听说，不但不肯从他，反大怒起来，在内发话道：‘我与汝本系仇家，今所以不忍加刃汝首，因谋逆之日，察汝不预知耳；今若相逼，有死而已。’宇文官府知不可屈，即便去了，他手下道我窝顿了亡隋眷属，逼勒着要诈我们银子，我们没有，故此打得这般模样。”

窦公主道：“宇文士及当初杨太仆知他有品行的，故此遗计教他投唐，以妹子进献，方得宠眷，不意他渔色改行，以至于此，可见这班咬文嚼字之人，盖棺后方可定论。”遂叫左右三四个妇女即同老尼进庵去，请南阳公主到来一见。

众妇女去不多时，拥着南阳公主到店来。但见一个云裳羽衣、未满三旬的佳人，窦公主同花夫人忙出来接见了，逊礼坐定。窦公主道：“刚才老尼说，姐姐要往长安探亲，未知何人？”南阳公主道：“唐光禄大夫刘文静系妾亡夫至亲，今为唐家开国元勋，意欲往长安依附他，以毕余生。不想闻得刘公与裴监不睦，诬以他事，竟遭惨戮，国家殄灭，亲戚凋亡，故使狂夫得以侵辱。”说罢，泪下数行。窦公主见了这般光景，不胜怜恤道：“既是姐姐欲皈依三宝，此地非止足之所，愚妹倒有个所在，未知尊意可否？”南阳公主道：“敢求公主指引。”窦公主道：“雷夏有个女贞庵，现有炀帝十六院中秦、狄、夏、李四位夫人，在内守志焚修；若姐姐肯去，谅必志同道合。”南阳公主道：“若得公主提携，妾当朝夕顶礼慈悲，以祝公主景福。”窦公主道：“我们也要到雷夏，若尊意已允，快去收拾，便同起身。”南阳公主大喜，即起身去草草收拾停当，谢了众尼，又到店中。窦公主把十两银子赏了老尼，又叫手下雇了一乘骡轿与南阳公主坐了，一同起行。

潘美与金铃往柜上去会钞，只见柜内站着一个方面大耳一部虬髯的人笑道：“钞且慢会，敢问方才上车的，可就是夏王窦建德之女么?”潘美答道：“正是。”又问道：“那个小王爷又是谁?”金铃道：“就是幽州罗燕郡王之子讳成，如今皇爷赐婚与他的。”那汉又问道：“当初夏王的臣子孙安祖，未知如今可在否?”金铃答道：“现从我们王爷在山中修行。”那汉点头说道：“可惜单员外的家眷，如今不知怎样着落?”潘美道：“单将军的女儿，前日皇爷已与我家窦公主同日赐婚，配与秦叔宝之子小将军，皇爷赐他扶柩殡葬父亲，即日要回潞州去了。”那汉见说，拍手大笑道：“快活快活，这才是个明主。”潘美忙要称还饭钱，催他算账，那汉道：“夏王与孙安祖，俱系我们昔年好友，今足下们偶然赐顾一饭，何足介意。”潘美取银子称与他，那汉坚执不肯收，推住道：“不要小气，请收了，但不知足下说的那单员外的灵柩，即日要回潞州，此言可真否?”金铃道：“怎么不真，早晚也要动身了。”那汉道：“好，请便吧!”潘美问他姓名，那汉不肯说，拱拱手反踱进去了。潘、金二人只得收了银子，跨上马往前赶去。

看官们，你道那店中的大汉是谁?也是江湖上一个有名的好汉，姓关名大刀，辽东人，昔年曾贩私盐，无所不为的。他天性鄙薄仕宦，不肯依傍人寻讨出身，近见李密、单雄信等俱遭惨戮，他便收心，在这里开一个大饭店，遇着了贪官污吏，他便不肯放过，必要罄囊倒橐，方才住手。好处不肯杀人，不肯做官，他道：“我祖上关公，是个正直天神，我岂可妄杀人?”又道：“关公当日不肯降曹，我今亦不去投唐。”因此四方的豪杰多敬服他。正是：

海内英雄不易识，肺肠自与庸愚别。

可笑之乎者也人，虚邀声气张其说。

今说窦公主要他父亲一同到幽州来，先打发又兰同众官人到雷夏，自与罗公子到隐灵山要接父亲起身。无奈窦建德与三藏和尚朝夕讲论，看破尘世，再不肯下山，公主只得哭别了，仍旧到雷夏来。贾润甫与齐善行俱来接见。女贞庵四位夫人，是时又兰早已接到家中，各各相见。杨义臣如夫人与馨儿、徐懋功先已差人接去了。公主祭奠了曹后，墓上田产交托两个老家人看管，收拾行装，差人送南阳公主与四位夫人到女贞庵去，便同罗公子、花又兰往北进发。贾润甫送公子起身之后，晓得单雄信家眷要扶柩回潞州，因想："雄信当初许多情谊，多少人受了他的厚惠，我曾与他为生死之交。雄信临刑时，秦、徐诸人割股定姻，报他的恩德。我贾润甫也是个有心肠的，尚未酬其万一。今日闻得他女儿女婿，扶柩归葬，焉有不迎上去，至灵前一拜之理？"便收拾行囊，拉了附近受过单雄信恩惠的豪杰，竟奔长安不题。

且说秦怀玉与爱莲小姐满月后，辞了祖母父母起身，叔宝差四名家将，点四五十营兵护送。怀玉因他父亲的功勋，唐帝已擢为殿前护卫右千牛之职，时众官辈亦来送行，怀玉各各辞别，拥着丧车起身。

行了几日，已出长安，天将傍晚，众家将加鞭去寻宿店。只见七八个大汉子，俱是白布短衣，罗帕缠头，向前问道："马上大哥，借问一声，那二贤庄单员外的丧车，可到这里来么？"家将停着马答道："就在后面来了。"那几个大汉听见，如飞去了。家将见那几个大汉已去，心上疑惑起来，恐是歹人，打兜转马头，追赶那几个大汉。

赶了里许，只见尘烟起处，一队车马头导，两面奉旨赐葬金字牌，中间一副大红金字铭旌，上写"故将军雄信单公之柩"。

冲天的招摇而来。众好汉看见，齐拍手道：“好了，来了！”齐到柩前趴在地下，拍地呼天的大哭起来。家将见了，知不是歹人，秦怀玉忙跳下马还礼。单夫人听见，推开轿门，细认七八个人中，只有一个姓赵，绰号叫做莽男儿，当初杀了人，亏雄信藏他在家，费了银子解救，其余多不认得，想必多是受过恩的。单夫人不觉伤感大哭起来。众好汉也哭了一回，磕了几个响头，站起来问道：“那一个是单员外的姑爷秦小将军？”秦怀玉答道：“在下就是。”一个大汉走上前来，执着秦怀玉的手，看了说道：“好个单二哥的女婿！”那一个又道：“秦大哥好个儿子！”赞了几声，又问道：“令岳母与尊夫人可曾同来？”怀玉指道：“就在后车。”那汉便道：“众兄弟，我们去见了单二嫂。”

众人齐到车前，单夫人尚未下车，众好汉七上八落的在下叩头，单夫人如飞下车还礼。众人起来说道：“二嫂，我们闻得二哥被戮，众兄弟时常挂念，只是不好来问候；如今你老人家好了，招了这个好女婿，终身有靠了。”单夫人道：“先夫不幸，有累公等费心。”莽男儿道：“天色晚了，把车推到店中去罢，贾兄们在那里候久了！”怀玉道：“那个贾兄？”众人道：“就是开鞭杖行头贾润甫，他晓得令岳的丧车回来，便拉了十来个兄弟们在那里等候。”说了，便赶开护兵，七八个好汉用力拥着丧车，风雷闪电的去了。原来贾润甫拉齐众好汉，恰好也投在关大刀店中，当时见丧车将近，便同众人迎到柩前，又是一番哭拜。单夫人同秦怀玉各各叩谢了，关大刀同众人把丧车推在一间空屋里去。

贾润甫领秦怀玉与单夫人、爱莲小姐到后边三四间屋里去，说道：“这几间，他们说还是前日窦公主到他店里来歇宿，打扫洁净在此，二嫂姑娘们正好安寝，尊从就在外边两旁住了罢。”单夫人问贾润甫：“贾叔叔，那班豪杰那里晓得我们来，却聚在此？”贾润甫道：“头里那一起，是关兄弟先打听着实，知会了聚在此的，后边这一路，是我一路迎来说起欣然同来的。这班人都是先年受过单兄恩惠的，所以如此。”说了即同怀玉出来，只见堂中正南一席，上边供着一个纸牌，写着“义友雄信单公之位”。关大刀把盏，领众好友朝上叩首下去，秦怀玉如飞还礼。关大刀把杯箸放在雄信纸位面前，然后起来说道：“贾大哥，第二位就该秦姑爷了。”贾润甫道：“这使不得。他令岳在上，也不好对坐；二来他令尊也曾与众兄弟相与，怎好僭坐？不如弟与秦姑爷坐在单二哥两旁，众兄弟入席，挨次而坐，乃见我们止以义气为重，不以名爵为尊，才是江湖上的坐法。”众人齐声道：“说得是。”

大家入席坐定，关大刀举杯大声说道：“单二哥，今夜各路众兄弟，屈你家令婿，在小店奉陪，二哥须要开怀畅饮一杯。”一堂的人，大杯巨觥，交错鲸吞，都诉说当年与雄信相交的旧话，也有说到得意之处，狂歌起舞，也有说到伤心之处，出位向灵前捶胸跌足哭起来。只听见莽男儿叫道：“秦姑爷，我记得那年九月间，你令祖母六十华诞，令岳差人传绿林号箭到我们地方来，我们那时不比于今本分，正在外横行的日子，不便陪众登堂。”把手指道：“只得同那三个弟兄，凑成五六百金，来到齐州，日里又不敢造宅，直守至二更时分，寻着了尊府后门跳进来，把银子放在蒲包内，丢在兄家内房院子里头。这事想必令尊也曾与兄说过。”秦怀玉道：“家母曾道来。”正说得高兴，只听着外面叩门声急，关大刀如飞赶出来，开门一看，便道：“原来是单主管，来得正好，你们主儿的丧车与太太姑爷姑娘多在里面。”

原来单全当时随雄信在京，见家主惨变后，即便辞了单夫人要回乡里。秦叔宝、徐懋功知他是个义仆，要抬举他，弄一个小前程与他做，他必不从，径归二贤庄。喜的单雄信平昔做人好，没有一个不苦惜他，所以这些房屋田产，尽有人照管在那里，见单全一到，多交付与他。单全毫无私心，田产利息，悉登册籍，今闻夫人们扶柩回乡，连夜兼程赶来，在路上打听，晓得投在关家店里，故此赶来。当时关大刀闭上门，领单全到堂中来，贾润甫见了喜道："单主管，你也来了。"单全见上边供着主人牌位，先上去叩了四叩，又要向众人行礼下去。众好汉大家推住道："闻得你也是有义气的男子，岂可如此！"单全只得止向秦怀玉叩首，怀玉连忙扶起。众人道："主管快来坐了，我们好吃酒了。"单全道："各位爷请便，我家太太不知下在那一房，我去见了来。"说时早有妇女领了进去，不移时出来坐了。

贾润甫道："单主管，我们众兄弟，念你主人生前之德，齐来扶他灵柩还乡，到那里还要盘桓几日，但不知你庄上如何光景？"单全道："庄上我已一色停当，但未择地耳。只是如今王世充在定州，纠合了邴元真复叛，罗士信被他用计杀害，占了三四个城池，前日闻他已到潞安，如今将到平阳来，只恐路上难行，奈何？"贾润甫道："当初我家魏公与伯当兄好好住在金墉，被他用计送死，单二哥又被他累及身亡，几个好弟兄皆因他弄得七零八落。今士信兄弟又被他杀害。我若遇着他，必手刃之，方快我心。"

秦怀玉见说士信被杀，便垂泪道："士信叔叔与父亲结为兄弟，小侄与他相聚数年，今一旦惨亡，家父闻知，是必请兵剿灭此贼，以报罗叔叔之仇。"单全道："我昨夜在七星岗过夜，三更时分，梦见我家先老爷，叫了我姓名说道：'我回去了，可恨王世充，杀我好友义弟，又是我同起手的心交，我知此贼命数已绝，你去叫姑爷灭了他，干了这场功。’”关大刀道：“我们众兄弟同去除了这贼，替罗家兄弟报了仇何如？”贾润甫道：“若诸兄肯齐心，管叫此贼必灭。”众人道：“计将安出？”贾润甫道：“计策自有，必须临时着便，今且慢说。但必要关兄去方好，只是没人替他开店。”关大刀道：“店中生意，就歇两日何妨？但要留单主管在此。”单全道：“我是要随太太回去的。”贾润甫道：“太太姑娘，权屈在店中住几日，仗单二哥之灵，我们去干了这场功，回店扶柩去未迟。”众好汉踊跃应道：“好。”

单夫人在内听见，忙叫人请贾润甫进去说道：“小婿年幼，恐怕未逢大敌，还是打听他过了再走罢。”贾润甫道：“二嫂但放心，干事皆是众兄弟去，我与令坦止不过在途中接应，总在我身上无妨。”说了出来，对众人说道：“既是明早大家要去干正经，我们早些安寝罢！”过了一宵，五更时分，关大刀向贾润甫耳上说了几句，又叮嘱了单全一番，先与众好汉悄然出门而去；贾润甫同秦怀玉率领了家将，亦离店去了。

却说关大刀同莽男儿一班走了两三日，将到解州地方，恰遇着了王世充的前站，见了一二十个穿白衣服的人问道：“你们是那里来的百姓？”众人道：“我们是迎单将军的柩回去的。”马上将官问：“那个单将军？”众好汉答道：“就是单雄信。”那将官道：“单雄信是我家的勇将，被唐朝杀的，你们都是他什么人，去扶他灵柩？”众好汉道：“我们俱是他当年管辖的兵卒，感他的恩德，故此不惮路途而来，爷们可是守这里地方的？”那将官道：“不是，郑王爷就在后面来了，你们站一回儿，便知分晓。”

正说时，只见后面尘头起处，一簇人马行近前来，众好汉看了，拍手喜道：“正是我家的旧王爷。”那将官带了一干好汉到王世充面前说了。王世充问道：“单将军的灵柩，你们扶他到那里？”众人道：“到二贤庄。”邴元真在旁边马上说道：“只怕是奸细。”叫人各人身上搜检，众人神色不变，便不疑惑。王世充道：“你们都是行伍出身，何不去投唐图个出身①？”众人道：“唐家既不肯赦我们的恩主，我们安肯背义从唐？”王世充道：“你们既是我家旧兵卒，我这里正少人，何不就住在我帐下效用，当初你们是步兵还是马兵？”众好汉道：“当时是马兵。”王世充问了各人姓名，叫书记上了册籍，给付马匹衣甲器械，派入第二队。

今说贾润甫同秦怀玉与两个家将一行人等，慢慢的已行了三日，将近解州，贾润甫叫秦怀玉差一个伶俐小卒，假装了乞丐，前去打听，自己守在一个关王庙里。隔了两日，只见差去的小卒归来报道：“小的初去打听我们这几位爷，被王世充信任收用，已派入第二队。昨夜他们已破平阳，今要进解州，一路百姓多逃避一空，只剩房屋，他们下寨在猫儿村，不知为甚，四更时分，只听见军中喧哗，喊道有贼，故此小的忙来报知。”贾润甫见说，忙起一课大喜道：“众兄弟成功了，快备马我们迎上去。”秦怀玉即便领二家将，跨马前行。

未及一二里，早望见一二十个白衣的人，头里那人却是莽男儿，提着两个首级，飞奔前来，叫道：“贾大哥，王世充、邴元真二人首级在此，后面追兵来了，快去帮他们厮杀。”贾润甫叫人把首级挑在枪杆上，同莽男儿飞赶去，只见众好汉在一个山前与王家兵马，正在那里厮杀。莽男儿跑向前大声喊道：“我家大唐兵马来了！”秦怀玉扯满弓，一连射死了两三个。贾润甫叫道：“王世充、邴元真两个逆贼，首级已枭在此，你们何苦自来送死！”王家兵将见了，即便败将下去。秦怀玉与众人直追至猫儿

① 出身——指功名前程。

村，贼兵只得弃了辎重，各自逃生。贾润甫将贼兵掳掠遗弃之物装载了几车，尚恐怕余贼未散，又追赶三四十里，然后转来。早有人来报道："单二爷丧车，已被二贤庄许多庄户赶到关家店里，截进潞州去了。"众好汉此时不是步行了，俱骑了马，连日夜兼程，赶上丧车，护进二贤庄。

地方官员晓得秦叔宝名位俱尊，其子怀玉现任千牛之职，目下又建奇功，多要想来吊候。贾润甫在庄前择一块丰厚之地，定了主穴。关大刀对贾润甫道："贾大哥，我们这场功皆仗单二哥的阴灵，得以万全，为什么呢？弟前夜与赵兄弟两个乘王世充、邴元真酒醉熟睡时，潜踪入幕，盗了两人的首级，众兄弟齐上马出来，惊动了帐房内，只道是劫营的，齐起身来追赶。时天尚昏黑，众弟兄因记不出路径，只见黑暗中隐隐一人骑着马领路，众弟兄只道是我，又不好高声相问，只得随着他走了三四里，天将发白，那前头骑马的倏然不见了，岂不是单二哥阴灵护佑我们？如今把这些衣饰银钱，分做两堆，一堆赠与姑爷为殡葬之资；一堆取与二贤庄左右邻居小民，念他们往日看守房屋，今又远来迎柩营葬，少酬其劳。"贾润甫与众好汉齐声道："关大哥说得是。"秦怀玉道："岂有此理，这些东西，诸君取之，自该诸君剖之，我则不敢当，何况敝邻。"

正在推让时，只见潞州官府抬了猪羊到灵前来吊唁，秦怀玉同贾润甫出来接住，引到灵前去拜过，见院中罗列着两堆银钱衣饰，问是何故。贾润甫答道："有几个商贾朋友，是昔年曾与单公知交，今来迎丧，恰逢王世充逆贼临阵，众友推爱，齐上前用力剿灭，贼掳之物，遗弃而去。这些东西，理合众友收领，不意众友仗义不从，反欲赐惠小民。"那个郡守笑道："这也算一班义士了，但是小民无功，岂可收领逆赃，既云好义，何不寄之官库，题请了，替单公建祠立碑，以为世守，亦是美事。”那衙官见说，心中想道：“我们做了一个官儿，要百姓们一两五钱的书帕，尚费许多唇舌，今这主大财，那班人反不肯收，不知是何肺肠？”官儿们挨了一回，见秦怀玉不言语，只得别过去了。众好汉便招地方上这些看的穷人，近前来说道：“这一堆东西，是秦姑爷赐你们的，以当酬劳之意。你们领去从公分惠，不许因此些微之物，争竞起来，到官府责罚。自今以后，你们待秦姑爷如待单员外一般便了。”众邻里齐跪下去，欢呼拜谢，领了出去。

关大刀对贾润甫说道：“贾大哥，我们的事已毕去罢！”又对秦怀玉道：“众弟兄不及拜别令岳母了！”大家拱拱手欲别，秦怀玉道：“这货利不好，有污诸公志行，请各乘骑而去如何？”众好汉道：“我们如此而来，自当如此而去。”尽皆岸然不顾而行，看的人无不啧啧称羡。

秦怀玉督手下造完了坟墓，择了吉日，安葬好了丈人，又见主管单全忠心爱主，就劝单夫人把他作为养子，以继单氏的宗祧，将二贤庄田产尽付单全收管，以供春秋祭扫；自同单夫人与爱莲小姐束装起身。家将们带领了王世充、邴元真二人首级，忙进了长安不题。

要知后事如何，且听下回分解。

第六十四回

小秦王宫门挂带　宇文妃龙案解诗

词曰：

寂寂江天锦绣明，凌波空步绕花阴。一枝蓦地闲相逅，惹得狂蜂空丧身。逞乐意，对方樽，腰围玉带藏暗针。片词题破惊疑事，喋血他年逼禁门。

——右调《鹧鸪天》

天地间填不满处不足的惟妇人之心，非妇人之心真有满不足之地，止因其所好不得不然，故借此以消遣耳。

今且慢说秦怀玉剿灭了王世充、郗元真回来，将二人首级献功，唐帝赏劳。再说武德七年间，四方诸丑亏了世民击灭将完，时唐皇晚年，总多内宠，生儿者二十余人，无子者不计其数，靡不思迭寻宠爱，各献奇功，然其间好事生风敢作敢为的，无如张、尹二妃。他本是隋文帝宠用过的，忽然间唐帝又把他两个弄起手来，今幸一统天下，虽不能做正位中宫，却也言听计从，无欲不遂；更值窦皇后福禄不均，先已驾崩，因此两人的心肠更大了些。但唐帝因宫中年少佳丽甚多，便在他两个身上，也就平淡；何知妇人家这节事，如竹帘破败，能有几个自悔检束的，但看时势之逆与顺耳。

时值唐帝身子不爽，在丹霄宫中静养，相戒诸嫔妃，非宣召不得进来，因此那些环佩袅娜之人，皆在宫中静守。惟有那张、尹二夫人，年纪却在三旬之外，谑浪意味，愈老愈佳；平日虽与建成、元吉眉来眼去，情意往来，恨无处可以相承款曲。

那日恰好尹夫人差侍儿小莺，去请杨夫人蹴毬耍子，只见建成、元吉两个小宫监跟了走来。小莺见了，笑逐颜开问道："二位王爷在何处来?"建成、元吉认得小莺是尹夫人的丫环，便道："我两个特来寻你们二位夫人说句话儿，你到何处去?"小莺笑着摇头道："不是二位王爷是丹霄宫中出来，如今回去快活，为什么寻我们夫人起来；若是有正经要会，何不再前日昨日，今却说这样话来骗我?"建成听见，欢喜不胜道："为什么该在前日昨日来?"小莺笑道："罢了，有人来撞见，又要搭出是非来，请各便罢，我要去干正经了。"就要走动，当不起建成是个酒色之徒，见那小环说话伶俐，一把扯到侧首一个花槛内，叫小监门首站着，执着小莺双手道："小妮子，你从实说与我们听了，我把东西来送你。"小莺笑道："东西我不敢领，既承二位王爷下问，待我对你说了罢。前日初十，是张夫人诞日，昨日十三，是我家尹夫人诞日。这两天被众夫人闹得好厌，今日甚是清闲，张夫人又道无聊，约了我家夫人，叫我去请杨夫人来蹴毬耍子，故此我说二位王爷，既有话要会二位夫人，何不也在前两日来，大家相聚，岂不是一场胜会?"元吉道："众夫人拜寿，我们怎好来亲热孝顺。今日无事，正好来补贺，岂不是两便?"建成道："说得有理，我们弟兄两个，回去备了礼物就来，你与我们说声。"小莺道："二位王爷认真要来，我也不去请杨夫人了，在宫专候驾到；但恐不准，叫我那里当得起?"建成、元吉道："岂有此理，你道我虚言么，我们先将一物与你取去，送二夫人收了如何?"小莺道："若得如此，方好相候。"二位王爷各在身上解下一条八宝十锦合欢丝鸾带，付与小莺收了，又道："我们现今不能用情赠你，少顷到宫来，断不虚你的盛情。"小莺道："恁说快去了来，竟到

后宰门走进，更觉近些。”三人别去。正是：

慢夸富贵三春景，且放梅梢比月明。

不说小莺去通知张、尹二夫人，且说建成、元吉听见小莺之言，欢喜不胜，疾忙赶到府中，收拾了珍珠美玉，把两个金龙盒子盛了，叫宫监捧着，一同忙到后宰门来。门官见是二位殿下，忙把门开了；二王跨下马，叫人牵了在外面伺候，小宫监捧着礼物，二王走到分宫楼，只见小莺咬着指头，站在门悬望，见了二王喜道：“王爷们来了。”建成道：“小莺，你可曾与二夫人说知？”小莺点点头儿，引二王进去，到中堂坐下，叫两三个宫奴把礼物收了进去。

一盏茶时，只见张、尹二位夫人跟着三四个宫娥，轻移莲步，走将出来。二王如飞叫人把毯子铺下，要行大礼。二位夫人那里肯受，自己忙走进身来拖住。张夫人道：“二王怎么要行起这个礼来，岂不要折杀①我们？”元吉道：“二位夫人，如同母子，焉有圣寿不行恭拜之礼？”尹夫人道：“求二位以常礼相见，我们两个心上方安。”二王没奈何，只得顺从了。张夫人道：“屈二王到楼上去坐坐，省得这里不便。”尹夫人道：“姐姐主张不差。”

大家同到楼上来，二王看那三间楼的景致，宛如曲江开宴赏，玉峡映繁华，二王坐定，用点心茶膳，彼此细陈款曲。张夫人道：“向蒙二王时常照拂，使我二姊妹梦寐不能去怀，不意复承厚贶②，叫我两个何以克当③？”元吉笑道：“张夫人说甚话来，骨肉之间，不能时刻来孝顺，这就是我们的罪了，怎说那个话来？”建成道：“我们心里，时常要来奉候，一来恐怕父皇撞见，不好意思；二来又恐夫人见罪，不当稳便，故此今日慢慢的走

---

① 折杀——指折寿。喻受到不应受到的礼遇而不安。谦词。

② 厚贶（kuàng）——指丰厚的赠礼。

③ 克当——指敢当。

来，恰好遇着小莺，叫他先来通知，方才放心。”尹夫人道：“我家张姐姐，常常对我说，二位殿下，都是万岁所生，不知为甚秦王见了我们，一揖之外，毫无一些好处。他倚着父皇宠爱，娇矜强悍，意气难堪。故此，前日皇上要他迁居洛阳，幸得二位王爷叫人来说了，被我姊妹两个在万岁爷面前再四说了，方才中止。”张夫人道：“总是有我四人一块儿做事，不怕秦王飞上天去。”元吉道：“若得二位如此留心，真是我们的母后了。”两夫人多笑起来。时绮席珍馐，雕盘异果，无所不有；四人猜谜行令，说说笑笑。英、齐二王都是酒色中人，起初还循些礼貌，到后来各人有了些酒，谑浪欢呼，无所不至。古人云：酒是色之媒。二王酒量原是好的，因身边各有千妖百媚的女子相对话言，眉眼传情，他们醉翁之意俱不在酒，便假装醉态。元吉道：“我们酒是有了。求二位夫人稍停一会儿，再饮何如?”二夫人见了这两个俊俏后生，狎邪旖旎，无所不至，那里描写得完。正是：

万恶果然淫是首，从教手足自相残。

少停，建成笑对元吉说道：“清风玉磬，音响余筝，正如巫山云梦，难以言传。”元吉也笑道：“风牌月阵，莺啭猿吟，总是我粗浅之人也学不出。”自此英、齐二王满心畅快，忙打发宫监与外面伺候的回去了，便同二妃欢呼弹唱不题。

再说秦王因唐帝在丹霄宫养病，他就不回西府，晨昏定省，每日调奉汤药，整顿了六七日。时日色已暝，月上花枝，唐帝身子略已痊可，便对秦王道：“吾病今日身体稍觉安稳，你依朕回府去看看。”秦王不敢推却，只得领了父皇旨意，辞驾出宫。

行至分宫楼，忽听见弹筝歌唱，轻一声高一声，韵致悠扬。秦王站了一回，见是张、尹二妃寝宫，便道：“他晓父皇有病，正该忧闷沉思，为甚歌唱起来?”就要行动，忽听见里面喊道：“这一大

杯，该是大哥饮的，我却先干了！”秦王道：“他们弟兄两个，平昔有人在我跟前说许多话，我尚猜疑；不意如今这时候，还在这里吹弹歌唱，不特不念父皇之疾，反来淫乱宫闱，理实难容。我若敲门进去，对他训论一番，也是正理；倘然父皇晓得，又增病起来，反为不美。”停足想了一回道：“也罢，暂将我的腰间玉带解下来挂在他宫门上，待他们出来见了，好叫他痛改前非。”打算停当，即将腰间玉带解来，挂在蟠龙彩凤之门，自即挪步而出。

却说英、齐二王，五更时忙起身来，收拾完备了；夭夭、小莺各送上汤点。建成对二妃道：“我二人承你二位如此恩情，时刻不能去怀；倘秦王这事稍可下手，我们外边必传进来。替你二夫人说，如里边有什么机会，也须差人报与我们得知。”张、尹二妃道：“秦王这事，总是你我四人身上之事，不必叮咛，但是离多会少，叫我二人如何排遣？”建成犹执着二妃子之手，哽咽难言。元吉道：“你们不必愁烦，我与大兄倘一得便，即趋来奉陪。”

张、尹二妃拭泪，直送至玉宫门首，开出来猛见守门宫监，将玉带呈上去：“是昨夜不知何人挂在宫门上的。”建成忙取来一认，却是秦王身上的，二王吓得神色俱变，便道：“这是秦王之物，毕竟昨夜他回去，在此经过，晓得我们在内玩耍，他留此以为记念，如今怎样好？”张艳雪说道：“不必慌张。秦王既有如此贼智，拚我一口硬咬着他，这罪名看他逃到那里去？”便向建成耳上说了几句，建成欢喜放心，即与元吉勉强散别归府。张、尹二妃忙进宫去打扮停当，将秦王玉带边镶，四围割断了几处，跟了夭夭、小莺齐上玉车，同到丹霄宫来朝见唐帝。

唐帝吃了一惊，便问道：“朕没有来宣你们，何故特然而来？”二妃道：“一来妾等挂念龙体，可能万安；二来有不得已事，要来见驾。”唐帝道：“有何事必要来见朕？”张、尹二妃不觉流泪道："妾等昨夜更深，忽然秦王大醉，闯进妾宫中来，许多甜言蜜语，强要淫污，妾等不从，要扯他来见陛下，奈力不能支，被他走脱，只把他一条玉带扯落在此，请陛下详看，以定其罪。"唐帝道："世民这几日时刻在此侍奉，昨因朕病体小愈，故黄昏时候，叫他回府将息，何曾用过酒来，说甚大醉？"将玉带细看，又是秦王之物，便道："玉带虽是他的，其中必有缘故，或者是他走急了，撩在何处，你们宫奴拾了便将来诬陷他，这是使不得的呢！"尹瑟瑟道："妾等几年侍奉陛下，何曾诬陷他人，说这样话来。"两个装出许多妖态，满面流泪，挨近身旁，哀哭不止。唐帝不得已，只得说道："既然如此，二妃且回，待朕着人去问他。"即写几字着内监传旨，命御史李纲去问秦王闯宫情由，明白奏闻。因此张、尹二妃只得谢恩回宫。

却说秦王夜间挂带之后，忙归府中，心中着恼，那里睡得着，绝早起身，把家政料理了一番，便要进宫去问候。只见左右报道："御吏李纲在外要见王爷。"秦王只道是要问父皇病体，便出来相见，参谒后坐定。李纲道："圣上龙体如何？"秦王道："孤昨夜回来，身子已觉好些，不知今日如何，正要定省。"李纲道："今早有个内监传出旨意，发到臣处，要臣来请问殿下，故臣不得不来冒渎。"秦王忙叫左右，摆着香案来开读了。此时秦王颜色惨淡，便想道："昨夜我一时听见，故借此以警他们，却反来诬陷我！"即对李纲道："孤昨夜在父皇宫中回来，楼前偶有所闻，故将玉带系挂于宫门，使彼以警将来，况此系孤等家事，亦难明白诉卿。只问先生，孤何如人也，而欲以涅作缁①乎？"李纲道："殿下功高望重，岂臣下所敢措辞；今只具一情节来，封

① 以涅作缁（zī）——涅，染黑。缁，黑色。意即诬陷。

付臣去回复圣旨，便可豁然矣!”秦王道：“说得有理。”便写了几句，封好付与李纲袖了，便辞出府去，回复了圣旨。

时唐帝忙叫内臣扶出，便殿坐下。李纲朝拜已毕，叩问了圣体，然后将秦王所封之书呈上。唐帝展开来一看，只见上写道：

家鸡野鸟各离巢，丑态何须次第敲。

难说当时情与景，言明恐惹圣心焦。

唐帝看了一遍道：“这是一首绝句，叫朕那里晓得?”李纲道：“秦王秉性忠正严烈，陛下素知，此词必不敢空写。闻玉带挂于宫门，谅必有故。陛下龙体初安，且放在那里，慢慢详察，自然明白。”唐帝道：“既如此，卿且去，待朕思之。”李纲不敢复奏，辞帝而出。

当初汉萧何治律云：捉奸捉双，捉贼捉赃。这样事体，必要亲身看见，无所推敲，方可定案，若听别人刁唆，总难拟断。且大人家一日尚有许多事体纠缠，何况朝廷。当时唐帝见李纲出宫去了，正要将此诗揣摩，只见宇文昭仪同刘婕妤出来朝见。唐帝道：“奇怪，你们二妃子为甚也出来，莫非亦有什么事体?”二妃笑道：“刚才晓得张、尹二夫人出来奉候，故此妾等亦走来定省①。今日龙体想已万全，还该寻些什么乐事，排遣排遣才是。”唐帝见说，微叹不言。

宇文昭仪瞥见了那张字纸在龙案上，便道：“此诗亦郑卫之音②，陛下书此何用?”唐帝道：“妃子何以知其是郑卫?”宇文昭仪道：“陛下岂不看他四句字头上，列着‘家丑难言’四字，

---

① 定省——子女早晚向父母请安。

② 郑卫之音——郑、卫，均为周朝分封的诸侯国。收入《诗经》中国风部分的郑、卫两国的诗歌，大多歌咏男女情爱，被后世道学理学家视为伤风败俗的艳歌。

明白书陈，为甚不是？”唐帝倒底是老实好人，便将张、尹二妃出来告诉，以至叫李纲去问秦王，故此秦王写这几个字来回复，说了一遍。宇文昭仪道：“这样事体岂可乱谈，必须亲自撞见，方可定案。张、尹二人在隋，如此胡乱朝政，他亦能甘忍。这几年，秦王四海纵横，岂无一女胜于此者，何今日特然驾言污及？况前月陛下差秦王平定洛阳，又差妾等阅选隋宫美人，收府库珍奇，娇艳数千，秦王从不一顾，至于资财或者有之。陛下可记得，当时妾与张、尹二夫人等曾请各给田数十顷，与妾等父母为业，已蒙陛下手敕赐与，秦王竟与淮安王神通，封还诏敕，不肯给田。以此看来，贤王等皆是惜财轻色之人，安能如陛下钟情娇怯者也。张、尹二夫人，或者犹以此记怀，未能释然耶！”刘婕妤道：“三十六宫，四十八院，粉黛数千，娇娥盈列，并无三尺之童在内，何苦以此吹毛求疵，能不免动太穆皇后泉下之悲乎？”这句话打动了唐帝的隐情，便道：“我也未必就去推问，二妃且莫论他。”

正说时，有个内监进来报道：“平阳公主薨。”唐帝叹道：“公主当初亲执金鼓，兴义兵以辅成大业，至有今日；不意反不克享，先我而亡。”说了不觉泪下。宇文、刘二夫人道：“陛下切念公主，尤宜善亲三王；况龙体初安，诸事总系大数，陛下还宜调护。”唐帝点头。二妃正要扶唐帝到丹霄宫去，忽兵部传本进来，说夷寇吐谷浑结连突厥可汗，直犯岷州，请师救援。唐帝想了想，援笔批道：“着驸马兵部总管柴绍，火速料理丧事后，率领精兵一万前往岷州，会同燕郡刺吏罗成，征剿二逆，毋得延误。”即叫内监传旨出去，回到丹霄宫，颐养起居，龙体平复。

一日，在苑囿间玩，英、齐二王在那里驰马试剑，秦王亦率领西府诸臣见驾。言论间，英、齐二王与秦王各说武艺超群，唐帝对尉迟敬德道：“本领高低各人练习，若说臂力刚强，单鞭铲马，人所虽能，不意敬德独擅，真古今罕有。”齐王挺身说道：

“敬德所言，恐皆虚狂，他道满朝将士尽是木偶，故此夸口，已知我众不能使槊，今儿与他较一胜负何如?”唐帝道：“儿与敬德比试，何所取意?”敬德道：“臣自幼学习十八般枪马之法，并无虚发，但以理论之，殿下是君主，恭乃臣下，岂可比试使槊?”元吉道：“不妨，此刻不论品秩贵贱，只较槊法，暂试何害?”原来元吉亦喜马上使槊，一闻敬德夸口，必要与他较一胜负，便请二哥全装贯甲，一如榆巢败走之状，自假单雄信飞马来追，“看你单鞭铲马，能夺我槊否?”敬德道：“愿赦臣死罪，恭贱手颇重，恐有伤损，只以木槊去其锋刃，虚意相拒，独让殿下加刃来迎，臣自有避刃之法。”

元吉大怒，私与部下一将黄太岁说了几句，便上马持大杆铁槊大呼道：“敢与我较槊么?”秦王听见，便挺枪勒马而走；元吉持槊追赶，将有里许，举槊要刺秦王。敬德乘马赶上，喊道：“敬德在此，勿伤吾主!”元吉遂弃了秦王，挺槊戳敬德，被敬德拦住，夺过槊来，元吉坠马而走。只见黄太岁直赶过了元吉，挺槊来刺秦王，秦王奋不顾身而开，将要败时，敬德飞马赶来，黄太岁忙把槊来刺敬德，敬德把身一侧，忙举手中鞭打去，恰好那条槊又到面前，敬德夺过槊来一刺，可怜那黄太岁坠马而死。

敬德忙去回奏唐帝道：“黄太岁欲害秦王，故臣杀之。”元吉向前奏道：“秦王故令敬德杀我爱将，有违圣旨，乞斩敬德，以偿太岁之命。”秦王道：“眼见你使太岁来害我，如此饰词抵罪，敬德不杀太岁，吾命亦丧于太岁之手矣!”唐帝道：“黄太岁朕未尝使之，何得擅自提槊追逐秦王。敬德有救主之功，朕甚惜之。况且你要他比槊，宜赦其罪，以旌忠义之心。汝弟兄当自相亲爱，患难相扶，庶不失友于之意，使吾父寸心窃喜，胜于汝等定省多矣。”说了，即便散朝不题。

欲知后事如何，且听下回分解。

第六十五回

赵王雄踞龙虎关　周喜霸占鸳鸯镇

词曰：

世事不可极，极则天忌之。试看花开烂漫，便是送春时。况复巫山顶上，岂堪携云握雨，逞力更驱驰。莫倚月如镜，须防风折枝。百恩爱，千缱绻，万相思。急弦易断，谁能系此长命丝。触我一腔幽恨，打破五更热梦，此际冷飏飏。天意常如此，人情更可知。

——右调《水调歌头》

谚云：一失足成千古恨，再回头是百年身。不要说男子处逆境，有怨天尤人，即使妇人亦多嗟叹，一日之间，就有无穷怨尤，总是难与人说的。

这回且不说唐宫秦王兄弟夺槊之事。再说隋宫萧后，与沙夫人、薛冶儿、韩俊娥、雅娘住在突厥处，突厥死后，韩俊娥、雅娘住了年余，水土不服，先已病亡。义成公主见丈夫死了，抑郁抱疴，年余亦死。王义的妻子姜亭亭又因产身亡。沙夫人把薛冶儿赠与王义为继室。罗罗虽然大了赵王五六年，却也端庄沉静，又且知书识礼，沙夫人竟将罗罗配与赵王。那突厥死后无嗣，赵王便袭了可汗之位，号为正统，踞守龙虎关，智勇兼备，政令肃清，退朝闲暇时，奉沙夫人等后苑游玩，曲尽孝道。

一日交秋时候，萧后独自闲行，伫立回廊绿杨底下，见苑外马廊中有个后生马夫在那里铡草上料，闲观那马吃草。萧后看他

相貌，好像中国人，因唤近前来，问："你姓甚名谁，是何处人?"马夫道："小生扬州人，姓尤名永。"萧后道："我说像中国人，你有妻小么？为何来到此处?"马夫道："小的向随王世充出征，因流落聊城，与一个相知周逢春同住，不期遇着宇文化及宫中三个女人，说是隋朝晨光院周夫人、积珍院樊夫人、明霞院杨夫人。那周夫人说起来，原来就是周逢春的族妹，因此逢春便叫周夫人嫁了小的，那樊夫人与杨夫人都嫁了周逢春。"萧后惊讶道："有这等事！如今三位夫人呢?"马夫道："周氏随了小的年余，因难产死了，那樊夫人也害弱症死了，只有杨夫人还随着周逢春在临清鸯鸳镇上，开招商客店，"萧后道："你既与周逢春同住，为何又独自来到这里?"马夫道："小的因周氏已死，孤身漂泊，同伍中拉来这里投军，因羁留在此。"萧后又问："你今年几岁了?"马夫道："小的三十岁。"萧后想了说道："我就是隋朝萧后，我怜你也是中国人，故看周夫人面上，要照顾你，且还有点话要细问，只是日间在此不便说得，待夜间我着人来唤你。"马夫叩头应诺而去。是夜萧后正欲唤那尤永进去，不想被人知觉，传与赵王知道。赵王疑有私情勾当，勃然大怒，立将尤永处死，正言规谏了萧后一番，严谕宫奴，伺察其出入。萧后十分的惭闷。正是：

只因数句闲言语，致令人亡已受惭。

今说柴绍领了圣旨，随即发文书，着令部下游击李如圭，提兵一千，知会罗成，叫他："先领兵去到岷州，抵住吐谷浑，我却提师来翦灭二寇。"不一日，李如圭到了幽州，见了罗成，罗成拆开文书看了，即奏知郡王罗艺道："岷州远，突厥可汗那里去近，况突厥可汗已死，今嗣子正统可汗系隋朝沙夫人之子赵王，闻得萧后也在那里，王义又在那里做了大臣，俱是我们先朝的旧人。你今只消领一支兵去，与他讲明了，吐谷浑不见正统可汗助兵来，也就罢了。”罗成道：“父皇之言甚善。”便归到署中，与窦线娘说了。线娘道：“萧后当初曾到我家，见他好一个人材，闻沙夫人是一个有志女子，我要见他，同你去走一遭。”罗成道：“若得夫人同去，尤为威武。”花又兰道：“妾也同二儿去，上上父母的坟。”原来窦线娘已养了一个儿子，叫阿大，花又兰亦养了一个儿子，叫阿二，差得半月，各有八岁了。随叫金玲、吴良大家收拾，辞别了燕郡王起身。

行不多时，已到岛口。正统可汗得了信息，忙与沙夫人商议道：“吐谷浑约我国助兵，同到中原去骚扰，两日正在这里选将，不想唐朝倒差燕郡王之子罗成来问罪，如今怎么样好?”沙夫人道：“罗艺原是我先帝的重臣，其子罗成，因他勇敢，就做了唐家的大臣，况还有个窦建德的女儿线娘，赐与他为妻，他夫妻二人，原是能征惯战之将，不可小觑了他。”萧后道：“不是这句话，若是他人夺了我们天下去，不要说他来征伐，就不来也要合伙儿去征剿一番。如今这李渊，你们不知，他与我家有中表之亲，他家太穆窦皇后与我家先太后是同胞姊妹，岂不是亲戚；况窦线娘我也认得，是一个袅娜之人，只是嘴头子利害些，不见他什么本事，他若来此，我也要去会他。”

正统可汗听了，忙出去与王义商议，使他先领一支兵出去，自己慢慢的摆第二队出城。李如圭要抢头功，做了先锋，被王义用计杀输了，败将下去。窦线娘第二队已冲上来，见前面尘头起处，好像败下来的光景。线娘挺着方天画戟，且赶向前，见战将那条枪离李如圭后心不远，着了忙，便拔壶中箭，拽满弓射去，正中战将枪头上。那将着了一惊，只见王义妻子薛冶儿舞着双刀，迎将上来。线娘把方天画戟招架，两个斗上一二十合，薛冶儿气力不加，便纵马跳出圈子外来问道："你可是勇安公主么?"窦线娘道："你既知我名，何苦来寻死?"薛冶儿道："你可认得萧娘娘么?"线娘道："那个萧娘娘?"薛冶儿道："既如此，我也不来杀你，我家可汗来了!"窦线娘笑道："我也不来擒你，我家做官的来了。"各自归阵。

不说薛冶儿归阵与赵王说知。窦线娘兜转马头，行不多几步，只见罗成飞马而来，线娘把杀阵与他说了。罗成道："既是赵王领兵出来，我自去对付他。"忙到阵前，叫小卒："去，报知阵中，快请正统可汗出来，俺家主帅有话问他。"小卒进去说了，赵王忙叫兵卒摆队伍出来。正是：

冲天软翅映龙袍，扎紫貂珰影自招。
宝带腰围紧绣甲，金枪手腕动明标。
白面光涵凝北极，乌睛遥曳定蛮蛟。
何以玉龙修未稳，一方管掌协人曹。

罗成见了举手道："尊驾可就是先帝幼子赵王么?"赵王道："然也，你可是燕郡王之子罗成?"罗成道："正是。昔为君臣，今为秦楚，奈为上命所逼，不得不来一问，不知何故要助吐谷浑来侵唐?"赵王道："这句话系是吐谷浑借来长威，实在我没有发兵；况唐之得天下，得之宇文化及之手，并未得罪于父皇，气数使然，我亦不恨他。今母后萧娘娘尚在此，汝令正窦公主想必也在这里，烦尊夫人进宫一会，便知端的。"罗成道："还有一位义士王义，可在这里?"赵王指着后面一个金盔的战将说道："这个就是。"王义在马上鞠躬道："小将军请了。"罗成道："请殿下先回，臣愚夫妇同王兄进城来便了。"赵王见说，便率兵先自回宫。罗成使李如圭督理军马在城外，王义使夫人薛冶儿来迎接窦线娘，自同罗成摆队进城。

罗成夫妇一进城来，见人居稠密，市镇骈辏，那些民家多是张灯挂绣，蜀彩叮咄，把那驼狮象齿叫不出的奇珍古玩摆列门庭。罗成夫妇在马上看了，称羡不已。说赵王进宫，见了萧后与沙夫人，即将王义如何与他对寨厮杀，他们败了下去，薛冶儿与窦线娘又如何较量，冶儿乖巧，他要输了，幸我出去得快，罗成也到，大家说了一番，罗成肯同线娘进宫来见萧母后。萧后道："他们既要入宫，你快吩咐膳所，好好备宴，每事齐整些。"赵王道："这个晓得。"出去叫文武宾僚，点二千兵把守各处，直到宫门内，明枪亮刀，摆设齐整。又叫城中百姓，张灯结彩，迎接天使，又叫两个小蛮吩咐道："你两个快快到城外去对王爷说，如窦公主进宫，命薛夫人送至宫中。"

小蛮去了不多几时，只见四个内监进来报道："天使到了。"赵王因罗成是个天使差官，只得到二门上接了进去，罗国后也跟二宫奴接了窦线娘，薛冶儿随了进去。萧后、沙夫人与窦线娘见过了礼。罗成到了龙升殿，见过香案在内，就把赤符诰命供在上面，赵王朝拜了。罗成道："殿下请进问声萧娘娘，可要出来接旨？"赵王如飞进去，与萧后说知。萧后想了一想，叹口气道："嗳，当初人拜我，如今我拜人，天下原不是他夺的；况又是亲戚，做了一统之主，如今俨然朝命纶音，便去参谒也罢，只是没有朝服在此，奈何？"赵王道："当初公主的法服尚在箧中，何不取来穿上，岂不是好的。"赵王叫宫奴取出，替萧后穿好，与寻常绚彩迥异，出来拜了圣旨。罗成要请萧后上坐朝拜，萧后垂泪道："国灭家亡，今非昔比，何云讲礼，请小将军不必。"赵王、王义皆劝常礼，罗成见说，只得常礼相见了。

萧后进去，也请线娘上坐入席。萧后对线娘道："我当初乱亡之日，曾到过上宫，那时公主年方二九，于今有三旬内外了，不知有几位令郎?"线娘道:"妾痴长三十一岁了，两个小犬俱是八岁，一个是妾所生，一个是花二娘所生。"沙夫人道:"正是还有个花木兰的妹子又兰，闻得也是个有义气的女子，想是伴着两个小相公，住在家里么?"窦线娘道:"那两儿顽劣，见我出来，他怎肯住在家。如今随着二娘，也在寨中。"萧后道:"既如此，何不请到宫中一会?"沙、罗二夫人忙叫人进来，差他拿两个宝车，到罗老爷大寨去请花夫人同二位小相公进来。小蛮领命而去。窦线娘亦叫金铃出去对罗成说知，叫他着人回寨保送进来。

萧后道:"普天下混乱之时，不意你们这些若男若女，自立经济，各得其所，但不知女贞庵内四位夫人可安否?"窦线娘道:"娘娘不知，他四位夫人，起初只有杨、徐、秦三家供膳，如今因江惊波赐与程知节；贾林云赐与魏徵，罗佩声赐与尉迟敬德，这三家都是徐、秦通家好弟兄，各出己财，替他置买田地，供养他安逸得紧。"沙夫人道:"三位夫人在何处，得以朝廷宠赐?"线娘就把又兰到女贞庵回来遇雨，住在殷寡妇家，遇了三位夫人，钦差太监知是江、罗、贾三位，同至京中，细细述了一遍。沙夫人道:"江、罗、贾三位夫人，该享厚福，若是当初同我们走出，如今也在一处，因他命中该招贵夫，故此不幸中得了宠幸。"罗国母道:"如今这四位钦赐夫人可好么?"线娘道:"想比当时更觉得意些。袁紫烟生了一子，闻要聘贾林云的女儿；江惊波生了一女，闻许配罗佩声的儿子，都是相爱相敬的。"萧后道:"我也常在此相念，巴不能中国有人来，同我回家去，看看先帝的坟墓。如今好了，我同你们回去，死也死在中国。"

正说时，只见一个小蛮进来报道:"花二夫人到了!"沙夫人同罗国母迎了上去，窦线娘见了说道:"小大、小二，快同做娘的来拜见了萧娘娘三位。"花又兰忙请萧后上去坐了见礼，萧后不肯道："快请常礼见了，我们讲话。"花又兰道："草茅贱质，有辱娘娘赐召。"萧后道："说那里话来，璠玙共载，何妨倚璧侵光？"又兰与沙夫人、罗国母及薛冶儿见了礼，萧后见两个孩子恭恭敬敬，也在那里作揖，忙叫抱来，双手抱了两个，坐在膝上道："何物双珠，生此宁馨联璧？"线娘道："娘娘可放那两个小犬，到殿上去见了殿下。"罗国母道："妾同二位相公去看如何见礼。"萧后说："我们大家去走走。"

到了外面，正在那里坐席，赵王看见了，甚是欢喜，就叫把椅儿来坐了，众夫人亦进来饮酒。萧后看线娘面貌，不要说人材端正，兼之倜傥风流，更自可人；看又兰体段，与线娘差不多，那肌肤的白怯真似柔荑瓠犀，但觉楚腰宽褪了些。萧后叫宫奴取历日来看一看说道："后日是出行日期，老身便同公主夫人，回中原去走遭。"线娘笑道："娘娘若到了中原去，恐怕中原人不肯放娘娘转来奈何？"萧后道："除非是我先帝九泉回阳，或者可以做得些主。"停回吃完了酒，赵王领了罗家两个孩子进来，萧后对赵王说了，要回南去看先帝的坟墓，沙夫人再三不肯。赵王等萧后陪了线娘去说话，便对沙夫人道："母后好不凑趣，这里有母后足矣，他在这里也无干，既要回去，由他回去。"说了出来，如飞与王义说知。王义道："娘娘要去看先帝坟墓，极是有志的事，臣亦要同去拜哭先帝。"

赵王进来，恰好窦线娘等要辞别起行，赵王道："家母后终是后日要回南去，公主请住在这里一两天，同行如何？"萧后、沙夫人亦再三挽留。线娘住在萧后宫中，萧后对线娘道："当初我见公主外边军律精严，闺中行动规矩，凛然不可犯，为甚如今这般温柔和软，使人可爱可敬？"线娘道："当初妾随母后的时节，母后治家严肃，言笑不苟，不知为甚跟了罗郎之后，被他提醒了几句，便觉温和敬爱，时刻为主，喜笑怒骂别有文章。”萧后道：“如此说，你们燕婉之情想笃的了。”因不觉堕下泪来，道：“先隋帝当年与我亦是如此，他撇我在此，弄得如槁木死灰，老景难堪。”线娘道：“我闻得当今唐天子一统山河。也喜快活的了，不多几时，选了几个美人进去。”萧后点点头儿，吩咐宫奴打点行装。

倏忽过了两日，罗成已先差潘美写文书，去会柴绍了。自同线娘做了前队，李如圭与王义夫妇做了后队，指拨停当，便谢别起行。萧后与沙夫人、罗国母亦各大哭一场上车。罗成在路上换了赵王的旗号，如接应吐谷浑的光景不提。

再说柴绍得了旨意，忙完了丧葬，即点兵起程，到了岷州，将地图摆列着，看了一遍，叫土人询问一番，毫无虚谬，即便进征。那吐谷浑晓得了，也便择一个高山，名曰五姑山，那山有许多好处，但见：

层峦掩映，青松郁郁。连绵叠石萦回，翠柏森森乱舞。云间风寂，喧天雷鼓居中；日脚霞封，震地鸣锣成吼。说甚盔缨五色，一派长戈利刃，犹如踏碎雷车；不过驼马八方，许多杀气寒烟，宛似掣开闪雷。正是交兵不暇挥长剑，难退英雄几万师。

柴郡马与此山止远一二箭地，扎住营寨，又暗调许多将士，将一个胡床坐了，呆看那山峰高叠翠，果然好景。那吐谷浑蛮兵，见他这般举动，恐怕柴绍是个劲敌，倏忽间要冲上山来，便飞箭如雨，攒将下来。柴郡马将士毫无惊惶之意，按阵站定，箭至面前，一步不移，口衔手掉，各各擒拿，绝无一个损伤。柴绍叫两个女子，年方十七八，娇姿妙态，手拨琵琶，长短轻喉，相对歌舞。吐谷浑见了大骇，各停戈细看，那一对翻江倒海，蝶乱花飞，歌舞了好一回，又一对上场，愈出愈奇的装演撮弄，赛过弋阳女子，走索佳人，将有了两三个时辰，只听得五姑山后，一声炮音，忽然四下呐喊。柴郡马知罗成率领人马已到，忙率精兵杀上山来，前后夹攻，虏众大溃退去。柴、罗二军追至三四十里，方才报捷班师。王义见了柴绍，说是送萧后回南。柴绍亦见了萧后，一队儿同行。柴绍恐怕朝廷疑忌，即于奏捷疏中，说起萧后要回南省墓，预差李如圭速行上闻，自因要去会齐国远在山东做官，故与罗成同走；窦线娘要到雷夏拜墓，一同起行。

一日行至临清，天色傍晚，萧后问王义道："可到鸳鸯镇过么？"左右回道："这是必由之路。"萧后道："闻得鸳鸯镇有个周家饭店，我们在那里去歇罢。"众人应声，赶到前面，见一个招牌，写道：周逢春招商客店。众人歇了。柴绍、罗成恐怕一个店里住不下，各寻一店歇了。萧后坐在轿中，看见店外站着一个大汉，约有三旬之外，柜内坐着一个好妇人，仔细一看，正是明霞院杨翩翩，见他对着那大汉说道："当家的，你去问他是谁家宝眷，接了进来。"那时薛冶儿先下马来，把杨夫人定眼一看，便失声道："这是杨夫人，为什么在此？"杨夫人见说，忙走出一看，见是薛夫人，忙各相见道："一同在那里？今同那个来？前面是谁？"薛冶儿道："就是萧后娘娘。"时杨翩翩对外喊道："走堂的，把萧娘娘行李接到关的那一间屋里去！"

萧后下轿来，杨翩翩接了萧后、薛冶儿进去，到堂屋内，要拜见萧后，萧后不要，常礼见了，执着那翩翩手道："我只道梦里与你相会，不意这里遇着。"大家慰问一番，萧后道："我进门来，见那柜外站的，可是你丈夫么？"翩翩道："正是。他原是一个武夫出身，妾随他有六七年了。"萧后假意问道："你独自一个出来的，还有别个？"翩翩道："还有周夫人、樊夫人。"萧后道："他两个如今在那里？"翩翩道："樊夫人与我同住，染病而亡；

周夫人嫁了尤永，一二年就死了。”萧后道：“你房做在那里？”翩翩把手向前指道：“就是这一间里。”听见外面丈夫叫，就走了出去。

萧后追思往昔，不胜伤感，落下泪来，再睡不着，不想明日火炭般发起热来，女眷们拥着问候，柴、罗忙叫人请医生看治。住了两日，萧后胸中塞紧，尚行动不得；柴绍闻得递报，说宫中许多不睦，随与罗成话别，先起身复旨去了。

未知后事如何，且听下回分解。

第六十六回

丹霄宫嫔妃交谮[①] 玄武门兄弟相残

词曰：

喜杀佳期，欢爱里，情深意热。幸青春未老，鸳鸯蝴蝶。百和香匀连理枝，三星气暖同心结。问苍天，何事谩追求？肝肠咽。眉间恨，峰重叠。心下事，星明灭。看抹绿残红，江山改色。却望一朝龙虎会，岂知长乐雨云歇？叹今宵，此恨最难明，凭谁说？

——右调《满江红》

人生最难是以家为国，父子群雄振起一时，使谋定计，张兵挺刃，传呼斩斫，不知废了多少谋画，担了无数惊惶，命中该是他任受，随你四方振动，诸丑跳梁，不久终归殄灭。至于内廷诸事，谅无他变，断不去运筹处置，可知这节事，总是命缘天巧，气数使然。不要说建成、元吉疾世民功高望重，与张、尹二妃共为奸谋，就再有几个有才干的，亦难曲挽天心。

今慢说萧后在周喜店中害病。且说秦王当时以玉带挂于张、尹二妃宫门，原是要他们知警改过，各各正道为人。不意唐帝误信谗言，反差李纲去问他。若说父子不过是情理，若说朝廷却有律法，那时怎个剖分？亏得李纲教秦王书一词以复奏，幸亏唐帝宽宏大度，一则是有功嫔妃；一则是嫡亲瓜葛，又亏宇文、刘二

① 谮（zèn）——诬陷、中伤。

妃，平昔受过英、齐二王的东西，便轻轻淡淡，把这件事说得冰冷，唐帝把此事也就抹杀。秦王见父皇不来究问，也便不提。

建成、元吉竟结纳了嫔妃，以通消息。张、尹二妃晓得平阳公主会葬，宗戚大臣尽要去护送，便透消息出来，叫英、齐二王行事。那建成、元吉是个丧心病狂之人，得此机会，送了公主之葬，便在途中普救禅院相候着了，假意殷勤，围聚在一处，疾忙摆下筵席。秦王是个豁达之主，只道他们警醒，毫不介意，被英、齐二王以鸩酒相劝。刚饮半杯，只见梁间乳燕呢喃，飞鸣而过，遗秽杯中，沾污秦王袍服。秦王起身更衣，便觉心疼腹痛，疾忙回府，终宵泄泻，呕血数升，几乎不免。西府群臣闻知，都来问安，力劝早除二王。

其时上宫中，秦王亦有心腹，唆与唐帝晓得了，吃了一惊，念江山人物，都是他的功劳，如飞驾幸西宫问疾。唐帝执手问道："儿自有生以来，从无此疾，何今突发，莫非此中有故么?"秦王眼中垂泪，就把昨日送葬，中途遇着英、齐二王，同至寺中饮酒，细细述了一遍，不觉喟然长叹道："六宫喧笑，三井传呼，日丽风和，花香酒热，彼此夺枣争梨，岂非友于欢爱，奚羡汉家长枕、姜氏大被？岂意变起仓卒，心碎血奔！儿数该如此，则天乎已酷，人也奚辜，但恐其中未必然耳。今幸赖父皇高厚之福，圣母在天之灵，得以无恙，庶可仰慰皇恩矣。"说了，洒下泪来。

唐帝见了这般光景，心中亦觉不安，因对秦王道："朕昔年首建大谋，削平海内，皆汝之功。当时原欲立汝为嗣，汝又固辞。今建成年已及长，为嗣日久，朕不忍夺之。观汝兄弟似不相容，如若同处京邑，必有争竞，当遣汝建行台居洛阳，自陕以东皆汝主之，仍命汝建天子旌旗，如汉梁孝王故事可也。"秦王垂泪辞道："父子相依，人伦佳况，岂可远离膝下，有违定省?"唐帝道："天下一家，东西两都，道路甚迩，朕若思汝，即往汝处一见，又何悲哀？"说罢，便上辇回宫。

秦王眷属宾僚听见此言，以为脱离火坑，无不踊跃欢喜。建成晓得了，只道去此荆棘，可以无忧，忙去报与元吉知道。元吉听了跌脚道："罢了，此旨若下，我辈俱不得生矣！"建成大骇道："何故？"元吉道："秦王功大谋勇，府中文武备足，一有举动，四方响应；如今在此家庭相聚，彼虽多谋，只好痴守，英雄无用武之地；若使居洛阳，建天子旗号，妄自尊大起来，土地已广，粮饷又足，凡彼提拔荐引将士，大半陕东之人，倘若谋为不轨，不要说大兄践位，即父皇治事，亦当拱手让之。那时你我俱为几上之肉，尚敢与之挫抑乎？"建成道："弟论甚当，今作何计以止之？"元吉道："如今大哥作速密令数人上封事，言秦王左右，闻往洛阳，无不喜悦，观其志趣，恐不复来，更遣近幸之臣，以利害说上，我与大哥如飞到内宫去，叫他们日夜谮诉世民于上，则上意自然中止，仍旧将他留于长安，如同一匹夫何异。然后定计罪他，岂不容易？"建成听说笑道："吾弟之言，妙极妙极。"于是两个人便去差人做事不题。正是：

采薪已断峰前路，栖亩空怀郭外林。

世间随你英雄好汉，都知妇人之言不可听，不知席上枕边，偏是妇人之言入耳，说来婉婉曲曲，觉得有着落又有疼热，任你力能举鼎，才可冠军者，到此不知不觉做了肉消骨化，只得默默忍受。倘若更改，偏生许多烦恼，弄得耳根不静。唐帝此时，因年纪高大，亦喜安居尊重，恣受他们许多莺言燕语，更兼太子齐王，买通他们刁唆谋画，把一个绝好旨意竟成冰消瓦解，还要虚诬驾陷，要唐帝杀害秦王。幸得唐帝仁慈，便不提起。那些秦王僚属无不专候明旨。

时天气炎热，秦王绝早在院子里赏兰，只见杜如晦、长孙无忌排闼而入，秦王惊问道："二卿有何事，触热而至?"如晦尚未开口，无忌皱着双眉说道："殿下可知东宫图谋，势不容缓，恐臣等不能终事殿下奈何?"秦王道："何所见而云然?"如晦道："前东宫差内史到楚中，招引了二三十个亡命之徒，早养入府中去了。又有河州刺史虞士良，送东宫长大汉子二十余人，这是月初的事，我在驿前目见的。昨夜黄昏时候，又有三四十个人，说是关外人，要投东宫去的。殿下试思，他又不掌禁兵，又不习武征辽，又不募勇敌国，巍巍掖廷，要此等人何用?"秦王正要答话，又见徐义扶同程知节、尉迟敬德进来见礼过了，知节把扇子摇着身体说道："天气炎热，人情急迫，阋墙①之衅，祸及柴门，殿下何尚安然而不为备耶!"秦王道："刚才如晦也在这里对吾议论，但是骨肉相残，古今大恶，吾诚知祸在旦夕，意欲俟其先发，然后以义讨之，庶罪不在我。"敬德道："殿下之言，恐未尽善。人情谁不爱其死，今众人以死供奉殿下，乃天授也。祸机垂发，而殿下犹若罔闻，殿下纵自轻，如宗朝社稷何?殿下不用臣之言，臣将窜身草泽，不能留居大王左右，束手受戮也。"无忌道："殿下不从敬德之言，事大败矣；倘敬德不能仰体于殿下，即无忌亦相随而去，不能复事殿下矣!"

秦王道："吾所言亦未可全弃，容更图之。"知节道："今早臣家小奴程元，在熟面铺里，看见公座边七八个人，在那里吃面，都是长大强汉。程元挤在一个厢房里边，听他内中有个人说大王爷怎么样待我们好。那几个道大王爷如何怎样厚典。又有个人道就是二王爷，也甚慷慨多恩。正说得高兴，只见二人走进来

---

① 阋（xì）墙——阋，争吵，即兄弟争执，也引申为内部不和而相争。

说道：‘叫咱各处找寻，你们却在这里用面饭。王爷起身了，快些去罢。’众人留他吃面，那人面也不要吃，大家一哄出门。小厮认得那人，是世子府中买办的王克杀，归家与臣说知。臣看此行径，火延旦夕，岂容稍缓。”徐义扶道：“二王平昔寻故，贻害殿下，已非一次，只看他将金银一车，赠与护车尉迟，尉迟幸赖不从，又以金帛赐段志元，志元却之，又让总管程知节出为康州刺史，幸知节抵死不去。这几个人都是殿下股肱翼羽，至死不易，倘有不测，其何以堪？”说了，禁不住涕泗交流。秦王道：“既如此说，你同知节火速到徐世绩处，长孙无忌与杜如晦到李靖那里去，把那些话备细述与他们听，看他们两个的议论何如。”众人听了，即便起身。

且不说徐义扶同程知节到徐懋功处。且说长孙无忌与杜如晦都是书生打扮，跟了两个能干家人，星夜来到安州大都督李药师处。药师见了，一则以喜，一则以惧，喜的是知己相聚，惧的是二公易服而至。忙留他们到书房中去，杯酒促膝谈心。杜如晦忙把朝里头的事体细细述与药师听了。药师道：“军国重务，我们外廷之臣尚好少参末议，况有明主在上，臣等亦不敢措词。至于家庭之事，秦王功盖天下，勋满山河，将来富贵，正未可量，今值阋墙小衅，自能权衡从事，何必要问外臣？烦二兄为弟婉言复之。”无忌、如晦再三恳求，李但微笑谢罪而已。如晦没奈何，只得住了一宵，将近五更，恐怕朝中有变，写一字留于案上，同无忌悄悄出门。

走了四五十里，绝好一个天气，只见山脚底下推起一阵乌云上山，一霎时四面狂风骤起。无忌道：“天光变了，我们寻一个人家去歇息一回方好。”如晦的家人杜增说道：“二位老爷紧赶一步，不上二三里转进去，就是徐老爷的住居了”如晦道：“正是，

我们快赶一步。”无忌问：“那个徐老爷？”如晦道：“就是徐德言，他的妻子就是我家表姊乐昌公主。”无忌道：“哦，原来就是破镜重圆的，这人为什么不做官，住在这里？”如晦道：“他不乐于仕宦，愿甘林泉自隐。”无忌道：“这夫妻两个，是有意思的人，我们正好去拜望他们。”

大家加鞭纵马，赶到村前，只见一湾绿水浔浔，声拂清流，几带垂杨袅袅，风回桥畔。远望去好一座大庄房，共有四五百人家，在田畴间耕耘不止。一行人过桥来，到了门首便下了牲口，门上人就出来问道：“爷们是那里？”杜增应道：“我们是长安杜老爷，因到安州在此经过，故来拜望老爷。”那门人道：“我家老爷，今早前村人家来接去了。”杜如晦道：“你同我家人进去禀知公主，说我杜如晦在此，公主自然明白。”就对杜增道：“你进去看见公主，说我要进来拜见。”门上人应声，同杜增进去了一回，只见开了一二重门出来，请如晦、无忌到中堂坐下。少顷，见两个垂髫女子请如晦进内室中去。只见公主：

雅耽铅椠，酷嗜缥缃。妆成下蔡，纱偏泥泥似阳和；人如初日，容映纷纷似流影。好个天装艳色，皴成双阙之红；岫抹云蓝，滴作万家之翠。真是画眉楼畔，即是书林傅粉，房中便为家塾。

如晦见了，要拜将下去。乐昌公主曰：“天气炎热，表弟请常礼罢。”如晦揖毕，坐了问道：“姊姊，姊夫往那里去了？”公主道：“这里村巷，每三七之期，有许多躬耕子弟，邀请当家的去讲学，申明孝悌忠信之义，因此同我宁儿前去。我已差人去请了，想必也就回来。”两个又问了些家事，公主便道：“闻得表弟在秦王府中做官，为何事出来奔走，莫非朝中又有什么缘故么？”如晦道：“姊姊真神仙中人也。”遂将秦王与建成、元吉之事细细述了一遍。公主道：“这事我已略知一二，今表弟又欲何往？”如晦皱眉道：“秦王叫我二臣，往安州都督李药师处，问他以决行止，不意他却一言不发，你道可恨否？”公主道：“依愚姊看来，此是药师深得大臣之体，何恨之有？况药师的张夫人，前日曾差人来问候，因说药师惟以国事为忧，亦言早晚朝中必有举动。”如晦道：“姊姊识见高敏，何知药师深得大臣之体？为甚先已略知一二？”公主道：“当初我在杨府中，张、尹二夫人曾慕我之名，与我礼尚往来，今稍希疏。其嫔妃中尚有昔年与我结为姊妹，一个是徐王元礼之母郭婕妤；一个是道王元霸之母刘婕妤，他两个与我甚是亲密。刘夫人前日差人来送东西与我，我曾问他朝政，他说张、尹二夫人与英、齐二王如何要害秦王，把金银买嘱了有儿子的夫人，在朝廷面前撺唆。我家郭、刘二妹还好些，那张、尹与这班都紧趁着帮衬他，晓得秦府智略之士，心腹可惮者，如李靖、徐懋功之俦，皆置之外地；房元龄与弟长孙无忌等，今皆日夕谮之于上而思遂之；倘一朝尽去，独剩一秦王在彼，如摧枯拉朽，诚何所用。况吾弟朝夕居其第，食其禄，不思尽忠，代为筹划，以尽臣职，反东奔西走，难道徐、李真有田光之智么？”

如晦尚要分辨，只见家人报道：“老爷回来了。”徐德言忙进来见了礼，便问道：“老舅久违了，外面何人？”如晦道：“是长孙无忌。”徐德言道：“他从没有到我这里，岂可让他独坐在外，弟同老舅到厅上去。”便对公主道：“快收拾便饭来。”

大家到厅上来，徐德言与无忌相见了，真是英雄欢聚，非比泛常。一霎儿摆出酒饭来，大家入席。无忌将二王之事述与徐德言听。德言道：“这是家事，不比国政。常人尚有经纬从权处之，何况天挺雄豪，又有许多名贤辅佐，何患不能成事。不知令姊如何教兄？”如晦将公主之言述了一遍。德言道：“此言不差，但我前日看见报上说，突厥郁射设将数万骑屯河北，此事只怕早晚就要出兵，更变你们了。”无忌听了，心上觉得要紧，忙吃完了饭，见雨阵已过，如飞催促如晦起身。德言道：“本该留二公在此宽待几日，只是此时非闲聚之日，二兄返长安，每事还当着紧，迟则即有变矣！”如晦进房去谢了公主，即同无忌等出门，跨马而行。

不到一日，来到长安，进见秦王，无忌将李靖之言说了，又说起遇见了如晦姊丈徐德言。秦王道：“乐昌公主与徐德言也是个不凡的人，他夫妇怎么说？”如晦将公主之言及德言之话说了。秦王道：“正是，燕王罗艺因突厥郁射凶勇，在此请兵，英、齐二王特将我西府士臣要荐一半去。前日义扶与知节回来，述徐世绩之言，亦与李靖无二，但甚称张公谨龟卜如神，孤叫敬德去召他，想此刻就来。”

正说时，只见张公谨到来，见了秦王，便问道：“殿下召臣何事？”秦王即将建成、元吉淫乱宫中之言说了一遍，又将众臣欲靖宫秽之愆也说完了，便指着香案上道：“灵龟在此，望卿一卜以决之。”张公谨大笑，以龟投地道：“卜以决疑，今事在不疑，尚何卜乎！倘卜而不吉，庸得已乎？况此事外臣已知，如转静养宫秽，成何体统！”李淳风等亦极言相劝。秦王道：“既如此，孤意已决，明日朝参时，即当率兵去问二人之罪矣！”时张公谨已为都捕守玄武门，对秦王道：“殿下，臣等虽系腹心，每事须当谨密。明日早朝时，臣自有方略应候。”说了便出府而出。

却说李如圭，奉了柴绍的将令，行了月余，已到长安，将柴郡马本章传进。唐帝看了，即宣如圭进去，朝拜了。唐帝问了些战阵军旅并萧后回南之事，如圭一一对答了，唐帝道：“你助战有功，就在此补一缺罢。”如圭谢恩出朝。

时当己未，太白复又经天，傅奕密奏太白见秦分，秦王当有天下。唐帝以其状密授秦王。秦王便奏建成、元吉淫乱宫闱，且言臣于兄弟，无丝毫有负，今欲杀臣，以为李密、世充报仇，臣今枉死，永违君亲，魂归地下，实耻见诸贼，亦密奏上。唐帝览之愕然，批道：“明当鞫问，汝宜早参。”秦王便将柬帖几封叫人驰付西府僚属，打点明早行事。

张、尹二夫人窃知秦王表章之意，忙遣人与建成、元吉说知。建成速召元吉计议，元吉以为宜勒宫府精兵，托疾不朝，以观动静。建成道：“我们兵备已严，怕他什么，明早当与弟入朝面质。”

时已庚申，将到四更时候，秦王内甲外袍，同尉迟敬德、长孙无忌、房元龄、杜如晦内皆裹甲，带了兵器，将要出门，秦王道：“且慢，有个信符在此，叫家将快些放起三个炮来。”那个花炮是征外国带来的，大有五六寸，响彻云泥，一连放了三个信炮。只听见四下里就有三四个照应放起来。走过了两三条街，远远望见一队人马将近，杜如晦叫把号炮放起一个来，那边也放一个来接应，原来是程知节、尤俊达、连巨真等几人。斜刺里又有一队人马放一个炮出来，却是于志宁、白显道、史大奈、陆德明一行人。只听见又有一个信炮放将起来，竟不见有人，未知何故。

众人都静悄悄集在天策门楼停住。只见西府两个小卒来报，东府也有四五百人来了，秦王急把袍服卸下，单穿锦甲，执剑先向前迎。敬德纵马说道：“不须主公动手。”便带十来骑杀向前去，与这班敢死之士大斗起来。那些死士怎斗得这些虎将过，被敬德先搠翻了三四个，就都败将下去。刚到临湖殿，秦王一骑马赶上建成，建成连发三矢，射秦王不中，秦王亦发一矢，却中建成后心，翻身落将下来。长孙无忌如飞抢上前来，一刀斩讫。元吉着了忙，骑着马往后乱跑，秦王紧赶。只听见一声信炮，趱出一个小将军，喝道："逆贼到那里去?"一枪刺着，元吉把马一侧，掀将下来。秦王如飞赶上斩了。秦王看那小将，却是秦怀玉，把元吉的头与怀玉拿了，便道："刚才听见信炮之声，隐隐相近，又不见来汇齐，我正不解，只是你家父亲又不在家，你那里晓得我行事，在这里相候?"秦怀玉道："这是昨夜程知节老伯来与我说的。"秦王听了，带转马头，对敬德、知节说道："二贼已诛，诸公无妄杀戮。"因此众人让东府兵刃退了下去。

时翊卫军骑将军冯翊、冯立，闻建成死信，叹曰："岂有生受其恩，而死逃其难乎?"乃与副护军薛万彻、屈篅、直府左车骑万年、谢方叔率东宫齐府精兵一千，驰骤玄武门，正值张公谨与云麾将军敬君弘、中郎将军吕世衡相持厮杀。张公谨把吕世衡搠死，又值冯立军来时，公谨又把冯立射亡，独闭关拒绝，彼军虽众则不得入。

时唐帝方泛舟海池，闻宫外人乱，正召裴寂、萧瑀议事，恰好秦王使尉迟敬德入宿卫侍，持矛擐甲，直至天子面前。唐帝大惊问道："今日乱者是谁，卿来此何为?"敬德道："秦王以太子与齐王作乱，举兵诛之，恐惊动陛下，遣臣宿卫。"唐帝道："英、齐二子安在?"敬德道："俱被秦王殄灭矣!"唐帝拍案大哭，对裴寂等道："不图今日乃见此事。"裴寂、萧瑀道："英、齐二王本不豫义谋，又无功于天下，疾秦王功高望重，共为奸谋，今秦王已讨而诛之，陛下不必伤悲。秦王功盖宇宙，率土归心，若处以元良，委之国事，无复虑矣。"唐帝道："这原是朕的夙心。"敬德请降手敕，合诸军并受秦王处分。唐帝即使裴寂同敬德出去晓谕诸将。

时秦兵尚与东府乱杀，裴寂、敬德竟到玄武门来晓谕了，薛万彻等即解兵逃遁。秦府诸将欲尽诛余党，敬德固争道：“罪在二凶，既伏其辜，可以休矣；若滥及羽党，非所以求安也。”乃止。唐帝下诏，赦天下凶逆之罪，止于建成、元吉，其余党众一无所问，立秦王为皇太子，诏以军国庶事，无论事之大小，悉委太子处分，然后奏闻。

要知后事如何，且听下回分解。

第六十七回

女贞庵妃主焚修　雷塘墓夫妇殉节

词曰：

忏悔尘缘思寸补，禅灯雪月交辉处，举目寥寥空万古。鞭心语，迥然明镜横天宇。蝶梦南华方栩栩，相逢契阔欣同侣，今宵细把中怀吐。江山里，天涯又送飞鸿去。

——右调《渔家傲》

天下事自有定数，一饮一酌，莫非前定，何况王朝储贰，万国君王，岂是勉强可以侥幸得的？又且王者不死，如汉高祖鸿门之宴、荥阳之围，命在顷刻，而卒安然逸出；楚霸王何等雄横，竟至乌江自刎。使建成、元吉安于父命，退就藩封，何至身首异处。

今说秦王杀了建成、元吉，张、尹二妃初只道两个风流少年可以永保欢娱，又道掇转头来，原可改弦易辙，岂知这节事不破则已，破则必败。一回儿宫中行住坐卧，都是谈他们的短处。唐帝晓得原有些自差，只得将张、尹二妃退入长乐宫，连这老皇帝也没得相见了，只与乔乔、小莺等抹牌鞠球，消遣闷怀而已。

时秦王立为太子，将文武宾僚个个降陟①得宜，就是建成、元吉的旧臣亦各复其职位。惟魏徵当年在李密时，是有恩于秦王，因归唐之后，唐帝见建成学问平常，呼魏徵为太子师傅，今

① 陟（zhì）——晋升，进用。

必要驾驭一番。即召魏徵，魏至，秦王道：“汝在东府时，为何离间我兄弟，使我几为所图?”魏徵举止自乐，毫不惊异，答道：“先太子早从徵言，安有今日之祸?”秦王大怒道：“魏徵到此，尚不自屈，还要这般光景，拿出斩了!”左右正要动手，程知节等跪下讨饶。秦王道：“吾岂不知其才，但恐以先太子之故，未必肯为我用耳!”遂改容礼之，拜为詹事主簿；王圭、韦挺亦召为谏议大夫。

唐帝见秦王每事仁政，举措合宜，众臣亦各抒忠事之，因即让位太子。武德九年八月，秦王即位于东宫显德殿，尊高祖为太上皇，诏以明年为贞观元年；立妃长孙氏为皇后；追封故太子建成为息隐王，齐元吉为海陵刺王；立子承乾为皇太子，政令一新。

且说萧后在周喜店中冒了风寒，只道就好，无奈胸膈蔽塞，遍体疼热，不能动身，月余方痊。将十两银子，谢了杨翩翩，同王义、罗成等起程。路上听见人说道：“朝中弟兄不睦，杀了许多人。”萧后因问王义：“宫中那个弟兄不睦?”王义道：“罗将军说建成、元吉与秦王不和，已被秦王杀死，唐帝禅位于秦王了。”自此晓行夜宿，早到潞州。王义问萧后道：“娘娘既要到女贞庵，此去到断崖村不多几步。臣与罗将军兵马停宿在外，只同女眷登舟而去甚便。”萧后道：“女贞庵是要去的，只捡近的路走罢了。”王义道：“既如此，娘娘差人去问窦公主一声，可要同行么?”萧后便差小喜同宫奴到窦公主寓中问了，来回复道：“窦公主与花二娘多要去的。”

正说时，许多本地方官府来拜望罗成。罗成就着县官快叫一艘大船，选了十个女兵，跟了窦公主、花二娘、两位小相公。线娘差金铃来接了萧后、薛冶儿过船去了，小喜儿宫奴跟随。真是一泓清水，荡桨轻摇，过了几个湾，转到断崖村，先叫一个舟子上去报知。

且说女贞庵中高开道的母亲已圆寂三年了，今是秦夫人为主，见说吃了一惊问道：“萧后怎样来的？同何人在这里？”舟子道：“船是在本地方叫的，一个姓罗、一个姓王的二位老爷，别的都不晓得。”秦、狄、夏、李四位夫人听了，大家换了衣裳，同出来迎接。

刚到山门，只见袅袅婷婷一行妇人，在巷道中走将进来。到了山门，秦夫人见正是萧后、窦公主，眼眶里止不住要落下泪来。大家接到客堂上，萧后亦垂泪说道：“欲海迷踪，今日始游仙窟。”秦夫人道：“借航寄迹，转眼即是空花。请娘娘上坐拜见。”萧后道：“妾与夫人辈，俱在邯郸梦中，驹将鸣矣，何须讲礼？”秦夫人辈俱以常礼各相见了。萧后把手指道：“这是罗小将军，窦夫人的令郎，这位是花夫人的令郎。”又指薛冶儿道：“你们还认得么？”狄夫人道：“那位却像薛冶儿的光景。”夏夫人道：“怎么身子肥胖长大了些？”萧后道：“夫人们不知那姜亭亭已故世，沙夫人就把他配了王义；王义已做了彼国大臣，他也是一位夫人。”四位夫人重要推他在上首去，薛冶儿道：“冶儿就是这样拜了。”四位夫人忙回拜后，各各抱住痛哭。

桌上早已摆列茶点，大家坐了。窦线娘道：“怎不见南阳公主？”李夫人道：“在内面楞严坛主忏，少刻就来。”萧后道：“他在这里好么？”秦夫人道：“公主苦志焚修，身心康泰。”狄夫人道：“娘娘，为什么沙夫人与赵王不来？”萧后把突厥夫妻死了无后，立赵王为国王，罗罗为国母一段说了。狄夫人道：“自古说：有志者事竟成。沙夫人有志气，守着赵王，今独霸一方，也算守出的了。”秦夫人道：“梦回知已散，人静妙香闻，到盖棺时候方可论定。”

夏夫人道："娘娘的圣寿增了，颜色却与两个小相公一般。"萧后道："说甚话来？我前日在鸳鸯镇周家店里害病，几乎死在那里，有什么快活。"李夫人笑道："娘娘心上无事，善于排遣。"薛冶儿道："夏夫人、李夫人的容颜依旧，怎么秦夫人、狄夫人的脸容这等清黄？"小喜儿在背后笑道："倒是杨夫人的庞儿，一些也不改。"李夫人道："那里见杨翩翩？"萧后把杨、樊二夫人随了周喜，周夫人随了尤永，周、樊二夫人都已死了，那杨夫人与周喜开着饭店在鸳鸯镇那里说了一遍。李夫人道："杨翩翩与那周喜可好？"萧后道："如胶如漆。"夏夫人叹道："周、樊二夫人也死了！"窦线娘道："四位夫人，有多少徒弟？"秦夫人道："我与狄夫人共有三个，夏夫人、李夫人俱未曾有。"

花又兰道："如今的忏事，是何家作福？"秦夫人道："今年是秦叔宝的母亲八十寿诞，我庵是他家护法，出资置产供养，故在庵中遥祝千秋。"窦线娘道："可晓得单家妹子夫妻好么？"李夫人道："后生夫妻有甚不好。"狄夫人道："单夫人已添了两个令郎在那里。"萧后起身道："我们同到坛中，去看看法事。"

大家握手，正要进去，只听见钟鼓声停，冉冉一个女尼出来。线娘道："公主来了。"萧后见也是妙常打扮，但觉脸色深黄，近身前却正是他，不觉大恸起来。南阳公主跪在膝前，呜呜咽咽，哭个不止。萧后双手挽他起来说道："儿不要哭，见了旧相知。"南阳公主拜见窦线娘道："伶仃弱质，得蒙鼎力提携，今日一见，如同梦寐。"线娘拜答道："滚热虮生，重睹仙姿，不觉尘嚣顿释。"又与花又兰、薛冶儿相见了。萧后执着南阳公主的手道："儿，你当初是架上芙蓉，为甚今日如同篱间草菊？"南阳公主道："母后，修身只要心安，何须皮活？"

秦夫人引着走到坛中来，灯烛辉煌，幢幡璨烂，好一个齐整道场，众人瞻礼了大士。萧后对五个尼姑各各见礼过。窦线娘道："这三位小年纪的想是二位夫人的高徒了。"秦夫人道："正是，这两位真定、真静师太，还是高老师太披剃的。高老师太的龛塔就在后边，停回用了斋去随喜随喜。"众夫人道："我们去看了来。"

秦夫人引着，过了两三带屋，只见一块空地上，背后墙高插天，高耸一个石台，以白石砌成龛子在内，雕牌石柱，树木阴翳，中间飨堂拜台，甚是齐整。线娘道："这是四位夫人经营的，还是他的遗资？"秦夫人道："不要说我们没有，就是师太也没有所遗资，多亏着叔宝秦爷替他布置。"萧后道："这为什么？"秦夫人把秦琼昔年在潞州落难时，遇着了高开道母亲赠了他一饭，故此感激护法报恩。众人啧啧称羡。

线娘道："秦夫人，领我们到各位房里去认认。"萧后忙转身一队而行，先到了秦夫人的卧室，却是小小三间，庭中开着深浅几朵黄花。那狄夫人与南阳公主同房，就在秦夫人后面，虽然两间，倒也宽敞。狄夫人道："我们这里真是茅舍荒庐，夏、李二夫人那里独有片云埋玉。"萧后道："在那里？"狄夫人道："就在右首。"花夫人道："快去看了，下船去罢！"秦夫人道："且用了斋，住在这里一天，明早起身。若今晚就回去，你罗老爷道是我们出了家薄情了。"一头说时，走到一个门首，秦夫人道："这是李夫人的房。"萧后走进去，只见微日挂窗，花光映榻，一个大月洞，跨进去却有一株梧桐，罩着半窗，窗边坐一个小尼，在那里写字。萧后问是谁人，李夫人道："这是舍妹，快来见礼。"那小尼向各人拜见了。里面却是一间地板房，铺着一对金漆床儿被褥，衣饰尽皆绚彩。萧后出来，向写字的桌边坐下，把疏笺一看，赞道："文理又好，书法更精，几岁了，法号叫什么？"小尼低着头答道："小字怀清，今年十七岁了。"萧后道："几时会见令姊，在这里出家几年了？”李夫人道：“妹子是在乡间出家的，记挂我，来这里走走。”薛冶儿道：“娘娘，到夏夫人房中去。”萧后道：“二师父同去走走。”遂挽着怀清的手，一齐走到夏夫人房里，也是两间，却收拾得曲折雅致，其铺陈排设与李夫人房中相似。夏夫人问起萧后在赵王处的事体，李夫人亦问花又兰别后事情，只见两个小尼进来，请众人出去用斋。萧后即同窦线娘等，到山堂上来坐定。

众妇人多是风云会合①过的，不似那庸俗女子单说家事粗谈，他们抚今思昔，比方喻物，说说笑笑，真是不同。萧后道：“秦夫人的海量，当初怎样有兴，今日这般萧索，岂不令人懊恨！”秦夫人道：“只求娘娘与公主夫人多用几杯，就是我们的福了。”狄夫人道：“我们这几个不用，李夫人与夏夫人怎不劝娘娘与众夫人多用一杯儿？”原来秦、狄、南阳公主都不吃酒。李、夏夫人见说，便斟与萧后，公主夫人猜拳行令，吃了一回，大家多已半酣。萧后道：“酒求免罢，回船不及，要去睡了。”秦夫人道：“不知娘娘要睡在那里？”萧后道：“到在李夫人那里歇一宵罢。”秦夫人道：“我晓得了，娘娘与薛夫人住在李夫人房里，窦公主与花夫人榻在夏夫人屋里罢。”狄夫人道：“大家再用一大杯。”各各满斟，萧后吃了半杯，余下的劝与怀清吃了起身。

夏夫人领了线娘、又兰与两个小相公去，萧后、薛冶儿同李夫人进房，见薛夫人的铺陈已摊在外间，丫环铺打在横头。小喜问萧后道：“娘娘睡在那一张床上？”萧后一头解衣，一头说道：“我今夜陪二师父睡罢。”怀清不答，只弄衣带儿。李夫人道：“娘娘，不要。他孩子家睡得顽，还说梦话，恐怕误触了娘娘。”

---

① 风云会合——指见过世面，见识见解不凡。

萧后道："既如此说，你把被窝铺在李夫人床上罢，大家好叙旧情。"小喜把自己铺盖，摊在怀清床边，萧后洗过了脸，要睡尚早，见案上有牙牌，把来一搽①，便对李夫人道："我只晓得搽牌，不晓得打牌，你可教我一教。"二人坐定，打起牌来；你有天天九，我有地地八，此有人七七，彼有和五五。两个一头打牌，一头说话，坐了二更天气，上床睡了。

到了五更，金鸡三唱，李夫人便披衣起来，点上灯火，穿好衣裳，走到怀清床边叫道："妹妹，我去做功课，你再睡一回，娘娘醒来，好生陪伴着。"怀清应了，又睡一忽，却好萧后醒来叫道："小喜，李夫人呢？"小喜道："佛殿上做功课去了。"萧后道："二师父呢？"怀清道："在这里起身了。"慌忙到萧后床前，掀开帐幔道："阿呀，娘娘起身了，昨夜可睡得安稳？"萧后道："我昨夜被你们弄了几杯酒，又与李妹子说了一会儿的话，一觉直睡到这时候，手也没有解。你坐了。"怀清道："娘娘身上不冷么？"萧后道："不冷。"怀清见粉白胸膛，嫩乳双涌，把手向前道："待我替娘娘把钮儿扣了。好个娇滑的身子，玉雪尚觉次之。这一双粉乳，就放一万金子在那里，也无处寻觅，那种红色却与十七八女子相同。"萧后道："二师父，你不要说这顽话。"绞完了脚，下去解手。听见小喜道："秦夫人来了，起得好早。"秦夫人在外房对薛夫人道："你们做官的，在外边要见你呢。"萧后道："我家谁人在那里？"秦夫人道："就是王老爷，跟了四五个人，绝早来要会薛夫人，如今坐在东斋堂里。"说罢出房去了。夏、狄、李三位夫人亦进来强留，薛冶儿出去，会了王义，亦来催促。萧后道："这是我的正事，就要起身，待我祭扫，陛下见

① 搽（pó）

过，再来未迟。”众夫人替萧后收拾穿戴了，窦公主、花夫人亦进来说道：“娘娘，我们谢了秦夫人等去罢。”萧后把六两银子封好，窦公主亦以十两一封俱赠与秦夫人常住收用，薛冶儿也是四两一封。秦夫人俱不敢领。萧后又以二两一封赠李夫人，李夫人推之再三，方才收了。萧后又与南阳公主些土仪物事，叮咛了几句，大哭一场，齐到客堂里来。

秦夫人请萧后同众夫人用了素餐，萧后把礼仪推与秦夫人收了，忙与公主几位谢别出门。南阳公主与四位夫人亦各洒泪，看他们下了船，然后进去。却好小喜直奔出来，狄夫人道：“你为何还在这里？”小喜道：“娘娘一个小妆盒忘在李夫人房中，我取了来。夫人们，多谢。”说了，赶下船中，一帆风直到濮州。驴轿乘马，罗成都已停当，差五十名军丁，护送娘娘到雷塘墓所去，约在清江浦会齐进京，大家分路。正是：

江汀犹喜逢知己，情客空怜吊故坟。

不说罗成同窦线娘、花又兰领着两个孩儿到雷夏墓中去祭奠岳母。单说萧后与王义夫妻一行人走了几日，到了扬州，就有本地方官府来接。萧后对王义道：“此是何时，要官府迎接，快些回他不必劳顿。”那些人晓得了，也就回去，独有一人神清貌古，三绺髯须，方巾大服，家人持帖而来，拜王义。王义看了帖骇道：“贾润甫，我当初随御到扬州曾经会他一面，后为魏司马之职，声名大著，如今不屑仕唐也算有志气的人，去见见何妨。”忙跳下马来迎住，大家寒温叙过礼。

贾润甫道：“小弟前年从雷夏逃来，住在这里，与隋陵未有二里之遥，何不将娘娘车辇暂时停止舍下，待他们收拾停当，然后去未迟。”王义正要吩咐，只见两个老公公走到面前大叫道：“王先儿，你来了么？娘娘在何处？”王义把手指道：“后面大车轮里就是娘娘在内。”二太监紧走一步，跪在车旁叫道：“娘娘，奴婢们在此叩首。”萧后掀开帘来，看了问道：“你是我们上宫老奴李云、毛德，为什么在此?”二监道：“今天子着我们两个守隋先炀帝的陵。”萧后道：“想当初他两个，在宫中何等威势，如今却流落在这里，看守孤坟。”二监道：“旗帐鼓乐，礼生祭礼，都摆列停当，只候娘娘来祭奠。”萧后道：“旗鼓礼生，我都用不着，这是那里来的?”太监道：“这是三日前，有罗将军的宪牌下来伺候的。”萧后就对自己内丁道：“你去对王老爷说，先帝陵前止用三牲酒醴楮锭，余皆赏他一个封儿，叫他们回去，我就来祭奠了。”内丁如飞去与王义说知。

王义忙同贾润甫走到贾家，封好了赏包儿，便到陵前，把这些人都打发回去，自己悄悄叩了四个头，与贾润甫各处安排停当。

萧后当初正位中宫时，有事出宫，就有銮舆扈从宝盖旌旗，这些人来供奉。今日二太监没奈何，只在贾润甫处借了二乘肩舆①，在那里伺候。萧后易了素服羽衣，上了轿子，心中无限凄惨，满眼流泪，到了墓门，萧后就叫住了下来，小喜等扶着，同薛冶儿一头哭，一头走。只见碑亭坊表，冲出云霄，树影披横，平空散乱。见主穴下边，尚有数穴，中间玉柱高出，左首一石碑，是烈妇朱贵儿美人灵位，右首是烈妇袁宝儿美人灵位，两旁数穴，俱有石碑是谢夫人、梁夫人、姜夫人、花夫人、薛夫人及吴绛仙、杳娘、妥娘、月宾等，这是广陵太守陈稷，搜取各家棺木来埋葬的。王义领娘娘逐个宣读看过，萧后见了巍然青冢，忙扑倒地上去，大哭一场，低低叫道：“我那先帝呀，你死了尚有许多人扈从②，叫妾一人怎样过?”凄凄楚楚，又哭起来。独有薛

---

① 肩舆——即两人抬的小轿子。

② 扈（hù）从——原指帝王出巡时的护驾随从，后泛指随从。

冶儿捧着朱贵儿石栏，把当初分别的话，一一诉将出来，我如何要随驾，你如何吩咐我许多话，必要我跟着沙夫人，再三以赵王托我，今赵王已为正统可汗，不负你所托了。横身放倒，咬住牙关，好像要哭死的一般。

王义见妻子哭得悲伤，萧后甚觉哭得平常，料想没有他事做出来，对小喜并宫奴说道："你们快扶娘娘起来。"众妇女齐上前，挽了萧后起身，化了纸，奠了酒，先行上轿。王义走到陵前，高声叫道："先帝在上，臣矮民王义，今日又在此了。臣当时即要来殉国从陛下九泉，因陛下有赵王之托，故此偷生这几年。今赵王已作一方之王，立为正统可汗，先帝可放心，旧臣来服侍陛下。"说完站起来，望碑上奋力一扑，自后跌倒。众人喊道："王老爷怎么样？"时薛冶儿正要上轿，听见了，掉转身来，飞赶上前，对众人道："你们闪开。"冶儿看时，只见王义天亭华盖分为两半，血流满地，只见那双眼睛瞪开不闭。薛冶儿道："丈夫也算是隋家臣子，你快去伺候先帝，我去回复贵姐的话儿了来。"薛冶儿见王义登时双目闭了，即向朱贵儿碑上使力一撞，一回儿香消玉碎，血染墓草，已作泉下幽魂矣。

贾润甫同众人忙去报知萧后，萧后坐在小轿上，吃了一惊，想道："好两个痴妮子，他们死了，叫我同何人到清江浦去？"贾润甫道："不知娘娘可要去检视？"萧后想道："去看他，还是同他们死好，还是撇了他们去好？"把五十两银子急付于贾润甫道："烦大夫买两口棺木，葬了二人，但是我如今要到清江浦同罗老爷进京，如何是好？"贾润甫道："娘娘不要愁烦，臣到家去一次就来，送娘娘去便了。"萧后道："如此说，有劳大夫。"润甫到家，把银子付与儿子，叫他买棺木殡殓，自即骑了牲口同萧后起行。

未知此去如何，且听下回分解。

第六十八回

成后志怨女出宫　证前盟阴司定案

词曰：

九十春光如闪电，触目垂慈，便觉阳和转。幽恨绵绵方适愿，普天同庆恩波遍。生死一朝风景变，漫道黄泉，也自通情面。满地荆榛绕指揃，惊回恶梦堪欣羡。

——右调《蝶恋花》

凡人好行善事，而人不之知，则为阴德；或一时一念之感发，或真心诚意之流行，无待勉强，不事矫饰，盖有不期然而然者，语云：有阴德者，必有阳报。昔长兴顾氏宦成无子，娶姬妾十余人，一日与内君酌，诸姬皆侍，叹曰："我平生事皆阴德，何以绝我嗣乎？"一姬曰："阴德不在远。"某悟曰："我今行阴德，当嫁汝辈。"姬曰："我岂自言，理固如是，我死从夫子耳！"某尽嫁十余人，已而生三子，母即言死从者。何况朝廷举动，有关宗庙社稷，其获报又何可量哉。

话说罗成将到长安，叫潘美督率兵丁护着家眷慢行，自己先入京会见秦叔宝。闻知柴绍已于去年夏间复命，便同叔宝进去拜见秦老夫人，先把寿仪补送。叔宝道："表弟远隔几千里，家母寿期至今不忘。"罗成便把征北一段，至同萧后回南，贱内到女贞庵会见秦、狄、夏、李四位夫人，知是舅母八十整寿，在那里遥祝千秋，及萧后到扬州祭奠，撞死了王义夫妻的话来说完。秦老夫人道："罗家甥儿，既是你二位娘子并令郎多在这里，快叫人把轿马去接了进来。”叔宝道：“母亲，萧后尚在旅中，待他陛见了安顿过，好接两位表嫂来。”秦老夫人道：“既如此，且叫怀玉到城外去接萧娘娘、二位夫人到承福寺中，暂住一二日。”怀玉如飞带了家丁出城，去安顿萧后及罗成家眷。

罗成朝见过太宗，赏劳再三，赐宴旌功，早有旨意出来，差四个内监，宣萧后进宫。窦、花二夫人到叔宝家，又献上寿仪，拜过老夫人的寿，与张夫人交拜。单小姐亦拜见，命二子出来，与罗家二子拜见了，互相问候。袁紫烟及江、罗、贾三位夫人闻知，亦时差人馈送礼物。住了月余，罗成辞朝回去，便道到花弧墓上祭扫不提。

却说太宗自登基以后，四方平定，礼乐迭兴；魏徵、房玄龄辈知无不言，言无不尽，君臣相得。一日奉太上皇，置酒未央宫，时当秋暑，那日恰逢天气清朗，金紫辉映。上皇命颉利可汗起舞，冯智戴咏诗，既而笑道：“胡越一家，古未有也！”太宗捧觞上寿说道：“此皆陛下教化，非臣智力所及。昔汉高祖亦从太上皇宴此宫，妄自矜大，臣不取也。”上皇大悦，问秦叔宝：“你母亲好么？今多少年纪了？”叔宝跪答道：“臣母今年八十有三，托赖上皇陛下洪福，得以粗安。”随命众臣自皇族以下，各依品级而坐，无得喧哗失礼。众臣皆循序列班坐定，命黄门行酒，琴瑟齐鸣，歌声盈耳。

君臣正在欢饮，不意尉迟敬德坐在任城王下首，忽大怒起来，便道：“汝有何功，却坐在我上！”任城王却不理他。他便伸出一只大拳头打来，正中道宗左目，众人起身劝时，道宗目睛反转，青肿几眇，便逃席而出。上皇问什么缘故，众臣以直奏上。上皇心上不悦道：“任城王道宗是朕宗支，不要说有功无功，就是他僭越了，今日是个良会，也该忍耐，为甚就动起手来！”太

宗率众臣谢罪，便命罢宴，奉上皇还宫。

到了次日，太宗视朝，对群臣道："昨日朕同上皇君臣相乐，一时良会，敬德有失人臣之礼，朕甚不乐。况任城王实朕之亲族，彼便如是行凶，况其他乎！朕之此言，甚非有私道宗也。"言未毕，左右奏敬德自缚请罪，众臣怀惧，皆为跪请道："敬德武臣，本不习儒雅，今无礼有忤圣旨，乞陛下念其汗马之劳，而生全之。"太宗召敬德入，命左右去其缚，对敬德道："朕欲与卿等共保富贵，然卿居官数犯法，朕不以过而掩卿之功，乃知汉室韩彭一旦菹醢①，非高祖之过也。"敬德叩头谢罪。太宗道："国家纪纲，惟赏与罚，非分之恩，不可数得，勉自修饰，无致后悔。"敬德再拜而出，由是强暴顿敛。

贞观九年五月，上皇有疾，崩于太安宫，颁诏天下，谥曰神尧。一日，太宗闲暇，与长孙皇后众嫔妃游览至一宫，即有许多宫女承应，看去虽多齐整，然老弱不一。太宗见了，觉得有些厌憎。有几个奉茶上来，皇后问道："你们这些宫奴，都是几时进宫的?"众宫人答道："也有近时进宫的，隋时进宫的居多。"皇后道："隋时进宫有二十余年了。"众宫奴道："十二三岁进宫，今年已三十五六岁了。"皇后道："当初隋炀帝嫔妃虽广，为甚要这许多人伺候?"宫人道："当初炀帝有夫人、美人、昭仪、充华、婕妤、才人等名，安顿各宫，安得如万岁与娘娘仁慈俭素，合宫无不共沐天恩。"太宗道："朕想天子一人，就是嫔御，像朕不过三四人足矣，精力有限，何苦用着这许多人伺候，使这班青春女子，终身禁锢宫中。"徐惠妃道："看他们情景，原觉可悯。"太宗对皇后道："御妻，朕欲将此辈放些出去，让他们归宗择配，

① 菹醢（zū hǎi）——古代的一种酷刑，把人杀死后剁成肉酱。亦作"葅醢"。

完他下半世受用。”皇后笑道：“恩威悉听上裁，妾何敢仰参。不要说真个放他们出去，就是这点念头，亦是一种大阴德。”太宗笑道：“朕岂戏言耶！”只见众宫娥俱跪下谢恩，娘娘与嫔妃等都大笑起来。太宗对内侍说道：“你去对掌宫的内监说，把这些宫女都造册籍进呈来。”内侍对掌宫监臣魏荆玉说了。

那一夜，各宫中宫娥彩女如同鼎沸。天明造完，交与魏荆玉。荆玉伺天子视朝毕，将册籍呈上。太宗看了一回道：“你去叫他们多到翠花殿来。”那魏监领旨去了。太宗回宫指着册籍对皇后道：“那些宫女，不知糜费了民间多少血泪，多少钱粮，今却蔽塞在此，也得数日工夫去查点他。”皇后道：“不难，陛下点一半，妾同徐夫人点一半，顷刻就可完了。”

太宗便同皇后登了宝辇，徐惠妃坐了平舆，到翠华殿来，见这班宫娥拥挤在院子里。太宗与皇后各自一案坐了，徐惠妃坐在皇后旁边。宫女均为两处点名，点了一行，又是一行，都是搽脂抹粉，妍媸①参半。太宗拣年纪二十内者，暂置各宫使唤，其年纪大者，尽行放出，约有三千余人。叫魏监快写告示，晓谕民间，叫他父母领去择配，如亲戚远的，你自择对头，与他配合。三千宫娥，欢天喜地，叩谢完了恩，携了细软出宫。魏监将一所旧庭院安放这些宫女，即出榜晓谕。一月之间，那些百姓晓得了，近的领了去，远的魏监私下受了些财礼嫁去，倒也热闹。不上两月，将次嫁完，止剩夭夭、小莺两个，他是关外人，亲戚父母都不见来，又因夭夭出宫时害起病来，小莺伏侍他，住在魏太监寓中三四个月，依旧养得身子肥壮。

偶然一日，魏太监有个好友，锦衣卫挥使姓韦名元贞来拜，

---

① 妍媸（yán chī）——喻漂亮与丑陋。

年纪将近四旬，妻子竟不生嗣，着实要替他娶妾，他竟不肯。那日魏监留在书房中小饮，说起放宫女事，魏太监道："韦老先，你尚无子，闻得你嫂子又贤惠，前日何不来娶一个好些的，生个种儿出来，也是韦门之幸。"元贞摇手道："妻子生得出也好，生不出也就罢了。"魏太监道："如今剩得两个，就像一父母所生，生得甚好，待我叫他出来，你赏鉴①一赏鉴。"就对小太监说了。

不一时，那两个走将出来，朝着韦官儿行礼下去，元贞如飞站起来回礼，见他两个身材袅娜，肌肤嫩白，忙说道："请进。"魏监道："韦老先如何？"元贞道："使不得，这是上用过的，我们做官儿的娶去为妾，就是失体统了。"魏太监笑道："真是老婆子的话儿！前日那李官儿也娶了蔡修容，张官儿也讨了赵玉娇去。偏你娶不得！"便也不提。吃完了酒，韦元贞别去了。

过了一日，魏太监打听韦挥使不在家中，便唤一个车儿，叫小莺、夭夭坐了，对一个小太监说道："你到韦家进去，看见他夫人，说我晓得韦老爷无子，故此公公特送这两个美人来。"小莺、夭夭到了韦家，见了韦夫人，韦夫人欢喜不胜，等元贞进门时，将他两个藏在书房碧纱窗里。元贞看见了，知是夫人美意，就在书房内睡了一回，忙同进去谢了夫人。自是妻妾相得，后来各生下子女，小莺生一女，为中宗皇后，封元贞为上洛王，这是后话休提。

时房玄龄因谏诤之事，见上颇疏，便告老回去。贞观十六年六月间，长孙皇后疾病起来，渐觉沉重，遂嘱太宗道："妾疾甚危，料不能起，陛下宜保圣躬，以安天下。房元龄事陛下久，小心谨密，且无大故，不可弃之。妾之家族，因缘以致禄位，既非

① 赏鉴——即欣赏欣赏。

德举，易致颠危，愿陛下保全之，慎勿与之权要。妾生无益于人，若死后勿高丘垅，劳费天下，因山为坟，器用瓦木可也。更愿陛下亲君子，远小人，纳忠谏，屏①谗佞，省作役②，止游畋③，妾虽死亦无恨。”又对太子道：“汝宜竭尽心力，以报陛下付托之重。”太子拜道：“敢不遵母后之命。”后嘱咐罢，是夜崩于仁静宫。

次日，宫司将皇后采择自古得失之事为《女则》三十卷进呈。太宗览之悲恸，以示近臣道：“皇后此书，足以垂范百世。朕非不知天命，而为无益之悲，但入宫不闻规谏之言，失一良佐，故不能忘怀耳。”乃遣黄门召房玄龄复其位。冬十一月，葬文德皇后于昭陵，近窦太后献陵里许。上念后不已，乃于苑中作层楼观以望昭陵。尝与魏徵同登，使徵视之。徵熟视良久道：“臣昏眊不能见。”上指视之，魏徵道：“臣以为陛下望献陵，若昭陵则臣固见之矣！”上泣为之毁观，然心中终觉悲伤。

一日，太宗突然病起来，众臣日夕问候，太医勤勤看视。过四五日不能痊可，恍惚似有魔祟。惟秦琼、尉迟恭来问安时，颇觉神清气爽，因命画二人之像于宫门以镇之。及病势沉重，乃召魏徵、李绩④等入宫受顾命，李绩道：“陛下春秋正富，岂可出此不吉之言。”魏徵道：“陛下勿忧，臣能保龙体转危为安。”太宗道：“吾病已笃⑤，卿如何保得?”说罢转面向壁，微微的睡去了。

---

① 屏——即“摒”，除去。
② 作役——即劳作，徭役。
③ 畋（tián）——同佃。耕种。
④ 李绩——徐世绩归唐后，赐姓李，名绩。
⑤ 笃（dǔ）——指病重。

魏徵不敢惊动，与李绩等退至宫门前。李绩问道：“公有何术，可保圣躬转危为安?”魏徵道：“如今地府掌生死文簿的判官，乃先帝驾下旧臣，姓崔名珏，他生前与我有交，今梦寐中时常相叙。我若以一书致之，托他周旋，必能起死回生。”李绩闻言，口虽唯唯，心却未信。少顷，宫人宣报皇爷气息渐微，危在顷刻矣。魏徵即于宫门厢阁中，写下一封书，亲持至太宗榻前焚化了，吩咐宫人道：“圣体尚温，切勿移动，静候至明日此时定有好意。”遂与众官往宫门前伺候。

且说太宗睡到日暮时，觉渺渺茫茫，一灵儿竟出五凤楼前，只见一只大鹞飞来，口中衔着一件东西。太宗平昔深喜佳鹞，见了欢喜，定眼一看，心上转惊道：“奇怪！此鹞乃是魏徵奏事时，我匿死怀中之物，为甚又活起来?”忙去捉他，那鹞儿忽然不见，口中所衔之物坠于地上。太宗拾起看时，却是一封书柬，封面上写着：“人曹官魏徵，书奉判兄崔公。”下注云：“崔珏系先朝旧臣，伏乞陛下面致此书，以祈回生。”太宗看了欢喜，把书袖了，向前行去。好一个大宽转的所在，又无山水，又无树木。正在惊惶，见有一个人走将来，高声叫道：“大唐皇帝往这里来。”太宗闻言，抬头一看，那人纱帽蓝袍，手执象笏，脚穿一双粉底皂靴，走近太宗身边，跪拜路旁，口称：“陛下，赦臣失远迎之罪。”太宗问道：“卿是何人？是何官职?”那人道：“微臣是崔珏，生日曾在先皇驾前为礼部侍郎；今在阴司为丰都判官。”太宗大喜，忙将御手搀起来道：“先生远劳，朕驾前魏徵有书一封，欲寄先生，却好相遇。”崔判官问：“书在何处?”太宗在袖中取出，递与崔珏。崔珏接来，拆开看了说道：“陛下放心，魏人曹书中，不过要臣放陛下回阳之意，且待少顷见了十王，臣送陛下还阳，重登玉阙便了。”太宗称谢。又见那边走两个软翅的小官儿来，说道：“阎王有旨，请陛下暂在客馆中宽坐一回，候勘定了隋炀帝一案，然后来会。”太宗道：“隋炀帝还没有结卷么?”二吏道：“正是。”太宗对崔珏道：“朕正要看隋炀帝这些人，烦崔先生引去一观。”崔珏道：“这使得。”

大家举步前行，忽见一座大城，城门上边写着“幽明地府鬼门关”七个大字。崔珏道：“微臣在前引着陛下去，恐有污秽相触。”领太宗入城，顺街而行，看那些人蓬头跣足，好似乞丐一般。走了里许，只见道旁边走出先帝李渊，后边随着故弟元霸，太宗见了，正要上前叩拜父皇，转眼就不见了。又走了几步，忽见建成引着元吉、黄太岁而来，大声喝道：“世民来了，快还我们命来!”崔判官忙把象笏擎起说道：“这是十殿阎王君请来的，不得无礼!”三人听了，倏然不见。太宗问道：“翟让、李密、王伯当、单雄信、罗士信想还在此?”崔珏道：“他们早已托生太原荆州数年矣!”还要问太穆皇后、文德皇后在何处，只见一座碧瓦楼台，甚是壮丽，外面望去，见里面环佩叮凼，仙香奇异。

正在凝眸之际，见三个长大汉子，后面有七八个青面獠牙鬼使押着。崔珏道：“陛下可认得那三个么?”太宗道：“有些面善，只是叫他不出。”崔珏道：“那第一个披猪皮的是宇文化及；第二个穿牛皮的是宇文智及；第三个穿狗皮的是王世充。他们俱定了案，万劫为猪牛狗，受后来的千刀万剐，以偿生前弑逆之罪。”正是：

善恶到头终有报，只争来早与来迟。

太宗正在那里观看，听见两边人说话：“又是那一案人出来了?”崔珏看是何人，见一对青衣童子执着幢幡宝盖，笑嘻嘻的引着一个后生皇帝，后面随着十余个纱帽红袍的，两个官吏随着。崔珏叫道：“张寅翁，这一宗是什么人?”那官吏说道：“是隋炀帝的宫女朱贵儿，他生前忠烈，骂贼而死，曾与杨广马上定盟，愿生生世世为夫妇。后面这些是从亡的袁宝儿、花伴鸿、谢天然、姜月仙、梁莹娘、薛南哥、吴绛仙、妥娘、杳娘、月宾等。朱贵儿做了皇帝，那些人就是他的臣子。如今送到玉霄宫去修真一纪，然后降生王家。”太宗听了笑道：“朕闻朱贵儿等尽难之时，表表精灵，至今述之，犹为爽快，但生为天子，不知是在那个手里？”又见两个鬼卒，引着一个垂头丧气的炀帝出来，后面跟着三四个黑脸凶神。崔珏又问跟出来的鬼吏押他到那里去。那鬼吏答道：“带他到转轮殿去，有弑父弑兄一案未结，要在畜生道中受报。待四十年中，洗心改过，然后降生阳世，改形不改姓，仍到杨家为女，与朱贵儿完马上之盟。”崔珏问道：“为何项上白绫还未除去？”鬼吏道：“他日后托生帝后，受用二十余年，仍要如此结局。”崔珏点头。太宗道：“炀帝一生残虐害民，淫乱宫闱，今反得为帝后，难道淫乱残忍，倒是该的？”崔珏道：“残忍，民之劫数；至若奸蒸，此地自然降罚。今为妃后，不过完贵儿盟言。”太宗正要细问，见一吏走来对太宗道：“十王爷有请。”太宗忙走上前，早有两对提灯，照着十位阎王降阶而至，控背躬身迎接；太宗谦让，不敢前行。十王爷道：“陛下是阳间人王，我等是阴间鬼王，分所当然，何须过让？”太宗道：“朕得罪麾下，岂敢论阴阳人鬼之道。”逊之不已。

太宗前行，竟入森罗殿上，与十王礼毕坐定。十王拱手说道：“先年有个泾河老龙，告殿下许救，而终杀之，何也？”太宗道：“朕当时曾梦老龙求救，实是允他生全，不期他犯罪当刑，该人曹官魏徵处斩。朕宣魏徵在殿下棋，岂知魏徵倚案一梦而斩，这是龙王罪犯当死，又是人曹官出没神机，岂是朕之过咎。”十王闻言伏礼道：“自那老龙未生之前，南斗生死簿上已注定，该杀于魏人曹之手，我等皆知，但是他折辨定要陛下来此，三曹对质，我等将他送入轮藏转生去了。但令兄建成、令弟元吉旦夕在这里哭诉陛下害他性命，要求对质，请问陛下这有何说？”太宗道：“这是他弟兄合谋，要害朕躬，假言夺槊，使黄太岁来刺朕；若非尉迟敬德相救，则朕一命休矣。又使张、尹二妃设计挑唆父皇，若非父皇仁慈，则朕一命又休矣。置鸩酒于普救禅院，满斟劝饮，若非飞燕遗秽相救，则朕一命又休矣。屡次害朕不死，那时又欲提兵杀朕，朕不得已而救死，势不两立，彼自阵亡，于朕何与？昔项羽置太公于俎上以示汉高，汉高曰：‘愿分吾一杯羹。’为天下者不顾家，父且不顾，何有于兄弟，愿王察之。”十王道：“吾亦对令兄令弟反复晓谕，无奈他执诉愈坚，吾暂将他安置闲散，俟他时定夺，今劳陛下降临，望乞恕我等催促之罪。”言毕，命掌生死簿判官快取簿来，看唐王阳寿天禄该有多少。

崔判官急转司房，将天下万国之王天禄总簿一看，只见南赡部洲大唐太宗皇帝注定贞观一十三年。崔判官看了，吃了一惊，急取笔蘸墨将一字上添上两画，忙出来将文簿呈上。十王从头一看，见太宗名下注定三十三年，十王又问：“陛下登基多少年了？”太宗道：“朕即位已经一十三年。”十王道：“陛下还剩二十年阳寿，此一来已是对案明白，请还阳世。”太宗听见，躬身称谢。十王差崔判官、朱太尉送太宗还魂。

太宗谢别出殿。朱太尉执着一支引魂幡在前引路，只见一座阴山，觉得凶恶异常。太宗道：“这是何处？”崔判官道：“这是枉死城，前日那六十四处烟尘草寇，众好汉头目，枉死的鬼魂都在里头，无收无管，又无钱钞用度，不得超生。陛下该赏他些盘缠才好过去。”太宗道：“朕空身在此，那里有钱钞？”崔判官道：

“陛下的朝臣尉迟恭有制钱三库，寄存在阴司，陛下若肯出名立一契，小判作保，借他一库，给散与这些饿鬼，到阳间还他。那些冤鬼，便得超生，陛下可安然竟过。”太宗大喜，情愿出名借用。

崔判官呈上纸笔，太宗遂立了文书，崔判官袖着。将到山边，听得神嚎鬼哭，乱哄哄拥出许多鬼来，尽是拖腰折臂，也有无头的，也有无脚的，都喊道：“李世民来了，还我命来！”太宗吓得胆战心惊，扯住崔判官。崔判官道：“你们不得无礼，我替大唐皇爷借一库银子的票儿在此，你们去叫那魔头来领票去支付分给便了。唐皇爷阳寿未终，到阳间去还要做水陆道场，超度你们哩！”众鬼听了，如飞去叫那魔头来。崔判官吩咐了，把票儿付与魔头，众鬼欢喜而去。三人又走了里许，见一条青石大桥，滑润无比，太宗向桥上走去，刚要下桥，听得天庭一个霹雳，吃了一惊，跌将下来，忙叫道：“跌死我也！跌死我也！”开眼看时，见太子嫔妃都在旁伺候。

太子忙传魏徵等。魏徵走近御床，牵衣说道：“好了，陛下回阳了。”太宗醒了片时，太医进定心汤吃了，站起身来。魏徵问道：“陛下到阴司可曾会见崔珏？”太宗点头道：“亏他护持。”便将幽梦所见细细述与众人听了。众人拜贺而出。

太宗即传旨，宣隐灵山法师唐三藏、窦巨德至京。天使到时，窦巨德已圆寂四五天了。使者随唐三藏到京，建水陆道场，超度幽魂；又命以金银一库还尉迟恭，恭辞不受，太宗再三勉谕，敬德拜受而出。库吏将银盘交敬德，照册缺了五百贯，库吏惊惶，只见梁上堕下一帖，取视之，乃大业十二年，敬德打铁时，支付书生票也，闻者奇异。太宗在宫中，调养了三四天，御体比前愈觉强健，不期被火焚了大盈库，魏徵道：“天灾流行，皆由宫中阴气抑郁所致，乞将先帝所御老嫔妃尽行放出。”

太宗见说，深以为是，即将老宫女尽数放出；复有三千余人连张、尹二妃亦出宫归家，宫禁为之一空。遂差唐俭往民间点选良家女子，年十四五岁者，止许百名，预使太常少卿祖孝孙教习音乐。将近四五月，唐俭选秀女回来，太宗散给后宫，止选武媚娘为才人，安顿福绥宫，宠幸无比。

要知后事如何，且听下回分解。

第六十九回

马宾王香醪①濯②足　隋萧后夜宴观灯

诗曰：

春到王家亦太秾，锦香绣月万千重。
笑他金谷能多大，羞杀巫山只几峰。
屏鉴照来真富贵，羊车引去实从容。
只愁云雨终难久，若个佳人留得侬。

宋时维扬秦君昭，妙年游京师。有一好友姓邓，载酒祖饯；畀③一殊色小环，至前令拜。邓指之道："某郡主事某所买妾也，幸君便航附达。"秦弗诺，邓恳之再三，勉从之。舟至临清，天渐热，夜多蚊，秦纳之帐中同寝，直抵都下。主事知之取去，三日方谒谢道："足下长者也，弟昨已作简，附谢邓公矣！"此真不近女色之奇男子。还有商时九侯，有女色美而庄重，献于纣，奈此女不好淫，触纣怒，杀女而醢九侯；鄂侯谏，并烹之。此真不喜近男子之美妇人。是知男女好恶，原有解说不出的。

太宗是个天挺豪杰，并不留情于色欲，不想长孙皇后仙逝，又选了武氏进宫，色宠倾城，欢爱无比。却说那武氏，他父亲名士䕶④，字行之，住居荆州。高祖时，曾任都督之职，因天性恬

---

① 醪（láo）——醇酒。
② 濯（zhuó）——洗。
③ 畀（bì）——给予，付与。
④ 䕶（hú）——古同蒦，量度，这里是人名。

淡，为宦途所鄙，遂弃官回来。妻子杨氏，甚是贤能，年过四十无子，杨氏替他娶一邻家之女张氏为妾。月余之后，张氏睡着了，觉得身上甚重，拿手一推，却把自己推醒，自此成了娠孕。过了十月，时将分娩，行之梦见李密，特来拜访云："欲借住十余年，幸好生抚视，后当相报。"醒来却是一梦。张氏遂尔脱身，行之意是一儿，即看时却是女儿。张氏因产中犯了怯症，随即身亡。武行之夫妇，把这女儿万分爱护。到了七岁，就请先生教他读书。先生见他面貌端丽，叫做媚娘。及至十二三岁，越觉妖艳异常，便与同学读书的相通，茶余饭罢，行步不离。又过年余，是他运到，唐俭点选进宫，敕赐才人，性格聪敏，凡诸音乐，一习便能，敢作敢为，并不知宫中忌惮。太宗行幸之时，好像与家中知己一般，才动手就叫他、搂他、亲他、媚他，太宗从没有经过这般光景，愈久愈觉魂消，因此时刻也少他不得。

如今且说太子承乾，是长孙皇后所生，少有頡疾①，喜声色畋猎驰骋，有妨农事。魏王名泰，太子之弟，乃韦妃所生，多才能，有宠于帝，见皇后已崩，潜有夺位之意，折节下士，以求声誉，密结朋党为腹心。太子知觉，阴②遣刺客纥于承基，谋杀魏王，正值吏部尚书侯君集怨望朝廷，见太子暗劣，欲乘衅图之，因劝太子谋反，太子欣然从之，遂将金宝厚赂中郎将季安俨等，使为内应。不意太宗闻知，便把太子承乾废为庶人，侯君集等典刑。

时魏王泰日入侍奉，太宗面许立为太子。褚遂良、长孙无忌固请立晋王治。太宗谓侍臣道："昨青雀投我怀云：臣今日始得为陛下子，臣有一子，臣死之日，当为陛下杀之，传于晋王，朕

① 頡（bì）疾——腿瘸，跛。
② 阴——即背地里、暗中。

甚怜之。”褚遂良道：“陛下失言。此国家大事，存亡所系，愿熟思之。且陛下万岁后，魏王据天下之重，肯杀其爱子，以授晋王哉！今必立魏王，愿先措置晋王，始得安全耳。”

太宗流涕，因起入宫，想起太子二王，不觉懊恨填胸，击床大叹。徐惠妃、武才人问道：“陛下有何闷事，发此长叹？”太宗把太子与魏王、晋王之事说了，又道：“朕临敌万阵，屡犯颠危，未尝稍挂胸臆，不意家室之间，反多狂悖，何以生为？”徐惠妃道：“陛下平定四海，征伐一统，得有今日，何苦以家政细务，常生忧戚。”太宗道：“妃子岂不知向日建成、元吉，淫乱于前，二王欲步武于后，所为如此，我心诚无聊赖。”因自投于床，拔佩刀欲自刺。武氏忙上前夺住道：“陛下何轻易如此，不肖者已废之，图谋者亦未妥，何不收此蛤蚌，尽付渔人之利。晋王亦皇后所生，立之未为不可。”徐惠妃道：“晋王仁孝，立之为嗣，可保无虞。”太宗闻言甚悦，即御太极殿，召群臣说道：“承乾悖逆，泰亦凶险，诸子谁可立者？”众皆欢呼道：“晋王仁孝，当为嗣。”太宗遂立晋王治为皇太子，时年十六。太宗谓侍臣道：“我若立泰，则是太子之位，可经营而得。自今太子失道，藩王窥伺者，皆两弃之，传诸子孙永为世法。”晋王既立，极尽孝敬，上下相安。

时维九月，正值秦叔宝母亲九十寿诞，太宗亲自临幸，见琼宅无堂，命辍小殿之材以构之，五日而成，手书“仁寿堂”以赐之，又赐锦屏褥几仗等。徐惠妃赏赉亦甚厚。琼上表申谢，太宗手诏道：“卿处至此，盖为太上皇报德，何事过谢？”

话分两头。却说有清河茌平人，姓马名周，号宾王，少孤贫好学，精于诗赋，落拓①不为州里所敬。曾补傅州助教，日饮醇

① 落拓——指不拘小节，放荡不羁。

醪，不以讲授为务，刺史屡加咎责，周乃拂衣，游于长安，宿新丰市中。主人唯供诸商贩，有失款待，宾王自己无聊，把青田石制汉将李陵一牌，战国时孙膑一牌，供在桌上，沽酒饮醉了，便击桌大哭道："李陵呵，汝有何负，而使汝辱及妻孥。汉王何心，而使汝终于沙漠！"哭了一番，吃一回酒，又向孙膑的牌位哭道："孙膑呵，汝何修未得，以致结怨于好友，汝何罪见招，以致颠踬①于终身！"哭了又吃酒。总是处逆境之人，若狂若痴，好像掷下了东西，坐卧不安的光景，其激烈处，恨不化为博浪椎，为秦庭筑，为田将军泪；感愤处，恨不化为斩马剑，为散盗车，为荆轲匕首。因是不与世俗伍。

一日遇见中郎将常何，虽是武官无学，颇有知人之识，知马宾王必成大器，延至家中，待为上宾，一应翰墨之事，尽出其手。是时星变异常，下诏文武官僚，极言得失。常何遂烦马周，代陈便宜②二十余事进上。马周旅邸无聊，袖了些杖头，散步出门。

那日恰是三月三日上巳佳节，倾城士女，皆至曲江祓禊③，杂剧吹弹，旗亭都张灯结彩。马周也到那里去闲玩。上了店中，踞了一个桌儿，在那里独酌畅饮。那些公侯驸马，帝子王孙，都易服而来嬉耍。只见一个宦者，跟了几个相知，许多仆从，也在座头吃酒，见马周饮得爽快，便对马周道："你这个狂生，独酌村醪，这般有兴。我有一瓶葡萄御酒在此，赠与你吃了罢。"家人把一瓶酒送与马周。马周把酒揭开一看，却有七八斤，香喷无比，把口对了瓶，饮了一回。饮下的，瞥见桌边有一拌面的瓦盆

---

① 颠踬（zhì）——指失足跌倒，喻处境穷困的样子。

② 便宜——指适宜。

③ 祓禊（fú xì）——古时民间在水边戒俗消灾去邪的仪式。

儿在，便把酒倾在里头，口中说道：“高阳知己，不意今日见之。”一头说，一头将丝袜脱下，把两足在盆内洗濯。众人都惊喊道：“这是贵重之物，岂可如此轻亵？”马周道：“我何敢轻亵？岂不闻身体发肤，受之父母，不敢毁伤。曾子云：启予足手，我何敢媚于上而忽于下？”洗了，抹干了足，把盆拿起来，吃个罄尽。

刚饮完时，只见七八个人，抢进店来说道：“好了，马相公在此了！”马周道：“有何事来寻我？”常何家里二人说道：“圣上宣相公进朝。”原来太宗在宫翻阅臣僚本章，见常何所上二十条，申说详明，有关政治。因思常何是个武臣，那有此学问，就出宫来召问常何。常何只得奏云：“是臣客马周所代作。”太宗大喜，即着内监出来宣召。当时马周见说，忙到常何寓中，换了衣衫靴帽，来到文华殿。

太宗把二十条事细细详问，马周抗词质辩，一一剖析，真个是学富五车，才高八斗。太宗大喜，即拜他为刺史之职，赐常何彩绢二十匹出朝。

太宗即散朝进宫，行至凤辉宫前，只见那里笑声不绝，便跟了两个宫奴，转将进去，见垂柳拖丝，拂境清幽，姹紫嫣红，迎风弄鸟，别有一种赏心之境。听见笑声将近，却是一队宫女奔出来，有的说打得好，竟像一只紫燕斜飞；有的说这般年纪，一些也不吃力，还似个孤鹤朝天，盘旋来往。太宗叫住一个宫奴问道：“你们那里来？为什么笑声不绝？”那宫奴奏道：“在倚春轩院子里，看萧娘娘打秋千耍子。”太宗道：“如今还在那里打么，可打得好？”宫奴道：“打得甚好，如今还在那里玩。”

太宗见说，即便行到凤辉宫来下辇偷觑，见院子里站着许多妇女在那里望着大笑。看见秋千架上站着一个女人，浅色小龙团袄，一条松色长裙扣了两边，中间扎着大红缎裤，翻天的飞打下来，做一个蝴蝶穿花，又打起来，做一个丹凤朝阳，改了个饥鹰掠食势，扑将下来，真个风流袅娜，艳态轻狂。太宗正侧着身子，掩在石屏间细看，只见一个宫奴瞥眼看见，忙说道："万岁爷来了！"那些宫奴一哄而散。

太宗此时不好退出，只得走将进去。萧后如飞下了架板，小喜忙把萧后头上一幅尘帕，取了下来，又除下裙扣。萧后直到太宗膝前，跪下说道："臣妾不知圣驾降临，有失迎接，罪该万死。"太宗把手扶起道："萧娘娘有兴，寻此半仙之乐。"萧后道："偶尔排遣，稍解岑寂，有污龙目，实为惶悚。"太宗携着萧后进宫坐下，小喜捧上茶来，太宗吃了，心中觉有些意思，鼻间有阵异香，一沁入心窝，令人好过不去。太宗道："香从何来？"两人走进卧房四围一看，并不见宝鼎喷烟，因走近床边细看，但见锦衾虚拥，绣褥叠装，又是一种香气，遂留幸焉。萧后泣对太宗道："妾以衰朽之姿，得蒙恩宠，实出意外。但生前常望眷顾，死后得葬于吴公台下，妾愿毕矣。"太宗许诺，因说："今日清明佳节，宫中张灯设宴，娘娘可同玩赏。"萧后道："今日清明，民间都祭扫坟墓，妾先帝墓无人祭扫，言之痛心。"太宗道："朕当为置守冢三百户，并拨田五顷，以供春秋祭祀。"后随谢恩。太宗道："少顷朕来宣你。"又道："为何适闻香气，今却寂然？"萧后笑而不言。原来此香，乃外国制的结愿香，在突厥可汗那里带来的。

当下太宗回宫宣旨，宣萧娘娘看灯。萧后即唤小喜跟随，来到太宗宫中，朝见毕，与徐惠妃、武才人等相见了。太宗坐首席，请萧后坐左边第一席。武才人戏说道："娘娘何不就与陛下同席？"萧后道："妾蒲柳衰质，强陪至尊，甚非所宜，就是这席

还不该坐。”太宗笑道：“总是一家，不必推逊。”于是坐定，行酒奏乐，至晚合宫都张起花灯，光彩夺目。萧后道：“清明不过小节，怎么宫掖间这般盛设名灯？”太宗道：“朕自四方平定以后，凡遇令节与除夜上元，一样摆设庆赏。”萧后道：“金翠光明，燃同白昼，佳丽得紧，只是把那些灯焰之气，消去了更妙。”

太宗问萧后道：“朕之施设，与隋主何如？”萧后笑而不答。太宗固问，萧后道：“彼乃亡国之君，陛下乃开基之主，奢俭固自不同。”太宗道：“奢俭到底，各具其一。”萧后道：“隋主享国十余年，妾常侍从，每逢除夜，殿前与诸院，设火山数十座，每山焚沉香数车，火光若暗，则以甲煎沃之，焰起数丈，其香远闻数十里。一夜之中，则用沉香二百余车，甲煎二百余石。殿内宫中，不燃膏火，悬大珠一百二十颗以照之，光比白日。又有外国岁献明月宝夜光珠，大者六七寸，小者犹径三寸，一珠之价，值数十万金。今陛下所设，无此珠宝，殿中灯烛，皆是膏油，但觉烟气薰人，实未见其清雅。然亡国之事，亦愿陛下远之。”太宗口虽不言，遥思良久，心服隋主之华丽道：“夜光珠，明月宝，改日当为娘娘致之。”于是觥筹交错，传杯弄盏，足有两更天气。

武才人看那萧后无限抑扬、婉转丰韵关情处，竟不似五十多岁的光景，暗想：“他那种事儿，不知还有许多勾引人的伎俩。”萧后亦只把武才人细看，越看越觉艳丽，但无一种窈窕幽闲之意。徐惠妃与众妃见他三人玩成一块，俱推更衣，各悄悄的散去。萧后亦要辞出，太宗挽着萧武二人说道：“且到寝室之中，再看一回灯去。”

未知后事何如，且听下回分解。

第七十回

隋萧后遗榇[1]归坟　武媚娘披缁入寺

诗曰：

治世须凭礼法场，声名一裂便乖张。
已拼流毒天潢内，岂惜邀欢帝子旁？
国是可胜三叹息，人言不恤更筹量。
千秋莫道无金鉴，野史稗官话正长。

人之遇合分离，自有定数，随你极是智巧，揣摩世事，意则屡中的，却度量不出。萧后在隋亡之时，只道随波逐浪，可以快活几时，何知许多狼狈？今年将老矣，转至唐帝宫中，虽然原以礼貌相待，却是身不由己。今日太宗突然临幸，在妇女家最难得之喜，他则不然，曾经沧海难为水，除却巫山岂是云。晓得太宗宠一个如花似玉的武媚娘，自知又不能减了一二十年年纪，返老还童起来，与他争上去，故此太宗虽然一幸，觉得付之平淡。不想被太宗看灯接去，通宵达旦，媚娘见他风流可爱，便生起妒忌心来，却极力的撺掇太宗冷淡了他，又把两个蠢宫奴换了小喜，去与太宗幸了。因此萧后日常饮恨，眉头不展，凭你佳肴美味，拿到面前，亦不喜吃，即使清歌妙舞，却也懒观，时常差宫奴去请小喜到来，指望说说隐情，那武才人却又奸滑，叫两个心腹跟了，他衷肠难吐，彼此慰问了一番，即便别去。萧后只得自嗟自

① 榇（chèn）——棺材。

叹，拥衾而泣，染成怯症，不多几时，卒于唐宫。太宗闻知，深为惋惜，厚加殡殓，诏复其位号，谥曰“愍”，使行人司以皇后卤簿，扶柩到吴公台下，与隋炀帝合葬。小喜要送至墓所，武才人不许，只得回宫。

武才人因萧后已死，欢喜不胜，弄得太宗神魂飞荡，常饵金石。会高士廉卒，太宗将往哭之，长孙无忌、褚遂良谏道：“陛下饵金石，于方不得临丧，奈何不为宗庙社稷自重?”太宗不听，无忌中道伏卧，流涕固谏，太宗乃还，入东苑南望而哭，涕下如雨，遂命图画功臣二十四人于凌烟阁，列其姓名爵里，已故者书谥。

适李绩得一疾，太医说唯须灰可疗，太宗亲自剪须，为之和药，绩顿首泣谢。太宗又因绩妻袁紫烟新逝，姬妾甚少，恐他无人侍奉，意欲选二宫奴，赐他作伴。绩再三辞谢，太宗道：“朕为社稷，非为卿也，何须逊谢?”即日着内监选两个有年纪的宫奴，赐与李绩不提。

时太白屡昼见，太史令占道女主昌，民间又传秘记云：“唐三世之后，女主武王代有天下。”太宗闻言，深恶之。

一日，会诸武臣宴于宫中，行酒令使言小名。左武卫将军李君羡，自言小名五娘，其官称封邑皆有武字，出为华州刺史。御史复奏，君羡谋不轨，遂坐诛。因密问太史令李淳风：“秘记所云信有之乎?”淳风对道：“臣仰稽天象，俯察历数，其人已在陛下宫中，自今不过三十年，当有天下，下杀唐子孙殆尽，其兆既成。”太宗道：“疑似者尽杀之何如?”淳风对道：“天之所命，人不能违，王者不死，徒多杀无辜；况自今以往三十年，其人已老，或者颇有慈心，为祸或浅。今若得而杀之，天或更生壮者，肆其怨毒，恐陛下子孙无遗类矣!”太宗听言乃止，心中虽晓得才人姓武有碍，但见媚娘性格柔顺，随你胸中不耐烦，见了他就回嗔作喜，顷刻不忍分手，因此虽放在心上，亦且再处。

武才人也晓得大臣的议论，谅天子意思，必不加刑，但欲逊避，恨无其策。日复一日，太宗因色欲太深，害起病来，那太子晋王朝夕入侍，瞥见武才人颜色，不胜骇异道："怪不得我父皇生这场病，原来有这个尤物①在身边，夜间怎能个安静。"意欲私之，未得其便，彼此以目送情而已。

一日晋王在宫中，武才人取金盆盛水，捧进晋王盥手。晋王看他脸儿妖艳，便将水洒其面，戏吟道："乍忆巫山梦里魂，阳台路隔恨无门。"武才人亦即接口吟道："未曾锦帐风云会，先沐金盆雨露恩。"

晋王听了大喜，便携了武才人的手，同往宫后小轩僻处，口雨尤云，取乐一回。武才人道："陛下闻知，取罪不小。"晋王笑道："我今与你也是天缘，何人得知。"武才人扯住晋王御衣泣道："妾虽微贱，久侍至尊，今日欲全殿下之情，遂犯私通之律；倘异日嗣登九五②，置妾于何地？"晋王见说，便矢誓道："倘宫车异日宴驾，册汝为后，有违誓言，天厌绝之。"武才人叩谢道："虽如此说，只是廷臣物议不好，倘皇爷要加罪于妾身，何计可施？"晋王想了一想道："有了，倘父皇着紧问你，你须如此如此说，自可免祸，又可静以待我了。"武才人点首，晋王乃解九龙羊脂玉钩赠武才人，才人收了，随即别出。

时京中开试，放榜未定日期，太宗病间召李淳风问道："今岁开科取士，不知状元的系何地何人，料卿必知。"淳风道："臣昨夜梦入天廷，见天榜已放，臣看完，只见迎榜首出来，他彩旗

---

① 尤物——即优异的人物。多指姿色动人的女子。

② 九五——《易经》中卦爻位名。后以此指帝位。

上面有诗一首。”太宗道：“诗句怎样说？”淳风道：“臣犹记得。”遂朗吟道：

美色人间至乐春，我淫人妇妇淫人。

色心若起思亡妇，遍体蛆钻灭色心。

太宗听了说道：“诗后二句，甚不解其意，不知何处人，什么姓名？”淳风道：“圣天子洪福不浅，今科三鼎甲，乃是忠直之士，人有裨于社稷；姓名虽知，不便说出，恐泄漏于臣，上帝震怒不浅，乞陛下赐臣于密室，写其姓名籍贯，封固盒中，俟揭榜后开看便知。”太宗叫太监取一个小盒，淳风写了封在盒内，太宗又加上一封，藏于柜中。淳风辞了出来。

不一日开榜时，太宗取柜中李淳风写的一对，却是状元狄仁杰，山西太原人；榜眼骆宾王，浙江义乌人；探花李日知，京兆万年人。不胜骇异，始信淳风所言非诳，谶①数之言必准。因思：“今日已如此大病，何苦留此余孽，为祸后人。”便对才人武氏说道：“外廷物议，道你姓应图谶，你将何以自处？”武才人跪下泣奏道：“妾事皇上有年，未尝敢有违误。今皇上无故，一旦置妾于死，使妾含恨九泉，何以瞑目？况妾当时同百人选进宫，蒙皇上以众人为宫娥，妾独赐为才人，受恩无比。今日若赐妾死，反为他人笑话，望陛下以好生为心，使妾披剃入空门，长斋拜佛，以祝圣躬，以修来世，垂恩不朽。”说罢大恸。太宗心上原不要杀他，今见他肯削发为尼，不胜大喜道：“你心肯为尼，亦是万幸的事。宫中所有，快即收拾回家，见父母一面，随即来京，赐于感业寺削发为尼。”武才人同小喜谢恩，收拾出宫。正是：

玉龙且脱金钩网，试把相思付与谁。

---

① 谶（chèn）——预言，预兆。

时武士彟闻知媚娘要出宫为尼，忙差人去接到家中相聚。家人领了命，不多几日，接到家中。杨氏母亲，见媚娘当年怎么样进宫，今日这般样出来，不觉大哭一场，小喜亦思量起父母死了，如今要见他，怎能够了，亦哭了一场。大家拜见过，武媚娘道："闻得父亲过继三思侄儿，怎么不见？"杨氏道："他怎比当初，近来准日有许多朋友，不是会文，定是讲学，日日在外面吃得大醉回来。"媚娘道："我忘记今年几岁了？"杨氏道："当年你父亲过继他来时，已是三岁，如今已一十五岁了，看去像个人，不知他心中如何？"

正说时，只见武三思半醉的回来。杨氏道："三思，你家姑娘①回来了，快来拜见。"媚娘与小喜忙起身，与三思见了礼。三思道："姑娘在宫中受用得紧，为什么朝廷听信那廷臣之议，把姑娘退出宫来，却要去削发为尼。这皇帝也算无情了，亏他舍得放出你来。"媚娘止不住落下泪来。三思道："姑娘你不要愁烦，我看那些尼姑倒快活，并无忧愁。"媚娘心上初出宫的时节，倒觉难过，今见了三思相貌姣好，也就罢了。

吃了夜饭，三思见父母与小喜走开，即走近媚娘身边，带醉的说道："姑娘，我看你好股青丝细发的，日后怎舍得剃将下来？"媚娘因是自家骨肉，又见他年纪幼小，搂在怀里。三思道："姑娘睡在那里？"媚娘道："就在母房内。"三思道："我有许多话要问姑娘，今夜我陪姑娘睡了罢。"媚娘道："有话待我母亲睡着了，你可以进房来说。"三思道："如此却切记，不要闩了门。"媚娘点点头儿。

那夜，武三思候父母睡着，悄悄挨进媚娘房中，成了鹑鹊之

---

① 姑娘——指姑姑。

乱。过了几日，武士彟恐怕弄出事来，只得打发媚娘、小喜出门。武三思送了一二里，媚娘悄对他说道："侄儿，你若忆念我，到了考试之期，径到感业寺中来会我。"三思唯唯，洒泪而别。

在路上行了几日，到了感业寺中。那庵主法号长明，出来接了武媚娘与小喜进去，见媚娘千娇百媚，花枝般一个佳人，又见小喜年纪，二十四五，丰神绰约，也不是安静主顾，想道："如此风流样子，怎出得家？"领到佛堂中，四五个徒弟在那里动响器，长明老尼叫武媚娘参拜了佛，便与他祝了发，小喜也改了打扮，佛前忏悔过。停了音乐，各人下来见礼。小喜看到第四个，宛如女贞庵里二师父，心里是这般想，因初相见不好说破，大家定睛看了一回。长明道："这四个俱是小徒。"指着怀清道："这位是去岁冬底来的。"就领武夫人进去说道："这两间是夫人喜姐住的房，间壁就是这位四师父的卧室。"媚娘听了，暂时收拾，安心住着。

到了黄昏时候，只见小喜笑嘻嘻的走进来。媚娘道："你这个女儿，倒像惯做尼姑的，到这个地位，还有什么好笑？"小喜道："夫人不知，那位四师父，就是女贞庵李夫人的妹子怀清，是我认得的，刚才不好叫出来，如今在他房里，问了别后的事情，故此好笑。"媚娘道："什么女贞庵李夫人？"小喜把当初隋萧后回南上坟，到女贞庵与隋南阳公主、秦、狄、夏、李四位夫人相会说了一遍。媚娘道："如此说他好了，为什么又到这里来？"小喜道："濮州连岁饥荒，又染了疫症，秦、夏、李三位夫人相继病亡。他被一个士子挈了要同到京，不想中途士子被盗杀了，他却跳在水中，被商船上救了，带至京都，送在此地暂寓。"媚娘道："他们可有人来往么？"小喜道："他说有个姓冯的表弟，住在篮桥开张药铺，常来走走。"媚娘点点头儿。

一日媚娘正在佛堂内看怀清写对，听得外面叩门，恰好长明老尼不在庵中，领众徒到人家念经去了。怀清出来，问道："是谁?"那人道："阿妹，是我。"怀清知是冯小宝，欢喜不胜，忙开了进来。怀清道："为什么多时不来?"冯小宝道："闻得你们庵中，有甚么朝廷送的武夫人在此出家，故此我不敢来。今见寺门闭着，想是徒众不在家，我悄悄来会你一会。"怀清道："那武夫人在堂中，你要去见见么?"那冯小宝随了怀清进来，见武夫人倚在桌上看怀清写的榜对。怀清道："五师父，我们的兄弟在这里看我，见个礼儿。"媚娘掉转身来一看，只见：

身躯寡弱，态度幽娴。鼻倚琼瑶，眸含秋水。眉不描而自绿，唇不抹而凝朱。生成秀发，尽堪盘云髻一窝；天与娇姿，最可爱桃花两颊。慢道落水中宵梦，欲卜巫山一段云。

媚娘忙答一礼道："这个就是令弟么?"恰好小喜寻媚娘进去，小宝见了，也与他揖过。小喜问道："此位尊姓?"怀清道："就是前日说的冯家表弟。"小喜道："原来就是令弟，失敬了。"说罢，怀清同着小宝走到自己的房中，只见小宝走到桌边，取一幅花笺，写一绝道：

天赋痴情岂偶然，相逢已自各相怜。
笑予好似花间蝶，才被红迷紫又牵。

怀清笑道："妾亦有一绝赠君。"提起笔来，写在后面道：

一睹芳容即耿然，风流雅度信翩翩。
想君命犯桃花煞，不独郎怜妾亦怜。

写完，怀清出房到厨下去收拾酒菜，同小宝在房中吃酒玩耍。

媚娘在房，细想了一回，随同小喜走到怀清房门首，悄悄立着，只听得外面敲门声响，晓得老师父领众回来。媚娘便走进房，小喜出去开门，那怀清亦出来。只见长明领了四个徒弟，婆

子背着经忏，怀清与那几个说些闲话，小喜恐怕媚娘冷淡，即便归房去，只见媚娘展开了鸾笺，上写道：

花花蝶蝶与朝朝，花既多情蝶更妖。

窃得玉房无限趣，笑他何福可能销。

从来乐事恨难长，倏尔依回恣采香。

讨尽花神许多债，慢留几点未亲尝。

两人正在那里看时，见怀清进来说道："武上师，你同六师父到我房里去谈谈。"媚娘道："你有令弟在那里，我怎好来？"怀清道："自古说：四海之内皆兄弟。何况你我？"媚娘道："既如此说，何不同到我房里来坐坐，我泡好茶相候。"怀清道："我同六师父去挽他来。"携了小喜出房。不一时先把酒肴送到，小喜也先进来。媚娘道："你可曾拿我的诗么？"小喜道："诗在案上，没有人动。我刚才在他房里，见桌上一幅字，也是什么诗儿，被我袖在这里，与夫人看。"放了东西，在袖子里取出来，媚娘接来细看，乃是怀清与小宝唱和的两首绝句。忽见怀清与小宝走进来，媚娘悄悄将诗藏过，便道："四师父，我在这里没有破钞，怎好相扰？"怀清道："几个小菜，叫人笑死。"便将烛放在中间，叫小宝朝南坐了，自向媚娘对席，叫小喜也坐在横头，大家满斟细酌，狎邪嘲笑，饮酒欢乐不提。

贞观二十三年五月，太宗疾甚，召长孙无忌、褚遂良、李绩辈至榻前说道："朕与卿等扫除群丑，费了无数经营，始得归于一统。今四方宁靖，正欲与卿等共享太平，不意二竖①忽侵，魏徵、房玄龄先我而去，近又丧我李靖、马周，朕今将分手，别无

---

① 二竖——源于《左传·成公十年》：成公得病后，寻求良知。医生未至时，成公梦见两个小孩互相商量怎样逃以及逃到那里去，才能躲避医生的伤害。后以二竖称病魔。竖，指小孩。

他嘱。太子躬行仁俭，言重礼仪，可谓佳儿佳妇，卿等共辅佐之。”说了大恸。无忌等拜谢道：“陛下春秋正富，正好励精图治，今龙体偶不豫，何出此不祥之语。”太宗道：“朕已预知，故为叮咛耳。”诸臣辞了出宫。是夜上崩，太子即位，是为高宗；颁白诏于天下，诏以明年为永徽元年。

时武氏在感业寺，闻之亦为之恸泣。后因太宗忌日，高宗诣感业寺行香，恰值冯小宝在庵，回避不及，长明无奈，只得把小宝落了发。高宗问及长明说：“是侄儿，在土地堂里出家，才来看我。”高宗道：“白马寺中，田地甚多，僧众甚少，朕给度牒一纸与他，限他明日即往白马寺住扎。”武氏见了高宗大恸，高宗亦为之泣下，悄悄吩咐长明：“叫武氏束发，朕即差人来取。”嘱咐了即起行。

未知后事如何，且听下回分解。

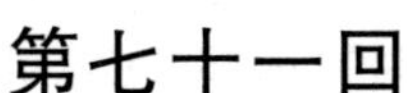

第七十一回

武才人蓄发还宫　秦郡君建坊邀宠

词曰：

景物因人成胜概，满目更无尘可碍。等闲蓦地喜相逢，愁方解，心先快，明月清风如有待。谁信门前鸾辂隘，别是人间花世界。座中无物不清凉，情也在，恩也在，流水白云真一派。

——右调《天仙子》

情痴婪欲，对景改形，原是极易为的事；若论储君，毕竟非礼勿视，非礼勿听，非礼勿言，非礼勿动，从幼师传涵养起来，自然悉遵法则。不意邪痴之念一举，那点奸淫，如醉如痴，专在五伦中丧心病狂做将出来，反与民间愚鲁，火树银台，桑间濮上，尤为更甚。

今不说高宗到感业寺中行香回宫。再说武夫人到了房中，怀清说道：“夫人好了，皇爷驾临，特嘱夫人蓄发，便要取你回宫，将来执掌昭阳，可指日而待，为何夫人双眉反蹙起来？”媚娘道：“宫中宠幸，久已预料必来，可自为主，只是如今一个冯郎，反被我三人弄得他削发为僧，叫我与你作何计筹之？”怀清道：“我们且不要愁他，看他进来怎么样说。”只见冯小宝进房来问道：“你们为什么闷闷的坐在此？”小喜道：“武夫人与四师父在这里愁你。”小宝道：“你们好不痴呀，夫人是不晓得，我姐姐久已闻知，我小宝上无父母，下无兄弟妻室，又不想上进，只想在温柔乡里过活。今日逢着夫人，难得怀清姐姐分爱，得沾玉体，又兼喜姑娘帮衬，这种恩情，不要说为你三人剃了头发，就死亦不足惜。”怀清道：“只是出了家，难得妇人睡在身边，生男育女。”小宝道：“姐姐，你不知那些有窍妇人，巴不得弄着个有本事的和尚整日夜搂住不放出来。”武夫人道：“若如此说，你将来有了好处，不想我们的了。”小宝道：“是何言欤！若要如夫人这般倾城姿色，世所罕有，即如二位之尚义情痴，亦所难得，但只求夫人进宫时，撺掇朝廷，赏我一个白马寺主，我就得扬眉了，料想和尚没有什么官儿在里头可以做得。”怀清道：“你这话就差了，难道皇帝只是男子做得，或者武夫人掌了昭阳，也做起来，亦未可知。”武夫人笑道：“这且慢与他争论，只要你们心中有我就够了。”小宝跪下罚誓道：“苍天在上，若是我冯怀义日后忘了武夫人与怀清师父、小喜姑娘的恩情，天诛地灭。”武夫人脱下一件汗衫，怀清解下玉如意，小喜也脱下一件粗衣，三件东西，赠与冯小宝。

正在叮咛之际，只见长明执着一壶酒，老婆子捧了夜膳，摆在桌上。长明道：“冯师父，我斟一壶酒与你送行，你不可忘了我。论起刚才在天子面前，我认了你是个侄儿，你今夜该睡在我房里才是，但是我老人家年纪有了，不敢奉陪，只要你到白马寺中去，收几个好徒弟来下顾就是。快些吃杯酒儿睡了，明日好到寺里去。”说了，出房去了。小宝与媚娘等三人你贪我爱，你说我泣，弄了一夜。到五更时，听见钟声响动，只得起身收拾，大家下泪送别怀义出庵不题。

再说高宗过了几日，即差官选纳武才人与小喜进宫，拜才人为昭仪。高宗欢喜不胜。亦是武昭仪时来运至，恰好来年就生一子，年余又生一女，高宗宠幸益甚。王皇后、萧淑妃恩眷已衰，会昭仪生女，后怜而弄之。后出，昭仪潜扼杀之，上至昭仪宫，昭仪阳为欢笑，发被观之，女已死矣，惊啼问左右，皆言皇后适来此。高宗大怒道："后杀吾女!"昭仪也泣数其罪。后无以自明，由是有废立之意。

高宗一日退朝，召长孙无忌、李绩、褚遂良、于志宁于殿内，遂良道："今日之事，多为宫中。既受顾托，不以死争之，何以下见先帝?"绩称疾不入。无忌等至内殿，高宗道："皇后无子，武昭仪有子，今欲立昭仪为后何如?"遂良道："先帝临崩，执陛下手，谓臣道：'朕佳儿佳妇，今以付卿。'此陛下所闻，言犹在耳，皇后未闻有过，岂可轻废。"上不悦而罢。明日又言之，遂良道："陛下必欲易皇后，伏请妙择天下令族，何必武氏？况武氏经事先帝，众所共知，万代之后，谓陛下为何如?"因置笏于殿阶，免冠叩头流血。高宗大怒，命宫人引出。昭仪在帘中大言曰："何不扑杀此獠?"无忌道："遂良受先帝顾命，有罪不敢加刑。"韩瑗因间奏事，泣涕极谏，高宗皆不纳。

隔了几日，中书舍人李义府叩阁，表请立武昭仪。适李绩入朝，高宗道："朕欲立武昭仪为后，前问遂良，以为不可，子当何如?"李绩道："此陛下家事，何必更问外人?"许敬宗从旁赞道："田舍翁多收十斛麦，尚欲易妇，况天子乎?"帝意遂决，废王皇后、萧淑妃为庶人，命李绩赍玺绶，册武氏为皇后。贬褚遂良为潭州都督，又贬为爱州刺史，寻卒。

自后僭乱朝政，出入无忌，每与高宗同御殿阁听政，中外谓之"二圣"。高宗被色迷，昏心反畏惧武后，即差人封怀义为白马寺主。又令行人司，迎请母亲来京，赠父武士彟司徒，赐爵周国公，封母杨氏为荣国太夫人，武三思等俱令面君，亲赐官爵，置居京师。武后因恨王皇后、萧淑妃，令人断其手足，投于酒瓮中，道："二贱奴，在昔骂我至辱，今待他骨醉数日，我方气休。"因此日夜荒淫。

武后怀着那点初心，要高宗早过，便百般献媚。弄得高宗双目枯眩，不能守本。百官奏章，即令武后裁决。武后曾经涉猎文史，弄些聪明见识，凡事皆称圣意，因遂加徽号曰“天后”。一日，高宗因目疾枯塞，心下烦闷，因对天后道：“朕与你终日住在宫中，目疾怎能得愈？闻得嵩山甚是华丽，朕与你同去一游，开爽眼界如何？”天后亦因在宫中，时见王、萧为祟，巴不能个出去游幸，便道：“这个甚好。”

高宗令宫监出来说了，不一时銮仪卫摆列了旗帐队伍，跟了许多宫女。高宗同天后上了一个双凤銮舆坐下，天后道：“文臣自有公务，要他们跟来做甚，只带御林军四五百就够了。”高宗遂传旨大小文臣，不必随御，一应文臣便自回衙门办事。銮仪卫把那些旗帐齐齐整整摆将出来，甚是严肃。在路晓行夜宿，逢州过县，自有官员迎接供奉。

不日已到嵩山，但见奇峰叠出，高耸层云，野鸟飞鸣，齐歌上下。寺门前一条石桥，沸滚的长川冲将下来，奈是秋杪①的时候，只有红叶似花，飘零石砌。又见那寺里日宫月殿，金碧辉煌。只可恨那寺后一两进小殿，被了火灾，还没有收拾。因天已底暮，在寺门前看那红日落照，游了一回，便转身上辇。天后呆坐了仔细凝思。高宗道：“御妻想什么？”天后道：“聊有所思耳！”因取鸾笺一幅，上写道：

陪銮游禁苑，侍赏出兰闱。
云掩攒峰盖，霞低捶泪旂②。
日宫疏涧户，月殿启岩扉。
金轮转金地，香阁曳香衣。

---

① 杪（miǎo）——树木的末梢。引申为岁月、季节的末尾。
② 旂（qí）——古指旗。

铎吟轻吹发，幡摇薄露稀。
昔遇焚芝火，山红迎野飞。
花台无半影，莲塔有金辉。
实赖能仁力，攸资善世威。
慈缘兴福绪，于此欲皈依。
风枝不可静，泣血竟何为？

高宗看大后写完，拿起来念了一遍，赞道：“如此词眼新艳，用意古雅，道是翰苑大臣应制之作，岂属佳人游戏之笔？妙极，妙极。”

行了数日，已到宫门首，几个大臣来接驾奏道：“李绩抱病半月，昨夜三更时已逝矣！”高宗见说，为之感伤，赐谥贞武；其孙敬业，袭爵英公。高宗因天后断事平允，愈加欢喜。天后览臣工奏章，见内有薛仁贵讨突厥余党，三箭定了天山，因叹道：“几万雄师，不如仁贵之三箭耳！”遂问高宗道：“此人有多少年纪？”高宗道：“只好三十以内人。”天后道：“待他朝见时，妾当觑他。”高宗临朝，薛仁贵进朝复旨，天后在帘内私窥，见其相貌雄伟，心中甚喜，撺掇高宗以小喜赠之。

时天后设宴于华林园，宴其母荣国夫人并三思，高宗饮了一回，有事与大臣会议去了。杨氏换了衣服，同天后、三思各处细玩园中景致。但见：

楼阁层出，树影离奇。纵横怪石，嵌以精庐。环池以憩，万片游鱼。绀树镂楹，视花光为疏密；长桭复道，依草态以萦回。既燠房之奥颎，亦凉室之虚无。乃登峭阁，眺层丘，条八窗之竞开，恍万壑之争流。能不结遥情之颎颎，真堪增逸兴之悠悠。

游玩一遍，荣国夫人辞别天后升舆回第。三思俟杨氏去后，换了衣服，也来殿上游玩一遍，各自散归。武后回宫不提。

且说沛王名贤，周王名显，因宫中无事，各自出资财，相与斗鸡为乐，以表输赢。时王勃为博士，年少多才，二王喜与之谈笑。每至斗鸡时，王勃亦为之欢饮，因作《斗鸡檄文》云：

盖闻昴日，著名于列宿，允为阳德之所钟。登天垂象于中孚，实唯翰音之是取。历晦明而喔喔，大能醒我梦魂；遇风雨而寥寥，最足增人情思。处宗窗下，乐与纵谈；祖逖床前，时为起舞。肖其形以为帻，王朝有报晓之人；节其状以作冠，圣门称好勇之士。秦关早唱，庆公子之安全；齐境长鸣，知群黎之生聚。决疑则荐诸卜，颁赦则设于竿。附刘安之宅以上升，遂成仙种；从宋卿之窠而下视，常伴小儿。唯尔德禽，固非凡鸟。文顶武足，五德见推于田饶；雌霸雄王，二宝呈祥于嬴氏。迈种首云祝祝，化身更号朱朱。苍蝇恶得混其声，蟋蟀安能窃其号。即连飞之有势，何断尾之足虞？体介距金，邀荣已极；翼舒爪奋，赴斗奚辞？虽季郈①犹吾大夫，而埘桀隐若敌国。两雄不堪并立，一啄何敢自安？养威于栖息之时，发愤在呼号之际，望之若木，时亦趾举而志扬；应之如神，不觉尻高而首下。于村于店，见异已者即攻；为鹳为鹅，与同类者争胜。爰资枭勇，率遏鸱张。纵众寡各分，誓无毛之不拔，即强弱互异，信有喙之独长。昂首而来，绝胜鹤立；鼓翅以往，亦类鹏抟。搏击所施，可即用充公膳；剪除略尽，宁犹容彼盗啼。岂必命付庖厨，不啻魂飞汤火。羽书捷至，惊闻鹅鸭之声；血战功成，快睹鹰鹯之逐。于焉锡之鸡幛，甘为其口而不羞；行且树乃鸡碑，将味其肋而无弃。倘违鸡塞之令，立正鸡坊之刑。牝晨而索家者有诛，不复同于彘②畜；雌伏而败类者必杀，定当割以牛刀。此檄。

高宗见了檄文，便道：“二王斗鸡，王勃不行谏诤，反作檄文，

① 郈（hòu）——古地名，现为山东省东平县。

② 彘（zhì）——猪。

此乃交构之际。”遂斥王勃出沛府。王勃闻命，便呼舟省父于洪都。舟次马当山下，阻风涛不得进。那夜秋杪时候，一天星斗，满地霜华。王勃登岸纵观，忽见一叟坐石矶上，须眉皓白，顾盼异常，遥谓王勃道：“少年子何来？明日重九，滕王阁有高会；若往会之，作为文词，足垂不朽，胜于斗鸡檄文矣！”勃笑道：“此距洪都，为程六七百里，岂一夕所能至？”叟道：“兹乃中元①，水府是吾所司，子欲决行，吾当助汝清风一帆。”勃方拱谢，忽失叟所在。勃回船，即促舟子发舟，清风送帆，倏抵南昌。舟人叫道：“好呀，谢天地，真个一帆风已到洪州了！”王勃听见，欢喜不胜。

时宇文钧新除江州牧，因知都督阎伯屿有爱婿吴子章，年少俊才，宿构序文，欲以夸客，故此开宴宾僚。王勃与宇文钧亦有世谊，遂更衣入谒，因邀请赴宴，勃不敢辞，与那群英见礼过，即上席。因他年方十四，坐之末席。笙歌迭奏，雅乐齐鸣。酒过三巡，宇文钧说道：“忆昔滕王元婴，东征西讨，做下多少功业，后来为此地刺史，牧民下士，极尽抚绥，黎庶不忘其德，故建此阁，以为千秋仪表。但可惜如此名胜，并无一个贤人做一篇序文，镌于碑石，以为壮观。今幸诸贤汇集，乞尽其才，以纪其事何如？”遂叫左右取文房四宝，送将下去。

诸贤晓得吴子章的意思，各各逊让，次第②至勃面前。勃欲显己才，受命不辞。阎公心中转道：“可笑此生年少不幸，看他做什么出来！”遂起更衣，命吏候于勃旁：“看他做一句报一句，

---

① 中元——阴历七月十五为中元节。

② 次第——依次。

我自有处。”王勃据了一张书案，提起笔来，写着：“南昌故郡①，洪都新府。”书吏认真写一句报一句，阎公笑道：“老生常谈耳。”次云：“星分翼轸②，地接衡庐③。”阎公道：“此故事也。”又报至：“襟三江而带五湖④，控蛮荆而引瓯越。”阎公即不语。俄而数吏沓报至，阎公即颔颐⑤而已，至“落霞与孤鹜齐飞，秋水共长天一色”，不觉矍然⑥道：“奇哉此子，真天才也！快把大杯送酒去助兴。”

顷而文成，左右报完，忽见其婿吴子章道：“此文非出自王兄之大才，乃赝笔也。如不信，婿能诵之，包你一字不错。”众人大惊。只见吴子章从“南昌故郡”背起，直至“是所望于群公”，众人深以为怪。王勃说道：“吴兄记诵之功，不减陆绩诸人矣，但不知此文后，小弟还有小诗一首，吴兄可诵得出么？”子章无言可答，抱惭而退。只见王勃又写上一言均赋，四韵俱成：

滕王高阁临江渚⑦，佩玉鸣鸾罢歌舞。
画栋朝飞南浦云，朱帘暮卷西山雨。
闲云潭影日悠悠，物换星移几度秋。

---

① 南昌句——此为王勃《秋日登洪府滕王阁饯别序》的首句。清光绪吴县蒋氏刻本《王子安集》作“豫章故郡”。在今江西南昌市隋时称豫章郡。

② 翼轸（zhěn）——均为二十八星宿名之一。

③ 衡庐——即衡山、庐山。

④ 襟三江句——襟，衣襟，这里用作动词：面对。带，腰带，也用作动词：围绕。

⑤ 颔颐（hàn yí）——颔，指下巴。颐，指面颊。这里都用作动词，即点头微笑。

⑥ 矍（jué）然——指惊慌、惊视的样子。

⑦ 渚（zhǔ）——水中的小块陆地。《尔雅·释水》：“水中可居者为洲，小洲为渚。”

阁中帝子今何在？槛外长江空自流。

阎公与宇文钧见之，无不赞美其才，赠以五百缣①，才名自此益显。

却说高宗荒淫过度，双目眩瞀②。天后要他早早归天，时刻伴着他玩耍，朝中事务，俱是天后垂帘听政。一日看本章内，礼部有题请建坊旌表贞烈一疏。天后不觉击案的叹道："奇哉！可见此等妇人之沽名钓誉，而礼官之循声附会也。天下之大，四海之内，能真正贞烈者，代有几人？设或③有之，定是蠢然一物，不通无窍之人；不是为势所逼，即为义所束。闺阁之中，事变百出，掩耳盗铃，谁人守着。可笑这些男子，总是以讹传讹，把些银钱换一个牌坊，假装自己的体面，与母何益？我如今请贞烈建坊的一概不准，却出一诏，凡妇人年八十以上者，皆版授郡君赐宴于朝堂，难道此旨不好是前朝？"遂写一道旨意于礼部颁谕天下，时这些公侯驸马以及乡绅妇女，闻了此旨，各自高兴，写了履历年庚，递进宫中。天后看了一遍，足有数百，天后拣那在京的年高者，点了三四十名，定于十六日到朝堂中赴宴。至日，席设于宝华殿，连自己母亲荣国夫人亦预宴。时各勋戚大臣的家眷，都打扮整齐而来。

独有秦叔宝的母亲宁氏，年已一百有五，与那张柬之的母亲滕氏，年登九十有余，皆穿了旧朝服，来到殿中。各各朝见过，赐坐饮酒。天后道："四方平静，各家官儿俱在家静养，想精神愈觉健旺。"秦太夫人答道："臣妾闻事君能致其身，臣子遭逢明圣之主，知遇之荣，不要说六尺之躯，朝廷豢养，即彼之寸心，

① 缣（jiān）——双丝的细绢。

② 眩瞀（mào）——眼睛失神。

③ 设或——指假若。

亦不敢忘宠眷。”天后道：“令郎令孙，都是事君尽礼，岂不是太夫人训诲之力?”张柬之的母亲道：“秦太夫人寿容，竟如五六十岁的模样，百岁坊是必娘娘敕建的了。”荣国夫人道：“但不知秦太夫人正诞在于何日，妾等好来举觞。”秦母道：“这个不敢，贱诞是九月二十三日，况已过了。”过三巡，张母与秦母等各起身叩谢天后。明日，秦叔宝父子暨张柬之辈俱进朝面谢，天后又赐秦母建坊于里第，匾曰：福寿双高。此一时绝胜。

后事如何，且听下回分解。

第七十二回

张昌宗行傩[①]幸太后　冯怀义建节抚硕贞

诗曰：

春风着处惹想思，总在多情寄绿枝。
莫怪啼莺窥绣幕，岂怜佳树绕游丝。
盈盈碧玉含娇目，袅袅文姬下嫁时。
博得回眸舒一笑，凭他见惯也魂痴。

谚云：饱暖思淫欲，是说寻常妇人，若是帝后，为天下母仪，自然端庄沉静，无有邪淫的。乃古今来，却有几个？秦庄襄后晚年淫心愈炽，时召吕不韦入甘泉宫；不韦又觅嫪毐[②]，用计诈阉割，使缪毐如宦者状，后爱之，后被杀，不韦亦车裂。汉吕后亦召审食其[③]入宫，与之私通。晋夏侯氏，至与小吏牛金通，而生元帝，流秽宫内，遗讥史策。可惜月下老布置姻缘，何不就拣这几个配偶，使他心满意足，难道他还有什么痴想？

如今再说天后在宫中淫乱，见高宗病入膏肓，欢喜不胜。一日高宗苦头重，不堪举动，召太医秦鸣鹤诊之。鸣鹤请刺头出血可愈。天后不欲高宗疾愈，怒道："此可斩也，乃欲于天子头刺

---

① 傩（tān）——行步有姿态。

② 嫪毐（lào ǎi）——战国时秦平民，因阳具伟壮，吕不韦使诈阉入宫事秦庄襄后，后事败被秦王政诛杀。

③ 审食（yì）其（jī）——西汉沛县人，初任汉高祖舍人，渐为吕后亲信。吕后主政时，任左丞相，权倾朝野。

血！”高宗道：“但刺之，未必不佳。”乃刺二穴出少血。高宗道：“吾目似明矣！”天后举手加额道：“天赐也。”自负彩百匹，以赐鸣鹤。鸣鹤叩头辞出，戒帝静养。天后好像极爱惜他，时伴着依依不舍。岂知高宗病到这时，还不肯依着太医去调理，还要与天后亲热，火升起来，旋即驾崩，在位三十四年。天后忙召大臣裴炎等于朝堂，册立太子英王显为皇帝，更名哲，号曰中宗；立妃韦氏为皇后，诏以明年为嗣圣元年，尊天后为皇太后，擢①后父韦元贞为豫州刺史，政事咸取决于太后。

一日，韦后无事，在宫中理琴，只见太后一个近侍宫人，名唤上官婉儿，年纪只有十二三岁，相貌娇艳，性格和顺；生时母梦人畀大秤而生，道使此女称量天下，后遂颇通文墨，有记诵之功。偶来宫中闲耍，韦后见了便问道：“太后在何处，你却走到这里来？”婉儿道：“在宫中细酌。我不能进去，故步至此。”韦后道：“岂非冯、武二人耶！”婉儿不语。韦后道：“你这点小年纪，就进去何妨？”婉儿道：“太后说我这双眼睛最毒，再不要我看的。”韦后道：“三思犹可，那秃驴何所取焉！”正说时，只见中宗气忿忿的走进宫来，婉儿即便出去。韦后道：“朝廷有何事，致使陛下不悦？”中宗道：“刚才御殿，见有一侍中缺出，朕欲以与汝父，裴炎固争，以为不可。朕气起来对他们说：‘我欲以天下与韦元贞，何不可，而惜侍中耶！’众臣俱为默然。”韦后道：“这事也没要紧，不与他做也罢了。只是太后如此淫乱奈何？听见冯、武又在宫中吃酒玩耍。”中宗道：“诗上边说：‘有子七兮，莫慰母心。’母要如此，叫我也没奈何。”韦后道：“你倒有这等度量。只是事父母几谏，宁可悄悄的谏他一番。”中宗道：“不

---

① 擢（zhuó）——指提升。

难，我明日进宫去与他说。”

到了明日，中宗朝罢，先有宫监将中宗要与韦元贞为侍中并欲与天下，与太后说了。太后道：“这般可恶。”不期中宗走进宫来，令诸侍婢退后，悄悄奏道：“母后恣情，不过一时之乐，恐万代后青史中不能为母后隐耳，望母后早察。”太后正在含怒之际，见他说出这几句话来，又恼又惭，便道：“你自干你的事罢了，怎么毁谤起母来？怪不得你要将天下送与国丈，此子何足与事！”遂召裴炎废中宗为庐陵王，迁于房州；封豫王旦为帝，号曰睿宗，居于别宫。所有宫内大小政事咸决于太后，睿宗不得与闻。太后又迁中宗于均州，益无忌惮，心甚宽畅。又知宗室大臣怨望，心中不服，欲尽杀之。盛开告密之门，有告密称旨者，不次除官。用索元礼、周兴、来俊臣共撰《罗织经》一卷，教其徒网罗无辜。

中宗在均州闻之，心中惴惴不安，仰天而祝，因抛一石子于空中道：“我若无意外之虞，得复帝位，此石不落。”其石遂为树枝勾挂。中宗大喜，韦后亦委曲护持之。中宗道：“他日若复帝位，任汝所欲，不汝制也。”这是后事，不提。

且说洛阳有张易之、张昌宗兄弟二人，他父亲原是书礼之家，一日因科举到京中应试，寓在武三思左近。恰好三思与怀义不睦，要夺他宠爱，遂荐昌宗兄弟于太后，不提。

却说怀清见怀义到白马寺里去，料想他不能个就来，适有一睦州客人陈仙客，相貌魁伟，更兼性好邪术，怀清竟蓄了发，跟他到睦州，那寺侧毛皮匠，也跟去做了老家人。恰值那年睦州亢旱，地里忽裂出一个池来，中间露出一条石桥，桥上刻着“怀仙”两字，人到池边照影，一生好歹，都照出来。因此怀清夫妻也去照照，那知池中现出竟如天子皇后的打扮，并肩而立。怀清深以为怪，对仙客道："桥上'怀仙'二字，合着你我之名，又照见如此模样，武媚娘可以做得皇帝，难道我们偏做不得?"遂与仙客开起一个崇义堂来，只忌牛犬，又不吃斋，所以人都皈依信服。男人怀清收为徒，女人仙客收为徒，不上一两年，竟有数千余人。怀清自立一号，曰"硕贞"，拣那些精壮俊俏后生，多教了他法术，皆能呼风唤雨。不期被县尹晓得了，要差兵来捕他，那些徒弟们慌了，报知陈仙客、硕贞。硕贞见说，选了三四百徒弟，拥进县门，把县尹杀了，据了城池，竖起黄旗，自称文佳皇帝。仙客称崇义王，远近州县望风纳款。扬州刺史阴润只得申文报知朝廷。

是日，太后闲着无事，恰值差人去请怀义在宫中二雅轩宴饮，见了奏章，太后微笑道："天下只道唯我在女子中有志敢为，可谓出类拔萃者矣。不意此女亦欲振起巾帼之意，擅自称帝。"怀义道："莫非就是睦州文佳皇帝陈硕贞么？前日有两个女尼对臣说那陈硕贞凶勇无比，说起来就是感业寺里怀清，未知确否?"正说时，只见象州刺史薛仁贵申文请发兵讨陈硕贞，附有夫人小喜一副私礼，禀启中备说陈硕贞就是怀清，在睦州起义，会遇异人，得了天书箓①符，凶锋难犯，或抚或剿，恩威悉听上裁。太后道："我说那里有这样斗气的女子，原来果是令姊。"怀义亦笑道："罢了，男人无用的了，怎么一个柔弱女子便做得这个田地?"太后笑道："这样话只算得放屁。舜何人也，予何人也，有为者亦若是。难道女子只该与男子践如敝屣的？我前日的意思，建官分职，原要都用女子，男人只充使令，举朝皆妇人，安在不成师济之盛？我今烦你去招安他，难道他不肯来?"怀义道："臣

① 箓（lù）——道教的秘文秘录。

无官职，怎能够去招他？”太后道：“我封你一个大将军之职，你去何如？”即传旨封怀义为右卫大将军之职，星夜往睦州，招抚陈硕贞。咨文发下，怀义便辞朝，太后又叮咛了许多话，差御林军三千助之。又移咨象州刺史薛仁贵会兵接应。仁贵得了旨意，亦发兵进剿。

原来陈硕贞夫妻两个近日不睦，仙客嫌妻拥着精壮徒弟，不与他管；硕贞亦嫌其抢虏娇娃，带了随处宣淫。你道我兵强，我道己兵胜，因此大家分路，各自建功。仁贵将到淮上，早有细作来报道：“崇义王陈仙客带了一二千人马，离此地只有三十余里，要到徐州借粮，伏乞老爷主裁。”薛仁贵即便驻扎，点三百精兵，扮作逃难百姓，星夜赶去伏着；又发一百精兵，扮做贩酒煮的客人；又发二百精兵，扮作香客，看前头下得手处埋伏。吩咐完了，各自起行。

仁贵自己统领大军，连夜追赶，离贼只有二三里便停住。候至半夜，只听得一声号炮，仁贵如飞赶上前去，只见后边火星迸起，炮声不绝。仁贵持枪，直杀到寨门，可怜那些贼兵，从未逢这样精锐，各自卸了甲胄走了。陈仙客尚在炕上安寝，睡梦中听得杀喊，正要想逃走，那晓得仁贵一条枪直刺进来，被后边四五个精兵杀进，逃走不及，被仁贵一枪刺死在地，枭了首级。还有七八百人，见主帅被诛，只得弃戈投降。

却说怀义同了三千御林军起行，预先差四五个徒弟扮作游方僧人，去打听可是怀清还俗的。众徒弟领命去了，自己却慢慢而行。过了几日，只见那四五个徒弟同了一个老人家转来，怀义问道：“所事可有着实么？”徒弟道：“文佳皇帝一个亲随家人被我们哄到这里，师爷去问他便知。”怀义出来问道：“你是那里人？姓什么？”那老者道：“难道老爷不认得小的了？小的姓毛，名二，长安人，当年住在感业寺侧首，做皮匠为活。小的单身，时常蒙怀清师父热汤茶饭，总承我的；不想被那睦州陈仙客王爷，到寺中拐了六师父，竟往睦州蓄了发，做了夫妻，小的也只得随他去了。”怀义问道：“他们有什么本事，哄骗得这些人动?”毛二道：“那陈仙客喜的是诅咒邪术，不想遇着六师父更聪明，把这些书符秘诀练习精熟，着实效验，故此远近男女知道，都来降服皈依。”怀义道：“你知陈仙客勇力如何?”毛二垂泪道：“老爷，我们的主儿已死，还要问他什么勇力?”怀义听见喜道：“几时死的?”毛二道：“前日被薛仁贵来剿他，不意路上撞见，黑夜里杀进寨来。我那主人正在睡梦中，不及穿甲，被他杀了。”怀义道：“你这话不要调谎。”毛二道：“小的若是调谎，听凭老爷处死。”怀义道：“你如今要往那里去?”毛二道：“小的要去报知王爷的死信。”怀义道：“你不晓得，你文佳皇帝与我是亲戚。”毛二道：“小的怎么不晓得?”怀义道：“朝廷晓得他造反，故此差我来招安。你今要去报知他崇义王死信，可同我的人去，他便明白了。”说罢，怀义就写一封书，一件东西，付与四个徒弟，又叮咛了一番，徒弟同毛二起身去了。

行不多几日，到了沛县，只见他们摆着许多营盘，在城外把守，守营军卒看见了问道：“毛老伯，你为何回来了？你们那里何如?”毛二摇手道：“少顷便知，皇爷在何处?”小卒道：“在中军。”毛二如飞走到中军报知，叫毛二进去，毛二跪在地上，只是哭泣。陈硕贞心焦道：“你这老儿好不晓事，好歹说出来罢了，为什么只管啼哭?”毛二将崇义王如何行兵，薛仁贵如何举动，不想王爷正在宴乐之时杀进来死了。陈硕贞不觉大恸。正哭时，毛二又说道：“皇爷且莫哭，有一件事在此，悉凭皇爷主裁。”取出那怀义的一封书来。陈硕贞接了书，看见封面上写着“白马寺主家报”，便问：“你如何遇见了怀义？”毛二将骗去一段说了。陈硕贞将怀义的书拆开，只见上写道：

忆昔情浓宴乐，日夕佳期，不意翠华临幸，忽焉分手，此际之肠断魂消，几不知有今日也。自贤姊乔迁，细访至今，始知比丘改作花王，雨师堪为敌国，虽杨枝之水，一滴千条，反不如芸香片席，共沐莲床也。良晤在即，先此走候。统唯慈照不宣。怀清贤姊庄次，辱爱弟冯怀义顿首拜。

毛二道：“他那里差四个童子在外。”硕贞便叫唤他进寨来。毛二出去不多时，领着四个徒弟走进寨门。两边刀枪密密，剑戟重重，上边一个柔弱女子，相貌端严，珠冠宝顶，着一件暗龙绒色战袍，大红花边镶袖口。四个徒弟一见这般光景，只得跪下叩头道：“家爷启问娘娘好么？”陈硕贞道：“你家老爷，朝廷待得好么？”徒弟答道：“好。家爷有一件东西在此，奉与娘娘，须屏退众人。”陈硕贞道：“多是我的心腹。”那徒弟就在袖中取将出来，硕贞接在手中一看，却是前日临别时赠与怀义的白玉如意。硕贞见了双泪交流便道：“我只道我弟永不得见面的了，谁知今日遭逢。”便对四个徒弟道：“这里总是一家，你们住在此，待你老爷来罢。”四人只得住下。

过了一宵，五更时分，听得三个轰天大炮，早有飞马来报道：“敌兵来了！”陈硕贞道：“这是我家师爷，说甚敌兵！”各寨穿了甲胄，如飞摆齐队伍，也放三声大炮，放开寨门，硕贞差人去问：“是何处人？”怀义的兵道：“我们是白马寺主右卫大将军冯爷，你们来的是何人？”军卒答道：“是文佳皇帝在此。”说了，就转身去报与陈硕贞。硕贞选了三四十人跟了，跨上马，来接圣旨。怀义叫三千御林军驻扎站立，自同三四十个徒弟背了玉旨，昂然而来。到硕贞寨中，香案摆列。硕贞接拜了圣旨，两个相见过，拥抱大哭，到后寨中去各诉衷情。正欲摆酒上席，城内各官俱来参谒。怀义差人辞谢了，对硕贞道："贤姊既已受安，部下兵马如何处置？"硕贞道："我既归降，自当同你到京面圣，兵马且屯扎睦州再处。"怀义道："如此绝妙。"硕贞传众军头目说了，军马只得暂在睦州驻扎候旨，只带三四十亲随，同怀义亲切的慢慢而行。

行不及两三日，遇见了薛仁贵兵马，怀义把招安事体对他说了。仁贵道："既是事体已妥，师爷同令姊面圣，学生具疏上闻，去守地方了。"大家相别，仁贵自回象州去了。怀义同硕贞一路而行，到了京中，报知太后，太后晓得陈硕贞到了，怀义先进宫去说明，差个官儿去接，即召陈硕贞进宫。太后一见，悲喜交集，大家把别后事情说了，留在宫中住了两三日，赠了金银缎匹，买一所民房居住，敕赐硕贞为归义王，与太后为宾客；怀义赐封鄂国公。

后事如何，下回分解。

第七十三回

安金藏剖腹鸣冤　骆宾王草檄讨罪

词曰：

兔走乌飞，一霎时，翻腾满目。兴告讦，网罗欲尽，律严刑酷。眼底赤心肝一片，天边鳄泪愁千斛。吐尽怀草檄，整天廷，仇方复。斟绿酒，浓情续。烧银烛，新妆簇。向风亭月榭，细谈衷曲。此夜绸缪恩未竟，来朝离别情何促？倩东风，博得上林归，双心足。

——右调《满江红》

从古好名之士，为义而死；好色之人，为情而亡。然死于情者比比，死于义者百无一二。独有春秋时卫大夫弘演纳懿公之肝于腹中；战国时齐臣王烛闻闵王死，悬躯树枝，自奋绝脰①而亡。立心既异，亦觉耳目一新，在宇宙中虽不能多，亦不可少。

今说太后在宫追欢取乐，倏忽间又是秋末冬初。太平公主乃太后之爱女，貌美而艳，丰姿绰约，素性轻佻，惯恃母势胡作敢为。先适薛绍，不上两三年既死；归到宫中，又思东寻西趁，不耐安静。太后恐怕拉了他心上人去，将他改适大夫武攸暨，不在话下。

是日恰值太后同武三思在御园游玩，太后道："两日天气甚是晴和。"三思道："天气虽好，只是草木黄落，觉有一种凋零景

① 脰（dòu）——颈。

象，终不如春日载阳，名花繁盛之为浓艳耳!”太后道：“这又何难？前日上林苑丞奏梨花盛开，梨花可以开得，难道他花独不可开，况今又是小春时候，明日武攸暨必来谢亲，赐宴苑中，当使万花齐放，以彰瑞庆。”三思道：“人心如此，天意恐未必可。”太后笑道：“明日花若开了，罚你三大杯酒。”三思亦笑道：“白玉杯中酒，陛下时常赐臣饮的，只是如今秋末冬初的天气，那得百花齐放来?”太后怒目而视，别了三思回宫，便传旨宣归义王陈硕贞入朝，将前事与他说了，叫他用些法术，把苑中树木尽开顷刻之花，以显瑞兆。

硕贞道：“若是明日筵宴，陛下要一二种花，臣或可向花神借用。若要万花齐发，这是关系天公主持，须得陛下诏旨一道，待臣移檄花神，转奏天廷，自然应命。”太后展开黄纸，写一诏道：

明朝游上苑，火速报春知。

花须连夜发，莫待晓风吹。

太后写完，将诏付陈硕贞；硕贞又写了一道檄文，别了太后，竟到苑中，施符作法，焚与花神不题。太后又传旨着光禄寺正卿苏良嗣进苑整治筵席。

再说武三思回家，途遇了怀义。怀义问道：“上卿何不宿于宫，而跋涉道途耶?”三思道：“可笑太后要向花神借春，使明早万花齐放。我想人便生死由你，这发蕊放花系上帝律令，岂花神可以借得。我与你到明日看苑中之花，便知天意。”两人大笑而别。

到了明日，天气愈觉融和，怀义放心不下，忙进苑来。只见

万卉敷①荣，群枝吐艳，一转转到畅华堂来，一个官儿在那里主持。原来苏良嗣因为旨意，叫他检点筵席，故早到此。怀义被他看见，便道："何物秃驴辄敢至此！"怀义见他说这两句话，道他眼睛有些近视，只得忍着气对苏良嗣道："苏老先，彼此朝廷正卿，难道学生来不得的？"苏良嗣道："今日是武附马谢亲，是一席喜筵，朝廷差我在此料理。你是何科目出身，居为正卿，妄自尊大？你若不走，我就把朝笏来批你的颊②，看你把我如何？"怀义睁着眼睛，要发出话来，不意苏良嗣向着怀义把牙笏照脸批来，打了几下。怀义着了忙，只得逃进太后宫中，双膝跪下。

太后道："你为何这般光景？"怀义道："苏良嗣无礼，见了臣僧，便批臣的颊。"太后道："他在何处打你？"怀义道："在苑中畅华堂。"太后即挽他起来道："是朕叫他在那里主持酒席的，你为什么到那里闲走起来？南衙宰相往来，今后阿师当从北门出入。"便叫内侍吩咐司北门的官儿："今后上师进来，不可禁止。"又对怀义道："你今日住在此，待他们酒席散了，朕与你去游赏如何？"

且说苏良嗣在畅华堂检点，屏开孔雀，座映芙蓉，满山百花开放，照耀的好不热闹。只见御史狄仁杰领着各官进来，见了这些花朵，不胜浩叹道："奇哉，天心如此，人意何为？"内史安金藏道："不知万卉中可有不开的？"众臣各处闲看，唯有槿树，杳无萌芽，仍旧凋零，不觉赞叹道："妙哉槿树，真可谓持正不阿者矣！"正说时，只见驸马武攸暨进宫去朝见了，到畅华堂来领宴，又见许多宫女，拥着太后进来，叫大臣不必朝参，排班坐定。太后道："草木凋零，毫无意兴，故朕昨宵特敕一旨，向花

① 敷（fū）——铺陈，摆开。

② 批你的颊——打你的耳光。

神借春，不意今朝万花齐放，足见我朝太平景象。此刻饮酒，须要尽兴回去，或诗或赋做来，以记盛事。”又吩咐内侍去看万卉中有违诏不开的，左右道：“万花齐放，只有槿树不开。”太后命左右剪除枝干，谪在野间，编篱作障，不许复植苑中。

那武三思辈，这些谄佞之徒，无不谀词赞美。独有狄仁杰等俱道：“春荣秋落，天道之常。今众花特发，亦陛下威福所致，但冬行春令，还宜修省。”酒过三巡，众臣辞退。太后也因怀义在内，命驾进宫。

武三思看见太后不邀他到宫里去，心中疑惑，走到旁边，穿过了玩月亭，将到翠碧轩转去，只见上官婉儿倚栏呆想。正是：

淡白梨花面，轻盈杨柳腰。

倚栏惆怅立，妩媚觉魂消。

三思在太后处时常见他，也彼此留心。今日见他独自在此，好不欢喜，便道：“婉姐，你独自在此想着甚来，敢是想我么?”婉儿撇转头来，见是三思，笑道：“我是不想你，另有个心上人在那里想着。”三思道：“是那个?”婉儿道：“我且问你，今日在畅华堂中赴宴，为何闯到这里?”三思道：“你莫管。我同你到翠碧轩里去，有话问你。”婉儿道：“有话就在此说罢。”三思笑道：“我偏要到轩里去说。”婉儿没奈何，只得随了他到轩里来。三思问道：“谁在太后宫中玩耍?”婉儿道：“是怀僧。”三思便把婉儿搂住道：“亲姐姐，你方才说有人想我，端的是那个?”婉儿便道：“韦后在宫时，我常在他面前赞你如何风流，如何温存，又说你同太后在宫如何举动，他便长叹一声，好似痴呆的模样道：‘怪不得太后爱他!’这不是他想你么?可惜如今同圣上移驾房州去了。他若得回来，我引你去，岂不胜过上宫么?”三思道：“韦后既有如此美情，我当在太后面前竭力周全，召还庐陵王便了。”

说了，分手而别。

时索元礼、周兴、来俊臣辈同在畅华堂与宴，觉得狄仁杰、安金藏诸正人，意气矜骄，殊不为礼，心中饮恨。怀义又怪苏良嗣批其颊，大肆发怒。适虢州人杨初成矫制募人迎帝于房州，太后敕旨捕之。怀义买嘱周兴，诬苏良嗣、狄仁杰与安金藏等同谋造反。来俊臣又投一扇于匦①上，有《醉花阴》词二首，云是皇嗣讥讪母后，同谋不轨。词云：

花到春开其常耳，破腊花有几。除去一枝梅，再要花开，只恐无其二。上苑催花丹诏至，不许拘常例。草木亦何知，役使随入，博得天颜喜。

违例开花花何意？要把君王媚。昨夜诏花开，今早来看，却果都开矣。槿树一枝偏独异，不肯随凡卉。篱下尽悠然，万紫千红，对此应含愧。

太后见了大怒，然知狄仁杰乃忠直之臣，用笔抹去，余谕索元礼勘问。元礼临审酷烈，不知诬害了多少人，把苏良嗣一夹，要他招认谋反。良嗣喊道："天地九庙之灵在上，如良嗣稍有异心，臣等愿甘灭族。"又把安金藏要夹起来。金藏道："为子当孝，为臣当忠；如君欲臣死，臣孰敢不死？但欲叫臣去陷君，臣不为也。今既不信金藏之言，请剖心以明良嗣不反。"即引佩刀自剖其胸，五脏皆出，血涌法堂。杜景俭、李日知他两个尚存平恕，见了忙叫左右夺住佩刀，奏闻太后。太后即传旨，着俊臣停推，叫太医院看视。

安金藏此事远近传闻。眉州刺史英公徐敬业同弟敬献，行至扬州，忽闻此报，不胜骇怒道："可惜先帝天挺英雄，数载亲临

---

① 匦（guǐ）——匣子，小箱子。

鏖战，始得太平。至今日被一妇人安然坐享，把他子孙翦灭殆尽。难道此座，竟听他归之武氏乎？举朝中公卿，何同木偶也!”敬猷道：“吾兄是何言欤？众臣俱在辇毂之下，各保身家，彼虽淫乱，朝廷之纪纲尚在，但可恨这班狐鼠之徒耳。如今日有忠义之士，出而讨之，谁得而禁哉！正说时，只见唐之奇、骆宾王进来。原来唐、骆因坐事贬谪，皆会于扬州，二人听见了，便道：“好呀，你们将有不轨之志，是何缘故？”敬业道：“二兄来得正妙，有京报在这里，请二兄去看便知。”

二人看了一遍，唐之奇只顾叹气。骆宾王对敬业道：“这节事，令祖先生若存，或者可以挽回，如今说也徒然。”敬业道：“贤兄何必如此说，人患不同心耳。设一举义旗，拥兵而进，孰能御之？”唐之奇道：“既如此说，兄何寂然？”骆宾王道：“兄若肯正名起义，弟当作一檄以赠。”敬业道：“兄若肯扶助，弟即身任其事，即日祭告天地，祀唐祖宗，号令三军，义旗直指耳！且把酒来吃，兄慢慢的想起来。”骆宾王道：“这何必想，只要就事论事说去，已书罪无穷矣。”敬猷道：“只就断后妃手足，这种利害之心实男子所无。”一回儿摆上酒来，大家用巨觞饮了数杯，宾王立起身来说道：“待弟写来，与诸兄一看，悉凭主裁。”忙到案边，展开素纸写道：

伪周武氏者，人非和顺，地实寒微。昔充太宗下陈①，尝以更衣②入侍。洎③乎晚节，秽乱春宫，潜隐先帝之私，阴图后庭

① 下陈——这里指入宫为“才人”。

② 更衣——更换衣服，古人亦作“上厕所”的代用语。此指武后为才人时，因捧盆与晋王洗手而获宠之事。

③ 洎（jì）——及，至。

之嬖①。入门见妒，蛾眉不肯让人；掩袖工谗，狐媚偏能惑主。践元后于翚翟②，陷吾君于聚麀③；加以虺蜴④为心，豺狼成性。近邪狎僻⑤，残害忠良，杀姐屠兄，弑君鸩母，人神之所共嫉，天地之所不容，犹复包藏祸心，窥窃神器⑥。君之爱子，幽之于别宫；贼之宗盟，委之以重任⑦。呜呼霍子孟之不作，朱虚侯之已亡⑧。燕啄王孙⑨，知汉祚⑩之就尽；龙漦帝后，识夏庭之遽衰⑪。敬业皇唐旧臣，公侯冢子，奉先君之承业，荷朝廷之厚恩。

敬业坐在旁边，看他一头写，一头眼泪落将下来，忍不住移身去看，只见他写道：

公等或家传汉爵，或地协周亲；或膺重寄于话言，或受顾命

---

① 嬖（bì）——宠幸。

② 践元后句——指武氏设计使高宗废掉王皇后，而使自己当上了皇后。翚翟（huī zhái），即五彩花纹的雉鸡。这里指都是野鸡。

③ 陷吾君句——指武氏先后事太宗、高宗父子。聚麀（yōu），爷子共牝（pìn）。鹿曰麀，指雌鹿。

④ 虺蜴（huī yì）——蝮蛇和蜥蜴。

⑤ 狎僻——小人。

⑥ 神器——指国家政权。

⑦ 贼之宗盟二句——指武氏重用武家族人。

⑧ 呜呼二句——霍子孟，汉霍光；朱虚侯，即汉刘章，汉高祖子齐悼惠王之子。两人都曾匡救汉室。

⑨ 燕啄王孙句——汉童谣云：“燕飞来，啄皇孙。皇孙死，燕啄矢。”汉成帝主赵飞燕为皇后，飞燕害死后宫许多皇子。

⑩ 祚（zuò）——国家命运。

⑪ 龙漦（lí）二句——漦，龙的涎沫。帝后，指夏帝。古时传说，有二神龙降于夏宫，请夏帝藏其漦以保平安。夏帝以木盒贮之，三代莫发。至周厉王时启盒，龙漦化为玄鼋，一妇遭而孕，生一女郎褒姒。幽王以之为后，未久西周遂亡。此二句意为：夏朝的衰亡，在神龙降临时已现征兆。

于王室；言犹在耳，忠岂忘心？一抔之土①未干，六尺之孤何托？请看今日之域中，竟是谁家之天下②。

敬业看完，不觉杯儿落将下来，双手击案大恸。宾王写完，把笔掷于地上道："如有看此不动心者，真禽兽也！"众人亦走来念了一遍，无不涕泗交流。岂知一道檄文，如同治安策，可为痛哭者一，可为流涕者二，可为长叹息者六，弄得一堂之上，彼此哀伤。敬献道："这节事不是哭得了事的，只要诸公商议做去便了。"大家复坐。敬业道："明日屈二兄早来，尚有几个好相知，邀他同事。"骆、唐二人，唯唯而别。

时狄仁杰为相，见狱中引虚伏罪者，尚有八百五十余人。仁杰俱疏，将索元礼等残酷之事奏闻太后，命严思善按问。思善与周兴方推事对食，谓兴道："囚多不承，当为何法？"兴道："令囚入瓮，以火炙之，何事不承？"思善乃索大瓮，炽炭如兴法，因起谓兴道："有内状推公，请公入此瓮。"兴叩头伏罪，流岭南为仇家所杀。索元礼、来俊臣弃市，人争啖其肉，斯须而尽。太后知天下恶之，乃下制数其罪恶，加以赤族之诛。这些残酷之事，一朝除灭殆尽，军民相贺道："自今眠者背始贴席矣。"

一日，武三思进宫，将徐敬业檄文并裴炎回敬业书与太后看。太后看罢，不觉怡然长笑，问："此檄出自谁手？"三思道："骆宾王。"太后道："有才如此，而使之流落不偶，则前此宰相之过也。"三思因问敬业约炎为内应，而炎书只有"青鹅"二字，

---

① 一抔（póu）之土——指一捧，一掬。

② 请看二句——至此，《代李敬业传檄天下文》并未结束，此后尚有八字。此句前尚有一百五十二字，"公等"句前，尚有一百三十字。读者不可将之误视为此檄文的全部。另，原文"公等或居汉地，或叶周亲"，现据清陈熙晋笺注《骆临海集》校过。

众所不解。太后道："此何难解，青者十二月也，鹅者我自与也，言十二月中至京，我自策应也。今裴炎出差在外，且不必追捉，只遣大将李孝逸，征讨敬业便了。但我想庐陵王在房州，他是我嫡子，若有异心，就费手①了，要着一个心腹去看他作何光景②？只是没有人去得。"三思想起婉儿说韦后慕我之意，便道："我不是陛下的心腹么，就去走遭。"太后道："你是去不得的。"三思道："此行关系国家大事，若他人去，真假难信。"太后唯唯，只见宫娥报说："师父进来了！"太后叫婉儿："你且送武爷出去。"婉儿对三思道："我同你到右首转出去罢。"三思道："为什么不往东边走？"婉儿道："西边清净些。"三思会意，勾住他的香肩，取乐一回，又把太后要差人往房州去的事说了，叫他撺掇我去。婉儿道："这在我，我有些礼物，送与韦娘娘，待我修书一封，打动他便了，只是日后不要把我撇在脑后。"三思道："这个自然。"随即分手出宫。

到了次日，太后有旨，着武三思速往房州公干。三思得了旨意，进宫辞别太后，太后叮咛数语，婉儿暗将礼物并书递与三思。三思随即起身。

不多几日，已到房州，天色已晚，上店歇了，随叫手下假说是文爷在这里买些小货。三思到了夜间，闲语中问及："庐陵王在这里可好么？"店主人道："王爷甚好，唯与比丘时常往来。这里有感德寺大和尚，号慧范，王爷朔望③必到寺中，听他讲经说法；至于百姓，真是秋毫无犯。可惜这个好皇爷，不知为什么事，他母后不喜欢，赶了出来。"三思心上想道："庐陵如此举

① 费手——指麻烦。

② 光景——指打算。

③ 朔望——朔日和望日，即农历每月初一和十五。

动，无异心可知的了，更喜今日是十四，明日是望日，待他出门，我去方妙。”过了一宵，明日捱到日中，跟了三四个小使，肩舆而至。

门上人知是武三思，不知为什么事体，忙去报知韦后。韦后叫太监进去问：“那武爷是怎样来的？还有何人奉陪？”太监答了。韦后道：“既如此，他与我们是至戚，不妨请进宫来相见。”太监出去请进宫来。三思看见韦后走将出来，但见：

身躯袅娜，艳态娉婷。鼻倚琼瑶，眸含秋水，生成秀发，尽堪盘窝龙髻；天与娇姿，慢看舞袖吴宫。

三思连忙拜将下去，韦后也回拜了坐定。韦后问道：“太后好么？”三思笑道：“比先略觉宽厚些。”韦后垂泪道：“我们皇爷，偶然触了母后一句，不想被逐。如今我夫妇不知何日再得瞻依膝下？”三思道：“想皇爷不在宫中么？”韦后道：“今早往感德寺，已差人去请了。不知武爷何来？”三思道：“因上官婉儿思念娘娘，故赍书到此。”向靴里取出书来送与韦后，左右就把礼物放下。韦后把婉儿的书拆开，看了微笑，忽见女奴进来报道：“王爷回来了。”

韦后进去，中宗出来，与三思说礼坐定，中宗先问了母后的安，又叙了寒暄，彼此把朝政家事说了。中宗道：“兄如今何往？寓在何处？”三思道：“在府前饭店暂过一宵，明日即行。”中宗道：“岂有此理，兄不以我为弟耶，何欲去之速也！弟还有许多话问兄。”对左右说：“武爷行李在寓所，你去吩咐他们取来。”

一回儿请到殿上饮酒，三思把安金藏剖腹屠肠说了，又把日前徐敬业讨檄一段说了，道：“太后差李孝逸去剿灭，今差我到扬州，命娄师德去合剿，故此枉道来问候。”中宗听了大怒道：“李绩是太后的功臣，母后何等待他，不想他子孙如此倡乱，若擒住他，碎尸万段，不足以服其辜。”更命整席在后书斋，中宗进内更衣去了。三思见内已摆设茶果，又见刚才随韦后的宫奴捧上茶杯，韦后近身悄悄对三思道：“武爷不要用酒醉了，娘娘还要出来与武爷说话。”正说时，中宗出来入席，大家猜谜行令，倒把中宗灌醉，扶了进去。

三思见里边一间床帐，已摆设齐整，两个小厮，住在厢房。三思叫他们先睡了，自己靠在桌上看书。不多时韦后出来，三思忙上前接住道：“下官何幸，蒙娘娘不弃?”韦后道：“噤声。”把手向头上取那明珠鹤顶与袖中的碧玉连环，放在桌上。韦后道：“你却不要薄情待我。”三思道：“我回去如飞在太后面前，说王爷许多孝敬，包你即日召回。”韦后道：“如此甚好，妾鹤顶一枝，聊以赠君，所言幸勿负我。婉儿我不便写书，替我谢声；碧玉连环一副，乞为致之。”别了三思进去。三思在府中三日，恐住久了，太后疑心，就与中宗话别，上路回京。

要知后事，且听下回分解。

第七十四回

改国号女主称尊　闯宾筵小人怀肉

词曰：

武氏居然改号，唐家殆矣堪哀。却缘妖梦费疑猜，留得庐陵还在。只怪僧尼恋色，怎教臣庶持斋。阿谁怀肉首将来，笑杀小人无赖。

——右调《西江月》

国势颠危之际，还亏那有手段的出来，反倾振坠，做个中流砥柱。若都像那一班猪狗之徒，未有不把祖宗栉风沐雨之天下，拱手而付之他人。国号则改为周，宗庙则易武氏，视中宗、睿宗如几上之肉。岂知天不厌唐，拨乱反正之玄宗，早已挺生宫掖矣。

今且不说武三思在房州别了中宗回来。且说有个傅游艺，原系无籍，因其友杜肃与怀义相好，怀义荐二人于太后，遂俱得幸，擢为侍御。游艺怂谀太后，更改国号，又请立武承嗣为太子。太后大喜，遂改唐为周，改元天授，自称圣神皇帝，立武氏七庙。正是：

皇后称皇帝，小君作大君。

绝无仅有事，亘古未曾闻。

武三思回到京中，闻武承嗣欲谋为太子，心怀不平。及入宫复命，突遇上官婉儿，三思问：“太后安否？”婉儿道：“太后日来偶患目疾，如今叫沈南璆在那里医。王爷处怎么光景？”三思道："王爷日夕奉佛，作事甚好。韦娘娘已谐素愿，他说不及写书，送你碧玉连环一双，叫我多多致谢。"袖中取出连环付与婉儿收了。婉儿道："此时太后闲着，我快去见了。两日武承嗣在此营求为太子，你须小心承奉。"三思依言，随即进宫朝见太后，称贺毕，把中宗如何思念太后，如何佛前保佑太后，细细说完。太后默然，半晌不语。

一日太后夜梦不祥，召狄仁杰详解。太后道："朕夜来梦见先帝授我鹦鹉一只，双翼披垂，朕抚弄移时，两翼再不能起。"仁杰道："武者陛下国姓，召回佳儿佳妇，则两翼振矣。"太后道："卿言甚是。但武承嗣求为太子，事当如何？"仁杰对道："文皇帝亲冒锋镝，以定天下，传之子孙。先帝以二子托陛下，今乃欲移之他族，无乃非天意乎。且姑侄与母子孰亲？陛下立子，则千秋万岁后，配飨太庙，承继无穷。陛下欲立侄，未闻有侄为天子，而不祔姑于庙者也。"后悟，由是召回中宗。母子相见，悲喜交集不提。

一日，太后与三思在窗前细语，恰好昌宗兄弟进来。太后笑道："我正拟九个美人题在此，要众人分做。"昌宗在案上取来一看，却是美人浴、美人睡、美人醉许多好题目。尚未看完，只见太平公主携着婉儿的手走进来。原来昌宗、易之久与太平公主有染，太后亦微知其事，当日大家上前见了，太平公主道："苑中荷花大放，母后怎不去看，却在此弄这冷淡生活？"太后笑道："正是同去看来。"遂命摆宴在苑中。

大家同到苑中来。只见啸鹤堂前，那荷花开得红一片，绿一堆，芳香袭人。太后道："妙呀！两日荷花正在不浓不淡之间。"四围看了一遍，入席饮了一回酒。太后道："今日之宴，实为赏心，宁可有诗无花，岂可有花无诗？"婉儿道："正是花、酒、诗四美具矣，岂可使他虚负！”太平公主道：“花、酒、诗只有三样，为何说四美具?”婉儿道：“难道人算不得一美的！”大家笑了一回，易之道：“荷花吟咏甚多，何不以人喻之，方不盗袭。”太后道：“五郎之言甚善。刚才诗题尚在上宫，快写出来。”昌宗道：“在臣袖中。”取来送与太后，太后接了笑道：“题目恰好十二个，只要随意描写，不要写出宫闱中身分，可拈阄取题。六人在此，一人做两首。”便命婉儿写了十二个阄子，成团儿放在盒儿里。先是太后拈了两个，其余各各拈齐。太后先向上边桌上，执笔而写；公主与婉儿两个，向旁边东首桌上做；三思与易之、昌宗，向近窗桌上凝思。太后不多时已做完，起身道：“聊以涂鸦，殊失命题之意。”众人齐来看，只见上写道《美人醉》：

细酌流霞尽少年，宜都春好自陶然。
玉山荡影无坚壁，银海光摇欲拽天。
黾勉添香还裹足，艰难临镜又凭肩。
听郎啐语和郎笑，丐尔温存一霎眠。

第二题是《美人睡》：

罗家夫妇太轻狂，如许终宵一半忙。
晓起自嫌星眼倦，午余犹觉锦衾凉。
朦胧楚国行云雨，撩乱梁家堕马妆。
耳畔俏呼身半转，粉腮凝汗枕痕香。

众人正在那里赞美，只见昌宗与婉儿的诗亦完。太后先把昌宗的来看，是《美人坐》：

咄咄屏窗对落晖，飞花故故点春衣。
支颐静听林莺语，抱膝遥看海燕归。
爱把玉钗撩鬓发，闲将金尺整腰围。
卖花墙外声声唤，懒得抬身问是非。

再把第二首是《美人忆》：

记得离亭折柳条，风姿何处玉骢骄？
春情得梦虚鸳枕，世态依人几绨袍？
其雨日高谁适沐，曰归河广不容刀。
金钱卜惯难凭准，乱剪灯花带泪抛。

太后赞道："这二首得题之神，清新俊逸，兼而有之。"看婉儿的诗，第一首是《美人浴》：

秋炎扶梦倚兰干，小婢传言待浴兰。
绦脱渐松衫半掩，步摇徐解髻重盘。
春含豆蔻香生暖，雨晕芙蓉腻未干。
怪底小姑垂劣甚，悄拈窗纸背奴看。

第二首是《美人谑》：

盈盈十五惯娇痴，正是偷闲谑浪时。
方胜叠香移月姊，绣裙围树笑风姨。
申岩仲子三章法，细数诸姑百两期。
何事悄将巾带裹？教人错认是男儿。

太后看了笑道："我说你是惯家，自与人不同。即使梓①行于世，人亦不认是宫闱中做的。"只见三思也写完，呈将上来。太后一看，却是《美人语》：

何人输却口脂香，骂尽东风负海棠。
连袂踏青忆款曲，临池对影自商量。
频嫌东陆行长日，未许西邻听隔墙。
不尽喁喁绣幕外，细教鹦鹉数檀郎。

第二题是《美人病》：

---

① 梓（zǐ）——刻版，刊印。

悄裹常州透额罗，书床绮枕皱凌波。
原因忆梦成消瘦，错认伤春受折磨。
剪彩情怀今寂寞，踏青竟况久蹉跎。
儿家夫婿谁知道，减却腰围剩几多？

只见太平公主也呈上来，却是《美人影》：

何事追随不暂离？惯将肥瘦与人知。
日中斜傍花阴出，月下横移草色披。
避雨莫窥眉曲曲，摇风多见袖垂垂。
堪怜临水萍开处，白小吹波乱唼伊。

第二题乃《美人步》：

款蹴香尘冉冉移，畏行多露滑春泥。
花阴点破来无迹，月影冲开去有期。
觅句推敲何觉懒？寻芳摇曳故教迟。
玉奴步步莲花地，应为东风异往时。

太后未及品题，张易之也完了呈上，却是《美人立》：

凝睇中天顾影明，迟回却望最含情。
斜抱琵琶空占影，稳垂环佩不闻声。
闲将衣带和衫整，懒为花枝绕砌行。
露湿弓鞋犹待月，小鬟频唤未将迎。

第二题是《美人歌》：

雍门三日有余声，不为骊驹唱渭城。
子夜言情能婉转，罗敷诉怨最分明。
朱唇乍启千人静，皓齿才分百媚生。
谱尽香山长恨句，听来真与燕莺争。

太后看了笑道："你四人的诗，不但俱得香奁之体，如出一人之手。"正说时，只见宫奴捧着莲花三四枝进来，三思把一枝置于昌宗耳边戏道："六郎面似莲花。"太后笑道："还是莲花似六郎耳。"饮酒笑说了一回，三思、昌宗、易之等散出，太后着内监牛晋卿去召怀义。

那晓得怀义自做了鄂国公之后，积蓄多金，倚势骄蹇，私藏着极美的妇人，日夜取乐。这日正吃得大醉，忽见牛晋卿传太后有旨宣召，怀义怒道："这里娇花嫩蕊，尚不暇攀折，况老树枯藤乎？你且回去，我当自来。"晋卿无奈，只得回宫，以怀义之言实告。太后听了，不觉大怒道："秃子恁般无礼！前者火烧天堂，延及明堂，都因此秃，今又如此可恶！"正在大怒之际，恰好太平公主进来，见太后大怒，忙问其故。晋卿将怀义之言说知。公主道："秃奴无礼极矣！母后不须发怒，待儿明日处死他便了。"太后道："须处得泯然无迹。"

太平公主领命而出，明日绝早起身，选了二三十个壮健宫娥去苑中伏着，又叫两个太监往召怀义，哄他进苑来。那怀义因宵来酒醉失言，懊悔无及，又闻差人来召他，正要粉饰前非，即同二太监从后宰门进宫。太平公主先令宫娥于半路传谕道："太后在苑中等着，可快进去。"怀义并不疑心，忙进苑来，宫娥引到幽僻之处，只见太平公主坐着，将一纸叫他看。怀义拿来一看，却是王求礼请阉怀义的疏。两个内监即时动手阉割，又加痛打，不消半刻，怀义气绝身亡，将尸首装入蒲包内，送到白马寺中，放火烧了，回奏太后不提。

且说太后因明堂火灾，天堂中所供佛像，都已损坏，又四方水旱频仍，各处奏报灾异，遂下诏着百官修省，禁止民间屠宰，甚至鱼虾之类亦不许捕捉。这禁屠之令一下，军民士庶无不凛遵。

其时翼国公秦叔宝致仕家居，尚有老母在堂，叔宝极尽孝养。其子秦怀玉，蒙高祖赐婚单雄信之女，生二子，长名秦琮，次名秦语。语娶拾遗张德之女，一胎双生二子，叔宝与叔宝之母，俱甚欢喜。到满月时，为汤饼之会，朝中各官都往称贺。叔宝父子开筵宴客，张德亦在座，傅游艺与杜肃也随众往贺，一同饮宴。只见杯盘罗列，水陆毕具，极其丰腆。张德对着众官道："若论奉诏禁屠，今日本不该有此陈设，只因敝亲翁老年得这曾孙，不胜欣喜，又承诸公枉顾，不敢亵慢，故有此席，违禁之愆，仰祈容庇。"叔宝父子也一齐拱手道："总求诸兄见原。"众官俱唯唯，只有傅游艺、杜肃这两个小人口虽答应，心里不然，要想去太后面前出首献功。游艺目视杜肃而笑，杜肃会意，乘着众人酌酒酬酢之时，暗将盘中肉馅包子一枚藏于袖内，至晚散席，各自别去。

次日早朝已罢，百官俱退，游艺、杜肃独留身奏事，随太后至便殿。太后问道："二卿欲奏何事？"杜肃笑道："陛下遇灾修省，禁止屠宰，人皆奉法，不敢有犯，大臣之家，尤宜凛遵诏旨，乃翼国公之子秦怀玉，因次子秦语生男宴客，臣与傅游艺俱往赴宴，见其珍羞毕备，干犯明禁。臣已窃怀其一物为证，乞陛下治其违旨之罪，便臣民知畏，诏令必行。"奏罢，将昨日所袖的肉馅包子献上。傅游艺亦奏道："拾遗张德徇庇姻私，嘱托众官使相容隐，殊属不法，亦宜加罪。"太后闻奏，微微而笑，即传旨召秦怀玉、张德。

少顷，二人宣至。太后问秦怀玉道："闻卿次子秦语之妻张氏，连举二雄，秦家得子，张家得甥，大是喜事。"怀玉与张德俱顿首称谢。太后道："昨日在家宴客乎？"怀玉奏道："臣父因祖母年高，欲弄孙以娱之，偶召亲故小饮，不识陛下何以闻之？"太后命左右将肉馅包子与他看，笑道："此非卿家筵上之物耶，张拾遗虽欲为卿隐蔽，其如有怀肉出首之人何?”怀玉与张德俱大惊，叩头道：“臣等干犯明禁，罪当万死。”太后道：“朕禁止屠宰，只为小民无端聚饮，残害物命故耳。至于吉凶庆吊之所需，原不在禁内。卿父为开国功臣，且又年老，况有老母在堂，今喜连得二曾孙，汤饼嘉会，击鲜烹肥，理固宜然，岂朕所禁。但卿自今请客，亦须择人。”因指着傅游艺、杜肃道：“如此等辈，不必再请也。”怀玉、张德叩头谢恩而退。傅游艺、杜肃羞惭无地，太后挥之使出。二人出得朝门，众官无不唾骂。正是：

莫道老妖作怪，有时却甚通情。

禁犯不准出首，小人枉作小人。

太后思念昔日功臣死亡殆尽，又闻程知节亦谢世，凌烟阁上二十四人，惟秦叔宝一人尚在；喜其得了曾孙，特命以彩缎二十端，金钱二贯，赐与新生的二小儿；又赐二名，一名思孝，一名克孝。叔宝父子，俱入朝谢恩。不及一月，叔宝之母身故，叔宝因哭母致病，未几亦亡。太后闻讣，为之辍朝三日，赐祭赐谥。正是：

开国元勋都物故，空留画像在凌烟。

第七十五回

释情痴夫妇感恩　伸义讨兄弟被戮

词曰：

有意多缘，岂必尽朱绳牵接。只看那红拂才高，药师情热。司马临邛琴媚也，文君志向何真切。乍相逢，眼底识英雄，堪怡悦。有一种，天缘结。有一种，萍迹合。叹芳情未断，痴魂未绝。不韦西秦曾斩首，牛金东晋亦诛灭。这其间，史册最分明，何须说？

——右调《满江红》

天下治乱尝相承，久治或可不至于乱，而乱极则必至于复治。虽无问世首出之王者，亦必有拨乱反正之英主，挺生于其间。有英主，即有一二持正不阿之元宰，遇事敢言之侍从，应运而兴，足以挽回天意，维持世道，其关系岂浅鲜哉！

今且不说中宗到京，尚在东宫，太后依旧执掌朝政，年齿虽高，淫心愈炽。又以张昌宗为奉宸令，每内廷曲宴，辄引诸武、二张饮博嘲谑，又多选美少年，为奉宸内供奉，品其妍媸，日夜戏弄。魏元忠为相，奏道："臣承乏宰相，使小人在侧，臣之罪也。"元忠秉性忠直，不畏权势，由是诸武、二张深怨，太后亦不悦元忠。昌宗乃谮元忠私议道："太后年老，且淫乱如此，不若挟太子为久长，东宫奋兴，则狎邪小人，皆为避位矣！"太后知之大怒，欲治元忠。昌宗恐怕事不能妥，乃密引凤阁舍人张说赂以多金，许以美官，使证元忠。张说思量："要推不管，他就变起脸来，不好意思，倘若再寻了别个，在元忠宰相身上，有些不妥；我且许之，且到临期再商。”只得唯唯而别。

太后明日临朝，诸臣尽退，止留魏元忠与张昌宗廷问。太后道：“张昌宗，你几时闻得魏元忠私议的？却与何人说之？”昌宗道：“元忠与凤阁舍人张说相好，前言是对张说说的，乞陛下召张说问之，便知臣言不谬。”太后即命内监去召张说。是时大臣尚在朝房探听未归，闻太后来召张说，知为元忠事，说将入，吏部尚书宋景谓说道：“张老先生，名义至重，魂神难欺，不可徇情行止，以求苟免，获罪流窜，其荣多矣；倘事有不测，景等叩阍力争，与子同生死，努力为之。万代瞻仰，在此一举也！”又有左史刘知几道：“张先生无污青史，为子孙累。”张说点头唯唯，遂入内庭。太后问之，张说默然无语。昌宗从旁促使张说言之。张说便道：“臣实不闻元忠有是言，但昌宗逼使臣证之耳。”太后怒道：“张说反复小人，宜一并治之！”于是退朝。隔了几日，太后叫张说又问，说对如前。太后大怒，元忠贬高要尉，说流岭表，昌宗因张说不肯诬证元忠，挟太后之势，连夜要促他起身。

却说张说有爱妾姓宁，名怀棠，字醒花。生时母梦人授海棠一枝，因而得孕，其诸母戏道：“海棠睡未足耶！”其母道：“名花宜醒不宜睡。”故号醒花。及归张说时年十七，姿容艳丽，文才敏捷，张说所有机密事故俱他掌管。一日有个同年之子，姓贾名全虚，父亲贾恪，官拜礼部尚书。全虚年方弱冠，应试来京，特来拜望张说，因见全虚年少多才，留为书记，凡书札来往，皆彼代笔，住在家中，忽忽过了一夏，秋来风景，甚是可人；残梧落叶，早桂飘香。全虚偶至园中绿玉亭前闲玩，劈面撞见醒花，全虚色胆如天，竟上前深深作揖道：“小生苏州贾全虚，偶尔游行，失于回避，望娘子恕罪。”那醒花也不回言，答了一礼，竟往里边进去了。醒花心上思想起来：“吾家老爷只说贾相公文学富赡、家世贵显，并不提起他丰姿秀雅，性格温和，看他举止安静，决不像个落薄之人，吾今在此，虽然享用，终无出头之日。”倒有几分看上他的意思。全虚虽然一见，并不知此是何人，又无从那里访问，胸中时刻想念，只索付之无可如何。

过了一日，正值张说有事，全虚出去打听了回家，独坐书斋，月色如昼，听见窗外有人嗽声。全虚出来一看，见一女郎缓步而至，全虚惊问。女郎答道：“吾乃醒娘侍女碧莲。前日醒娘亭前一见，偶尔垂青，至今不忘。兹因老爷在寓，即日起行，醒娘欲见郎君一面，特命妾先容。”语未完，只见醒花移步而来，满身香气氤氲。全虚迎上一揖道：“绿玉亭前，瞥然相遇，度娘子决不是凡人，所以敢于直通款曲。今幸娘子降临，天遣奇缘，若是娘子不弃，便好结下百年姻眷了。”那醒花却也安雅，徐徐不答道：“我在府中一二年，所见往来贵人多矣，未有如君者。君若不以妾为残花败絮，请长侍巾栉，承此多故之际，如李卫公之挟张出尘，飘然长往，未识君以为可否?”全虚道：“承娘子谬爱，全虚有何不可，只是年伯面上不好意思。”醒花道：“你我终身大事，那里顾得，须自为主张。”碧莲携着酒肴，二人对酌。全虚道：“卿字醒花，只恐夜深花睡去奈何?”醒花笑道：“共君今夜不须睡，否则恐全虚此一刻千金也。”相与大笑。碧莲道：“隔墙有耳，为今之计，三十六着，走为上着。”疾忙收拾，连夜逃遁。正是：

婚姻到底皆前定，但得多情自有缘。

早已有人将此事报知张说，张说差人四下缉获住了，来见张说。张说要把全虚置之死地，全虚厉声道：“睹色不能禁，亦人

之常情。男子汉死何足惜，只是明公如此名望素著，如此爵禄尊荣，今虽暂谪，不久自当迁擢，安知后日宁无复有意外之虞，缓急欲用人乎？何靳①一女子而置大丈夫于死地，窃谓明公不取也。且楚庄王不究绝缨之事，袁盎不追窃姬之书生，杨素亦不穷李靖之去向，后来皆获其报，岂明公因一女子，而欲杀国士乎？”张说奇其语，遂回嗔作喜道：“汝言似亦有理，今以醒花赠汝，并命家人厚具奁资赠之。”全虚也不推辞，携之而去。

太后闻知，以张说能顺人情，不独不究前事，且命以原官兼为睿宗第三子隆基之傅②。这隆基即后来中兴之主玄宗皇帝也，但那时节正未得时，太后亦等闲视之。其时太后所宠爱的人，自诸武而外，只有太平公主与安乐公主。那安乐公主乃中宗之女，下嫁于太后之侄武崇训。太后从武氏一脉推爱，故亦爱之。他倚了夫家之势，又会谄媚太后，得其欢心，因便骄奢淫佚，与太平公主一样的横行无忌。

一日，两个公主同在宫中闲坐，偶见壁上挂着一轴美人斗百草的画图，且是画得有趣，有《西江月》词道得好：

春草春来交茂，春闺春兴方浓。争教小婢向园中，偏觅芳菲种种。

各出多般多品，争看谁异谁同。因何一笑展欢容，斗着宜男心动。

太平公主看了画图，对安乐公主说道：“美人斗草，春闺韵事；今方二月，百草未备，待春深草茂之时，我和你做个斗草会，大家赌些什么，何如?”安乐公主欣然应诺。到得三月初旬，正欲预遣宫女们去御苑中采觅各种异草，适上官婉儿来闲话，闻

① 靳——指吝惜，不肯给予。

② 傅——即“太傅”，辅导皇子的官。

知其事，因说道："公主若但使人觅草，只怕你会觅，他也会觅，何能取胜？必须觅得一件他人所必无之物方好。"公主道："你道那一件是他人所无的？"婉儿道："这倒不必拘定是草不是草，只要与草相类的便了。"公主道："你且说何物与草相类？"婉儿道："草为地之毛，人身有五毛，亦如地之有草，五毛之中须为贵。吾闻南海祇洹寺塑的维摩诘之像，其须乃晋朝名公谢灵运面上的，此真世间有一无二的东西，得此一物，定可取胜。"安乐公主闻言大喜。

原来晋时谢灵运一代名人，官封康乐郡公，生得一部美髯，不但人人欣羡，自己亦甚爱惜。后因犯罪罹刑，临死之时，不忍埋没此须，亲自剪付众人。其时适当南海祇洹寺内装塑维摩诘像，遗命将此须舍为维摩诘法像之须。后世因相传为此寺中一件胜迹。那维摩诘是释迦牟尼佛同时的人，他与文殊菩萨最相善，其往来问答之语，载在内典，今藏经中有维摩诘所说经，此乃西天一个未出家不落发的居士，所以塑其像者要用须髯。

闲话少说。且说安乐公主听了上官婉儿之言，立即密遣内侍林茂飞骑往南海祇洹寺，将维摩诘之须，剪取一半，以备斗草之用。林茂既行之后，公主又想："我若取须之半，倘太平公主知道，也遣人去剪了那一半来，却不大家扯直了，不如一并剪取，一则斗草必胜，二则留此一部全须，以为奇事，却不甚妙？"遂令遣内侍阳春景，星夜前往。比及到半途，已见林茂转来了。阳春景一面自去剪取余须，林茂自将先剪之须回宫复命。

原来太平公主正约定这一日与安乐公主各出珍奇宝玩，在长春宫内满绿轩中斗草赌胜，请上官婉儿监局。却好正值林茂到了，料道须已取得，心中欢喜，且不说破，便先将各样异草相比，只见他多的，我也不少；我有的，他也不无，两家赌个持

平。安乐公主道："地上的草，不如人身上的草。我有一种草，是古人身上遗留下来的，岂非世上无双之物？"太平公主问是何物。安乐公主道："是晋人谢灵运之须。"太平公主道："吾闻谢灵运死时，已将此须舍与祇洹寺装塑在维摩诘面上了，你何从得之？"安乐公主笑道："灵运能舍，我能取，今已取得在此了。林茂快把来看。"林茂捧过一锦囊，于中取出须来，放在桌上，果然好须，却像才在生人[①]颏下剪下来的，极其光润。正看间，可煞作怪，忽地轩前起一阵香风，把须儿吹向空中，悠悠扬扬的飘散了。林茂不知高低，赶着风，向空捉搦，指望抢得几茎，被阶石绊了一跌，把右臂跌坏，卧地不能起。众内侍扶之出宫，太平公主道："佛面上的须，原不该去剪他，今此报应，必是佛心不喜。"上官婉儿闻言，自想："这件事是我说的。"心上好生惊骇不安，默然无语。安乐公主还强争道："且莫闲讲，斗草要算我胜了。"太平公主笑道："莫说须原当不得草，只今须在那里哩！正好大家不算输赢罢了。"当时嬉笑宴饮而散。安乐公主虽然未赢，却也不输，只可惜须儿被风吹去，不曾留得，还想那一半，即日取到，好留为珍秘。

又过了好几日，阳春景方取得余须回报。原来那阳春景，也于路上跌坏了右臂，故而归迟。公主既得了须，十分欢喜，正拿在手中细看，却又作怪，一霎时香风又起，又把须儿吹入空中去了。香风过后，继以狂风，将庭前树上开的花卉尽皆吹落，不留一朵，众俱大骇。有词为证：

灵运面，维摩面，何妨佛面如人面。此须借作彼须留，怎因嬉戏轻相剪？才喜见，吹不见，不许妖淫女子见。谁将金剪向慈

① 生人——指健在的人。

容，剪得须时两臂断。

当下安乐公主惊惧之极，合掌向空忏悔。太平公主与上官婉儿闻知，更加骇异，于是三个女子各捐帑①千金，给与祇洹寺，增修殿宇，重整金身，不在话下。

且说那时朝中大臣，自狄仁杰死后，只有宋景极其正直，丰采可畏，太后亦敬礼之，诸武都不敢怠慢他。至于张易之、张昌宗两个，其畏惮宋景，与向日畏惮狄仁杰一般。当初狄仁杰存日，适海国进贡一裘，名曰集翠裘，乃集翠鸟身上软毛做成的，最轻暖鲜丽，是一件奇珍难得之物。张昌宗见而欲之，恃爱乞恩求赐，太后便把来赐与他。昌宗谢了恩，便就御前穿着起来，太后看了笑道："你着了此裘，越觉妩媚了。"昌宗欣欣得意。适狄仁杰入宫奏事，太后既准其所奏之事，意欲引仁杰与昌宗亲昵，因见几案之上有棋局棋子，遂命二人对坐弈棋。二人领旨，彼此坐定。太后道："棋高者用白棋，昌宗棋颇高。"仁杰起身奏道："臣自信是精白一心，涅而不缁之人，弈虽小数，愿从其类，请用白者。"太后道："任卿取用可也，但你二人须各赌一物，今所赌何物？"仁杰道："请即赌昌宗身所穿之裘。"太后道："卿以何物为对？"仁杰道："臣亦即以身所穿紫袍为对。"太后笑道："此集翠裘，价值千金，卿袍安能与相抵？"仁杰道："此袍乃大臣朝见奏对之衣，昌宗此裘，乃嬖佞宠幸之服。以袍对裘，臣犹不屑也。"太后闻言，笑而不答，昌宗心赧气沮，遂累局连北②。仁杰即对御褫③其裘披于身上，谢恩而出。至光范门，便脱下来，付家奴服之而归。太后知之，亦置不问。因此群小都畏惮他。在廷

① 帑（tǎng）——金帛。

② 北——即败。由臣面君时北向而引申来。

③ 褫（chǐ）——脱去，剥去（衣服）。

正人，如张柬之、桓彦范、敬晖、袁恕己、崔元晧等，又皆仁杰所荐引，与宋景共矢忠心，誓除逆贼。

一日，同中宗南山出猎，张柬之五人随骑而行，到了山中幽僻之处，五人下马奏道："臣等幽怀向欲面奏，因耳目众多，不敢启齿，今事势已迫，不能再隐。臣思陛下年德皆备，太后惑二张言语，贪位不还。近闻二张宠幸太过，太后欲将宝位让与六郎，万一即真，则置陛下于何地？臣等情急，只得奏闻，陛下筹之。"中宗闻言大惊道："为今奈何？"柬之道："直须杀却张武乱臣，方得陛下复位。"中宗道："太后尚在，怎生杀得？"柬之道："臣定计已久，无烦圣虑，但恐惊动圣情，故先与闻。"中宗道："二张可杀。武氏之族，系我中表之亲，望看太后之面留之。"柬之道："臣兵至宫闱，不过则已，如或遇着，恐刀剑无情，不能自主。"中宗道："孤若得位，反周为唐，当封汝等为王。"柬之称谢。遂草草猎毕而回，归至朝门，各各散去。

中宗回至宫中，恰好武三思那日晓得中宗出猎，正与韦后在宫玩耍，见左右报说王爷回来，三思惊得身子战栗。韦后道："不须害怕，我同你在外头书室里去打一盘双陆①，他进来看见了，包你不说一声，还要替我们指点。"三思没奈何，只得随韦后出来，坐了对局。

中宗走进来，看见笑道："你两个好自在，在此打双陆。"三思忙下来见了。中宗道："你们可赌什么？"韦后道："赌一件玉东西。"中宗坐在旁边道："待我点筹，看你们谁赢。"下了两局，大家一胜一北，第三盘却是三思输了。中宗道："什么玉东西，拿出来。"三思道："粗蠢之物，陛下看不得的，改日还要与娘娘

---

① 双陆——古代一种类似棋的博具游戏。有刻画的盘，有马子，两人轮流掷骰子，照骰点行走，马子先走完的一方为胜。

复局。天已昏黑，臣要回去了。”中宗道：“今夜且在此用了夜宴，然后回去何妨？”

三思同中宗到内书房里，只见灯烛辉煌，宴已齐备，二人坐了。三思道：“我们怎么样吃酒？”中宗想道：“我且卜一卦，看外廷之事如何？”便道：“掷个状元罢！”三思道：“状元虽好，只是两个人有何意味？”中宗道：“你与我总是亲戚，我请娘娘与上官昭仪出来，四人共掷，岂不有趣。”三思见说，心中大喜，道：“妙。”中宗吩咐左右。只见韦后与上官昭仪俱素净打扮，另有一种袅娜韵致。大家坐了掷起，不多几掷，中宗就是一个幺浑纯，三人鼓掌笑道：“妙呀！状元还是殿下占着。”中宗道：“好便好，只是幺色，若是纯六，再无人夺去。”三思道：“说甚话来，一是数之始，绝妙的了，所谓一元复始，万象更新，快奉一巨觞与殿下。”中宗饮干，三人又掷。上官昭仪掷了四个四，说道：“好了，我是榜眼。”韦后道：“不要管榜眼探花，也该吃一杯，待我掷六个四出来，连殿下都扯下来。”两个在那里掷，中宗心上想：“此时初更时分，怎么还不见动静？若是他们做不来，不如且放三思回家去，我今叫人去打听一回。”就叫婉儿道：“你看他两个再掷，有了探花，我就要考了。我去一回就来。”

三思见中宗去了，把椅子移近了韦后，名虽掷色，免不得捏手捏脚。昭仪知趣，笑道：“娘娘，妾去看看王爷来。”韦后恨不得昭仪起身去了。韦后连侍女们也都遣开，正待与三思做些勾当，只见昭仪嚷将进来道：“娘娘不好了！”二人听见，忙走开坐了，问道：“有什么不好？”话未说完，只见中宗已在面前叫道：“武大哥，我叫婉儿陪你，暂且后边阁中坐一回儿。”三思道：“此时为甚人声鼎沸？”中宗便道：“张柬之等五人要斩绝张、武二氏，我再三劝他，不要加害于你，二张想已诛矣！”三思听见，忙双膝跪下道："求万岁爷救臣之命！"只见身上战栗不已。韦后道："皇爷留你在此，自有主意，何必惊惧？"说时只见许多宫奴跑进来禀道："众臣在外，请皇爷出去。"中宗忙叫婉儿推三思到阁中去了，即便来到外面。

原来张柬之等统兵已到中宫，恰好二张正与武后酣寝，躲避不及，被军士们一刀一个，双双杀了。太后大惊，柬之等请太后即日迁入上阳宫，取了玺绶，来见中宗奏道："太后已迁，玉玺已在此，众臣都在殿上，请陛下速登宝位。"中宗升殿，柬之等先献上玺绶，又将张昌宗、张易之首级呈验，然后各官朝贺，复国号曰唐，仍立韦后为皇后；封后父元贞为上洛王，母杨氏为荣国夫人；张柬之等五人俱封为王。柬之道："武三思一门，必欲如二张之罪诛之。前蒙陛下吩咐，只得姑免，今若仍居王位，臣等实难与为僚。"中宗听了，不得已削三思王位为司空。众人谢恩出朝。洛州长史薛季旭对五王说道："二凶虽除，产禄犹存，去草不除根，终当复生。"五王道："大事已定，彼犹几肉耳，何复能为？"季旭叹道："三思不死，我辈不知死所矣！"中宗改元神龙，尊武后号曰则天大圣皇帝，封弟旦为湘王，大赦天下，万民欢悦。

太后被柬之等迁到上阳宫去，思想前事，如同一梦，时常流泪，患病起来，日加沉重。三思心上不好意思，只得进宫去问候，见太后睡卧，颜色黄瘦，不胜骇叹道："臣因多故，不便时常进宫，不意圣容消瘦如此。"便把手来着体抚摩。太后对三思道："我的儿呀，你许久不进来，可知我病已入膏肓，只在旦夕要长别了，不知我宗族可能保全否？"三思道："不必陛下忧烦，圣上已面许生全武氏，尊体还当着意调摄，自然痊愈。"三思又诉张柬之等凶恶，所以不能时进宫来，说罢大哭。太后叹一声道："儿呀，近闻得韦后与你私通，甚是欢爱，你去诉与他知，叫他设计，除此五恶，我属可高枕矣。"三思点首，太后道："你去请皇上来，我有话吩咐他。"三思出去，与中宗说知。中宗忙到上阳宫，太后叮咛了一回。过了两日，太后驾崩，中宗颁诏天下，整治丧礼不题。

且说三思门下，部兵尚书宗楚客、御史中丞周利用、侍御史冉祖雍、太仆李俊、光禄丞宋之逊、监察御史姚绍之为之耳目，是为五狗，与韦后、婉儿日夜谮柬之等五王不已。三思阴令人疏皇后秽行，榜于天津桥，请加废黜。中宗知之，不胜大怒，命监察御史姚绍之穷究其事。绍之奏言敬晖等五王使人为之，虽曰废后，实谋大逆，请族诛张柬之等，以雪皇后之愤。中宗命法司结其罪案，将柬之等五名流边远各州，三思又遣人矫制于途中杀之。三思方得放心，于是权倾天下，谁不惧着他？中宗也没了主意，每事反去问他，亦听其节制，况韦后一心爱他，常对他说道："我必欲如你姑娘，自得登临宝位，方遂我心。"

未知后事如何，且听下回分解。

第七十六回

结彩楼嫔御评诗　游灯市帝后行乐

词曰：

试诵《斯干》训女，无非还要无仪。炫才宫女漫评诗，大亵儒林文字。帝后嫔妃公主，尊严那许轻窥。外臣陪侍已非宜，怎纵俳优谑戏？

——右调《西江月》

人亦有言：男子有德便是才，女子无才便是德。盖以男子之有德者，或兼有才，而女子之有才者，未必有德也。然虽如此说，有才女子，岂反不如愚妇人？周之邑姜序于十乱，惟其才也。才何必为女子累，特患恃才妄作，使人叹为有才无德，为可惜耳。夫男子而才胜于德，犹不足称，乃若身为女子，秽德彰闻，虽夙具美才，创为韵事，传作佳话，总无足取。故有才之女，而能不自炫其才，是即德也，然女子之炫才，皆男子纵之之故，纵之使炫才，便如纵之使炫色矣。此在士庶之家且不可，况皇家嫔御，宜何如尊重，岂可轻炫其才，以至亵士林而渎国体乎？无奈唐朝宫禁不严，朝臣俱得见后妃公主，侍宴赋诗，恬不为怪，又何有于嫔御之流？甚或宦官宫妾与俳优①侏儒杂聚谐谑，狂言浪语，不忌至尊，殊堪嗤笑。

如今且不说中宗昏暗，韦后弄权，且说那时朝臣中有两个有

① 俳（pái）优——古代以乐舞滑稽戏为业的艺人。

名的才子：一姓宋，名之问，字延清，汾州人氏，官为考功员外郎；一姓沈，名佺期，字云卿，内黄人氏，官为起居郎。若论此二人的文才，正是一个八两，一个半斤。那宋之问，更生得丰雅俊秀，兼之性格风流，于男女之事，亦甚有本领。他在武后时已为官，因见张易之、张昌宗辈俱以美丈夫为武后所宠幸，富贵无比，遂动了个羡慕之心；又每于御前奏对之时，见武后秋波频转，顾盼着他，似有相爱之意，却只不见召他入内，他心痒难忍，托一个极相契的内监于武后前从容荐引，说他内才外才都妙。武后笑道："朕非不爱其才，但闻其人有口臭，故不便使之入侍耳。"原来宋之问人虽俊雅，却自小有口臭之疾，曾有人在武后前说及，故武后不欲与之亲近。当时内监将武后所言述与宋之问听了，之问甚是惭恨，自此日常含鸡舌香①于口中，以希进幸，即此一端，可知是个有才无品行的人了。那沈佺期亦与张易之辈交通②，后又在安乐公主门下走动，曾因受赃被劾，长流欢州，夤缘③安乐公主，复得召用。安乐公主强夺临川长宁公主旧第，改为新宅，邀中宗御驾游幸，召沈佺期陪往侍宴，因命赋诗，以纪其事，限韵"天"字。佺期应制，即成一律云：

皇家贵主好神仙，别业初开云汉边。
山出尽如鸣凤岭，池成不让饮龙川。
妆楼翠幌教春住，舞阁金铺借日悬。
敬从乘舆来至此，称觞献寿乐钧天。

中宗与公主见诗十分赞赏。公主道："卿与宋之问齐名，外人竞称沈宋，今日赋诗，既有沈不可无宋。"遂遣内侍，立宣宋

---

① 鸡舌香——指一种含于口中去除口臭的香料。

② 交通——指交往。

③ 夤（yín）缘——指攀附，巴结求升迁。

之问到来，也要他作诗一首，先将检期所咏付与他看过。公主道：“沈卿已作七言律诗，卿可作五言排律罢。”宋之问道：“检期蒙皇上赐韵，臣今亦乞公主赐一韵。”公主笑道：“卿才空一世，便用‘空’字为韵何如？”之问领命，即赋一律云：

英藩筑外馆，爱主出皇宫。
宾至星槎落，仙来月宇空。
玳梁翻贺燕，金埒倚长虹。
箫奏秦台里，书开鲁壁中。
短歌能驻日，艳舞欲娇风。
闻有淹留处，山阿花满丛。

诗成，公主叹赏，中宗看了，亦极称赞，命各赐彩帛二端，公主又另有赏赉，二人谢恩而出。那沈佺期心甚快快，你道为何？盖因当时沈宋齐名，不相上下，今见公主独称宋之问才空一世，为此心中不服。

至景龙三年，正月晦日，中宗欲游幸昆明池，大宴朝臣。这昆明池，乃是汉武帝所开凿。当初汉武帝好大喜功，欲征伐昆明国，因其国有滇池，方三百里，极为险要，故特凿此昆明池，以习水战。此池阔大弘壮，池中有楼台亭阁，以备登临。当下中宗欲来游幸宴集，先两日前，传谕朝臣，是日各献即事五言排律一篇，选取其中佳者，为新翻御制曲。于是朝臣都争华竞胜的去做诗了，韦后对中宗道：“外庭诸臣，自负高才，不信我宫中嫔御有才胜于男子者。依妾愚见，明日将这众臣所作之诗，命上官昭容当殿评阅，使他们知宫庭中有才女子，以后应制作诗，俱不敢不竭尽心思矣。”中宗大喜道：“此言正合吾意。”上官婉儿启奏道：“臣妾以宫婢而评品朝臣之诗，安得他们心服。”中宗笑道：“只要你评品得公道确当，不怕他们不心服。”遂传旨于昆明池畔，另设帐殿一座，帐殿之间，高结彩楼，听候上官昭容登楼阅诗。

此旨一下，众朝臣纷纷窃议，也有不乐的，以为亵渎朝臣；也有喜欢的，以为风流韵事。到那日，中宗与韦后及太平公主、安乐公主、长宁公主、上官昭容等俱至昆明池游玩，大排筵宴，诸臣毕集朝拜毕，赐宴于池畔。帝后与公主辈就帐殿中饮宴。酒行既罢，诸臣各献上诗篇。中宗传谕道："卿等虽俱美才，然所作之诗，岂无高下。朕一时未暇披览，昭容上官氏，才冠后宫，朕思卿等才子之诗，当使才女阅之，可作千秋佳话，卿等勿以为亵也。"诸臣顿首称谢。中宗命诸臣俱于帐殿彩楼之前，左边站立，其诗不中选者，逐一立向右边去。少顷，只见上官婉儿头戴凤冠，身穿绣服，飘轻裙，曳长袖，恍如仙子临凡，先向中宗与韦后谢了恩，内侍宫女们簇拥着上彩楼，临楼槛而坐。楼前挂起一面朱书的大牌来，上写道：

昭容上官氏奉诏评诗，只选其中最佳者一篇，进呈御览；不中选者，即发下楼，付还本官。

槛前供设书案，排列文房四宝，内侍将众官诗篇呈递案上。婉儿举笔评读。众官都仰望着楼上。须臾之间，只见那些不中选的诗，纷纷的飘下楼来，众人争先抢看，见了自己名字，即便取来袖了，默默无言的立过右边去。只有沈检期、宋之问二人，凭他落纸如飞，只是立着不动，更不去拾来看。他自信其诗与众不同，必然中选。不一时，众诗尽皆飘落，果然只有沈宋二人之诗，不见落下。沈检期私语宋之问道："奉旨只选一篇，这二诗之中，毕竟还要去其一。我二人向来才名相埒①，莫分优劣，只

---

① 埒（liè）——指等同。

看今日选中那一个的诗，便以此定高下，以后勿得争强。”宋之问点头笑诺。良久，只看又飘飘的落下一纸，众人竞取而观之，却是沈检期的诗。其诗云：

法驾乘春转，神池象汉回。
双星遗旧石，孤月隐残灰。
战鹢①逢时去，恩鱼望幸来。
山花缇绮②绕，堤柳幔城开。
思逸横汾唱，歌流宴镐杯。
微臣雕朽质，差睹豫章材。

诗后有评语云：

玩沈、宋二诗，工力悉敌，但沈诗落句辞气已竭，宋作犹陡然健举，故去此取彼。

众人方聚观间，婉儿已下楼复命，将宋之问的诗呈上。中宗与韦后及诸公主传观，都称好诗，并称赞婉儿之才。中宗即召诸臣至御前，将宋之问的诗传与观看。其诗云：

春豫灵池会，沧波帐殿开。
舟凌石鲸动，拂槎斗牛回。
节晦蓂全落，春迟柳暗催。
象溟看浴景，烧劫辨沉灰。
镐饮周文乐，汾歌汉武才。
不愁明月尽，自有夜珠来。

原来汉武帝当初凿此昆明池之时，池中掘出黑灰数万斛，不知是何灰，乃召东方朔问之。东方朔道：“此须待西域梵教中人来问之便晓。”后来西方有人号竺法兰者入中国，因以此灰示之，

① 战鹢（yì）——指战船。
② 缇绮（tíqǐ）——古代富贵者穿的赤色的丝织服。

问是何灰。竺法兰道："世界终尽，劫火洞烧，此乃劫烧之余灰也。东方朔固已知之矣，何待吾言耶！"又池中有台，名豫章台，以下刻石为鲸鱼，每至雷雨，石鱼鸣吼震动。旁有二石人，传闻是星陨石，因而刻成人像。有此许多奇迹，故二诗中都言及之。当下众官，见了宋之问的诗，无不称羡，沈佺期也自谓不及。中宗并索检期之诗来看，又看了婉儿的评语，因笑道："昭容之评诗，二卿以为何如？"二人奏言评阅允当。中宗又问："众卿之诗，多被批落了，心服否？"众官俱奏道："果是高才卓识，即沈宋二人尚且服其公明，何况臣等。"中宗大悦，当日饮宴极欢而罢。自此沈佺期每逊让宋之问一分，不敢复与争名。正是：

漫说诗才推沈宋，还凭女史定高低。

且说中宗为韦后辈所玩弄，心志蛊惑，又有那些俳优之徒，谄佞之臣，趋承陪奉，因此全不留心国政，惟日以嬉游宴乐为事。时光荏苒，不觉腊尽春回，又是景龙四年正月，京师风俗，每逢上元灯夕，灯事极盛。六街三市，花团锦簇，大家小户，都张灯结彩，游人往来如织，金鼓喧闹，笙歌鼎沸，通宵达旦，金吾不禁。曾有《念奴娇》一词为证：

煌煌火树，正金吾弛禁，漏声休促。月照六街人似蚁，多少紫骝雕毂。红袖妖姬，双双来去，娇冶浑如玉。坠钗欲觅，见人羞避银烛。　　但见回首低呼，上元佳胜，只有今宵独。一派笙歌何处起？笑语徐归华屋。斗转参横，暗尘随马，醉唱升平曲。归来倦倚，锦衾帐里芬馥。

韦后闻知外边灯盛，忽发狂念，与上官婉儿及诸公主邀请中宗，一同微服出外观灯。中宗笑而从之。于是各换衣妆，打扮做街市男妇模样，又命武三思等一班近臣也易服相随，打伙儿的遍游街市，与这些看灯的人挨挨挤挤，略无嫌忌。军民士庶有乖觉的，都窃议道："这班看灯的男妇，像是大内出来的，不是公主，定是嫔妃，不是王子王孙，定是公侯驸马。可笑我大唐皇帝，难道宫中没有好灯赏玩，却放他们出来，与百姓们饱看。如此人山人海，男女混杂，贵贱无分，成何体统！"众人便如此议，中宗与韦后却率领着一班男妇，只拣热闹处游玩，全不顾旁人瞩目骇异，又纵放宫女几千人，结队出游，任其所往，及至回宫查点，却不见了好些宫女。因不便追缉，只索付之不究，糊涂过了。正是：

韦后观灯街市行，市人瞩目尽惊心。

任他宫女从人去，赢得君王大度名。

灯事毕后，渐渐春色融和，中宗与后妃公主俱幸玄武门，观宫女为水戏，赐群臣筵宴，命各呈技艺为乐。于是或投壶，或弹鸟，或操琴，或击鼓，一时纷纷杂杂，各献所长。独有国子监祭酒祝钦明，自请为八风舞，卷袖趋至阶前，舞将起来，弯腰屈足，舒臂耸肩，摇曳幌目，备诸丑态。中宗与韦后、诸公主见了，俱抚掌大笑；内侍宫女们，亦无不掩口。吏部侍郎卢藏用私向同坐的人说道："祝公身为国子先生，而作此丑态，五经扫地尽矣！"时国子监司业郭山晖在坐，见那做祭酒的如此出丑，不胜惭愤。

少顷，中宗问及："郭司业亦有长技，可使朕一观否？"郭山晖离席顿首答道："臣无他技，请歌诗以侑①酒。"中宗道："卿善歌诗乎，所歌何事？"山晖道："臣请为陛下歌诗经《鹿鸣》、《蟋蟀》之篇。"遂肃容吭声而歌。先歌《鹿鸣》之篇云：

呦呦鹿鸣，食野之苹。我有嘉宾，鼓瑟吹笙。吹笙鼓簧，承

---

① 侑（yòu）——指助兴。

筐是将。人之好我，示我周行。呦呦鹿鸣，食野之蒿。我有嘉宾，德音孔昭。视民不恌，君子是则是效。我有旨酒，嘉宾式燕以敖。呦呦鹿鸣，食野之芩。我有嘉宾，鼓瑟鼓琴。鼓瑟鼓琴，和乐且湛。我有旨酒，以燕乐嘉宾之心。

又歌《蟋蟀》之篇云：

蟋蟀在堂，岁聿其莫。今我不乐，日月其慆①。无已太康，职思其居。好乐无荒，良士瞿瞿。蟋蟀在堂，岁聿其逝。今我不乐，日月其迈。无已太康，职思其外。好乐无荒，良士蹶蹶。蟋蟀在堂，役车其休。今我不乐，日月其迈。无已太康，职思其忧。好乐无荒，良士休休。

郭山晖歌罢，肃然而退。中宗闻歌，回顾韦后道："此郭司业以诗谏也，其意念深矣。"于是不复命他人呈技，即撤宴而罢。正是：

祭酒身为八风舞，堪叹五经扫地尽。

鹿鸣蟋蟀吭声歌，还亏司业能持正。

时安乐公主乘间，请昆明池为私沼。中宗曰："先帝未有以与人者。"公主不悦，遂开凿一池，名曰"定昆池"，其意欲胜过昆明池，故取名"定昆"，言可与昆明抗衡之也。司农卿赵履温为之缮治，不知他耗费了多少民财，劳动了多少民力，方得凿成这一池。又于池上起建楼台，极其巨丽。中宗闻池已告成，即率后妃及内侍俳优杂技人等前来游幸。公主张筵设席，款留御驾，从驾诸臣，亦俱赐宴。中宗观览此池，果然宏阔状观，胜似昆明，心中甚喜，传命诸臣，就筵席上各赋一诗，以夸美之。

诸臣领命，方欲构思，只见黄门侍郎李日知离席而起，直趋

① 慆（tāo）——古通"韬"。这里指消逝。

御前启奏道："臣奉诏赋诗，未及成篇，先有俚言二句，敢即奏呈。"遂高声朗诵云："所愿暂思居者逸，勿使时称作者劳。"

中宗听了笑道："卿亦效郭山晖以诗谏耶！"因沉吟半晌，命内侍传谕："诸臣不必赋诗了，且只饮酒。"及酒酣，优人共为回波之舞。中宗看了大喜，遂命诸臣，各吟《回波辞》以侑酒。那日宋之问因病告假，沈佺期却在赐宴诸臣之列。他原任给事中考功郎，自落职流徙后，虽幸复得召用，却还未有迁擢，今欲乘机借回波自嘲，以感动君心。因遂吟云：

回波尔如佺期，流向岭外生归。

身名幸蒙齿录，袍笏未复牙绯。

中宗听了微微而笑。安乐公主道："沈卿高才，牙笏绯袍，诚不为过。"韦后道："陛下当即有以命之。"中宗道："行将擢为太子詹事。"沈佺期便叩首谢恩。

时有优人臧奉，向中宗、韦后前叩头奏道："臣亦有俚语，但近乎谐谑，有犯至尊，若皇帝皇后赦臣万死，臣敢奏之。"中宗与韦后都道："汝可奏来，赦汝无罪。"臧奉乃作曼声而吟云：

回波尔如栲栳①，怕婆却也大好。

外头只有裴谈，内里无过李老。

原来那时有御史大夫裴谈，最奉释教，而其妻极妒悍，裴谈畏之如严君。尝云妻有可畏者三：当其少好之时，视之如生菩萨，安有人不畏生菩萨者；及男女满前之时，视之如九子魔母，安有人不畏九子魔母者；及其年渐老，薄施脂粉，或青或黑，视之如鸠盘茶②，安有人不畏鸠盘茶者。此言传在人耳，共为笑谈，

---

① 栲栳（kǎo lǎo）——用柳条编成的容器形状如斗。亦作"笺箸"。

② 鸠盘茶——俗称冬瓜鬼。佛书中谓吃人精气的鬼。主梦魇。亦常用来比喻丑妇或妇人的丑陋之状。

因呼之为“裴怕婆”。时韦后举动，欲步趋武后一般，也会挟制夫君，中宗甚畏之，因此臧奉敢于唱此词，他为韦后张威，不怕中宗见罪。正是：

欺夫婆子怕婆夫，笑骂由人我自吾。

却怪当年李家老，子如其父媳如姑。

当下中宗闻歌大噱①，韦后亦欣然含笑，意气自得。座间却恼了一个正直的官员，乃谏议大夫李景伯，他因看不上眼，听不入耳，蹶然②而起，进前奏道：“臣亦有一词奏上。”道是：

回波尔持酒卮，微臣职在箴规。

侍宴不过三爵，欢哗或恐非仪。

中宗听罢，有不悦之色。同三品萧至忠奏道：“此真谏官也，愿陛下思其所言。”于是中宗传命罢宴，起驾回宫。次日朝臣中，也有欲责治优人臧奉者，却闻韦后倒先使人赍金帛赐臧奉，因叹息而止。

俳优谑浪胆如天，帝不敢嗔后加奖。

纪纲扫地不可问，堪叹阳消阴日长。

未知后事如何，且听下回分解。

---

① 噱（jué）——指大笑。

② 蹶（jué）然——指惊起的样子。

第七十七回

鸠昏主竟同儿戏　斩逆后大快人心

词曰：

天子至尊也，因何事却被后妃欺。奈昏愦无能，优柔不断。斜封墨敕，人任为之。故一旦宫庭兴变乱，寝殿起灾危。似锦江山，如花世界，回头一想，都是伤悲。还思学武后，刑与赏，大权尽我操持。冀立千秋事业，百世根基，欲更逞荒淫。为欢不足，躬行弑逆，获罪难辞。试看临淄兵起，终就刑诛。

——右调《内家娇》

从来宫闱之乱，多见于春秋时。周襄王娶翟女为后，通于王弟叔带，致生祸患。其他侯国夫人，如鲁之文姜、卫之南子辈，不可枚举。至于秦汉晋，以及前五代，亦多有之。总是见之当时，则遗羞宫阃，传之后世，则有污史册，然要皆未有如唐朝武、韦之甚者也。有了如此一个武后，却又有韦后继之，且加以太平、安乐等诸公主与上官婉儿等诸宫嫔，却是一班寡廉鲜耻、败检丧伦的女人。好笑唐高宗与中宗，恬然不以为羞辱，不惟不禁之，而反纵之，致使酿成篡窃弑逆之事，一则几不保其子孙，一则竟至殒其身，为后人所嗤笑唾骂，叹息痛恨。

如今且说上官婉儿，自彩楼评诗之后，才名大著，中宗愈加宠爱，升他做了婕妤，其穿的服饰与住的宫室都如妃子一般。他愈恃宠骄恣，又倚着皇后与诸公主都喜欢他，更自横行无忌。中宗又特置修文馆，选择公卿中之善为诗文者，如沈佺期、李峤等二十余人，为修文馆学士，时常赐宴于内庭，吟诗作赋，争华竞美，俱命上官婉儿评定其甲乙，传之词林，或播之乐府。由是天下士子，争以文采相尚，一切儒学正人与公谠①正言，俱不得上达。正是：

不求方正贤良士，但炫风云月露篇。

上官婉儿又与韦后公主们私议，启奏中宗，听说婉儿自立私第于外，以便诸学士时常得以诗文往还评论，因此那些没品行的官员多奔走出入其私第，以希援引进用。婉儿因遂勾结其中少年精锐者，潜入宫掖，与韦后公主们交好。于是朝臣中崔湜、宗楚客等俱先通了婉儿，后即为韦后与公主们的心腹。中宗自观灯市里之后，时或微服出游，或即游幸上官婉儿私第，或与韦后公主们同来游幸。婉儿既自有私第在外，宫女们日夕来往，宫门上出入无节，物议沸腾，却没人敢明言直谏。只有黄门侍郎宋璟独上一密疏，其略曰：

臣前者闻诸道路，天子与后妃公主，微服夜游市里观灯，士庶瞩目称异。臣初以为必无是事，既而知人言非妄，不胜骇诧。周礼云：夫人过市罚一幕，世子过市罚一帟，命夫过市罚一盖，命妇过市罚一帷，国君过市则刑人赦。诚以市里嚣尘，逐利者之所趋，非君子所宜入也！夫国君世子，命夫、命妇、夫人等一过市中，尚且有罚；况帝后妃主之尊，而可改妆易服，结队夜游，招摇过市乎！至于怨女三千，放之出宫，乃太宗皇帝之美政，陛下既不此之法，而纵宫人数千，任其出游，以致逋②逃者，无可追查，成何体统？且宫妃岂容居外第，外臣岂容于与宫妃往还？此皆大亵国体之事，伏乞陛下立改前失，速下禁约，严别内外，

① 谠（dǎng）——指正直的。

② 逋（bū）——逃亡。

稽察宫门出入；更不可白龙鱼服，非时游幸；亦不可无端宴集，使谄媚者流，闲吟浪咏，更唱迭和；尤不可使俳优侏儒，与朝臣混杂于帝后妃主之前，戏谑无忌。轻万乘而渎百僚，致滋物议也。

中宗览疏，也不批发，也不召问，竟置之不理，宋景也无可如何。韦后等愈无忌惮，太平公主、安乐公主久已奉诏，各自开府第，自置官属。这班无耻幸进之徒，多营谋为公主府中官员。

安乐公主府中，有两个少年的官儿，一个姓马，名秦客；一个姓杨，名均。那马秦客深通医术，杨均却最善于烹调食品。二人都生得美貌，为安乐公主所宠爱，因荐与韦后，又极蒙爱幸。由是马秦客夤缘得升为散骑常侍；杨均亦得升为光禄少卿。那崔湜与宗楚客既私通上官婉儿，又转求韦后公主，于中宗面前，交口称赞，说此二人可作宰相。中宗遂以宗楚客为中书令，崔湜同平章事。自此小人各援引其党类，滥官日多，朝堂充溢，时人以为三无坐处。谓有三样官，因做的人多，朝堂中坐不下也。你道那三样官？却是宰相、御史、员外郎，这三样官是何等官职，乃至人多而无坐处，则其余众官之滥可知矣！时吏部侍郎郑愔掌选，脏污狼藉，有选人系百钱于靴带上，愔问其故，答曰："当今之选，非钱不行。"愔①默不言。中宗又惑于小人之说，谓朝廷当不次用人，遂于吏部铨选之外，另用墨敕除授官职，于是太平公主、安乐公主与长宁公主、上官婉儿俱招权。

时突厥默啜，侵挠边界，屡为朔方总管张仁愿所败。默啜密与宗楚客交通，楚客受其重贿，阻挠边事。监察御史崔琬上疏劾

---

① 愔（yīn）——喻沉默。

之，当殿朗读弹章。原来唐朝故事①，大臣被言官当殿面劾，即俯躬趋出，立于朝堂待罪。是日宗楚客竟不趋出，且忿怒作色，自陈宗鲠为崔琬所诬，宋景厉声道：“楚客何得强辨，故违朝廷法制!”中宗更弗推问，只命崔琬与宗楚客结为兄弟，以和解之。时人传作笑谈，因呼为和事天子。

时处士韦月将抗疏，直言武三思私通宫掖，必生逆乱。韦后闻知大怒，劝中宗速杀之。宋景道：“彼言中宫私于武三思，陛下不究其所言，而即杀其人，何以服天下？若必欲杀月将，请先杀臣，不然臣终不敢奉诏。”中宗乃命贷其死，长流岭南。自此中宗心里亦颇怀疑，传旨查察宫门出入之人，群小因此亦多不自安。太子重俊亦有明断，中宗唯唯不决。次日魏元忠入内殿奏事，中宗以立太女废太子说密询之。元忠道：“太子初无失德，陛下岂可轻动国本。‘皇太女’之称向未曾有，且公主称太女，驸马作何称号？此断不可。”中宗意悟，将此二事俱置不行。韦后与公主好生不悦。那安乐公主又急欲韦后专政，使自己得为皇太女，却一时无计可施。

一日杨均以烹调之事入内供应，韦后因召他至密室中，屏退左右，私相谋议。韦后道：“此老近来多信外臣之言，而有疑惑宫中之意，此不可不虑。”杨均道：“我看娘娘玉貌生光，将来必有喜庆。皇上千秋万岁后，娘娘自然临朝称制了，何必多虑。”韦后惊讶道：“他若心变，我怎等得他千秋万岁后？”杨均沉吟半晌道：“若依娘娘如此说，此事要用着些人谋了。”韦后附耳道：“有甚好药，可以了此事否？”杨均道：“药是问马秦客便有，但此事非同小可，当相机而行，未可造次。”

---

① 故事——规矩，成例。

不说二人密谋。且说太子重俊，闻知韦后欲要谋废，他心怀疑惧，又恐为三思、婉儿辈所陷，因欲先发制人，与东宫官属李多祚等矫诏引羽林军①杀入武三思私第。恰值武庚训在三思处饮酒，都被拿住，太子仗剑手刃之，更命军士乱剁其尸，合家老幼男女，尽都诛死；又勒兵至宫门欲杀上官婉儿。中宗闻变大惊，急登玄武门楼，宣谕军士；一面令宫闱令杨思显与李多祚交战。多祚战败兵溃，自刎而死，太子亦死于乱军中。正是：

太子拚身诛逆贼，休将成败论英雄。

此时若便清宫闱，何待临淄建大功②？

武崇训既诛死，中宗命武延秀为安乐公主驸马，延秀即崇训之弟也，以嫂妻叔，伦常扫地矣！自此韦武之权愈重。

时有许州参军燕钦融上疏，言韦后淫乱干政，宗楚客等图危社稷。中宗览疏，未及批发，韦后即传旨，将燕钦融扑杀。中宗心下怏怏不悦，未免露之颜色，韦后十分疑忌，密谓杨均道："此老渐已心变，前所云进药之说，若不急行，祸将不测。"杨均道："马秦客有一种末药，人服之腹中作痛，口不言，再饮人参汤，即便身死，不露伤迹。"韦后道："既有此药，可速取来。"杨均笑道："事成之后，要封我为武安君哩！"韦后道："不必多言，同享富贵便了。"杨均遂与马秦客密谋取药进宫。韦后知中宗喜吃三酥饼，即将药放入饼馅里，乘中宗那日在神龙殿闲坐，尚未进膳，便亲将饼儿供上。中宗连吃了几枚，觉得腹胀微微作痛，少顷大痛起来，坐立不宁，倒于榻上乱滚。韦后佯为惊问，

---

① 羽林军——皇宫的禁卫军。汉武帝时选六郡良家子宿卫建章宫，称建章营骑，后改命羽林骑，取其"为国羽翼，如林茂盛"之意，为皇帝护卫。后历朝禁卫军常有羽林之名。

② 何待句——指临淄王李隆基诛除韦党，请立相王事。

中宗说不出话，但以手自指其口。韦后急呼内侍道：“皇爷想欲进汤，可速取人参汤来!”此时人参汤早已备着，韦后接手，急来灌入中宗口中。中宗吃了人参汤便滚不动了。淹①至晚间，呜呼崩逝。正是：

昔日点筹烦圣虑，今将一饼报君王。

可怜未死慈亲手，却被贤妻把命伤。

韦后既行弑逆，秘不发丧。太平公主闻中宗暴死，明知死得不明白，却又难于发觉，只得且忍，急与上官婉儿议草遗诏，意欲扶立相王。韦后与安乐公主都不肯，乃议立温王重茂。遗诏草定，然后召大臣入宫，韦后托言中宗以暴疾崩，称遗诏立温王重茂为太子嗣，即皇帝位，时年方十五。韦后临朝听政，宗楚客劝韦后依武后故事，以韦氏子弟典南北军，深忌相王与太平公主，谋欲去之；又妄引图谶，谓韦氏当革唐命，遂与安乐公主及都知兵马使韦温等密谋为乱，将约期举事。

时相王第三子临淄王隆基，曾为潞州别驾，罢官回京，因见群小披猖，乃阴聚才勇之士，志图匡正。兵部侍郎崔日用，向亦依附韦党，今畏临淄王英明，又忌宗楚客独擅大权，知其有逆谋，恐日后连累着他，遂密遣宝昌寺僧人普润至临淄王处告变。临淄王大惊，即报与太平公主知道，一面与内苑总监钟绍京、果毅校尉葛福顺、御史刘幽求、李仙凫等计议，乘其未发，先事诛之。众皆奋然，愿以死自效。太平公主亦遣其子薛宗行、崇敏、崇简来相助。葛福顺道：“贤王举事，当启知相王殿下。”临淄王道：“吾举大事为社稷计，事成则福归父王；如或不成，吾以身殉之，不累及其亲。今若启而听从，则使父王预危事，倘其不

① 淹——延滞，停留。

从，将败大事计，不如不启为妥。”于是易服，率众潜入内苑。

时夜将半，忽见天星落如雨。刘幽求道：“天意如此，时不可失。”葛福顺拔剑争先，直入羽林营典军，韦温、韦璇、韦播、高嵩等出其不意，措手不及，俱被福顺所杀。刘幽求大呼道：“韦后鸩弑先帝，谋危宗社，今夕当共诛奸逆，立相王以安天下。敢有怀两端助逆党者，罪及三族。”羽林军士稽颡①听命，临淄王引众出南苑门，钟绍京率苑中匠丁二百余人，执斧锯以从，诸卫兵俱来接应。

其时中宗的梓宫停于太平极殿，韦后亦在殿中。临淄王勒兵至玄武门，斩关而入。那些宿卫梓宫的军士，鼓噪应之。韦后大骇，一时无措，止穿得小衣单衫，奔出殿门，正遇杨均、马秦客，韦后急呼救援，二人左右搀扶，走入飞骑营，指望暂避，却被本营将卒先把杨均、马秦客斩首，砍其尸为肉泥。韦后哀求饶命，众人都嚷道：“弑君淫贼，人人共愤！”一齐举刀乱砍，登时砍死于乱刀之下。

临淄王闻韦后已为众所诛，传令扫清宫掖。武延秀方与云从私宿于玉树轩，被李仙凫搜出，双双斩首。刘幽求将上官婉儿挟至临淄王前，说他曾与太平公主共草遗诏，议立相王，可免其一死，临淄王道：“此婢妖淫，渎乱宫闱，不可轻恕。”即命斩讫。随遣刘幽求收安乐公主。

时天已晓，安乐公主深居别院，还不知外变。方早起新沐，对镜画眉，刘幽求率众突入，即挥兵从后砍之，头破脑裂而死，并将其家属都诛死。宗楚客逃奔至通化门，被门吏擒献，即时腰斩于市。

---

① 稽颡（qǐ sǎng）——古代一种的额触地的跪拜礼，颡，额。

内外既定，临淄王乃叩见相王，谢不先禀白之罪。相王道：“社稷宗庙不坠于地，皆汝功也。”刘幽求等请相王早正大位。是日早朝，少帝重茂，方将升座，太平公主手扶去之，说道：“此位非儿所宜居，当让相王。”于是众臣共奉相王为皇帝，是为睿宗，改号景云元年。重茂仍为温王；进封临淄王为平王；祭故太子重俊；赠恤李多祚、燕钦融等；追复张柬之等五人官爵；追废韦后、安乐公主庶人，搜捕韦党诸人。惟崔日用以出首叛逆有功，仍旧供职，其余俱治罪。韦后之妹崇国夫人，为秘书监王滔之妻，王滔恐因妻被祸，以鸩酒毒死其妻，自白于官。御史大夫窦从一之妻乃韦后之乳母，俗呼乳母之夫为阿奢。窦从一每自称皇后阿奢，恬然不以为耻，至此乃自杀其妻以献。正是：

昔依妇势真堪耻，今杀妻身太寡恩。

岂是有心学吴起，阿奢妹丈总休论。

景云元年，议立东宫，睿宗以宋王成器居嫡长，而平王隆基有大功，迟疑不决。宋王涕泣叩首固辞道：“从来建储之事，若当国家安则先嫡长，国家危则先有功，今隆基功在社稷，臣死不敢居其上。”刘幽求奏道：“平王有大功，宋王有让德，陛下宜报平王之功，以成宋王之让。”睿宗乃降诏，立平王隆基为太子，后人有诗。称赞宋王之贤道：

储位本宜推嫡长，论功辞让最称贤。

建成昔日如知此，同气三人可保全。

未知后事如何，且看下回分解。

第七十八回

慈上皇难庇恶公主　生张说不及死姚崇

词曰：

太平封名，公主名称原也妙。不肯安平，天道难容恶贯盈。嘉宾恶主，漫说开筵遵圣旨。诛死鸿篇，却被亡人算在先。

——右调《减字木兰花》

酒色财气四字，人都离脱不得，而财色二者为尤甚。无论富贵贫贱，聪明愚钝之人，总之好色贪财之念，皆所不免。那贪财的，既爱己之所有，又欲取人之所有，于是被人笼络而不觉。那好色的，不但男好女之色，女亦好男之色；男好女犹可言也，女好男，遂至无耻丧心，灭伦败纪，靡所不为，如武后、韦后、安乐公主、太平公主等是也。

且说太平公主与太子隆基共诛韦氏，拥立睿宗为帝，甚有功劳。睿宗既重其功，又念他是亲妹，极其怜爱。公主性敏，多权略，凡朝廷之事，睿宗必与他商酌，自宰相以下，进退系其一言。其所引荐之人，骤登清要者甚多，附势谋进者，奔趋其门下如市。子薛崇行、崇敏、崇简皆封为王，田园家宅，遍于畿甸。公主怙宠擅权，骄奢纵恣，私引美貌少年至第，与之淫乱，奸僧慧范，尤所最爱。那班倚势作威的小人，都要生事扰民。亏得朝中有刚正大臣，如姚崇、宋景辈侃侃谔谔①，不畏强御；太子隆

① 谔（è）——形容直话直说。

基，更严明英察，为群小所畏忌，因此还不敢十分横行。

却说太子原以兵威定乱，故虽当平静之时，不忘武事。一日闲暇，率领内侍及护卫东宫的军士们，往郊外打围射猎。一行人来到旷野之处，排下一个大大的围场。太子传令，众人各放马射箭，发纵鹰犬，闹了多时，猎取得好些飞禽走兽。正驰骋间，只见一只黄獐远远的在山坡下奔走。太子策马向前，亲射一箭，却射不着，那獐儿望前乱跑。太子不舍，紧紧追赶，直赶至一个村落，不见了黄獐，但见一个女人，在那里采茶。太子勒马问道："你可曾见有一只黄獐跑过去么?"那女人并不答应，只顾采茶。此时太子只有两个内侍跟随，那内侍便喝道："兀那妇人好大胆，怎的殿下问你话，竟不回答!"女人不慌不忙，指着茶篮道："我心只在茶，何有于獐也，那知什么殿下?"说罢，便提着篮走进一个柴扉中去了。太子见那女子举止不凡，吩咐内侍，不许罗唣，望那柴扉中也甚有幽致。

正看间，只见一个书生跨着蹇驴而来。他见太子头戴紫金冠，身披锦袍，知是贵人，忙下驴伏谒。内侍道："此即东宫千岁爷。"书生叩拜道："村僻愚人，不知殿下驾临，失于候迎，乞赐宽宥。"太子道："孤因出猎，偶尔至此。"因指着柴扉内问道："此即卿所居耶?"书生道："臣暂居于此，虽草庐荒陋，倘殿下鞍马劳倦，略一驻足，实为荣幸。"

太子闻言，欣然下马，进了柴扉，见花石参差，庭阶幽雅，草堂之上，图书满案，囊琴匣剑，排设楚楚。太子满心欢喜坐定，便问书生何姓何名。书生答道："臣姓王名琚，原籍河南人。"太子道："观卿器宇轩昂，门庭雅饬，定然佳士。顷见采茶之妇，言笑不苟，想即卿之妻也。"王琚顿首道："村妇无知，失于应对，罪当万死。"太子笑道："卿家既业采茶，必善烹茶，幸假一杯解渴。”王琚领命，忙进去取。太子偶翻看他案上书籍，见书中夹着一纸，乃姚崇劝他出仕写与他的手札，其略云：

足下奇才异能，愚所稔知，乘时利见，此其会矣；若终为韫匮①之藏，自弃其才能于无用，非所望于有志之士也。一言劝驾，庶几幡然。

太子看罢，仍旧把纸夹在书中，想道：“此人与姚崇相知，为姚崇所识赏，必是个奇人。”

少顷，王琚捧出茶来献上，太子饮了一杯，赐王琚坐了，问道：“士子怀才欲试，正须及时出仕，如何遁迹山野？”王琚道：“大凡士人出处，不可苟且，须审时度势，必可以得行其志，方可一出。臣窃闻古人易退难进之节，不敢轻于求仕，非故为高隐以傲世也。”太子点首道：“卿真可云有品节之士矣。”正闲话间，那些射猎人马轰然而至，太子便起身出门，王琚拜送于门外；太子上马，珍重而别，不在话下。

且说太平公主，畏忌太子英明，谋欲废之，日夜进谗于睿宗，说太子许多不是处，又妄谓太子私结人心，图为不轨。睿宗心中怀疑，一日坐于便殿，密语侍臣韦安石道：“近闻中外多倾心太子，卿宜察之。”韦安石道：“陛下安得此亡国之言，此必太平公主之谋也。太子仁朋孝友，有功社稷，愿陛下无惑于谗人。”睿宗悚然道：“朕知之矣！”自此谗说不得行。

太平公主阴谋愈急，使人散布流言，云目下当有兵变。睿宗闻知，谓侍臣道：“术者言五日内，必有急兵入营，卿等可为朕备之。”张说奏道：“此必奸人造言，欲离间东宫耳。陛下若使太子监国，则流言自息矣！”姚崇亦奏道：“张说所言，真社稷至

---

① 韫匮（yùn guì）——藏在柜子里。

计，愿陛下从之。”睿宗依奏，即日下诏，命太子监理国事。

太子既受命监国，便遣使臣赍礼往聘王琚入朝。王琚不敢违命，即同使臣来见。时太子正与姚崇在内殿议事，王琚入至殿庭，故意纡行缓步，使臣摇手止之道：“殿下在帘内，不可怠慢。”王琚大声说道：“今日何知所谓殿下，只知有太平公主耳！”太子闻其言，即趋出帘外见之，王琚拜罢，太子道：“适有卿之故人在此，可与相见。”便引王琚入殿内，指着姚崇道：“此非卿之故人耶？”王琚道：“姚崇实与臣有交谊，不识陛下何由知之？”太子笑道：“前日在卿家，案头见有姚卿题札，故知之耳。其手札中所言，卿今能从之否？”王琚顿首道：“臣非不欲仕，特未遇知己耳。今蒙陛下恩遇，敢不致身图报。但臣顷者所言，殿下亦闻之乎？”太子道：“闻之。”王琚因奏道：“太平公主擅权淫纵，所宠奸僧慧范，恃势横行，道路侧目。公主凶狠无比，朝臣多为之用，将谋不利于殿下，何可不早为之计？”姚崇道：“王琚初至，即能进此忠言，此臣所以乐与交也。”太子道：“所言良是。但吾父皇只此一妹，若有伤残，恐亏孝道。”王琚道：“孝之大者，当以社稷宗庙为事，岂顾小节。”太子点头道：“当徐图之。”遂命王琚为东宫侍班，常与计事。

太极元年七月，有彗星出于西方，入太微，太平公主使术士上密启于睿宗道：“彗所以除旧布新，且逼近帝座，此星有变，皇太子将作天子，宜预为备。”欲以此激动睿宗，中伤太子。那知睿宗正因天象示变，心怀恐惧，闻术士所言，反欣然道：“天象如此，天意可知，传德弭灾，吾志决矣！”遂降诏传位太子。太平公主大惊，力谏以为不可，太子亦上表力辞。睿宗皆不听，择于八月吉日，命太子即皇帝位，是为玄宗明皇帝。尊睿宗为太上皇，立妃王氏为皇后，改太极元年为先天元年，重用姚崇、宋

景辈，以王琚为中书侍郎，黜幽陟明，政事一新，天下欣然望治。只有太平公主，仍恃上皇之势，恣为不法。玄宗稍禁抑之，公主大恨，遂与朝臣萧至忠、岑义、窦怀贞、崔湜等结为党援，私相谋划，欲矫上皇旨，废帝而别立新君，密召侍御陆象先同谋。象先大骇连声道："不可不可，此何等事，辄敢妄为耶！"公主道："弃长立幼，已为不顺，况又失德，废之何害？"象先道："既以功立，必以罪废，今上新立，天下向顺，彼无失德，何罪可废？象先不敢与闻。"言罢，拂衣而出。

公主与崔湜等计议，恐矫旨废立，众心不服，事有中变，欲暗进毒，以谋弑逆，遂私结宫人元氏，谋于御膳中置毒以进。王琚闻其谋。开元元年七月①朔日早朝毕，玄宗御便殿，王琚密奏道："太平公主之事迫矣，不可不速废！"玄宗尚在犹豫，时张说方出使东都，适遣人以佩刀来献，长史崔日用奏道："说之献刀，欲陛下行事决断耳！陛下昔在东宫，或难于举动，今大权在握，发令诛逆，有何不顺，而迟疑若是？"玄宗道："诚如卿言，恐惊上皇。"王琚道："设使奸人得志，宗社颠危，上皇安乎？"正议论间，侍郎魏知古直趋殿陛，口称臣有密启。玄宗召至案前问之，知古道："臣探知奸人辈，将于此月之四日作乱，宜急行诛讨。"于是玄宗定计，与岐王范、薛王业、兵部尚书郭元振、龙武将军王毛仲、内侍高力士及王琚、崔日用、魏知古等，勒兵入虔化门，执岑羲、萧至忠于朝堂斩之，窦怀贞自缢，崔湜及宫人元氏俱诛死，太平公主逃入僧寺，追捕出，赐死于家，并诛奸僧慧范，其余逆党死者甚多。上皇闻变惊骇，乘轻车出宫，登承天门楼问故。玄宗急令高力士回奏，言太平公主结党谋乱，今俱伏

---

① 七月——此处与前文有异。前文"八月吉日，命太子即皇帝位"。

诛，事已平定，不必惊疑。上皇闻奏，叹息还宫。正是：

公主空号太平，作事不肯太平。

直待杀此太平，天下方得太平。

玄宗既诛逆党，闻陆象先独不肯从逆，深嘉其忠，擢为蒲州刺史，面加奖谕道："岁寒然后知松柏也。"象先因奏道："《书》云：歼厥渠魁，胁从罔治。今首恶已诛，余党乞从宽典，以安人心。"玄宗依其言，多所赦宥。又以太平公主之子薛崇简常谏其母，屡遭挞辱，特旨免死，赐姓李，官爵如故。其他功臣爵赏有差。自此朝廷无事。

玄宗意欲以姚崇为相，张说忌之，使殿中监姜皎入奏道："陛下欲择河东总管，而难其选，臣今得之矣。"玄宗问为谁。姜皎道："姚崇文武全才，真其选也。"玄宗笑道："此张说之意，汝何得面欺？"姜皎惶恐，叩头服罪。玄宗即日降旨，拜姚崇为中书令。张说大惧，乃私与岐王通款，求其照顾。姚崇闻知，甚为不满。一日入对便殿，行步微蹇。玄宗问道："卿有足疾耶！"姚崇因乘间奏言："臣有腹心之疾，非足疾也。"玄宗道："何谓腹心之疾？"姚崇道："岐王乃陛下爱弟，张说身为大臣，而私与往来，恐为所误，是以忧之。"玄宗怒道："张说意欲何为？明日当命御史按治其事。"

姚崇回至中书省，并不提起。张说全然不知，安坐私署之中。忽门役传进一帖，乃是贾全虚的名刺①，说道有紧急事特来求见。张说骇然道："他自与宁醒花去后，久无消息，今日突如其来，必有缘故。"便整衣出见。贾全虚谒拜毕，说道："不肖自蒙明公高厚之恩，遁迹山野，近因贫困无聊，复至京师，移名易

---

① 名刺——指名帖，名片。

姓，佣书于一内臣之家。适间偶与那内臣闲话，谈及明公私与岐王往来，今为姚相所奏。皇上大怒，明日将按治，祸且不测。不肖惊闻此信，特来报知。”张说大骇道：“如此为之奈何?”全虚道：“今为明公计，惟有密恳皇上所爱九公主关说①方便，始可免祸。”张说道：“此计极妙，但急切里无门可入。”全虚道：“不肖已觅一捷径，可通款于九公主，但须得明公所宝之一物为贽②耳。”张说大喜，即历举所藏珍玩。全虚道：“都用不着。”张说忽想起：“杂林郡曾献夜明帘一具可用否?”全虚道：“请试观之。”张说命左右取出，全虚看了道：“此可矣，事不宜迟，只在今夕。”张说便写一情恳手启，并夜明帘付与全虚。

全虚连夜往九公主，具言来历，献上宝帘并手启；九公主见了帘儿，十分欢喜，即诺其所请。正是：

前日献刀取决断，今日献帘求遮庇。

一是为公矢忠心，一是为私行密计。

明日九公主入宫见驾，玄宗已传旨，着御史中丞同赴中书省究问张说私交亲王之故。九公主奏道：“张说昔为东宫侍臣，有维持调护之功，今不宜轻加谴责。且若以疑通岐王之故，使人按问，恐王心不安，大非吾皇上平日友爱之意。”原来玄宗于兄弟之情最笃，尝为长枕大被与诸王同卧，平日在宫中相叙，只行家人礼。薛王患病，玄宗亲为煎药，吹火焚须。左右失惊，玄宗道：“但愿王饮此药而即愈，吾须何足惜。”其友爱如此，当闻九公主之言，恻然动念，即命高力士至中书省宣谕免究，左迁张说为相州刺史。张说深感贾全虚之德，欲厚酬之，谁知全虚更不复来见，亦无处寻访他，真奇人也。正是：

---

① 关说——说好话，说情。

② 贽（zhì）——古代指初次拜见尊长所送的礼物。

拯危排难非求报，只为当年赠爱姬。

姚崇数年为相，告老退休，特荐宋景自代。宋景在武后时，已正直不阿，及居相位，更丰格端庄，人人敬畏。那时内臣高力士、闲厩使王毛仲，俱以诛乱有功，得幸于上。王毛仲又以牧马番庶，加开府仪同三司，荣宠无比，朝臣多有奔趋其门者，宋景独不以为意。王毛仲有女与朝贵联姻，治装将嫁，玄宗闻之问道：“卿嫁女之事，已齐备否?”王毛仲奏道：“臣诸事都备，但欲延嘉宾，以为光宠，正未易得耳。”玄宗笑道：“他客易得，卿所不能致者一人必宋景也，朕当为卿致之。”乃诏宰相与诸大臣，明日俱赴王毛仲家宴会。

次日，众官都早到，只有宋景不即至，王毛仲遣人络绎探视。宋景托言有疾，不能早来，容当徐至，众官只得静坐拱候。直至午后，方才来到，且不与主人及众客谈礼，先命取酒来，执杯在手说道：“今日奉诏来此饮酒，当先谢恩。”遂北面拜罢，举杯而饮，饮不尽一杯，忽大呼腹痛，不能就席，向众官一揖，即升车而去。王毛仲十分惭愧，奈他刚正素著，朝廷所礼敬，无可如何，只得敢怒而不敢言，但与众官饮宴，至晚而散。正是：

作主固须择宾，作宾更须择主。

恶宾固不可逢，恶主更难与处。

后王毛仲恃宠而骄，与高力士有隙。其妻新产一子，至三朝，玄宗遣高力士赍珍异赐之，且授新产之儿五品官。毛仲虽然谢恩，心甚怏怏，抱那小儿出来与力士看，说道：“此儿岂不堪作三品官耶!”力士默然不答，回宫复命，将此言奏闻，再添上些恶言语。玄宗大怒道：“此贼受朕深恩，却敢如此怨望!”遂降旨削其官爵，流窜远州。力士又使人奸告他许多骄横不法之事，奉旨赐死，此是后话。

且说姚崇罢相之后，以梁国公之封爵退居私第。至开元九年间，享寿已高，偶感风寒，染成一病，延医调治，全然无效。平生不信释道二教，不许家人祈祷。过了几日，病势已重，自知不能复愈，乃呼其子至榻前，口授遗表一道，劝朝廷罢冗员、修制度、戢兵戈、禁异端，官宜久任，法宜从宽，洋洋数百言，皆为治之要道，即誊写奏进。又将家事嘱咐一番，遗命身故之后，不可依世俗例，延请僧道，追修冥福，永著为家法。其子一一受命。及至临终，又对其子说道："我为相数年，虽无甚功业，然人都称我为救时宰相，所言所行，亦颇多可述，我死之后，这篇墓碑文字，须得大手笔为之，方可传于后世。当今所推文章宗匠，惟张说耳，但他与我不睦，若径往求他文字，他必推言不肯。你可依我计，待我死后，你须把些珍玩之物，陈设于灵座之侧。他闻讣来吊奠，若见此珍玩，不顾而去，是他记我旧怨，将图报复，甚可忧也；他若逐件把弄，有爱羡之意，你便说是先人所遗之物，尽数送与他，即求他作碑文，他必欣然许允，你便求他速作。待他文字一到，随即勒石，一面便进呈御览方妙。此人性贪多智，而见事稍迟，若不即日镌刻，他必追悔，定欲改作，既经御览，则不可复改。且其文中既多赞语，后虽欲寻瑕摘疵，以图报复，亦不能矣，记之记之！"言罢，瞑目而逝。公子頳踊哀号，随即表奏朝廷，讣告僚属，治理丧具。

大殓既毕，便设幕受吊，在朝各官，都来祭奠。张说时为集贤院学士，亦具祭礼来吊。公子遵依遗命，预将许多古玩珍奇之物，排列灵座旁边桌上。张说祭吊毕，公子叩颡拜谢。张说忽见座旁桌上排列许多珍玩，因指问道："设此何意？"公子道："此皆先父平日爱玩者，手泽所存，故陈设于此。"张说道："令先公所爱，必非常物。"遂走近桌上，逐件取来细看，啧啧称赏。公子道："此数物不足供先生清玩，若不嫌鄙，当奉贡案头。"张说欣然道："重承雅意，但岂可夺令先公所好？"公子道："先生为先父执友，先父今日若在，岂惜贻赠。且先父曾有遗言，欲求先生大笔，为作墓道碑文，倘不吝珠玉，则先父死且不朽，不肖方当衔结图报，区区玩好之微，何足复道。"说罢，哭拜于地。张说扶起道："拙笔何足为重，既蒙嘱役，敢不揄扬盛美。"公子再拜称谢。张说别去。公子尽撤所陈设之物，遣人送与，又托人婉转求其速作碑文，预使石工磨就石碑一座，只等碑文镌刻。

张说既受了姚公子所赠，心中欢喜，遂做了一篇绝好的碑文，文中极赞姚崇人品相业，并叙自己平日爱慕钦服之意。文才脱稿，恰好姚公子遣人来领，因便付于来人。公子得了文字，令石工连夜镌于碑上。正欲进呈御览，适高力士奉旨来取姚崇生时所作文字，公子乘机便将张说这篇碑文，托他转达于上。玄宗看了赞道："此人非此文不足以表扬之！"正是：

救时宰相不易得，碑文赞美非曲笔。

可惜张公多受贿，难说斯民三代直。

却说张说过了一日，忽想起："我与姚崇不和，几受大祸，今他身死，我不报怨也够了，如何倒作文赞他？今日既赞了他，后日怎好改口贬他？就是别人贬他，我只得要回护他了，这却不值得。"又想文字付去未久，尚未镌刻，可即索回，另作一篇，寓贬于褒之文便了。遂遣使到姚家索取原文，只说还要增改几笔。姚公子面语来使道："昨承学士见赐鸿篇，一字不容移易，便即勒石，且已上呈御览，不可便改了。铭感之私，尚容叩谢。"使者将此言回复了主人。张说顿足道："吾知此皆姚相之遗算也，我一个活张说，反被死姚崇算了，可见我之智识不及他矣！"

连声呼中计，追悔已嫌迟。

姚崇死后，朝廷赐谥文献。后张说与宋景、王琚辈相继而逝。又有贤相韩休、张九龄二人俱为天子所敬畏者，亦不上几年告老的告老，身故的身故，朝中正人渐皆凋谢。玄宗在位日久，怠于政事，当其即位之初，务崇节俭，曾焚珠玉锦绣于殿前，又放出宫女千人，到得后来，却习尚奢侈，女宠日盛。诸嫔妃中，惟武惠妃最亲幸，皇后王氏遭其谗谮，无故被废。又谮太子瑛及鄂王、光王，同日俱赐死，一日杀三子，天下无不惊叹。不想武惠妃亦以产后血崩暴亡，玄宗不胜悲悼，自此后宫无有当意者。高力士劝玄宗广选美人，以备侍御。玄宗遂降旨采选民间有才貌的女子入宫。正是：

靡不有初，鲜克有终。
开元天宝，大不相同。

第七十九回

江采苹恃爱追欢　杨玉环承恩夺宠

词曰：

国色自应供点选，一入深宫，必定多留恋。不是眉尖送花片，也教眼角飞莺燕。只道始终适所愿，不料红丝，恰又随风转。始知月老亦无凭，端合成全好姻眷。

——右调《蝶恋花》

人生处世，无过情与理而已。忠臣孝子，作事循理，不消说得；而大奸极恶之人，行事背理，亦不消说得。至于情总属一般，孟夫子所云：知好色则慕少艾，有妻子则慕妻子。今古同然，无有绝情者。试看苏子卿穷居海上，啮雪吞毡，死生置于度外，犹不免娶胡妇生子。胡澹庵贬海外十年，比其归，日饮于湘潭胡氏园，喜侍姬黎倩，作诗赠之。乃知情欲移人，贤者不免，而况生居盛世贵为天子乎？

今且不说玄宗遣人点选美女。且说闽中兴化县珍珠村，有一秀才，姓江名仲逊，字抑之，人物轩昂，家私富厚，年过三旬，尚无子嗣；夫人廖氏，单生一女，小名阿珍，九岁能诵二南，语父道："吾虽女子，期以此为志。"仲逊奇之，遂名采苹，生得花容月貌，便是月里嫦娥，也让他几分颜色，更兼文才淹博，诸子百家，无不贯串，琴棋书画，各件皆能。他性喜梅花，仲逊遣人于江浙山中，遍觅各种最古梅，植于庭除，额曰"梅亭"。采苹朝夕观玩，遂自号梅芬，性耽文艺，有《萧兰》、《梨园》、《梅亭》、《业桂》、《凤笛》、《玻杯》、《剪刀》、《绮窗》八赋，为时传诵，名闻籍甚。高力士自湖广历两粤，各处采选，并无当意者；至兴化，闻采苹名，得之以进。采苹年方二八，美貌无双，玄宗一见，喜动天颜，即令嫔妃随侍入宫，赐江仲逊黄金千两，彩缎百端，回家养老。命高力士陪他赴光禄寺饮宴，仲逊含泪出朝。玄宗入宫，即命左右摆宴，与江妃共饮，饮了一回，玄宗兴致已浓，携养江妃退归寝室，共效鸾凤。但见江妃的愁思未遭风和雨，玄宗的兴趣偏施雨与风，云情雨意初未知。也有《西江月》一词为证：

倾国倾城一貌，为云为雨千觞。花间起舞散幽香，从此惊鸿绝赏。　　谢女休夸好句，班姬正倚新妆，数奇不愿似王嫱，谁向长门悒怏。

玄宗与江妃恣意交欢，任情取乐，真个欢娱夜短，正好受用。

又早鸡鸣钟动，天光欲曙，玄宗免不得起身出朝听政。

一日回到宫中，见江妃在那里看《梅亭赋》，因知江妃喜梅，遂命宫中各处栽梅，朝夕游玩，赐名梅妃，玄宗道：“朕几日为朝政所困，今见梅花盛开，清芬拂面，玉宇生凉，襟期顿觉开爽；嫔色花容，令人顾恋，纵世外佳人，怎如你淡妆飞燕乎？”梅妃道：“只恐落梅残月，他时冷落凄其。”玄宗道：“朕有此心，花神鉴之。”梅妃道：“但愿不负此言，妾虽身碎，不足以报。”玄宗道：“妃子高才，前所作八赋，翰林诸臣无不叹赏；卿今可为《梅花赋》，待朕颁示词臣。”梅妃道：“贱妾蓬闺陋质，安敌艺苑鸿才。既辱钧旨，谨当献丑。”言未毕，只见内侍报道：“岭南刺史韦应物、苏州刺史刘禹锡，各选奇梅五种，星夜进呈。”玄宗甚喜，吩咐高力士用心看管，以待宴赏，遂同梅妃回宫。

不一日，玄宗宴诸王于梅园，命梨园子弟承应，丝竹迭奏，果然清音缓节。有诗为证：

金屋画堂光闪闪，烹龙炮凤敲檀板。

歌喉宛转绕雕梁，琼浆满泛玻璃盏。

诸王饮至半席间，忽闻宫中笛声嘹亮。诸王问道："笛声清妙，不知何人所吹，似从天上飞来。"玄宗道："是朕梅妃所吹，诸兄弟若不弃嫌，宣他一见何如？"诸王道："臣等愿洗耳请教。"命高力士宣梅妃来。不一时梅妃宣到，诸王见礼毕，玄宗道："朕常称妃子乃梅精也，吹白玉笛作惊鸿舞，一座生辉，今宴诸王，梅妃试舞一回。"梅妃领旨，装束齐整，向筵前慢舞。有《西江月》词为证：

紫燕轻盈弱质，海棠标韵娇容。罗衣长袖慢交横，络绎回翔稳重。纤縠蛾飞可爱，浮腾雀跃仙踪。衫飘绰约动随风，恍似飞龙舞凤。

舞罢，诸王连声赞美。玄宗道："既观妙舞，不可不快饮。今有嘉州进到美酒，名瑞露珍，其味甚佳，当共饮之。"即命内侍取酒至，斟于金盏，命梅妃偏酌诸王。时宁王已醉，见梅妃送酒来，起身接酒，不觉一脚踢着了梅妃绣鞋。梅妃大怒，登时回宫。玄宗道："梅妃为何不辞而去？"左右道："娘娘珠履脱缀，换了就来。"等了一回，又来再宣。梅妃道："一时胸腹作疾，不能起身应召。"玄宗道："既如此罢了。"即命撤席而别。

宁王惊得魂不附体，猛然想起驸马杨回，足智多谋，又是圣上宠爱的，密地差人请来商议。不一时杨回到来，礼毕，宁王道："寡人侍宴梅园，只因多吃几杯酒，干了一桩天大不明白的事。"杨回道："不是戏梅妃的事么？"宁王道："你为何知道？"杨回道："若要不知，除非莫为，如今那一个不晓得，止有圣上

不知。”宁王道：“请你来商议此事，倘若梅妃在圣上面前，说些是非，叫我怎得安稳哩！”杨回想了一想，说道：“不妨，我有二计在此，包你无事。”附宁王耳低言道：“只须如此如此。”宁王大喜，依了他计，相约次日早朝，肉袒膝行，请罪道：“蒙皇上赐宴，力不胜酒，失错触了妃履，臣出无心，罪该万死。”玄宗道：“此事若计论起来，天下都道我重色，而轻天伦了。你既无心，朕亦付之不较。”宁王叩头谢恩而起。

杨回乃密奏玄宗道：“臣见诸宫嫔妃，约有三万余人，又令高力士遍访美人何用?”玄宗道：“嫔妃固多，绝色者少，愿得倾国之色，以博一生大乐耳。”杨回道：“陛下必欲得倾城美貌，莫如寿王妃子杨玉环，姿容盖世，实是罕有。”玄宗道：“与梅妃如何?”杨回道：“臣未曾亲见，但闻寿王作词赞他，中一联云：‘三寸横波回幔水，一双纤手语香弦。’开元二十一年冬至寿邸时，有人见了赞道：‘只有天在上，更无山与齐。’陛下莫若召来便见。”玄宗闻之喜甚，即差高力士快去宣杨妃来。

力士领旨，即到寿王宫中，宣召杨妃。杨妃道：“圣上宣我何干?”力士道：“奴婢不知，娘娘见驾，自有分晓。”杨妃惨然来见寿王道：“妾事殿下，祈订白头，谁知圣上着高力士宣妾入朝，料想此去，必与殿下永诀矣!”寿王执杨妃之手大哭道：“势已如此，料不可违，倘若此去，不中上意，或者相逢有日，百凡珍重。”力士催促不过，杨妃只得拜别寿王，流泪出宫。正是：

宣谕多娇珍重甚，回轩应问镜台无。

高力士领着杨妃来复旨。杨妃含羞忍耻参拜毕，俯伏在地，玄宗赐他平身。此时宫中高烧银烛，阶前月影横空，玄宗就在灯月之下，将杨妃定睛一看。但见：

黛绿双蛾，鸦黄半额。蝶练裙不短不长，凤绡衣宜宽宜窄。

腰枝似柳，金步摇曳。戛翠鸣珠，鬓发如云。玉搔头掠青拖碧，乍回雪色，依依不语。春山脉脉，幽妍清清，依稀似越国西施；婉转轻盈，绝胜那赵家合德。艳冶销魂，容光夺魄。真个是回头一笑百媚生，六宫粉黛无颜色。

玄宗吩咐高力士，令妃自以其意，乞为女道士，赐号太真，住内太真宫。对杨回道："二卿暂回，明日朕有重赏。"宁王方才放心，与杨回叩谢出朝。天宝四载，更为寿王娶左卫将军韦昭训女为妃，潜纳太真于宫中，命百官于凤凰园，册太真宫女道士杨氏为贵妃。其父杨元琰，弘农华阴人，从居蒲州之独头村，开元初为蜀州司户，贵妃生于蜀，早孤，养于叔父河南府士曹元圭家。册妃日，赠元琰兵部尚书；母李氏，凉国夫人；叔元圭，为光禄卿；兄铦，侍御史；堂兄钊，拜侍郎。那杨钊原系张昌宗之子，寄养于杨氏者。玄宗以钊字有金刀之象，改赐其名为国忠。杨氏权倾天下，贵妃进见之夕，奏《霓裳羽衣曲》，授金钗钿盒。玄宗自执丽水镇库紫磨金琢成步摇，至妆阁亲与插鬓。自宠了贵妃，便疏了梅妃。

梅妃问亲随的宫女嫣红道："你可晓得皇上两日为何不到我宫中？"嫣红道："奴婢那里得知，除非叫高力士来，便知分晓。"梅妃道："你去寻来，待我问他。"嫣红领旨出宫寻问，走到苑中，见力士坐在廊下打瞌睡。嫣红道："待我耍他一耍。"见一棵千叶桃花，娇红鲜艳，便拆下一小枝来，将花插在他头上，取一嫩枝，塞向力士鼻孔中去。力士陡然惊醒，见是嫣红，问道："嫣红妹子，你来做甚？"嫣红笑道："我家娘娘特来召你。"力士便同嫣红走到梅妃宫中，叩头见过。梅妃问力士道："圣上这几日，为何不进我宫中？"力士道："阿呀，圣上在南宫中，新纳了寿王的杨妃，宠幸无比，娘娘难道还不知么？"梅妃道："我那里晓得。且问你圣上待他意思如何？”力士道：“自从杨妃入宫之后，龙颜大悦，亲赐金钿珠翠，举族加官，宫中号曰娘子，仪体侔①于皇后。”梅妃听了这句话，不觉两泪交流道：“我初入宫之时，便疑②有此事，不想果然。你且出去，我自有道理。”

高力士出宫去了。嫣红将适间苑内所见如何行径，如何快活，说与梅妃知道。梅妃听了，不胜怨恨。嫣红道：“娘娘不要愁烦，依奴婢愚见，娘娘莫若装束了，步到南宫去，看皇爷怎么样说。”梅妃见说，便向妆台前整云鬓。梅妃对了菱花宝镜，叹道：“天乎，我江采苹如此才貌，何自憔悴至此，岂不令人肠断！”说了双泪交流，强不出精神来梳妆。嫣红与宫女再三劝慰，替他重施朱粉，再整花钿，打扮得齐齐整整，随了七八个宫奴，向南宫缓步而来。

却见玄宗独立花阴。梅妃上前朝见。玄宗道：“今日有甚好风，吹得你来？”梅妃微微的笑道：“时布阳和，忽南风甚竞，故循循至此，以解寂寥耳。”玄宗道：“名花在侧，正要着人来宣妃子，共成一醉。”梅妃道：“闻得陛下纳宠杨妃，贱妾一来贺喜，二来求见新人。”玄宗道：“此是朕一时偶惹闲花野草，何足挂齿。”梅妃定要请见，玄宗不得已道：“爱卿既不嫌弃，着他来参见你就是，但他来时，卿不可着恼。”梅妃道：“妾依尊命，须要他拜见我便了。”玄宗道：“这也不难。”即召杨妃出来，杨妃望着梅妃叩头毕。玄宗即命摆宴，酒过三巡，玄宗道：“梅妃有谢女之才，不惜佳句，赞他一首何如？”梅妃道：“惟恐不能表扬万一，望乞恕罪。”杨妃道：“妾系蒲姿柳质，岂足当娘娘翰墨揄扬？”玄宗道：“二妃不必过谦。”叫左右快快取一幅锦笺，放在

① 侔（móu）——相等，齐。

② 疑——猜度、猜疑。

梅妃面前。梅妃只得提起笔来，写上七绝一首：

撇却巫山下楚云，南宫一夜玉楼春。
冰肌月貌谁能似？锦绣江天半为君。

梅妃写完，呈于玄宗。玄宗看了，连声赞美，付与杨妃。杨妃接来看了一遍，心中暗想："此词虽佳，内多讥讽。他说'撇却巫山下楚云'，笑奴从寿邸而来；'锦绣江天半为君'，笑奴肥胖的意思。待我也回他几句，看他怎么说？"便对梅妃道："娘娘美艳之姿，绝世无双，待奴回赞一首何如？"梅妃道："俚词描写万一，若得美人不吝名言，妾所愿也。"杨妃亦取笺写道：

美艳何曾减却春，梅花雪里亦清真。
总教借得春风早，不与凡花斗色新。

玄宗见杨妃写完，赞道："亦来的敏快得情。"拿与梅妃道："妃子你看如何？"梅妃取来一看，暗想道："他说'梅花雪里亦清真'，笑我瘦弱的意思。'不与凡花斗色新'，笑我已过时了。"两下颜色有些不和起来。高力士道："娘娘们诗词唱和，奴婢有几句粗言俗语解分。"玄宗道："你试说来。"高力士道："皇爷今日同二位玉美人步步娇，走到高阳台，二位娘娘双劝酒，饮到月上海棠。奴婢打一套三棒鼓，唱一套贺新郎，大家沉醉东风。皇爷卸下皂罗袍，娘娘解下红衲袄，忽闻一阵锦衣香，同睡在销金帐，那时节花心动将起来，只要快活三，那里管念奴娇惜奴娇。皇爷慢慢的做个蝶恋花，鱼游春水，岂不是万年欢天下乐？"只见二妃听到他说到"花心动，快活三"，不觉的都嘻嘻微笑起来。玄宗道："力士之言有理。朕今日二美既具，正当取乐，休得争论。"遂挽手携着二妃回宫。梅妃性柔缓，后竟为杨妃所谮，迁于上阳东宫。

一日玄宗闲步梅园，忽想起梅妃来，差高力士领旨到上阳

宫，只见梅妃正在那里伤感。力士连忙叩头。梅妃道："高常侍，我自别圣驾已来，久无音问，今日甚事有劳你来?"力士道："圣上今日偶步梅园，十分思念娘娘，特着奴婢来探望。"梅妃闻言，便欢欢喜喜问力士道："圣上着你来探望，终非弃我，汝可为我叩谢皇恩，说我无日不望睹天颜，还祈皇恩始终无替。"力士领命，随即回至梅园，将梅妃所言奏上。

玄宗闻言，不觉嗟叹道："我岂遂忘汝耶！高力士，你可选梨园最快戏马，密召梅妃到翠华西阁相叙，不可迟误。"力士应声而去。玄宗连声叫道："转来，你须悄地里去，不可使杨妃知道。"力士道："奴婢晓得。"便到梨园选了一匹上等骏马，竟到东楼，见了梅妃。梅妃道："高常侍，你为何又来?"力士道："奴婢将娘娘之言，述与皇爷听了，皇爷浩叹道：'我岂忘汝。'就令奴婢选上等骏马，密召娘娘到翠华西阁叙话。"梅妃道："既是君王宠召，缘何要暗地里来?"力士道："只恐杨娘娘得知，不是当耍。"梅妃道："陛下为何怕着这个肥婢?"力士道："娘娘快上马，皇爷等久了。"

梅妃便上马而来，到了阁前，玄宗抱下马来道："爱卿，我那一日不想你来。"梅妃参拜道："贱妾负罪，将谓永捐，不料又得复睹天颜。"玄宗就命宫女摆酒。饮至数巡，梅妃斟上一杯，敬与玄宗道："陛下果终不弃贱妾，幸满饮此杯。"玄宗吃了，也斟一杯回赐。梅妃饮至半醉，玄宗双手捧着他面庞细看道："妃子花容，略觉消瘦了些。"梅妃道："如此情怀，怎免消瘦?"玄宗道："瘦便瘦，却越觉清雅了。"梅妃笑道："只怕还是肥的好哩!"玄宗也笑道："各有好处。"又饮了几杯，便同梅妃进房。忽忽一睡，不觉失晓。

杨妃在宫不见玄宗驾来，问念奴道："圣上何在?"念奴道：

“奴婢闻万岁着高力士，召梅娘娘至翠华西阁。”杨妃听了，忙自步到阁前，惊得那些常侍飞报道：“杨娘娘已到阁前，当如之何？”玄宗披衣，抱梅妃藏夹幕间。杨妃走到里面见礼毕，问道：“陛下为何起得迟？”玄宗道：“还是妃子来得早。”杨妃道：“贱妾闻梅精在此，特此相望。”玄宗道：“他在东楼。”杨妃道：“今日宣来，同至温泉一乐。”玄宗只是看着左右，也不去回答他。杨妃怒道：“肴核狼籍，御榻下有妇人珠舄，枕边有金钗翠钿，夜来何人侍陛下寝，欢睡至日出，还不视朝，是何体统？陛下可出见群臣，妾在此阁，以俟驾回。”玄宗愧甚，拽衾向屏复睡道：“今日有疾，不能视朝。”杨妃怒甚，将金钗翠钿掷于地，竟归私第。

不想小黄门见杨妃势急，恐生余事，步送梅妃回宫。玄宗见杨妃已去，欲与梅妃再图欢庆，却被黄门送去，大怒，斩之，亲自拾起金钗翠钿珠舄包好，又将夷使所贡珍珠一斛，着永新领去，并赐梅妃。永新领旨，前往东楼。梅妃问道：“圣上着人送我归来，何弃我之深乎？”永新道：“万岁非弃娘娘，恐杨娘娘性恶，所送黄门，已斩讫矣。”梅妃道：“恐怜我又动这肥婢情，岂非弃我也？原物俱已拜领，所赐珍珠不敢受，有诗一首，烦你进到御前，道妾非忤旨不受珍珠，恐怕杨妃闻知，又累圣上受气耳。”永新领命而去，将珍珠并诗献上。玄宗拆开一看，念道：

柳叶蛾眉久不描，残妆和泪湿红绡。

长门自是无梳洗，何必珍珠慰寂寥？

玄宗览诗，怅然不乐，又喜其诗之妙，令乐府以新声度之，号《一斛珠》。杨妃既怀前恨，又知此事，逐日思量害他。未知后事如何，且听下回分解。

第八十回

安禄山入宫见妃子　高力士沿街觅状元

词曰：

幸得君王带笑看，莫偷安。野心狼子也来看，漫拈酸。俏眼盈盈恋所爱，尽盘桓。却教说在别家欢，被他瞒。

——右调《太平时》

从来士子的穷通显晦，关乎时命，不可以智力求；即使命里终须通显，若还未遇其时，犹不免横遭屈抑，此乃常理，不足为怪。独可怪那女子的贵贱品格，却不关乎其所处之位。尽有身为下贱的，倒能立志高洁，那位居尊贵的，反做出无耻污辱之事。即如唐朝武后、韦后、太平公主、安乐公主，这一班淫乱的妇女，搅得世界不清，已极可笑、可恨，谁想到玄宗时，却又生出个杨贵妃来。他身受天子宠眷，何等尊荣，况那天子又极风流不俗，何等受用，如何反看上了那塞外蛮奴安禄山，与之私通，浊乱宫闱，以致后来酿祸不小，岂非怪事。

且说那安禄山，乃是营州夷种。本姓康氏，初名阿落山，因其母再适安氏，遂冒姓安，改名禄山，为人奸猾，善揣人意，后因部落破散，逃至幽州，投托节度使张守圭麾下。守圭爱之，以为养子，出入随侍。

一日守圭洗足，禄山侍侧，见守圭左脚底有黑痣五个，因注视而笑。守圭道：“我这五黑痣，识者以为贵相，汝何笑也？”禄山道：“儿乃贱人，不意两脚底都有黑痣七枚，今见恩相贵人脚下亦有黑痣，故不觉窃笑。”守圭闻言，便令脱足来看，果然两脚底俱有七痣，状如七星，比自己脚上的更黑更大，因大奇之，愈加亲爱，屡借军功荐引，直荐他做到平卢讨击使。时有东夷别部奚契丹，作乱犯边，守圭檄令安禄山督兵征讨。禄山自恃强勇，不依守圭方略，率兵轻进，被奚契丹杀得大败亏输。原来张守圭军令最严明，诸将有违令败绩者必按军法。禄山既败，便顾不得养子情分，一面上疏奏闻，一面将禄山提至军前正法。禄山临刑，对着张守圭大叫道：“大夫欲灭贼，奈何轻杀大将！”守圭壮其言，即命缓刑，将他解送京师，候旨定夺。禄山贿嘱内侍们，于玄宗面前说方便。当时朝臣多言禄山丧师失律，法所当诛，且其貌有反相，不可留为后患。玄宗因先入内侍之言，竟不准朝臣所奏，降旨赦禄山之死，仍赴平卢原任，带罪立功。禄山本是极乖巧善媚，他向在平卢，凡有玄宗左右偶至平卢者，皆厚赂之。于是玄宗耳中，常常闻得称誉安禄山的言语，遂愈信其贤，屡加升擢，官至营州都督平卢节度使。至天宝二年，召之入朝，留京侍驾。禄山内藏奸狡，外貌假装愚直。玄宗信为真诚，宠遇日隆，得以非时谒见，宫苑严密之地，出入无禁。

一日，禄山觅得一只最会人言的白鹦鹉，置之金丝笼中，欲献与玄宗。闻驾幸御苑，因便携之苑中来。正遇玄宗同着太子在花丛中散步。禄山望见，将鹦鹉笼儿挂在树枝上，趋步向前朝拜，却故意只拜了玄宗，更不拜太子，玄宗道：“卿何不拜太子？”禄山假意奏说：“臣愚，不知太子是何等官爵，可使臣等就当至尊面前谒拜？”玄宗笑道：“太子乃储君，岂论官爵，朕千秋万岁后，继朕为君者，卿等何得不拜？”禄山道：“臣愚，向只知皇上一人，臣等所当尽忠报效，却不知更有太子，当一体敬事。”

玄宗回顾太子道：“此人朴诚乃尔。”

正说间，那鹦鹉在笼中便叫道：“安禄山快拜太子。”禄山方才望着太子下拜，拜毕，即将鹦鹉携至御前。玄宗道：“此鸟不但能言，且晓人意，卿从何处得来?”禄山扯个谎道：“臣前征奚契丹至北平郡，梦见先朝已故名臣李靖，向臣索食，臣因为之设祭。当祭之时，此鸟忽从空飞至，臣以为祥瑞，取而养之，今已驯熟，方敢上献。”言未已，那鹦鹉又叫道：“且莫多言，贵妃娘娘驾到了。”

禄山举眼一望，只见许多宫女簇拥着香车，冉冉而来。到得将近，贵妃下车，宫人拥至玄宗前行礼。太子也行礼罢，各就坐位。禄山待欲退避，玄宗命且住着。禄山便不避，望着贵妃拜了，拱立阶下。玄宗指着鹦鹉对贵妃说道：“此鸟最能人言，又知人意。”因看着禄山道：“是那安禄山所进，可付宫中养之。”贵妃道：“鹦鹉本能言之鸟，而白者不易得，况又能晓人意，真佳禽也。”即命宫女念奴收去养着。因问：“此即安禄山耶，现为何官?”玄宗道：“此儿本塞外人，极其雄壮，向年归附朝廷，官拜平卢节度。朕爱其忠直，留京随侍。”因笑道：“他昔曾为张守圭养子，今日侍朕，即如朕之养子耳。”贵妃道：“诚如圣谕，此人真所谓可儿矣。”玄宗笑道：“妃子以为可儿，便可抚之为儿。”贵妃闻言，熟视禄山，笑而不答。

禄山听了此言，即趋至阶前，向着贵妃下拜道：“臣儿愿母妃千岁。”玄宗笑道：“禄山，你的礼数差了，欲拜母先须拜父。”禄山叩头奏道：“臣本胡人，胡俗先母后父。”玄宗顾视贵妃道：“即此可见其朴诚。”说话间，左右排上宴来，太子因有小病初愈，不耐久坐，先辞回东宫去了，玄宗即命禄山侍宴。禄山于奉觞进酒之时，偷眼看那贵妃的美貌，真个是：

施脂太赤，施粉太白。增之太长，减之太短。看来丰厚，却甚轻盈。极是娇憨，自饶温雅。洵矣胡天胡帝，果然倾国倾城。

那安禄山久闻杨妃之美，今忽得睹花容，十分欣喜，况又认为母子，将来正好亲近，因遂怀下个不良的妄念。这贵妃又是个风流水性，他也不必以貌取人，只是爱少年，喜壮士。见禄山身材充实，鼻准丰隆，英锐之气可掬，也就动了个不次①用人的邪心。正是：

色既不近贵，冶容又诲淫。

三郎忒大度，二人已同心。

话分两头，且不说安禄山与杨贵妃相亲近之事。且说其时适当大比②之年，礼部奏请开科取士，一面移檄各州郡，招集举子来京应试。当时西属绵州有个才子，姓李名白，字太白，原系西凉主李皓九世孙；其母梦长庚星入怀而生，因以命名。那人生得天姿敏妙，性格清奇，嗜酒耽诗，轻财任侠，自号青莲居士。人见其有飘然出世之表，称之为李谪仙。他不求仕进，志欲遨游四方，看尽天下名山大川，尝遍天下美酒。先登峨嵋，继居云梦，后复隐于徂徕山竹溪，与孔巢父、韩准、裴政、张叔明、陶沔日夕酣饮，号为竹溪六逸。因闻人说湖州乌程酒极佳，遂不远千里而往，畅饮于酒肆之中，且饮且歌，旁若无人。适州司马吴筠经过，闻狂歌之声，遣人询问，太白随口答诗四句道：

青莲居士谪仙人，酒肆逃名三十春。

湖州司马何须问？金粟如来是后身。

---

① 不次——不依次序、不按常规。

② 大比——指科举考试。

吴筠闻诗惊喜道："原来李谪仙在此。闻名久矣，何幸今日得遇。"当下请至衙斋相叙，饮酒赋诗，留连了几时，吴筠再三劝他入京取应。太白以近来科目一途，全无公道，意不欲行。正踌躇间，恰好吴筠升任京职，即日起身赴京，遂拉太白同至京师。

一日，偶于紫极宫闲游，与少监贺知章相遇，彼此通名道姓，互相爱慕。知章即邀太白至酒楼中，解下腰间金鱼，换酒同饮，极欢而罢。到得试期将近，朝廷正点着贺知章知贡举，又特旨命杨国忠、高力士为内外监督官，检点试卷，录送主试官批阅。贺知章暗想道："吾今日奉命知贡举，若李太白来应试，定当首荐，但他是个高傲的人，若通与关节，反要触恼了他，不肯入试。他的诗文千人亦见的，不必通甚关节，自然入彀，只是一应试卷，须由监督官录送，我今只嘱托杨、高二人，要他留心照看便了。"于是一面致意杨国忠、高力士，一面即托吴筠，力劝太白应试。太白被劝不过，只得依言，打点入场。

那知杨、高二人与贺知章原不是一类的人，彼以小人之心，度君子之腹，只道知章受了人的贿赂，有了关节，却来向我讨白人情，遂私相商议，专记着李白名字的试卷，偏不要录送。到了考试之日，太白随众入场，这几篇试作，那够一挥，第一个交卷的就是他。杨国忠见卷面上有李白姓名，便不管好歹，一笔抹倒道："这等潦草的恶卷，何堪录送？"太白待欲争论，国忠谩骂道："这样举子，只好与我磨墨。"高力士插口道："磨墨也不适用，只好与我脱靴。"喝令左右将太白扶出。正是：

文章无口，争论不得。堪叹高才，横遭挥斥。

太白出得场来，怨气冲天，吴筠再三劝慰。太白立誓，若他日得志，定教杨国忠磨墨，高力士脱靴，方出胸中恶气。这边贺知章在闱中阅卷，暗中摸索，中了好些真才，只道李白必在其内，及至榜发，偏是李白不曾中得，心中十分疑讶。直待出闱，方知为杨、高二人所挤，其事反因叮嘱而起。知章懊恨，自不必说。

且说那榜上第一名是秦国桢，兄秦国模中在第五名，二人乃是秦叔宝的玄孙，少年有才。兄弟同掇巍科，人人称羡。至殿试之日，二人入朝对策，日方午，便交卷出朝，家人们接着，行至集庆坊，只听得锣鼓声喧，原来是走太平会的。一霎时，看的人拥挤将来，把他兄弟二人挤散；及至会儿过了，国桢不见了哥哥，连家人们也都不见，只得独自行走。正行间，忽有一童子叫声："相公，我家老爷奉请，现在花园中相候。"国桢道："是那个老爷？"童子道："相公到彼便知。"国桢只道是那一个朝贵，或者为科名之事，有甚话说，因不敢推却。

童子引他入一小巷，进一小门，行不几步，见一座绝高的粉墙，从墙边侧门而入，只见里面绿树参差，红英绚烂，一条街径，是白石子砌的，前有一池，两岸都种桃花杨柳，池畔彩鸳白鹤，成对儿游戏，池上有一桥，朱栏委曲。走过前去，又进一重门，童子即将门儿锁了，内有一带长廊，庭中修竹千竿，映得廊檐碧翠；转进去是一座亭子，匾额上题着"四虚亭"三字，又写"西州李白题"；亭后又是一带高墙，有两扇石门，紧紧的闭着。童子道："相公且在此略坐，主人就出来也。"说罢，飞跑的去了。国桢想道："此是谁家，有这般好园亭？"正在迟疑，只见石门忽启，走出两个青衣的侍女，看了国桢一看，笑吟吟的道："主人请相公到内楼相见。"国桢道："你主人是谁，如何却教女

使来相邀?"侍女也不答应，只是笑着，把国桢引入石门。早望见画楼高耸，楼前花卉争妍，楼上又走下两个侍女来，把国桢簇拥上楼。只听得楼帘前，笼中鹦鹉叫道:"有客来了。"国桢举目看那楼上，排设极其华美，琉璃屏，水晶帘，照耀得满楼光亮，桌上博山炉内，爇①着龙涎妙香，氤氲扑鼻，却不见主人。忽闻侍女传呼夫人来，只见左壁厢一簇女侍们拥着一个美人，徐步而出，那美人怎生模样?

眼横秋水，眉扫春山。可怜杨柳腰，柔枝若摆。堪爱桃花面，艳色如酣。宝髻玲珑，恰称绿云高挽，绣裙稳贴，最宜翠带轻垂。果然是金屋娇姿，真足称香闺丽质。

国桢见了，急欲退避，侍女拥住道:"夫人正欲相会。"国桢道:"小生何人，敢轻与夫人见面?"那夫人道:"郎君果系何等人，乞通姓氏。"国桢心下惊疑，不敢实说，将那秦字桢字拆开，只说道:"姓余名贞木，未列郡庠，适因春游，被一童子误引入潭府，望夫人恕罪，速赐遣发。"说罢深深一揖，夫人还礼不迭，一双俏眼儿把国桢觑看，见他仪容俊雅，礼貌谦恭，十分怜爱，便移步向前，伸出如玉的一只手儿，扯着国桢留坐。国桢逡巡②道:"小生轻造香阁，蒙夫人不加呵斥，已为万幸，何敢共坐?"夫人道:"妾昨夜梦一青鸾，飞集小楼，今日郎君至此，正应其兆。郎君将来定当大贵，何必过谦。"国桢只得坐下，侍女献茶毕，夫人即命看酒。国桢起身告辞。夫人笑道:"妾夫远出，此间并无外人，但住不妨，况重门深锁，郎君欲何往乎?"国桢闻言，放心坐定。

---

① 爇（ruò）——烧。

② 逡（qūn）巡——因顾虑而犹疑不定。

少顷，侍女排下酒席，夫人拉国桢同坐共饮，说不尽佳肴美味，侍女轮流把盏。国桢道："不敢动问夫人何氏？尊夫何官？"夫人笑道："郎君有缘至此，但得美人陪伴，自足怡情，何劳多问。"国桢因自己也不曾说真名字，便也不去再问他。两个一递一杯，直饮至日暮，继之以烛，彼此都已半酣，国桢道："酒已阑①矣，可容小生去否？"夫人笑道："酒兴虽阑，春兴正浓，何可言去？今日此会，殊非偶然，如此良宵，岂宜虚度。"此时夫人春心荡漾，国桢也情兴勃然，遂大家起身，搂搂抱抱，命侍女撤去筵席，整顿床褥，两个拥入罗帏，解衣宽带，倒凤颠鸾。

至次日，夫人不肯就放国桢出来，国桢也恋恋不忍言别。流连了四五日，那知殿试放榜，秦国桢状元及第，秦国模中二甲第一，金殿传胪②，诸进士毕集，单单不见了一个状元，礼部奏请遣官寻觅。玄宗闻知秦国模即国桢之兄，传旨道："不可以弟先兄，国桢既不到，可改国模为状元，即日赴琼林宴。"国模启奏道："臣弟于廷试日出朝，至集庆坊，遇社会拥挤，与臣相失，至今不归。臣遣家童四处寻问未知踪迹，臣心甚惶惑。今乞吾皇破例垂恩，暂缓琼林赴宴之期，俟臣弟到时补宴，臣不敢冒其科名。"玄宗准奏，姑宽宴期，着高力士督率员役于集庆坊一带地方，挨街挨巷，查访状元秦国桢，限二日内寻来见驾。

这件奇事哄动京城，早有人传入夫人耳中，夫人也只当做一件新闻，述与秦国桢道："你可晓得外边不见了新科状元，朝廷差高太监沿路寻访，岂不好笑。"国桢道："新科状元是谁？"夫

---

① 阑（lán）——指尽，完。

② 传胪（lú）——皇帝传旨召见新考中的进士，由阁门到阶下，依次唱名传呼。胪：列，陈。

人道："就是会榜第一的秦国桢，本贯齐州，附籍长安，乃秦叔宝的后人。"国桢闻言，又喜又惊，急问道："如今状元不见，琼林宴怎么了？"夫人道："闻说朝廷要将那二甲第一秦国模改为状元；国模推辞，奏乞暂宽宴期，待寻着状元，然后复旨开宴哩！"国桢听罢，忙向夫人跪告道："好夫人，救我则个。"夫人一把拖起道："我的亲哥，这为怎的？"国桢道："实不相瞒，前日初相见，不敢便说真名姓，我其实就是秦国桢。"

夫人闻说，呆了半晌，把国桢紧紧抱住，道："亲哥，你如今是殿元公了，朝廷现在追寻得紧，我不便再留你，只得要与你别了，好不苦也。"一头说，一头便掉下泪来。国桢道："你我如此恩爱，少不得要图后会，不必愁烦。但今圣上差高太监寻我，这事弄大了，倘究问起来，如何是好？"夫人想了一想道："不妨，我有计在此。"便叫侍女取出一轴画图，展开与国桢看，只见上面五色灿然，画着许多楼台亭阁，又画一美人，凭栏看花。夫人指着画图道："你到御前，只说遇一老媪云奉仙女之命召你，引至这般一个所在，见这般一个美人，被他款住。所吃的东西，所用的器皿，都是外边绝少的，相留数日，不肯自说姓名，也不问我姓名，今日方才放出行动，都被他以帕蒙首，教人扶掖而行，竟不知他出入往来的门路。你只如此奏闻，包管无事。"国桢道："此何画图，那画上美人是谁，如何说遇了他便可无事？"夫人道："不必多问，你只仔细看了，牢牢记着，但依我言启奏，我再托人贿嘱内侍们，于中周旋便了。本该设席与你送行，但钦限二日寻到，今已是第二日了，不可迟误，只奉立三杯罢。"便将金杯斟酒相递，不觉泪珠儿落在杯中，国桢也凄然下泪。

两人共饮了这杯酒。国桢道："我的夫人，我今已把真名姓告知你了，你的姓氏也须说与我知道，好待我时时念诵。”夫人道：“我夫君亦系朝贵，我不便明言。你若不忘恩爱，且图后会罢。”说到其间，两下好不依依难舍。夫人亲送国桢出门，却不是来时的门径了，别从一曲径，启一小门而出。看官，你道那夫人是谁？原来他复姓达奚，小字盈盈，乃朝中一贵官的小夫人。这贵官年老无子，又出差在外，盈盈独居于此，故开这条活路，欲为种子计耳。正是：

欲求世间种，暂款榜头人。

当下国桢出得门来，已是傍晚的时候，踉踉跄跄，走上街坊，只见街坊上人，三三两两，都在那里传说新闻。有的道：“怎生一个新科状元，却不见了，寻了两日，还寻不着？”有的道：“朝廷如今差高公公于城内外寺观中，及茶坊酒肆妓女人家，各处挨查，好像搜捕强盗一般。”国桢听了，暗自好笑。又走过了一条街，忽见一对红棍，二三十个军牢，拥着一个骑马的太监，急急的行来。国桢心忙，不觉冲了他前导。军牢们呵喝起来，举棍欲打。国桢叫道：“呵呀，不要打。”只听得侧首一小巷里，也有人叫道：“呵呀，不要打！”好似深山空谷中，说话应声响的一般。原来那马上太监，便是奉旨寻状元的高力士，他一面亲身遍访，一面又差人同着秦家的家童，分头寻觅，此时正从小巷出来。那家童望见了主人，恰待喊出来，却见军牢们扭住国桢要打，所以忙嚷不要打，恰与国桢的喊声相应。当下家童喊说：“我家状元爷在此了！”众人听说，一齐拥住。力士忙下马相见说道：“不知是殿元公，多有触犯，高某那处不寻到。殿元两日却在何处？”国桢道：“说也奇怪，不知是遇怪逢神，被他阻滞了这几时，今日才得出来，重烦公公寻觅，深为有罪。今欲入朝见

驾，还求公公方便。”力士道：“此时圣驾在花萼楼，可即到彼朝参。”

于是乘马同行。来至楼前，力士先启奏了，玄宗即宣国桢上楼朝参毕。玄宗问：“卿连日在何处?”国桢依着达奚盈盈所言，宛转奏上。玄宗闻奏，微微含笑道：“如此说，卿真遇仙矣，不必深究。”看官，你道玄宗为何便不究了？原来当时杨贵妃有姊妹三人，俱有姿色。玄宗于贵妃面上，推恩三姊妹，俱赐封号，呼之为姨：大姨封韩国夫人，三姨封虢国夫人，八姨封秦国夫人。诸姨每因贵妃宣召入宫，即与玄宗谐谑调笑，无所不至。其中惟虢国夫人更风流倜傥，玄宗常与相狎，凡宫中的服食器用，时蒙赐赉，又另赐第宅一所于集庆坊，这夫人却甚多情，常勾引少年子弟到宅中取乐，玄宗颇亦闻之，却也不去管他。那达奚盈盈之母会在虢国府中做针线养娘，故备知其事。这轴图画亦是府中之物，其母偶然携来，与女儿观玩的。画上那美人，即虢国夫人的小像。所以国桢照着画图说法，玄宗竟疑是虢国夫人的所为，不便追究，那知却是盈盈的巧计脱卸。正是：

张公吃酒李公醉，郑六生儿盛九当。

当下玄宗传旨，状元秦国桢既到，可即刻赴琼林宴。国桢奏道：“昨已蒙皇上改臣兄国模为状元，臣兄推辞不就，今乞圣恩，即赐改定，庶使臣不致以弟先兄。”玄宗道：“卿兄弟相让，足征友爱。”遂命兄弟二人，俱赐状元及第，国桢谢恩赴宴。内侍赍着两副宫袍，两对金花，至琼林宴上，宣赐秦家昆仲，好不荣耀。时已日暮，宴上四面张灯，诸公方才就席。从来说杏苑看花，今科却是赏灯；且玉殿传金榜，状元忽有两个，真乃奇闻异事。次日，两状元率诸新贵赴阙谢恩，奉旨秦国模、秦国桢俱为翰林承旨，其余诸人，照例授职，不在话下。

且说宫中一日赏花开宴，贵妃宣召虢国夫人入宫同宴。明皇见了虢国夫人，想起秦国桢所奏之语，遂乘贵妃起身更衣时，私向夫人笑问道："三姨何得私藏少年在家?"那知虢国夫人近日正勾引一个千牛卫官的儿子，藏在家中取乐。今闻此言，只道玄宗说着这事，乃敛衽低眉含笑说道："儿女之情，不能自禁，乞天恩免究罢!"玄宗戏把指儿点着道："姑饶这遭。"说罢，相视而笑。正是：

阿姨风骚，姨夫识窍。

大家错误，付之一笑。

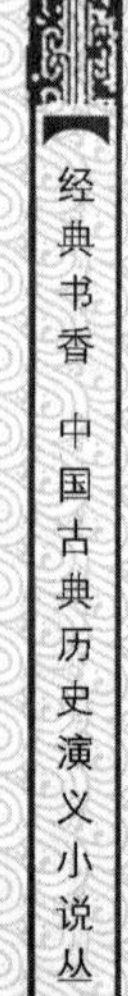

第八十一回

纵嬖宠洗儿赐钱　惑君王对使剪发

词曰：

痴儿肥蠢，娘看偏奇俊。何意洗儿蒙赐，更阿父能帮兴。不堪娇妒性，暂离宫寝。一缕香云轻剪，便重得君王幸。

——右调《霜天晓角》

人生七情六欲，惟有好色之念，最难祛除。艳冶当前而不动心者，其人若非大圣贤、大英雄，定是个愚夫莽汉。所以古人原不禁人好色；但好色之中，亦有礼焉，苟徒逞男女之情欲，不顾名义，渎乱体统，上下宣淫以致丑声传播，如何使得？

且说秦国模、秦国桢兄弟二人，都在翰林供职，这秦国模为人刚正，只看他不肯占其弟之科名，可知是个有品有志之人。他见贵妃擅宠，杨氏势盛，禄山放纵，宫闱不谨，因激起一片嫉邪爱主之心，便同其弟计议，连名上一疏，谓朝廷爵赏太滥，女宠太盛；又道安禄山本一塞外健儿，谬膺节钺，宜令效力边疆，不可纵其出入宫闱，致滋物议。其言甚切直。疏上，玄宗不悦。群小交进谗言，说他语涉讪谤，宜加重谴。有旨着廷臣议处，亏得贺知章与吴筠上疏力救，玄宗乃降旨道："秦国模、秦国桢越职忘言，本当治罪，念系勋臣后裔，新进无知，姑免深究，着即致仕去。今后如再有渎奏者，定行重处。"此旨一下，朝臣侧目。

时奸相李林甫欲乘机蔽主专权，对众谏官说道："今上圣明，臣子只宜将顺，岂容多言？诸君不见立仗之马乎，日食三品料；

若一鸣，便斥去矣。”自此谏官结舌不言。玄宗只道天下承平无事，又尝亲阅库藏，见财货充盈，一发志骄意满，视金帛如粪土，赏赐无限，一切朝政，俱委之李林甫。那李林甫奸狡异常，心虽甚忌杨国忠，外貌却与和好；又畏太子英明，常思与国忠潜谋倾陷；又能揣知安禄山之意，微词冷语，说着他的心事，使之心服惊佩；却又以好言抚慰之，使之欣感不忘，因而朋比为奸，迎合君心，以固其宠。玄宗深居宫中，日事声色，以为天下承平无事，那知道杨贵妃竟与安禄山私通。正是：

大腹肥躯野汉，千娇百媚宫娃。

何由彼此贪恋，前生欢喜冤家。

自此安禄山肆横无忌。玄宗又命安禄山与杨国忠兄妹结为眷属，时常往来，赏赐极厚，一时之贵盛莫比；又加赐韩国、虢国、秦国三夫人，每月各给钱十万，为脂粉之资。三位夫人之中，虢国夫人尤为妖艳，不施脂粉，自然天生美丽。当时杜工部有首诗云：

虢国夫人承主恩，平明骑马入宫门。

却嫌脂粉污颜色，淡扫蛾眉朝至尊。

一日，值禄山生日，玄宗与杨贵妃俱有赐赉。杨家兄弟姊妹们各设宴称庆，闹过了两日，禄山入宫谢恩，御驾在宜春院，禄山朝拜毕，便欲叩见母妃杨娘娘。玄宗道：“妃子适间在此侍宴，今已回宫，汝可自往见之。”禄山奉命，遂至杨妃宫中。杨妃此时方侍宴而回，正在微酣半醉之间，见禄山来拜谢恩，口中声声自称孩儿。杨贵妃因戏语道：“人家养了孩儿，三朝例当洗儿，今日恰是你生日的三朝了，我今日当从洗儿之例。”于是乘着酒兴，叫内监宫女们都来，把禄山脱去衣服，用锦缎浑身包裹，作襁褓的一般，登时结起一彩舆，把禄山坐于舆中，宫人簇拥着绕

宫游行。一时宫中多人，喧笑不止。那时玄宗尚在宜春院中闲坐看书，遥闻喧笑之声，即问左右："后宫何故喧笑?"左右回奏道："是贵妃娘娘，为洗儿之戏。"玄宗大笑，便乘小车，来至杨妃宫中观看，共为笑乐，赐杨妃金钱银钱各十千，为洗儿之钱。正是：

樗蒲①点筹，洗儿赐钱。

家法相传，启后承前。

话分两头，那杨妃便宠眷日隆，这边梅妃江采苹，却独居上阳宫，十分寂寞。一日偶闻有海南驿使到京，因问宫人："可是来进梅花的?"宫人回说是进荔枝与杨贵妃娘娘的。原来梅妃爱梅，当其得宠之时，四方争进异种梅花；今既失宠，自此无复有进梅者。杨妃是蜀人，爱吃荔枝，海南的荔枝，胜于蜀种，必欲生致之，乃置驿传，不惮数千里之远，飞驰以进。此正杜牧之所云：

一骑红尘妃子笑，无人知是荔枝来。

当下梅妃闻梅花绝献，荔枝远来，不胜伤感，即召高力士来问道："你日日侍奉皇爷，可知道皇爷意中还记得有个江采苹三字么?"力士道："皇爷非不念娘娘，只因碍着贵妃娘娘耳!"梅妃道："我固知肥婢妒我，皇上断不能忘情于我也。我闻汉陈皇后遭贬，以千金赂司马相如作《长门赋》献于武帝，陈皇后遂得复被宠遇。今日岂无才人若司马相如者，为我作赋，以邀上意耶？我亦不惜千金之赠，汝试为我图之。"力士畏杨妃势盛，不敢应承，只推说一时无善作赋者。梅妃嗟叹说道："这是何古今人之不相及也!"力士道："娘娘大才，远胜汉后，何不自作一赋

---

① 樗蒲（chū pú）——古代的一种赌博游戏，似后世的掷骰子。

以献上?”梅妃笑而点首，力士辞出。宫人呈上纸墨笔砚，于是梅妃即自作《楼东赋》一篇，其略云：

玉鉴尘生，凤奁香珍，懒蝉鬓之巧梳，闭缕衣之轻练。苦寂寞于蕙宫，但注思乎兰殿；信摽梅之尽落，隔长门而不见。况乃花心飏恨，柳眼弄愁。暖风习习，春鸟啾啾。楼上黄昏兮，听凤吹而回首；碧云日暮兮，对素月而凝眸。温泉不到，意拾翠之旧事；闲庭深闭，嗟青鸟之信修。缅夫太液清波，水光荡浮；笙歌赏宴，陪从宸游。奏舞鸾之妙曲，乘画鹢之仙舟。君情缱绻，深叙绸缪。誓山海而常在，似日月而靡休。何期嫉色庸庸，妒心冲冲，夺我之爱幸，斥我乎幽宫。思旧欢而不得，相梦著乎朦胧。度花朝与月夕，慵独对乎春风。欲相如之奏赋，奈世才之不工。属愁吟之未竟，已响动乎疏钟。空长叹而掩袂，步踌躇乎楼东。

赋成，奏上。玄宗见了，沉吟嗟赏，想起旧情，不觉为之怃然。杨妃闻之大怒，气忿忿的来奏道：“梅精江采苹，庸贱婢子，辄敢宣言怨望，宜即赐死。”玄宗默然不答，杨妃奏之不已。玄宗说道：“他无聊作赋，全无悖慢语，何可加诛？为朕的只置之不论罢了。”杨妃道：“陛下不忘情于此婢耶，何不再为翠华西阁之会?”玄宗又见提其旧事，又惭又恼，只因宠爱已惯，姑且忍耐着。杨妃见玄宗不肯依他所言，把梅妃处置，心中好生不然，侍奉之间，全没有个好脸色，常使性儿，不言不语。

一日，玄宗宴诸王于内殿，诸王请见妃子，玄宗应允，传命召来，召之至再，方才来到；与诸王相见毕，坐于别席。酒半，宁王吹紫玉笛，为念奴和曲。既而，宴罢席散，诸王俱谢恩而退。玄宗暂起更衣，杨妃独坐，见宁王所吹的紫玉笛儿在御榻之上，便将玉手取来把玩了一番，就接着腔儿吹弄起来。此正是诗人张祜所云：

深宫静院无人见，闲把宁王玉笛吹。

杨妃正吹之间，玄宗适出见之，戏笑道：“汝亦自有玉笛，何不把他拿来吹着。此枝紫玉笛儿是宁王的，他才吹过，口泽尚存，汝何得便吹?”杨闻言，全不在意，慢慢的把玉笛儿放下，说道：“宁王吹过已久，妾即吹之，谅亦不妨，还有人双足被人勾踹，以致鞋帮脱绽，陛下也置之不问，何独苛责于妾也?”玄宗因他酷妒于梅妃，又见他连日意态蹇傲，心下着实有些不悦，今日酒后同他戏语，他却略不谢过，反出言不逊，又牵涉着梅妃的旧事，不觉勃然大怒，变色厉声道：“阿环何敢如此无礼!”便一面起身入内，一面口自宣旨：“着高力士即刻将轻车送他还杨家去，不许入侍!”正是：

妒根于心，骄形于面。

语言触忤，遂致激变。

杨贵妃平日侍宠惯了，不道今日天威忽然震怒，此时待欲面谢哀求，恐盛怒之下，祸有不测；况奉旨不许入侍，无由进见。只得且含泪登车出宫，私托高力士照管宫中所有的物件。

当下来至杨国忠家，诉说其故；杨家兄弟姊妹忽闻此信，吃惊不小，相对涕泣，不知所措。安禄山在旁，欲进一言以相救，恐涉嫌疑，不得轻奏，且不敢亲自到杨家来面候，只得密密使人探问消息罢了。正是：

一女人忤旨，群小人失势。

祸福本无常，恩宠固难恃。

却说玄宗一时发怒，将杨贵妃逐回，入内便觉得宫闱寂寞，举目无当意之人；欲再召梅妃入侍，不想他因闻杨妃欲谮杀之，心中又恼恨，又感伤，遂染成一病，这几日正卧床上，不能起来。玄宗寂寞不堪，焦躁异常，宫女内监们多遭鞭挞，高力士微窥上意，乃私语杨国忠道："若欲使妃子复入宫中，须得外臣奏请为妙。"时有法曹官吉温与殿中侍御史罗希奭，用法深刻，人人畏惮，称为"罗钳"、"吉纲"。二人都是酷史，而吉温性更贪忍，最多狡诈。宰相李林甫尤爱之，因此亦为玄宗所亲信。杨国忠乃求他救援，许以重贿。

吉温乃于便殿奏事之暇，从容进言曰："贵妃杨氏，妇人无识，有忤圣意，但向蒙恩宠，今即使其罪得死，亦只合死于宫中，陛下何惜宫中一席之地，而忍令辱于外乎?"玄宗闻其言，惨然首肯。及退朝回宫，左右进膳，即命内侍霍韬光撤御前玉食及珍玩诸宝贝奇物，齐至杨家，宣赐妃子。杨贵妃对使谢恩讫，因涕泣说道："妾罪该当万死，蒙圣上的洪恩，从宽遣放，未即就戮；然妾向荷龙宠，今又忽遭弃置，更何面目偷生人世乎？今当即死，无以谢上，妾一身衣服之外，无非圣恩所赐；惟发肤为父母所生，窃以一茎，聊报我万岁。"遂引刀自剪其发一绺，付霍韬光说道："为我献上皇爷，妾从此死矣，幸勿复劳圣念。"

霍韬光领诺，随即回宫复旨，备述妃子所言，将发儿呈上。玄宗大为惋惜，即命高力士以香车乘夜召杨妃回宫。杨贵妃毁妆入见，拜伏认罪，更无一言，惟有呜咽涕泣。玄宗大不胜情，亲手扶起，立唤侍女，为之梳妆更衣，温言抚慰，命左右排上宴来。杨贵妃把盏跽①献说道："不意今夕得复睹天颜。"玄宗掖之使坐。是夜同寝，愈加恩爱。至次日，杨国忠兄弟姊妹与安禄山俱入宫来叩贺，太华公主与诸王亦来称庆。玄宗赐宴尽欢。

看官听说，杨贵妃既得罪被遣，若使玄宗从此割爱了，禁绝不准入幸，则群小潜消，宫闱清净，何致酿祸启乱；无奈心志蛊

---

① 跽（jì）——古时跪法。双膝着地，上身挺直。

惑已深，一时摆脱不下，遂使内竖得以窥视其举动，交通外奸，逢迎进说，心中如藕断丝连，遣而复召，终贻后患。此虽是他两个前生的孽缘未尽，然亦国家气数所关也。正是：

手剪青丝酬圣德，顿教心志重迷惑。

回头再顾更媚主，从此倾城复倾国。

杨贵妃入宫之后，玄宗宠幸比前更甚十倍，杨氏兄弟姊妹，作福作威，亦更甚于前日，自不必说了。

未知后事如何，且听下回分解。

第八十二回

李谪仙应诏答番书　高力士进谗议雅调

词曰：

当殿挥毫，番书草说番人吓。脱靴磨墨，宿憾今朝释。雅调《清平》，一字千金值。凭屈抑，醉乡酣适，富贵真何必？

——右调《点绛唇》

自古道：凡人不可貌相；况文人才子，更非凡人可比，一发难限量他。当其不得志之时，肉眼不识奇才，尽力把他奚落；谁想他一朝发达，就吐气扬眉了；那奚落他的人，昔日肆口乱道诽谤之言，至今日一一身自为之。可知道有才之人，原奚落他不得的。他命途多舛，遇人不淑，终遭屈抑；然人但能屈其身，不能遏其才华，损其声誉，遇虽蹇而名传不朽，彼奚落屈抑之者，适为天下后世所讥笑耳。

今且不说杨妃复入宫中，玄宗愈加宠爱。且说那时四方州郡节镇官员，闻杨贵妃擅宠，天子好尚奢华，皆迎合上意，贡献不绝于道路。以致殊方异域亦闻风而靡，多有将灵禽怪兽、异宝奇珍及土产食物，梯山航海而来贡献者。玄宗欢喜，以为遐迩咸宾。

忽一日，有一番国，名曰渤海国，遣使前来，却没甚方物上贡，只有国书一封，欲入朝呈进。沿边官员，先飞章奏闻。不几日间，番使到京，照例安歇于馆驿。玄宗皇帝命少监贺知章为馆伴使，询其来意。那通事番官答道："国王致书之意，使臣不得而知，候中朝天子启书观看，便能知其分晓了。”到得朝期，贺知章引番使入朝面圣，呈上一封国书，阁门舍人传接，递至御前。玄宗皇帝命番使臣且回馆驿候旨，一面着该值日宣奏官，将番书拆开，宣奏上闻。那日该值宣奏官的却是侍郎萧灵。当下萧灵把番书拆看，大大的吃了一惊，原来那番书上写的字，正是：

非草非隶非篆，迹异形奇体变。

便教子云难识，除是苍颉①能辨。

萧灵看了数次，一字不识，只得叩头奏说道：“番书上字迹，皆如蝌蚪之形，臣本庸愚，不能辨识，伏候圣裁。”玄宗笑道：“闻卿尝误读‘伏腊’为‘伏猎’，为同僚所笑。是汉字且多未识，何况番字乎？可付宰相看来。”于是李林甫、杨国忠二人一齐上前取看，只落得有目如盲，也一字看不出来，局蹐②无地。玄宗再叫专掌翻译外国文字的官来看，又命传示满朝文武官僚，却并无一人能识者。玄宗发怒道：“堂堂天朝，济济多官，如何一纸番书，竟无人能识其一字！不知书中是何言语，怎生批答？可不被小邦耻笑耶！限三日内若无回奏，在朝官员，无论大小，一概罢职。”是日朝罢，各官闷闷而散。

贺知章且往馆驿陪侍番使，更不提起番书之事，至晚回家，郁郁不乐。那时李太白正寓居贺家，见贺知章纳闷不乐，当即问其缘故。知章因把上项事情，述了一遍道：“如今钦限严迫，急切得很，怎生回奏；若有能识此字者，不问何等人，举荐上去，便可消释上怒。”太白听说此，微微笑道：“番字亦何难识，惜我不得为朝臣，躬逢一见此书耳。”知章惊喜说道：“太白果能辨识

---

① 苍颉（jié）——人名。旧传为黄帝的史官，汉字的创造者，古代整理文字的一个代表人物。

② 局蹐（jí）——谨慎而恐惶的样子。

番书，我当即奏上闻。”太白笑而不答。

次日早期，知章出班启奏说道：“臣有一布衣之交，西蜀人士，姓李名白，博学多才，能辨识番书，乞陛下召来，以书示之。”玄宗准奏，遣内侍至贺家，立召李白见驾。李白即对天使拜辞道：“臣乃远方贱士，学识浅陋，所以文字且不足以入朝贵之目，何能仰对天子乎？谬蒙宠命，不敢奉诏。”内侍以此言回奏。知章复启奏道：“臣知此人文章盖世，学问惊人，诸子百家，无书不览；只因去年入试，被外场官抹落卷子，不与录送，故未得一第，今以布衣入朝，心殊惭愧，所以不即应召故也。乞陛下特恩，赐以冠带，更使一朝臣往宣，乃见圣主求贤下士之至意。”杨国忠与高力士听了，方欲进些谗言阻挠，只见汝阳王进、左相李适之、京兆尹吴筠、集贤院待制杜甫，一齐同声启奏道：“李白奇才，臣等知之稔矣，乞陛下速召勿疑。”

玄宗见众口交荐李白之才，便传旨赐李白以五品冠带朝见，即着贺知章速往宣来。杨国忠、高力士二人遂不敢开口。知章奉旨，到家宣谕李白，且备述天子倦倦之意。李白不敢复辞，即穿了御赐的冠带，与知章乘马同入朝中。三呼朝拜毕，玄宗见李白一表人材，器度超俊，满心欢喜，温言抚慰道：“卿高才不第，诚为惋惜；然朕自知卿可不至终屈也。今者番国遣使臣上书，其字迹怪异，无人能识者，知卿多闻广见，必能为朕辨之。”便命侍臣将番书付李白观看。李白接来看了一遍，启奏说道：“番字各不相同，此正渤海国之字也。但旧制番书上表，悉尊依中国字体，别以副函，写本国之字，送中书存照。今渤海国不具表文，竟以国书上呈御览，已属非礼之极；况书中之语言悖慢，殊为可笑。”玄宗道：“他书中所求何事，所说何言？卿可明白宣奏于朕听。”李白闻命，当时持番书于手中，立在御座之前，将中国唐

音一一译出，即高声朗诵于御座之前。其番书说略曰：

渤海大可毒，书达唐朝官家：自你占却高丽①，与俺国逼近，边兵屡次侵犯疆界，想出自官家之意。俺今不可耐者，差官赍书来说，可将高丽一百七十六城让与俺国，俺有好物相送：太白山之兔、南海之昆布、栅城之鼓、扶余之鹿、郊颉之豕、率宾之马、沃野之绵、河沱湄之鲫、九都之李、乐游之梨，你家都有分，一年一进贡；若还不肯，俺国即起兵来厮杀，且看谁胜谁败。

众文武官员见李白看着番书，宣诵如流，无不惊异。玄宗听了书中之言，龙颜不悦，问众官说道："番邦无道，辄欲争占高丽，财力俱耗，将何以应之？"李林甫奏道："番人虽肆为大言，然度其兵力，岂能抗衡天朝？今宣谕边将，严加防守，倘有侵犯，兴师诛讨可也。"杨国忠说道："高丽辽远，原在幅员之外，与其兵连祸结，争此鞭长不及之地，不如将极边的数城弃置，专力固守内边的地方为便。"时朔方节度使王忠嗣适在朝中，闻二人之言，因奏道："昔太宗皇帝三征高丽，财力俱竭；至高宗皇帝时，大将薛仁贵以数十万雄兵，大小数十载，方才奠定。今日岂容轻于议弃？但今日承平日久，人几忘战，倘或复动干戈，亦不可忽视小邦而轻敌也。"

诸臣议论不一，玄宗沉吟未决。李白奏道："此事无烦圣虑，臣料番王慢辞渎奏，不过试探天朝之动静耳，明日可召番使入朝，命臣面草答诏，另以别纸，亦即用彼国之字示之诏语，恩威并著，慑伏其心，务使可毒拱手降顺。"玄宗大悦，因问："'可毒'是彼国王之名耶？"李白道："渤海国称其王曰'可毒'，犹

① 高丽——今朝鲜、韩国。

之回纥称'可汗'、吐蕃称'赞普'、南蛮称'诏'、诃陵称'悉莫威'，各从其俗也。"玄宗见他应对不穷，十分欢喜，即擢为翰林学士，赐宴于金华殿中，着教坊乐工侑酒。是夜即命于殿侧寝宿。众官见李白这般隆遇，无不叹羡，只有杨国忠、高力士二人，心下不乐，却也无可如何。

次早玄宗升殿，百官齐集。贺知章引番使入朝候旨。李白纱帽紫袍，金鱼象笏，雍容立于殿陛，飘飘然有神仙凌云之致，手执一封番书，对番使官说道："小邦上书，词语悖慢，殊为无礼，本当加兵诛讨，今我皇上圣度如天，姑置不较，有诏批答，汝宜静候恭听。"番使战战兢兢，鹄立于丹墀之下。玄宗命设七宝文几于御座之旁，铺下文房四宝，赐李白坐锦绣草诏。

李白即奏说道："臣所穿的靴子，深恐不净，怕污茵席，乞陛下宽恩，容臣脱靴易履而登。"玄宗便传旨，将御用的吴绫巧样云头朱履，着小内侍与学士穿着。李白叩头说道："臣有一言，乞陛下恕臣狂妄，方敢奏闻圣听。"玄宗准奏道："任卿言之。"李白道："臣前应试，横遭右相杨国忠、太尉高力士斥逐，今见二人列班于陛下之前，臣气不旺；况臣今日奉命草诏，手代天言，宣谕外国，事非他比，伏乞圣旨着杨国忠磨墨，高力士脱靴，以示宠异，庶使远人不敢轻视诏书，自然诚心归附。"玄宗此时正在用人之际，且心中深爱李白之才，即准其所奏。

杨、高二人暗想："前日科场中轻薄了他，今日乘此机关便来报复，我们心中甚为恨却；况番书满朝无人可识，皇上全赖他能，不敢违旨。"只得一个与他脱靴，一个与他磨墨，二人侍立相候。李白见此境况，才欣然就坐，举起兔毫笔一枝，手不停挥，须臾之间，草成诏书一道，另将别纸一幅，写作副封，一并呈于龙案之上。

玄宗览毕，大喜说道："诏语堂皇，足夺远人之魄。"及取副封一看，咄咄称奇，原来那字迹与他来书无异，一字不识，传与众官看了，无不骇然。玄宗道："学士可宣示番邦使官听罢，然后用了大宝入函。"遂命高力士仍与李白换了双靴。李白下殿，呼番使听诏，将诏书朗宣一遍。其诏曰：

大唐皇帝诏谕渤海可毒：本朝应命开天，抚有四海，恩威并用，中外悉从。颉利背盟，旋即被缚。是以新罗奏织锦之颂，天竺致能言之鸟，波斯进捕鼠之蛇，沸林献曳马之狗；白鹦鹉来自诃陵，夜光珠贡于林邑，骨利于有名马之纳，泥婆罗有良鲊之馈，凡诸远人，毕献方物，要皆畏威怀德，买静求安。高丽拒命，天讨再加，传世九百，一朝殄灭，岂非逆天衡大之明鉴欤！况尔小国，高丽附庸，比之中朝，不过一郡，士马刍粮，万不及一。若螳臂自雄，鹅痴不逊，天兵一下，玉石俱焚，君如颉利之俘，国为高丽之续。今朕体上天好生之心，恕尔狂悖，急宜悔过，洗涤其心，勤修岁事，毋取羞于前，翻悔诛戮于后，为同类者所笑尔。所上书不遵天朝书法，盖因尔邦所居之地，遐荒僻陋，未睹中华文字，故朕兹答尔诏言，另赐副封，即用尔国字体，想宜知悉，敬读不怠。

李白宣读诏书，声音洪朗，番国使官俯首跽听，不敢仰视，听毕受诏辞朝。贺知章送出都门，番使私问道："学士何官，可使右相磨墨，太尉脱靴？"贺知章道："右相大臣，太尉近臣，不过是人间贵官。那个李学士乃上界谪仙，偶来人世，赞助天朝，自当异数相待。"番使咄嗟叹诧而别。回至本国，见了国王，备述前言。那可毒看了诏书及副封字大惊，与本国在朝诸臣商议："天朝有神仙帮助，如何敌得他过？"遂写了降表，遣使官入朝谢罪，情愿按期朝贡，不敢复萌异志，此是后话。正是：

干戈不动远人服，一纸贤于十万师。

且说玄宗敬爱李白，欲赐以金帛珍玩，又欲重加官职。李白俱辞谢不受道："臣一生但愿逍遥闲散，供奉左右，如东方朔事汉之故事；且愿日得美酒痛饮足矣！"玄宗乃下诏光禄寺，日给与上方佳酿，不拘以职业，听其到处游览，饮酒赋诗；又时常召入内庭，赏花赐宴。

是时宫中最重大芍药花，是扬州所贡，即今之牡丹也，有大红、深紫、淡黄、浅红、通白，各色名种，都植于兴庆池东，沉香亭下。时值清和之候，此花盛开，玄宗命内侍设宴于亭中，同杨贵妃赏玩。杨贵妃看了花说道："此花乃花中之王，正宜为皇帝所赏。"玄宗笑说道："花虽好而不能言，不如妃子之为解语花也。"正说笑间，只见乐工李龟年，引着梨园中一班新选的一十六色子弟，各执乐器，前来承应，叩拜毕，便待皇上同贵妃娘娘饮酒命下，奏乐唱曲。玄宗道："且住，今日对妃子赏名花，岂可复用旧乐耶！"即着李龟年："将朕所乘玉花骢马，速往宣召李白学士前来，作一番新词庆赏。"

龟年奉旨飞走，连忙出宫，牵了玉花骢马，自己也骑了马，又同着几个伙伴，一直走到翰林院卫门里来，宣召李白学士。只见翰林院中人役回说道："李学士已于今日早晨微服出院，独往长安市上酒肆里吃酒去了。"李龟年于是便叫院中当差人役，立刻拿了李白学士的冠袍玉带象笏，一同寻至市中，四处找寻；许多时候，忽听得前街一座酒楼上，有人高声狂歌道：

三杯通大道，一斗合自然。

但得酒中趣，莫为醒者传。

当时李龟年听了，说道："这个高歌的声音，不是李学士么？"遂下了马，同众人步入酒肆，大踏步走上楼来了，果见李

白学士占着一副临街座头，桌上瓶中供着一枝儿绣球花，独自对花而酌，已吃得酩酊大醉，手中尚持杯不放。龟年上前高声说道："奉圣旨立宣李学士至沉香亭见驾。"众酒客方知是李学士，又听说有圣旨，都起身站过一边。李白全然不理，且放下手中杯，向龟年念一句陶渊明的诗道："我醉欲眠君且去。"念罢，便瞑然欲睡，龟年此时无可奈何，只得忙叫跟随众人，一齐上前，将李白学士簇拥下楼来，即扶搀上玉花骢马，众人左护右持，龟年策马后随。

到得五凤楼前，有内侍传旨，赐李白学士走马入宫。龟年叫把冠带袍服就马上替他穿着了，衣襟上的钮儿也扣不及。一霎时走过了兴庆池，直至沉香亭，才扶下了马，醉极不能朝拜。玄宗命铺紫氍毹①毯子于亭畔，且教少卧一刻，亲往看视，解御袍覆其体；见他口流涎沫，亲以衣袖拭之。杨贵妃道："妾闻冷水沃面，可以解酒。"急命内侍取兴庆池中之水，使念奴含而喷之，李白方在睡梦中惊醒，略开双目，见是御驾，方挣扎起来，俯伏于地奏道："臣该万死。"玄宗见他两眼朦胧，尚未苏醒，命左右内侍，扶起李白学士，赐坐亭前；一面叫御厨光禄庖人将越国所贡鲜鱼鲊，造三分醒酒汤来。

须臾，内侍以金碗盛鱼羹汤进上来。玄宗见汤气太热，手把牙箸调之良久，赐李白饮之。彼时李白吃下，顿觉心神为之清爽，即叩头谢恩说道："臣过贪杯斝②，遂致潦倒不醒，陛下此时不罪臣躬疏狂之态，反加恩眷，臣无任惭感，虽后日肝脑涂地，不足报陛下今日于万一也。"玄宗说道："今日召卿来此，别无他的意思。"当即指着亭下说："都只为这几本芍药花儿盛开，朕同

---

① 氍毹（qú shū）——毛织的地毯。

② 斝（jiǎ）——古代酒器，盛行于商周。此代酒。

妃子赏玩，不欲复奏旧乐，故伶工停作，待卿来作新词耳。”李白领命，不假思索，立赋《清平调》一章呈上，道是：

云想衣裳花想容，春风拂槛露华浓。

若非群玉山头见，会向瑶台月下逢。

玄宗看了，龙颜大喜，称美道：“学士真仙才也！”便命李龟年与梨园子弟，立将此词谱出新声，着李谟吹羌笛，花奴击羯鼓，贺怀智击方响，郑观音拨琵琶，张野狐吹觱栗①，黄幡绰接拍板，一齐儿和唱起来，果然好听得很。少顷乐阕，玄宗道：“卿的新词甚妙，但正听得好时，却早完了，学士大才，可为我再赋一章。”李白奏道：“臣性爱酒，望陛下以余樽赐饮，好助兴作诗。”玄宗道：“卿醉方醒，如何又要吃酒，倘卿又吃醉了，怎能再作诗呢？”李白道：“臣有诗云：酒渴思吞海，诗狂欲上天。臣妄自称为酒中仙，惟吃酒醉后，诗兴愈高愈豪。”玄宗大笑，遂命内侍将西凉州进贡来的葡萄美酒，赐与学士一金斗。李白叩受，一口气饮毕，即举起兔毫笔再写道：

一枝红艳露凝香，云雨巫山枉断肠。

借问汉宫谁得似？可怜飞燕倚新妆。

玄宗览罢，一发欢喜，赞叹道：“此更清新俊逸，如此佳词雅调，用不着众乐工嘈杂。”乃使念奴啭喉清歌，自吹玉笛以和之，真个悠扬悦耳。曲罢又笑，说与李白道：“朕情兴正浓，可烦学士再赋一章，以尽今日之欢娱。”便命以御用的端溪砚，教杨贵妃亲手捧着，求学士大笔。李白逡巡逊谢，顷刻之间，濡其兔毫笔来，又题了一章献上，其诗云：

名花倾国两相欢，常得君王带笑看。

---

① 觱栗（bì lì）——古时的管乐器。

解释春风无限恨，沉香亭北倚栏杆。

玄宗大喜道："此诗将花面人容，一齐都写尽，更妙不可言，今番歌唱，妃子也须要相和。"乃即命永新、念奴同声而歌，玄宗自吹玉笛，命杨妃弹琵琶和之。和罢，又命李龟年将三调再叶丝竹，重歌一转，为妃子侑酒；玄宗仍自弄玉笛以倚曲，每曲遍将换一调，则故迟其声以媚之。曲既终，杨贵妃再拜称谢，玄宗笑道："莫谢朕，可谢李学士。"杨贵妃乃把玻璃盏，斟酒敬李学士，敛衽谢其诗意。李白转身退避不迭，跪饮酒讫，顿首拜赐，玄宗仍命以玉花骢马送李白归翰林院。自此李白才名愈著，不特玄宗爱之，杨妃亦甚重之。

那高力士却深恨脱靴之事，想道："我蒙圣眷，甚有威势，皇太子也常呼我为兄；诸王伯侯辈，都呼我为翁，或呼为爷。叵耐李白小小一个学士，却敢记着前言，当殿辱我。如今天子十分敬爱他，连贵娘娘也深重其才华，万一此人将来大用，甚不利于吾辈，怎生设个法儿，阻其进用之路才好。"因又想道："我只就他所作的《清平调》中，寻他一个破绽，说恼了贵妃娘娘之心，纵使天子要重用他，当不得贵妃娘娘于中间阻挠，不怕他不日远日疏了。"计策已定，一日入宫见杨贵妃娘娘独自凭栏看花，口中正微吟着《清平调》，点头得意。高力士四顾无人，乘间奏道："老奴初意娘娘闻李白此词，怨之刻骨，何反拳拳如是？"杨妃惊讶道："有何可怨处？"力士道："他说'可怜飞燕倚新妆'，是把赵飞燕比娘娘。试想那飞燕当日所为何事，却以相比，极其讥刺，娘娘岂不觉乎？"原来玄宗曾阅《赵飞燕外传》，见说他体态轻盈，临风而立，常恐吹去，因对杨妃戏语道："若汝，则任其吹多少。"盖嘲其肥也。杨妃颇有肌体，故梅妃诋之为肥婢，杨妃最恨的是说他肥。李白偏以飞燕比之，心中正喜，今却被高力士说坏，暗指赵飞燕私通燕赤凤之事，合着他暗中私通安禄山，以为含刺，其言正中其隐微，于是遂变为怒容，反恨于心。正是：

小人谗谮，道着心病。

任你聪明，不由不信。

自此杨妃每于玄宗面前，说李白纵酒狂歌，放浪难羁，无人臣礼。玄宗屡次欲升擢其官，都为杨妃所阻。杨国忠亦以磨墨为耻，也常进谗言。玄宗虽极爱李白，却因宫中不喜他，遂不召他内宴，亦不留宿殿中。李白明知为小人中伤，便即上疏乞休。玄宗那里就肯放他回去，温旨慰谕了一番，不允所请。李白自此以后，乃益发狂饮放歌。正所谓：

安得山中千日酒，酩然直到太平时。

未知后事如何，且听下回分解。

第八十三回

施青目[1]学士识英雄　信赤心番人作藩镇

词曰：

英雄罹祸身几殒，幸遇才人，留得奇人，好作他年定乱人。巧言能动君王听，轻信奸臣，误遣藩臣，眼见将来大不臣。

——右调《采桑子》

古来立鸿功大业，享高爵厚禄的英雄豪杰，往往始困终享，先危后显，所谓天将降大任，必先拂乱其所为。不但大才常屈于小用，甚至无端罹重祸，险些把性命断送了，那时却绝处逢生，遇着有眼力、有意思的人，出力相救，得以无恙，然后渐渐时来运转，建功立业，加官进爵，天下后世，无不赞他功高一代，羡他位极人臣，那知全亏了昔日救他的这位君子，能识人，能爱人才，能为国留得那英雄豪杰，为朝廷扶危定乱。若彼小人，便始而互相依托，后则互相忌嫉，始而养痈畜疽，后则纵虎放鹰，只顾巧言惑主，利己害人，那顾国家后患，真可痛可恨也。

话说李白被高力士进谗，以致杨妃嗔怪，因此玄宗不复召他到内殿供奉。李白见机，即上疏乞休。玄宗原极爱其才，温旨慰留，不准休致。李白乃益自放纵于酒，以避嫌怨，其酒友自贺知章以外，又有汝阳王琎、左相李适之以及霍宗之、苏晋、张旭、焦遂诸人，都好酒豪饮，李白时常同他们往来饮酒。杜工部尝作

① 青目——重视，看重。青，黑。目，指眼睛。意即“垂青”。

《饮中八仙歌》云：

知章骑马似乘船，眼光落井水底眠。汝阳三斗始朝天，道逢曲车口流涎，恨不移封向酒泉。左相日兴费万钱，饮如长鲸吸百川，衔杯乐圣称避贤。宗之潇洒美少年，举觞白眼望青天，皎如玉树临风前。苏晋长赍绣佛前，醉中往往爱逃禅。李白斗酒诗百篇，长安市上酒家眠；天子呼来不上船，自称臣是酒中仙。张旭三杯草圣传，脱帽露顶王公前，挥毫落纸如云烟。焦遂五斗方卓然，高谈雄辩惊四筵。

李白日遂与这几个酒友饮酒吟诗，不觉又在京师混过了几时。一日酒后，偶遇安禄山于朝门外，安禄山欺他是醉人，言语戏谑，未免唐突。李白乘着酒兴，把禄山一场痛骂，禄山十分忿怒，无奈他是天子爱重之人，难以加害，只得含忍，李白自料为女子小人辈所忌，若不早早罢官归去，必有后祸；又见杨国忠、李林甫等各自结党弄权，蛊惑君心，政事日坏，身非谏官，势不能直言匡救，何取乎备位朝端？因恳恳切切的上了一个辞官乞归之疏。玄宗知其去志已决，召至御前，面谕道："卿必欲舍朕而去，未便强留，许卿暂回田里；但卿草诏平番，有功于国，岂可空归？然朕知卿高雅，必无所需求，卿所不可一日缺者，惟独酒耳。"遂御笔亲写敕书一道以赐之，其敕略云：

敕赐李白为闲散逍遥学士，所到之处，官司支给酒钱，文武官员军民人等毋得怠慢；倘遇有事当上奏者，仍听其具疏奏闻。

李白拜受敕命。玄宗又赐与锦被金带、名马安车。李白谢恩辞朝。他本无家眷在京，只有仆从人等；当下收了行装，别了众僚友，出京而去。在朝各官，俱设宴于长亭饯送。惟杨国忠、高力士、安禄山三人，怀恨不送；贺知章等数人，直送至百里之外方分袂而别。李白因圣旨许他闲散逍遥，出京之后，不即还乡，

且只向幽燕一路，但有名山胜景的所在，任意行游，真个逢州支钞，过县给钱，触景题诗，随地饮酒，好不适意。

一日行至并州界中，该地方官员都来迎候，李白一概辞谢，只借公馆安顿行李，带了几个从人，骑马出郊外，要游览本处山川。正行之间，只见一伙军牢打扮的人，执戈持棍，押着一辆囚车，飞奔前来。见李学士马到，闪过一边让路。李白看那囚车中囚着一个汉子，那汉子怎生模样儿？

头如圆斗，鬓发蓬蓬；面似方盆，目光闪闪。身遭束缚，若站起长约丈余；手被拘挛，倘舒开大应尺许。仪容甚伟，未知何故作困囚。相貌非常，可卜他年为大物。

原来那人姓郭名子仪，华州人氏，骨相魁奇，熟谙韬略，素有建功立业，忠君爱国之志；争奈①未遇其时，暂屈在在陇西节度使哥舒翰麾下，做个偏将。因奉军令，查视余下的兵粮，却被手下人失火把粮米烧了，罪及其主，法当处斩。时哥舒翰出巡已在并州地界，因此军政司把他解赴军前正法。当下李白见他一貌堂堂，便勒住马问是何人，所犯何事何罪，今解往何处。郭子仪在囚车中诉说原由，其声如洪钟。李白想道："这个人恁般仪表，定是个英雄豪杰；今天下方将多事，此等品格相貌，正是为朝廷有用之人才，国家之柱石，岂容轻杀？"便吩咐手下众人："尔等到节度军前且莫解进去，待我亲自见节度，替他说情免死。"众人不敢违命，连声应诺。李白回马，傍着囚车而行。一头走，一头慢慢的试问他些军机武略，子仪应答如流，李白愈加敬爱。

说话之间，已到哥舒翰驻节上所。李白叫从人把个名帖传与门官，说李学士来拜，门官连忙禀报。那哥舒翰也是当时一员名

① 争奈——怎奈、无奈。

将，平昔也敬慕学士之才名，如雷贯耳，今见他下顾，诚以为荣幸万一，随即将营门大开，延入。宾主叙坐，各道寒暄。献茶毕，李白即自述来意，要求他宽释郭子仪之罪。哥舒翰听罢，沉吟半晌说道："学士公见教，本当敬从；但学生平时节制部下军将，赏罚必信，今郭子仪失火烧了兵粮，法所难贷，且事关重大，理合奏闻天子，学生未敢擅专，便自释放，如之奈何?"李白说道："既如此，学生不敢阻挠军法，只求宽期缓刑，节度公自具疏请旨；学生原奉圣上手敕，听许飞章奏事，今亦具一小折，代奏乞命如何?"哥舒翰欣然允诺道："若如此，则情法两尽矣!"遂传令将郭子仪收禁，候旨定夺。李白辞谢而出。于是哥舒翰一面具奏题报，李白亦即缮疏，极言郭子仪雄才伟略，足备干城腹心之选，失火烧粮，乃手下仆夫不谨，实非子仪之罪，乞赐矜全，留为后用。将疏章附驿递，星驰上奏。自己且暂留于并州公馆中候旨，日日闲散逍遥；哥舒翰遂同手下文官武将，连本州地方上的官员，天天遂设宴款待，李学士吟诗饮酒作乐。不则一日，圣旨已下，准学士李白所奏，只将郭子仪手下仆人失慎的，就地正法，赦郭子仪之恶，许其自后立功自效。正是：

若不遇识人学士，险送却落难英雄。

喜今日幸邀宽典，看他年独建奇功。

郭子仪感激李白活命之恩，誓将衔环图报①。李白别了郭子仪并哥舒翰等众官，自往他处行游去了；临行之时，又谆嘱哥舒翰青目郭子仪。自此子仪得以军功，渐为显官，此是后话。

且说朝中自李白去后，贺知章也告休致去了。左相李适之，因与李林甫有隙，罢相而归；林甫又陷他以事，逼之自尽。林甫

---

① 衔环图报——重报恩情，相传汉代杨宝救过一只黄雀，后黄雀口衔玉环报其恩。

倚着天子信任，手握重权，安禄山亦甚畏之，杨国忠也心怀嫉忌，然其势不得不互为党援。玄宗往年连杀三子之后，林甫劝立寿王瑁为太子，玄宗从高力士之言，立忠王玙为太子。林甫疑忌，谋倾陷之。时有户曹官杨慎矜依附杨国忠，自认为杨氏同族，又与罗希奭、吉温等俱为李林甫门下鹰犬，林甫因与计议，教他上密疏，诬告刑部尚书韦坚与节度使皇甫惟明同谋废帝，而立太子，引杨国忠为证。原来那韦坚，乃太子妃韦氏之兄，皇甫惟明是边方节度使，偶来京师，曾参谒太子，又曾面奏天子，说宰相弄权。林甫怀恨，因借端诬捏，并以动摇东宫。玄宗览疏大怒，亏得高力士力辨其诬，乃不显言二人之罪，只传旨贬削二人之官。太子闻知，惊惶无措，上表请与韦氏离婚。玄宗亦因高力士劝谏，不允许太子所请。李林甫又密奏，乞将此事付杨慎矜与罗希奭、吉温等鞫①问，并请着杨国忠监审。玄宗降旨，只将韦坚、皇甫惟明赐死，事情不必深究，于是太子之心始安。

过了几时，适有将军董延光，奉诏征伐吐蕃，不能奏功，乃委罪于朔方节度使王忠嗣，说他阻挠军计。李林甫乘机，使杨国忠诬奏王忠嗣，欲拥兵奉太子。玄宗遂召王忠嗣入京，命三司鞫之。太子又惊惶无措，幸王忠嗣系哥舒翰所荐，哥舒翰素有威望，玄宗甚重其人品，却未曾面观其人；今因王忠嗣之事，特召哥舒翰陛见，欲面问此事之虚实。哥舒翰闻召，当时星夜赴京，其幕僚都劝他多将金帛到京使用，以救王忠嗣。哥舒翰说道："吾岂惜金帛，但若公道尚存，君主必不致冤死其人；若无公道，金帛虽多，用之何益？"遂轻装往京而来。及至京师面君，玄宗先问了些边务事情，哥舒翰一一奏对，玄宗甚欢喜。哥舒翰乃力

① 鞫（jī）——审讯。

言王忠嗣之负冤，太子之被诬，语甚激切。玄宗感悟，乃云：“卿且退，朕当思之。”

次日，即召三司面谕道：“吾儿居深宫之中，安得与外藩交通？此必妄说①也！尔其勿复问。但王忠嗣阻挠军计，宜贬官爵以示罚。”遂贬王忠嗣为汉阳太守，将军董延光亦削爵回镇并州，太子匍匐御前涕泣，叩首谢恩。玄宗好言慰之，自此父子相安。可恨这李林甫，屡起大狱，以杨国忠有掖庭之亲，凡事有微涉东宫者，辄使之劾奏，或援以为证。幸因太子是高力士劝玄宗立的，他常在天子前保护；太子又仁孝谨静，不敢得罪于杨贵妃，以此得无恙。那杨家兄弟姊妹，骄奢横肆，日甚一日，总倚着妃子之势。当时民间有几句谣言道：

生男勿欢喜，生女勿悲酸。

男不封侯女作妃，君看女却是门楣。

杨国忠、杨铦与韩、虢、秦三夫人宅院，都在宜阳里中，甲第之盛，拟于宫中。国忠与这三个夫人，原不是真兄妹，三夫人中，虢国夫人尤为淫荡奢靡，每造一堂一阁，费资巨万；若见他家所造有更胜于己者，即自拆毁复造，土木之工无时休息。其所居宅院与杨国忠宅院相连，往来最近，便当得很，遂与国忠通奸。杨国忠入朝，或有时竟与虢国夫人并舆同行，见者无不窃笑，而二人恬然不以为耻。安禄山亦乘间与虢国夫人往来甚密，夫人私赠以生平所最爱的玉连环一枚。禄山喜极，佩带身旁，不意于宴会之中，更衣时为国忠所见。国忠只因禄山近日待他简傲，心甚不平，今见此玉连环，认得是虢国夫人之物，知他两下有私，遂恨安禄山切骨，时于言语之间，隐然把他暗中私通贵妃

① 妄说——指没根据没来由地乱说。

之事，为危词以恐吓之，又常密语杨妃，说禄山行动不谨，外议沸然，万一天子知觉了些什么，为祸非同小可。杨妃闻国忠所言，着实心怀疑惧。正是：

贵妃不自贵，难为贵者讳。

无怪人多言，人言大可畏。

一日，玄宗于昭庆宫闲坐，禄山侍坐于侧旁，见他腹垂过膝，因指着戏说道："此儿腹大如抱瓮，不知其中何所有？"禄山拱手对道："此中并无他物，惟有赤心耳；臣愿尽此赤心，以事陛下。"玄宗闻禄山所言，心中甚喜。那知道：

人藏其心，不可测识。

自谓赤心，心黑如墨。

玄宗之待安禄山，真如腹心；安禄山之对玄宗，却纯是贼心、狼心、狗心，乃真是负心、丧心。人方切齿痛心，恨不得即剖其心，食其心，亏他还哄人说是赤心。可笑玄宗还不觉其狼子野心，却要信他是真心，好不痴心！

闲话少说。且说当日玄宗与安禄山闲坐了半晌，回顾左右，问："妃子何在？"此时正当春深时候，天气尚暖，杨妃方在后宫，坐汤洗浴，宫人回报玄宗说道："妃子洗浴方完。"玄宗微微笑道："美人新浴，正如出水芙蓉，令宫人即宣妃子来，不必更梳妆。"少顷，杨妃来到，你道他新浴之后，怎生模样？有一曲《黄莺儿》说得好：

皎皎欲生光，脸如莹。体愈香。云鬓慵整偏娇样。罗裙厌长，轻衫取凉，临风小立神骀宕①。细端祥，芙蓉出水，不及美人妆。

---

① 骀宕（tái dàng）——舒缓闲逸。

当下杨妃懒妆便服，翩翩而至，更觉风艳非常。玄宗看了，满脸堆下笑来。适有外国进贡来的异香花露，即取来赐与杨妃，叫他对镜匀面，自己移坐于镜台旁观之。杨妃匀面毕，将余露染掌扑臂，不觉酥胸略袒，宝袖宽退，微微露出二乳来了。玄宗见了，说道："妙哉！软温好似鸡头肉。"安禄山在旁，不觉失口说道："滑腻还如塞上酥。"他说便说了，自觉唐突，好生局促。杨妃亦骇其失言，只恐玄宗疑怪，捏着一把汗。那些宫女们听了此言，也都愕然变色。玄宗却全不在意，倒喜滋滋的指着禄山说道："堪笑胡儿亦识酥。"说罢哈哈大笑。于是杨贵妃也笑起来了，众宫女们也都含着笑。咦！

若非亲手抚摩过，那识如酥滑腻来？

只道赤心真满腹，付之一笑不疑猜。

安禄山只因平时私与杨妃戏谑惯了，今当玄宗面前，不觉失口戏言，幸得玄宗不疑；但杨妃已先为国忠危言所动，只恐弄出事来，自此日以后，每见安禄山，必切切私嘱，叫他语言慎密，出入小心。禄山亦晓得国忠嗔怪他，恐为他所算，又想国忠还不足惧，那李林甫最能窥察人之隐微，这不是个好惹的，今杨李之交方合，倘二人合算我一人，老大不便，不如讨个外差暂避，且可徐图远大之业。但恐贵妃与虢国夫人不舍他，因此踌躇未决。那边杨国忠暗想："安禄山将来必与我争权，我必当翦除之；但他方为天子所宠幸，又有贵妃与虢国夫人等助之，急切难以摇动；只不可留他在京，须设个法儿，弄他到边上去了，慢慢的算计他便是。"正在筹量，却好李林甫上奏一疏，请用番人为边镇节度使。原来唐时边镇节度使，都用有才略、有威望的文臣，若有功绩，便可入为宰相。今林甫独自夺权，欲绝边臣入相之路，奏称文人为边帅，怯于矢石，无心御侮；不若尽用番人，则勇而习战，可为国家捍卫。玄宗允其所奏，于是边镇节度使都要改用番人。

国忠乘此机会，要发遣安禄山出去，便上疏说道："河东重地，固须得番人为帅；然亦必以番人之中有才路、有威望者镇之，非安禄山不足以当此重任。"玄宗览疏，深以为然，即召安禄山出来面谕说道："汝以满腹赤心事朕，本应留汝在京，为朕侍卫，但河东重镇，非汝不可，今暂遣出为边帅，仍许不时入朝奏对。"遂降旨以安禄山为平卢、范阳、河东三镇节度使，赐爵东平郡王，克期走马赴任。禄山闻命，倒也合着他的意思，叩头领旨，即日入宫拜辞杨妃。两下依依不舍。杨妃叫入密室，执手私语道："你今此行，皆因为吾兄相猜忌之故。我和你欢叙多时，一旦远离，好生不忍。但你在京日久，起人嫌疑，出为外镇，未必非福。你放心前去，我自当使心腹人来通信与你，早晚奴在天子面前，留心照顾着你。你只顾自去图功立业，不必疑虑。"安禄山点头应诺。正说间，宫人传报说道："三位夫人已入宫来了。"杨贵妃接见叙礼毕，安禄山也各各相见。虢国夫人闻知安禄山今将远行，甚为怏怏，奈朝命已下，无可如何，禄山也不敢久留宫中，随即告辞出宫。到临行之时，玄宗又赐宴于便殿，禄山谢过了恩，辞朝赴镇。

李林甫等设席饯行。饮酒之间，林甫举杯相嘱道："安公为节度，出镇大藩，责任非轻，凡所作为，须熟计详审，合情中理。林甫身虽在朝，而各藩镇利弊，日夕经心，声息俱知。今三大镇得安公为节度使，正足为朝廷屏障，唯善图之。"这几句话，明明笼络挟制。禄山平日素畏林甫，今闻此言，惟有唯唯听命，且逡巡谢道："禄山才短气粗，当此大镇，深惧不能胜任，敢不恪遵明训，诸凡不到之处，全赖相公照拂。"说罢作揖，拜辞起行。

前一日，杨国忠曾设宴请禄山饯别，禄山托故不往。这日国忠也假意来相送。禄山怀忿，傲倨不为礼。国忠大怒，自此心中愈加衔怨。禄山既至任所，查点军马钱粮，训练士卒，屯积粮草，坐镇范阳，兼制平卢、范阳、河东，自永平以西至太原，凡东北一带要害之地，皆其统辖，声势强盛，日益骄恣。后人有诗云：

番人顿使作强藩，只为奸臣进一言。
今日虎狼轻纵逸，会看地覆与天翻。

第八十四回

幻作戏屏上婵娟　小游仙空中音乐

词曰：

宝屏历现娇容，姓名通。绝胜珠围翠绕，肉屏风。清云路杳，鹊桥可驾，任行空。明日恍然疑想，如在梦魂中。

——右调《相见欢》

自来神神怪怪之事不常有，然亦未尝无，惟正人君子，能见怪不怪，而怪亦遂不复作，此以直心正气胜之也。孔子不语怪，亦并不语神，盖怪固不足语，神亦不必语，人但循正道而行，自然妖孽不能为患，即鬼神亦且听命于我矣；若彼奸邪之辈，其平日所为，都是变常可骇之事，只他便是国家之妖孽了，何怪乎妖孽之忽见？此所谓妖由人兴，孽自己作也。至若身为天子，不务修实德，行实政，而惑于神仙幽怪之说，便有一班方士术者来与之周旋，或高谈长生久视，或多作游戏神通，总无益于身心，而适足为其眩惑，前代如秦皇、汉武，俱可为殷鉴。

且说杨国忠乘机遣发了安禄山出去，少了个争权夺宠之人，眼前止让得李林甫一个人了。这一个人却摇动他不得的，他既生性阴险，天子又十分信他，眷宠隆重。一日降旨，着百官公阅岁贡之物于尚书省，阅毕回奏；玄宗命将本年贡物，以车载往李林甫家中赐之，其宠眷如此。林甫之子李岫①，亦官于朝，颇怀盈

① 岫（xiù）。

满之惧，尝从林甫闲步后园，见一役夫倦卧树下，因密告林甫道："大人久专朝政，仇怨满天下；倘一旦祸患忽作，欲似役夫之高卧，岂可得乎？"林甫默然不答。自此常恐有刺客侠士暗算他，出则步骑百余人，左右翼卫，前驰在数百步外，辟人除道，居则重门复壁，如防大敌，一夕屡徙其卧榻，虽家人莫知其处。那个杨国忠却又不然，他自恃椒房之戚，爵居右相之尊，一味骄奢淫佚，也不怕人嗔恨，也不管人耻笑。

时值上巳之辰，国忠奉旨，与其弟杨铦及诸姨姊妹，齐赴曲江修禊。于是五家各为一队，各著一色衣，姬侍女从不计其数，新妆炫服，相映如百花焕发，乘马驾车，不用伞盖遮蔽，路旁观者如堵。国忠与虢国夫人并辔扬鞭，以为谐谑，众人直游玩至晚夕，秉烛而归，遗簪坠舄，徧于路衢。杜工部有《丽人行》云：

三月三日天气清，长安水边多丽人。态浓意远淑且真，肌理细腻骨肉匀，绣罗衣裳照暮春，蹙金孔雀银麒麟。头上何所有，翠为㔩①叶垂鬓唇。背后何所见，珠压腰衱稳称身。就中云幕椒房亲，赐名大国韩虢秦。紫驼之峰出翠釜，水晶之盘行素鳞。犀箸厌饫久未下，鸾刀缕切空纷纶。黄门飞鞚不动尘，御厨络绎送八珍。箫鼓哀吟感鬼神，宾从杂实要津。后来鞍马何逡巡，当轩下马入锦茵。杨花雪落覆白苹，青鸟飞去衔红巾。炙手可热势绝伦，慎莫近前丞相嗔。

当日一行人游玩过了，次日俱入宫见驾谢恩。玄宗赐宴内殿，国忠奏道："臣等奉旨修禊，非图燕乐，正为天子及诸宫眷，迎祥迓福。昨赴曲江，威仪美盛，万姓观瞻，众情欣悦，具见太平景象，臣等不胜庆幸。"玄宗大喜道："卿等于游戏之中，不忘

① 㔩（è）——古时妇女发饰上的花叶。

君上，忠爱可嘉，当有赏赉。”宴罢，至明日，出内府珍玩，颁赐诸人，赐韩国夫人照夜玑，赐虢国夫人锁子帐，赐秦国夫人七叶冠。当时杨妃奏道：“陛下前以宝屏赐妾，屏上雕刻前代美人容貌，以妾对之，自觉形秽，今请陛下转赐妾兄国忠如何?”玄宗笑道：“朕闻国忠婢妾极多，每至冬月，选婢妾之肥硕者环立于后，谓之肉屏遮风；今此屏赐之，殊胜他家肉屏也。”

原来这屏名号为“虹霓屏”，乃隋朝遗物，屏上雕镂前代美人的形像，宛然如生，各长三寸许，水晶为地，其间服玩衣饰之类，都用众宝嵌成，极其精巧，疑为鬼工，非人力所能造作的。后人有词为证：

屏似虹霓变幻，画非笔墨经营。浑将杂宝当丹青，雕刻精工莫并，试看冶容种种，绝胜妙画真真。若还逐一唤娇名，当使人人低应。

玄宗将此屏赐与国忠，又命内侍传述贵妃奏请之意。国忠谢恩拜受，将屏安放内宅楼上，常与亲友族辈家眷等观玩，无不叹美欣羡，以为希世之珍。

一日，国忠独坐楼上纳凉，看看屏上众美人，暗想道：“世间岂真有此等尤物，我若得此一二人，便为乐无穷矣。”正想念间，不觉困倦，因就榻上偃卧。才伏枕，忽见屏上众美人，一个个摇头动目，恍惚间都走下屏来，顿长几尺，宛如生人，直来卧榻前，一一称号，或云：“我，裂缯人也。”或云：“我，步莲人也。”或云：“我，浣纱人也。”或云：“我，当垆人也。”或云：“我，解佩人也。”或云：“我，拾翠人也。”或云：“我，是许飞琼。”或云：“我，是薛夜来。”或云：“我，是桃源仙子。”或云：“我，是巫山神女。”如此等类，不可枚举。杨国忠虽睁着眼儿历历亲见，却是身体不能动一动，口中不能发一声。诸美女各以椅列坐，少顷有纤腰倩妆女妓十余人，亦从屏上下来，云是楚章华踏谣娘也，遂连袂而歌，其声极清细。歌罢，诸女皆起，那一个自称巫山神女的，指着国忠说道：“汝自恃权相，实乃误国鄙夫，何敢亵玩我等，又辄作妄想，殊为可笑可恶！”诸女齐拍手笑说道：“阿环无见识，三郎又轻听其言，以致虹霓宝屏见辱于庸奴。此奴将来受祸不小，吾等何必与他计较，且去且去。”于是一一复回屏上。国忠方才如梦初醒，吓得冷汗浑身，急奔下楼，叫家人将此屏掩过，锁闭楼门。自此每当风清月白之夜，即闻楼上有隐隐许多女人歌唱笑语之声，家内大小上下男女，无一人敢登此楼者。国忠入宫，密将此事与杨贵妃说知，只隐过了被美人责骂之言。

杨妃闻此怪异，大为惊诧，即转奏玄宗，欲请旨毁碎此屏。玄宗说道：“屏上诸女，既系前代有名的佳人美女，且有仙娥神女列在其内，何可轻毁？吾当问通元先生与叶尊师，便知是何妖祥。”

你道通元先生同叶尊师是谁？原来玄宗最好神仙，自昔高宗尊奉老君为玄元皇帝，至玄宗时又求得李老君的遗像，十分敬礼，命天下都立庙奉侍。于是方士①辈竞进。有人荐方士张果，是当世神仙，用礼召至京师，拜为银青光禄大夫，赐号通元先生；又有人荐方士叶法善，有奇术，善符咒，玄宗亦以礼召来至京师，称为尊师。其他方士虽多，惟此二人为最。

当下玄宗将国忠屏上美人出现之说问之。张果道：“妖由人兴，此必杨相看了屏上的娇容，妄生邪念，故妖孽应念而作耳，叶师治之足矣！”叶法善说道：“凡宝物易为精怪，况人心感触，

---

① 方士——即术士。从事求仙、炼丹等术的人。

自现灵异。臣当书一符，焚于屏前以镇之。今后观此屏者，勿得玩亵，每逢朔望，用香花供奉，自然无恙。”玄宗便请法善手书正乙灵符一道，遣内侍赍付国忠，且传述二人之言。国忠闻说妖由邪念而生，自己不觉毛骨悚然，随即登楼展屏，将符焚化；焚符之顷，只见满楼电光闪烁。自此以后，楼中安静，绝无声响。至朔望瞻礼时，说也奇异，见屏上众美人愈加光彩夺目，但看去自有一种端庄之度，甚觉比前不同了。正是：

正能治邪，邪不胜正。以正治邪，邪亦反正。

玄宗闻知，愈信叶法善之神术。一日私问法善道：“张果先生道德高妙，朕常询其生平，但笑而不答，何也?”法善道：“他的生平，即神仙辈亦莫能推测，但知他在唐尧时，曾官为侍中耳；若其出处履历，惟臣知之，余人不知也。”玄宗欣然道：“尊师请试言之。”叶法善说道：“臣惧祸及，故不敢直言奏听。”玄宗道：“尊师神仙中人，有何祸之可惧，幸勿托词隐密。”法善沉吟道：“陛下必欲臣直言，臣今言之必立死。陛下幸怜臣，可立召张先生，不惜屈体求之，臣庶可更生矣。”玄宗连声许诺，法善请屏退左右，密奏说道：“他是混沌初分时，白蝙蝠精也。”言未已，忽然口吐鲜血，昏绝于地。玄宗即呼内侍，速传口敕，立召张果入宫见驾。少顷张果携杖而至，玄宗降座迎之，说道：“叶尊师得罪于先生，皆朕之过，朕今代为之请，幸看薄面恕之。”说罢，便欲屈膝下去。张果忙扶起道：“何敢劳陛下屈尊，但小子不当饶舌耳!”遂以手中杖，连击法善三下道：“可便转来!”只见法善蹶然而醒，即时站起，整衣向玄宗谢恩，随向张果谢罪。张果笑道：“吾杖不易得也。”法善再三称谢。玄宗大喜，各赐之茶果而退。

过了几日，适有使者从海上来，带着一种恶草，其性最毒，海上人传言，虽神仙亦不敢食此草。玄宗以示法善，问识此草否。法善道："此名乌堇草，最能毒人，使臣食之，亦当小病也。他仙若中其毒，性命不保；惟张果先生，或不畏此耳。"玄宗乃密置此草于酒中，立召张果至内殿赐宴，先饮以美酒，玄宗问："先生实能饮几何？"张果说道："臣饮不过数爵，臣寓中有一道童，可饮一斗，多亦不能也。"玄宗道："可召来否？"张果道："臣请呼之。"乃向空中叫道："童子，可速来见驾！"叫声未绝，只见一个童子，从房檐飞下，年可十四五岁，头尖腹大，整衣肃容，拜于御前。玄宗惊异，即命以大斗酌酒赐之；童子谢了恩，接过酒来，一口气吃干。玄宗皇帝见他吃得爽快，命更饮一斗，童子接来便吃，却吃不上两三口，只见那吃的酒从头顶上骨都都滚将出来。张果笑道："汝量有限，何得多饮。"遂取桌上桃核一枚掷之，阁阁有声，应手而仆，酒流满地，仔细一看，却原来不是童子，而是一个盛酒的葫芦，其中仅可容一斗酒。玄宗看了大笑道："先生游戏，神通甚妙，可更进一觞。"乃密令内侍把乌堇酒斟与他吃。张果却不推辞，一饮而尽。

少顷，只见张果垂头闭目，就坐席上昏然睡去，玄宗当时吩咐内侍说，不要惊动他，由他熟睡。没半个时辰，即欠伸而起笑道："此酒非佳酒也，若他人饮此酒，不复醒矣！"袖中出一小镜子自照道："恶酒竟坏我齿。"玄宗看时，果见其齿都黑了。张果不慌不忙，双手向两颐一拍，把口中黑齿尽数都吐出来了，登时又重生了一口雪白的好牙齿。玄宗一见，惊喜赞叹道好。正是：

戏将毒草试神仙，只博先生一觉眠。
不坏真身依旧在，齿牙落得换新鲜。

自此玄宗愈信神仙之术。

时至上元之夕，玄宗于内庭高扎彩楼，张灯饮宴，不召外臣

陪饮，亦不召嫔妃奉侍，只召张果、叶法善二人。张果偶他往，未即至，法善先来。玄宗赐坐首席，举觞共饮，一时灯月交辉，歌舞间作，十分欢喜。玄宗酒酣，指着灯彩笑道："此间灯事，可谓极盛。他方安能有此耶！"法善举眼，四下一看，用手向西指道："西凉府城中，今夜灯事极盛，不亚于京师。"玄宗道："先生若有所见，朕不得而见也。"法善道："陛下欲见，亦有何难。"玄宗连忙问道："尊师有何法术，可使朕一见胜境乎?"法善道："臣今承陛下御风而往，转回不过片时。"玄宗欣然而起。旁边高力士过来，俯伏奏道："叶尊师虽有妙法，皇爷岂可以身为试，愿勿轻动。"玄宗道："尊师必不误朕，汝切勿多言，我亦不须汝同行，你只在此候着便了。"高力士不敢再说，唯唯而退。

法善请玄宗暂撤宴更衣，小内侍二人亦便更换衣服，俱出立庭中，都叫紧闭双目。只觉两足腾起，如行霄汉中。俄顷之间，脚已着地，耳边但闻人声喧闹，都是西凉府语音。法善叫请开眼。玄宗开眼一看，只见彩灯绵亘数里，观灯之人往来杂沓，心上又惊又喜，杂于稠人之中，到处游看，私问法善道："尊师得非幻术乎?"法善道："陛下若不信今夜之游，请留征验。"遂问内侍："你等身边带得有何物件?"内侍道："有皇爷常把玩的小玉如意在此。"法善乃与玄宗入一酒肆中，呼酒共饮，须臾饮讫，以小玉如意暂抵酒价，请店主写了一纸手照，约几日遣人来取赎。出了店门，步至城外，仍教各自闭目，顷刻之间，腾空而回，直到殿前落地。高力士接着，叩头口称万岁，看席上所燃的金莲宝烛，犹未及半也。

玄宗正在惊疑，左右传奏张果先生到，玄宗即时延入。张果道："臣偶出游，未即应召而至，伏乞陛下恕臣之罪。"玄宗道："先生辈闲云野鹤，岂拘世法，有何可罪；但未知先生适间何在?”张果道：“臣适往广陵访一道友，不意陛下见召，以致来迟。”玄宗道：“广陵去此甚远，先生之往来，何其速也!”张果笑道：“陛下适间驾幸西凉看灯，往回俄顷，亦何尝不速。”玄宗道：“此皆叶尊师之神术也。”张果道：“朝游北海，暮宿苍梧，仙家常事，况如西凉广陵，直跬步间耳。”因问法善道：“西凉灯事若何?”法善道：“与京师略同。”玄宗问道：“先生适从广陵来，广陵亦行灯事否?”张果老道：“广陵灯事亦极盛，此时正在热闹之际。”法善道：“臣不敢请启陛下，更以余兴至彼一观，亦颇足以怡悦圣情。”玄宗欣喜道：“如此甚妙。”因问张果道：“先生肯同往么?”张果老道：“臣愿随圣驾，此行可不须腾空御风，亦不须游行城市。臣有小术，上可不至天，下可不着地，任凭陛下玩赏。”玄宗道：“此更奇妙，愿即施行神术。”张果道：“请陛下更衣，穿极华美冠裳。”叫高力士亦着华服，又使梨园伶工数人亦都着锦衣花帽。张果老却解下自己腰间丝绦向空一掷，化成一座彩桥，起自殿庭，直接云霄。怎见得这桥的奇异?有《西江月》词一阕为证：

白玉莹莹铺就，朱栏曲曲遮来。
凌云驾汉近瑶台，一望霞明云霭。
稳步无须回顾，安行不用疑猜。
临高视下叹奇哉，恍若身居天界。

当下张果老与法善前导，引玄宗徐步上桥。高力士及伶工等俱从，但戒勿回头反顾，只管向前行去。行不数百步，张果，法善二人早立住了脚，说道：“陛下请止步，已至广陵地。”遂与玄宗及高力士等立于桥上，仰观天汉，月明如画，低头下视，见广陵城中灯火之多，陈设之盛，不减于西凉。那些看灯的士女们，忽观空中有五色彩云，拥着一簇人，各样打扮，衣冠华丽，疑是星官仙子出现，都向空中仙瞻叩拜。玄宗大喜。法善请敕伶工，奏《霓裳羽衣》一曲。奏毕，张果老同法善仍引玄宗与高力士伶工众人等于桥上步回宫禁。才步下桥，张果老即把袖一拂，桥忽不见，只见张果老手中，原拿着丝带一条，仍旧把来系于腰间。高力士伶工众人等皆惊异。玄宗此时说道："先生神术通灵，真乃奇妙！"张果老回说道："此是仙家游戏小术，何足多羡。"玄宗再命洗杯赐酒，直至天晓时候，方才罢宴各散。后人有诗叹道：

仙家游戏亦神通，却使君王学御风。

万乘至尊宜自重，怎从术士步空中？

次日，玄宗密遣使者，即将西凉府酒店中主人写的手照，到彼酒店取赎小玉如意。使者行了几日，却果然取赎回来，乃信上元十五夜之游，是真非幻。过了几月，广陵地方官上疏奏称："本地于正月十五夜二更后，天际中忽见五色祥云万朵，云中仙灵，历历可睹；又闻仙乐嘹亮，迥非人间声调，此诚圣世瑞征，合应奏闻。"玄宗览疏，暗自称奇，即不明言此事，只批个"知道了"。原来这《霓裳羽衣曲》，乃是玄宗于开元之时，尝梦游月宫，见有仙女数十，素练宽衣，环佩丁东，歌舞于广寒宫中，声调佳妙，非人世所能有。玄宗因问："此何曲为名？"众女答道："名为《霓裳羽衣曲》。"玄宗梦中密记其声调，及醒来一一记得，遂传示乐工，谱成此曲，果然不是人间声调也。玄宗益信二人为神仙，又闻张果每出，必乘一白驴，其行如飞，及归，便把此驴折叠如纸，置于巾箱中，欲乘则以水噀之，依旧成驴。玄宗愈奇其术，思欲与之联为姻眷，要将玉真公主下嫁与他。张果说道："臣有别业在王屋山中，向曾以太平钱三十万聘娶韦氏女在彼，今岂容更娶？况臣疏野性成，不慕荣禄，入京已久，念切还山，伏乞天恩放回，实为至幸。"玄宗说道："先生不肯尚主，朕亦不敢相强，却如何便欲舍朕而去耶！先生与叶尊师同在朕左右，二仙不可缺一。方思朝夕就教，幸勿遽萌去志。”张果感其诚意，遂与叶法善仍留京邸。

法善昔年尝隐于松阳，与刺使李邕相契。李邕极是多才，既能作文，又能写字，法善曾求他为其祖作碑文一篇，及被召入京时，李邕也升了京官，心中却不喜法善弄术，恐其眩惑君心。法善要把他前日所作碑文，求他一写，李邕再三不肯，说道：“吾方悔为公作，岂能更为公写！”法善笑道：“公既为吾作，岂能不为吾写，今日且不必相强，容后更图之。”当下含笑而别。是夜，法善乃于密室中，陈设纸墨笔砚，至二三更时，仗剑步罡，焚符一道，口中念念有词，把令牌一拍，只见李邕忽从壁间步出。法善更不同他言语，只把剑来指挥，叫他将纸笔墨砚书写碑文，一面使道童剪烛磨墨。须臾之间，碑文写完，法善再写一符焚化，口中念动咒语，把剑一指，喝一声“去”，李邕倏然不见。原来因日间求他写文不肯，故于夜间摄他的魂魄来写了。至明日亲往拜谢，以其所书示之，笑说道：“此即公昨夜梦中所书也。”李邕看了，吓得口瞪目呆，通身汗下。法善道：“既重公之文，不欲辱以他人之笔，故即求公大笔一书；因公未许，故而聊以相戏，多有开罪之处，幸恕不恭。”李邕又恼，未发一言，法善仍具一分厚礼，以为润笔之资，李邕不肯受。玄宗闻知此事，惊叹说道：“神仙固不可相抗也。李邕所写此碑，当时就名为追魂碑。自此朝廷益信神仙之道，那些方士亦日益进。一日，鄂州地方守臣上疏，荐方士罗公远，广极神通，大有奇术，特送来京见驾。正是：

朝里仙人尚未归，远方仙客又来到。

莫道仙人何太多，只因天子有酷好。

未知后事如何，且听下回分解。

第八十五回

罗公远预寄蜀当归　安禄山请用番将士

词曰：

仙客寄书天子，无几字，药名儿最堪思。汉戍忽更番戍，君王偏不疑。信杀姓安人好，却忘危。

——右调《定西番》

从来为人最忌贪、嗔、痴三字，况为天子者乎。自古圣帝贤王，惟是正己率物，思患防微，励精图治，必不惑于异端幽渺之说。若既身为天子，富贵已极，却又想长生不老之术，因而远求神仙，甚且以万乘之尊严，好学他家的幻术，学之不得，而至于怨怒，妄行杀戮，岂非贪而又嗔？究竟其人若果可杀，即非神仙；若是神仙，杀亦不死，不惟不死而已，他还把日后之事，预先寄个哑谜儿与你，还不省悟，依然从信奸邪，以致变更旧制，贻害于后，毕竟认定恶人为好人，这又是极痴的了。

且说玄宗款留住了张果、叶法善，不放还山，鄂州守臣又荐罗公远，表奏他的术法神通，起送到京师。那罗公远，不知何处人也，亦不知为何代人，其容貌常如十六七岁一孩子，到处闲游，踪迹无定。一日游至鄂州，恰值本州官府因天时亢旱，延请僧道于社稷坛内启建法事，祈求雨泽。祷告的人甚多，人丛中有个穿白的人，在那里闲看，其人身长丈余，顾盼非常，众皆属目，或问其姓名居处，答道：“我姓龙，本处人氏。”正说间，罗公远适至，见了那人，怒目咄嗟道：“这等亢旱，汝何不去行雨济人，却在此闲行?”那人敛容拱手道：“不奉天符，无处取水。”公远道：“汝但速行，吾当助汝。”那人连声应道是，疾趋而去。众人惊问：“此是何人?”罗公远道：“此乃本地水府龙神也，吾敕令速行雨，以救亢旱；奈他未奉上帝之敕令，不敢擅自取水。吾今当以滴水助之，救及此处的禾稻。”一面说，一面举眼四下观看，见那僧道诵经的桌上有一方大砚，因才写得疏文，砚台池中积有墨水，公远上前，把口向砚中池里一口吸起，望空一喷，喝道：“速行雨来!”只见霎时间，日掩云腾，大风顿作。公远即对众人说道：“雨将至矣！列位避着，不要被雨打湿了衣服。”说犹未了，雨点骤至，顷刻之间，如倾盆倒瓮，落了半响，约有尺余，方才止息。却也作怪，那雨落在地上，沾在衣上，都是黝黑的一般。原来龙神全凭仗仙力，就这口墨水化作雨泽，以救亢旱，故雨色皆黑。当下人人嗟异，个个欢喜，问了罗公远的姓名，簇拥去见本州太守，具白其事。太守欲酬以金帛，公远笑而不受。太守说道：“天子尊信神仙，君既有如此道术，吾明当引至御前，必蒙敬礼。”公远道：“吾本不喜遨游帝庭，但闻张、叶二仙在京师，吾正欲一识其面，今乘便往见之，无所不可。”于是太守具疏，遣使伴送。公远来至京中，使者将疏章投进，玄宗览疏，即传旨召见。

那日，玄宗坐庆云亭上，看张果与叶法善对弈，内侍引公远入来，将至亭下，玄宗指着张、叶二仙道：“此鄂州送来异人罗公远，二位先生试与一谈。”张、叶二人举目一看，遥见公远体弱容嫩，宛如小孩童将要成冠一般的样儿，都笑道：“孩提之童，有何知识，亦称异人。”公远不慌不忙，行至亭阶之下，玄宗敕免朝拜，命升阶赐坐，因指张、叶二仙师道：“卿识此二人否，此即张果先生、叶法善尊师也。”公远道：“闻名未曾谋面，今日幸得相晤。”张果笑道：“小辈固当不识我。”叶法善道：“安有神仙中人，而不识张果先生者乎？”公远道：“世无不知礼让之神仙，况今二师简傲如此，仆之不相识，亦未足为恨也。”张果大笑说道：“吾且不与子深谈，人人都称子为异人，想必当有异术。吾今姑以极鄙浅之技相试，倘能中窍，自当刮目相待。”便与法善各取棋子几枚，握于手中问道：“试猜我二人手中棋子各几枚。”公远道：“都无一枚。”二人哈哈大笑，即开手来看时，却果一个也不见了。只见罗公远袖中伸出双手，棋子满把的笑说道：“棋子已入吾手中矣，二位老仙翁遇着小辈，直教两手俱空的了。”张、叶二仙师方大惊异，各起身致敬。正是：

学无前后达为先，莫恃高年欺少年。

混沌初分张果老，还同小辈并称仙。

当下玄宗大喜，即赐宴云亭上，给以冠袍，又赐与邸第，尊称为仙师。自此公远常与张、叶二人谈论仙家宗旨，彼此敬服。过了几日，张果、叶法善具疏，坚请还山，道：“罗公远道术殊胜臣辈，留彼在京，足备陛下咨访。臣等出山已久，思归念切，乞赐放还，以遂臣等野性。”玄宗知其归志已决，不便强留，准其暂回家山，有问之处，再候宣召。二人谢恩出京，凡玄宗天子所赐之物及各官员所赠之珍奇，一无所受，二人遂各飘然而去。正是：

闲云野鹤，海阔天空。

来去自由，不受樊笼。

自此之后，在京方士辈，只有罗公远为玄宗所尊信，时常召见，叩问长生不死之方。公远道：“长生无方，只要清心寡欲，便可却病延年。”玄宗勉从其说，或时独处一宫，嫔妃不御，后庭宴会比前也略稀疏了。杨妃意中甚不欢喜。时值中秋月明之夜，玄宗不召嫔妃宴集，独自与公远对月闲谈，说起去年上元佳节，曾同张、叶二位仙师腾空远游，甚是奇异，因问："先生亦有此道术否？"公远道："此亦何难之有！陛下昔年曾梦游月宫，却不曾身亲目睹，臣今请陛下亲见月宫之景，可乎？"玄宗大喜。公远即起身，向庭前桂树上折取数枝，用彩线相结，置于庭中，吹口气化做一乘彩舆，请玄宗升舆端坐，又将手中所执如意化做一只大白鹿，驾车而行，往观月殿。时当高力士奉差他往，又有一个得宠的太监，叫做辅璆①琳，叩头启奏道："前张、叶二师，奉驾行游，曾多带侍同行，今奴辈愿随驾而往。"罗公远道："月宫非比他处，汝辈何得往观，只我一人护驾足矣！"说罢，即喝一声道："起！"只见那只白鹿驾着彩舆，腾空而起，直入霄汉。公远步于空中，紧紧相随，教玄宗只把双眼望着月，千万不可回顾，亦不可他视。

转瞬间已近月宫，公远扶住车子，玄宗凝眸一望，只见月宫中宫殿重重，门户洞开，遥见里面琼花瑶草，映耀夺目，远胜昔日梦中所见。玄宗道："可入去否？"公远道："陛下虽贵为天子，却还是凡躯，未容邃入，只可在外面观望。"少顷只闻得异香氤氲，一派乐声嘹亮，仔细听之，正是《霓裳羽衣曲》。玄宗听罢，低声问道："世人称美貌女子，必比之月里嫦娥，今嫦娥已在咫尺，可使朕一睹其冶容乎？"公远道："昔穆天子与王母相会，夙有仙缘故也，陛下非此之比，今得至此，瞻仰宫殿，已是奇福，岂可妄生轻亵之念。"言未已，忽见月中门户尽闭，光彩四散，寒风袭人。公远即唤白鹿来驾彩舆，以羽扇障风而行，少顷冉冉有声及地。公远道："陛下几触嫦娥之怒，且喜万安。"玄宗才下

---

① 璆（qiú）。

车，只见彩舆仍化为桂枝，白鹿亦不见，如意仍在公远手中。玄宗又惊又喜。当下公远告辞回寓。玄宗还独坐呆想，啧啧叹异。那内监辅璆琳，因怪公远不许他同往，便进言道："此幻术惑人，何足惊异，愿皇爷切勿轻信。"玄宗道："就是幻术，亦殊可喜，朕当学其一二，以为娱悦。"辅璆琳便逢迎道："幻术中惟隐身法可学，皇爷若学得时，便可出入任意，且又可暗察内外人等机密之事。"玄宗喜道："汝言甚是。"

次日，即召公远入宫，告以欲学隐身法之意。公远道："隐身法乃仙家借以避俗情缠扰，或遇意外仓卒相逼之事，聊用此法自全耳。陛下以一身为天下之主，正须向阳出治，如《易经》云：'圣人作而万物睹。'如何必学起隐身法来？"玄宗道："朕学此法，亦藉以防身耳。"公远道："陛下尊居万乘，时际太平，车驾所至，百灵呵护，有何不虞，何欲以此法防身耶！陛下若学得此法，定将怀玺入人家，为所不当为，万一更遇术士能破此法者，那时白龙鱼腹，必为豫且所困矣。"玄宗道："朕学得此法，不过在宫中聊为偶戏，决不轻试于外，幸即相传，望先生万勿吝教。"公远此时，当不过玄宗再三恳求，只得将符咒秘诀，一一传授，并教以学习之法。玄宗大喜，便就宫中如法学习。

及至习熟试演，始则尚露半身，既而全身俱隐，但终不能泯然无迹，或时露一履，或时露冠髻，或时露衣裾，往往被宫人觉见。玄宗立召公远入宫，要他面作此法来看。公远把手向空书符，口中念念有词，即时不见其形，少顷却见他从殿门外入来。玄宗便也学他书空作符，捻诀念咒，却只是隐了身子，露出衣冠。内侍们见了都含着笑。玄宗问道："同此符咒，如何自我做来，独不能尽善？"公远道："陛下以凡躯而遽学仙法，安能尽善？"玄宗因演隐身法不灵，致被左右窃笑，已是怀渐无地了，见公远对着众人，说他是凡人之躯，好生不悦，道："便是神仙，少不得也是凡躯，如何只说朕是凡躯；如何凡躯便学不得仙法？还是传法者不肯尽传其诀耳！"说罢拂衣而入，传命公远且退。自此玄宗心中怀怒。

恰值宰相李林甫因夫人患病垂危，闻得公远常以符药救人危疾，因亲自来求他，救治夫人之病。公远说道："夫人禄命已尽，不可救疗；况夫人幸得善终于相公之前，生荣死哀，其福过相公十倍矣，何必多求。"李林甫怪其言憨，也心中怀怒，是夜其妻果死。过了一日，秦国夫人忽然患病沉重，杨国忠奉着贵妃之命，来见公远，要求他救治。公远道："神仙只救得有缘分之人与能修行之人，夫人夙世既无仙缘，今生又无美行，享非分之福，还不自知修省，恶孽且未易忏除，今得命寿终于内寝，较之诸姊妹，已为万幸矣，岂复有方有术可疗？七日之后，名登鬼箓矣！"国忠怒道："不能相救也罢，何得妄言谤毁？"遂回报杨妃。杨妃大怒，泣奏天子，说道："罗公远谤毁宫眷，且加咒诅，大不敬上。"李林甫也便乘间奏他妖妄惑众。玄宗已是不悦，况又内外谗言交至，激成十分大怒来了，传旨立即将罗公远斩首西市。公远在寓邸闻命，呵呵大笑，也不肯绑缚，直飞步西市中伸颈就刑，钢刀落处，并无点血，但见一道青气，从头顶中直出，透上重霄。正是：

如罽宾[1]国王，斩师子和尚。

是亦善知识，以杀为供养。

玄宗一时恨怒，立即命斩罗公远，旋即自思，他是个有道术之人，何可轻杀，连忙呼内侍快传旨停刑，及到时却已早杀过

---

① 罽（jì）宾——古西域国名，所指地域因时代而异，汉代在今喀布尔河下游及克什米尔一带，隋唐时则在今阿富汗东北一带。

了。玄宗懊悔不已，命收其尸首，用香木为棺椁成殓。至七日之后，秦国夫人果然病死。玄宗闻讣，不胜嗟悼，赠恤极其丰厚。正是：

三姨如鼎足，秦国命何促？

死或贤于生，寿终还是福。

玄宗因秦国夫人之死，益信公远之言不谬，念念不忘，然而无可如何。因思到张果、叶法善，不知今在何处，遂命辅璆琳往王屋山迎请张果老，他若不肯复来，便往访叶法善，二人之中，必得其一。璆琳奉了圣旨，带着仆从车马，出京赶行，忽闻路人传说：“张果老先生，已死于扬州地方了。”璆琳正在疑信之际，却接得京报，扬州守臣某人上疏，奏张果于本年某月某日，在琼花观中端坐而逝，袖中有谢恩表文一道，其尸身未及收殓，立时腐烂消化。璆琳得了此信，遂不往王屋山去了，只专心访问叶法善居处。有人说曾在蜀中成都府见过他来，辅璆琳即令仆人等，望蜀中道上一路而行。

既入蜀境，山路崎岖，甚是难走得很，忽见山岭上，一个少年道者迤逦而来，口中高声歌唱道：

山路崎岖那可行，仙人往矣纵难迎。

须知死者何曾死，只愁生者难长生。

那道者一头歌，一头走，渐渐行至马前。辅璆琳仔细一看，大吃一看，大吃一惊，原来不是别人，却是一个罗公远。辅璆琳连忙下马作揖，问：“仙师无恙?”公远笑道：“天子尊礼神仙，却如何把贫道恁般相戏；如今张果老先生怕杀，已诈死了；叶尊师也怕杀，远游海外，无处可寻，不如回京去罢。”辅璆琳道：“天子方悔前过，伏祈仙师同往京中见驾，以慰圣心。”公远笑道：“我去何如天子来，你可不必多言，我有一封书并一信物寄上于天子，你可为我致意。”即刻于袖中取出一封书来，内有垒然一物，外面重重缄题，付与璆琳收了。璆琳道：“天子正有言语，欲叩问仙师，还求师驾一往。”公远道：“无他言，但能远却宫中女子，更谨防边上女子，自然天下太平。”璆琳私问朝中诸大臣休咎①何如。公远道：“李相恶贯满盈，死期近矣，还有身后之祸。杨相尚有几年顽福，其后可想而知也。”璆琳又问自己将来休咎。公远道：“凡人能不贪财，便可无祸患。”说罢，举手作揖而别，腾空而去。

璆琳同从人等无不咄咄称异，想道：“叶法善既难寻访，不如回京复奏候旨罢。”主意已定，遂趱程回京。直到宫里，见了玄宗，细细备奏过罗公远之事，把书信呈上。玄宗大为惊诧，拆视其书，却无多语，只有四个大字，下注一行小字，道是：

安莫忘危　　（外有一药物，名曰“蜀当归”，谨附上）

玄宗看了书同药物，沉吟不语。璆琳又密奏公远所云宫中女子、边上女子之说。玄宗想道：“他常劝我清心寡欲，可以延年；今言须要远女子，又言安莫忘危，疑即此意；那蜀当归或系延年良药，亦未可知。但公远明明被杀，如何却又在那里？”遂命内侍速启其棺视之，原来棺中一无所有。玄宗嗟叹说道：“神仙之幻化如此，朕徒为人所笑耳！”

看官，你道他所言“宫中女子”，明明指是杨妃；其所云“边上女子”，是说安禄山也，以“安”字内有“女”字故耳。“蜀当归”三字，暗藏下哑谜；至于“安莫忘危”，已明说出个“安”字了，玄宗却全不理会。

此时安禄山正兼制范阳、平卢、河东三镇，坐拥重兵，久作

---

① 休咎（jiù）——指灾祸，吉凶。

大藩，又有宫中线索，势甚骄横。但常自念："当时不拜太子，想太子必然见怪。玄宗年纪渐高，恐一旦宴驾，太子即位，决无好处到我。"因此心志不安，常怀异想。禄山平日所畏忌的，只有一个李林甫，常呼李林甫为十郎，每遇使者从京师来，必问李十郎有何话说；若闻有称奖他的言语，便大欢喜；若说李丞相寄语安节度，好自检点，即便攒眉嗟叹，坐卧不安。李林甫也时常有书信问候他，书中多能揣知其情，道着他的心事，却又预为布置安放，以此受其笼络，不敢妄有作为。那知林甫自妻亡之后，自己也患病起来。适当辅璆琳回京时，林甫已卧床上不能起来，病中忽闻罗公远未死，这个吃惊非同小可，自说道："我曾劾奏他的，不意他果是一个神仙，杀而不死，今倘来修怨，不比凡人可以防备，却如何解救？自此日夕惊惶恐惧，病势愈重，不几日间呜呼死了。正是：

天子殿前去奸相，阎王台下到凶囚。

可恨那李林甫自居相位，惟有媚事左右，迎合上意，以固其宠，杜绝言路，掩蔽耳目，以成其奸；妒贤嫉能，排抑胜己，以保其位；屡起大狱，诛逐贤臣，以张其威，自东宫以下，畏之侧目。为相一十九年，养成天下之乱，玄宗到底不知其奸恶，闻其身死，甚为叹悼。太子在东宫，闻林甫已死，叹道："吾今日卧始贴席矣！"杨国忠本极恨李林甫，只因他甚得君宠，难与争权，积恨已久，今乘其死，复要寻事泄忿，乃劾奏林甫生前多蓄死士①于私第，托言出入防卫，其实阴谋不轨；又道他屡次谋陷东宫，动摇国本，其心叵测，又讽朝臣交章追劾他许多罪款。杨妃因怪他挟制安禄山，也于玄宗面前说他多少奸恶之处。玄宗此

① 死士——可为主人捐躯舍命的勇武之人。

时，方才省悟，下诏暴其恶逆之状，颁贴天下，追削官爵，剖其棺，籍其家产；其子侍郎李岫，亦即革职，永不复用。果然应了罗公远所言这身后之祸。正是：

生作权奸种祸殃，那知死后受摧戕。

非因为国持公论，各快私心借宪章。

李林甫死后，杨国忠兼左右相，独掌朝权，擅作威福，内外文武各官，莫不振畏，惟有安禄山不肯相下，他只因李林甫狡猾胜于己，故心怀畏忌；那杨国忠是平日所相狎，一向藐视他的，今虽专权用事，禄山全不在意，四处藩镇，都遣人齐礼往贺，独禄山不贺。杨国忠大怒，密奏玄宗道："安禄山本系番人，今雄据三大镇，殊非所宜，当有防之。"玄宗不以为然，国忠乃厚结陇西节度使哥舒翰，要与他并力排挤安禄山。时陇右富庶甲天下，自安远门西尽唐境，凡一万二千余里，闾阎相望，桑麻遍野，国忠奏言，此皆节度使哥舒翰抚循调度之功，宜加优擢，诏以哥舒翰兼河西节度使，抚制两镇。禄山闻知，明知得是国忠藉为党援，愈加不乐，常于醉后对人前将国忠谩骂。国忠微闻其语，一发恼恨，又密奏玄宗说："安禄山向同李林甫狼狈为奸，今林甫死后，罪状昭著，安禄山心不自安，目前必有异谋。陛下若不肯信，诏遣使往召之，彼必不奉诏，便可察其心矣。"

玄宗唯唯而起，退入宫中，沉吟不决。杨妃问："陛下有何事情，萦于心中？"玄宗道："汝兄国忠，屡奏安禄山必反，我未之深信。今劝朕遣使往召之，若他不来，其意可知，便当问罪。我意此儿受我厚恩，未必相负于我，故心中筹划未定。"杨妃着恐道："吾兄何遽疑禄山必反耶！彼既如此怀疑，陛下当如其所奏，遣一内侍往召安禄山；若禄山肯来，妾兄同陛下便可释疑矣。"玄宗依其言，即作手敕，遣辅璆琳齐赴范阳召安禄山入朝

见驾。辅璆琳领了敕命，，正将起行，杨妃私以金帛赐之，付手书一封密谕道："此书可密致禄山，教他闻召即来，凡事有我在此从中周旋，包管他有益无损，切勿迟回观望，致启天子之疑。"璆琳一一领命，星夜不息，来至范阳。

禄山拜迎敕谕。辅璆琳当堂宣读道：

皇帝手敕东平郡王范阳、平卢、河东节度使安禄山：卿昔事朕左右，欢叙如家人，乃者远镇外藩，遂尔睽隔。朕甚念卿，意卿亦必念朕，顾卿即相念，非征召何缘入见？兹于敕到，即可赴阙，暂来即反，无以跋涉为劳，朕亦欲面询边庭事也。见谕速赴来京，毋怠。

安禄山接过手敕，设宴款待天使，问道："天子召我何意？"璆琳道："天子不过相念之深耳！"禄山沉吟道："杨相有所言否？"璆琳道："相召是天子意，非宰相意也。"禄山笑道："天子意即宰相意也。"璆琳屏退左右，密致杨妃手书并述其所言，禄山方才喜，即日起马，星驰到京，入朝面圣。玄宗大喜道："人言汝未必肯来，独朕信汝必至，今果然也。"遂命行家人礼，赐宴于内殿。禄山涕泣道："臣本番人，蒙陛下宠擢至此，粉身莫报。奈为杨国忠所嫉忌，臣死无日矣！"玄宗抚慰说道："有朕在，汝可无虑也。"是夜留宿内庭。

次日，入见杨妃，赐宴宫中，深情畅叙。禄山道："儿非不恋，但势不可久留，明日便须辞行。"杨妃道："吾亦不敢留你，明日辞朝后速走勿迟。"禄山点头会意。次日奏称边政重任，不敢旷职，告辞回镇。玄宗准奏，亲解御衣赐之，禄山涕泣拜受，即日辞朝谢恩。随行之时，走马至杨国忠府第，匆匆一见，即刻星飞出京，昼夜兼行，不日到镇。他恐国忠请奏留之，故此急急回任。自此玄宗愈加亲信，人有首告禄山欲反者，玄宗命将此人缚送范阳，听其究治，由是人无敢言者。

禄山自此益无忌惮，因想：“三镇之中，守把各险要处的将士，都是汉人；我他日若有举动，此辈必不为我所用，不如以番将代之为妙。”遂上疏奏称，边庭险要之处，非武健过人者，不能守御；汉将柔弱，不若番将骁勇，请以番将三十一人，代守边汉将。疏上，同平章事韦见素进言说道：“禄山久有异志，今上此疏，反状明矣，其所请必不可许。”玄宗不悦，说道：“向者边政俱用文臣，渐至武备废弛；今改用番人为节度，边庭壁垒一新，即此看来，安见番人不可以代汉将？禄山为国家计，欲慎固封守，故有此请，卿等何得动言其反？”遂不听韦见素之言，即就批旨：“依卿所请奏，三镇各险要处，都用番将戍守；其旧戍汉将，调内地别用。”自此番人据险，禄山愈得其势，边事不可问矣。正是：

番人使为汉地守，汉地将为番人有。

君王偏独信奸谋，枉却朝臣言苦口。

未知后事如何，且听下回分解。

第八十六回

长生殿半夜私盟　勤政楼通宵欢宴

词曰：

恩深爱深，情真意真。巧乘七夕私盟，有双星证明。时平世平，赏心快心。楼存勤政虚名，奈君王倦勤。

——右调《醉太平》

却说佛氏之教，最重誓愿。若是那人发一愿，立一誓，冥冥之中，便有神鬼证明，今生来世必要如其所言而后止。说便是这等说，也须看他所发之愿，合理不合理，可从不可从；难道那不合理、不可从的誓愿，也必如其所言不成？大抵人生誓愿，唯于男女之间最多。然山盟海誓，都因幽期密约而起，其间亦有正有不正，有变有不变。至若身为天子，六宫妃嫔以时进御，堂堂正正，用不着私期密约，又何须海誓山盟？惟有那耽于色、溺于爱的，把三千宠幸萃于一人，于是今生之乐未已，又誓愿结来生之欢，殊不知目前相聚还是因前生之节义，了宿世之情缘，何得于今生又起妄想。且既心惑于女宠，宜乎惟妇言是用，以奢侈相尚，以风流相赏，置国家安危于不理，天下将纷纷多事，却还只道时平世泰，极图娱乐，亦何异于处堂之燕雀乎？

且说玄宗听信安禄山之言，将三镇险要之处，尽改用番人戍守，韦见素进谏不从。一日，韦见素与杨国忠同在上前，高力士侍立于侧。玄宗道："朕春秋渐高，颇倦于政，今以朝事付之宰相，以边事付之将帅，亦复何忧？"高力士奏道："诚如圣谕，但闻南诏反叛，屡致丧师；又边将拥兵太盛，朝廷必须有以制之，方能无有后患。”玄宗说道：“汝且勿言，宰相当自有调度。”原来那南诏，即今云南地方，南蛮人称其王为“诏”，本来共有六诏，其中有名蒙舍诏者，地在极南，故曰南诏。五诏俱微弱，南诏独强，其王皮逻阁行贿于边臣，请合南地六诏为一。朝廷许之，赐名归义，封之为云南王，后竟自恃强大，举兵反叛。剑南节度使鲜于仲通率兵与战，被他杀败，兵卒死者甚多。杨国忠与鲜于仲通有旧好，掩其败状，仍叙其功；后又命剑南留守李密，引兵七万讨之，复被杀败，全军覆没。国忠又隐其败，转以捷闻，更发大兵前往征讨，前后死者，不计其数，人莫有敢言者。高力士偶然言及，国忠连忙掩饰道：“南蛮背叛，王师征讨，自然平定，无烦圣虑。至若边将拥兵太盛，力士所言是也。即如安禄山坐制三大镇，兵强势横，大有异志，不可不慎防之。”玄宗闻其言，沉吟不语。韦见素奏道：“臣有一策，可潜消安禄山之异志。”玄宗问道：“是有何策？”韦见素道：“今若内擢安禄山为平章事，召之入朝，而别以三大臣为范阳、平卢、河东三镇，则安禄山之兵权既释，而奸谋自沮矣。”杨国忠道：“此策甚善，愿陛下从之。”玄宗口虽应诺，意犹未决。

当日朝退回宫，把这一席话说与杨妃知道。杨妃意中虽极欲禄山入朝，再与相叙，却恐怕到了京师，未免为国忠所谋害，乃密启奏玄宗道：“安禄山未有反形，为何外臣都说他要反？他方今握重兵在外，无故频频征召，适足启其疑怀，不如先遣一中使往觇①之，若果有可疑之处，然后召之，看他如何便了。”玄宗依其言，即遣内侍辅璆琳，齐极美果品数种，往赐安禄山，潜察其

① 觇（chān）——看，窥察。

举动。璆琳当奉玄宗之命，直至范阳。

禄山早已得了宫中消息，知其来意，遂厚款璆琳，又将金帛宝玩送与璆琳，托他好为周旋。璆琳受了贿赂，一力应承，星辰回来复旨，极言安禄山在边，忠诚为国，并无二心。玄宗听说，信以为然，乃召杨国忠入宫，面谕道："国家待安禄山极厚，安禄山亦必能尽忠报国，决不敢于相负，朕可自保其无他，卿等不必多疑。"国忠不敢争论，只得唯唯而退。正是：

奸徒得奥援①，贿赂已通神。

莫漫愁边事，君王作保人。

自此玄宗竟以边境无事，安意肆志，且又自计年已渐老，正须及时行乐，逐日夕与嫔妃内侍及梨园子弟们征歌逐舞，十分快活。杨妃与韩国夫人、虢国夫人辈，愈加骄奢淫佚。华清宫中，更置香汤泉一十六所，俱极精雅，以备嫔妃侍女们不时洗浴。其奉御浴池，俱用文瑶宝石砌成，中有玉莲温泉，以水文木雕刻凫雁鸳鹭等水禽之形，缝以锦绣，浮于泉水之上，以为戏玩。每至天暖之时，酒阑之后，池中温暖，玄宗与杨妃各穿单袷短衣，乘小舟游荡于水中，游至幽隐之处，或正炙热难堪，即令宫人扶杨妃到处就浴。玄宗亲把绣巾为杨妃拭体。每自宫眷浴罢之后，池中水退出御沟，其中遗珠残珥，流过街渠，路人时有所获，其奢靡如此。杨妃因身体颇丰，性最怕热，每当夏日，止衣轻绡，使侍儿交扇鼓风，犹挥汗不止。却又奇怪得很，他身上出的汗，比人大不相同，红腻而多香，拭抹于巾帕之上，色如桃花，真正天生尤物，绝不犹人，又因有肺渴之疾，常含一玉鱼儿于口中，取凉津润肺。一日偶患齿痛，玉鱼儿也含不得，于是手托香腮，闷

① 奥援——暗中撑腰的人或势力。

闷的闲坐窗前。玄宗看了愈见其妩媚，可怜可爱，乃以手抚揉其背，又双手捧其颊说道：“为朕的恨不能为妃子分痛也！”后人有画杨妃齿痛图者，冯海粟题其上云：

华清宫一齿动，马嵬坡一身痛。渔阳鼙鼓①动地来，天下痛。

天宝十载之夏，玄宗与杨妃避暑于骊山宫。那宫中有一殿，名曰长生殿，极高爽凉快。其年七月七日夜，乞巧之夕，天气正当炎热，玄宗坐于长生殿中纳凉，杨妃陪着同坐，直至二更以后，方才入寝室中同卧，宫女亦都散去歇息。杨妃苦热，睡不安稳，乃拉着玄宗起来，再同出庭前乘凉，更不呼唤宫娥侍女们伏侍。

二人坐到更深，天热未卧，手挥轻扇，仰看星斗。此时万籁无声，夜景清幽，坐了一回，渐觉凉爽，玄宗一手摇扇，一手摩弄杨妃双乳，低声密语道：“今夜牛女二星相会，未知其乐何如?”杨妃道：“鹊桥渡河之说，未知果有此事否；若果有之，天上之乐，自然不比人间。”玄宗笑道：“若论他会少离多，倒不如我和你日夕欢聚。”杨妃说道：“人间欢聚，终有散场，怎如天上双星，永久成配。”说罢不觉怆然嗟叹。玄宗感动情怀，把杨妃搂住，脸贴着脸的说道：“你我恁般恩爱，岂忍相离；今就星光之下，你我二人密相誓愿，心中但愿生生世世，长为夫妇。”杨贵妃听了玄宗之说，点头道：“阿环同此誓言，双星为证。”玄宗听了此说，不觉大喜之极。两个又勾肩叠股的坐了半晌，然后相搂相抱，同入罗帏，作阳台之梦。后来白居易《长恨歌》中，曾咏及此事，有句云：

七月七日长生殿，夜半无人私语时。

---

① 鼙（pí）鼓——古代军中所击的小鼓。

在天愿作比翼鸟，在地愿为连理枝。

后人有诗讥刺玄宗，溺宠偏爱，私心妄想，道是：

皇后无端遭废斥，今生夫妇且乖张。

如何妃子偏承宠，来世还期莫散场。

又有诗讥笑杨贵妃云：

长生私语长成恨，空自盟心牛女前。

若与三郎永配合，禄山密约岂无缘？

且说玄宗自此把杨妃更加恩爱。是年秋九月，蓬莱宫中那柑橘结实。这种柑橘，是开元年间江陵进贡来的，味极甘美。玄宗命将数枚种于蓬莱宫中，一向只开花不结实，还有时连花也不开，那年忽然结实二百余颗，与江南及蜀中进贡者毫无异味。玄宗欣喜，亲自临视，命摘来颁赐各朝臣。杨国忠率众官上表，俯伏金阶之下称贺，其表略云：

伏以自天所育者，不能改有常之质；旷古所无者，乃可谓非常之祥。橘柚所植，南北异名，惟陛下元风真纪，六合为一家。雨露攸均，混天区而齐被；草木有性，凭地气以潜通。故兹江外之珍果，结成禁中之佳实。绿蒂含霜，芳流绮殿；金衣烂日，色丽彤庭。欣荷宠颁，惭无辅报。臣等欣瞻之至，不胜景仰之诚，谨上表以闻。

玄宗览表大悦，温旨批答。那柑橘中，却有一个是合欢的，左右进上。玄宗见了，愈加欢喜，与杨妃互相把玩。玄宗说道："此果早知人意，我与妃子同心一体，所以结此合欢之实。我二人可共食之，以应其祥。"乃促其坐同剖，交口而食。因命画工写《合欢柑橘图》，传之于后世。杨国忠于此又复献谀词，以为此乃非常之祥瑞，陛下宜颁酺称庆。正是：

屈轶曾生黄帝时，草能指佞最称奇。

唐家柑橘成何用？翻使谀臣进佞词。

玄宗听了杨国忠谀佞之言，遂降旨以宫中有珍果之祥，赐民大酺。于是选择吉日，率嫔妃及诸王辈御勤政楼，大张声乐，陈设百戏，听人纵观，与民同乐。京城内百姓中，士民男女，拥集楼前，好不热闹。教坊女人，有一个王大娘者，其技能为舞竿，将一丈八尺长的一根大竹竿，捧置头顶，竿儿上缀着一坐木山，为瀛洲方丈之状，使一小儿手扶绛节，出入其间，口中歌唱，王大娘头顶着竿，旋舞不辍，却正与那小儿的歌声节奏相应。玄宗与嫔妃诸王等看了，俱啧啧称奇。时有神童刘宴，年方九岁，聪颖过人，因朝臣举荐登朝，官为秘书省正字。是日玄宗召于楼中侍宴，命王大娘舞竿，因命刘宴咏王大娘舞竿的诗一首。刘宴应声即吟道：

楼前百戏兢争新，惟有长竿妙入神。

谁道绮罗偏有力，犹嫌轻便更着人。

玄宗同嫔御及诸王见刘宴吟诗敏捷，词中又有隐带谐谑之意，都欢喜赞叹。杨贵妃抱他坐于膝上，亲为之梳发，梳罢，玄宗招之近前，亲执其手戏问道："汝以童年，官为正字，未知正得几字？"刘宴应口说道："诸字都正，只有一个朋字未正。"这句话分明说那些一班朝臣，各位朋党，难于救正，恰好合着"朋"字形体，偏而不正之意。玄宗闻其言，连声称善，顾左右道："此儿非特聪慧，且识力异人，将来居官任事，必有可观者焉！"众人俱称朝廷得佳士。玄宗大喜，即命以牙笏锦袍赐之，说道："朕知汝他年必能自立，必不傍人门户也。"后人有诗云：

同道为朋何有党，止因邪正两途分。

漫言朋字终难正，欲正臣时先正君。

是日欢宴至晚夕，楼上挂起花灯，各样名色不同，光彩炫目。玄宗正与众官赏玩间，只听得楼前人声鼎沸，也有嬉笑的，也有争嚷的，也有你呼我应的，声音极其嘈杂。玄宗问是何故，内侍众人启奏，说楼下百姓争看花灯，拥挤喧哗，呵斥不止，伏候圣裁。玄宗道："可着该管官严饬禁约，再着卫士振威弹压；如再不止，拿几个责治示众便了。"刘宴忙奏道："人聚已众，不可轻责；况陛下与民同乐，许其众看，如何又加责治。以臣愚见，莫如使梨园乐工当楼奏技，传谕众人静听，无令喧哗，彼百姓喜于闻所未闻，则人声自息矣。"玄宗点头道："此言极善。"遂命内侍先传圣旨，晓谕众人，随后命梨园众子弟，一个个的锦衣花帽，手执乐器，出至楼头，齐齐整整的都站立于花灯之下。众人拥着观望，那欢笑之声虽未即止，然不似从前的喧闹了。高力士奏道："众乐人之中，惟李谟的羌笛尤为擅名，是乃众人之所最为喜听，宜令其先清吹一曲，以息众喧。"玄宗依其所奏，传命李谟先独自当楼吹笛。李谟领旨，当楼面前向下把手一指，高声说道："我李谟奉圣旨先自吹笛，与你们众人听听；你们若果知音，须静听者。"说罢，双手按着一枝紫纹云梦竹的笛儿，嘹嘹呖呖的吹将起来了。这一曲笛儿，真吹得响彻云霄，鸶翔鹤舞，楼下万万千千的人，都定睛侧耳，寂然无声。玄宗大喜。正是：

莫道喧哗难禁止，一声可息万千声。

你道李谟的那笛，如何恁般入妙？盖缘玄宗洞晓音律，丝竹管弦，无不各尽其妙。有时自制曲调，随意即成，清浊疾徐，回环转变，自合节奏。于诸乐器中，独不喜琴声，闻人鼓琴，便欲别奏他乐以洗耳，谓之解秽。其所最爱者，羯鼓与笛，以此为八音之领袖，为诸乐之所不可少。每当宫中私宴，梨园奏曲，玄宗或亲自击鼓，或吹玉笛以和之。杨妃亦善吹玉笛。

先是天宝初年，尝遇二月初旬，晨起巾栉方毕，时值宿雨初晴，景色明丽，内殿庭中，柳杏将芽。玄宗闲坐四顾，咄嗟而起道："对此景物，岂可不与他判断？"遂命杨妃先吹起玉笛一遍，随后亲目临轩，击羯鼓一通，其名曰《春光好》，亦是玄宗自制的雅调。鼓音才歇，回顾庭前柳杏都已叶舒花放，天颜大喜，指向众嫔妃看了笑道："此一事可不唤我作天工耶！"众皆顿首，口称万岁。

又一日，玄宗昼寝于玉清宫中，忽梦有仙女数人，从空而降，容貌俱极美丽，手中各执一乐器，向着玄宗舞吹了一回，声音之绝妙异常，其中笛声尤为佳妙。仙女道："此乃神仙之乐，名曰《紫云回》。陛下既深通音律，可传授了去。"玄宗醒来，音乐犹然在耳，遂自吹玉笛习之，尽得其节奏。过了两三日，偶乘月明之夜，与高力士改换了衣服，出宫微行游戏，走过了几处街坊，回走至宫墙外一座大桥之上，立着看月，忽闻远远的地方儿有笛声嘹亮，仔细听之，却正是《紫云回》的声调。玄宗惊讶道："吾梦中所传授，亲自谱就的新翻妙曲，并未曾传授他人，何故外间亦有此调？"大为可怪，遂密谕高力士道："明日可与我查访那个吹笛的人，不要惊吓了他，好好的引来见我。"高力士领旨，至次日早晨，带着从人，依昨夜笛声所在，挨户查过，有人说："此间有个姓李的少年，最善吹笛，昨夜吹笛的就是他。"力士着人引至李家，以天子之命，召那少年入宫见驾。玄宗问他："昨夜所吹的笛曲，从何处得来？"那少年奏道："臣姓李名谟，自幼性好吹笛，因精于其技。前两三夜，偶于宫墙外大桥上步月，闻得宫中的笛声，细听节奏，极其新异，非复人间所有，因用心暗记，以爪指书谱，回家即依调试吹之，愈知其妙。昨夜便自演习，不料有污圣耳，臣该万死，望陛下恕之。"玄宗喜其

聪智知音，遂命为押班梨园之长，时常得供奉左右。此正《连昌宫词》所云：

李谟压笛傍宫墙，悟得新翻数般曲。

自此李谟更得尽传内府新声，其技愈加精妙。当夜在勤政楼头奏技，万民乐闻，天子称赏。笛声既毕，众乐齐作，继以清歌妙舞，楼下众人都静观寂听，更无喧闹。玄宗直欢宴到晓钟初鸣起来，方才罢散。正是：

俱向楼头勤取乐，何尝肯把政来勤。

未知后事何如，且听下回分解。

第八十七回

雪衣女诵经得度　赤心儿欺主作威

词曰：

死生有命不相饶，禽鸟也难逃。还仗慈悲佛力，顿教脱去皮毛。笑他养子飞扬跋扈，恶胜鸱鸮①。向道赤心满腹，而今渐觉蹊跷。

——右调《朝中措》

圣人云：死生有命，富贵在天。此不但人之死生有命，即一物之微，其死生亦有命存焉。人当死期将至，往往先有个预兆。以此推之，一切众生，凡有情有识之物，当其将死，亦必先有预兆，人虽不知之，彼必自惊觉，但口不能言耳。大抵死生有定限，凡事既不能与命争，则生寄死归，听其自然，惟须稍种福因，以作后果可也。至于富贵为人所同欲，却又不是人力所可强求；若说大富大贵，固主之在于天，就是一命之荣，一钱之获，亦无非天意主之，天者理而已矣。可笑那无理之人，作非理之想，为非理之事，如图非理之富贵，却不自思现在所享之富贵，已属非分，如何还要逆天而行，欺君背德，肆志作威，此真获罪于天，后祸不小。

且说玄宗御勤政楼，赐民大酺，通宵宴乐，自以为天下太平，天下休祥无事。杨国忠总理朝政，一味逢君欺君，招权纳

① 鸱鸮（chīxiāo）——一种包括猫头鹰在内的益鸟，以害虫为食。

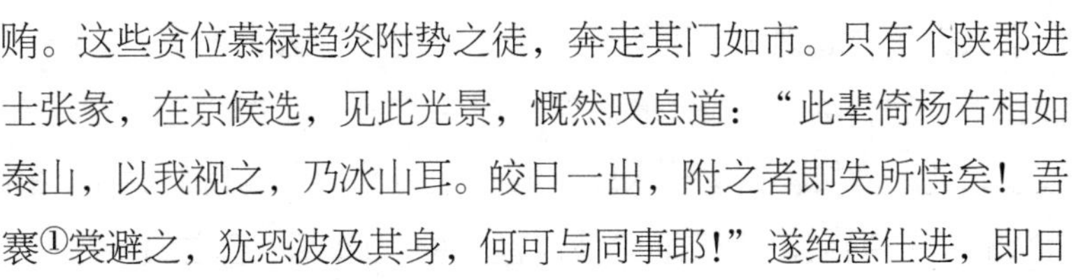

贿。这些贪位慕禄趋炎附势之徒，奔走其门如市。只有个陕郡进士张彖，在京候选，见此光景，慨然叹息道：“此辈倚杨右相如泰山，以我视之，乃冰山耳。皎日一出，附之者即失所恃矣！吾褰①裳避之，犹恐波及其身，何可与同事耶！”遂绝意仕进，即日出京，隐居嵩山去了。

那时有识者，都知天下将乱。玄宗却自恃承平，安然无虑，惟日夕在宫中取乐。杨妃亦愈加骄纵，内庭掌管贵妃位下，织锦刺绣及雕镂器物者数百人，以供其贺生辰庆时节之用。玄宗又常遣中使，往各处采办新奇可喜之物进奉。各处地方官，有以奇巧珍玩衣物等物贡献贵妃者，俱得不次升迁。玄宗游幸各处，多与杨妃同车并辇而行。杨妃平常不喜坐舆，欲试乘马，因命御马监选择好马，调养得极纯良，以备妃子坐骑，每当上马时，众宫娥侍女扶策而上，高力士执辔授鞭，内宫女侍者数十人前后拥护。杨妃倩妆紧束，窄袖轻衫，垂鞭缓走，媚态动人。玄宗亦自乘马，或前或后，扬鞭驰骋，以为快乐。杨妃见了笑道：“妾舍车从骑，初次学乘，怎及陛下常事游猎，鞍马娴熟，驰逐之际，固当让着先鞭。”玄宗戏道：“只看骑马，我胜于你，可知风流阵上，你终须让我一等。”杨妃也戏说道：“此所谓老当益壮。”说罢，二人相顾，皆大笑不止。后人有诗云：

虢国朝天走马来，蛾眉淡扫见骄才。
今看肥婢骄乘马，预兆他年到马嵬。

自此宫中饮宴，即创为风流阵之戏。你知道如何作戏？玄宗与杨妃酒酣之后，使杨妃统率宫女百余人，玄宗自己统率小内侍

---

① 褰（qiān）——揭起。

百余人，于掖庭之中排下两个阵势，以绣帏锦被张为旗旌，鸣小锣，击小鼓，两下各持短画竹竿，嬉笑呐喊，互相戏斗，若宫女胜了，罚小内侍各饮酒一大觥，要玄宗先饮；若内侍们胜了，罚宫女们齐声唱歌，要杨妃自弹琵琶和曲。此戏即名之曰风流阵。时人以为宫中之游戏，忽一变为战争之状，乃不祥之兆，有诗云：

宫人学作战场人，阵号风流乐事新。

他日渔阳鼙鼓动，堪嗟嬉戏竟成真。

一日风流阵上，宫女战胜了，杨妃命照例罚内侍们二斗酒，将金斗奉于玄宗先饮。玄宗亦将金杯赐与杨妃说道："妃子也须陪饮一杯。"杨妃道："妾本不该饮，既蒙恩赐，请以此杯与陛下掷骰子赌色；若陛下色胜于妾，妾方可饮。"玄宗笑而许之，高力士便把色盆骰子进上。玄宗与杨妃各掷了两掷，未有胜负，至第三掷，杨妃已占胜色，玄宗将次输了，惟得重四，可以转败为胜。于是再赌赛一掷，一头掷，一头吆喝道："要重四。"只见那骰儿辗转良久，恰好滚成重四双双。玄宗大喜笑向杨妃道："朕呼卢①之技如何？你可该饮酒么？"杨妃举杯说道："陛下洪福齐天，妾虽不胜杯斝，何敢不饮。"玄宗道："朕得色，卿得酒，福与共之。"杨妃拜谢立饮，口称万岁。玄宗回顾高力士说道："此重四殊合人意，可赐之以绯。"当时高力士领旨，便将骰子第四色都用些胭脂点染，如今骰子上红四自此始。正是：

骰子亦蒙赐绯，可谓泽及枯骨。

如以赤心相托，君恩至今不没。

---

① 呼卢——古代赌博。如今日掷骰子。卢，赌具中的一种颜色。

当日玄宗因掷骰得胜，心中甚为欣喜，同杨妃连饮了几杯，不觉酣醉，乘着醉兴，再把骰子来掷。收放之间，滚落一个于地，高力士忙跪而拾之。玄宗见高力士趴在地下拾骰子，便戏将骰子盆儿摆在他背上，扯着杨妃席地而坐，就在他背上掷骰。两个一递一掷，你呼六，我喝四，掷个不停。高力士双膝跪地，双手撑地，一动不也不敢转动，正好吃力，只听得屋梁上边，咿咿哑哑说话之声道："皇爷与娘娘只顾要掷四掷六，也让高力士起来掷掷么。"这"掷掷么"三字，正隐着说"直直腰"。玄宗与杨妃听了，俱大笑而起，命内侍收过了骰盆，拉了高力士起来，力士叩头而退。玄宗与杨妃亦便同入寝宫去了。

看官，你道那梁间说话的是谁？原来是那能言的白鹦鹉。这鹦鹉还是安禄山初次入宫，谒见杨妃之时所献，畜养宫中已久，极其驯扰，不加羁绊，听其飞止，他总不离杨妃左右，最能言语，善解人心，聪慧异常，杨妃爱之如宝，呼为"雪衣女"。一日飞至杨妃妆台前说道："雪衣女昨夜梦兆不祥，梦已身为鸷鸟所逼，恐命数有限，不能常侍娘娘左右了。"说罢惨然不乐。杨妃道："梦兆不能凭信，不必疑虑，你若心怀不安，可将《般若心经》时常念诵，自然福至灾消。"鹦鹉道："如此甚妙，愿娘娘指教则个。"杨妃便命女侍炉内添香，亲自捧出平日那手书的《心经》来，合掌念诵了两遍。鹦鹉在旁谛听，便都记得明白，朗朗的念将出来，一字不差。杨妃大喜。自此之后，那鹦鹉随处随时念《心经》，或朗声念诵，或闭目无声默诵，如此两三个月。

一日，玄宗与杨妃游于后苑，玄宗戏将弹弓弹鹊，杨妃闲坐于望远楼上观看，鹦鹉也飞上来，立于楼窗横槛之上。忽有个供奉游猎的内侍，拿着一只青鹞从楼下过，那鹞儿瞥见鹦鹉，即腾地飞起，望着楼槛上便扑。鹦鹉大惊叫道："不好了！"急飞入楼中，亏得有一个执拂的宫女，将拂子尽力一拂，恰正拂着了鹞儿的眼，方才回身展翅，飞落楼下。杨妃急看鹦鹉时，已闷绝于地下，半晌方醒转来。杨妃忙抚慰之道："雪衣女，你受惊了。"鹦鹉回说道："恶梦已应，惊得心胆俱碎，谅必不能复生，幸免为他所啖，想是诵经之力不小。"于是紧闭双目，不食不语，只闻喉间喃喃呐呐的念诵《心经》。杨妃时时省视。三日之后，鹦鹉忽张目向杨妃娘娘说道："雪衣女全仗诵经之力，幸得脱去皮毛，往生净土矣。娘娘幸自爱。"言讫，长鸣数声，耸身向着西方，瞑目战翼，端立而死。正是：

人物原皆有佛性，人偏昧昧物了了。

鹦鹉能言更能悟，何可人而不如鸟。

鹦鹉既死，杨妃十分嗟悼，命内侍殓以银器，葬于后苑，名为鹦鹉冢，又亲自持诵《心经》一百卷，资其冥福。玄宗闻之，亦叹息不已，因命将宫中所畜的能言鹦鹉，共有几十笼，尽数都取出来，问道："你等众鸟，颇自思乡否？吾今日开笼，放你们回去何如？"众鹦鹉齐声都呼万岁。玄宗即遣内侍持笼，送至广南山中，一齐放之，不在话下。

且说杨妃思念雪衣女，时时堕泪。他这一副泪容，愈觉嫣然可爱。因此宫中嫔妃侍女之辈俱欲效之，梳妆已毕，轻施素粉于两颊，号为泪妆，以此互相炫美。识者已早知其为不祥之兆矣。有诗云：

无泪佯为泪两行，总然妩媚亦非祥。

马嵬他日悲凄态，可是描来作泪妆？

杨妃平日爱这雪衣女，虽是那鹦鹉可爱可喜，然亦因是安禄山

所献，有爱屋及乌之意。在今日悲念，亦是感物思人。那安禄山在范阳，也常想着杨妃与虢国夫人辈，奈为杨国忠所忌，难续旧好。他想若非夺国篡位，怎能再与欢聚，因此日夜思欲提兵造反，只为玄宗待之甚厚，要俟其晏驾，方才起事。叵耐那国忠时时寻事来撩拨他，意欲激他反了，正欲以实已之言。于是安禄山也生了一个事端来，撩拨朝廷，遂上一章疏来，请献马于朝廷。其疏上略云：

臣安禄山承乏边庭，所属地方，多产良马。臣今选得上等骏骑三千余匹愿以贡献朝廷。臣虽不如昔日王毛仲之牧马蕃庶，然以此上充天厩，他年或大驾东封西狩，亦足稍壮万乘观瞻。计每马一匹，用执鞍军人二名，臣更遣番将二十四员部送，俟择吉日，即便起行。伏乞敕下经历地方，各该官吏，预备军粮马草供应，庶不致临期缺误，谨先以表奏闻。

安禄山此疏，明明是托言献马，谋动干戈，要乘机侵据地方，且看朝廷如何发付他。当下玄宗览疏，也沉吟道："禄山献马，固是美事；只却如何要这许多军将遣送？"因将此疏付中书省议复。杨国忠次日入奏道："边臣献马于朝廷，亦是常事中。今禄山固意要多遣军将部送三千匹，而执鞭随送者，反有六千人，那二十四员番将，又必各有跟随的番汉军士，共计当有万余人，行动与攻城夺地者何异！其心叵测，不可轻信，当降严旨切责，破其狡谋。"玄宗道："彼以贡献为请，无所开罪。即云部送多人，亦未必便有异志，何可遽加切责？只须谕令减省人役罢了。"国忠道："彼名贡献，为本实欲叛逆耳；若非严旨切责，说破他不轨之谋，彼将以为朝廷无人。"玄宗道："事勿急遽，朕当更思之。"国忠怏怏而退。

玄宗正在犹豫时，有河南尹达奚珣，即达奚盈盈的宗族，他因阅邸报，见了安禄山请献马之疏，大为惊异，即飞章密奏道："安禄山表请献马，而欲多遣部送军将，事有可疑，乞以温言谕止之。"

玄宗看了达奚珣的密疏，还沉吟未决。是日，燕坐于便殿，高力士侍立于殿陛下，玄宗呼之近前，对他说道："朕之待安禄山，可谓至厚，彼既受我厚恩，当必不相负。今表请献马于朝，虽欲多遣军将部送，谅亦无他意。而外臣多疑之，杨国忠至欲请严旨切责，朕意不以为然，前者朕曾遣辅璆琳到彼窥察，回奏说道他是忠诚爱国，并无二心，难道如今便忽然改变了不成？"原来辅璆琳平日恃宠专恣，与高力士不睦，因此高力士便乘间叩头奏说道："人心难测，陛下亦不可过信其无他。以老奴所耳闻，辅璆琳两番奉使差到范阳，多曾私受安禄山贿赂，故此饰词复旨，其所言未可信也。"玄宗听说惊讶道："有这等事！辅璆琳受贿，汝何以知之？"高力士奏："老奴向已微闻其事，而未敢深信，近因璆琳奉差采办回来，老奴往候之，值其方浴，坐待其出，因于其书斋案头上，见有安禄山私书一封，书中细询朝中举动与宫中近事；又托他每事须曲为周旋遮饰，又须每事密先报知。那时老奴方窃窥未完，璆琳遽出，连忙取来藏过。据此看来，他内外交结贿赂，故此相通，信有其事矣。老奴正欲将此事上闻，适蒙上谕，敢此启知。"玄宗大怒道："辅璆琳这个恶奴，我以何等之事相托，乃敢大胆受贿欺主，好生可恨！"遂传旨立唤辅璆琳来面讯；又即着高力士率羽林官校至其第中，搜取私书物件。不一时，璆琳唤到，其所有的私书与所受的贿赂都被搜出，上呈御览。原来璆琳与禄山往来的私书甚多。高力士检看其中有关涉杨妃说话的即行销毁去了，因此宫中私情之事幸未有败露。当下玄宗怒甚，欲重处辅璆琳立死，高力士密启奏道："皇

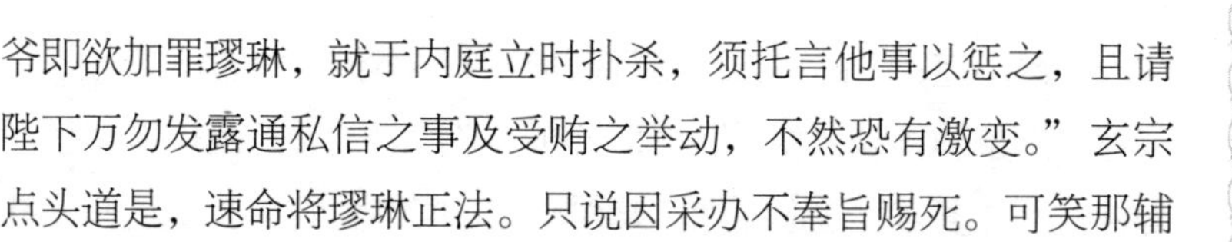

爷即欲加罪璆琳，就于内庭立时扑杀，须托言他事以惩之，且请陛下万勿发露通私信之事及受贿之举动，不然恐有激变。”玄宗点头道是，速命将璆琳正法。只说因采办不奉旨赐死。可笑那辅璆琳因贪贿赂，丧了性命。当初罗公远仙师，原是曾对他说来，莫贪贿，自然免祸，彼自不能悟耳。正是：

不贪乃为实，有贿必焚身。
忘却仙师语，时时与祸邻。

玄宗平日认定安禄山是个满腹赤心的好人，今见他贿结辅璆琳，去探朝廷与宫闱之事，方才有些疑心起来。杨妃也不能复为之解，惟有暗地咨嗟叹息罢了。玄宗依着达奚珣所奏，温言谕止禄山献马，遣中使冯神威，赍手诏往谕之。其略云：

览卿表献马于朝廷，具见忠悃，朕甚嘉悦。但马行须冬日为便，今方秋初，正田稻将成，农务未毕之时，且勿行动。俟至冬日，官自给夫，部送来京，无烦本军跋涉，特此谕知。

冯神威赍了诏书，星夜来至范阳，禄山已窥测朝廷之意，且又探知杨国忠有这许多说话，心中十分恼怒，及闻诏到，竟不出迎。冯神威不见安禄山接诏，竟自赍诏到他府第来。禄山乃先于府中大陈兵仗，排列得刀枪密密，剑戟层层，旌旗耀日，鼓角如雷。冯神威见了，心甚惊疑。安禄山踞胡床而坐，见冯神威赍诏而来，也不起身迎接；冯神威开诏宣读毕，禄山满面怒容，说道：“传闻贵妃近日于宫中也学乘马，吾意官家亦必爱马，我这里最有好马，故欲进献几匹。今诏书既如此，我不献亦可。”冯神威见他恁般作威作势，意态骄傲，语言唐突，必不怀好意，遂不敢与他争论，只有唯唯而已。禄山也不设宴款待他，且教他出就馆舍。

过了几日，冯神威欲还京复命，入见禄山，问他可有回奏的表文否。禄山道："诏书云：马行须俟冬日，至十月间我即不献马，亦将亲诣京师，以观朝臣近政，今亦不必用表文，为我口奏可也。"冯神威不敢多言，逡巡而别，兼程赶行，回京见驾，将他这些无礼之状与无礼之言，一一奏闻皇上，玄宗听了，又惊又羞又恼。时杨妃侍坐于侧，玄宗向他怒说道："我和你待此倭奴不薄，今乃如此无状，其反叛之形情已露，无怪人之多言也。自今人言不可不信!"说罢，抚几叹息。杨妃也低着头，嗟叹不已。正是：

今日方嗟负心汉，从前误认赤心儿。

未知后事如何，且听下回分解。

第八十八回

安禄山范阳造反　封常清东京募兵

词曰：

野心狼子终难养，大负君王，不顾娘行，陟起干戈太逞狂。权奸还自夸先见，激反强梁，势已披猖，纵募新兵那可当。

——右调《丑奴儿》

自古以来，乱臣贼子，人人得而诛之，所赖为君者，能觉察于先，急为翦除，庶不致滋蔓难图；更须朝中大臣，实心为国，烛奸去恶，防奸于未然，弥患于将来，方保无虞。若天子既误认奸恶为忠良，乱贼在肘腋之间而不知，始则养痈，继则纵虎。朝中大臣，又徇私背公；其初则朋比作奸，其后复又彼此猜忌；那乱贼尚未至于作乱，却以私怨，先说他必作乱，反弄出许多方法去激起变端，以实己之言，以快己之意。但能致乱，不能定乱，徒为大言，欺君误国，以致玩敌轻进之人，不审事势，遽又用兵，于是旧兵不足，思得新兵，召募之事，纷纷而起，岂不可叹可恨！

且说玄宗因内监冯神威奏言安禄山不迎接诏书，倨傲无礼，心中甚怒。神威又奏道："据他恁般情状，奴婢那时如遇虎口，几乎不能复见皇爷天颜矣！"说罢呜咽流涕，玄宗愈加恼怒。自此日夕在宫中，说安禄山负恩丧心，恨骂一回，又沉吟凝想一回。杨妃没奈何，只得从容解劝道："安禄山原系番人，不知礼数；又因平日遇蒙陛下恩爱宠极，待之如家人父子一般，未免习成骄傲惰慢之故能，不觉一时狂肆，何足恼乱圣怀。他前日表请献马，或者原无反意，现今他有儿子在京师，结婚宗室，他若在外谋为不轨，难道不自顾其子么?”

原来禄山的长子名庆宗，次子名庆绪。那庆宗聘宗室之女荣义郡主为配，因此禄山出镇范阳时，留他在京师就婚，既成婚之后，未到范阳，尚在京师，故杨妃以此为解。当下玄宗听说，沉吟半晌道：“前日安庆宗与荣义郡主完婚之时，朕曾传谕礼官，召禄山到京来观礼，他以边务倥偬为辞，竟不曾来，如今可即着安庆宗上书于其父，要他入朝谢罪，看他来与不来，便可知其心矣。”随命高力士谕意于安庆宗，着速写书，遣使送往范阳去。又道：“朕近于清华宫新置一汤泉，专待禄山来洗浴，彼岂不忆昔年洗儿之事乎，书中可并及此意。”

庆宗领旨，随写下一书，呈上御览，即日遣使赍去，只道禄山见书自然便来。谁知杨国忠心里却恐怕禄山看了儿子的书，真个来京时，朝廷必要留他在京；他有宫中线索，将来必然重用，夺宠夺权，与我不便；不如早早激他反了，既可以实我之言，又可永绝了与我争权之人，岂不甚妙。时有禄山的门客李超在京中，国忠诬害他，打通关节，遣人捕送御史台狱，按治处死，使禄山危疑不能自安。又密奏玄宗道：“庆宗虽奉旨写书，一定自另有私书致其父，臣料禄山不肯来，且不日必有举动。”又一面密差心腹，星夜潜往范阳一路，散布流言说：“天子以安节度轻亵诏书，侮慢天使，又察出他交通宫禁的私事，十分大怒，已将其子安庆宗拘囚在宫，勒令写书，诱他父亲入朝谢罪，便把他们父子来杀了。”禄山闻此流言，甚是惊怕可惧。

不一日，果然庆宗有书信来到，禄山忙拆书观看，其书略云：

前者大人表请献马，天子深嘉忠悃，止因部送人多，恐有骚扰，故谕令暂缓，初无他意。乃诏使回奏，深以大人简忽天言，可为怪。幸天子宽仁，不即督过，大人宜便星驰入朝谢罪，则上下猜疑尽释，谗口无可置喙，身名俱泰，爵位永保，岂不善哉！昨又奉圣谕云：华清宫新设泉汤，专等尔父来就浴，仿佛往时耍戏洗儿之戏，此尤极荷天恩之隆渥也。况男婚事已毕，而定省久虚，渴思仰视慈颜，少申子妇之诚心。不孝男庆宗，书启到日，希即命驾。

禄山看了书信，询问来使道："吾儿无恙否?"使者回说道："奴辈出京时，我家大爷安然无事；但于路途之间，闻说门客李超犯罪下狱。又闻人传说，近日宫里边，有什么事情发觉了，大爷已被朝廷拘禁在那里，未知此言何来。"禄山道："我这里也是恁般传说，此言必有来由。"因又密问道："你来时，贵妃娘娘可有甚密旨着你传来么?"使者道："奴辈奉了大爷之命，赍着书未停就走，并不闻贵妃娘娘有甚旨意。"安禄山闻言，愈加惊疑。

看官，你道杨妃是有心照顾他安禄山的，时常有私信往来，如何这番却没有？盖因安庆宗遵奉上命，立逼着他写书遣使，杨妃不便夹带私信，心中虽甚欲禄山入京相叙，只恐他身入樊笼，被人暗算；若竟不来，又恐天子发怒，因欲密遣心腹内侍，寄书与禄山，教他且勿亲自来京，只急急上表谢罪便了。书已写就，怎奈杨国忠已先密地移檄范阳一路，系说津驿[①]处所在，边防宜慎，须严察往来行人，稽查奸细。杨妃有密信不敢发，探闻如此，深怕嫌疑，是非之际，倘有泄露，非同小可，因此迟疑未即遣使。这边安禄山不见杨贵妃有密信来，只道宫中私事发觉之说

① 津驿——交通要道。津，渡口。驿，驿站。

是真，想道：“若果觉察出我的私情之事，却是无可解救处。今日之势，且不得不反了！”遂与部下心腹孔目官太仆丞严庄、掌书记屯田员外郎高尚、右将军阿史那承庆等三人，密谋作乱。

严庄、高尚极力撺掇道：“明公拥精兵，据要地，此时不举大事，更待何时？”禄山道：“我久有此意，只因圣上待我极厚，俟其晏驾，然后举动耳。”严庄道：“天子今已年老，荒于酒色，权奸用事，朝志舛①错，民心离散，正好乘此时举事，正可得计；若待其晏驾之后，新君即位，苟能用贤去佞，励精图治，则我不但无机可乘，且恐有祸患之及。”阿史那承庆道：“若说祸患，何待新君，只目下已大可虞。但今不难于举事，而难于成事，须要计出万全，庶几一举而大勋可集。”高尚道：“今国家兵制日坏，武备废弛，诸将帅虽多，然权奸在内，使之不得其道，必不乐为之用，徒足以偾②事耳。我等只须同心协力，鼓勇而行，自当所向无敌，不日成功，此至万全之策耳！”禄山大喜，反志遂决。

次日，即号召部下大小将士，尽集于府中。禄山戎服带剑，出坐堂上，却先诈为天子敕书一道，出之袖中，传示诸将说道：“昨者吾儿安庆宗处有人到来，传奉皇帝密敕，着我安禄山领兵入朝，诛奸相杨国忠，公等务当努力同心，助我一臂之力，前去扫清君侧之恶；功成之后，爵赏非轻，各宜努力。”诸将闻言，愕然失色，面面相觑，不敢则声。严庄、高尚、阿史那承庆三人，按剑而起，对着众人厉声说道：“天子既有密敕，自应奉敕行事，谁敢不遵！”禄山亦按剑厉声道：“有不遵者，即治以军法。”诸将平日素畏禄山凶威，只见严庄等肯出力相助，便都不敢有异言。

---

① 舛（chuǎn）——错误，错乱。

② 偾（fèn）——败坏，破坏。

禄山即刻遂发所部十五万众兵卒，反自范阳，号称二十万，即日大飨军将，使范阳节度副使贾循守范阳，平卢副使吕知诲守平卢，又令别将高秀岩守大同，其余诸将，俱引兵南下，声势浩大，此天宝十四载十一月事也。后人有诗叹云：

番奴反相人曾说，天子偏云是赤心。

漫道猪龙难致雨，也能驱使水淋淋。

原来当初宰相张九龄在朝之时，曾说过安禄山有反相，若不除之，必为后日心腹之患，玄宗不以为然。又尝于勤政楼前陈设百戏，召禄山观之。玄宗坐在一张大榻上，即命禄山坐于榻旁，一样的朝外坐着，皇太子倒坐在下面。少顷，玄宗起身更衣，太子随至更衣之处，密奏说道："历观古今，从未有君与臣南面并坐而阅戏者，父皇宠待禄山，毋乃太过乎？众人属目之地，恐失观瞻。"玄宗微笑道："传闻禄山，外人都说他有异相，吾故此让之耳！"禄山又尝侍宴尝于宫中，醉而假寝，宫人们悉而窥之，只见其身变为龙，而其首却似猪，因大奇异，密奏于玄宗知道。玄宗略无疑忌，以为此猪龙耳，非兴云致雨之物，不足惧也，命以金鸡帐障之。那知他到今日，却是大为国家祸患。所以后人作诗，言及此事。

且说当日禄山反叛，引兵南下，步骑精锐，烟尘千里。那时海内承平已久，百姓累世不见兵革，猝然闻知范阳兵起，远近惊骇。河北一路，都是他的一路统属之地，所过州县，望风瓦解；地方官员，或有开门出迎的，或有弃城逃走的，或有为他擒戮的，无有一处能拒之者。安禄山以太原留守杨光翙依附杨国忠为同族，欲先杀之。乃一面发动人马，一面预遣部将何千年、高邈引二十余骑，托言献射生手，乘骡至太原。杨光翙此时尚未知安禄山的反信，只道范阳有使臣经过，出城迎之，却被劫掳去了，解送禄山军前杀了。

玄宗初闻人言安禄山已反，还疑是怪他的讹传其事，及闻杨光翽被杀，太原报到，方知安禄山果然反了，大惊大怒。杨妃也惊得目瞪口呆。玄宗于是召集在朝诸臣，共议此事。众论纷纷不一，也有说该剿的，也有说该抚的，惟有杨国忠扬扬得意，说道："此奴久萌反志，臣早已窥其肺腑，故屡渎天听，陛下乃今日方知臣言之不谬。"玄宗道："番奴负恩背叛，罪不容诛，今彼恃士卒精锐，冲突而前，当何以御之?"国忠回奏说道："陛下勿忧，今反者止禄山一人而已，其余将士，都不欲反，特为安禄山逼耳。朝廷只须遣一旅之师，声罪致讨，不旬日之间，定当传首京师，何足多虑。"玄宗信其言，遂坦然不以为意。正是：

奸相作恶，乃致外乱。大言欺君，以寇为玩。

却说安庆宗自发书遣使之后，指望其父入京，相会有日。不想倒就反起来了，一时惊惶无措，只得血袒面缚，诣阙待罪。玄宗怜他是宗室之婿，意欲赦之。杨国忠奏说道："安禄山久蓄异志，陛下不即诛之，致有今日之叛乱。今庆宗乃叛人之子，法不可贷，岂容复留此逆子以为后患乎?"玄宗意犹未决，国忠又奏说道："安禄山在京城时，蒙圣旨使与臣为亲，平日有恩而无怨，乃无端切齿于臣。杨光翽偶与臣同姓，禄山且还怨及于臣，诱而杀之。庆忠为禄山亲子，陛下今倒敕而不杀，何以服天下人心乎?"玄宗乃准其所奏，传旨将安庆宗处死。国忠又奏请将其妻子荣义郡主，亦赐自尽。自是：

未将元恶除，先将逆孽去。

他年杀父人，只须一庆绪。

玄宗既诛安庆宗，即下诏布宣安禄山之罪状，遣将军陈千里往河东招募民兵，随使团练以拒之。其时适有安西节度使封常清

入朝奏事，玄宗问以讨贼方略。那封常清乃是封德彝之后裔，是个志大言大之人，看的事体轻忽，便率意奏道："今因承平已久，世不知兵，武备单弱，所以人多畏贼，望风而靡；然事存顺逆，势有奇变，不必过虑。臣请走马赴东京，开府库，发仓廪，召募骁勇，跳马棰渡河，击此逆贼，计日取其首级，献于阙下。"玄宗大喜，遂命以封常清为范阳平卢节度使，即日驰赴递驿，直赶到东京，募兵讨贼，听其便宜行事。

说话的，自古道：养兵千日，用在一朝。那兵是平时备着用的，如何到变起仓卒，才去募兵？又如何才有变乱，便要募兵起来，难道安禄山有兵，朝廷上倒没有兵么？看官，你有所不知。原来唐初时，府兵之制甚妙，分天下为十道，置兵府六百三十四，而关内居其半，俱属诸卫管辖，各有名号，而总名为折冲府。凡府兵多募，其数分上中下三等：一千二百人为上等；一千人为中等；八百人为下等。民自二十岁从军，至六十岁而免，休息有时，征调有法。折冲府都设立木契铜鱼，上下府照，朝廷若有征发，下敕书契鱼，都督郡府参验皆合，然后发遣。凡行兵则甲胄衣装俱自备，国家无养兵之费，罢兵则归散于野，将帅无握兵之益。其法制最为近古。止为从军之家，不无杂徭之累，后来渐渐贫困，府兵多逃亡。张说在朝时，建议另募精壮为长从宿卫兵，名曰彍骑，于是府兵之志日坏，死亡者有司不复添补，府兵调入宿卫者，本卫官将役使之如奴隶，其守边者，亦多为边将虐使，利其死而侵没其资财，府兵因此尽都逃匿。李林甫当国，奏停折冲府上下鱼书，自是折冲府无兵，空设官吏而已。到天宝年间，并彍骑之制亦皆废坏，其所召募之兵俱系市井无赖子弟，不习兵事；且当此时承平已久，议者多谓国中之兵可销，禁约民间挟持兵器，人家子弟有为武官者，父兄摈弃不齿。猛将精兵，多

聚于边塞，而西北尤甚。中国全无武备，所谓一旦有变，无兵可用，其势不得不出于召募。盖祖宗之善制，子孙不能修弊补废，振而起之，轻自更张，以致大坏兵政。那安禄山所用兵马，本来众盛；又因番人部落突厥阿布司为回纥攻破，安禄山诱降其众，所以他的部下，兵精马壮，天下莫及。

闲话少说，且言封常清奉诏募兵，星夜驰至东京，动支仓库钱粮，出榜召募勇壮。一时应募者如市，旬日之间募到六万余人，然皆市井白徒，并非能战之士；又探听得安禄山的兵马强壮，竟是个劲敌，方自悔前日不该大言于朝，今已身当重任，无可推诿，只得率众断河阳桥，以为守御之备。玄宗又命卫尉卿张介然为河南节度使，统陈留等十三郡，与封常清互为声援。

禄山兵至灵昌，时值天寒，禄山令军士以长绳连束战船并杂草木，横截河流。一夜冰冻坚厚，似浮梁一般，兵马遂乘此渡河，陷灵昌郡。贼兵步骑纵横，莫知其数，所过残杀。张介然到陈留才数日，安禄山兵众突至，介然连忙督率民兵登城守御；怎奈人不习战，民心惧怕，天气又极其苦寒，手足僵冷，不能防守。太守郭讷径自率众开城出降。禄山入城，擒获张介然，斩于军门之下。

次日，又探马来报说道："天子诏谕天下，说安禄山反叛，罪大恶极，其长子安庆宗在京已经伏诛；文武官员军民人等，有能斩安禄山之头来献者，封以王爵；罪止及安禄山一人而已，其余附从诸将文武官员兵卒等归顺，俱赦宥一概不问。"安禄山听说其子安庆宗在京被杀，大怒，大哭道："吾有何罪，而今竟杀吾子，是所势不两立也！"遂纵大兵大杀降人，以泄胸中之忿。正是：

身亲为叛逆，还说吾何罪。

迁怒杀无辜，罪更增百倍。

陈留失守，张介然被害之信报到京师，举朝震怒。玄宗临朝，面谕杨国忠与众官道：“卿等都说安禄山之造反不足为虑，易于扑灭，今乃夺地争城，斩将害民，势甚猖獗，此正劲敌，何可轻视？朕今老矣，岂可贻此患于后人？今当使皇太子监国，朕亲自统领六师，躬自带兵将出征，务要灭此忘恩负义之逆贼！”正是：

天子欲亲征，太子将监国。

奸臣惊破胆，庸臣计无出。

未知后事如何，且听下回分解。

第八十九回

唐明皇梦中见鬼　雷万春都下寻兄

词曰：

人衰鬼弄，魑魅公然来入梦。女貌男形，尔我相看前世身。难兄难弟，今日行踪披此异。全节全忠，他日芳名彼此同。

——右调《减字木兰花》

大凡有德之人，无论男女与富贵贫贱，总皆为人所敬服，即鬼神亦无不钦仰，所谓德重鬼神钦敬是也。若无德可钦敬，徒恃此势位之尊崇以压制人，当其盛时，乘权握柄，作福作威，穷奢极欲，亦复洋洋志得意满，叱咤 风生；及至时运衰微，禄命将终之日，不但众散亲离，人心背叛，即魑魅魍魉也都来了，生妖作怪，播弄着你，所谓人衰鬼弄人是也。惟有那忠贞节烈之人，不以盛衰易念，即或混迹于俳优技艺之中，厕身于行伍偏裨之列，而忠肝义胆天性生成，虽未即见之行事，要其志操，已足以塞天地而质诸鬼神，此等人甚不可多得，却又有时钟于一门，会于一家。

如今且说玄宗，因安禄山攻陷陈留郡，张介然遇害报到京师，方知贼势甚猛，未易即能扑灭，召集朝臣共议其事，众论纷纷，并无良策。杨国忠前日故为大言，到那时也俯首无计。玄宗面谕群臣道：“朕在位已经五十载，心中久已要退闲去作便事，意欲传位于太子；只因水旱频仍，不欲以余灾遗累后人，故尔迟迟。今不意逆贼横发，朕当亲自统兵征讨之，使太子暂理国事，

待寇乱既平，即行内禅，朕将高枕无忧矣！”遂下诏御驾亲征，命太子监国。群臣莫敢进一言。

杨国忠乃大吃了一惊，想道：“我向日屡次与李林甫朋谋，陷害东宫，太子心中好不怀恨，只碍着贵妃得宠，右相当朝，他还身处储位，未揽大权，故隐忍不发；今若秉国政，必将报怨。吾杨氏无噍类①矣！”当日朝罢，急回私宅，哭向其妻裴氏与韩、虢二夫人道：“吾等死期将至矣！”众夫人惊问其故。国忠道：“天子欲亲征讨，将使太子监国，行且禅位于太子；奈太子素恶于吾家，今一旦大权在手，我与姊妹都命在旦夕矣，如之奈何？”于是举家惊惶泣涕，都说道：“反不如秦国夫人先死之为幸也。”虢国夫人说道：“我等徒作楚囚，相对而泣，于事无益；不如同贵妃娘娘密计商议，若能劝止亲征，则监国禅位之说，自不行矣。”国忠说道：“此言极为有理，事不宜迟，烦两妹入宫计之。”

两夫人即日命驾入宫，托言奉候贵妃娘娘，与杨妃相见，密启其事，告以国忠之言。杨妃大惊道：“此非可以从容婉言者！”乃脱去簪珥，口衔黄土，匍匐至御前，叩头哀泣。玄宗惊讶，亲自扶起问道：“妃子何故如此？”杨妃说道：“臣妾闻陛下，将身亲临战阵，是亵万乘之尊，以当一将之任，虽运筹如神，决胜无疑；然兵凶战危，圣躬亲试凶危之事，六宫嫔御闻之，无不惊骇。况臣妾尤蒙恩宠，岂忍远离左右？自恨身为女子，不能随驾从征，情愿碎首阶前，欲效侯生之报信陵君耳！”说罢又伏地痛哭。玄宗大不胜情，命宫人掖之就坐，执手抚慰说道：“朕之欲亲征讨，原非得已之计，凯旋之日，当亦不远，妃子不须如此悲伤。”杨妃道：“臣妾想来，堂堂天朝，岂无一二良将，为国家殄

① 噍（jiào）类——原指能饮食的动物，后特指活着的人。

灭小丑，何劳圣驾亲征？”正说间，恰好太子具手启，遣内侍来奏辞监国之命，力劝不必亲征，只须遣一大将或亲王督师出剿，自当成功。

玄宗看了太子奏启，沉吟半晌道：“朕今竟传位于太子，听凭他亲征不亲征罢，我自与妃子退居别宫，安享余年何如？”杨妃闻言，愈加着惊，忙叩头奏道：“陛下去秋欲行内禅之事，既而中止，谓不忍以灾荒遗累太子也，今日何独忍以寇贼遗累太子乎？陛下临御已久，将帅用命，还宜自揽大权，制胜于朝堂之上，传位之说，待徐议于事平之后，未为晚也。”玄宗闻言点头道：“卿言亦颇是。”遂传旨停罢前诏，特命皇子荣王琬为元帅，右金吾大将军高仙芝副之，统兵出征，又欲与高力士为监军，力士叩头固辞，乃以内监边令诚为监军使。诏旨一下，杨贵妃方才放心，拭泪拜谢。当时玄宗命宫人为妃子整妆，且令宫中排宴与妃子解闷；韩国、虢国二位夫人都来见驾，一同赴席饮宴。后人有诗叹云：

脱簪永巷称贤后，为欲君王戒色荒。
今日阿环苦肉计，毁妆亦是学周姜。

那日筵席之上，玄宗心欲安慰妃子，杨妃姊妹三人又欲使玄宗天子开怀，真个是愁中取乐，互相欢饮。梨园子弟同宫女们歌的歌，舞的舞，饮至半酣，其兴致勃发，玄宗自击鼓，杨妃弹一回琵琶，吹一回玉笛，直饮至夜深方罢。两夫人辞别出宫。

是夜玄宗与杨妃同寝，毕竟因心中有事，寤寐不安。朦胧之际，忽若已身在华清宫中，坐一榻上，杨妃坐于侧旁椅上，隐几而卧，其所吹玉笛悬于壁上挂之。却见一个奇形怪状的魑魅，不知从何而至，一直来到杨妃身畔，就壁上取下那一枝玉笛按上口边，呜呜咽咽的吹将起来。玄宗大怒，待欲叱咤他，无奈喉间一时哽塞，声唤不出。那个鬼竟公然不惧，把笛儿吹罢，对着杨妃嘻笑跳舞。玄宗欲自起来逐之，身子再立不起，回顾左右，又不见一个侍从，看杨妃时，只是伏在桌上睡着不醒。恍惚间，见那伏在桌上的却不是杨妃，却是一个头戴冲天巾、身穿滚龙袍的人，宛然是个一朝天子模样，但不见他面庞；那鬼尚在跳舞不休，看看跳舞到自己身前，忽然他手执着一圆明镜把玄宗一照。玄宗自己一照，却是个女子，头挽乌云，身披绣袄，十分美丽，心中大惊。正疑骇间，只见空中跳下一个黑大汉来。你道他怎生打扮、怎生面貌？

头上玄冠翅曲，腰间角带围圆。
黑袍短窄皂靴尖，执笏还兼佩剑。
眉竖交睁豹目，发蓬连接虬髯。
专除邪祟治终南，魑魅逢之丧胆。

那黑大汉，把这跳舞的鬼只一喝，这鬼登时缩做一团，被这黑大汉一把提在手中，好像捉鸡的一般。玄宗急问道："卿是何官？"黑大汉鞠躬应道："臣乃终南不第进士钟馗是也。生平正直，死而为神，奉上帝命令治终南山，专除鬼祟，凡鬼有作祟人间者，臣皆得而啖之。此鬼敢于乘虚惊驾，臣特来为陛下驱除。"言讫，伸着两手，把那个鬼的双眼挖出，纳入口中吃了，倒提着他的两脚，腾空而去。玄宗天子悚然惊醒，却是一场大梦，凝神半晌，方才清楚。

那时杨妃从睡梦中惊悸而寤①，口里犹作咿哑之声。玄宗搂着便问道："阿环，为甚不安？"杨妃定了一回，方才答说道："我梦中见一鬼魅从宫后而来，对着我跳舞，旁有一美貌女子，

---

① 寤（wù）——醒。

摇手止之，鬼只是不理；他却口口 声声称我陛下，我不敢应他，他便把一条白带儿扑面的丢来，就兜在我项颈上，因此惊魇。”玄宗听说，便也把自己所梦的述了一遍，杨妃咄咄称怪。玄宗宽解道：“总因连日心绪不佳，所以梦寐不安，不足为异，但我所梦钟馗之神甚奇，不知终南果有其人否？”杨妃道：“梦境虽不足凭，只是如何女变为男，男变为女；又怎生我梦中，也见一女子，也恰梦见那鬼呼我为陛下，这事可不作怪么？”玄宗戏道：“我和你恩爱异常，原不分你我，男女易形，亦鸾颠凤倒之意耳！”说罢大家都笑起来。看官，你可知杨贵妃本是隋炀帝的后身，玄宗本是朱贵儿再世。梦中所见的，乃其本来面目。此亦因时运向衰，鬼来弄人，故有此梦。正是：

时衰气不旺，梦中鬼无状。

帝妃互相形，现出本来相。

次日玄宗临朝，传旨问：“在朝诸臣，可知终南有已故不第进士，姓钟名馗者么？”文班中，只见给事中王维出班奏曰：“臣维向曾侨居终南，因终南有进士钟馗于高祖武德皇帝年间，为应举不第，以头触石而死，故时人怜之，陈请于官，假袍笏以殉葬之。嗣后颇著灵异，至今终南人奉之如神明。”玄宗闻奏，一发惊异，遂宣召那最善图书的吴道子来，当面告以梦中所见钟馗之形像，使书一图，传为真像；特追赐袍笏，兼赐钟馗状元及第；又因杨妃梦鬼从宫后而来，遂命以钟馗之像永镇后宰门，如昔年太宗皇帝，书尉迟敬德、秦叔宝之像于宫门的故事一样。至今人家后门上都贴钟馗书像，自此始也。又时人至今呼之为“钟状元”。正是：

当年秦尉两将军，会为文皇辟邪秽。

今日还看钟状元，前门后户遥相对。

玄宗因书钟馗之像，想起昔年太宗书秦叔宝、尉迟敬德二人之像，喟然说道："我梦中的鬼魅，得钟馗治之，那天下的寇贼，未知何人可治？安得再有跟迟敬德、秦叔宝这般人材，与我国家扶危定乱？"因忽然相思着秦叔宝的玄孙秦国模、秦国桢兄弟二人："当年他兄弟曾上疏谏我，不宜过宠安禄山，极是好话。我那时不惟不听他，反加废斥，由此思之，诚为大错，还该复用他为是。"遂以手敕谕中书省起复原任翰林承旨秦国模、秦国桢仍以原官入朝供职。

却说那秦氏兄弟两个人，自遭废斥，即屏居郊外，杜门不出，间有朋友过访，或杯酒叙情，或吟诗遣兴，绝口不谈及朝政。国桢有时私念起那当初集庆坊所遇的美人，却怕哥哥嗔怪，只是不敢出诸口；也有时到那里经过，密为访问，并无消息。那美人也不知何故，竟不复来寻访。

忽然一日，有一个通家旧朋友款门而来，姓南名霁云，排行第八，魏州人氏。其为人慷慨有志节，精于骑射，勇略过人。他祖上也是个军官出身，与秦叔宝有交，因此他与国模兄弟是通家世交，投契之友，幼年间，也随着祖父来过两次，数年以来踪迹疏阔，那日忽轻装策马而来。秦氏兄弟十分欢喜，接着叙礼罢，各道寒暄。秦国模道："南兄久不相晤，愚兄弟时刻思念，今日甚风吹得到此？"南霁云说道："小弟自祖父背弃，一身沦落不偶，无所依托，行踪靡定。前者弟闻昆仲高发①，方为雀跃，随又闻得仕途不利，暂时受屈；然直声著闻，天下不胜钦仰。今日小弟偶而浪游来京，得一快叙，实为欣幸。"

① 高发——指秦氏兄弟双双状元及第。

秦国模道："以兄之英勇才略，当必有遇合，但斯世直道难容，宜乎所如不偶。今日未谂①我兄欲何所图？"雺云道："原任高要尉许远，是弟父辈相知，其人深沉有智，节义自矢，他有一契友是南阳人，姓张名巡，博学多才，深通战阵之法，开元中举进士，先为清河县尹，改调真源，许公欲使弟往投之。今闻其朝觐来京，故此特来访他。"秦国桢道："张、许二公，是世间奇男子，愚兄弟亦久闻其名。"秦国模道："吾闻张巡乃文武全才，更有一奇处，人不可及：任你千万人，一经他目，即能认其面貌，记其姓名，终身不忘，真奇士也。那许远乃许敬宗之后人，不意许敬宗却有此贤子孙，此真能盖前人之愆者。"雺云道："弟尚未得见张公，至于许公之才品，弟深知之久矣，真可为国家有用之人，惜尚未见其大用耳！"国模道："兄今因许公而识张公，自然声气相投，定行见用于世，各著功名，可胜欣贺。"国桢道："难得南兄到此，路途辛苦，且在舍下休息几日，然后往见张公未迟。"当下置酒款待，互叙阔情，共谈心事。

正饮酒间，忽闻家人传说，范阳节度使安禄山举兵造反，有飞驿报到京中来了。秦氏兄弟拍案而起说道："吾久知此贼，心怀反叛，况有权奸多方以激之，安得不遽至于此耶！"雺云拍着胸说道："天下方乱，非我辈燕息之时，我这一腔热血须有处洒了！却明日便当往候张公，与议国家大事，不可迟缓。"当夜无话。

次日早膳饭罢，即写下名帖，怀着许远的书信，骑马入京城，访至张巡寓所问时，原来他已升为雍邱防御使，于数日前出京上任去了。雺云乘兴而来，败兴而返，怏怏的带马出城，想道："我如今便须别了秦氏兄弟，赶到雍邱去，虽承主人情重，未忍即别，然

① 谂（shěn）——知道。

却不可逗留误事。”一头想，一头行，不觉已到秦宅门首。才待下马，只见一个汉子，头戴大帽，身穿短袍，策着马趱行前来。看他雄赳赳甚有气概，霁云只道是个传边报的军官，勒着马等他。行到面前，举手问道：“尊官可是传报的军官么？范阳的乱信如何？”那汉见问，也勒住马把霁云上下一看，见他一表非俗，遂不敢怠慢，亦拱手答道：“在下是从潞州来，要入京访一个人。路途间闻人传说范阳反乱，甚为惊疑。尊官从京中出来，必知确报，正欲动问。”霁云道：“在下也是来访友的，昨日才到。初闻乱信，尚未知其详。如今因所访之友不遇，来此别了居停主人，要往雍邱地方走走，不知这一路可好行哩？”那汉道：“贵寓在何处？主人是谁？”霁云指道：“就是这里秦府。”那汉举目一看，只见门前有钦赐的兄弟状元匾额，便问道：“这兄弟状元可是秦叔宝公的后人，因直言谏君罢官闲住的么？”霁云道：“正是。这兄弟两个，一名国模，一名国桢的了。”一面说，一面下马。那汉也连忙下马施礼道：“在下久慕此二公之名，恨无识面，今岂可过门不入？敢烦尊公，引我一见何如？只是造次得很，不及具柬了。”霁云道：“二公之为人，慷慨好客，尊官便与相见何妨，不须具柬。”

那汉大喜，遂各问了姓名，一同入内，见了秦氏兄弟，叙礼毕，就相邀坐。霁云备述了访张公不遇而返，门首邂逅此兄，说起贤昆仲大名，十分仰敬，特来晋谒。二秦逡巡逊谢，动问尊客姓名居处。那汉道：“在下姓雷名万春，涿州人氏，从小也学读几行书，求名不就，弃文习武；颇不自揣，常思为国家效微力，争奈未遇其时。今因访亲特来到此，幸遇这一位南尊官，得谒贤昆仲两先生，足慰生平仰慕之意。”霁云与二秦见他言词慷慨，气概豪爽，甚相钦敬，因问：“雷兄来访何人？”万春道：“要访那乐部中雷海青。”霁云听说，怫然不悦道：“那雷海清不过是梨园乐部的班头，俳优之辈，兄何故还来访他，难道兄要屈节贱工耶？以为谋进身之地，似乎不可。”万春笑道：“非敢谋进身之地，因他是在下的胞兄，久不相见，故特来一候耳。”霁云道：“原来如此，在下失言了。”秦国模说道：“令兄我也常见过，看他虽屈身乐部，大有忠君爱主之心，实与俳优辈不同，南兄也不可轻量人物。”万春因问：“南兄，你说访张公不遇，是那个张公？”霁云道：“是新任雍邱防御使张巡是也。”雷万春说道：“此公是当今一奇人，兄与他是旧相知么？”霁云道：“尚未识面，因前高要尉许公名远的荐引来此。”万春道：“许公亦奇人也。兄与此两奇人相周旋，定然也是个奇人。今即欲去雍邱，投张公麾下么？”霁云道：“今禄山反乱，势必猖狂，吾将投张公共图讨贼之事。”雷万春慨然说道：“尊兄之意，正与鄙意相合，倘蒙不弃，愿随侍同行。”秦国桢说道：“二兄既有同志，便可结盟，拜为异姓兄弟，共图戮力皇家。”南雷二人大喜，遂大家下了四拜，结为生死之交，誓同报国，患难相扶，各无二心。正是：

为寻同胞兄，得结同心友。

笃友爱兄人，事君心不苟。

当下秦氏兄弟设席相待。万春道：“南兄且暂住此一两日，待小弟入城去见过家兄，随即同行。”霁云道：“方才秦先生说，令兄亦非等闲人，弟正欲与令兄一会。今晚且都住此，明日我同兄入城，拜见令兄一会，何如？”雷万春应诺。

至次日早晨，用过点心，二人一齐骑马进城，来到雷海清住宅，下了马，万春先入宅内，拜见了哥哥，随同海清出来迎迓霁云到宅内，叙礼而坐。万春略说了些家事，并述在秦家结交南霁云，要同往雍邱之意。海清欢喜，向霁云拱手道：“秦家两状元是正人君子，尊官和他两个相契，自非凡品。舍弟得与尊官作

伴，实为万幸。”霁云逊谢道：“此是令弟谬爱，量小子有何才能。”海清对着万春道：“贤弟你听我说：我做哥哥的，虽然屈身俳优之列，却多蒙圣上恩宠，只指望天下无事，天子永享太平之福。谁知安禄山这个逆贼，大负圣恩，称兵谋反，闻其势甚猖獗，以诛杨右相为辞；那知这个杨右相，却一味大言欺君，全无定乱安邦之策，将来国家祸患，不知如何。我既身受君恩，朝夕盘桓，自当拚得捐躯图报。贤弟素有壮志，且自勇略胜人，今又幸得与南官人交契，同往投张公，自可相与有成，实当竭力报国。从今以后，我自守我的分，你自尽你的忠，你自今不必以我为念。”说罢泪下如雨，万春也挥泪不止。霁云在旁，慨然叹息不止。

海清着人取出酒肴，满酌三杯，随即起身说道：“我逐日在内庭供奉，无暇久叙，国家多事，正英雄建功立节之时也，不必作儿女留恋之态了。”遂将一包金银，赠为路费，大家各自洒泪而别。霁云嗟叹道：“雷兄，你昆仲二人，真乃难兄难弟，我昨日狂言唐突，正所谓以小人之心度①君子之腹矣！”当日二人同回至秦家，兄弟又置酒相待。毕后便束装起行，秦氏兄弟送至十里长亭，又饮酒饯别，各赠赆仪。二人别了主人，自取路径，直往雍邱去了。

且说秦国模、秦国桢二人，自闻安禄山反信，甚为朝廷担忧，两个人日夕私议征讨之策，后又闻官军失利，地方不守，十分忿怒，意欲上疏条陈便宜，又想不在其位，不当多言取咎。正踌躇间，恰奉特旨降下，起复秦氏兄弟二人原官。中书省行下文书来，秦国模、秦国桢兄弟二人拜恩受命，即日入朝，面君谢恩。正是：

只因梦中一进士，顿起林间两状元。

未知后事如何，且听下回分解。

---

① 度（duó）——揣摩，估量。

第九十回

矢忠贞颜真卿起义　遭妒忌哥舒翰丧师

词曰：

由来世乱见忠臣，矢志扫妖氛。甚羡一门双义，笑他诸郡无人。专征大将，待时而动，可建奇勋。只为一封丹诏，顿教丧却三军。

——右调《朝中措》

从来忠臣义士，当太平之时，人都不见得他的忠义，及祸乱既起，平时居位享禄，作威倚势，摇唇鼓舌的这一班人，到那时无不从风而靡。只有一二忠义之士，矢丹心，冒白刃，以身殉之，百折不回，而今而后，上自君王，下至臣庶，都闻其名而敬服之，称叹之不已，以为此真是有忠肝义胆的人，然要之非忠臣义士之初心也。他的本怀，原只指望君王有道，朝野无虞，明良遇合，身名俱泰，不至有捐躯殉难之事为妙；若必到时穷世乱，使人共见其忠义，又岂国家之幸哉！至国家既不幸遭祸患，不得已命将出师，那大将以一身为国家安危所系，自必相时度势，可进则进，不可进则暂止，其举动自合机宜。阃以外，当听将军制之，奈何惑于权贵疑忌之言，遥度悬揣，生逼他出兵进战，以致堕敌人之计中，丧师败绩，害他不得为忠臣义士，真可叹息痛恨，怆天呼地而不已也！

却说玄宗天子复召秦国模、秦国桢仍以原官起用，二人入朝面君。谢恩毕后，玄宗温言抚慰一番，即问二人讨贼之策。兄弟

二人以次陈言，大约以用兵宜慎，任将宜专为对。正议论间，吏部官启奏说："前者睢阳①太守员缺，逆贼安禄山乘间伪进其党张通悟为睢阳太守，随被单父尉贾贲率吏民斩之，今宜即选新官前去接任。特推朝臣数员，恭候圣旨选用。"秦国模奏道："睢阳为江淮之保障，今当贼氛扰乱之后，太守一官，非寻常人所能胜任，宜勿拘资格擢用。以臣所知，前高要尉许远，既有志操，更饶才略，堪充此职，伏乞圣裁。"玄宗听说准奏，即谕吏部以许远为睢阳太守，又问："二卿，亦知今日可称良将者为谁人?"秦国桢奏道："自古云：天下危，注意将。今陛下所用之将，如封常清、高仙芝之辈，虽亦娴于军旅之事，未必便称良将。昔年翰林学士李白，曾上疏奏待罪边将郭子仪，足备干城之选，腹心之寄，陛下因特原其所犯之罪，许以立功自效。郭子仪屡立战功，主帅哥舒翰表荐，已历官至朔方右厢兵马使九原太守，此真将才也。李白之言不谬也。"玄宗点头道是，因又问："哥舒翰将才何如?"秦国模奏道："哥舒翰素有威名，只嫌用法太峻，不恤士卒。朝廷若专任此，听其便宜行事，当亦不负所委托，但近闻其抱病不治事。"玄宗道："彼自能为我力疾办事。"遂降旨即升郭子仪为朔方节度使，又命哥舒翰为兵马副元帅。哥舒翰上奏告病，玄宗不准所告，令将兵十万，防御安禄山。

那时，安禄山既陷灵昌及陈留，声势益张，并攻破荥阳，直逼东京。封常清屯兵武牢以拒之，无奈部下新募的官军，都是市井白徒，不习战阵，见贼兵势猛，先自惶惧。安禄山特以铁骑冲来，官军不能抵当，大败而走。正是：

早知今日取胜难，追悔当初出大言。

① 睢（suī）阳——在今河南。

当下封常清收合余众，再与厮杀，又复大败，贼兵乘势奋击，遂陷东京。河南尹达奚恂出城投降，独留守李憕、中丞卢奕、采访判官蒋清不肯投降，城破之日，穿朝服坐于堂上，安禄山使人擒至军前，三人同声骂贼，一时三人都被杀。封常清收聚败残兵马，西走陕州。时高仙芝屯兵于陕，封常清往见之，涕泣而言道："在下连日血战，贼锋锐不可当。窃计潼关兵少，倘贼冲突入关，则长安危矣！不如引屯陕之兵，先据潼关以拒贼。"高仙芝从其言，即与常清引兵退守潼关，修完守备。贼兵果然复至，不得入而退。这也算是二人守御之功了。

谁知那监军宦官边令诚，常有所干求于仙芝，不遂其欲，心中怀恨；又怪封常清时时无所馈献，遂密疏劾奏封常清"以贼摇众，未见先奔，高仙芝轻弃陕地数千里，又私减军粮，以入己囊，大负朝廷委任之意"。玄宗听信其言，勃然大怒，即赐令诚密敕，使即军中斩此二人。令诚乃佯托他事，请二人面议。二人既至，未及叙礼，边令诚举手道："有圣旨敕赐二位大夫死。"遂喝左右："代我拿下！"宣敕示之。常清道："败军之将，死罪奚逃，但朝议俱以禄山之众为不难殄戮，非确论也。臣死之后，愿勿轻视此贼，宜专任良将，多练精兵以图之。"仙芝道："吾遇贼而退，罪固当死不辞，谓我私侵军粮，岂不冤哉！"二人就刑之时，部下士卒皆大呼称冤枉，其声震天地。后人有诗叹云：

宦者监军军气沮，何当轻杀两将军。

此时偏听犹如此，那得人心肯向君？

二人既死，命哥舒翰统其众，并番将火拔归仁部卒，亦属统辖，号称二十万，镇守潼关。

且说安禄山既陷河南，遣其党段子光赍李憕、卢奕、蒋清之首，传示河北，令速纳款，传至平原郡。平原郡的太守，乃临沂人，姓颜名真卿，字清臣，复圣颜子之后裔，是个忠君爱国的人。他于禄山未反之先，预早知其必反，时值久雨之时，借此为由，筑城浚[1]濠，简练丁壮，积贮仓廪，暗作准备。禄山以书生目真卿，不把他放在心中；及到反叛之时，河北郡县俱披靡，只道平原亦必降顺，乃檄令真卿，为本郡兵防守河津。真卿佯受其檄，密遣心腹，怀牒驰赴诸郡，暗约其举兵讨贼，一面招募勇士得万余人，涕泣谕以大义，众皆感愤，愿效死力。那贼党段子光，冒冒失失的将那三个忠臣的头来传示，被真卿拿住缚于城上，腰斩示众；取三个头续以蒲身，棺殓葬之，祭哭受吊。于是清池尉贾载、盐山尉穆宁，闻真卿举义，乃共杀伪景城太守刘道元，获其甲仗五十余船并其首级，送至长史李玮处。玮以禄山叛党严庄是景城人，遂收其宗族数十口，尽行杀戮，将刘道元的首级与甲仗等物转送平原太守颜真卿处。饶阳太守卢全诚、河间司法李奂，济阳太守李随，都将禄山所署的伪太守长史等官多皆杀了，各有兵数千，推颜真卿为盟主。真卿即遣本州司法兵马使李平赍表文并伪檄，从间道直入京师，奏闻玄宗。

初禄山作乱时，河北震恐，无一能与之抗者。玄宗闻之，嗟叹说道："二十四郡曾无一义士耶！"及李平赍表章至，乃大喜道："朕不识颜真卿作何状，乃能如此！"遂即降道御旨，诏加颜真卿河北采访使，在任即升，仍领平原等处事务，免其来京陛见。后来宋朝忠臣文天祥过平原，有诗云：

平原太守颜真卿，长安天子不知名。一朝渔阳动鼙鼓，大河以北无坚城。君家兄弟奋戈起，二十七郡同连盟。贼闻失色分军还，不敢长驱入咸京。明皇父子得西狩，由是灵武起义兵。唐家

---

① 浚（jùn）——疏通。

再造李郭力，逆贼牵制公威灵。哀哉常山贼钩舌，公归朝廷气不折。崎岖坎坷不得去，出入四朝老忠节。当年幸脱安禄山，白首竟陷李希烈。希烈安能遽杀公，宰相卢杞欺日月。乱臣贼子归何所？茫茫烟草中原土。公视于今六百年，忠精赫赫雷行天！

那诗中所云“白首竟陷李希烈”，是说颜真卿至德宗时，奸相卢杞忌其忠直，使往宣慰逆贼李希烈，其时竟为其所害，时年已七十有七矣。此是后话。所云“常山钩舌”之事，乃颜真卿的族兄颜杲卿，其人之忠义，与真卿无异。当禄山叛乱之时，他为常山太守，禄山兵至藁城，常山危急，杲卿自度常山兵力不足，一时难以拒守；乃以长史袁履谦计议，姑先往以迎之，以缓其锋。禄山喜其来迎，赐以紫袍金带，使仍旧守常山。杲卿遂与履谦密谋起义，恰好真卿遣甥卢逖至常山，与杲卿相约，欲连兵断禄山的归路。那时安禄山方僭号称大燕皇帝，改元圣武，杲卿乃假传禄山的恩命，召伪井陉守将李钦凑率众前来，受那登极的犒赏。俟其来至，与之痛饮至醉，缚而斩之，宣谕解散其众。贼将高邈、何千年适奉禄山之命，往北方征兵，路过常山，亦为杲卿所杀。时部将在禄山手下名张献诚，正统兵围困饶阳，杲卿先声言，朔方节度使郭子仪令兵马使李光弼与武锋使仆固怀恩，统众兵卒出井陉来了。献诚闻之大惧，杲卿乃遣人往说之，使解饶阳之围，献诚遂引兵遁去。杲卿令袁履谦入饶阳，慰劳将士，传檄诸郡，于是河北响应。杲卿以李钦凑的首级与高邈、何千年二人献于京师，使其子颜泉明与内邱丞张通幽，赍表文赴京奏报。那张通幽即张通误之弟，他恐因其兄降贼，祸及家门，保全之计，知太原尹王承业与杨国忠有交，欲藉以为援；劝王承业留住颜泉明，改其奏文，攘其功为己功。杲卿起义才数日，贼将史思明引兵突至城下，杲卿使人往太原告急，王承业既攘其功，正利于杲

卿之死，拥兵不救。杲卿悉力拒战，粮尽兵疲，城遂陷，为贼所执，解送禄山军前。安禄山大喝一声道："你何背我而反！"杲卿瞋目大骂，禄山怒甚，令人割其舌，并袁履谦一同遇害。二人至死，骂不绝口。正是：

通幽顾家不顾国，承业冒功更忌功。

坐使忠良被兵刃，空将血泪洒西风。

杲卿尽节而死，却因王承业掩冒其功，张通幽诡诞其事，杨国忠蒙蔽其说，朝廷竟无恤赠之典。直至肃宗乾元年间，颜真卿泣涕诉于肃宗，转达上皇。那时王承业已为别事，被罪而死；张通幽尚在，上皇命杖杀之；追赠杲卿为太子太保，谥曰忠节。其子泉明，为贼所掠，后于贼中逃脱，求得其父尸，并求得袁履谦之尸，一体棺殓以归。凡颜氏族人及其父子之旧将吏妻子流落者，都出资赎回，五十余家，共三百余口，人皆称其高义。此亦是后话。

且说真卿一日闻杲卿之死，大哭大惊，哭是哭其兄，惊的是常山失守，贼据要冲，深为可虑。忽探马来报，说郭子仪奉诏进取东京，特荐李光弼为河东节度使，分兵万余，从井陉而来，一路进取。颜真卿喜道："如此则常山可复矣！"

时清河县吏民，使其邑人李萼至平原，奉粟帛器械，以资军用，且乞借兵以为战守之助。那李萼年方弱冠，器宇轩昂，言词明快。真卿奇其人，以兵五千借之。李萼因进言说道："朝廷已遣兵出崞口，贼拒险相拒，官军不得前。公今引兵先击魏郡，公兵开崞口以引出官军，因讨平汲邺以北诸郡县，然后合诸镇兵，南临孟津，据守要害，制其北走之路。但须表奏朝廷，坚壁勿战，不过月余，贼必有内溃相图之事矣！"真卿然其说，命参军李择交等，将兵会清河、博平、兵屯于堂邑。伪魏郡太守袁知泰率众来战，官军奋力击之，贼众溃败，遂拔魏郡，军声大振。北海太守贺兰进明引兵会屯于平原城之南，真卿待之甚厚，且以堂邑之功让之。进明居之不疑，竟自具表上奏，真卿亦不以为怪。又闻李光弼已恢复常山，郭子仪与李光弼合兵一处；贼将史思明来战，子仪用计，思明露髻跣足，持折枪步行，私自逃去，河北十余郡皆下。又闻雍邱防御使张巡与贼连战，屡败贼众。正欢喜间，忽闻朝廷上有诏，催促副元帅哥舒翰出战。

原来哥舒翰屯军潼关，为长安屏障之计，按兵不动，待时而进。河源军副使王思礼乘间进言曰："今天下以杨国忠召乱，莫不切齿，公当上表，请斩杨国忠之头，以谢天下，则人心皆快，各效死力矣！"哥舒翰摇头不应。王思礼又道："若是上表，未必便如所请，仆愿以三十骑，劫取杨国忠至潼关斩之。"哥舒翰愕然道："若如此，真是哥舒翰反，不是安禄山反了。此言何可出诸君口？"思礼乃不敢复言。那边杨国忠也有人对他说："朝廷重兵，尽在哥舒翰掌握之中；倘假人言为口实，如拔旗西指，为不利于公，将若之何？"国忠听说乃大惧，方寻思无计，忽人报贼将崔乾佑在陕，兵不满四千，羸①弱不堪，甚属无备，国忠即奏启玄宗，遣使催哥舒翰进兵恢复陕洛。哥舒翰飞章奏言道："安禄山习于用兵，岂真无备。今特示其弱者，诱我出兵耳！我兵若轻出敌，正堕他的诡计。且贼远来，利于速战，我兵据险，利于坚守；况贼残虐，失众民心，势已日蹙，将有内变，因而乘之，可不战而自戢②。要在成功，何必务速？今诸道征兵，尚多未集，请姑待之。"郭子仪、李光弼亦上言："请引兵北攻范阳，覆其巢穴，擒贼党之妻孥为质，以招之，贼必内溃。潼关大兵惟宜固

---

① 羸（léi）——瘦，弱。
② 戢（jí）——收敛，止息。

守，不可轻出。”颜真卿亦上言：“潼关险要之地，屏障长安，固守为尚。贼羸师以诱我，幸勿为闲言所惑。”奏章纷纷而上。无奈国忠疑忌特深，只力持进战之说。玄宗迷其言，连遣中使，往来不绝的催出战，且降手敕切责云；

卿拥重兵，不乘贼无备，急图恢复要地，而欲待贼自溃，按兵不战，坐失事机，卿之心计，朕所未解。倘旷日持久，使无备者转为有备，我军迁延，或无成功之绩，国法具在，朕自不敢徇也。

哥舒翰见圣旨降下，严厉切责，势不能止，抚膺恸哭一回，遂整饬队伍，引兵出关，与崔乾佑之兵遇于灵宝西原。贼兵据险以待，南向阻山，北向阻河，中间隘道七十余里。王思礼等将兵五万居前，副将庞忠等引兵十万继进。哥舒翰自引兵三万，登河南高阜，扬旗擂鼓，以助其势。崔乾佑所率不过万人，部伍不整，官军望见，都皆笑之；谁知他已先伏精兵于险要之处，未及交兵，佯为偃旗曳戈，好像要逃遁的一般。官军懈不为备，方观望间，只听连声炮响，一齐伏兵多起，贼众乘高抛下木石，官军被击死者甚多，隘道之中，人马受束，枪杆俱不得施用。哥舒翰以毡车数十乘为前驱，欲藉以冲突。崔乾佑却以草车数十乘，塞于毡车之前，纵火烧焚。恰值那时东风暴发，火趁风威，风因火势，烟焰沸腾，官军不能开目，妄自相杀，只道贼兵在烟焰中，一齐把箭射将去，及知箭尽，方知无贼。乾佑遣将，率精骑数万，从山南转出官军之后，首尾夹攻，官军骇乱，大败而奔，或弃甲窜匿，而逃入山谷，或抛枪奔走，而误入河中，溺死者不计其数。后军见前军如此败走，亦皆自溃，河北军望见，也都逃奔，一时两岸官军俱空。这一场好厮杀，但见：

初焉诱敌，作为散散疏疏；乍尔交锋，故作慌慌缩缩。一霎时后兵拥至，转瞬间伏兵齐起。炮响连天，鼓声动地。相逢狭路，用不着大剑长枪；独占高冈，乱抛下木头石块。风能助火，顿教双目被烟迷；箭未伤人，却笑一时都射尽。眼见全军既覆，足令大将获擒。

官军既败，哥舒翰独与麾下百余骑自首阳山渡河，向西入关；余众奔至关外，时已昏夜，关前原有三个极阔极深的大坑堑，以防贼人冲突的，那时败兵逃归，争先入关，慌乱里黑暗中，不觉连人带马，多被跌入坑堑内；须臾之间，坑堑填满，后来者践之而过，如履平地。二十万人马出战，败后得归者，八千余人。崔乾佑乘胜，攻破潼关。哥舒翰退至关西驿中，揭榜收合败卒，欲图再战。部下番将火拔归仁心欲降贼，及声言贼兵将至，促哥舒翰出驿上马。火拔归仁言道："主帅以二十万众，一战而尽，有何颜复见天子；况又为权相所疑忌，独不见高仙芝、封常清之事乎？即请东行，以图自全之策。"哥舒翰道："吾身为大将，岂有降贼。"便欲下马。归仁叱部卒，系哥舒翰两足于马腹，不由分说，加鞭而行，诸将有不从者，都被缠缚。遇贼将田乾真，引兵来接应，遂将哥舒翰等执送禄山军前。

禄山本与哥舒翰不睦的，那时却不记旧怨，用好言劝他降顺。哥舒翰只得降了，火拔归仁自夸其功，大言于众，以为哥舒翰之降，我之力也。禄山闻之大怒道："归仁背朝廷，逼主帅，不忠不义！"命即斩其首以示众。当年安禄山奏请用番将守边，后来反叛，多得番将之力；火拔归仁自夸是番将，故敢大言夸功，亦不想竟为禄山所杀。正是：

反贼亦难容反贼，小人枉自为小人。

哥舒翰既降贼，禄山命为司空，逼令作书，招李光弼等来降。光弼等皆复书切责之。禄山知其无效，乃囚之于后院中。后人有诗叹云：

哥舒本名将，丧师非其罪。
权奸能制命，大帅如傀儡。
战所不宜战，我心先自馁。
辱身更辱国，千载有余悔。

这一场丧败，非同小可。此信报到京师，吃惊不小。正是：

将军失利边疆上，天子惊心宫禁中。

未知后事如何，且听下回分解。

第九十一回

延秋门君臣奔窜　马嵬驿兄妹伏诛

词曰：

昔日穷奢极丽，今日残山剩水。抛离宫院陟崔嵬，问因谁？昔日皇恩独眷，今日人心都变。冰山消尽玉环捐，悔从前。

——右调《添字昭君怨》

自古贤君相与贤妃后，无不谨身修德，克俭克勤，上体天心，下合人意，所以能防患于患未作之先，转祸于福将至之日，庶几四方可以无虑，万民因而得所。如其不然，为上者骄奢淫佚，不知敬天劝民；而权恶庸劣之臣，与那怙宠恃势、败检丧节的嫔妃戚畹，擅作威福，只徇一己之私，不顾国家之事，以致天怒人怨，干戈顿起，地方失守，宗社几倾。彼卖国权臣，以及蛊惑君心的女子小人固终不免于诛戮，然万民已受其涂炭，天子且至于蒙尘，到那时，方咨嗟叹悼，追悔前非，则亦何益之有哉！

却说玄宗听信杨国忠之言，催逼哥舒翰出战，遂至全军覆没，主帅遭殃，潼关失陷，于是河东、华阴、冯翊、上洛等处守将都弃城而走。唐朝制度，各边镇每三十里设立一烟墩，每日黄昏时分，放烟一炬，接递至京，以报平安，谓之平安火。那时平安火三夜不至，玄宗心甚惶惑。忽飞马连报，说哥舒翰丧师失地，贼兵乘胜而进，势不可当。玄宗大惊，立即召集廷臣商议。

杨国忠怕人埋怨他催战之误，倒先大言道：“哥舒翰本当早战，以乘贼之无备；只因战之不早，使贼转生狡谋，堕彼之计。”

同平章事韦见素道："轻敌而败，悔已无及；为今之计，宜速征诸道兵入援，更命大将督率京中新募丁壮守卫京城。"翰林承旨秦国桢道："还须速敕郭子仪、李光弼等，急移兵以御贼入京之路。"杨国忠却只沉吟不语。玄宗问："宰相之见若何?"国忠奏道："征兵御贼，督兵守城，固皆要著；但潼关既陷，长安危甚，贼势方张，渐逼京师，外兵未能遽集，所谓远水难救近火。以臣愚见，莫如车驾暂幸西蜀，先使圣躬安稳，不为贼所侵扰，然后徐待外兵之至，乃为万全之策。"玄宗闻奏，未及开言，只见翰林承旨秦国桢出班奏道："逆贼犯顺，势虽猖披①，然岂能敌天朝兵力？即今郭子仪、李光弼、颜真卿、张巡等，皆屡战屡胜。近又报东平太守吴王祗义师，屡次杀贼甚多。闻安禄山诟骂其党严庄、高尚说：'汝前日劝我反，以为计出万全，今我屡为官军所逼，万全何在?'高、严二贼无言可对。禄山欲杀之，左右劝解而止。是贼气已挫，行当殄灭。今我兵潼关之败，失在违众议而催出战，非尽哥舒翰之罪也。若外兵云集，恢复有期；奈何以一败之故，遽思奔避？大驾一行，京都孰守？独不为宗庙社稷计乎？幸蜀之说，臣愚以为不可。"玄宗传谕，在廷诸臣各抒所见，诸臣都唯唯莫对，但回奏道："容臣等赴中书省共议良策覆旨。"玄宗闷闷不悦，罢朝回宫。

看官，你道杨国忠为何忽有幸蜀之说？却原来他向曾为剑南节度使，西川是他的熟径；前日一闻禄山反叛，他即私遣心腹，密营储蓄于蜀中，以备缓急，故今倡议幸蜀，图自便耳。正是：

只因自己营三窟，强欲君王驻六飞。

当下国忠见众论不一，上意未决，想道："前日天子又欲亲

① 猖披——指姿意妄为。

征，又欲禅让，多亏我姊妹们劝止。今日幸蜀之计，也须得他们去撺耸才妙。”遂乘间打从便门来到虢国夫人府中，相与密议其事。那时虢国夫人正从宫中宴会出来，同韩国夫人各归私第。每家一队，队着五色衣，车仗仪从，灯火辉煌，相映如百花之焕发，正在那里下辇，步到厅堂，恰好国忠慌慌张张的来到，口中只连声道：“急走为上！急走为上！”虢国夫人忙问：“有何急事?”国忠道：“潼关失守，贼兵将至，为今之计，莫如劝圣驾速幸蜀中。我们有家业在彼，到那里可不失富贵。争奈众论纷纭，圣意不决，须得你姊妹急入宫去，与贵妃一同劝驾为妙。若更迟延，贼信紧急，人心一变，我辈齑粉矣!”虢国夫人闻言着了慌，把家中这桩怪事且丢过一边，急约了韩国夫人，一齐入宫，见了杨妃，密将国忠所言述了一遍。

姊妹三个同见玄宗，力劝早早幸蜀。你一句，我一言，继以涕泣，不由玄宗不从，遂密召国忠入宫共议。国忠又极言幸蜀之便，且云：“陛下若明言幸蜀，廷臣必多异议，必至迟延误事，今宜虚下亲征之诏，一面竟起驾西行。”玄宗依言，遂下诏亲征，以京兆尹魏方进为御史大夫兼置顿使，少尹崔光远为西京留守将军，命内官边令诚掌管宫门锁钥，又特命龙武将军陈元礼整敕护驾军士，给与钱帛，选闲厩马千余匹备用，总不使外人知道。

是日玄宗密移驻北内。至次日黎明，独与杨妃姊妹、皇太子并在宫中的皇子、妃主、皇孙、杨国忠、韦见素、魏方进、陈元礼及亲近宦官宫人出延秋门而去。临行之时，玄宗欲召梅妃江采苹同行。杨妃止之道：“车驾宜先发，余人不妨另日徐进。”玄宗又欲遍召在京的王孙王妃，随驾同行。杨国忠道：“若如此，则迟延时日，且外人都知其事了，不如大驾先行，徐降密旨，召赴行在可也。”于是玄宗遂行。梅妃与诸王孙妃主之在外者，俱不得从。

车驾既行，人犹未知，百官犹入朝，宫门尚闭，犹闻漏声，三卫立仗俨然。及宫门一启，宫人乱出，嫔妃奔窜，喧传圣驾不知何往，中外扰攘。秦国模、秦国桢料玄宗必然幸蜀，飞骑追随，其余官员士庶，四出逃避；小民争入宫禁及官宦之家，盗取财宝，或竟骑驴上殿。公子王孙，有一时无可逃避者，号泣于路旁。后来杜工部曾有《哀王孙》诗云：

长安城头头白乌，夜飞延秋门上呼。又向人家啄大屋，屋底达官走避胡。金鞭断折九马死，骨肉不得同驰驱。腰下宝玦青珊瑚，可怜王孙泣路隅。问之不肯道姓名，但道困苦乞为奴。已经百日窜荆棘，身上无有完肌肤。高帝子孙尽隆准，龙种自与常人殊。豺狼在邑龙在野，王孙善保千金躯。不敢长语临交衢，且为王孙立斯须。昨夜春风吹血腥，东来橐驼满旧都。朔方健儿好身手，昔何勇锐今何愚。窃闻太子已传位，圣德北服南单于。花门剺面请雪耻，慎勿出口他人狙。哀哉王孙慎勿疏，五陵佳气无时无。

且说玄宗仓卒西幸，驾过左藏，只见有许多军役手中各执草把在那里伺候。玄宗停车问其故，杨国忠奏道：“左藏积财甚多，一时不能载去，将来恐为贼所得，臣意欲尽焚之，无为贼守。”玄宗愀然道：“贼来若无所得，必更苛求百姓，不如留此与之，勿重困吾民。”遂叱退军役，驱军前进，才过了便桥，国忠即使人焚桥，以防追者。玄宗闻之，咄嗟道：“百姓各欲避贼求生，奈何绝其生路？”乃敕高力士率军士速往扑灭之。后人谓玄宗于患难奔走之时，有此二美事，所以后来得仍归故乡，终生寿考。正是：

三言星退舍，天意原易回。

仓卒不忘民，庶几国脉培。

玄宗驾至咸阳望贤宫，地方官员俱先逃避，日已晌午，犹未进食，百姓或献粝饭，杂以麦豆，王孙辈争以手掬食之，须臾而尽。玄宗厚酬甚值，好言慰劳，百姓多哭失声，玄宗亦挥泪不止。众百姓中有个白发老翁，姓郭名从谨，涕泣进言道："安禄山包藏祸心，已非一日，当时有赴阙若言其反者，陛下辄杀之，使得逞其奸逆，以致乘舆播迁。所以古圣王务延访忠良，以广聪明也。犹记宋璟为相，屡进直言，天下赖以安；然顷岁以来，诸臣皆以为讳，唯阿谀取容，是以阙门之外，陛下俱不得而知。草野之人，早知有今日久矣，但九重严邃，区区之心无路上达，事不至此，何由得睹天颜而诉语乎？"玄宗顿足嗟叹道："此皆朕之不明，悔已无及。"温言谢遣之。从行军士乏食，听其散往各庄村觅食。是夜宿金城馆驿，甚是不堪。

次日，驾临至马嵬驿，将士饥疲，都怀愤怒。适河源军使王思礼从潼关奔至，玄宗方知哥舒翰被擒，因即以思礼为河西陇右节度使，令即赴镇收集散卒，以候东讨。思礼临行，密语陈元礼道："杨国忠召乱起祸，罪大恶极，人人痛恨，仆曾劝哥舒翰将军上表，请杀之，惜其不从我言；今将军何不扑杀此贼，以快众心？"陈元礼道："吾正有此意。"遂与东宫内侍李辅国商议，正欲密启太子，恰值有吐蕃使者二十余人，因来议和好，随驾而行。这一日遮杨国忠马前，诉以无食，国忠未及回答，陈元礼即大呼："杨国忠交通①番使谋反，我等何不杀反贼！"于是众军一齐鼓噪起来。国忠大骇，急策马奔避，众军蜂拥而前，兵刃乱下，登时砍倒，屠割肢体，顷刻而尽，以枪揭其首于驿门外，并

① 交通——联络，联系。

杀其子户部侍郎杨暄。正是：

任是冰山高万丈，不难一旦付东流。

国忠才被杀，凑巧韩国夫人乘车而至，众车一齐上前，也将韩国夫人砍死。虢国夫人与其子斐微并国忠的妻子幼儿都逃至陈仓，被县令薛景仙率吏民追捕着，也都被诛戮。正是：

昔年淡扫眉，今日血污颈。

可怜天子姨，卒难保首领。

恨不知沐猴，幻化潜踪影。

玄宗当日闻杨国忠为众军所杀，急出至驿门，用好言安慰众军，令各收队。众军只是喧闹扰攘，围住驿门不散。玄宗传问："尔等为何还不散？"众军哗然道："反贼虽杀，贼根犹在，何敢便散？"陈元礼奏道："众人之意，以国忠既诛，贵妃不宜复侍至尊，伏候圣断。"玄宗惊讶失色道："妃子深居宫中，国忠即谋反，与他何干？"高力士奏道："贵妃诚无罪，但众将士已杀国忠，而贵妃犹在帝左右，岂能自安？愿皇爷深思之，将士安则圣躬方万安。"玄宗默然点头，转步回驿，不忍入行宫，只于驿旁小巷中，倚杖垂首而立。京兆司录韦谔，即韦见素之子，那时正侍立于侧，乃跪奏道："众怒难犯，安危在顷刻间，愿陛下割恩忍爱，以宁国家。"玄宗乃步入行宫，见了贵妃，一字也说不出口，但抚之而哭。门外哗声愈甚，高力士道："事宜速决。"玄宗携着贵妃，出至驿道北墙口，大哭道："妃子，我和你从此永别矣！"杨妃亦涕泣呜咽道："愿陛下保重，妾负罪良多，死无所恨，乞容礼佛而死。"玄宗哭道："愿仗佛力，使妃子善地受生。"回顾高力士道："汝可引至佛堂善处之。"说罢，大哭而入。

杨妃上佛堂礼佛毕，高力士奉上罗巾，促令自缢于佛堂前一果树下，年三十有八，时天宝十五载六月也。噫，此正白乐天

《长恨歌》中所云：

九重城阙烟尘生，千乘万骑西南行。
翠华摇摇行复止，西出都门百余里。
六军不发无奈何，宛转蛾眉马前死。

后人题咏马嵬坡甚多，惟杜真卿一诗极佳。诗云：

杨柳依依水拍堤，春城茅屋燕争飞。
海棠正好东风恶，狼藉残江衬马蹄。

杨妃既死，高力士即出驿门，对众宣言道：“妃子杨氏，已奉圣旨赐死了！”众军还未肯信，高力士奉谕将杨妃之尸，用绣衾覆于榻上，置之驿庭中，敕陈元礼率领众军将入视。元礼揭其半衾抬其首，以示众人，于是众人知其果死，都免甲释胄顿首呼万岁而出。玄宗命高力士速具棺殓，草草的葬之于西郊之外道北坎下，才葬毕，适南方进荔枝到来。玄宗触物思人，放声大哭，即命以荔枝祭于冢前。后张祜有诗云：

旌旗不整奈君何，南去人稀北去多。
尘土已残香粉艳，荔枝犹到马嵬坡。

玄宗因顾谓高力士道：“妃子向尝有异梦，今日应矣！”力士道：“贵妃何梦，老奴未知。”玄宗道：“妃子曾说来，梦与朕同游骊山，至兴元驿对食。后院忽火发，仓卒出走，回望驿门中，树木俱为烈焰，俄有二龙至，朕跨白龙，其行甚速；妃子跨黑龙，其行甚迟。左右无人，惟见一蓬头黑面之物，状如鬼魅，自云是此峰之神，承上帝之命，授妃子为益州牧蚕元后。悚然而觉，明日即闻渔阳叛信。如今想起来，与朕游骊山，骊者离也，方食火发，失食之兆；火为兵象，驿木俱焚，驿与易同，加木于旁，‘杨’字也。朕跨白龙，西行之象，妃子跨黑龙，幽阴之象；峰神者，山鬼也，山鬼乃‘嵬’字，益州牧蚕元后，牧蚕所以致丝，‘益’旁加丝，‘缢’字也，正缢死于马嵬之兆。”高力士道：“梦兆不祥，诚如圣谕。老奴犹记昔年遇一术士李遐周，彼曾咏一诗云：‘燕市人皆去，函关马不归。若逢山下鬼，环上系罗衣。’彼说此诗所言应在后日，由今思之，燕市一句，指禄山之叛；函关句，谓哥舒翰之败；山下鬼乃‘嵬’字，即马嵬驿也；贵妃小字玉环，今日老奴奉以罗巾自缢，所谓‘环上系罗衣’也。定数如此，圣上宜自宽，不必过于伤情。”正说间，陈元礼入奏，请旨约饬军队起行。玄宗传谕即行。时乐工张野狐在侧，玄宗挥泪向他说道：“此去剑门，鸟啼花落，水绿山青，无非助朕悲悼妃子之由也。”正是：

好景不堪愁里看，偶然触目更伤情。

未知后事如何，且听下回分解。

第九十二回

留灵武储君即位　陷长安逆贼肆凶

词曰：

西土忽来大驾，朔方顿耀前星。共言人事随天意，急难岂亡亲？独恨轻抛骨肉，致教并受口口。权奸女宠多贻祸，不止自家门。

——右调《乌夜啼》

国家当太平有道之时，朝廷之上，既能君君臣臣，则宫闱之间，自然父父子子；由是从一本之亲，推而至于九族之众，凡属天潢，无不安享尊荣，共被一人惇叙之德。流及既衰，为君者不能正其身，为臣者专务惑其主，因而内宠太甚，外寇滋生。一日变起仓卒，遂至流离播迁，犹幸天命未改，人心未去，天子虽不免蒙尘，储君却已得践祚，然而事势已成，仓皇内禅，毕竟授者不能正其终，受者不能正其始，何况势当危迫，匆匆出奔，宗庙社稷，都不复顾，其所顾恋不舍者，惟是一二嬖幸之人，其余骨肉至戚，俱弃之如遗，遂使王孙公子，都至飘零，玉叶金枝，悉遭戕贼。如唐朝天宝末年之事，真思之痛心，言之发指者也。

且说玄宗驾至马嵬，众将诛杀杨国忠及韩、虢二夫人，玄宗没奈何，只得把杨妃赐死，陈元礼方才约饬众军，请旨启行。众人以杨国忠部下将吏，俱在蜀中，不肯西行，或请往河陇，或请往太原，或请复还京师，众论纷纷不一。玄宗意在入蜀，却又恐拂众人之意，只顾低头沉吟，不即明言所向。韦谔奏道：“太原

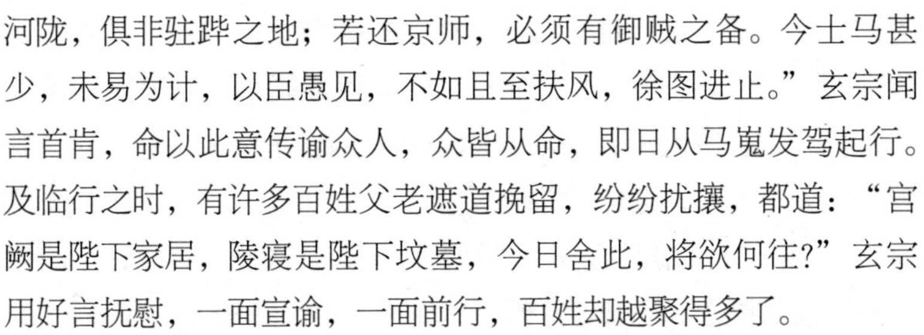
河陇，俱非驻跸之地；若还京师，必须有御贼之备。今士马甚少，未易为计，以臣愚见，不如且至扶风，徐图进止。”玄宗闻言首肯，命以此意传谕众人，众皆从命，即日从马嵬发驾起行。及临行之时，有许多百姓父老遮道挽留，纷纷扰攘，都道：“宫阙是陛下家居，陵寝是陛下坟墓，今日舍此，将欲何往？”玄宗用好言抚慰，一面宣谕，一面前行，百姓却越聚得多了。

玄宗乃命太子于车驾之后，谕止众百姓。于是众百姓拥住太子的马说道：“皇爷既不肯留驾，我等愿率子弟，从太子东向去破贼，保全长安。”太子道：“至尊冒危而行，我为子者，岂忍一日暂离左右？”众百姓道：“若皇太子与至尊都往蜀中去了，中原百姓谁为之主？”太子道：“尔等众百姓即欲留我，奈何尚未面辞，亦须还白至尊，更禀进止。”说罢，策马欲行，却被众百姓簇拥住了，不得行动。

那时太子之子广平王俶、建宁王倓俱乘马随后，此二王都是极有智勇的，当下建宁王见人情如此，乃前执太子之鞍进谏道：“逆贼犯阙，四海分崩，不因人情，何以兴复？今殿下若从至尊入蜀，倘贼兵烧绝栈道，则中原土地，拱手授贼；人情既离，岂能复合？他日虽欲复至此，不可得矣！为今之计，不如收集西北守边之兵，召郭子仪、李光弼于河北，与之并力东讨逆贼，克复二京，削平四海，扫除宫禁，以迎至尊，使社稷危而复安，宗庙毁而复存，此岂非孝之大者；何必徒事区区温清定省之文，为儿女子之慕恋乎？”广平王亦从旁赞言道：“人心不可失，倓之言甚善，愿殿下审思之。”东宫侍卫李辅国至皇太子马前叩首请留，众百姓又喧呼不止。太子乃使广平王俶驰马往驾前启奏，请旨定夺。

此时玄宗方执辔停车，以待太子，久不见至，正欲使人侦探，恰好广平王来见驾，具述百姓遮留之状，玄宗道："人心如此，即是天意。朕不使焚绝便桥，朕与百姓同奔，正为人心不可失耳！今人心属太子，是朕之幸也。"遂命将后军二千人及飞龙厩马匹分与太子，且传谕将士云："太子仁孝，可奉宗庙，汝等宜善辅之。"又传语太子道："西北诸部落，吾抚之素厚，今必得其用，汝勉图之，吾即当传位于汝也。"太子闻诏，西向号泣，广平王即宣谕众百姓道："太子已奉诏留后，抚安尔等。"于是众百姓都呼万岁，欢然而散。

太子既留，莫知所适，李辅国道："日已晏[①]矣，此地非可久驻，今众意将欲往何处？"众皆莫对。建宁王道："殿下昔日曾为朔方节度使，彼处将吏，岁时致启，俟略识其姓名。今河陇之众多败降于贼，其父兄子弟多在贼中，恐生异志。朔方道近，士马全盛，河西行军司马裴冕在彼，此人乃衣冠名族，必无二心，可往就之，徐图大举。贼初入长安，未暇徇地，乘此急行，乃为上策。"众皆以为然，遂向朔方一路而行，至渭水之滨，遇着潼关来的败残人马，误认为贼兵，与之厮杀，死伤甚众；及收聚余卒，欲渡渭水，苦无舟楫，乃择水浅之处，策马涉水而渡。步卒无马者，都涕泣而返。太子至新平，连夜驰三百余里，士卒器械失亡过半，所存军众不过数百而已。正是：

从来太子堪监国，若使行兵号抚军。

此日流离国难守，无军可抚愧储君。

话分两头。且说玄宗既留下太子，车驾向西而进，来至岐山，讹传贼兵前锋将到，玄宗催趱众军，星夜驰至扶风郡宿歇。

---

① 晏（yàn）——晚，迟。

众士卒因连日饥疲，都潜怀去就之志，流言频兴，语多不逊。陈元礼不能挟制，玄宗甚以为忧。秦国桢奏道："众心汹汹①之际，非可以威驱势迫，当以情意感动之。"玄宗然其说。适成都守臣贡常例春彩十万余匹至扶风，玄宗命陈列于庭，召众将士入至庭下，亲自临轩宣谕道："朕年来昏耄，任托失人，以致逆贼作乱，势甚披猖，不得不暂避其锋。卿等仓卒从行，不及别父母妻子，跋涉至此，劳苦已极，此由朕政之不德所致，心甚愧之。今将入蜀，道路阻长，人马疲瘁，远行不易，卿等可各自还家，朕自与子孙及中官内人辈，勉力前往。今日与卿等别，可共分此春彩，以助资粮，归见父母妻子及长安父老，为朕致意，幸好自爱，无烦相念也。"言罢，涕泪沾襟。众人闻言伤感，亦都涕泣，叩头奏道："臣等死生，愿从陛下，不敢有贰。"玄宗亦挥泪不止，良久起身入内，犹回顾众人道："去留听卿，朕不忍相强。"秦国模在后宣言道："天子仁爱如此，众心岂不知感？"于是众人大哭而出。玄宗命陈元礼，将春彩尽数给赏于军上，流言自此顿息。正是：

三军一时忽欲变，谁说威尊命必贱？

不用势迫与刑驱，仁心入人心可转。

军心既定，玄宗即于次日起驾，望蜀中进发。行至河池地方，蜀郡长史崔圆前来迎驾，且说蜀土丰稔，甲士全备。玄宗欢喜，即令于驾前为引道。既入蜀境，路过一大桥，玄宗问是何桥，崔圆道："此名万里桥。"玄宗闻言，恍然点首道："一行僧之言验矣，朕可无忧矣！"你道甚么一行僧之言？原来唐朝有一神僧，法名一行，精通天文历法，曾造浑天仪覆矩图，极为神

① 汹汹（xiōng）——喧扰不安。

妙，其数学与袁天罡、李淳风不相上下。玄宗尝幸东都，与他同登天宫寺西楼，徘徊瞻眺，慨然发叹道：“朕抚有此山川，必得长享无虞方好。”因问一行道：“朕得终无祸患否？”一行道：“陛下游行万里，圣寿无疆。”玄宗当时闻此言，只道是祝颂之语，谁知今日远行西川，所过此桥，恰名万里，因想一行之言，至今始验，又想他说圣寿无疆，可知朕躬无恙，所以心中欣喜说道：“朕可无忧矣！”正是：

万里桥名应远游，神僧妙语好推求。
幸然圣寿还无量，珍重前途可免忧。

当下玄宗催趱军士前行，不则一日，来至成都驻跸。其殿宇宫室，与一切供御之物，虽都草创，不堪齐整，却喜山川险峻，城郭完固，贼氛已远，且暂安居，只是眼前少了一个最宠爱的人，想起前日马嵬驿之事，时时悲叹。高力士再三宽解。韦见素、韦谔、秦国模、秦国桢等俱上表请亟为讨贼之计。玄宗降诏，以皇太子分总节制，然都不即使出镇，特敕永王璘充山南东道岭南黔中江南西道节度都使，以少府西监窦绍为之傅；以长沙太守李岘为副都大使，即日同赴江陵坐镇。又诏以太子充天下兵马大元帅，领朔方、河北、平卢节度都使，收复长安、洛阳。

那知此诏未下之先，太子已正位为天子了。你道如何便正位为天子？原来太子当日渡过渭水，来到彭城，太守李遵出迎，以衣粮奉献，至平凉阅监牧马，得几万匹；又召募得勇士三千余人，军势稍振。时有朔方留后杜鸿渐、六城水陆运使魏少游、节度判官崔漪、度支判官卢简金、监池判官李涵等五人，相与谋议道：“太子今在平凉，然平凉散地，非屯兵之所。灵武地方，兵食完富，若迎请太子至此，北收诸城兵，西发河陇劲骑，南向以定中原，此万世一时也。”谋议既定，李涵上笺于太子，且籍朔方士马甲兵粟帛军需之数以献。杜鸿渐、崔漪亲至平凉，面启太子道："朔方及天下劲兵之处，今土蕃请和，回纥内附，四方郡县俱坚守拒贼，以俟兴复。殿下若治兵于灵武，移檄四方，收揽忠义，按辔长驱，逆贼不足屠也。臣等已使魏少游、卢简金在彼葺治宫室，整备资粮，端候殿下驾幸。"广平王、建宁王，俱以两人之言为然，于是太子遂率众至灵武驻扎。

过了数日，适河西司马裴冕奉诏入为御史中丞，因至灵武参谒太子，乃与杜鸿渐等定议，上太子笺，请遵大驾发马嵬时欲即传位之命，早正大位，以安人心。太子不许道："至尊方驰驱道途，我何得擅袭尊位?"裴冕等奏道："将士皆关中人，岂不日夜思归？其所以不惮崎岖，远涉沙塞者，亦冀攀龙附凤，以建尺寸之功耳；若殿下守经而不达权，使人心一朝离散，大勋不可复集矣！愿即勉徇众情，为社稷计。"太子独未许允，笺凡五上，方准所奏。天宝十五载秋七月，太子即位于灵武，是为肃宗皇帝，即改本年为至德元载，遥尊玄宗为上皇天帝。裴冕、杜鸿渐等俱加官进秩。

正欲表奏玄宗，恰好玄宗命太子为元帅的诏到了。肃宗那时方知玄宗车驾已驻跸蜀中，随即遣使赍表入蜀，将即位之事奏闻。玄宗览表喜道："吾儿应天顺人，吾更何忧?"遂下诏："自今章奏，俱改称太上皇。军国重事，先请皇帝旨，仍奏闻朕。俟克复两京之后，朕不预事矣。"又命文部侍郎平章事房琯，与韦见素、秦国模、秦国桢赍玉册玉玺赴灵武传位，且谕诸臣不必复命，即留行在，听新君任用。肃宗涕泣拜领册宝，供奉于别殿，未敢即受。正是：

宝位已先即，宝册然后传。

授受原非误，只差在后先。

后来宋儒多以肃宗未奉父命，遽自称尊，谓是乘危篡位，以子叛父。说便这等说，但危急存亡之时，欲维系人心，不得已而出此，况玄宗屡欲内禅传位之说，已曾宣之于口，今日肃宗灵武即位之事，只说恪遵前命，理犹可恕，篡叛之说，似乎太过。若论他差处，在即位之后，宠嬖张良娣，当军务倥偬之际，与之博戏取乐，此真可笑耳。正是：

若能不以位为荣，便是真心干蛊人。

然虽如此，即位可也，本年便改元，是真无父矣，若使此时邺侯李泌早在左右，必不令其至此。后人有诗叹云：

灵武遽称尊，犹曰遭多故。
本岁即改元，此举真大错。
当时定策者，无能正其误。
念彼李邺侯，咄哉来何暮？

闲话少说。且说当日天子西狩，太子北行，那些时为何没有贼兵来追袭？原来安禄山不意车驾即出，戒约潼关军士勿得轻进。贼将崔乾祐顿兵观望，及车驾已出数日之后，禄山闻报，方遣其部将孙孝哲督兵入京。贼众既入京城，见左藏充盈，便争取财宝，日夜纵酒为乐，一面遣人往洛阳报捷，专候禄山到来，因此无暇遣兵追袭，所以车驾得安行入蜀，太子往朔方亦无阻虞，此亦天意也。正是：

左藏不焚留饵贼，遂教今日免追兵。

禄山至长安，闻马嵬兵变，杀了杨国忠，又闻杨妃赐死了，韩、虢二夫人被杀，大哭道："杨国忠是该杀的，却如何又害我阿环姊妹？我此来正欲与他们欢聚，今已绝望，此恨怎消！"又想起其子安庆宗夫妇，被朝廷赐死，一发忿怒，乃命孙孝哲大索在京宗室皇亲，无论皇子皇孙，郡主县主，及驸马郡马等国戚，尽行杀戮，又命将宗室男妇，被杀者悉刳取其心，以祭安庆宗。禄山亲临设祭，那日于崇仁坊高挂锦帐，排下安庆宗的灵座，行刑刽子聚集众尸，方待动手刳心，说也奇怪，一霎时天昏地暗，雷电交加，狂风大作，刽子手中的刀，都被狂风刮去城垛儿上插着，霹雳一声，把安庆宗的灵位击得粉碎，锦帐尽被雷火焚烧。禄山大惧，向天叩头请罪，于是不敢设祭，命将众尸一一埋葬。正是：

治乱虽由天意，凶残大拂天心。

不意雷霆警戒，这番惨痛难禁。

看官听说，前日玄宗出奔时，原要与众宗室皇亲同行的，因杨国忠谏阻而止。今日众人尽遭屠戮，皆国忠害之也，此贼真死有余辜矣。正是：

一言遗大害，万剐不蔽辜。

当日众尸虽免刳心之惨，然凡禄山平日所怨恶之人，都被杀戮，还道："李太白当日乘醉骂我，今日若在此，定当杀之！"又凡杨国忠、高力士所亲信的人，也都杀戮；朝官从驾而出者，其家眷在京，亦都被杀；只有秦国模、秦国桢的家眷，俱先期远避，未遭其害。内侍边令诚投降，以六宫锁钥奉献。禄山遣人遍搜各宫，搜到梅妃江采苹的宫畔，获一腐败女人之尸，便错认梅妃已死，更不追求。天幸梅妃不曾被贼人搜去，上皇归后，因得团圆皆老。可笑杨妃于仓皇被难之时，犹怀嫉妒，谏阻天子，不使梅妃同行，那知马嵬变起，自己的性命倒先断送了。后人有诗云：

自家姊妹要同行，天子嫔妃反教弃。

马嵬聚族而歼旃，笑杀当初空妒忌。

禄山下令，凡在京官员，有不即来投顺者，悉皆处死。于是京兆尹崔光远、故相陈希烈，与刑部尚书张均、太常卿张垍①等，俱降于贼。那张均、张垍，乃燕国公张说之子也，张垍又尚帝女宁亲公主，身为国戚，世受国恩，名臣后裔，不意败坏家声，一至于此！

父爵燕国公，子事伪燕帝。

辱没燕世家，可称难兄弟。

禄山以陈希烈、张垍为相，乃以崔光远为京兆尹，其余朝士都授以伪官，其势甚炽。然贼将俱粗猛贪暴，全无远略，既克长安，志得意满，纵酒婪财，无复西出之意。禄山亦心恋范阳与东京，不喜居西京，正是：

贪残恋土贼人态，妄窃燕皇圣武名。

未知后事如何，且听下回分解。

① 垍（jì）。

第九十三回

凝碧池雷海青殉节　普施寺王摩诘吟诗

词曰：

谈忠说义人都会，临难却通融。梨园子弟，偏能殉节，莫贱伶工。伶工殉节，孤臣悲感，哭向苍穹。吟诗写恨，一言一泪，直达宸聪。

——右调《青衫湿》

自古忠臣义士，都是天生就这副忠肝义胆，原不论贵贱的，尽有身为尊官，世享厚禄，平日间说到忠义二字，却也侃侃凿凿，及至临大节、当危难，便把这两个字撇过一边了，只要全躯保家，避祸求福。于是甘心从逆，反颜事仇。自己明知今日所为，必致骂名万载，遗臭万年，也顾不得。偏有那位非高品，人非清流，主上平日不过以俳优畜之，即使他当患难之际，贪生怕死，背主降贼，人也只说此辈何知忠义，不足深责，不道他到感恩知报，当伤心惨目之际，独能激起忠肝义胆，不避刀锯斧钺，骂贼而死。遂使当时身被拘囚的孤臣，闻其事而含哀，兴感形之笔墨，咏成诗词，不但为死者传名于后世，且为己身免祸于他年。可见忠义之事，不论贵贱，正唯贱者，而能尽忠义，愈足以感动人心。

却说安禄山虽然僭号称尊，占夺了许多地方，东西两京都被他窃据，却原只是乱贼行径，并无深谋大略，一心只恋着范阳故土，喜居东京，不乐居西京。既入长安，命搜捕百官宦者宫女等，即以兵卫送赴范阳，其府库中的金银币帛，与宫闱中的珍奇玩好之物，都辇去范阳藏贮。又下命要梨园子弟与教坊诸乐工都如向日一般的承应，敢有隐避不出者，即行斩首。其苑厩中所有驯象舞马等物，不许失散，都要照旧整顿，以备玩赏。

看官听说，原来当初天宝年间，上皇注意声色，每有大宴集，先设太常雅乐，有坐部，有立部，那坐部诸乐工，俱于堂上坐而奏技；立部诸乐工，则于堂下立而奏技。雅乐奏罢，继以鼓吹番乐，然后教坊新声与府县散乐杂戏，次第毕呈。或时命宫女，各穿新奇丽艳之衣，出至当筵清歌妙舞，其任载乐器往来者，有山车陆船制度，俱极其工巧。更可异者，每至宴酣之际，命御苑掌象的象奴，引驯象入场，以鼻擎杯，跪于御前上寿，都是平日教习在那里的。又尝教习舞马数十匹，每当奏乐之时，命掌厩的圉人牵马到庭前，那些马一闻乐声，便都昂首顿足，回翔旋转的舞将起来，却自然合着那乐声的节奏。宋儒徐节孝先生曾有《舞马诗》云：

开元天子太平时，夜舞朝歌意转迷。
绣榻尽容骐骥足，锦衣浑盖渥洼泥。
才敲画鼓头先奋，不假金鞭势自齐。
明日梨园翻旧曲，范阳戈甲满关西。

当年此等宴集，禄山都得陪侍。那时从旁谛观，心怀艳羡，早已萌下不良之念，今日反叛得志，便欲照样取乐。可知那声色犬马，奇术淫物，适足以起大盗觊窥之心。正是：

天子当年志太骄，旁观目眩已播摇。
漫夸百兽能率舞，此日奢华即盗招。

那时禄山所属诸番部落的头目，闻禄山得了西京，都来朝贺。禄山欲以神奇之事夸哄他们，乃召集众番赐宴于便殿，对众

人宣言道："我今受天命为天子，不但人心归附，就是那无知的物类，莫不感格效顺。即如上林苑中所畜的象，见我饮宴，便来擎杯跪献；那御厩中的马，闻我奏乐，也都欣喜舞蹈，岂非神奇之事！"众番人听说，俱俯伏呼万岁。那禄山便传令，先着象奴牵出象来看。不一时，象奴将那十数头驯象一齐都牵至殿庭之下，众番人俱注目而观，要看他怎么样擎杯跪献。不想这些象儿，举眼望殿上一看，只见殿上南面而坐者，不是前时的天子，便都僵立不动，怒目直视。象奴把酒杯先送到一个大象面前，要他擎着跪献，那象却把鼻子卷过酒杯来，抛去数丈。左右尽皆失色，众番人掩口窃笑。禄山又羞又恼，大骂道："孽畜，恁般可恶！"喝把这些象都牵出去，尽行杀讫。于是辍宴罢席，不欢而散。当时有人作诗讥笑道：

有仪可象故名象，见贼不跪真倔强。

堪笑纷纷降贼人，马前屈膝还稽颡。

禄山被象儿出了丑，因疑想那些舞马，或者也一时倔强起来，亦未可知，不如不要看他罢，遂命将舞马尽数编入军营马队去。后来有两匹舞马，流落在逆贼史思明军中。那思明一日大宴将佐，堂上奏乐，二马偶紧于庭下，一闻乐声，即相对而舞。军士不知其故，以为怪异，痛加鞭棰，二马被鞭，只道嫌他舞得不好，越发摆尾摇头的舞个不止。军士大惊，棍棒交加，二马登时而毙。贼军中有晓得此马之事者，忙叫不要打时，已都打死了。岂不可笑？正是：

象死终不屈节，马舞横遭大杖。

虽然一样被杀，善马不如傲象。

话分两头，不必赘言。只说禄山在西京恣意杀戮，因闻前日百姓乘乱，盗取库中所藏之物，遂下令着府县严行追究，且许旁人首告。于是株连蔓引，搜捕穷治，殆无虚日。又有刁恶之人挟仇诬者，有司不问情由，辄便追索，波及无辜，身家不保。民间虽然无日不思念唐王，相传皇太子已收聚北方劲兵，来恢复长安，即日将至，或时喧称太子的大兵已到了，百姓们便争相奔走出城，禁止不住，市里为之一空。贼将望见北方尘起，也都相顾惊惶。禄山料长安不可久居，何不早回洛阳，乃以张通儒为西京留守，安忠顺为将军，总兵镇守关中；又命孙孝哲总督军事，节制诸将，自己与其子安庆绪率领亲军，及诸番将还守东都，择日起行。

却于起行之前一日，大宴文武官将，于内府四宜苑中凝碧池上，先期传谕梨园子弟、教坊乐工，一个个都要来承应。这些乐工子弟们，惟李谟、李野狐、贺怀智等数人随驾西去，其余如黄幡绰、马仙期等众人不及随驾，流落在京，不得不凭禄山拘唤，只有雷海青托病不至。

那日凝碧池头，便殿上排设下许多筵席。禄山上坐，安庆绪侍坐于旁，众人依次列坐于下。酒行数巡，殿陛之下，先大吹大擂，奏过一套军中之乐，然后梨园子弟、教坊乐工，按部分班而进。第一班按东方木色为首押班的乐官，头戴青霄巾，腰紧碧玉软带，身穿青锦袍，手执青旗一面，旗上书“东方角音”四字，其字赤色，用红宝缀成，取木生火之意。旗下引乐工子弟二十人，都戴青纱帽，著青绣衣，一簇儿立于东边。第二班按南方火色为首押班的乐官，头戴亦霞巾，腰系珊瑚软带，身穿红锦袍，手执红旗一面，旗上书“南方徵音”四字，其字黄色，用黄金打成，取火生土之意。旗下引乐工子弟二十人，都戴绛绡冠，着红绣衣，一簇儿立于南边。第三班按西方金色为首押班的乐官，头戴皓月巾，腰系白玉软带，身穿白锦袍，手执白旗一面，旗上书

"西方商音"四字，其字黑色，用乌金造成，取金生水之意。旗下引乐工子弟二十人，都戴素丝冠，著白绣衣，一簇儿立于西边。第四班按北方水色为首押班的乐官，头戴玄霜巾，腰系黑犀软带，身穿黑锦袍，手执黑旗一面，旗上书"北方羽音"四字，其字青色，用翠羽嵌成，取水生木之意。旗下引乐工子弟二十人，各戴皂罗帽，著黑绣衣，一簇儿立于北边。第五班按中央土色为首押班的乐官，头戴黄云巾，腰系密蜡软带，身穿黄锦袍，手执黄旗一面，旗上书"中央宫音"四字，其字以白银为质，兼用五色杂宝镶成，取土生金，又取万宝土中生之意。旗下引乐工子弟四十人，各戴黄绫帽，著黄绣衣，一簇儿立于中央。五个乐官，共引乐人一百二十名，齐齐整整，各依方位立定。

才待奏乐，禄山传问："尔等乐部中人，都到在这里么？"众乐工回称诸人俱到，只有雷海青患病在家，不能同来。禄山道："雷海青是乐部中极有名的人，他若不到，不为全美，可即着人去唤他来。就是有病，也须扶病而来。"左右领命，如飞的去传唤了。禄山一面令众乐人，且各自奏技。于是凤箫龙笛，象管鸾笙，金钟玉磬，秦筝羯鼓，琵琶箜篌，方响手拍，一霎时，吹的吹，弹的弹，鼓的鼓，击的击，真个声音铿锵，悦耳动听。乐声正喧时，五面大旗一齐移动，引着众人盘旋错纵，往来飞舞，五色绚烂，合殿生风，口中齐声歌唱，歌罢舞完，乐声才止，依旧各自按方位立定。

禄山看了心中大喜，掀髯称快，说道："朕向年陪着李三郎饮宴，也曾见过这些歌舞，只是侍坐于人，未免拘束，怎比得今日这般快意。今所不足者，不得再与杨太真妹妹欢聚耳。"又笑道："想我起兵未久，便得了许多地方，东西二京，俱为我取，赶得那李三郎有家难住，有国难守，平时费了许多心力，教成这班歌儿舞女，如今不能自己受用，到留下与朕躬受用，岂非天数。朕今日君臣父子，相叙宴会，务要极其酣畅，众乐人可再清歌一曲侑酒。”

那些乐人，听了禄山说这番话，不觉伤感于心，一时哽咽不成声调，也有暗暗堕泪的。禄山早已瞧见，怒道：“朕今日饮宴，尔众人何得作此悲伤之态！”令左右查看，若有泪容者，即行斩首。众乐人大骇，连忙拭去泪痕，强为欢颜，却忽闻殿庭中有人放声大哭起来。你道是谁？原来是雷海青。他本推病不至，被禄山遣人生逼他来，及来到时，殿上正歌舞得热闹，他胸中已极其感愤，又闻得这些狂言悖语，且又恐喝众人，遂激起忠烈之性，高声痛哭。当时殿上殿下的人尽都失惊。左右方待擒拿，只见雷海青早奋身抢上殿来，把案上陈设的乐器尽抛掷于地，指着禄山大骂道：“你这逆贼，你受天子厚恩，负心背叛，罪当万剐，还胡说乱道！我雷海青虽是乐工，颇知忠义，怎肯伏侍你这反贼！今日是我殉节之日，我死之后，我兄弟雷万春，自能尽忠报国，少不得手刃你等这班贼徒！”禄山气得目瞪口呆，一句话也说不出，只叫快砍了。众人扯下，举刀乱砍，雷海青至死骂不绝口。正是：

昔年只见安金藏，今日还看雷海青。
一样乐工同义烈，满朝愧此两优伶。

雷海青已死，禄山怒气未息，命撤去筵席，将众乐人都拘禁候发落。正传谕时，忽探马来报：皇太子已于灵武即位，年号都有了；今以山人李泌为军师，命广平王、建宁王与郭子仪、李光弼等，分统军马，恢复两京。又报令狐潮屡次攻打雍邱，奈雍邱防御使张巡，又善守，又善战，令狐潮屡为所败。

禄山闻此警报，遂下令即日起马回东京，另议调遣军将应

敌。其四京所存宫女宦官、奇珍玩物，及一切乐器与众乐人，尽数带往东京去。临行之时，禄山乘马过太庙前，忽勒住马，命军士将太庙放火焚烧。军士们领命，顷刻间四面放起火来。禄山立马观之，火方发，只见一道青烟直冲霄汉。禄山方仰面观看，不想那烟头随即环将下来，直冒入禄山眼中，登时两眼昏迷，泪流如注，不便乘马，另驾轻车而去。自此禄山害了眼病，日甚一日，医治不痊，竟双瞽①了。正是：

逆贼毁宗庙，先皇目不瞑。

旋即夺其目，略施小报应。

禄山至东京后，二目失视，不见一物，心中焦躁，时常想要唤那些乐人来歌唱遣闷；又因雷海青这一番，心中疑虑，不敢与他们亲近，欲待把他们杀了，又惜其技能，且留着备用。

且说雷海青死节一事，人人传述，个个颂扬，因感动了一个有名的朝臣。那臣子不是别人，就是前日于上皇前奏对钟馗履历的给事中王维。他表字摩诘，原籍太原人氏，少时尝读书终南山，开元年间进士及第，天性孝友，与其弟王缙俱有俊才。王维更博学多能，书画悉臻其妙，名重一时，诸王驸马俱礼之为上宾。尤精于乐律，其所著乐章，梨园教坊争相传习，曾有友人得一幅奏乐画图，不识其名，王维一见便道：“此所画者，乃《霓裳》第三叠第一拍也。”当时有好事者，集众乐工，奏《霓裳》之乐，奏到第三叠第一拍，一齐都住着不动，细看那些乐工，吹的弹的敲的击的，其手腕指尖起落处，与画图中所画者，一般无二。众人无不欢服。天宝末年，官为给事中。当禄山反叛，上皇西幸之时，仓卒间不及随驾，为贼所获，乃服药取痢，佯为痢

① 瞽（gǔ）——瞎，盲。

疾，不受伪命。禄山素重其才名，不加杀害，遣人伴送至洛阳，拘于普施寺中养病。王维性本极好佛，既被拘寺中，惟日以禅诵为事，或时闲坐，想想昔年上皇梦中，见钟馗挖食鬼眼，今禄山丧其二目，正应此兆。如此看来，鬼魅不久即扑灭矣，独恨我身为朝臣，不及扈从车驾，反被拘困于此，不知何时再得瞻天仰圣。正在悲思，忽闻人言雷海青殉节于凝碧池，因细询缘由，备悉其事，十分伤感，望空而哭。又想那梨园教坊，所学的乐章中，多是我的著作，谁知今日却奏与贼人听，岂不大辱我文字。又想那雷海青虽屈身乐部，其平日原与众不同，是个有忠肝义胆的人，莫说那贼人的骄态狂言，他耳闻目见，自然气愤不过；只那凝碧池在宫禁之中，本是我大唐天子游幸的所在，今却被贼人在彼宴会，便是极伤心惨目的事了。想到其间，遂取过纸笔来，题诗一首云：

万户伤心生野烟，百官何日再朝天？

秋槐弃落空宫里，凝碧池头奏管弦。

王维这首诗，只自写悲感之意，也不会赞到雷海青，也不会把来与人看。不想那些乐工子弟被禄山带至东京，他们都是久仰王维大名的，今闻其被拘在普施寺，便常常到寺中来问候。因有得见此诗者，你传我诵，直传到那肃宗行在。肃宗闻知，动容感叹，因便时将此诗吟讽。只因诗中有“凝碧池”三字，便使雷海青殉节之事愈著。到得贼平之后，肃宗入西京，褒赠死节诸臣，雷海青亦在褒赠之中。那些降贼与陷于贼中官员，分别定罪。王维虽未曾降贼，却也是陷于贼中，该有罪名的了。其弟王缙，时为刑部侍郎，上表请削己之官，以赎兄之罪。肃宗因记得《凝碧池》这首诗，嘉其有不忘君之意，特旨赦其罪，仍以原官起用，这是后话。正是：

他人能殉节，因诗而益显。

己身将获罪，因诗而得免。

且说禄山自目盲之后，愈加暴躁，虐待其下，人人自危，且心志狂惑，举动舛错，于是众心离散，亲近之人，皆为仇敌矣。所谓：

恶贯已将满，天先褫其魄。

未知后事如何，且听下回分解。

第九十四回

安禄山屠肠殒命　南霁云啮指乞师

词曰：

逆贼负却君恩重，受报亲生逆种。家贼一时发动，老命无端送。渠魁虽殄兵还弄，强帅有兵不用。烈士泪如泉涌，断指何知痛？

——右调《胡捣练》

君之尊犹天也，犹父也，而逆天背父，罪不容于死。然使其被戮于王师，伏诛于国法，犹不足为异。唯是逆贼之报，即报之以逆子。臣方背其君，子旋弑其父，既足使人快心，又足使人寒心。天之报恶人，可谓巧于假手矣。乃若身虽未尝为背逆之事，然手握重兵，专制一方，却全不以国家土地之存亡为念，只是心怀私虑，防人暗算，忌人成功，坐视孤城危在旦夕，忠臣义士，枵①腹而守，奋身而战，力尽神疲，疼心泣血，哀号请救，不啻包胥秦庭之哭，而竟拥兵不发，漠然不关休戚于其心，以致城池失陷，军将丧亡，百姓罹灾，忠良殒命，此其人与乱臣贼子何异，言之可为发指！

且说安禄山自两目既盲之后，性情愈加暴厉，左右供役之人稍不如意，即痛加鞭挞，或时竟就杀死。他有个贴身伏侍的内监，叫做李猪儿，日夕不离左右，却偏是他日夕要受些鞭挞。更

① 枵（xiāo）——中心虚空的树根。引申为空虚。

可笑者，那严庄是他极亲信的大臣了，却也常一言不合，便不免于鞭挞。因此内外诸人，都怀怨恨。禄山深居宫禁，文武官将希得见其面。向已立安庆绪为太子，后有爱妾段氏，生一子，名唤庆恩，禄山因爱其母，并爱其子，意欲废庆绪而立庆恩为嗣。

庆绪因失爱于父，时遭棰楚①，心中惊惧，计无所出，乃私召严庄入宫，屏退左右，密与商议，要求一自全之策。严庄这恶贼，是惯劝人反叛的，近又受了禄山鞭挞之苦，忿恨不过。平日见庆绪生性愚骙，易于播弄，常自暗想："若使他早袭了位，便可凭我专权用事。"今因他来求计，就动了个歹心，要劝他行弑逆之事，却不好即出诸口，且只沉吟不语。庆绪再三请问道："我目下受父皇的打骂，还不打紧，只恐怕偏爱了少子，将来或有废立之举，必得先生长策，方可无虑，幸勿吝教。"严庄慨然发叹道："从来说母爱者子抱，主上既宠幸段妃，自然偏爱那段氏所生之子，将来废位之事，断乎必有。殿下且休想承大位了，只恐怕还有不测之祸，性命不可保。"庆绪愕然道："我无罪，何至于此?"严庄道："殿下未曾读书，不知前代的故事。自古立一子废一子，那被废之子，曾有几个保得性命的？总因猜嫌疑忌之下，势必至驱除而后止，岂论你有罪无罪。"庆绪闻言，大骇道："若如此则奈何?"严庄道："以父而临其子，惟有逆来顺受而已。"庆绪道："难道便无可逃避了?"严庄道："古人有云：小杖则受，大杖则走。此不过谓人家父子之间，教训督责，当父母盛怒之时，以大杖加来，或受重伤，反使父母懊悔不安，且贻父母以不慈之名，不若暂行逃避，所以说'大杖则走'。今以父而兼

① 棰（chuí）楚——棰，木棍；楚，荆杖。均为古代刑杖。

君之尊，既起了忍心，欲杀其子，只须发一言，出片纸，便可全事，更无走处，待逃到那里？”庆绪道：“此非先生不能救我！”严庄道：“臣若以直言进谏，必将复遭鞭挞，且恐激恼了，反速其祸，教我如何可以相救！”庆绪道：“我是嫡出之子，苟不能承袭大位，已极可恨，岂肯并丧其身？”严庄道：“殿下若能自免于死亡之祸，便并不致有废立之事矣！”庆绪道：“愿先生早示良策，我必不肯束手待死！”

严庄假意踌躇了半晌，说道：“殿下，你不肯束手待死么？你若束手，则必至于死；若欲不死，却束不得手了。俗谚云：‘君要臣死，不得不死；父要子亡，不得不亡。’说便如此说，人极则计生。即如主上与唐朝皇帝，岂不是君臣？况又曾为杨妃义子，也算君臣而兼父子。只因后来被他逼得慌了，却也不肯束手待死，竟兴动干戈起来，彼遂无如我何，不但免于祸患，且自攻城夺地，正位称尊，大快平生之志。以此推之，可见凡事须随时度势，敢作敢为，方可转祸为福；但不知殿下能从此万无奈何之计，行此万不得已之事否？”庆绪听说低头一想，便道：“先生深为我谋，敢不敬从。”严庄道：“虽然如此，必须假手于一人，此非李猪儿不可，臣当密谕之。”庆绪道：“凡事全仗先生大力扶持，迟恐有变，以速为贵。”严庄应诺，当下辞别出宫，恰好遇见李猪儿于宫门首，遂面约他：“晚间乘闲到我府中来，有话相商。”

至夜李猪儿果至，严庄置酒肴于密室，二人相对小饮。严庄笑问道：“足下日来，又领过几多鞭子了？”李猪儿忿然道：“不要说起，我前后所受鞭子，已不计其数，正不知鞭挞到何日是了？”严庄道：“莫说足下，即如不佞，忝为大臣，也常遭鞭挞，太子以储贰之贵，亦屡被鞭挞。圣人云：‘君使臣以礼。’又道：‘为人父，止于慈。’主上恁般作为，岂是待臣子之礼，岂是慈父之道？如今天下尚未定，万一内外人心离散，大事去矣！”李猪儿道：“太子还不知道哩！今主上已久怀废长立幼，废嫡立庶之意，将来还有不可知之事。”严庄道：“太子岂不知之，日间正与我共虑此事。我想太子为人仁厚，若得他早袭大位，我和你正有好处，不但免于鞭辱而已。怎地画个妙策，强要主上禅位于太子才好。”李猪儿摇手道：“主上如此暴厉，谁敢进此言，如何勉强得他。”严庄道：“若不然呵，我是大臣，或者还略存些体面，不便屡加挞辱。足下屈为内侍，将来不止于鞭挞，只恐喜怒不常，一时断送了性命。”李猪儿听说，不觉攘臂拍胸道：“人生在世，总是一死，与其无罪无辜，俯首被戮，何如惊天动地做一场，拚得碎尸万段，也还留名后世！”严庄引他说出此言，便抚掌而起，说道：“足下若果能行此大事，决不至于死，到有分做个佐命的功臣哩！只是你主意已定否？”李猪儿道：“我意已决，但恐非太子之意，他顾着父子之情，怎肯容我胡为？”严庄道：“不瞒你说，我已启过太子了。太子也因失爱于父，怕有祸患，向我说道：‘凡事任你们做去罢。’我因想着足下必与我同心，故特约来相商。”李猪儿道：“既然如此，事不宜迟，只明夜便当举动。趁他两日因双眸痛，不与女人同寝，独宿于便殿，正好动手，但他常藏利刃于枕畔，明晚先窃去之，可无虑矣！”言毕作别而去。

次日，严庄密与庆绪照会，到黄昏时候，庆绪与严庄各暗带短刀，托言奏事，直入便殿门来，值殿官不敢阻挡。禄山此时已安寝于帏帐之内，不防李猪儿持刀突入帐中，禄山目盲，不知何人，方欲问时，李猪儿已揭去其被，灯火之下，见禄山袒着大腹，说时迟，那时快，把刀直砍其肚腹。禄山负痛，急伸手去枕畔摸那利刃，却已不见了，乃以手撼帐竿道："此必是家贼作乱！"口中说话，那肚肠已流出数斗，遂大叫一声，把身子挺了两挺，呜呼哀哉了。时肃宗至德二载正月也。可恨此贼背君为乱，屠戮忠良，虐害百姓，罪恶滔天，今日却被弑而死。乱臣受弑逆之报，天道昭彰。后人有两只《挂枝儿》词说得好，道是：

安禄山，（你做）张守圭（的）走狗，犯死刑，姑饶下（这）驴头。（却怎敢）恃兵强，（要学那）虎争龙斗，（你本是）狼子野心肠，（人道是）猪首龙身兽，（到今日）作孽的猪龙，也倒死（在）猪儿手！

安禄山，（你负了）唐明皇（的）宠眷，（不记得）拜母妃，钦赐洗儿钱，（怎便把）燕代唐，（要）将江山沾。（可笑你打）家贼（的）鞭何重，（那禁他斫）大腹（的）刀太尖。（则见你）数斗（的）肠流也，（为）甚赤心（儿）没一点！

禄山既被杀，左右侍者方惊骇间，庆绪与严庄早到，手中各持短刀，喝叫不许声张。众人一则平日被禄山打毒，今日正幸其死；二来见庆绪与严庄作主，便都不敢动。严庄令人就床下掘地深数尺，以毡裹其尸而埋之，戒宫中勿漏泄。次早宣言禄山骤病危笃，命传位于庆绪。于是庆绪僭即为位，密使人将段氏与庆恩缢死，伪尊禄山为太上皇，重加诸将官爵，以悦其心。过了几日，方传禄山死信，命群臣不必入宫哭临，密起其尸于床下。尸已腐烂，草草成殓，发丧埋葬。严庄见庆绪昏庸，恐人不服，不要他见人。庆绪日以酒色为事，凡禄山所宠的姬侍，都与淫乱。凡大小诸事皆取决于严庄，封他为冯翎王。严庄以庆绪之命，使伪汴州刺史尹子奇引兵十三万攻睢阳城，睢阳太守许远求救于雍邱防御使张巡。

且说张巡在雍邱，那南霁云与雷万春已投入麾下为郎将。当车驾西幸之时，贼将令狐潮来攻雍邱，张巡率许、雷二人及诸将佐悉力拒贼。令狐潮与张巡原系旧同学，因遣使致书，申言夙契，且云："天下存亡未卜，守此孤城何益，不如早降为上。"张巡部下有大将六人，亦劝张巡出降。张巡大怒，设天子画像于堂，率众朝拜涕泣，谕以大义，众皆感奋。张巡乃斩来使，并斩劝降六将。于是人心愈坚。拒守既久，城中缺少了箭，张公命作草人千余，蒙以黑衣，乘夜缒下城去。贼兵惊疑，放箭乱射，遂得箭无数。次夜，仍复以草人缒下，贼都大笑，更不为备。张巡乃选壮士五百人，缒将下去，径到贼营。贼出其不意，一时大乱，弃营而奔，杀伤甚众。令狐潮忿怒，亲自督兵攻城。张巡使雷万春登城探视，时万春因传闻得其兄雷海青殉难的消息，十分哀愤，才哭得过，便咬牙切齿的上城来，方举目而望，不防贼兵连发弩箭。雷万春面上连中六矢，仍是挺然立着不动。令狐潮遥望见，疑为木偶人，及见其用手拔箭，流血被面，方询知是雷万春，大为骇异。正是：

草人错认是真，真人反疑为木。
笑尔草木皆兵，羡他智勇具足。

少顷，张巡亲自督城，令狐潮望着楼上叫道："张兄，我见雷将军，知足下军令矣！然而天道何？"张巡说："足下未识人伦，安知天道？你平日也谈忠说义，今日忠义何在？勿更多言，可即决一胜负。"遂率兵与战，兵皆奋勇争先，生获贼将十四人，斩首八百余级。令狐潮败入陈留，余众屯于沙涡。张巡乘夜袭击，又大破之，奏凯而回。忽探马来报说："贼将杨朝宗欲引兵袭取宁陵，断我归路。”张巡乃分兵守雍邱，自引兵将星夜至宁陵，恰值许远亦引兵到来，遂合兵与贼战，昼夜数十回合，大破杨朝宗之众，斩首数千级。

捷音至行在，肃宗诏以张巡为河南节度副使，许远亦加官进秩，仍守睢阳。至是，尹子奇来攻睢阳，许远因兵少，遣使至张巡处求救。张巡以睢阳要地，不可不坚守，乃自宁陵引兵三千至睢阳，合许远所部兵不过七千人。张巡与南霁云、雷万春等数将，并力出战，屡次得胜。张巡欲放箭射尹子奇，奈不识其面，乃以篙为矢射去，贼兵疑城中箭已尽，遂将篙矢呈于子奇。于是张巡识其状貌，命南霁云射之，中其左目。正是：

禄山两目俱盲，子奇一目不保。

相彼君臣之面，眼睛无乃太少。

自此许远将战守事宜，悉听张巡指挥。张巡真是文武全才，不但善战，又极善谋，行兵不拘古法，随机应变，出奇制胜。其生性忠烈，每临战杀贼，咬牙怒恨，牙齿多碎。却又能于军务倥偬①之际，不废吟咏。因登城楼，遥闻笛声，遂作《军中闻笛》，诗云：

岧峣试一临，敌骑附城阴。

不辨风光色，安知天地心。

门开边月近，战苦阵云深。

旦夕更楼上，遥闻横笛音。

闲言少说。且说许远向于睢阳城中积军粮百余万石，后被宗藩虢王巨调其半分给他郡，不由许远不肯。因此睢阳城中粮少，到那时渐已告匮，每人日止给米一二合，杂以茶纸树皮为食。贼兵攻城

① 倥偬（kǒng zǒng）——纷繁、匆忙。

愈急，造为云梯，其状如虹，使勇卒三百立于上，推梯临城，欲便腾入。张巡预知，使人于城墙潜凿三穴，俟梯将近，每穴出一大木，一木挂定其梯，使不得进；一木上有铁钩挽住其梯，使不得退；一木上置铁笼盛火药，发火焚之，梯即中断，梯上军士都被火烧，跌落地而死。贼兵又作木驴攻城，张巡命熔金汁灌之，登时消铄。凡此拒守之事，俱应机立办，贼服其智，不敢来攻，但于城外列营围困。张巡、许远分城而守，与众同食茶纸，亦不复下城。那时大帅许叔冀在谯郡，贺兰进明在临淮，俱拥兵不救，而临淮与睢阳尤近，张巡乃命南霁云赴临淮借粮，乞师援救。

霁云领命，引三十骑出城，突围而走，贼众数万挡之，霁云直冲其众，左射右射，矢无虚发，贼皆披靡，遂出重围至临淮，见贺兰进明，涕泣求救。谁知进明素与许叔冀不睦，恐分兵他出，或为所袭；二来又心怀妒忌，不欲许远、张巡成功，竟不肯发兵，亦无粮米相借，说道："此时睢阳当已失陷，我即发兵借粮，亦无及矣！"霁云道："睢阳死守待救，大兵速去，必不至失陷；若果已失，我南八男儿，请以死谢大夫。"进明只不允。霁云奋然道："睢阳与临淮如皮毛之相依，睢阳若陷，即及临淮，岂可不救？"说罢仰天号恸。

进明爱其忠勇，意欲留之，乃用温言抚慰，且命设宴款待，奏乐侑酒。霁云大哭道："仆来时，睢阳城中已不食月余矣，今即欲独食，安能下咽！大夫坐拥强兵，并无分灾救患之意，岂忠臣义士之所为乎？"因发狠自咬下一指，以示进明道："仆已不能达主将之意，请留此指以示信，归报主将与同死耳！"一时指血泪血，有如泉涌，座客俱为之挥涕。进明决意不救，又度霁云不可留，竟谢遣之。此真千古可恨之事，所以至今张睢阳庙中，铜铸一贺兰进明之像，裸体绑缚，跪于阶下，任人敲打，来泄此恨。后人也有两支《挂枝儿》说得好，正是：

进明呵，（你也）食唐家禄否？（人望你）拯灾危，冒险（的）求救；（谁知你）拥强兵（竟）不能相救。（不曾）见你兴师去，（倒要）将他勇士留。（可怜那）南八男儿也，十指（儿）只剩九。

进明呵，（你不愿）千年的唾骂，（任南八）苦求救，只不听他，（眼睁睁）看他将指头（儿）咬下。（他当时）临去空咬指，（我今日）说来亦咬牙，（好把那）睢阳庙里铜人，也尽力（的）狠敲打！

南霁云自临淮奔至宁陵，与偏将廉坦，引步骑数百，冒围至睢阳城下，与贼力战，斫坏贼营，方得入城门。城中人闻救兵不至，无不号哭，或议弃城而走。张巡、许远婉言晓谕众人道：“睢阳乃江淮保障，若弃之而去，贼必长驱东下，是无江淮也。况我众饥疲，即走亦不能远，徒遭残杀耳！临淮虽不来相救，诸镇岂无一仗义者，不如坚守以待之。但是城中绝粮，何忍留尔众同受饥寒，今任尔众自便，我二人为朝廷守土，义当以身守之，不敢言去也！”众人闻言感激，愿同心竭力，以守此城。茶纸食尽，杀马而食；马食尽，罗雀掘鼠而食；雀鼠亦尽，张巡杀其爱妾，许远烹其家僮，以享士卒。人心愈加衔感，明知必死，终无叛志。

又挨过了数日，军将都羸瘦患病，不能拒守，贼遂登城。张巡西向再拜道：“仁臣力竭矣！不克全城以报朝廷，死当为厉鬼以杀贼！”今盛京慈仁寺，所塑青魈菩萨，赤发蓝面，口衔巨蛇，如夜叉之状，云即张睢阳自矢所为厉鬼像也。城既破，张、许二公及诸将俱被执。尹子奇将许远解赴洛阳，张巡与雷万春、南霁云等共三十六人皆遇害。张巡至死，神色如常，万春、霁云俱骂

不绝口而死，其余三十余人，亦无一肯屈节者。后人有诗赞曰：

张巡先殒固尽忠，许远后亡亦失节。

从死不独有南雷，三十六人同义烈。

睢阳失陷三日之后，河南节度使张镐救兵到来。原来张镐闻睢阳危急，倍道求援，犹恐不及，先遣飞骑驰檄谯郡太守闾邱晓，使速行本部兵先往。闾邱晓素傲狠，不奉节制，竟不起兵。及张镐至，城已破三日矣。张镐大怒，令武士擒闾邱晓，至军前杖杀之。正是：

恨不移此闾邱杖，并杖临淮狠贺兰。

未知后事如何，且听下回分解。

第九十五回

李乐工吹笛遇仙翁　王供奉听棋谒神女

词曰：

声音入妙感仙家，月夜引仙槎。只嫌笛管未全佳，吹破共嗟讶。更惊弈理通仙道，决胜负数着无加。止将常势略谈些，国手已堪夸。

——右调《月中行》

人生世上，不特忠孝节义与夫功勋事业、道德文章，足以流芳后世，垂名不朽，就是那一长一技之微，若果能专心致志，亦足以轶类超群，独步一时，且其艺既精妙入神，不难邀知遇于君上，致感动于神仙，使其身所遭逢之事，传为千秋佳话。

却说张镐既杖杀闾邱晓，即移书于贺兰进明，责其不救睢阳。恰闻朝廷有旨，命张镐镇临淮，着进明移驻别镇。张镐乃率兵攻打睢阳城，与尹子奇大战。子奇正战之间，忽然阴云四合，寒风扑面，贼众都闻鬼哭神号之声，空中如有鬼兵来冲突，一时大乱，四散狂奔。正是：

死为厉鬼忠臣志，须信忠魂自有灵。

尹子奇兵溃，只得弃了睢阳城，退奔陈留，谁想陈留百姓，恨其荼毒睢阳，痛惜忠良被害，遂出其不意，杀将起来，斩了尹子奇，开城迎降。张镐安民已毕，分兵留守，一面引众回镇，一面将睢阳死难诸臣具表奏闻朝廷。恰好上皇有手诏至肃宗行在，命褒录死节之人。

且说上皇在蜀中，眼前少了个杨妃，常怀愁闷。那些梨园子弟又大半散失，供御者无多人，更加不快；还亏有高力士日夕侍侧，时为劝解。及闻安禄山焚毁祖庙，杀害宗室，残虐臣民，遂抚心顿足，十分哀痛，随又传闻禄山已死，乃叹恨道："朕恨不及手自寸磔此贼也！"因追念故相张九龄，昔年曾说禄山有反相，不宜宥其死，此真先见之明，当时若从其言，何至有今日之祸？于是特遣中使往曲江，致祭于其墓，御制祭文一道，手书付中使，赴墓前宣读。其文云：

惟卿昔者曾有谠言，谓安禄山反相昭然，不宜宥死，宜亟歼旃①。朕听不聪，轻纵巨奸，既宽显戮，更予大藩，酿兹凶祸。追悔从前，卿今若在，朕复何颜！追念老臣，曷胜涕涟。特遣致祭，侑以短篇，嘉卿先见，志吾过愆。尚飨。

上皇既遣祭张九龄，且厚恤其家，因即降手诏，命朝臣查录一切死难忠臣，申奏新君，并加恤典，不得遗漏。又闻雷海青殉节于凝碧池，不胜嘉叹。张野狐因乘机启奏道："梨园旧人黄幡绰，向羁贼中，今从东京逃来，欲请见驾；只因失身陷贼，恐上皇爷欲加之罪，故逡巡未敢。"上皇道："汝等俳优之辈，安能尽如雷海青这般殉节？失身贼中，不足深责。黄幡绰既从贼中来，必知雷海青殉节之详，朕正欲问他，可便唤来。"左右领旨，即将黄幡绰宣到。幡绰叩首阶前，涕泣请罪。上皇赦其罪，问道："雷海青殉节于凝碧池之日，你也在那里么？"幡绰道："此事臣所目睹。"上皇道："汝可详细奏来。"幡绰便把那安禄山如何设宴奏乐，众乐工如何伤感堕泪，禄山如何要杀那堕泪的，雷海青如何大哭，如何抛掷乐器，骂贼而死，一一奏闻。上皇叹息道："海

---

① 旃（zhān）——代词"之"。

青乃能尽忠如此，彼张均、张垍辈，真禽兽不若矣!”因问幡绰道：“汝于此时亦曾堕泪否？”幡绰道：“触目伤心，那得不堕泪？”时内监冯神威在侧，向日幡绰曾于言语之间戏侮了他，心中不悦，奏道：“此言妄也。奴婢闻人传说，幡绰在贼中，把安禄山极其谄奉。禄山在宫中梦纸窗破碎，幡绰解云：‘此为照临四方之兆。’禄山又梦自身所穿袍袖甚长，幡绰又为之解云：‘此所谓垂衣而天下治。’如此进谀，岂是肯堕泪者？”上皇即问幡绰：“汝果有此言否？”那黄幡绰本是个极滑稽善戏谑的人，平日在御前惯会撮科打诨，取笑作耍的，那时若惊惶抵赖，便没趣了，他却不慌不忙，从容奏道：“禄山果有此梦，臣亦果有此言。臣因禄山有此不祥之二梦，知其必败，故不与直言以取祸，只以巧言对之，正欲留此微躯，再睹天颜耳。”上皇道：“怎见得此二梦之不祥，汝便知其必败？”幡绰道：“纸窗破者，不容胡做也；袍袖长者，出手不得也。岂非必败之兆乎？”上皇听说，不觉大笑，遂命仍旧供御。正是：

闻之既堪为解颐，言者自可告无罪。

自此上皇时常使黄幡绰侍侧，询问东西二京之事。幡绰恐感动圣怀，应对之间，杂以诙谐，常引得上皇发笑。忽一日，又有一个梨园旧人到来，你道是谁？却是笛师李谟。原来李谟于圣驾西行时，同着一个从人奔走随驾，不想走迟了，却追随不及，失落在后。遇着哥舒翰的败残军马冲来，前路难行，急慌慌的奔窜，一时无处逃匿，只得权避入一山谷中。其中有古寺一所，寺僧询知是御前供奉之人，不敢怠慢，因留他暂寓，一连住了五七日。

一夕，月朗风清，从人先自去睡了，李谟心中烦闷，且不即睡，又爱那风清月白，徘徊观玩了一回，便向行囊中，取出平日

那枝所吹的笛儿来，独自步出寺门，在一大树之下石台上坐着，把那笛儿吹起。真个声音嘹亮，响彻山谷。才吹罢，遥见园林中走出一个彪形大汉，大踏步行至前来，仔细视之，乃一虎头人也。李谟大骇，那虎头人身穿一件白夹单衣，露脚赤足，就寺门槛上箕踞而坐，说道："笛声甚妙，可再吹一曲。"李谟那时不敢不吹，只得按定了心神，吹起一套繁縻之调。虎头人听到酣适之际，不觉瞑然睡去，横卧于槛上，少顷之间，鼾声如雷。李谟欲待跨入寺门槛去，又恐惊醒了他，不是耍处；回首四顾，没处藏身，只得将笛儿安放在草间，尽力爬上那大树，直爬到那极高的去处，借树叶遮身，做一堆儿伏着。

不移时，虎头人醒来，不见了吹笛人，即懊悔道："恨不早食之，却被他走了。"遂立起身来，向空长啸一声，便有十余只大虎，腾跃而至，望着虎头人俯首伏地，状如朝谒。虎头人道："适有一吹笛小儿，乘我睡熟，因而逃脱。我方才当槛而卧，量彼不敢入寺，必奔他处，汝等可分路索之。"众虎遂四散奔去，虎头人依然踞坐不动。约五更以后，众虎俱回，都作人言道："我等四路追寻不获。"正说间，恰值月落斜照，见有人影在树。虎头人笑道："我道有云行雷掣，却原来在这里！"乃与众虎望着树上，跳身攫取。幸那树甚高，跃攫不及。李谟此时却吓得魂不附体，满身抖颤，几乎坠下，紧紧抱着树枝。正在危急，忽闻空中有人喝道："此乃御前之人，汝等孽畜，不得猖獗！"于是虎头人与众虎一时俱惊散。少间天曙，仆从来寻，李谟方才下树。且喜那笛儿原在草间无损，仍旧收得。正是：

箫能引凤，笛乃致虎。

岂学虞廷，百兽率舞。

李谟受此惊恐，卧病数日。病愈之后，方欲起身，适有旧日相知的京官皇甫政新任越州刺史，因赴任途次，偶来山寺借宿，遇见了李谟，各叙寒暄，问李谟："将欲何往？"李谟道："将欲西行，追随大驾。"皇甫政道："近日西边一路，兵马充斥，岂可冒险而行？不如同我到越州暂住，俟稍平定，西行未迟。"李谟应诺，遂别了寺僧，随着皇甫政迤逦来至越州，即寓居于刺史署中。

那越州有个镜湖，是名胜之处，皇甫政公事之暇，常与李谟到彼观览。李谟道："湖光可人，尤宜月夜。"皇甫政点头道："我亦正欲为月夜泛湖之游。"乃于月明之夜，具酒肴于舟中，约集僚友，同了李谟泛湖饮宴。但见月光如水，水光映月，放舟中流，如游空际，正合着苏东坡《赤壁赋》中两句，道是：

桂棹兮兰桨，击空明兮溯流光。

众官饮酒至半酣，都要听李谟的妙笛，说道："昔年勤政楼头一曲笛音，止住了千万人的喧哗，天下传闻绝技。今夕幸得相叙，切勿吝教。"皇甫政笑道："李君所用之笛，我已携带在此了。"众官都喜道："可知妙哩！"李谟谦逊了一回，取出笛儿吹将起来，其声音之妙，真足以怡情悦耳，听者无不啧啧称叹。一曲方终，只见前面有扁舟一叶，一童子鼓棹而行，船上立着一个老翁，口中高声的叫道："大好笛音，肯容我登舟一听否？"众人于月下视之，见他：

数髯瑟瑟，一貌堂堂。野服葛巾，绝似仙家妆束；开襟挥尘，更饶名士风流。果然顾盼非凡，真乃笑谈不俗。

众官看了，知其非常人，不敢轻忽，即请过大船中，以礼相见。老翁道："山野之人，多有唐突，幸勿见罪。"众官揖之就坐。那老翁道："偶游月下，忽闻笛声甚佳，故冒昧至此，欲有所陈。"李谟道："拙技不足污耳，承翁丈闻声而来，定是知音，

正欲请教大方。"老翁道："顷所吹者，乃《紫云回》曲也，此调出自天宫，今尊官已悉得其妙，但婉转之际，未免微涉番调，何也？"李谟惊叹道："翁丈真精于音律者，仆初学笛时所从之师，实系番人。"老翁道："笛者涤也，所以涤邪秽而归之于雅正也，岂可杂以番调邪！宜尽脱去为妙。"李谟拱手道："谨受教。"老翁道："尊官所吹之笛，是平日惯用的么？"李谟道："此笛乃紫纹云梦竹所造，出自上赐，正是平时用熟的。"老翁道："紫纹竹生在云梦之南，于每年七月望前生，但今年七月望前生，必须于明年七月望前伐，若过期而伐，则其音窒；先期而伐，则其音浮。适间细听笛音，颇有轻浮之意，当是先期而伐者。但可吹和平繁靡之音调，若吹金石清壮之调，笛管必将碎裂。"

众官听了，都未肯信，李谟口虽唯唯，也还半信半疑。老翁道："公等如不信，老朽请一试之。"说罢，便取过李谟所吹的笛儿，吹起一曲金石调来，果然其声清壮，可以舞潜蛟而泣嫠妇。李谟与众官都听得呆了。及吹至入破之时，众人正听得好，忽地刮刺一声，笛儿裂作两半，众方惊叹信服。老翁笑道："损坏佳笛，如之奈何？老朽偶带得二笛在此，当以其一奉偿。"遂向衣裾中取出二笛，一极长，一稍短，乃以短者送李谟道："便请试吹。"李谟接过来，略一吹弄，果然应手应口，非他笛可比，心中欢喜，再三称谢。皇甫政笑道："从来说宝剑赠与烈士，红粉寄与佳人。老丈既以敝友为知音，何不并将那一枝惠赐之？"老翁道："非敢吝惜，其实那一笛，非人间所可吹者；即使相赠，亦未必能吹。"李谟道："小子愿一试之。"

老翁便把那笛递过来，李谟吹之再四，都不入调，且亦不甚响亮。老翁道："此非人间笛，固未易吹也。"李谟道："此笛量非老丈不能吹，必求赐教。"老翁摇头道："人间吹不得。"李谟道："人间吹了便怎么?"老翁笑道："尊官前日山谷中所吹，不过是人间之笛，尚有虎妖闻声而至；今于湖中吹动那一笛，岂不大惊蛟龙乎?"众人闻言，都道："不信有这等事。"老翁道："诸公如必欲吹，老朽试略吹之，倘有变动，幸忽惊讶。"于是取过那笛来，信口一吹，其声震耳，树头宿鸟俱惊飞叫噪；到五六声之后，只见月色惨黯，大风顿作，湖水鼓浪，巨鱼腾跃，举舟之人大骇，都道："莫吹罢！莫吹罢!"

老翁呵呵大笑，收过了笛，起身告别，众人挽留不住。李谟道："还不曾拜问尊姓大名。"老翁笑道："前宵于空中喝退虎妖者即我也，不须更问姓名。"言讫，耸身跃入小舟，童子鼓棹如飞，顷刻不见。众人又惊又喜，都赞叹李谟妙笛，能使仙翁来降。正是：

笛既能致虎，亦复可遇仙。
虎因畏仙去，仙还把笛传。

李谟自得了仙翁所授之笛，其技愈精。皇甫政因他是卸前侍奉的人，不敢久留，打听得路途稍通，遂赍送盘费，遣发起行。不则一日，来到蜀中。先投谒高力士，引至上皇驾前朝见。上皇怜其间关跋涉而来，赐与衣帽，仍令供御。李谟将途中遇仙之事，从容启奏。上皇本是极好神仙的，闻其所奏，十分叹异。高力士因奏道："老奴向闻翰林院弈棋供奉王积薪，亦曾于旅次遇仙。"上皇道："此事朕所未闻，王积薪今在此，当面问之。"于是传旨，宣王积薪。

且说那王积薪乃长安人，原是世家巨族的后裔；从幼性好弈棋，屡求善弈者指教，遂成高手。少年时曾与一班贵介子弟四五人，于长安城外一个有名的园亭上宴会。正酣饮间，忽有一人乘马至园门首下了马，昂然而入，看他打扮，不文不武，对众举手

笑道："诸君雅集，本不当来吵扰；止缘渴吻，欲得杯酒润之，未识肯见赐否？"王积薪见其器宇轩昂，知非恒辈，不等众人开口，先自起身迎揖，逊之上座。那人也不推辞，便就坐了。积薪取大杯斟酒送上，那人接来饮讫，叫再斟来。王积薪一面再斟酒，一面拱他举箸。那些众少年尽是贵公子，平日不看人在眼里的，今见此人突如其来，又甚简傲，俱心怀不平，不知他是何等人，又不敢向前问他。其中一少年，乃举杯出令道："我等各自道家世，其最贵显者，饮三杯，请客先道。"那人笑道："吾请先饮三杯而后言。"积薪便令童子快斟酒。那人连进三杯，起身出席，举手向众人道："我高祖天子，曾祖天子，祖天子，父天子，本身天子。"说罢，大步出门，上马疾驰而走。众人方相顾错愕，早有内监与侍卫等人策着马来寻问。原来那时玄宗常为微行。这一日改换衣装，出城闲玩，因偶与众少年相遇。次日，命高力士访知，那敬酒的少年是王积薪，特召入见，厚有赏赐，且云："诸少年自矜家世，真乞儿相，汝独大雅可喜。"因命送翰林院读书，后知其善弈，遂令为弈棋供奉。正是：

不因杯酒力，安得侍君王？

王积薪有此遭遇，日侍至尊。及安禄山作乱，车驾西幸之时，多官随行。积薪带着一个老仆，随众奔走。奈蜀道险隘，每当止宿时，旅店多被贵官占住，积薪只得随路于民家借宿。一日迂道打宽转，沿山溪而行，不觉走入一荒村。时已薄暮，那村中只有一家人家，茅舍三间，柴扉半掩。积薪主仆扣扉求宿。内里走出一个老婆婆来，说道："此间止老身与一个媳妇儿住着，本不该留外客在此，但舍此更无宿处，客官可权就廊檐下宿一宵罢！"积薪谢道："只此足矣！"婆婆取些茶汤与几个面饼来供客，叫了安置，关了柴门，自进去了。积薪听得他姑媳二人各处一室，各自阖户而寝。积薪主仆卧于廊下，老仆先已睡着，积薪转辗未寐。忽闻那婆婆叫应了媳妇，说道："良宵无以消遣，我和你对弈一局，如何？"媳妇应道："既如此甚妙。"积薪惊异道："乡村妇女，如何知弈？且二人东西各宿，如何对弈？"便爬起来从门缝里张看，内边黑洞洞，已皆灭烛矣，乃附耳门扉细听之，闻得婆婆道："饶你先起。"媳妇道："我于东五南九置子起矣！"停了半晌，婆婆道："我于东南十二置子矣！"又停了半晌，媳妇道："我于西八南十置子矣！"又停了半晌，婆婆道："我于西九南十四置子矣！"每置一子，必良久思索，夜至四更，共下三十六子，积薪一一密记。忽闻婆婆笑道："媳妇你输了，我止胜你九枰耳！"媳妇道："我错算了一着，固宜败北。"自此寂然。天明启扉，积薪整衣入见，看那婆婆鬓发斑斑，丰神奕奕，绝不似乡村老媪。积薪请见其媳，婆婆即呼媳妇儿出来相见，你道那媳妇怎生模样？

虽是村家装束，自然光采动人。举止安闲，不啻闺中之秀；丰姿潇洒，亦如林下之风。若遇楚襄王，定疑神女；即非蓝桥驿，宛似云英。

积薪相见过，即叩问弈理。婆婆道："我姑媳无以遣此良宵，偶尔对局，岂堪闻于尊客？"积薪再三请教，婆婆道："弈虽小数，其中自有妙理。尊客既好此，必善于此，今可率己意布局置子，使老身观之，或当进一言相商。"乃取棋局置子出来，积薪尽平生之长布置，未及四五十子，只见那媳妇微微含笑，对婆婆说道："此客可教以人间常势。"婆婆遂指示攻守杀夺，救应防拒之法，其意甚略，然皆平时思虑所不及。积薪更欲请益，婆婆笑道："只此已无敌于人间矣！大驾已前行，客官可速往。"积薪称谢而别。行不数十步，回头看时，茅舍柴扉都已不见，方知是遇了仙人，不胜叹诧。正是：

奕通太极阴阳理，妙诀从来原不多。

好向人间称莫敌，笑他空烂手中柯。

积薪自此弈艺绝伦。当日上皇因高力士言及，特召积薪面询其事。积薪把上项事奏闻，黄幡绰在旁听了，插诨道：“奕称手谈，那家妈妈媳妇，却又口著，真是异事。”上皇笑道：“常人之弈，以手为口，必须目视；不若仙人之弈，以口为手，不须用目也。”积薪道：“臣常布置其姑媳对奕之势，虽罄竭心思，推算其所言九枰胜负之说，终不可得。”上皇道：“此必非人间常势，存此以待后之识者可耳。”高力士道：“积薪昔年饮酒，曾得遇圣人，今日奕棋又遇仙人，何其多佳遇也。”上皇道：“李谟所遇吹笛仙翁，积薪所遇奕棋姑媳，总是仙人，但未知是何仙，此时若张果，叶法善、罗公远辈有一人在此，必知其来历矣！”

正闲谈间，肃宗遣使来奏言，永王璘谋反，称帝于江南。上皇大怒，命速遣将讨之。不一日，有中使啖廷瑶，赍奉肃宗告捷表文，奏称广平王与郭子仪屡胜贼兵，又得回纥助战，已恢复西京，今即移兵东向，行将并恢复东京矣。上皇大喜。正是：

且喜耳闻好消息，会须眼看捷旌旗。

未知如何复两京，且听下回分解。

第九十六回

拚百口[1]郭令公报恩　复两京广平王奏绩

词曰：

感恩思报英雄志，欲了平生事。因他冤陷，拚吾百口，贷他一死。友朋情谊犹如此，何况为臣子？亲王奏凯，全亏大将，丹诚共矢。

——右调《贺圣朝》

从来能施恩者，未必望报，而能图报者，方不负恩。战国时的侯生，对信陵君说得好，道是："公子有德于人，愿公子忘之；人有德于公子，愿公子无忘之，无忘之者，必思有以报之也。"孔子曰："以直报怨，以德报德。"夫报德不曰以直，而曰以德者，报德与报怨不同，报怨不可过刻，以直足矣；且怨有当报者，有不当报者，有时以报为报，有时以不报为报，皆所谓直也。若夫德是必要报的，不可不厚报的，说不得个他如此来，我亦当如此答。一饭之恩，报以千金，岂是掂斤估两的事？我当危困之时，那人肯挺身相救，即时迫于事势，救我不成，他这段美意，也须终身衔感；况实能脱我于患难之中，真个生死而肉骨，我到后来建功立业，皆此人之赐。此等大恩，便舍身拚家以报之，诚不为过。推此报恩之念，其于君臣之间，虽不可与论报施，然人臣匡君定国，戡乱扶危，成盖世之奇勋，总也是不忘君

① 百口——整个家族。

恩，勉图报效而已。

却说肃宗自灵武即位后，即令郭子仪为武部尚书，灵长史李光弼为户部尚书北都留守并同平章事，又特遣使征召李泌。那李泌字长源，京兆人氏，生而颖异，身为仙骨。幼时尝闻空中有仙乐来相迎，其身飘飘欲举，家人共相抱持。后来每闻音乐，家人即捣蒜向空泼洒，自此音乐渐绝。至七岁，便能吟诗作赋，更聪慧异常。

上皇开元年间，下诏召集京中能谈佛老者，互相议论。有一童子姓员名俶，年方十岁，与众问答，词辩无穷，上皇嘉叹，因问员俶："外边还有与你一般聪慧的童子么？"原来员俶乃是李泌的姑娘所生，与李泌为中表兄弟，当下便奏说："臣母舅之子李泌，小臣三岁，而聪慧胜臣十倍。"上皇即遣中使召之，李泌应召而至，朝拜之际，礼仪娴雅。其时上皇方与燕国公张说奕棋，遂命张说出题试之。张说使赋方圆动静。李泌道："请言其略，以便措辞。"张说指着案上棋枰说道："方若棋局，圆若棋子，动若棋生，静若棋死。"说罢，张说还恐他年太幼，未能即解，又对他说道："此是我借棋以为方圆动静之喻，汝自赋方圆动静四字，不可泥棋为说也。"李泌道："这晓得。"即信口答道："方若行义，圆若用智，动若骋才，静若得意。"张说听了，大为惊异道："此吾小友也！"因起身拜贺朝廷得此神童。正是：

堪使老臣称小友，共夸圣主得神童。

上皇厚加赐赉，命于翰林院读书。及长，欲授以吏职，李泌再三辞谢，乃赐与太子为布衣交，太子甚相敬爱。李林甫、杨国忠都忌之，李泌因遂告归，隐居颖阳。至是，肃宗思念旧交，遣使征至行在，待以宾礼，出则联骑，寝则对榻，事无大小，皆与商酌。欲命为右相，李泌固辞，只以白衣随驾。

一日，肃宗与李泌并马而出，巡视军营。军士们窃相指道："黄衣的是圣人，白衣的是山人。"肃宗微闻此语，因谓李泌道："艰难之际，不敢以官职相屈，但且衣紫，以绝群疑。"遂出紫袍赐之，李泌只得拜受，肃宗即令左右为之换服。李泌换服讫，正欲谢恩，肃宗笑道："且住，卿既服此，岂可无称？"乃于袖中取出敕书一道，以李泌为伺谋军国元帅府行军长史，李泌犹固辞，肃宗道："朕非敢相屈，期共济艰难耳。俟贼平，任行高志。"李泌拜受命。肃宗欲以建宁王倓为大元帅，李泌道："建宁王果堪作元帅，然广平王居长；若建宁王功成，岂可使广平王为吴泰伯？"肃宗道："广平王系冢嗣，何必以元帅为重？"李泌道："广平王尚未正位东宫，今艰难之际，人心所属在于元帅，若建宁大功既成，陛下即欲不以为储贰，彼同立功者，其肯已乎？太宗、上皇即其事也。"肃宗点头道："卿言良是，朕当思之。"李泌退朝，建宁王迎谢道："顷传闻奏对之言，正合吾心，吾受其赐矣。"李泌道："殿下孝友如此，真国家之福也。"于是肃宗以广平王俶为天下兵马大元帅，郭子仪、李光弼等所部之军，俱属统率。

时李光弼驻防太原，其麾下精兵俱调往朔方，在太原者仅万人。贼将史思明等引兵十余万人来攻城，诸将皆议修城以待之。光弼道："太原城周四十里，修之非易，贼垂至而兴役，是未见敌而先自困也。"乃命士卒于城外凿濠以自固，掘坑堑数千，及贼攻城于外，光弼即令以坑堑中掘出的泥土，增垒于内，为守御。贼围攻月余，无隙可乘。光弼访得钱冶内有铸钱的佣工兄弟三人，善穿地道，以重赏购之，使率其伙伴，掘地道以俟贼。有贼将于城下仰面侮骂城上人。光弼即遣人从地道拽其足而入，缚至城上斩之，自此贼行动必低头视地。光弼又作大炮，飞巨石，

每一发必击死几十人，贼乃退营于数十步外。光弼遣使诈称城中粮尽，与贼相约刻期出降。史思明信以为真，不复为备。光弼暗使人穿地道，直至贼营，支之以木。至期，使二千余人走马出城，恰像要去投降的一般。贼方瞻望喜跃，忽然营中地陷，压死者无数，贼众惊乱，官军鼓噪而出，斩杀万计。史思明乃引众纷纷遁去。光弼上表奏捷。广平王正以太原要地被围，欲遣兵往救，因得捷报而止。

郭子仪以河东居两京之间，得河东而后两京可图。时贼将崔乾佑守河东，郭子仪密使人入河东，与唐官之陷于贼中者约为内应，内外夹攻，崔乾佑不能抵敌，弃城而逃，子仪引兵追击，斩杀甚众，乾佑仅以身免。河东遂平。正是：

从来郭李称名将，战守今朝各奏功。

肃宗以郭子仪为天下兵马副元帅，正谋恢复两京，忽闻报永王璘反于江陵，僭称帝号。原来永王璘出镇江陵，自恃富强，骄蹇不恭；及闻肃宗即位灵武，乃与部将属官等共私议，以为太子既遽自称尊，我亦可据有江表，独帝一方。正在谋议起事，肃宗恶其骄蹇，诏使罢镇还蜀，永王竟不奉诏，至是举兵反，自称皇帝，思欲招致有名之士，以为民望。闻知李白退居庐山，距江陵不远，遣使征之，李白辞不应赴。永王使人伺其出游，要之于路，劫取至江陵，欲授以官，李白决意不受。永王不能屈其志，但只羁縻住他，不放还山。

肃宗闻永王作乱，一面表奏上皇，一面遣淮南节度高适、副使李成式引兵征讨。时内监李辅国阴附宫中，张良娣专权用事，那降贼的内监边令诚，因为贼所忌，乃自贼中逃至行在，依托李辅国，图复进用。李泌上言道："令诚以宦官蒙上皇委任，外掌兵权，内掌宫禁，而贼至即降，且以宫门锁钥付贼，如此叛徒，罪不容诛！”肃宗遂命将边令诚斩首，为降贼者示警。于是李辅国奏称：“原任翰林学士李白，现为逆藩永王璘谋主，宜诏刑官注名叛党，俟事平日，按律治罪。”

你道李辅国为何忽有此奏？只因李白当初在朝时，放浪诗酒，品致高尚，全不把这些宦官看在眼里，所以此辈都不喜他。今辅国乘机劾奏，一来是私怨；二来迎合朝廷严诛叛党之意；三来怪李泌奏斩了边令诚。他今劾奏李白，见得那文人名士，受过上皇宠爱的，也不免从逆，莫只说宦官不好。当日肃宗准其奏，传旨法司。却早惊动了郭子仪，他想：“昔年李白救我性命，大恩未报，今日岂容坐视？”遂连夜草成表章，次日即伏阙上表。其表略云：

臣伏睹原任词臣李白，昔蒙上皇知遇之恩，将不次擢用，乃竟辞荣遁隐，高卧庐山，斯其为人可知。今不幸为逆藩所逼，臣闻其始而却聘，继乃被劫，伪命屡加，坚意不受，身虽羁困，志不少降；而议者辄以谋主目之，则亦过矣。臣请以百口保其无他。白故有恩于臣，然臣非敢以私恩为白游说也，事平之后，当有众目共见者可为援证；倘不如臣所言，臣与百口甘伏国法。

肃宗览表，命法司存案，待事平日察明定夺。后来永王璘兵败自尽，该地方有司拘系从逆之人，候旨处决，李白亦被系于浔阳狱中。朝廷因郭子仪曾为保救，特遣官查勘。回奏李白系被逼胁，与从逆者不同，罪宜减等。有旨李白长流夜郎，其余从逆者，尽行诛戮。至乾元年间，诏赦天下，李白乃得放归，行至当涂县界，于舟中对月饮酒大醉，欲捉取水中之月，堕水而卒。当时江畔之人，恍惚见李白乘鲸鱼升天而去，这是后话。正是：

有恩必报推英杰，无罪长流叹谪仙。
英杰拚家酬昔日，谪仙厌世再升天。

此事表过不提。

且说肃宗既以广平王为元帅，即欲立为太子。李泌道：“陛下灵武即位，止为军事迫切，急须处分故耳。若立太子，宜请命于上皇，不然后世何由知陛下不得已之心乎？”广平王亦固辞道：“陛下尚未奉晨昏，臣何敢当储副？”肃宗因此暂停建储之事。建宁王私语李泌道：“我兄弟俱为李辅国、张良娣所忌，二人表里为恶，我当早除此害。”李泌道：“此非臣子所愿闻，且置之勿论。”建宁不听，屡于肃宗前，直言二人许多罪恶。二人乃互相谗谮，诬建宁欲谋害广平，急夺储位，激怒肃宗，立即传旨，赐建宁王死。李泌欲谏阻，已无及矣。可惜一个贤主，被谗殒命。想肃宗居东宫时，为李林甫所忌，受尽惊恐，岂不知戒；今巨寇未灭，先杀一贤子，何忍心昧理至此！后人有诗叹云：

信谗杀其子，作俑自上皇。
肃宗心忍父，可怜建宁王。
不记在东宫，时恐罹祸殃。
何今循故辙，谗口任噏张。
君子听不聪，佳儿被摧戕。
遗恨彼妇寺，寸磔宁足偿！

至德二载，肃宗驾至凤翔，命广平王与郭子仪等出师恢复两京。子仪以番人回纥的兵马甚精锐，请旨征其助战。回纥可汗遣其子叶护，领兵一万前来助战，肃宗许以重赏。叶护请于克城之日，土地士庶归朝廷，金帛子女归回纥。肃宗急于成功，只得许诺，聚朔方等处军马，与回纥西域之众，共一十五万，刻日起行。李泌献策，拟先攻范阳，捣其巢穴。肃宗道：“大军既集，正须急取长安，岂可反先劳师以攻范阳。”李泌道：“今所用者皆北兵，其性耐寒而畏暑，今乘其新至之锐，攻已老之师，两京必克。然贼收其余众遁归巢穴，关东地热，春气一发，官军必困而思归，贼休兵秣马，伺官军一去，必复南来，是征战之未有已时也。不如先用之于寒乡，除其巢穴，贼退无所归，然后大兵合而攻之，必成擒矣！”肃宗道：“此言诚善，但朕定省久虚，急欲先恢复西京迎回上皇，不能待此矣！”遂不用李泌之言，兵马望西京进发。

行至长安城西，列阵于澧水之东，李嗣业领前军；广平王、郭子仪、李泌居中军，王思礼统后军。贼众数万，列阵于澧水之北，贼将李归仁出挑战，子仪引前军迎敌，贼军尽起，官军少却。李嗣业肉袒执戈，身先士卒，大呼奋击，立杀数十人，于是官军气壮，各执长刀，如墙而进，贼众不能抵当。都知兵马使王难得，被贼射中其眉，皮垂遮目，难得手自拔箭，扯去其皮，血流满面，力战不退。贼伏精骑于阵之东，欲击官军之后，子仪探得其情，急令朔方左厢兵马使仆固怀恩引回纥兵，突往击之，斩杀殆尽。李嗣业又引回纥兵出贼阵后，与大军夹击，王思礼亦引后军继进，并力攻杀。自午至酉，斩首六万余级，贼兵大溃，余众退入城中，一夜嚣声不息。

至天明，探马来报，贼将李归仁、安守忠、田乾真、张通儒等俱已遁去，广平王遂帅众入西京城，百姓老幼夹道欢呼。叶护欲如前约，掠取金帛子女，广平王下马，拜于叶护马前道：“今方得西京，若便俘掠，则东京之人必为贼固守，难以复取了。请至东京，乃如约。”叶护惊跃下马答拜，跪捧王足道：“愿为殿下即往东京。”遂与仆固怀恩引了西域及本部之兵，从城南过，更不停留，径向东京进发。众人见广平王为百姓下拜，无不涕泣感叹。

为民屈体非为屈，赢得人人爱戴深。

番众亦因仁义感，不缘贪利起戎心。

广平王驻西京三日，即留兵镇守，自引大军东出，捷书至行在，百官称贺。肃宗即日具表，遣中使啖廷瑶，赴蜀奏闻上皇，请驾回京复位。一面遣宫人西京祭告宗庙，宣慰百姓；一面以快马召李泌于军中。李泌星驰至凤翔入见，叩问何故召见。肃宗道："朕得西京捷报，即表奏上皇，请驾东归复位，朕当退居东宫，以尽子职。未识卿意以为何如，欲急召面询。"李泌愕然道："此表已赍去否？"肃宗道："已去。"李泌道："还可追转否？"肃宗道："已去远矣，为何欲追转？"李泌咄嗟道："上皇不肯东归矣！"肃宗惊问何故。李泌道："陛下正位改元，已历二载，今忽奉此表，上皇心疑，且不自安，怎肯复归？"肃宗爽然自失，顿足道："朕本以至诚求退，今闻卿言，乃悟其失，表已奏上，为之奈何？"李泌道："今可更为群臣贺表，具言自马嵬请留，灵武劝进，及今克复两京，皇上思恋晨昏，请即还宫，以尽孝养。如此则上皇心安，东归有日矣。"肃宗连声道是，便命李泌草表，立遣中使霍韬光入蜀奏闻。

不则一日，啖廷瑶自蜀回，传上皇口谕云："可与我剑南一道自奉，不复归矣。"肃宗惶惧无措。数日后，霍韬光还报，言上皇初得皇帝请退东宫之表，彷徨不能食，欲不东归；及群臣贺表至，乃大喜，命食作乐，下诰定行期了。肃宗大喜，召李泌入宫告之道："此皆卿之力也！"因命酒与饮。是夜留宿于内，肃宗与之同榻而寝。正是：

御床并坐非王尊，帝榻同眠胜子陵。

李泌本不乐仕进，久有去志，因乘间乞身道："臣已略报圣恩，今请仍许作闲人。"肃宗道："卿久与朕忧，朕今将欲与卿同乐，何忽思去？"李泌道："臣有五不可留：臣遇陛下太早，陛下宠臣太深，任臣太重，臣功太大，迹太奇。有此五者，所以断不可留也！”肃宗笑道：“且睡，另日再议。”李泌道：“陛下今就臣同榻同卧，尚不允臣所请，况异日香案之前乎？陛下不许臣去，是欲杀臣也！”肃宗惊讶道：“卿何疑朕至此，朕岂是欲杀卿者？”李泌道：“杀臣者非陛下，乃五不可也。陛下向日待臣如此之厚，臣于事犹有不得尽言者；况他日天下既安，臣未必能常邀圣眷，尚敢言乎？”肃宗道：“卿此言，必因朕不从卿先伐范阳之计也。”李泌道：“臣不因此，臣实有感于建宁王之事耳。”肃宗道：“建宁欲害其兄，朕故不得已而除之耳。”李泌道：“建宁若有此心，广平当极恨之；今广平王每与臣言其冤，为之流涕。况陛下昔欲用建宁为元帅，臣请用广平，若建宁果有害兄之意，宜深恨臣，乃当日以臣为忠，愈加亲信，即此可察其心矣。”肃宗闻言，不觉泪下道：“卿言是也，朕知误矣，然既往不咎。”李泌道：“臣非咎既往，只愿陛下警戒将来。昔天后无故鸩杀太子弘，其次子贤忧惧，作《黄台瓜辞》，其中两句云：‘一摘使瓜好，再摘使瓜稀。’今陛下已一摘矣，幸勿再摘。”

李泌这句话，因张良娣忌广平王之功也，常谗谮他，恐肃宗又为其所惑，故言及此。当下肃宗闻言，悚然道：“安有是事，卿之良言，朕当谨佩。”李泌复恳求还山。肃宗道：“且待东宫报捷，朕入西京时再议。”自此又过几日，东京捷报到了，报说贼将自西京战败后，收合余众保陕城，安庆绪遣严庄引兵助之。郭子仪与贼战于新店，叶护引本部兵追击其后，腹背夹攻，贼兵大溃，尸横遍野，贼将弃陕而走，子仪遣兵分道追击。严庄奔回东京，劝安庆绪弃东京城，率其党走河北，临行杀前被擒唐将哥舒翰等三十余人，独许远自刎而死。子仪奉广平王入东京城，出府库中物与叶护，又命民间助输罗锦万匹与之，免于俘掠，百姓欢

悦。正是：

大帅用番兵，贤王赖名将。

土地得恢复，其功同开创。

肃宗闻报大喜，即具表遣韦见素入蜀奏捷，随后又遣秦国模、秦国桢往成都迎接上皇。一面择日起驾，先入西京，候上皇回銮。李泌上表，请如前谕，恳放还山。肃宗知其志已决，乃降温旨，许其暂归。李泌即日谢恩辞朝，隐居衡山去了。后来广平王嗣位，复征李泌出山，又历事两朝，正有许多嘉言善策，都不在话下。最可惜肃宗不曾从其先伐范阳之计，以致两京虽复，贼氛未殄，安家父子乱后，又继以史家父子之乱，劳师动众，久而后定。究竟安禄山既为其子庆绪所弑，而庆绪又为其臣史思明所弑，而史思明又为其子朝义所弑，乱臣贼子，历历现报。这些都是后话，如今且只说上皇还京之事。正是：

前日兴嗟行路难，今朝且喜回銮稳。

将知如何，且听下回分解。

第九十七回

达奚女钟情续旧好　采苹妃全躯返故宫

词曰：

缘未了，慢说离多欢会少，此日重逢巧。已判珠沉玉碎，还幸韬光敛耀。笑彼名花难自保，原让寒梅老。

——右调《长命女》

大凡人情，莫不恶离而喜合，而于男女之间为尤甚。然从来事势靡常，不能有合而无离，但或一离而不复合，或暂离而即合，或久离而仍合，甚或有生离而认作死别，到后来离者忽合，犹如死者复生；此固自有天意，然于此即可以验人情，观操守。彼墙花路草，尚且钟情不舍，到底得合，况贵为妃嫔者乎！使当患难之际，果不免于殒身，诚可悲可恨，若还幸得保全此躯，重侍故主，岂不更妙。且见得那恃宠骄妒的平时不肯让人，临难不能自保；不若那遭妒夺宠的，平时受尽凄凉，到今日却原是他在帝左右，真乃快心之事。

话说肃宗闻东京捷报，即遣太子太师韦见素入蜀奏闻上皇，复请回銮。随后又遣翰林学士秦国模、秦国桢前往迎驾。秦国桢奏言东京新复，亦当特遣朝臣赍诏到彼，褒赏将士，慰安百姓。肃宗准其所奏，乃仍命中使啖廷瑶与秦国模赴蜀，迎接上皇。改命秦国桢以翰林学士充东京宣慰使，又命武部员外郎罗采为之副，一同赍诏往东京，即日起行。

那罗采乃故将罗成的后裔，与秦国桢原系中表旧戚，二人作伴同行，且自说得着。罗采对国桢说道：“当初先高祖武毅公有两位夫人，一窦氏，一花氏，各生一子，弟乃花氏所生一支的子孙。那窦氏所生一支，传至先叔祖没有儿子，止生一女，小名素姑，远嫁河南兰阳县白刺史家，无子而早寡，守志不再醮，性喜的是修真学道。得遇仙师罗公远，说与我罗氏是同宗，因敬素姑是个节妇，赠与丹药一粒，服之却病延年，今已六十余岁，向在本地白云山中一个修真观中焚修。彼处男女都敬信他。自东京乱后，不见有书信来，我今此去，公事之暇，当往候之。”国桢道：“他是兄的姑娘，就是小弟的表姑娘了。弟亦闻其寡居守节，却不知又有修道遇仙的奇事，明日到那里与兄同往一候便了。”当下驰驿趱行。不则一日，来到东京，各官迎接诏书，入城宣读。诏略云：

西京捷后，随克东京，具见将帅善谋，士卒用命，国家再造，皆卿等之力也。已经表奏上皇，当即论功行赏，所有士庶，宜加抚慰。其未下州郡，还宜速为收复；城下之日，府库钱粮，即以其半犒军，毋得骚扰百姓。又访有汲郡隐士甄济及国子司业苏源明，向在东京，俱能不为贼所屈，志节可嘉。其以济为秘书郎，源明为考功郎知制诰，即着来京供职。其降贼官员达奚珣等三百余人，都着解至西京议处。

原来那甄济，为人极方正，安禄山未反之时，因闻其名，欲聘为书记。甄济知禄山有异志，诈称疯疾，杜门不出；及禄山反，遣使者与行刑武士二人，封刀往召之，甄济引颈就刀，不发一语，使者乃以真病复命，因得幸免。那苏源明原籍河南，罢官家居；禄山造反之时，欲授以显爵，源明以笃疾坚辞，不受伪命。肃宗向闻此二人甚有志节，故今诏中及之。当时军民人等闻诏，欢呼万岁，不在话下。且说秦国桢与罗采宣谕既毕，退就公馆，安歇了两日，即便相约同往访候罗氏素姑。遂起身至兰阳县，且就馆驿歇下。

至次日，二人各备下一份礼物，换了便服，屏去驺从，只带几个家人，骑着马来至白云山前，询问土人，果然山中深僻处，有一修真观，名曰小蓬瀛，观中有个老节妇，在内修行，人都称他为白仙姑。土人说道："这仙姑年虽已老，却等闲不轻见人，近来一发不容闲杂人到他观里去。二位客官要去见他，只恐未必。"罗采道："他是我家姑娘，必不见拒。"遂与国桢及家人们策马入山，穿冈越岭，直至观前下马。见观门掩闭，家人轻轻叩了三下，走出一个白发老婆婆来，开门迎住，说道："客官何来？我们观主年老多病，闭关静养，有失迎接，请回步罢！"罗采道："我非别客，烦你通报一声，说我姓罗名采，住居长安，是观主的侄儿，特来奉候姑娘，一定要拜见的。"那婆婆听说是观主的亲戚，不敢峻拒，只得让他们步入。观中的景象，果然十分幽雅。有《西江月》词儿为证。道是：

炉内香烟馥郁，座间神像端凝。悬来匾额小蓬瀛，委实非同人境。双鹤亭亭对立，孤松郁郁常青。云堂钟鼓悄无声，知是仙姑习静。

那婆婆掩了观门，忙进内边去通报。少顷出来，传观主之命，请客官于草堂中少坐，便当相见。又停了一会，钟声响处，只见素姑身穿一件蓝色镶边的白道服，头裹幅巾，足踏棕履，手持拂子，冉冉而出。看他面容和粹，举止轻便，全不像六旬以外的人，此因服仙家丹药之力也。正是：

少年久已谢铅华，老去修真作道家。
鬓发不斑身更健，可知丹药胜流霞。

罗采与秦国桢一齐上前拜见。素姑连忙答礼，命坐看茶。罗采动问起居，各叙寒暄。素姑举手向国桢问道：“此位何人?”罗采道：“此即吾罗氏的中表旧戚，秦状元名国桢的便是。”素姑道：“原来就是秦家官人。”说罢，只顾把那秦字来口中沉吟。国桢道：“愚表侄久仰表姑的贞名淑德，却恨不曾拜识尊颜，今日幸得瞻谒；向因山川间阻，以致疏阔，万勿见罪。”于是国桢与罗采各命从人将礼物献上。素姑道：“二位还来相探，足见亲情，何须礼物?”二人道：“薄礼不足为敬，幸勿麾却。”素姑逊谢再三，方才收下，因问：“二位为何事而来?”罗采道：“我二人都奉钦差赍诏到此，请问姑娘前日贼氛扰乱之时，此地不受惊恐么?”素姑道：“此地幽僻，昔年罗公远仙师曾寄迹于此。他说道当初留侯张子房①也曾于此辟谷，居此者可免兵火，因指点我来此住的。二位因是我至戚，我又忝居长辈，既承相顾，不妨随喜一随喜。”便叫那老婆婆与几个女童摆上点心素斋来吃了，随即引着二人，徐步入内边，到处观玩。

只见回廊曲槛，浅沼深林，极其幽胜。行过一层庭院，转出一小径，另有静室三间，门儿紧闭，重加封锁，只留一个关洞，也把板儿遮着。二人看了，只道是素姑习静之所，正看间，忽然闻得一阵扑鼻的梅花香。国桢道：“里边有梅树么？此时正是冬天，如何便有梅香，难道此地的梅花开得恁早?”素姑微微而笑，把手中拂子指着那三间静室道：“梅花香从此室中来，却不是这里生的，也不是树上开的。”罗采道：“这又奇了，不是树上开的，却是那里来的哩?”国桢道：“室中既有梅花，大可赏玩，肯赐一观否?”素姑道：“室中有人，不可轻进。”二人忙问：“是何人?”素姑道：“说也话长，原请到外厢坐了，细述与二位贤

① 张子房——即汉张良。

侄听。”

三人仍至堂中坐下，素姑道：“这件事甚奇怪，说来也不肯信，我也从未对人说，今不妨为二位言之。我当年初来此地，仙师罗公远曾云：‘日后有两个女人来此暂住，你可好生留着，二女俱非等闲之人，后来正有好处。’及至安禄山反叛，西京失守之时，忽然有个女人，年约三十以外，淡素衣妆，骑着一匹白驴，飞也似跑进观来。我那时正独自在堂中闲坐，见他来得奇异，连忙起身扶住他下驴，他才下得来，那驴儿忽地腾空而起，直至半天，似飞鸟一般的向西去了。我心中骇异，问那女人时，他不肯明言来历，但云：‘我姓江氏，为李家之妇，因在西京遭难欲死，遇一仙女相救，把这白驴与我乘坐，叫我闭了眼，任他行走，觉得此身行在空中，霎时落下地来，不想却到这里。据那仙女说，你所到之处，便且安身，今既到此，不知肯相容否?’我因记着罗仙师的言语，知此女子必非常人，遂留他住在这静室中，不使外人知道，也不向观中人说那白驴腾空之事。那女人自在静室中，也足不出户，我从此将观门掩闭，无事不许开。不意过了几日，却又有个少年美貌的女子，叩门进来要住。那女人是原任河南节度使达奚珣的族侄女，小字盈盈，向在西京，已经适人。因其夫客死于外，父母又都亡故，只得依托达奚珣，随他到任所来。不想达奚珣没志气，竟降了贼，此女知其必有后祸，立意要出家，闻说此间观中幽静，禀知达奚珣，径来到此。我亦因记着罗仙师有二女来住之言，遂留他与那姓江的女人同居一室之中，闭关静坐，只在门洞里传递饮食。两月之前，罗仙师同着一位道者，说是叶法善尊师，来到此间，那姓江的女人却素知二师之神妙，乃与达奚女出关拜谒。叶尊师便向空中幻出梅花一枝，赠于江氏说道：‘你性爱此花，今可将这一枝花儿供着，还你四

时常开，清烟不绝，更不凋残，直待你还归旧地，重见旧主，享完后福，那时身命与此花同谢耳。'自此把这枝梅花，供在室中瓶里，直香到如今，近日更觉芬芳扑鼻，你道奇也不奇?"

秦、罗二人听了，都惊讶道："有这等奇事!"因问："这二位仙师见了那达奚女，可也有所赠么?"素姑道："我还没说完。当下罗仙师取过纸笔来，题诗八句，付与达奚氏说道：'你将来的好事，都在这八句中；你有遇合之时，连那江氏也得重归故土了。'言讫，仙师飘然而去。"国桢道："这八句怎么说，可得一见否?"素姑道："仙师手笔，此女珍藏，未肯示人，那诗句我却记得，待我诵来，二位便可代他详解一详解。"其诗云：

避世非避秦，秦人偏是亲。
江流可共转，画景却成真。
但见罗中采，还看水上苹。
主臣同遇合，旧好更从新。

二人听了，大家沉吟半晌，国桢笑道："我姓秦，这起两句倒像应在我身，如何说非避秦，又说秦人偏是亲?"素姑道："便是呢，我方才听得说是秦家官人，也就疑想到此。当日达奚女见了这诗句，也曾私对我说，在京师时，有个朝贵姓秦的，与他家曾有婚姻之议，今观仙师此诗，或者后日复得相遇，亦未可知也。这句话我记在心里，不道今日恰有个姓秦的来。"罗采道："这一发奇了，如今朝贵中姓秦的，只有表兄昆仲，赫赫著名，不知当初曾与达奚女有亲么?"国桢沉吟了一回，说道："此女既有此言，敢求表姑去问他一声，在京师的时节住居何处?所言姓秦的朝贵是何名字，官居何职，就明白了。"素姑道："说得是，我就去问来。"遂起身入内。少顷，欣然而出，说道："仙师之言验矣，原来所言姓秦的，正是贤表侄。他说向住京师集庆坊，曾与状元秦国桢相会来。”国桢听了，不觉喜动颜色道：“原来我前所遇者，乃达奚盈盈，几年忆念，岂意重逢此地！”便欲请出相见。素姑道：“且住，我才说你在此，他还未信，且道：‘我既出家，岂可重提前事，复与相会。’”罗采笑道：“表兄昔日既有桑间之喜，今又他乡逢故，极是奇遇，如何那美人反多推阻？你二人当初相会之时，岂无相约之语，今日须申言前约，事方有就。”国桢笑道：“此未可藉口传言。”即索纸笔题诗一首道：

记得当年集庆坊，楼头相约莫相忘。

旧缘今日应重续，好把仙师语意详。

写罢，折成方胜，再求素姑递与他看。

盈盈见了诗，沉吟不语。素姑道：“你出家固好，但详味仙师所言，只怕俗缘未断，出家不了，不如依他旧好重新之说为是。”看官，你道盈盈真个立志要出家么？他自与国桢相叙之后，时刻思念，欲图再会，争奈夫主死了，母亲又死了，族爷达奚珣以其无所依，接他到家去，随又与家眷一同带到河南任所，因此两下隔绝，今日重逢，岂不欣幸？况此时达奚珣已拿京师去了，没人管得他，只是既来出了家，不好又适人，故勉强推却。及见素姑相劝，便从直应允了。

国桢欣喜，自不必说，但念身为诏使，不便携带女眷同行，因与素姑相商，且叫盈盈仍住观中，等待我回朝复了命，告知哥哥，然后遣人来迎。当下只在门洞前相见，盈盈止露半身，并不出门。国桢见他丰姿如旧，道家妆束，更如仙子临凡，四目相视，含悲带喜，不曾交一言。正是：

相思无限意，尽在不言中。

是晚秦国桢、罗采不及出山，都就观中止宿。素姑挑灯煮茗，与二人说了些家庭之事，因又谈及罗公远这八句诗。国桢道："起二句已应，那画影一句，也不必说了，其余这几句却如何解？今盈盈虽与江氏同居，行将相别，却怎说江流可共转？"素姑道："那江氏突如其来，所乘之驴，腾空而去；看他举止，矜贵不凡，我疑他是个被谪的女仙，只是罗仙师道：'达奚有遇合之时，连江氏也得归故土。'此是何意？"二人闲话间，只见罗采低头凝想，忽然跌足而起道："是了是了，我猜着的了！"素姑道："你猜着什么？"罗采低声密语道："这江氏说是江家女李家妇，莫非是上皇的妃子江采苹么？你看诗句中，明明有江采苹三字，他便性爱梅花，宫中称为梅妃。前日传闻乱贼入宫，获一腐败女尸，认是梅妃，后又传闻梅妃未死，逃在民间；或者真个遇仙得救，避到这里，日后还可重归宫禁，再侍上皇，也像达奚女与秦兄复续旧好一般，不然，如何说主臣同遇合呢？"国桢点头道："这一猜甚有理，但据我看来，表兄姓罗名采，诗语云：但见罗中采，还看水上苹。却像要你送他归朝的。"素姑道："若果是江贵妃，他既在我观中，我侄儿恰到此，晓得贵妃在这里，自然该奏报请旨。"罗采道："只要问明确是令贵妃，我即日就具表申奏便了。"素姑道："要问不难。他见达奚氏矢志不随那降贼的叔叔，因此甚相敬爱，有话必不相瞒，我只问达奚，便知其实了。"当晚无话。

次日，素姑至静室中见了盈盈，说话之间，私问道："小娘子，你不日便将与江氏娘子相别了，这娘子自到此，不肯自言其履历，他和你是极说得来，必有实言相告，你必知其详，毕竟是谁家内眷？"盈盈笑道："他一向也不肯说，昨日方才说出。你莫小觑了他，他不是等闲的女人，就是上皇当日最宠幸的梅妃江采苹哩！我正欲把这话告知姑娘。"素姑闻言，又惊又喜，顿足道："我侄儿猜得一些不错。"

看官听说，原来梅妃向居上阳宫，甘守寂寞；闻安禄山反叛，天下骚然，时常叹恨杨玉环肥婢，酿成祸乱。及贼氛既近，天子西狩，欲与梅妃同行，又被杨妃阻挠，竟弃之而去。那时合宫的人都已逃散，梅妃自思："昔日曾蒙恩宠，今虽见弃，宁可君负我，不可我负君；若不即死，必至为贼所逼。"遂大哭一场，将白绫一幅，就庭前一株老梅树上自缢。气方欲绝，忽若有人解救，身子依然立地，睁开眼看时，却是一个星冠云帔的美貌女子立在面前。梅妃忙问："你是那一宫中的人？"那女子道："我非是宫中人，我乃韦氏之女，张果先生之妻也，家住王屋山中。适奉我夫之命，乘云至此，特地相救。你日后还有再见至尊之时，今不当便死，我送你到一处去，暂且安身，以待后遇。"遂于袖中取出一个白纸折成的驴儿，放在地上，吹口气，登时变成一匹极肥大的白驴，鞍辔全备，扶梅妃骑上，嘱咐道："你只闭着眼，任他行走，少不得到一个所在，自有人接待你。"说罢，把驴一拍，那驴儿冉冉腾空而起。梅妃心虽骇怕，却欲下不能，只得手挽丝缰，紧闭双眸，听其行止，耳边但闻风声谡谡，觉得其行甚疾，且自走得平稳。须臾之间，早已落地，开眼一看，只见四面皆山，驴儿转入山径里，竟望小蓬瀛修真观中来，因此得遇罗素姑，相留住下。当时不敢实说来历，素姑又见那白驴腾空而走，疑此女是天仙，不敢盘问。那罗公远诗中，藏下"江采苹"三字，他人不知，梅妃却自晓悟。今见诏使罗采姓名与诗相合，盈盈又得与秦状元相遇，诗中所言，渐多应验；又闻两京克复，上皇将归，因把实情告知盈盈，要他转告素姑，使罗采表奏朝廷。恰好罗采猜个正着，托素姑来问，当下盈盈细说其事。素姑十分惊喜，随即请见梅妃，要行朝拜之礼。梅妃扶住道："多蒙厚意，尚未报谢，还仗姑姑告知罗诏使，为我奏请。"素姑应诺，便与

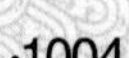

罗采说知。

罗采与国桢商议，先上笺广平王，启知其事。广平王遂于东京宫中，选几个旧曾供御的内监宫女，都到观中参谒识认，确是梅妃无疑，乃具表奏闻。罗采亦即飞疏上奏，疏中并及国桢与达奚盈盈之事，竟说盈盈是国桢向所定之副室，因乱阻隔，今亦于修真观中相遇，虽系降贼官员达奚珣之族女，然能心恶珣之所为，甘作女冠，矢志自守，其节可嘉。肃宗览表，一面遣人报知上皇，一面差内监二人，率领宫女数人，赴白云山小蓬瀛迎请梅妃速归故宫，候上皇回銮朝见，并着该地方官厚赏罗素姑，仍候上皇诰谕褒奖；又降诏达奚盈盈，即归秦国桢为副室，给与封诰。

那时国桢与罗采别过了素姑，起马回朝，中途闻诏，即差家人速至修真观中传语盈盈，叫他仍唤达奚珣家人仆妇女使随侍，跟着梅妃的仪从，一齐进京。当下梅妃与盈盈谢别了素姑，即日起程。梅妃自有内监宫女拥卫，香车宝马，望西京进发；盈盈与仆从女使们，亦即随驾而行。梅妃车前，有内侍齐捧宝瓶，供着那枝仙人所赠的梅花，香闻远近，人人骇异。梅妃于临行时，手书疏启，差中使星夜赍奉上皇驾前呈进，正是：

昔日楼东空献赋，今朝重上一封书。

未知后事如何，且听下回分解。

第九十八回

遗锦袜老妪获钱　听雨铃乐工度曲

词曰：

人逝矣，宝髻花钿都委地。锦袜独留余媚，见者犹惊喜。万里归程迢递，正追思往事，被雨滴愁肠碎碎，愁歌曲内。

——右调《归国遥》

凡人于男女生死离别之际，不但当时的悲伤不可言论；至事后追思，更难为情。倘那人竟如冰消雾散，一无流遗，徒使我望空怀想，摹影拟形，固极悲楚；若还那人，平日服御玩好之物，留得一件两件，这些余踪剩迹，一发使人触目伤心。此即旁人不关情的，犹且慕芳踪而愿睹，观遗物而兴嗟；何况恩爱宠幸之人，平时片刻不离，一但变起意外，生巴巴的拆开，活刺刺的弄死，其悲痛何可胜言！到后来痛定思痛，凡身之所经，目之所睹，耳之所闻，无一不足以助其悲思，于是托之歌咏，寄之声音，此真以歌当哭，一声一泪也。

话说梅妃自小蓬瀛修真观中起行回西京，临行之时，先具手疏，遣内侍赴蜀进呈上皇。原来上皇在蜀中也常思念梅妃，因有人传说："贼人曾于宫中获一女尸，疑是梅妃之尸。"上皇闻此信，只道梅妃已死，十分伤感。时有方士张山人在蜀，上皇召至宫中，命其探幽索冥，访求梅妃魂魄所在。那张山人结坛默坐一日一夜，回奏言："臣飞魂遍游三界，搜访仙魂，俱无踪影。"上皇怅然道："芳魂何往耶！若梅妃之魂可访，则太真之魂亦可访，

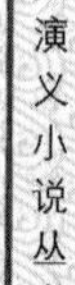

今皆不可得矣!”因挥泪不止。高力士见上皇悲思甚切，乃求得梅妃画真一幅进呈御览，上皇看了嗟叹道：“此画像绝肖，惜不活耳!”展看再三，御笔亲题绝句一首于其上，云：

忆昔娇娃侍紫宸，铅华懒御得天真。

霜绡虽似当年态，怎奈秋波不顾人。

自此上皇时常展图观玩，后又有人说：“梅妃并不曾死，前所获死尸，不是梅妃之尸。”上皇闻之，疑其散失民间，乃下诏军民士庶，有知妃子江采苹所在者，即行奏报候赏；或有遇见奉送来京者，予六品官，赐钱百万。诰谕方下，恰好肃宗见了罗采的表章，遣使来奏闻。那时上皇已发驾起行，途次得奏，龙颜大悦，传旨罗采等俟驾回京颁赏，江采苹着回宫候见。过了一日，梅妃所遣的内使亦途次迎着车驾，随将梅妃的手疏进献。其疏略云：

臣妾自楼东献赋，多有触忌。荷蒙圣恩，不加诛戮。幸得屏处，以延一息；凄凉之况，甘之如饴。客岁之夏，逆贼犯阙。乘舆西狩，事起仓卒。圣心眷妾，欲与偕行。有言间之，使俟后命。事势既蹙，后命不及。当此之时，举宫骇散。妾之一命，轻于鸿毛。殉节投环，气已垂绝。忽有仙姬，从空而降。手为解救，绝而复苏。询厥所由，来自王屋。韦家女子，张果其夫。云奉夫言，指妾远遁。袖出纸驴，化为骏骑。乘以行空，顷刻千里。任其所止，则在兰阳。白云深处，蓬瀛道院。中有女冠，实系节妇。素姑罗氏，公远族属。讶妾来踪，疑以为仙。引出奥密，奉事唯谨。妾亦韬晦，不与明言。有与同处，达奚闺秀。秦姓所聘，状元侧室。二女同居，人莫能知。前此公远，预言罗姑。谓有二女，暂来即去。各归其主，当在异日。两月以前，罗师忽来。所同来者，叶师法善。赠妾以梅，从厥攸好。阆苑天葩，常花不谢。更吟诗句，字里藏机。罗素二使，访亲而来。妾缘达奚，因秦及罗。藉以奏报，适符仙语。奇迹怪踪，妾所身经。敢具手疏，上达天听。残喘余生，不宜再渎。邀恩格外，许归故宫。旦夕之间，与梅同落。随逐花魂，渺焉空际。较之惨死，何啻天渊？是所深幸，夫复何求？若蒙异数，不忘旧眷。俾兹朽质，重睹天颜。有如落英，复缀枝头。非敢所期，伏候明诏。临疏涕泣，不知所云。

上皇前得肃宗奏报，已略知其事，今见梅妃手疏，更悉芳衷，深为叹异。遂温旨批云：

贤妃遇难自经，具见殉节之志；仙女临期相救，正因矢志之诚。千里行空，异焉蓬瀛之托迹；一枝寓意，美哉花萼之留香。朕方观画题诗，索芳魂而不得；卿已逢仙赠句，卜嘉会于将来。种种奇迹，历历动听，斯皆真诚感召，故有遇合因缘。今其遄返紫宸，勿复徒悲清夜。缅怀旧眷，伫俟新恩。

中使赍旨，驰报梅妃，此时梅妃已至西京，承肃宗之意，仍入居上阳宫了。上皇行至凤翔府，传命护从军士，将衣甲兵器，都交纳凤翔府库中。李辅国奏请肃宗发精骑三千迎驾。及驾将到，肃宗率百官出都门奉迎，百姓遮道罗拜，俱呼万岁。肃宗俯伏上皇车前，涕泣不止；上皇亦涕泣抚慰。肃宗奏请避位，上皇不允。时肃宗不敢穿黄袍，只穿紫袍，上皇立命取黄袍，令内侍与肃宗换了。车驾即日至太庙告谒，因见太庙残毁，仰天大哭，臣民无不感伤。告谒毕，车驾回朝，肃宗步行御车，上帝屡却之，方乘马傍车而行。上皇顾谓诸臣曰：“朕为天子五十年，不自见为尊；今为天子父，乃真尊之至耳。”诸臣皆俯首称万岁。上皇车驾入朝，不御大殿，只就便殿暂只下诰：“朕尊为太上皇，以南内兴庆宫为娱老之所，朝廷政事，不复与闻。”后人读史至此，谓上皇纳甲兵于府库，是何意思？肃宗子迎父驾，却用精骑三千，又是何意？有诗叹云：

甲兵输库非无意，父子之间亦远嫌。

迎驾只须仪从盛，何劳精骑发三千？

上皇既至兴庆宫，即召梅妃入宫见驾，梅妃朝拜之际，婉转悲啼。上皇意不胜情，好言慰劳，即以所题画真与看。梅妃拜谢道："圣人之情，见乎辞矣。臣妾虽死，亦当衔感九泉。"因又把当日投环，遇仙避难，逢仙之事，面奏一番，道："妾若非张果先生使其妻远来相救，安能今日复见天颜？"上皇道："昔年朕欲以玉真公主与张果为婚，他坚却不允，原说有妻韦氏在王屋山中，不意你今日蒙其救援。那纸驴儿想即张果巾箱中物也。"

梅妃又将叶法善所赠梅花，呈于上皇观览。上皇见花色晶莹，清香袭人，不觉惊异道："你得此仙梅，庶不愧梅妃之称矣！"梅妃又将罗公远诗句奏闻，道："此诗虽赠达奚女，而妾得罗采奏报之事，已寓于中。"上皇点头嗟叹道："罗公远昔曾寄书与朕，说'安不忘危'，这'安'字明明说安禄山；又寄药物名'蜀当归'，是说朕避乱入蜀，后来仍当归京都。仙师之言，当时莫解其意，今日思之，无有不验。我正在这里想他。"

梅妃回奏，言罗采与罗素姑就是他的戚属，上皇遂传命，加罗采官三级，赐钱百万；封罗素姑为贞静仙师，赐钱二百万，增修观宇；又命塑张果、叶法善、罗公远三仙之像，于观中虔诚供奉。梅妃又念达奚盈盈同处多时，互相敬爱，情谊不薄，因奏请上皇，以虢国夫人旧宅赐与居住，这正应了罗公远诗中"画景却成真"一句。当初盈盈把虢国宅院的画图与秦国桢看了，隐过了自家的事，谁想今日就把那画图中的宅院赐与他，却不是弄假成真？

当下秦国桢接到了盈盈，一面告知亲兄秦国模，不说是旧好，只说在修真观中相遇，承罗采为媒，两下订定的。国模因他已奉旨准娶，便也由他罢了。盈盈就于赐第中与秦国桢相聚，重讲旧情，这一段的恩爱，非可言喻。有一曲《黄莺儿》为证：

重会状元郎，上秦楼，卸道妆，从今勾却相思帐。姓儿也双，名儿也双，前时瞒过难寻访。笑娘行，今须听我低叫耳边厢。

原来秦国桢的夫人徐氏，就是徐懋功的裔孙女，极是贤淑，因此妻妾相得，后来各生贵子。国桢与哥哥国模，俱以高官致仕。盈盈常得入宫，谒见梅妃；又常遣人往候罗素姑。那罗素姑寿至百有余岁，坐化而终。此皆后话，不必再说。

且说梅妃当日朝见上皇过了，便要辞回上阳宫。上皇道："朕年已老，无人侍奉，得卿相叙，正好娱我晚景，如何还要到上阳宫去？"梅妃道："臣妾自翠华西阁得侍至尊，触忌遭谗，自分永弃，今以未死余生，复觐天颜，已出望外。至于侍奉左右，当更择佳丽，以继前宠。妾衰朽之质，自宜退避。"说罢，挥泪如雨。上皇亲手抚慰道："向来与卿疏阔，实朕之过；然珍珠投赠，未始无情，今当依仙师旧好从新之语，岂忍弃朕别居。"梅妃见上皇恁般眷顾，乃遵旨留兴庆宫，与上皇同处。正是：

杨花已逐东风散，梅萼偏能留晚香。

上皇复得梅妃侍奉，甚可消遣暮年，但每常念及杨妃惨死，不胜悲痛。前自蜀中回京，路过马嵬，特命致祭，彼时便欲以礼改葬，礼部侍郎李揆奏云："昔日龙武将士，因诛杨国忠，故累及妃子，今欲改葬故妃，恐龙武将士疑惧生变。"上皇闻奏，暂止其事；及回京后，密遣高力士潜往改葬，且密谕：若有贵妃所遗物件，可以取来。高力士奉了密旨，至马嵬驿西道之北坎下，

潜起杨妃之尸，移葬他处。其肌肤已都销尽，衣饰俱成灰土，只有胸前紫罗香囊一枚，尚还完好。那紫罗乃外国贡来冰丝所织，囊中又放着异香，故得不坏。力士收藏过了，又闻得有遗下锦裤袜一只，在马嵬山前一个老妪钱妈妈处，遂以钱十千买之。

原来当日杨妃缢死于马嵬驿中，匆匆瘗[①]埋，车驾既发，众驿卒俱至驿中打扫馆舍，其中有一姓钱的驿卒，于佛堂墙壁之下，拾得锦裤袜一只，知道是宫中嫔妃所遗，遂背着众人，密自藏过，回家把与母亲钱妈妈看。那个妈妈见这裤袜上用五色锦绵绣成一对并头合蒂的莲花，光彩炫目，余香犹在，便道："此必是那亡过的妃子娘娘所穿，这样好东西，不容易见的哩！"正看间，恰有个邻家的妈妈走过来闲话，因便大家把玩了一回，于是传说开了，就有那好事的人来借观，这个看了去，那个也要来看。钱妈妈初时还肯取将出来与人瞧瞧，后来要看的人多了，他便索起钱钞来，越索得钱多，越有人要看，直索至百文一看，那妈妈获钱几及数万，好不快活。

原来杨妃的裤袜，有名叫做藕履。你道那"藕履"二字如何解？只因杨妃平日，最爱穿绣莲裤袜，天子常戏语之云："你的裤袜上，正宜绣着莲花，若不是莲花，何故内中有此白藕？"杨妃因此自名其裤袜为藕履。不想身死之后，遗下一只于驿庭，为众人之所争看，倒作成那钱妈妈着实得利。后来刘禹锡作《马嵬行》，也说及那遗袜之事。道是：

履綦[②]无复有，文组光未灭。

不见岩畔人，空见凌波袜。

---

① 瘗（yì）——埋。

② 綦（qí）——鞋带。

邮童爱踪迹，私手解鞶①结。

传看千万眼，缕绝香不绝。

又有人说，那遗袜毕竟有时消毁，不能长留于世，亦殊不足看。有诗云：

锦袜传观只一时，凌波今日有谁知？

不如西子留遗迹，人到灵岩便系思。

当下高力士闻遗袜在钱妈妈处，将钱来买。钱妈妈不敢不与。力士把这锦裤袜与那紫罗香囊一并献与上皇覆旨。上皇见了这二物，嗟悼不已，即命宫人藏好，闲时念及，常取来观看叹惜。梅妃要排遣圣怀，令高力士访求旧日那梨园子弟来应承。一夕，上皇乘月登勤政楼，凭栏眺望，烟云满目，追思昔日此楼中盛事，恍如隔世，不觉怆然，因亢声而歌道：

庭前琪树已堪攀，塞外征人殊未还。

歌未竟，只闻得远远地亦有歌唱之声。上皇静听良久，虽听不出他唱些什么，却觉得音声清亮，回顾左右道："此歌者莫非也是梨园旧人么？"高力士奏道："此或是民间男妇偶然歌唱，未必便是梨园旧人。昨闻黄幡绰已病故，梨园旧人供御的，亦渐稀少了。"上皇闻奏，愈觉怆然道："朕近日所作《雨淋铃》曲，幡绰唱来最好，今不可得闻矣！"时李谟、张野狐二人侍侧，力士因奏言此二人的技艺，亦不亚于幡绰。上皇遂命野狐，将《雨淋铃》曲奏来，李谟可吹笛和之。二人领旨，野狐顿开喉咙唱将起来，李谟即将仙翁所赠短笛相和，音声清澈，真个如怨如慕，如泣如诉，足使近听增悲，远闻兴慨。

看官，你道那《雨淋铃》曲，为何而作？当时上皇自成都起

---

① 鞶（pán）——小荷包、小囊。

驾回京，路途之间，思念杨妃，满腔愁绪。至斜谷口值连雨经旬，车驾过栈道，雨中闻车上铃声，隔山相应，其声甚觉凄凉，因顾黄幡绰道："你听这铃声何如？朕愁耳听来，甚是不堪。"幡绰便插科道："这铃儿不大敬，当治罪。"上皇道："你又来作戏了，铃声如何是不敬？"幡绰道："铃声如话，臣独解之，但不敢奏闻。"上皇晓得他是戏言，便道："汝尽管说来，朕不罪汝。"幡绰道："臣细听其声，明明说道'三郎郎当，三郎郎当'。岂非大不敬？"上皇闻言，不觉失笑，于是采其声，为《雨淋铃》曲，以自写其郎当之意。正是：

雨声铃响本凄凉，愁耳听来更断肠。

欢喜马嵬人已杳，三郎空自怨郎当。

次日，上皇与梅妃闲话，谈及归途中闻铃声而兴感的事，因道："朕那时正心绪作恶，忽得小蓬瀛之信，顿开愁绪。"梅妃道："妾闻上皇正下诏访求，妾身乃知圣心不弃旧人，衔恩无地。"正说间，内侍传到肃宗的表章，为欲请命赦宥两个降贼的朝官。正是：

欲屈皋陶法，愿施尧帝仁。

未知后事如何。且听下回分解。

第九十九回

敉反侧君念臣恩　了前缘人同花谢

词曰：

天王明圣，臣罪当诛。恩流法外，全生更矜死，赖宫中推爱。岂意宫中人渐惫，看梅花飘零。无奈佳人与同谢，叹芳魂何在？

——右调《忆少年》

古人云：求忠臣必由孝子之门。又云：移孝可以作忠。夫事亲则守身为大，发肤不敢有伤；事君则致身为先，性命亦所不顾。二者极似不同，而其理要无或异。故不孝者，自然不忠，而尽忠者，即为尽孝。古者尚有其父不能为忠臣，其子干父之蛊，以盖前愆者；况忝为名臣之子，世受国恩，乃临难不思殉节，竟甘心降贼，堕家声于国宪。国之叛臣，即家之贼子，不忠便是不孝，罪不容诛，虽天子思想其父，曲全其命，然遗臭无穷，虽生犹死了。倒不如那失恩的妃子不负君恩，患难之际，恐被污辱，矢志捐躯，却得仙人救援，死而复生，安享后福，吉祥命终，足使后人传为佳话。

却说上皇正与梅妃闲话，内待奏言："皇帝有表章奏到。"上皇看时，却为处分从贼官员事。肃宗初回西京时，朝议便欲将此辈正法，同平章事李岘奏道："前者贼陷西京，上皇仓卒出狩，朝廷未知车驾何往，各自逃生，不及逃者，遂至失身于贼，此与守土之臣，甘心降贼者不同，今一概以叛法处死，似乖仁恕之道。且河北未平，群臣陷于贼中者尚多，若尽诛西京之陷贼者，是坚彼附贼之心也。”肃宗准奏，诏诸从贼者，姑从宽典，后因法司屡请正叛臣之罪，以昭国法，上皇亦云，叛臣不可轻宥，肃宗乃命分六等议处。法司议得达奚珣等一十八人应斩，家眷人口没入官；陈希烈等七人，应勒令自尽；其余或流或贬或杖，分别拟罪具表。肃宗俱依所议，只于斩犯中欲特赦二人，那二人即故相燕国公张说之子、原任刑部尚书张均，太常卿驸马都尉张垍。

你道肃宗为何欲赦此二人？只因昔日上皇为太子时，太平公主心怀妒嫉，朝夕伺察东宫过失，纤微之事，俱上闻于睿宗，即宫中左右近习之人，亦都依附太平公主，阴为之耳目。其时肃宗尚未生，其母杨氏，本是东宫良媛，偶被幸御，身遂怀孕，私心窃喜，告知上皇。那时上皇正在危疑之际，想道：“这件事，若使太平公主闻之，又要把来当做一桩话柄，说我内多嬖宠，在父皇面上谗谮，不如以药下其胎罢，只可惜其胎不知是男是女。”左思右想，无可与商者。

时张说为侍讲官，得出入东宫，乃以此意密与商议，张说道：“龙种岂可轻动?”上皇道：“我年方少，不患子嗣不广，何苦因宫人一胎，滋忌者之谤言。吾意已决，即欲觅堕胎药，却不可使闻于左右，先生幸为我图之。”张说只得应诺，回家自思：“良媛怀胎，若还生子，非帝即王，今日轻易堕胎，岂不可惜，且日后定然追悔；但若不如此，谗谤固所不免。太子已决意欲堕，难与强争，他托我觅药，我今听之天数，取药二剂，一安胎，一堕胎，送与太子，只说都是堕胎药，任他取用那一剂，若吃了那安胎药，即是天数不该绝，我便用好言劝止了。”

至次日，密袖二药，入宫献上道：“此皆下胎妙药，任凭取用一剂。”上皇大喜，是夜尽屏左右，置药炉于寝室，随手取一剂来，亲自煎好了，手持与杨氏，谕以苦情，温言劝饮。杨氏好生不忍，却不敢违太子命，只得涕泣而饮之。上皇看了饮了，只道其胎即堕，不意腹中全无发动，竟沉沉隐隐的，直睡至天明，原来倒吃了那剂安胎药了。上皇心甚疑怪，那日因侍睿宗内宴，未与张说相见，至夜回东宫，仍屏去左右，密置炉火，再亲自煎起那一剂药来，要与杨氏喝。正煎个九分，忽然神思困倦，坐在椅上打盹，恍惚之间，见屋宇边红光闪闪中现出一尊神道，怎生模样：

赤面美髯，蚕眉凤眼。身长约一丈，披一领锦绣绿罗袍；腰大可十围，束一条玲珑白玉带。被威凛凛，法貌堂堂。疑是大汉寿亭候，宛如三界伏魔帝。

那神道绕着火炉走了一转，忽然不见。上皇惊醒，忽起身看时，只见药铛已倾翻，炉中炭火已尽熄，大为惊骇。次日，张说入见，告以夜来之事，且命更为觅药。张说再拜称贺，因进言道："此乃神护龙种也！臣原说龙种不宜轻堕，只恐重违殿下之意，故欲决之于天命。前所进二药，其一实系安胎之药，即前宵所服者是也。臣意二者之中，任取其一，其间自有天命，今然欲堕而反安，再欲堕，则灵神护之，天意可知矣！殿下虽馋忧畏讥，其如天意何？腹中所怀，必非寻常伦匹，还须调护为是。"上皇从其言，遂息了堕胎之念，且密谕杨氏，善自保重。杨氏心中常想吃些酸物，上皇不欲索之于外，私与张说言之，张说常于进讲时，密袖青梅木瓜以献，且喜胎气平稳。未几，睿宗禅位。至明年，太平公主以谋逆赐死，宫闱平静，恰好肃宗诞生，幼时便英异不凡，及长出见诸大臣，张说谓其貌类太宗，因此上皇属意，初封忠王；及太子瑛被废，遂立为太子。正是：

调元护本自胎中，欲堕还留最有功。

又道仪容浑类祖，暗教王子代东宫。

张说因此于开元年间极被宠遇。肃宗即位时，杨氏已薨，追尊为元献皇后。他平日曾把怀胎时的事，说与肃宗知道，肃宗极感张说之恩。张家二子张均、张垍，肃宗自幼和他嬉游饮食，似同胞兄弟一般。张说亡后，二子俱为显官，张垍又赘公主为驸马，恩荣无比，不意以从逆得罪当斩。肃宗不忘旧恩，欲赦其罪，却因上皇曾有叛臣不可轻宥之谕，今若特赦此二人，不敢不表奏上皇，只道上皇亦必念旧，免其一死。不道上皇览表，即批旨道：

张均、张垍世受国恩，乃丧心从贼，此朝廷之叛臣即张说之逆子，罪不容逭①。余老矣，不欲更闻朝政，但诛叛惩逆，国法所重，即来请命，难以徇情，宜照法司所拟行。

你道上皇因何不肯赦此二人？当日车驾西狩，行至咸阳地方，上皇顾问高力士道："朕今此行，朝臣尚多未知，从行者甚少，汝试猜这朝臣中谁先来，谁不来？"力士道："苟非怀二心者，必无不来之理。窃意待郎房琯，外人俱以为可作宰相，却未蒙朝廷大用，他又常为安禄山所荐，今恐或不来。尚书张均、驸马张垍受恩最深，且系国戚，是必先来。"上皇摇首微笑道："事未可知也。"及驾至普安，房琯奔赴行在见驾。上皇首问："张均、张垍可见否？"房琯道："臣欲约与俱来，彼迟疑不决，微窥其意，似有所蓄而不能言者。"上皇顾谓高力士道："朕固知此二奴贪而无义也。"力士道："偏是受恩者，竟怀二心，此诚人所不及料。"自此上皇常痛骂此二人，今日怎肯赦他！

---

① 逭（huàn）——逃避。

肃宗得旨，心甚不安，即亲至兴庆宫，朝见上皇，面奏道：“臣非敢徇情坏法，但臣向非张说，安有今日？故不忍不曲宥其子，伏乞父皇法外推恩。”上皇犹未许，梅妃在旁进言道：“若张家二子俱伏法，燕国公几将不祀，甚为可伤；况张垍系驸马，或可邀议亲之典。”肃宗再三恳请，上皇道：“吾看汝面，姑宽赦张垍便了。张均这奴，我闻其引贼搜宫，破坏吾家，决不可活。”肃宗不敢再奏，谢恩而退。上皇即日乃下诰云：

张均、张垍，本应俱斩，今从皇帝意，止将张均正法，张垍姑免死，长流岭南。达奚珣于逆贼安禄山奏请献马之时，曾有密表谏阻，今止斩其身，其家免入官，余俱依所拟。

诰下，法司遵诰施行，张均遂与达奚珣等众犯同日俱斩于市。正是：

昔日死姚崇，曾算生张说；
今日死张说，难顾生张均。

当初张说建造居住的宅第，其时有个善观风水的僧人，名唤法泓，来看了这所第宅的规模，说道：“此宅甚佳，富贵连绵不绝，但切勿于西北隅上取土。”张说当时却不把这句话放在意里，竟不曾吩咐家人。数日后，法泓复来，惊讶道：“宅中气候，何忽萧条，必有取土于西北隅者！”急往看时，果因众工人在彼取土，掘成三四个大坑，俱深数尺，张说急命众工人以土填之，法泓道：“客土无气。”因叹息不已，私对人说道：“张公富贵止及身而已，二十年后，其郎君辈恐有不得令终者。”至是其言果验。后人有诗云：

非因取土便成灾，数合凶灾故取土。
卜宅何须泥风水，宅心正直吾为主。

闲话少说。只说上皇自居兴庆宫，朝政都不管，惟有大征

讨、大刑罚、大封拜，肃宗具表奏闻。那时肃宗已立张良娣为皇后，这张后甚不贤良，向从肃宗于军中，私与肃宗博戏打子，声闻于外，乃潜刻木耳为子，使博无声。其性狡而慧，最得上意。及立为后，颇能挟制天子，与权阉李辅国比附，辅国又引其同类鱼朝恩。时安、史二贼尚未殄灭，命郭子仪、李光弼等九节度各引本部兵往剿，乃以宦官鱼朝恩为观军容使，统摄诸军，于是人心不服。临战之时，又遇大风昼晦，诸军皆溃，郭子仪以朔方军断河阳桥守东京。肃宗听鱼朝恩之言，召子仪回朝，以李光弼代之。

子仪临发，百姓涕泣遮道请留，子仪轻骑竟行。上皇闻之，使人传语肃宗道："李、郭二将，俱有大功，而郭尤称最，唐家再造，皆其力也。今日之败，乃不得专制之故，实非其罪。"肃宗领命，因此后来灭贼功成，行赏之典，李光弼加太尉中书令，郭子仪封汾阳王。

子仪善处功名富贵，不使人疑忌，虽握重兵在外，一纸诏书征之，即日就道，故谗谤不得行。其子郭暧尚代宗皇帝之女升平公主，尝夫妇口角，郭暧道："你持父亲为天子么？我父薄天子而不为。"公主将言奏闻天子，子仪即囚其子待罪。天子知之，置之不问；又恐子仪心怀不安，乃谕之曰："不痴不聋做不得阿家翁。儿女子闺阁中语，不必挂怀。"其历朝恩遇如此。子仪晚年退休私第，声色自娱，旧属将佐，悉听出入卧内，以见坦白无私。七子八婿俱为显官，家中珍货山积，享年八十有五，直至德宗建中二年，方死逝。朝廷赐祭，赐葬，赐谥，真个福寿双全，生荣死哀。《唐史》上说得好，道是：

天下以其身为安危者，殆三十年；功盖天下而主不疑，位极人臣而众不嫉，穷奢极欲，而人不非之。自古功臣之富贵寿考，

无出于其右者。

这些都是后话，不必再述。

且说上皇常于宫中想起郭子仪的大功，因道："子仪当初若不遇李白，性命且不可保，安能建功立业？李白甚有识英雄的眼力，莫道他是书生，止能作文字也。"此时李白正坐永王璘事流于夜郎，上皇特旨赦归，方欲使朝廷用之，旋闻其已物故，不觉叹息。梅妃常闻上皇称赞李白之才，因想起前事，私语高力士道："我昔年曾欲以千金买赋，效长门故事，汝以世间难得才子为辞。若李白者，宁遽逊于相如乎？"力士道："彼时李白尚未入京，老奴无从访求；且彼时贵妃之宠方深，亦非语言文字所能夺，若不然，娘娘楼东一赋，岂不大妙，然竟不能移其宠。"梅妃点头道："汝言亦良是。"

正说间，内侍来禀说，江南进梅花到。原来梅妃服侍上皇之后，四方依旧进贡梅花，但梅妃既得了那枝仙梅，把人间凡卉都看得平常了。这仙梅果然四季常开，愈久愈香，花色亦愈鲜洁，梅妃随处携带把玩。

忽一日早起，觉得那花的香气顿减，花色也憔悴了，把手去移动时，只见花瓣儿多飘飘零零的落将下来。梅妃惊骇道："仙师云：我命当与此花同谢。今花已谢矣，我命可知。"自此心中恍惚不宁，遂染成一病，卧床不起。太医院官切脉进药，梅妃不肯服药道："命数当终，岂药石所能挽回？"上皇亲来看视，坐于床头，偏体抚摩，执手劝慰道："妃子偶病，遂尔①瘦损，还须服药为是。"梅妃涕泣道："臣妾自退处上阳，自分永弃，继遭危难，命已垂绝，岂意复得侍至尊，此真万幸。今福缘已尽，仙师

① 遂尔——于是，就。

所云，与花同谢，此其期矣！妾死之后，那枝仙梅留在人间，难以种植；若然殉葬，又恐渎亵，宜取佛炉火焚之。”上皇道：“妃子何遽言及此？”梅妃道：“人谁无死，妾今日之死，可称令终，较胜于他人矣；况妾死后，性灵不泯，当入佳境，谅无所苦。但圣恩如天，图报无地，为可叹恨耳！”上皇道：“以妃子之敏慧清洁，自是神仙中人，但何由自知身后的佳境？”梅妃道：“妾前宵梦寐之间，复见那韦氏仙姑于云端中手执一只白鹦鹉，指谓妾道：‘此鸟亦因宿缘善果，得从皇宫至佛国，今从佛国来仙境，可以人而不如鸟乎？汝两世托生皇宫，须记本来面目，今不可久恋人世，蕊珠宫是你故居，何不早去？’据此看来，或不致堕落恶道。”上皇垂泪道：“妃子若竟舍朕而仙去，使朕暮年何以为情？”梅妃就枕上顿首道：“愿上皇圣寿无疆，切勿以妾故，有伤圣怀。”言讫，忽转身起坐，举手向空道：“仙姬来了，我去也！”遂瞑目而逝。正是：

昔日纵教梅下死，胜他驿馆丧残躯。

于今幸与花同谢，还与芳魂到蕊珠。

上皇不意梅妃一病遽死，放声大哭，高力士极力劝慰。上皇道：“此妃与朕，几如再世姻缘，今复先我而逝，能无痛心？”遂命以贵妃之礼殓葬，又命其墓所多种梅树，特赐祭筵，自为文以诔①之。其略云：

妃之容兮，如花斯新。妃之德兮，如玉斯温。余不忘妃，而寄意于物兮，如珠斯珍；妃不负余，而几丧身兮，如石斯贞。妃今舍余而仙去兮，身似梅而飘零；余今舍妃而寂处兮，心如结以牵萦。

---

① 诔（lěi）——悼文。这里用如动词，祭悼。

上皇记念梅妃的遗言，即命将这一枝仙梅，以佛炉中火焚化于其灵前。说也奇怪，那梅枝一入火中，香气扑鼻，火星万点，腾空而起，好似放烟火的一般。那些火星都作梅花之状，飞入云霄而没。正是：

仙种不留人世，琼花仍入瑶台。

昔人有以枯梅枝焚入炉中，戏作下火文，其文甚佳，附录于此：

寒勒铜瓶冻未开，南枝春断不归来。这番莫入梨花梦，却把芳心作死灰。惟恭炉中处士梅公之灵，生自罗浮，派分庾岭。形如槁木，棱棱山泽之癯；肤似疑脂，凛凛雪霜之操。春魁占百花头上，岁寒居三友图中。

玉堂茅屋总无心，调鼎和美期结果。不料道人见挽，遂离有色之根；夫何冰氏相凌，遽返华胥之国。瘦骨拥炉呼不醒，芳魂剪纸竟难招。纸帐夜长，犹作寻香之梦；筠窗月淡，尚疑弄影之时。虽宋广平铁石心肠，忘情未得；使华光老丹青手段，摸索难真。却愁零落一枝春，好与茶毗三昧火。惜花君子，你道这一点香魂，今在何处？咦！炯然不逐东风去，只在孤山水月中。

且说当日肃宗闻知梅妃薨逝，上皇悲悼，遂亲来问慰，即于梅妃灵前设祭，各宫嫔妃辈，也都吊祭如礼。只有皇后张氏托病不至。上皇心甚不悦，因对高力士说道："皇后殊觉骄慢。"力士密启告道："内监李辅国阿附①皇后，凡皇后之骄慢，皆辅国导之使然。"上皇愕然曰："朕久闻此奴横甚，俟吾儿来，当与言之。"力士道："皇后侍上久，辅国握兵权，其势不得不为优容，所以

① 阿（ē）附——依附。

皇帝亦多不与深较。太上即有所言，恐亦无益，不如且置勿论。”上皇沉吟不语。正是：

顽妻与恶奴，无药可救治。
纵有苦口言，恐反为不利。

未知后事如何，且听下回分解。

第一百回

迁西内离间父子情　遣鸿都结证隋唐事

词曰：

最恨小人女子，每接踵比肩而起，搅乱天家父子意。远庭帏，移宫寝，尊养废。晚景添憔悴，追思旧宠常挥泪。魂魄还堪寻觅未。遇仙翁，说前因，明往事。

——右调《夜游宫》

百行莫先于孝，而天子之孝，又与常人之孝不同。《孟子》云：孝子之至，莫大乎尊亲；尊亲之至，莫大乎以天下养。尊之至，养之至，方为孝之至。顽如瞽叟，而舜能尽事亲之道，故孔子称之为大孝。迨乎后世，偏是帝王之家，其于父子之间，偏是易起嫌疑，易生嫌隙，此不必皆因亲之不慈，子之不孝，大抵多因势阻于妻子，情间于小人。即如唐肃宗之奉事上皇，原未尝不孝，上皇之待肃宗，亦未尝不慈；却因媳妇骄悍，宦竖肆横，遂致为父的老景失欢，为子的孝道有缺。乃或者云：上皇当年听信谗言，一日杀三子，且纳寿王之妃杨氏为贵妃，有伤伦理，后来受那逆妇逆奴的气，正是天之报施，然后如此。上皇与杨妃，原因宿世有缘，所以今生会合，其他诸人，或承宠幸，或被诛戮，当亦各有宿因，事非偶然。此系仙翁所言，见之逸史，今编述于演义之末，完结隋炀帝、唐明皇两朝天子的事，好教看官们明白这些前因后果。

话说上皇自梅妃死后，愈觉寂寥，又因肃宗的皇后张氏，骄

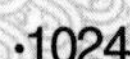

蹇不恭，失事上之礼，上皇且闻宦官李辅国内外比附弄权，心上甚是不悦，要与肃宗说知，教他严加训饬。高力士再三谏阻，上皇只是忍耐不住。一日，肃宗来问安，上皇赐宴，饮宴之际，说了些朝务。上皇道："从来治国平天下，必先齐其家，今闻阉奴李辅国附比宫中，怙势作威，汝知之否?"肃宗闻言，悚然起应道："容即查治。"上皇道："此时若不即为防禁，恐后将不可复制。"肃宗唯唯而退。原来那皇后恃宠骄悍，肃宗因爱而生畏，不敢少加以声色；李辅国掌握兵权，阿附张后，恃势弄权，肃宗虽亦心忌之，却急切奈何他不得，故虽承上皇严谕，且只隐忍不发。正是：

堪笑君王也怕婆，奴乘婆势莫如何。

小人女子真难养，一任严亲相诋诃。

肃宗便隐忍不发。那知上皇这几句言语，内侍们忽私相传说，早传入李辅国耳中。辅国密地启知张皇后，各怀怨怒，相与计议道："上皇深居宫禁，久已不预朝政，今何忽有烦言，此必因高力士妄生议论，闻由上皇故也。力士为上皇耳目，当图去之，更须使官家莫要常与上皇相见，须迁上皇于西内为妙。"自此肃宗欲往朝上皇，都被张后寻些事情阻隔往了。上皇所居南内兴庆宫，与民间闾阎相近，其西北隅有一高楼，名长庆楼，登楼而望，可见街市。上皇时常临幸此楼，街市过往的人遥望叩拜。上皇有时以御膳余剩之物，命高力士宣赐街市中父老，人都欢忻，共呼万岁。李辅国便乘机借端密奏肃宗道："上皇居兴庆宫，而高力士日与外人交通，恐其不利于陛下。且兴庆宫与民居逼近，非至尊所宜居。西内深严，当奉迎太上居之，庶可杜绝小人，无有他虞。"肃宗道："上皇爱兴庆宫，自蜀中归，即退居于此，今无故迁徙，殊拂逆圣意，断乎不可。"辅国见肃宗不从其言，乃密启张后，使亦以此言上奏。肃宗恐惊动上皇，也不肯听。张后忿然道：“此妾为陛下计耳，今日不听良言，莫叫后日追悔！”说罢，拂衣而起。肃宗默默含怒，适又偶触风寒，身上不豫，暂罢设朝，只于宫中静养。

辅国逐乘此机会，与张后定计，矫旨遣心腹内侍及羽林军士整备车马，往兴庆宫奉迎上皇，迁居西内，请即日发驾。上皇错愕不知所谓，内侍奏称皇爷以兴庆宫逼近民居，有亵至尊，故特奉请驾幸西内，皇爷现在西内，候太上驾到。上皇心下惊疑，欲待不行，又恐有他变。高力士奏道：“既皇帝有旨来迎，太上且可一往，俟至彼处，与皇帝面言，或迁或否，再作计议，老奴护驾前去。”上皇无奈，只得匆匆上辇。高力士命军士前导，内侍拥护，銮舆缓缓行动。

将至西内，只见李辅国戎服佩剑，率领军士数百人，各执戈矛，排列道旁。上皇在辇上望见，大惊失色。高力士见这光景，勃然怒起，厉声大喝道：“太上皇驾幸西内，李辅国戎服引众而来，意欲何为？”辅国蓦被这一喝，不觉丧气，忙俯伏奏道：“奴辈奉旨来迎护车驾。”力士喝道：“既来护驾，可便脱剑扶辇！”辅国只得解下腰间佩剑，与力士一同护辇而行。力士传呼军士们且退，不必随驾。既入西内，至甘露殿，上皇下辇，升殿坐定，问：“皇帝何在？”辅国奏道：“皇爷适间正欲至此迎驾，因触风寒，忽然疾作，不能前来，命奴辈转奏，俟即日稍痊，便来朝见。”上皇道：“皇帝既有恙，不必便来，待痊愈了来罢。”辅国领旨，即辞而去。上皇叹息，谓高力士道：“今日若非高将军有胆，朕几不免。”力士叩头道：“因太上皇过于惊疑耳，五十年太平天子，谁敢不敬？”上皇摇首道：“此一时，彼一时。”力士道：“今日迁宫之举，还恐是辅国作祟，皇后主张，非皇帝圣意。”上

皇道："兴庆宫是朕所建，于此娱老，颇亦自适；不意忽又徒居此地，茕茕老身，几无宁处，真可为长叹！"上皇说罢，凄然欲泪。后人有诗叹云：

三子冤诛最惨凄，那堪又纳寿王妻？

今当逆妇欺翁日，懊悔从前志太迷。

李辅国既乘肃宗病中，矫旨迁上皇于西内，恐肃宗见责，乃托张后为奏知。肃宗骇然道："得毋惊上皇乎？"张后奏道："太上自安居甘露殿，并无他言。"肃宗方沉吟疑虑间，李辅国却率文武将校等，素服诣御前俯伏请罪。肃宗暗想："事已如此，追穷亦无益。"且碍着皇后，不便发挥①，又见辅国挟众而来请罪，只得倒用好言安慰道："汝等此举，原是防微杜渐，为社稷计。今太上既相安，汝等可勿疑惧。"辅国与将校都叩头呼万岁。后人有诗叹云：

父遭奴劫不加诛，好把甘言相嗫嚅。

为见当年杀子惯，也疑今日有他虞。

那时肃宗病体未痊，尚未往朝西内；及病小愈，即欲往朝，又被张后阻住了。一日忽召山人李唐，入西殿见驾，肃宗抚着一个小公主，因谓李唐道："朕爱念此女，卿勿见怪。"李唐道："臣想太上皇之爱陛下，当亦如陛下之爱公主也。"肃宗悚然而起，立即移驾往西内，朝见上皇；问起居毕，上皇赐宴，没甚言语，惟有咨嗟叹息。肃宗心中好生不安，逡巡告退，回至宫中，张后接见，又冷言冷语了几句，肃宗受了些闷气，旧病复发。

上皇闻肃宗不豫②，遣高力士赴寝宫问安。肃宗闻上皇有使

---

① 发挥——发作，这里指深究。

② 豫——快乐。

臣到，即命宣来。那知张后与李辅国正怨恨高力士，要处置他，便密令守宫门的阻住，不放入宫，遣小内侍假传口谕，教他回去罢。待力士转身回步后，方传旨宣召。力士连忙再到宫门时，李辅国早劾奏说：“高力士奉差问疾，不候旨见驾，辄便转回，大不敬，宜加罪斥。”张后立逼着肃宗降旨，流高力士于巫州，不得复入西内。一面别遣中官，奏闻上皇；一面着该司即日押送高力士赴巫州安置。

可怜高力士夙膺宠眷，出入宫禁，官高爵显，荣贵了一生，不想今日为张后、李辅国所逐。他到巫州，屏居寂寞，还恐有不测之祸，慄慄危惧。后至上皇晏驾之时，他闻了凶信，追念君恩，日夜痛哭，呕血而死。后人有诗云：

唐季阉奴多跋扈，此奴恋主胜他人。
虽然不及张承义，忠谨还推迈群伦。

此是后话。

且说上皇被李辅国逼逃于西内，已极不乐，又忽闻高力士被罪远谪，不得回来侍奉，一发惨然。自此左右使令者，都非旧人，只有旧女伶谢阿蛮及旧乐工张野狐、贺怀智、李谟等三四人，还时常承应。一日，谢阿蛮进一红粟玉支，说道：“此是昔日杨贵妃娘娘所赐。”上皇看了凄然道：“昔日我祖太宗破高丽，获其二宝：一紫金带，一红玉支。朕以紫金带赐岐王，以红玉支赐妃子，即是物也。后来高丽上言：本国失此二宝，风雨不时，民物枯瘁，乞仍赐还，以为镇国之重器。朕乃还其紫金带，惟此未还。自遭丧乱，只道人与物已亡，不意却在汝处。朕今再睹，益兴悲念耳！”言罢不觉涕泣。

又一日，贺怀智进言道：“臣记昔年，时当炎夏，上皇爷与岐王于水殿围棋，令臣独自弹琵琶于座侧，其琵琶以石为槽，鹍鸡筋为弦，以铁拨弹之。贵妃娘娘手抱着康国所进的雪猧①猫儿，立于上皇爷之后，耳听琵琶，目视弈棋。上皇爷数棋子将输，贵妃乃放手中雪猧猫跳于棋局，把棋子都踏乱了，上皇爷大悦。那时臣一曲未完，忽有凉风来吹起贵妃领带，缠在臣巾帻上，良久方落。是晚归家，觉得满身香气，乃卸巾帻贮锦囊中，至今香气不散，甚为奇异。今敢将所贮巾帻，献上御前。”上皇道：“此名瑞龙脑香，外国所贡。朕曾以少许贮于暖池内玉莲朵中，至再幸时，香气犹馥馥如新，况巾帻乃丝缕润腻之物乎?”因嗟叹道：“余香犹在，人已无存矣!”遂凄惨不已，自此衷怀耿耿。口中常自吟云：

刻木牵丝作老翁，鸡皮鹤发与真同。

须臾舞罢寂无事，还似人生一世中。

其时有一方士姓杨，名通幽，自称鸿都道士，颇有道法，从蜀中云游至西京，闻得上皇追念故妃，因自言有李少君之术，能致亡灵来会。李谟、张野狐俱素知其人，遂奏荐于上皇，召入西内，要他作法，招引杨妃与梅妃魂魄来相见。通幽乃于宫中结坛，焚符发檄，步罡诵咒，竭其术以致之，竟无影响。上皇不怿，咨嗟道：“前者张山人访求梅妃之魂而不得，因其时梅妃实未死故也，今二妃已薨，而芳魂不可复致，岂真缘尽耶!”通幽奏道：“二妃必非凡品，当是仙子降生。仙灵杳远，既难招求，定须往访。臣请游神驭气，穷幽极渺，务要寻取仙踪回报。”于是俯伏坛中，运出元神，乘云起风，游行霄汉。只见云端里有一只白鹦鹉，展翅飞翔，口作人言道：“寻人的这里来。”通幽想道：“此鸟能知人意，必是仙禽。”遂随其所飞之处而行，早望见

① 猧（wō）——一种供人玩弄的小狗。疑下文“猫儿”，应为“狗儿”。

缥缈之中，现出一所宫殿，那鹦鹉飞入宫殿中去了。看那宫殿时，但见：

瑶台如画，琼阁凌空。栋际云生，恍似香烟霭霭，帘前霞映，浑疑宝气腾腾。果然上出重霄，真乃下临无地。景象必非蜃楼海市，规模无异蓬岛瀛洲。

通幽来至宫门，见有金字玉匾，大书“蕊珠宫”三字。通幽不敢擅入，正徘徊间，忽见二仙女从内而出，一穿绣衣，手执如意，一穿素衣，手执拂子。那绣衣女子把手中如意指着通幽道：“下界生魂，何由来此？”通幽稽首道：“下界道士，奉唐王命，访求故妃魂魄，适逢灵禽引路，来至此间，幸得见二位仙娥，莫非二仙娥即杨太真、江采苹乎？”绣衣仙女道：“非也，我本郭子仪之小女，河伯夫人也。”通幽道：“河伯夫人，如何却是郭公之女？又如何却在此间？”绣衣仙女道：“昔日吾父出镇河中时，河流为患。吾父默祷于河伯，许于河治之后，以小女奉嫁，及河患既平，我即无疾而卒，我父葬我于河神庙后，我遂为河伯夫人。此事世人所未知。”指着那素衣仙女道：“此位乃内苑凌波池中的龙女，昔日上皇曾于梦中见之，为鼓胡琴，作《凌波曲》，醒来犹能记忆，因立龙女庙于凌波池上，即此是也。龙女与河伯有亲，我常得与相会。后来龙女被选入蕊珠宫，我因是亦得常常至此。那梅妃江采苹，宿世原是蕊珠宫仙女，两番谪落人间，今始仍归本处。他尘缘已尽，今虽在此，汝未可得见。那杨玉环宿孽未偿，幸生人世，以了尘缘，却又骄奢淫佚，多作恶孽，今孽报正未已，安得在此？汝欲访他，可往别处去。”通幽道：“梅妃既不可见，必须访得杨妃踪迹，才好复上皇之命，望仙女指示则个。”素衣仙女道：“你只顾向东行去，少不得有人指示你。”说罢，拉着绣衣仙女，转步入宫去了。

通幽果然趁着云气望东而行，来到一座高山上，说不尽那山上的景致，遥见苍松翠柏之下，坐着三位仙翁，二仙对弈，一仙旁观。通幽上前鞠躬参谒，二位辍弈而笑，通幽叩问三仙姓氏，那坐上首的仙翁道：“我即张果，此二人即叶法善、罗公远也。我等与上皇原有宿因，故当周旋其左右。奈他俗缘沉着，心志蛊惑，都忘却本来面目，故且舍之而去。他今已老矣，嬖宠已都丧亡，也该觉悟了，却又要你来访求魂魄，何其不洒脱至此?”通幽道：“梅妃在蕊珠宫中，弟子适已闻之矣，只不知杨妃魂魄在何处，伏乞仙师指引一见，以便复上皇之命。”张果道：“你可知上皇与贵妃的前因后果么?”通幽道：“弟子愚昧，多所未知，愿闻其详。”张果道：“上皇宿世，乃元始孔升真人，与我辈原是同道，只因于太极宫中听讲，不合与蕊珠宫女相视而笑，犯下戒律，谪坠尘凡，罚作女身，为帝王嫔妃，即隋宫中朱贵儿是也。贵儿在世，便是大唐开元天子了。”

通幽道：“朱贵儿何故便转生为天子?”张果道：“贵儿忠于其主，骂贼殉节而死，天庭最重忠义，应得福报，况系谪仙，本宜即复还原位的，只因他与隋炀帝本有宿缘，又曾私相誓愿，来生再得配合，故使转生为天子，完此一段誓愿。”通幽道：“请问朱贵儿与隋炀帝有何宿缘?”张果道：“炀帝前生乃终南山一个怪鼠，因窃食了九华宫皇甫真君的丹药，被真君缚于石室中一千三百年，他在石室潜心静修，立志欲作人身，享人间富贵。那孔升真人偶过九华宫，知怪鼠被缚多年，怜他潜修已久，力劝皇甫真君，暂放他往生人世，享些富贵，酬其夙志，亦可鼓励来生，悔过修行之念。有此一劝，结下宿缘。此时适当隋运将终，独孤后妒悍，上帝不悦，皇甫真君因奏请将怪鼠托生为炀帝，以应劫运。恰好孔升真人亦得罪降谪为朱贵儿，遂以宿缘而得相聚，不意又与炀帝结下再世姻缘，因又转生为唐天子，未能即复仙班。”通幽道：“贵儿便转生为唐天子，那炀帝却转生为何人?”张果笑道：“你道炀帝的后身是谁，即杨妃是也！炀帝既为帝王，怪性复发，骄淫暴虐，况有杀逆之罪，上帝震怒，止判与十三年皇位，酬其一千三百年静修之志；不许善终，赦以白练系颈而死，罚为女身，仍姓杨氏，与朱贵儿后身完结孽缘，仍以白练系死，然后还去阴司，候结那段杀逆淫暴的罪案。当他为妃时，又恃宠造孽，罪上加罪。如今他的魂魄，正好不得自在，你那里去寻他?”

通幽道：“原来有这些因果，非仙师指示，弟子何由而知?但弟子奉上皇之命而来，如今怎好把这些话去回复?”张果沉吟未答，叶法善道：“上皇也不久于人世了，他身故后，自然明白前因，你今不妨姑饰辞以应之。”通幽道：“饰辞无据，恐不相信。”罗公远笑道：“你要有凭据，还去问所见的二仙女，不必在此闲谈，阻了我们的棋兴。

正说间，遥见一簇彩云从空飞来。叶法善指着道：“你看二仙女早来也！”言未已，云头落处，二仙女向前与三仙翁讲礼罢，回顾通幽笑道：“你这觅魂道士，还在此听说因果么?”张果道：“我已将杨妃的两世因果与他说来，但他必欲亲见杨妃，以便复上皇之命，烦二仙女引他到彼处一见罢！”二仙领命，复引通幽驾云，望北而行，须臾来至一处。但见：

愁云幂幂，日色无光；惨雾沉沉，风声甚厉。山幽谷暗，浑如欲夜之天；树朽木枯，疑是不毛之地。恍来到阴司冥界，顿教人魄骇魂惊。

那边有一所宅院，门上横匾大书“北阴别宅”，两扇铁门紧闭，有两个鬼卒把守。二仙女勒令开门，引通幽进去，只见里面景象萧瑟，寒气逼人。走进了两重门，遥见里面一个妇人，粗服蓬头，愁容可掬，凭几而坐。仙女指向通幽道："此即杨妃也，你可上前一见，我等却不该与他相会。"通幽遂趋步进谒，杨妃起身相接，通幽致上皇之命，杨妃悲涕不止。通幽问："娘娘芳魂，何至幽滞此间?"杨妃涕泣道："我有宿愆，又多近孽，当受恶报。只等这些冤证到齐，结对公案，便要定罪。如今本合囚系地狱候审，幸我生前曾手书《般若心经》念诵，又承雪衣女白鹦鹉感我旧恩，常常诵经念佛，为我忏悔，因得暂时软禁于此。多蒙上皇垂念，你今去回奏，切勿说我在此处，恐增其悲思，只说我在好处便了。"通幽道："回奏须有实据，方免见疑。"杨妃道："我殉葬之物，有金钗二股，钿盒一具，是我平日所爱，前托雪衣女衔取在此，今分钗之一盒之半，以为信物可也。"言罢，即取出钗盒付与通幽收了。通幽沉吟道："此二物亦人间所有，未足为据。必得一事，为他人所未知者，方可取信。"杨妃低头一想道："有了，我记得天宝十载，从上皇避暑骊山宫，于七月乞巧之夕，并坐长生殿庭中纳凉，时已夜半，宫婢俱已寝息，我与上皇密相誓心，愿世世为夫妇，此事更无一人知道，你只以此回奏，自然相信。"

通幽再欲问时，只见二鬼卒跑来催促道："快去，快去!"通幽不敢停留，疾趋出门，二仙女已不见了。一阵狂风，把通幽吹到一个所在，定睛一看时，却原来就是适间那山上，见三仙依然在那里奕棋，方才收局哩！张果呼通幽近前说道："你既见杨妃讨了凭据，可回去罢!"通幽道："还求仙师一发说明了梅妃江采苹的前因，好一并回奏。"张果道："梅妃即蕊珠宫仙女，也因与孔升真人一笑，动了凡念，谪降人间两世，都入皇宫；在隋时为侯夫人，负才色而不遇主，以致自缢；再转生为梅妃，方与孔升真人了一笑之缘，却又遭妒夺宠，此皆上天示罚之意。后因临难矢节，忠义可嘉，故得仙灵救援，重返旧宫，复从旧主，正命考终，仍作仙女去了。”通幽又问道：“朱贵儿与隋炀帝有私誓，遂得再合，今杨妃与上皇也有私誓，来生亦得再合否？”张果道：“贵儿以忠义相感，故能如愿；杨妃无贞节，而有过恶，其私誓不过痴情欲念，那里作得准？即如武后、韦后、太平、安乐、韩、秦、虢国等，都是狂淫无度，当其与狎邪辈纵欲之时，岂无山盟海誓，总只算胡言乱语罢了。”

通幽道：“如今武后、韦后等诸人，以及反贼安禄山等的魂魄，都归何处？”张果道：“武后乃李密后身，故杀戮唐家子孙，以报宿愆，还是劫数当然；独可恨他荒淫残虐，作孽太甚，今已与韦后、太平、安乐等，并当时那些佞臣酷吏，都坠入于阿鼻地狱，永不超身。至如反贼安、史辈，与那助逆的叛臣，致乱的奸相，以及本朝代这些谗妒的不仁的后妃宦竖，都是一班凶妖恶怪，应劫运而出，生前造了大孽，死后进入地狱，万劫只在畜生道中轮回。此等事未可悉数，你今回奏，只说杨妃所言，竟说他也是仙女，不必说他受苦，更须劝上皇洗心忏悔，勿昧前因，若能觉悟，至临终时，我等还去接引他便了。”言讫，把袖一挥，通幽却在方台上惊醒。

宁神定想了一回，摸衣袖内，果有钗盒二物，遂趋赴上皇御前启奏，将张果所说的前因都隐过不提，只说梅妃、杨妃俱是那蕊珠宫仙女，梅妃未得一见，杨妃却曾见来，据云：“上皇系仙真降世，与我有缘，故得聚首；今虽相别，后会有期，不须悲念，奉劝上皇及早明心养性，千秋万岁后，当仍复仙真之位。因将钗盒献上为信。上皇看了，虽极嗟叹，却还半信半疑。通幽再把七夕誓言奏上，说道：“臣亦恐钗盒未足取信，更须一言；贵妃因言及此，但此系私语，并无人知，以此上奏，必不疑为新垣平之诈也。”上皇闻言，呜咽流涕，乃厚赏通幽而遣之。后来白乐天只据了通幽的假语，作《长恨歌》，竟道杨妃是仙女居仙境，遂相传为美谈，那知其实不然。正是：

讹以传讹讹作诗，不如野史谈果报。

阿环若竟得成仙，祸善福淫岂天道！

上皇自此屏去纷华，辟谷服气，日夜念诵经典。至肃宗宝应元年，孟夏月明之夜，偶弄一紫玉笛，略吹数声，忽见双鹤飞来，庭中徘徊，翔舞而去。时有侍婢宫媛在侧，上皇因对他说道：“我昨夜梦见张果、叶法善、罗公远三位仙师来说，我宿世是元始孔升真人，谪在人间，已经两世，今命数已终，特来接我到修真观去修行，忏悔一甲子，然后复还原位。今双鹤来降，此其时矣！”遂命具香汤沐浴，安然就寝，谕令左右：“勿惊动我。”至次早，宫媛及诸嫔御辈俱闻上皇睡中有嬉笑之声，骇而视之，已崩矣。正是：

两世繁华总成梦，今朝辞世梦初醒。

上皇既崩，肃皇正在病中，闻此凶信，又惊又悲，病势转重，不隔几时，亦即崩逝。

张后意欲废太子，别立亲王。李辅国弑张后，立太子，是为代宗，于是辅国愈骄横。后来辅国被人刺死，这刺客实代宗所使也。

那安史辈余贼，至代宗广德年间方行殄灭。代宗之后，尚有十三传皇帝，其中美恶之事正多，当另具别编。

看官不厌絮烦，容续刊呈教。今此一书，不过说明隋炀帝与唐明皇两朝天子的前因后果，其余诸事，尚未及载。有一词为结证：

闲阅旧史细思量，似傀儡排场。古今账簿分明载，看取野史铺张。或演春秋，或编汉魏，我只纪隋唐。隋唐往事话来长，且莫遽求详。而今略说兴衰际，轮回转，男女猖狂。怪迹仙踪，前因后果，炀帝与明皇。

上调《一丛花》